SCIENCE FICTION

Herausgegeben
von Wolfgang Jeschke

Von **Ian McDonald** erschienen in der Reihe
HEYNE SCIENCE FICTION & FANTASY:

ROMANE:

Herzen, Hände und Stimmen · 06/5009
Schere schneidet Papier wickelt Stein · 06/5127
Necroville · 06/5461
Narrenopfer · 06/5981

DAS CHAGA:

Chaga oder Das Ufer der Evolution · 06/5660
Kirinja · 06/6348

ERZÄHLUNGEN:

Atomic Avenue ➶ 06/4704
Die beste Verteidigung ➶ 06/5100
Christian ➶ 06/4477
Fetter Dienstag ➶ 06/5160
Fragmente einer Analyse eines Falles von Hysterie ➶ 06/4990
Gardenien ➶ 06/4747
Ein großer Stuhl ➶ 06/5390
Die Imbißstube der verlorenen Träume ➶ 06/5090
Die Insel der Toten ➶ 06/4410
Legitime Ziele ➶ 06/5275
Radio Marrakesch ➶ 06/4560
Romy tanzt ➶ 06/4560
Siegen ist alles ➶ 06/4865
Sonderwünsche ➶ 06/5325
Treibende Hunde ➶ 06/5250
Die Unschuldigen ➶ 06/5055
Van Goghs unvollendetes Porträt des Königs der Schmerzen ➶ 06/4513
Vivaldi ➶ 06/4570
Zum Kilimandscharo ➶ 06/4991; auch in ➶ 06/2100

IAN McDONALD

KIRINJA

Roman

Aus dem Englischen von
IRENE BONHORST

Deutsche Erstausgabe

WILHELM HEYNE VERLAG
MÜNCHEN

HEYNE SCIENCE FICTION & FANTASY
Band 06/6348

Titel der englischen Originalausgabe
KIRINYA
Deutsche Übersetzung von Irene Bonhorst
Das Umschlagbild ist von
p.n.m. do*MANSKI* – (GRUPPE d4)

Umwelthinweis:
Dieses Buch wurde auf chlor- und
säurefreiem Papier gedruckt

Redaktion: Wolfgang Jeschke

Erstausgabe 1998 by Victor Gollancz
An imprint of the Cassell Group, London
Mit freundlicher Genehmigung des Autors
und Thomas Schlück, Literarische Agentur, Garbsen
(# 61 852)

http://www.heyne.de
Deutsche Erstausgabe 8/2000
Printed in Germany 6/2000
Umschlaggestaltung: Nele Schütz Design, München
Technische Betreuung: M. Spinola
Satz: Schaber, Satz- und Datentechnik, Wels
Druck und Bindung: Ebner Ulm

ISBN 3-453-17091-1

Der Wind regte sich in der Nacht, der kräftige, heiße Wind, der aus dem Herzen des Chaga wehte. Er brachte die Glöckchen im Fenster der Kabine, die Oksana Teljanina zugeteilt worden war, zum Klingen. Er blies durch den beengten Raum. Er blies durch Oksanas Schlaf, zerfetzte ihn. Der Wind aus dem Süden roch nach Gewürzen und Fäulnis und geheimen sexuellen Orten und Weihrauch und Öl. Er roch nach nächtlichen Zweifeln und Hoffnungen. Oksana wusste, dass sie in dieser Nacht keinen Schlaf mehr finden würde, und sie ging zum Fenster. Die Sterne schienen hell und waren so nah, dass sie deren drückendes Gewicht im Nacken zu spüren glaubte. Venus und die Scheußlichkeiten, die die Chaga-Schöpfer ihr zufügten, waren unterhalb des Horizonts: beide Monde standen hoch. Das glatte grüne Oval des Großen Dummen Objekts schwebte über den Wachfeuern des Lagers. Heute Nacht waren keine Schüsse von dort zu hören.

»Der Menschenbaum war niemals ruhig.«

A. E. Housman
A Shropshire Lad: XXXI

Ein neuer Mond des Saturn

1 Die Dunkelheit war jetzt beinahe vergangen. Der Morgen klammerte sich an den Horizont, eine bernsteinfarbene Linie am Rand des Meeres. Die Frau sah zu, wie sich die Linie verstärkte und verhakte Wolkenfinger enthüllte; dunkel auf dunkel. Wettersysteme bewegten sich weit vom Land entfernt; Kräuselungen indigofarbener Wolken wirbelten aus der trägen, breiten Spirale des Monsuns heraus. Der Strand war eine Fläche von Geräuschen: das gewaltige Tosen der Brandung gegen das Riff, das hoch oben an der Kante des heilsamen Regens entlang verlief; das Pfeifen und Flöten von Strandvögeln, die federleicht ein paar spaßhafte Schritte unternahmen und sich dann wieder so leicht wie Gedanken in die Lüfte erhoben; die Sprache des Windes, vom Meer her in den träumenden Palmen und den hohen, schlanken Türmen der Landkorallen raunend. Die Musik von der Party verebbte und schwoll wieder an, einmal sanft, einmal dröhnend.

Auf dem Streifen zwischen dem bestellten Land und dem Sand hielt die Frau inne und berührte leicht, ängstlich, das Baby, das zwischen ihren Brüsten festgebunden war.

»Hör zu«, sagte die Frau.

Es war ausgeschlossen, dass das Kind sie verstehen würde, doch im zunehmenden Licht sah sie, wie ihre Tochter das Gesicht verzog und die Fäuste ballte, um zu schreien; dann entspannte sie sich, verstummte und regte sich nicht mehr. Im selben Augenblick fing der Wind vom Meer die Musik ein und trug sie wieder durch die Tür der Bar ins Innere zurück. Die Frau und das Kind standen eingebunden in die Gegenwart da. Der Augenblick dehnte sich, der Augenblick schnappte zu.

»Nichts«, sagte die Frau. Sie lächelte vor sich hin. »Du wirst lernen.«

Sie ging weiter zum Sand. Es war hell genug, um die herumhuschenden Krebse auszumachen – jedoch nicht hell genug, um ihnen aus dem Weg zu gehen. Sie zermalmte sie mit knackenden, knirschenden Lauten unter ihren Stiefeln. Die kleinen weißen Strandvögel glitten vom Meereswind weg, um an den vom Tod geprägten Fußstapfen zu picken und zu zerren.

»Sieh mal, da läuft Herr Krebs!«, sagte sie zu ihrer Tochter, die jetzt die Stirn runzelte, weil sich das gut anfühlte. »Und hier kommt Meister Krebs; wir fangen ihn, ja?«

Das Baby japste nach Luft. Die Vögel flogen auf und ließen sich erneut nieder, um mit ihren orangefarbenen Schnäbeln zu reißen und zu fassen.

»He, Frau Krebs!«, sagte die Frau, wobei sie schnell hinter der großen Mutter eines Hühnerkrebses herlief, so schnell, wie eine Frau mit einem Baby an der Brust in weichem, von der Flut nassem Sand zu laufen vermag. Frau Krebs versteckte sich im Schoß eines Wellenschaums.

Alle bis auf die hellsten Sterne der südlichen Hemisphäre waren verblasst. Der Mond stand noch am Himmel, einen Tag nach Neumond; der Halbmond von Afrika, auf dem Rücken liegend, gewiegt von den offenen Handflächen der Handbäume. Der Mond hielt einen Stern zwischen den Hörnern. Die Frau wusste, dass ein Fernglas diesen großen, nachgiebigen Stern erschließen könnte. Es war ein Zylinder, der dieselben Phasen und Verfinsterungen wie der echte Mond durchwanderte. Es war ein Artefakt, eine hohle Welt, an der Oberfläche dreihundert Kilometer lang und einhundertundfünfzig Kilometer im Durchmesser. Es hing in der Mitte zwischen Erde und Mond. Bei einer solchen Wahrheit stockte einem der Atem und eine eiskalte Nadel bohrte sich mitten in den Mysterien-Nerv.

»He!«, sagte Gaby McAslan zu der Kleinen, die zufällig den Kopf zurückgeneigt und das Gesicht den Monden zugewandt hatte. »Du kannst Daddy mit der Faust zuwinken.«

Die Wut kam so plötzlich, war so beißend und ätzend, dass sie einen Augenblick lang wie gelähmt war. Krebse huschten um ihre Füße herum. Das dauerte nur einen Augenblick, dann ging sie weiter. Flutwasser sickerte aus dem Sand in die Vertiefungen ihrer Fußabdrücke.

Der zweite Mond in den Armen des ersten. Ein gutes Vorzeichen: Zeit, um Reisen zu unternehmen, Vorhaben anzupacken, dem Leben einen neuen Kurs zu geben, sich von einem anderen Wind treiben zu lassen. Die Astrologie war eine der geringsten aller menschlichen Betätigungen, die aufgrund des Erscheinens des GDO eine Wandlung durchgemacht hatten.

Man sollte ihm einen neuen Namen geben, dachte Gaby. Es ist **G**roß, es ist zweifellos ein **O**bjekt, aber es ist nicht mehr dumm. Wir wissen einfach nur nicht, was es uns sagt.

»Geboren mit dem GDO im Sternzeichen des Krebses«, flüsterte Gaby ihrer Tochter zu. »Eine Reise begann. Tod und Wiedergeburt.«

Saturn und die neuen Mysterien, die sich unter seinen Satelliten entfalteten, waren unterhalb des westlichen Horizonts. Sie würden mit einem Auge auf den Monitoren im Café *Mermaid* an der Veranstaltung teilnehmen. Gaby hoffte, dass sie nicht dort zu sein brauchte, um mitzubekommen, was immer sich dort draußen abspielen mochte. Ihr Leben war mit jenen fernen, kalten Monden verbunden, und zwar durch Kräfte, die weit zwingender waren als Astrologie. Zwölf Jahre zuvor war es eine andere Küste gewesen, ein anderer Kontinent. Irland. Das Leuchtturmhaus. Die Landzunge mit dem Namen Point. Heimat. Eine andere Person: das Kind, das sich von den Sternen etwas gewünscht hatte und Gaby McAslan geworden war, Fernsehjournalistin bei SkyNet. Gaby McAslan im Exil. Ein anderer Mond: Iapetus. Sie war an diesem Abend zum Point hinausgegangen, um sich vom Mysterium liebkosen zu lassen, um mit sich ein deutliches Zeichen zu empfangen. Mit einem Abstand von zwölf Jahren, nun, da sie das Baby in den Armen hielt, konnte sie zurückblicken auf dieses schlacksige junge Mädchen und erkannte, dass sie nicht nach einem wahrhaftigen Zeichen Ausschau gehalten hatte, denn das hätte ebensogut von der Sehnsucht ihres Herzens weg als zu ihr hin weisen können. Sie hatte lediglich nach einer Bestätigung für das gesucht, was für sie bereits feststand. Iapetus war schwarz geworden, dann war Hyperion in einem Energieblitz verschwunden, aber es war irgendwo, an einem untrüglicheren Ort als in den Sternen, beschlossen worden, dass sie Fernsehjournalistin werden würde.

»Je älter man wird, desto mehr lernt man, je mehr du lernst, desto weniger sicher bist du dir, Kindchen«, erklärte sie ihrer Tochter. Zwölf Jahre später würde sie vielleicht erstaunt auf die Selbstsicherheit dieser Dreißigjährigen herabblicken.

Das obere Glied der Sonne versprühte Licht aus dem Meer in die Unterseiten der Wolken und sprenkelte sie mit purpurfarbenen, karmesinroten und schwarzen Klecksen. Die Landzunge lag immer noch im Schatten, doch Lichtflecken und -strahlen erhellten

Gabys Pfad durch die Vegetation des Schwemmlandes. Ihr Gang war vorsichtiger, als es das sanft ansteigende Gelände erfordert hätte. Sie fürchtete, auszurutschen und das Baby zu erdrücken. Der Weg war gut ausgetrampelt; die Landzunge war ein beliebter Aussichtspunkt für die Leute aus Turangalila. Man konnte zwanzig Kilometer weit das Riff hinauf und hinunter sehen. An besonders klaren Tagen erkannte man sogar die gewaltigen Brecher, wo die Schiffe auf ihrem Weg in den Hafen von Mombasa hindurchgekommen waren. Jetzt waren die einzigen Schiffe auf dem Meer nur noch die flachen, grauen Kähne der Quarantäneflotte, tief an den Horizont gedrückt, aus Angst vor Infektionen. Doch die Nachrichten von der Küste weiter unten sprachen von einer großartigen, pulsierenden Kultur, die aus den Strünken des toten Mombasa erwuchsen. Die Infektion, vor der sich die Quarantäneschiffe fürchteten, war eine nationenweite Krankheit. Sie hatte Kenia umgebracht, sie brachte Tansania mit jedem Augenblick ein Stück mehr um, doch die Leute, die an dieser Küste lebten, waren in erster Linie Afrikaner und dann erst Angehörige irgendeiner Nation. Sie waren so produktiv und erfinderisch wie die sich langsam brechende Welle außerirdischen Lebens, die ihr Land veränderte, jeden Tag um fünfzig Meter.

Aber Mombasa gibt es nicht mehr, dachte Gaby. Das Mombasa, das ich in jenen letzten wahnwitzigen Tagen der Nation, die früher als Kenia bekannt war, kannte. Ich habe diese Nation geliebt, ich habe dieses Land geliebt und das Chaga hat es auseinandergerissen. Ich habe dort einen Mann geliebt, weit weg, und es hat ihn genommen. Alles, was ich geliebt habe, hat das Chaga genommen: den Ort, von dem ich Kraft bezogen, die Leute, die ich geliebt und gequält, die angestrebten Ziele und die Fähigkeiten, die mich ausgemacht haben.

Sie blieb auf einem steileren Stück des Abhangs stehen.

»Whau! Ich habe es immer noch nicht überwunden, dass ich dich bekommen habe, Kindchen.«

Ich Tochter blinzelte zum Himmel hinauf. Winziges, winziges rotes Lebewesen. Gaby setzte ihren Weg fort. Die Sonne zog weiter ihre Bahn am Himmel.

»Du hast mich, was meine Kondition betrifft, völlig aus dem Gleis geworfen, weißt du das? Wenn ich an einem Kanamai-Spiel teilnehmen will, dann muss ich ernsthaft trainieren, ein bisschen laufen, ein bisschen schwimmen.« Sie blieb wieder stehen, um Luft zu holen.

Das Rückgrat der Landzunge war dicht bewachsen, mit einer Mischung aus fremdweltlicher und wiederhergestellter irdischer Vegetation, doch ganz an der Spitze verlief sie zu einer sonnenverbrannten Nase aus nackter Erde. Hier stellte Gaby die Ledertasche ab. Sie nahm ihre Tochter bis zum Rand mit. Die Landzunge fiel in Stufen aus Korallenfelsen zu einem flachen Felsenabsatz hinab, wo das Meer gefährlich tobte. Hinter ihr ging der Mond unter; ihre kurze Verbindung war unterbrochen.

Gut, dachte Gaby. Ich möchte dich nicht, wenn du die Augen voller Mond hast. Ich möchte kein anderes Leben, das mit den Mächten am Himmel verbunden ist.

Gaby schnallte das Baby ab. Mit beiden Händen hielt sie ihre Tochter zum Licht hinauf.

»Serena«, sagte sie und schirmte sich mit ihrem Kind gegen die Sonne ab.

Gaby zögerte. Sie hätte etwas Wesentliches sagen wollen, doch die zunehmende Helligkeit des Tages rückte ihr kleines Ritual in ein peinliches Licht. »Du bist meine Serena«, sagte sie schwach. Das Baby strampelte in ihren Händen, sie sah es an und plötzlich wurde ihr bewusst, dass es das leichteste auf der Welt wäre, die Hände zu öffnen. Um es fallenzulassen. Damit die Wellen das Ding von der Korallenplattform ins Meer spülen würden.

Serena strampelte erneut. Gaby schüttelte ihre Tochter.

»Du Hexe!«, rief sie. »Du kleine Hexe! Weißt du, was du mir angetan hast?«

Serena fing an zu weinen.

»Hör auf, hör auf, hör um Himmels willen auf, du widerliche kleine Hexe!« Gaby schüttelte Serena im Rhythmus ihres Zorns, doch sie konnte das Baby nicht zum Schweigen bringen. Serena brüllte.

»Deinetwegen bin ich hier, deinetwegen kann ich nicht zurückkehren. Deinetwegen lassen sie mich nicht ausreisen. Alles nur deinetwegen!«

Tu es. Sei frei. Sie ist nicht vollkommen. Sie ist nicht wahrhaftig. Es gibt immer noch Stämme, die diejenigen preisgeben, die es berührt und verändert. Öffne einfach die Hände. Eine Bewegung, ein Gleiten. So was passierte schon mal. Es wäre schrecklich, doch nur eine Zeit lang. Sie ist nicht vollkommen.

Gaby merkte, wie ihre Hände zitterten. Licht füllte ihre Augen. Mit einem Aufschrei riss sie das kleine Mädchen aus der Sonne und drückte es fest an sich, eingehüllt in ihr langes mahagonifarbenes Haar.

»O meine Kleine, meine süße Kleine; o Jesus, o Gott, es tut mir leid, es tut mir leid, meine Kleine.« Sie sank zu Boden, schaukelte das brüllende rote Bündel, entsetzt über das, was das Licht in ihr erhellt hatte. »O Jesus, Kindchen, o Christus, es tut mir Leid. Es tut mir Leid. Es tut mir Leid. Es tut mir Leid! Was ist nur in mir vorgegangen?«

Ihr fiel ein, was in ihr vorgegangen war.

Als das Chaga von den Sternen herabgefallen war, um sich über den halben Planeten zu verbreiten, hatte es mehr als nur die Geografie verändert. Niemand hatte je die Intelligenz gesehen, die die biologischen Packen, die fünfzehn Jahre lang herabgefallen waren, ersonnen und hergestellt hatte – inzwischen war es eine anerkannte Tatsache, dass die Schöpfer des Chaga für die menschlichen Chauvinismen von Leben und Intelligenz unerkennbar und unbegreiflich waren – doch ihre Absichten waren zu vermuten. Keine Eroberung, keine Kolonisierung – obwohl das Chaga, das alles, was sich ihm in den Weg stellte, seiner Matrix anpasste, einen besonders gnadenlosen Imperialismus darstellte –, sondern vielmehr ein Vorgehen in der einzigen Weise, die die Macher verstanden: durch beiderseitige Evolution. Die südliche Hemisphäre der Erde war eine Stimme in einem Dialog, die achthundert Lichtjahre und fünfhundert Millionen Jahre zu den komplexen Fullerene-Wolken in der Skorpion-Schleife durchmaß. Die Schöpfer des Chaga schrieben ihre Spitzfindigkeiten in menschlicher DNS.

Verändert.

Darin lag eine gewisse Ironie.

In jenem anderen Leben, als sie Gaby McAslan gewesen war, Ostafrika-Korrespondentin für SkyNet Satellite News, hatte sie diese Wahrheit dem Planeten enthüllt. Sie erschauderte immer noch, wenn sie an den Block Zwölf dachte und daran, was die Vereinten Nationen in diesem Labyrinth aus Ebenen und Kammern zu verstecken versucht hatten. Sie war nur deswegen entkommen, weil Freunde an einflussreicher Stelle sich für sie verwendet hatten.

Danke, Shepard, dachte sie an der Stelle, wo das GDO niedergegangen war. Und ich habe dich wie Teufelsscheiße behandelt. Aber das ist einfach meine Art. So bin ich nun mal. Und wo warst du das nächste Mal, als ich gegen die UN-Quarantänetruppen und deren weitreichende Erinnerung, was Missgunst betrifft, angegangen bin? Du weißt wahrscheinlich gar nicht, was sich abgespielt hat, da droben in dieser großen Blechbüchse. Du weißt wahrscheinlich nicht einmal, dass du eine Tochter namens Serena hast. Du wirst wahrscheinlich nie erfahren, was sie über sie gesagt haben, als sie mich aus dem Dekontam gebracht haben, damals, als niemand dort war und sie mir die Ergebnisse der Untersuchungen gezeigt und die Papiere abgestempelt und mich den Truppen übergeben haben.

Verbannt.

Sie konnten oder wollten nicht sagen, welcher Art die Veränderung sein würde. Nur dass das Bündel sich schnell teilender Zellen in Gabys Gebärmutter ein Mädchen sein würde und es vom Fremdweltlichen berührt worden war.

Gaby schloss die Augen und berührte mit den Lippen die Kuppe von Serenes weichem Schädel.

»Es tut mir leid, es tut mir leid, mein Winzling.«

Sie hakte Serena in die Trageschlaufe. Brustwärme und rhythmische Herzschläge besänftigten ihr Geschrei. Gaby löste das Allzweckwerkzeug aus der Halterung. Durch eine Drehung des Schafts rastete es zu einer kurzen Schaufel ein. Sie grub, bis sie auf Felsgestein stieß. Sie hoffte, die Grube würde tief genug sein, um Plünderer zu entmutigen.

Die Ledermappe war dicht geblieben. Es waren immer noch einige weiche Eiskristalle auf der leberdunklen Oberfläche der Nachgeburt. Was für ein fremdweltliches Ding, um es im eigenen Leib herumzutragen! Schön und abstoßend, wie etwas dem Chaga Entsprungenes. Aber sie tauchte es noch nicht in das Loch, noch nicht. Das würde bedeuten, ein Stück von sich selbst dem Land zu übergeben. Sie hatte ihre Kraft stets aus dem Land bezogen: die Ausflüge während ihrer Kindheit zu den versteckten Plätzen des

Point; die Weite Kenias, bevor das Chaga sie überflutete, jetzt dieser Landvorsprung, der das Meer überblickte. Man gab sich dem Land und es erlaubte einem, Wurzeln in ihm zu schlagen und Kraft aus ihm zu saugen und dadurch das eigene Leben zu bestimmen. Das machte einen zu einer Person. Aber sie wusste nicht, ob sie die Person sein wollte, zu der Turangalila sie machen würde. Das Vergraben der Nachgeburt wäre wie das Begraben von Gaby McAslan. Sie hatte Angst, sie würde das wiedergeborene Leben nicht erkennen.

»Gib mir ein Zeichen«, sagte sie. Die Sonne stand drei Fingerbreit über dem Meer. Licht erfüllte das Land, warf mit jeder Sekunde neue Schatten und zeichnete neue Umrisse. Das tiefe Wasser war ruhelos, ganz Glitzern und Wichtigkeit; das Riff zog sich wie Erdknöchel von dem sich auflösenden Meer zurück. Die Luft war rein und kühl und schmeckte nach der großen Tiefe. Das war für Gaby schon immer der sinnenträchtigste Geruch schlechthin gewesen; ruhelos und sehnsuchtsvoll. Die Elemente waren hier stark, aber sie konnten ihr keine Zeichen geben.

Die Flut stand nach dem Monduntergang hoch und klatschte unter den schlaffen Küstenpalmen an den Strand. Turangalilas Boote waren weit hinauf an den Strand gezogen. Turangalila selbst, vermischt mit dem Laubdach von Pseudo-Fungi und Landkorallen, gab keinerlei Hinweis auf menschliche Anwesenheit an dieser Küste. Im goldenen Frühmorgenlicht wirkten die Chaga-Gewächse und die Kokospalmen und die vereinzelten Affenbrotbäume nicht gegenseitig feindlich, sondern eher wie symbiotische Produkte eines alternativen Evolutionspfades, zurückversetzt in vorkambrische Zeit.

Gar kein so abwegiger Gedanke, wenn die Theorie zutraf, dass dies nur die jüngste einer Reihe von Erfindungen der Chaga-Schöpfer in der terrestrischen Evolution war.

Die Flut und die Bäume und die Boote, die sie umfingen, und die Ansiedlungen, die in sie eingefaltet waren, hatten kein Zeichen für Gaby McAslan.

Sie wandte sich Richtung Inland, nach Afrika hin, zu der Stelle, wo der ausgefranste Teppich der Küsten-Ökologie die überwältigende senkrechte Wand der Großen Mauer zerriss. Dort ragten Bäume, oder Dinge, die wie Bäume wirkten, über eine Strecke von anderthalb Kilometern steil auf, bevor sie sich zu einem Baldachin von riesigen verwobenen Sechsecken ausbreiteten. Das Dach der Welt. Von hier aus sah man, dass sich die Große Mauer allmählich nach Norden und Süden landeinwärts schlängelte. Das Gebilde war eine Vorhangwand von einhundertfünfzig Kilometern Breite. Es bedeckte den größten Teil dessen, was einst das Wildreservat Ost-Tsavo gewesen war.

Weiter als bis zu der Mauer konnte man nicht sehen. Aus Erfahrung wusste sie, dass sie viele Landschaften und Ökosysteme enthielt, die ineinander verschachtelt waren wie Babuschka-Puppen. Aber sie verwandelte sich, passte sich an, bewegte sich in Richtung Menschheit, so wie sich die Menschheit ihrerseits darauf zu bewegte. Es war der evolutionäre Dialog: die wiederhergestellten Palmen, die Neo-Affenbrotbäume, die Chaga-Pflanzen, die sich der terrestrischen Spezies annäherten, die Tiere, die durch die Küstenwälder zurückkrochen und neue ökologische Nischen erforschten: Symbiose. Verschmelzung.

Die Bäume und die Große Mauer und die dahinter verborgene Landschaft und die an der Küste herumkreuchenden Tiere hatten kein Zeichen für Gaby McAslan.

Seranas Finger packten eine Haarsträhne von ihr und zerrten daran.

»Ach, Scheiße«, sagte Gaby; sie begriff und lachte und tauchte das schwabbelige Blutgebilde in das Loch und bedeckte es schnell mit Erde.

Während Gaby bedachtsam den Weg zum Strand zurückging, sang sie ihrer Tochter Motown-Soul-Klassiker vor, die schon alt gewesen waren, bevor Gaby geboren wurde. Die Strandkrabben befanden sich jetzt alle unter dem Flutwasser. Die weißen Vögel, die an den blutigen Fußspuren gepickt hatten, ruhten sich an der Oberfläche aus, kopflastig, als ob der nächste Wasserschwall sie zum Kentern bringen würde. Die Bänder von Morgendämmerungswolken waren aufgebrochen zu weichen schwarzen Perlen, die von einem heftigen Wind, der mit hoher Geschwindigkeit raste, schnell landeinwärts geweht wurden. Noch vor Mittag würde es an der Küste regnen.

Gaby kletterte über die umgestürzten Palmenstämme und watete durch die Brandung um die dicken roten Gelenke der Handbäume herum. Sie hörte Husseins Radio, bevor sie ihn bei seinem Boot sah, das unterhalb der Mauer des toten Hotels am Strand lag. Er hatte einen der neuen Sender eingeschaltet, deren Zahl in letzter Zeit so sprunghaft anstieg und die von Malindi ausgestrahlt wurden. Er brachte Morgenmusik, fröhliche, gekonnt dargebrachte Gitarrenklänge und Funk-Suaheli-DJ-Geplapper. Hussein kratzte Polypen vom Rumpf seines Bootes. Er mochte es, wenn sein Boot glatt und sauber und schlank und lang war. Er war ein großer, haarloser Giriama mit einem Hauch von Missionswitwen-Masai und demütigem Moslem, in der Weise, wie alle seefahrenden Männer demütig sind. Sie respektieren Gott, nicht jedoch die Religion.

»Gaby. Und Gabys Kind.« Er sprach Hotel-Englisch und Hotel-Deutsch. Bevor die Hotels weggespült worden waren, hatte er seinen Unterhalt mit Ausflügen auf Glasbodenbooten und Schnorcheltouren zum Riff verdient. »Weißt du, das Volk meines Onkels pflegten sie mit Zwiebeln und Currygewürzen zu braten und in Chapatis zu essen.«

»Das«, sagte Gaby McAslan, »ist ekelhaft. Hat das *Mermaid* noch offen?«

»Als ich vor einer halben Stunde daran vorbeigegangen bin, drangen Laute heraus.«

»Du weißt nicht, ob dieses Phoebe-Ding schon gelaufen ist?«

»Gaby, ich bin Bootsmann.«

»Ja, ja. Fährst du heute raus?«

»Jeden Tag, wenn illegale Einwanderer und Floßfahrer hierherkommen, fahre ich raus.«

Und sie werden einige Handvoll ihrer Schätze dabeihaben und du wirst das eine oder andere von ihnen verlangen, als Unterpfand oder als Obolus für einen Gefallen, der irgendwann am Sanktnimmerleinstag zurückgezahlt werden soll, dachte Gaby. Nicht weil du diese Dinge brauchst – niemand braucht noch irgendwas, sondern weil die Freiheit ihren Preis hat. Als ob sie den nicht bereits bei den Kapitänen der Frachtschiffe entrichtet hätten, die sie außerhalb der Radar-Reichweite gebracht haben; dann zahlen sie noch einmal, wenn sie ein Stück paddeln und an den Blockadeschiffen vorbeischwimmen müssen, und sie bezahlen die Haie und die portugiesischen Kriegsschiffe und sie zahlen an die Wellen und an das Riff, während sie versuchen, es bis in die Lagune zu schaffen. Aber dich haben sie nicht bezahlt.

»Du bist ein gottverdammter Pirat, Hussein«, sagte Gaby in freundschaftlichem Ton.

»Ich bezeichne mich selbst gern als Einwanderungsdienst. Eine Untergrundbahn im Meer.«

»Ich glaube, das Wort dafür heißt *U-Boot*«, sagte Gaby. Hussein fütterte das *Putti-putti* mit Treibstoff.

Der Biomotor blubberte und fing an zu schlagen, indem er Luft pumpte. Er richtete den Puls ein, dann kappte er die Verbindung zur Zellbatterie. »Aber sei vorsichtig, ja?«, fuhr Gaby fort. »Eines Tages werden dich diese Schweinehunde direkt aus dem Wasser heraustorpedieren.«

»Ich bin Kapitän Heimlich, ich segele unter ihren Waffen hindurch, und sie können mich nicht sehen.«

»Du setzt zu viel Vertrauen auf deinen radartransparenten Schiffsrumpf. Sie mögen Saudis sein, aber trotzdem haben sie Augen im Kopf.«

»Gottes Wille, Gaby und Gabys Kind.«

»Serena.«

»Ach, das ist ein guter Name für dieses Land.«

»Gottes Wille, Hussein.«

Ja, dachte Gaby, als sie den Weg hinaufging, der einst die Touristen an den Strand und zu den Glasbodenbooten geführt hatte. Das ist der Grund, weshalb du auf der Landzunge gelacht hast, als Serena dir das Zeichen gab, das du nicht erwartet hattest. Gott zieht dich an den Haaren, he, hör zu, nach all den Jahren des Wartens und Versuchens bist du eine Afrikanerin. Eine weißhäutige, grünäugige, rothaarige Afrikanerin. Und was dich zu einer Afrikanerin macht, ist der Umstand, dass du endlich Meinen Willen akzeptierst, ob du nun bleibst oder weggehst, ob du dein Baby von der Klippe wirfst oder deine Nachgeburt in der Erde vergräbst. Dies ist die Welt, in der du leben musst, jetzt, hier. *Ismillah.* Also lache, denn du kannst nichts daran ändern.

Der Weg war nicht die direkteste Strecke zum Café *Mermaid,* doch das Chaga ordnete die Abkürzungen immer wieder neu und die geröllbedeckten Ruinen des Hotels waren tückisch. Irgendwo da drin wartete der leere Swimmingpool; eine blaugeflieste Falle. Gaby stapfte über die Stelle, wo der Kettengliederzaun unter dem Gewicht von schwefelgelben Erdklumpen auf die Tennisfelder gefallen war. Die weiter entfernte Rastanlage war von gewaltigen blauen und weißen Gewächsen eingenommen worden, die wie übergroße chinesische Vasen aussahen und einen seltsam betörenden Moschusduft verströmten. Bündel von winzigen orangefarbenen Kristallen, die die Bahnschienen befallen hatten, wurden unter Gabys Stiefeln wie Krebsschalen zermalmt.

Die geschnitzte Meerjungfrau war angenagelt an eine Palme hinter einem Haufen von vergammelten Gerätschaften, die einst dem Chloren des Schwimmbeckens gedient hatten. Sie hatte ein anzügliches Grinsen im Gesicht und deutete auf einen Pfad, der im Zickzack zwischen Palmen und Kronkorallen hindurchführte. Das Café *Mermaid* gehörte zu den unbewussten Gebäuden, bei denen man angekommen ist, bevor man es merkt. Wenn man einmal hinter den Trick gekommen ist, wie man es aus dem visuellen Chaos der Vegetation heraushebt, war das, was man sah, etwas spielerisch an einen riesigen Strohsombrero Gemahnendes, auf mehreren Pfählen aufgebockt. Doch in Wirklichkeit war es noch viel fremdartiger und raffinierter als das: sein Strohdach war ein feiner Solarpelz, der das Gebäude während der Hitze des Tages kühlte, es bei Nacht wärmte und in jeder Faser elektrischen Strom erzeugte. Wenn man sich unter den Rand duckte und die Augen sich an den biolumineszenten Schatten gewöhnt hatten, der für ein besinnliches Trinken am besten geeignet ist, erkannte man, dass es eher einem Baum als einem Hut glich, denn ein dicker Mittelstamm hielt das Dach. Astrippen führten hinunter zum Rand und bildeten schließlich die kräftigen, knochenartigen Pfähle. Eine Baum-Hut-Hütte.

Das Café *Mermaid* roch nach Wärme und Dingen, die aus der tiefen Erde wuchsen, und stank nach Schweiß, scharfem Urin und vergossenem Bier. Die meisten Tische waren noch besetzt. An der Bar standen einige Hocker rings um den Stamm herum. Die Hauptbiolichter unter dem Baldachin verbreiteten einen düsteren Schein, die Bar war von Tischlampen und Fernsehern beleuchtet. Die Bildschirme, die vom Mittelstamm herabhingen, waren allesamt voller Sterne.

»Gab!«

Sunpig war eine untersetzte, dickliche weiße Amerikanerin mittleren Alters. Sie trug mehr als einen Ring an jedem Finger. Bebilderte Karten lagen in verschiedenen Mustern auf ihrem Tisch verteilt. Sie zeigten die großen Augen, seraphischen Gesichter und segnenden Hände äthiopischer Ikonen. Sunpigs Arbeit in Turangalila bestand darin, ein einzigartiges cha-afrikanisches Tarot zu entwickeln. Jeder in Turangalila musste arbeiten; das war der Traum des Ortes, der Ausdruck der Umwandlung des Chaga-Potentials in alle Bereiche menschlicher Tätigkeit. Wie bei den meisten experimentellen Künstlergemeinden neigte dieser Ausdruck dazu, in der Bar zu enden.

»Ich habe es getan.«

»Und?«

»Gibt's da noch ein ›Und‹?«

»Frau mit Kind!« Mit einem Schnipsen des Zeigefingers gab Dr. Scullabus seinen Gästen ein Zeichen, für Gaby Platz zu machen. »Setz dich!« Sie setzte sich. »Trink!« Sie trank das Hausbier, das vor sie hingestellt wurde. Der Doktor war groß, mit unreiner Haut, aber einer gut kinnlangen gebleichten Rastamähne. Gaby mochte Dr. Scullabus sehr. Er war in dem Alter, in dem sich Männer gern selbst irgendwelche Beinamen zu geben pflegten, aber wie auch immer, er genoss ihre Hochachtung. Er hatte das Chaga benutzt, um sein Leben neu zu gestalten. Bevor es nach dem Aufprall in Kilifi die Küste herabgefegt war, war er Strandknabe gewesen. Er hatte prächtige Muskeln ohne Körperbehaarung und einen knackigen Hintern in Lycrashorts zur Schau getragen; er hatte Touristen gefickt und ihnen erlaubt, dass sie ihr Geld für ihn ausgaben. Als keine Touristen mehr gekommen waren, fickte er stattdessen Journalisten und UN-Mitarbeiter. Er hatte nie Geld besessen, also hatte er auch nichts verloren, als das Chaga die Hotels wegnahm. Seinem Talent, von den Leuten das zu bekommen, was er wollte, konnte es nichts anhaben; damit hatte er sich das Café *Mermaid* und seinen Platz als oberster Priester hinter der Bar verdient.

Gaby legte Serena auf die Theke. Sie blinzelte zu den sternengefüllten Bildschirmen hinauf. Es war heiß unter dem Sombrero; Gabys Shorts und das Hemd klebten ihr am Körper. Aber das Bier war kalt. Sie leerte das Glas in einem Zug. Der Doktor braute es selbst, und die Flaschen waren viele, viele Male wiederverwendet worden, geplündert aus den überwucherten Abfallhaufen der verlorenen Hotels seiner Jugend.

»Du hast es verpasst, Gab.«

»War es kosmisch?«

»Der Mann in den Satelliten-Nachrichten hatte nicht die geringste Ahnung, wovon er sprach. Du hättest es richtig gemacht, Gaby. Du hättest uns ein Gefühl für die Größe des Dings vermittelt und für die Weite des Raums und für die Entfernung und die Kälte und dafür, wie wundervoll es ist.«

»Doc, kein Wunder, dass du so oft abgeschleppt wirst.«

»Es stimmt, Gaby. Wenn du dort gewesen wärst, ich sage dir, du hättest soviel Ehrfurcht in uns erweckt, dass uns die Eier geschwollen wären.«

»Aber ich bin nicht dort.« Gaby drehte die vielmals ausgewaschene Bierflasche zwischen den Handflächen. »Ich bin hier. Und schreib noch eine Flasche auf meine endlose Latte.«

Chaga-Nomie. Quid pro quo: mit André tauschte der Doktor Bier gegen einen Tag Fischen hinter dem Riff, gegen ein Lied von Harrison, eine Sitzung bei Sunpig, gegen ein Abendessen von Marilynne, gegen eine Neufrisur der Rastalocken von Musta. Aber was hatte Gaby McAslan, frühere Ostafrika-Korresponendentin von SkyNet, als Gegenwert zu bieten?

Gaby knallte die leere Flasche auf die Theke. Serena gab ein kleines Blubbern von sich, zog es jedoch vor weiterzuschlafen. Wieder wurde Bier hingestellt. Gaby kippte es in sich hinein. Sieger-Frühstück.

Wie lange dauerte es bei Amputierten, die Phantomschmerzen in den verlorenen Gliedmaßen litten, bis das Zwicken nachließ? Falls überhaupt jemals?

Sie sah zu den Bildschirmen. Seit die dunkle Seite von Iapetus die helle umfangen hatte und Hyperion verschwunden war und damit das Erscheinen des Chaga angekündigt hatte, war ein beständiger Strom von Raumsonden zu den Monden des Saturn ausgeschickt worden. Die Ankunft des Großen Dummen Objektes im Erdorbit, nachdem es aus den Fragmenten von Hyperion wiedererstellt worden war, hatte unbemannte Missionen uninteressant gemacht – warum sollte man zum Saturn gehen, wenn der Saturn zu einem kam? Dann war Phoebe bei einem Quantengravitations-Kollaps, wodurch eine Art Schwarzes Loch entstanden war, verschwunden und die Kräfte am Himmel bewegten sich wieder. Die Saturn-Satellitenmission Nummer Zweiundzwanzig, *Wagner*, war auf einen beachtlichen Platz in der Rangliste vorgerückt und für die Aufgabe, welche auch immer nach dem Willen der Chaga-Schöpfer in Bezug auf Phoebe durchgeführt werden sollte, umgerüstet worden.

Die Sonde war zwei Tage nach Serenas Geburt in

der Phoebe- Spalte angekommen. Sie hatte ihre Antennen entfaltet, hatte ihre Sensoren ausgefahren wie eine brütende Mondmotte und schmale gebogene Körper gesehen, zig Kilometer lang, träge im translunaren Raum trudelnd.

Um drei Uhr fünfunddreißig MGZ hatte sich der Wille der Chaga-Schöpfer manifestiert: die Bogen verbanden sich. Die von den Orbitalteleskopen übertragenen Bilder hatten einen Ring mit einem Durchmesser von dreieinhalbtausend Kilometern gezeigt.

Man hatte sich auch dafür einen Namen ausgedacht. Die Bogen waren noch nicht einmal verbunden, da nannte man das Ding bereits RA. Rätselhaftes Artefakt.

Eine Minute für den Vorbeiflug. *Wagner* würde in einer Entfernung von hundert Kilometern an der inneren Kante den Ring passieren. Die terrestrischen Horizontallinien-Interferometer lieferten eine schärfere Auflösung als die Raumteleskope: RA war ein schmaler Faden, eine Schlinge von zwei Kilometern Dicke und fünfhundert Metern Tiefe. *Wagner* würde genau hinschauen müssen, um überhaupt etwas zu sehen.

Expertenstimmen vertraten die Ansicht, dass das RA nicht gegen die gesamte Masse von Phoebe aufgerechnet werden konnte.

Und plötzlich war es da, aus dem Dunkel herausschwebend, als es auf die ferne Sonne traf, wie ein Armreif aus Licht. Irgendwie war Gaby bewusst, das Serena Hunger hatte. Sie holte eine Brust aus ihrem locker fallenden Hemd und hob das quengelnde Kind hoch. *Wagner* schwebte durch den Lichtreif wie ein Wiesel durch einen Ehering. Gaby erhaschte einen Blick auf gewundene weiße Bergkämme, wie verschlungene Därme, Täler zwischen aufgestellten steifen Stacheln, wie Schweineborsten. Dann Sterne. *Wagner* fuhr seine hinteren Kameras aus.

Alle Bildschirme im Café *Mermaid* wurden weiß.

»He, Scullabus!«, rief jemand vom anderen Ende der Theke.

»Meine Geräte sind in Ordnung«, sagte der Doktor. »Seht!«

Die Sondenkameras waren ausgefahren und nach unten gerichtet. Das RA war eine Scheibe aus weißem Licht. Die flackernden Bildschirme warfen ungewöhnliche Schatten in die hinteren Winkel des Cafés. Dunkelheit. Wo das Licht gewesen war, exakt eingerahmt von dem riesigen Reif, war ein Mond.

Viele von den Flaschen des Doktors, die wertvoller waren als das, was er darin verkaufte, landeten am Boden und zerbrachen.

Nicht einmal die Expertenstimmen wussten, was sie sagen sollten.

Der Mond war ein Ungeheuer: rostrot, von Kratern übersät und strahlenförmig. Dunkle *Mare* wirkten krakeliert und brüchig wie eine japanische Glasur. Der Satellit hatte einen Satelliten. In der Schwebe hinter der Roche-Grenze des neuen Mondes war eine gewölbte Scheibe mit einem Durchmesser von achthundert Kilometern. Seine Radiuskrümmung entsprach dem Mond; seine dunklen Seiten zogen kilometerlange Schweife aus Treibeis und Stalaktiten aus gefrorenem Gas hinter sich her. Gaby konnte nicht umhin zu bemerken, dass die Scheibe den Mond schob.

Wie sein Vorgänger befand sich dieses noch größere Dumme Objekt auf der Heimreise. Simulationen zeichneten Kurven in das Sonnensystem. Sein Ziel war nicht die Erde. In zwölf Jahren würde die Venus einen Mond haben, der sie alle zwanzig Tage einmal umkreiste.

Gaby verzog das Gesicht; Serena saugte heftig. Wahrscheinlich müsste sie frisch gewickelt werden, dachte Gaby. Angesichts der Unvereinbarkeit dieses Gedankens mit den erstaunlichen Vorgängen auf den Bildschirmen hätte sie beinah laut aufgelacht. Das da war nichts weiter als ein toter Gesteinsbrocken auf dem Weg zu einem anderen, während das hier ein Menschenkind war. Das da war Mechanik. Dies war die Zukunft.

In was für ein Universum wirst du hineinwachsen, mein Kind?

Die Überquerung

2 Ihr Name war Oksana Michailowna Teljanina. Sie war mit den Wildgänsen geflogen und mit dem Lachs geschwommen. Sie war mit dem Rentier gelaufen und hatte mit dem Hermelin die Eier der Adler gestohlen. Sie war auf den Flügeln des Windes gereist und war in den Geist der Bäume eingedrungen. Sie war Licht geworden und das Licht jenseits des Lichtes, die echte Erleuchtung, wovon alles Licht nur ein Schatten war. Sie hatte sich in den Gewässern aufgelöst wie ein Regentropfen, sie war der Grashalm gewesen, der von den Hufen des Wildes zertreten wurde, und sie war dieses Wild gewesen. Und jetzt war nichts anderes mehr übrig als Spuren chemischer Asche in ihrem Blutstrom, und sie war eine Frau von vierzig und noch was Jahren, die in einer Eiche saß. Mit nacktem Hintern, dabei war der erste Frost nur noch ein paar Tage entfernt. Mit einer Gänsehaut um die Brustwarzen, aber diese Titten waren noch immer fest, bei Gott. Eine stramme Mittvierzigerin. Sich in Form zu halten war ein Element der erweiterten spirituellen Übung.

Aber man war kalt und steif und schwindelig von den Pilzen. Und man fühlte sich alt.

Und man bekam keine Antworten. Noch zwei Tage, bis sie wieder nach Süden fliegen würde, zurück nach Afrika, und ihr Geist war immer noch unruhig.

»Klärt mich auf«, hatte sie zu den Wildgänsen und dem Lachs, der stromaufwärts zum Sterben schwamm, gesagt. »Was soll ich tun?«, hatte sie das Rentier und den Hermelin gefragt. »Ist das richtig?«, hatte sie vom Wind und den Bäumen wissen wollen. »Hört ihr mir überhaupt zu?«, hatte sie das Licht und das Wasser gefragt. »Ist da jemand?«, hatte sie zum Gras und dem Wild, das es zertrampelte, gesagt. Die Gänse und der Lachs und das Rentier und der Hermelin und der Wind und die Bäume und das Licht und das Wasser und das Gras und das Wild hatten geantwortet: alles Scheiße.

Es funktionierte nicht mehr. Die Welten des Geistes waren ihr verschlossen. Ebensogut hätte sie auf dem Teppich ihres Wohnzimmers durchdrehen und Göttlichkeit in die wirbelnden Muster der turkestanischen Webers hineindichten können. Wenigstens hätte sie sich dabei nicht in die Gefahr begeben, sich eine Lungenentzündung zu holen oder sich bei einem Sturz von einer geheiligten Eiche in vollgekifftem Zustand Brüche zuzuziehen.

Der Himmel verhieß den bevorstehenden Abend. Sie war seit acht Stunden weggetreten. Früher wäre sie mit soviel Stoff in sich tagelang über die Äste des Weltenbaums spaziert. Es ist ein schlechtes Zeichen, wenn man immer mehr braucht, um immer weniger damit zu erreichen, dachte sie, während sie die in den Baumstamm gekerbten Stufen hinunterkletterte. Sie zog sich schnell an und sprang dabei auf und ab, um Wärme in ihren Körper zu schütteln. Im Rucksack war Schokolade und die Feldflasche mit dem letzten Rest Arak. Sie nahm immer wieder einen Schluck aus der Feldflasche, während sie auf dem Schamanenpfad durch das sich vertiefende Zwielicht der Wälder zur Straße der Holzfäller wanderte. Das Zeug brannte tapfer in ihrer Kehle. Zum erstenmal empfand sie das Bedürfnis nach seinem Trost. Die Geister hatten Hände und Augen verschlossen. Ihr Schutz war nicht mehr gesichert. Sie löste die Schnalle am Riemen ihres Buschmessers. Die Dinge, die im Dunkeln lebten und töteten, waren unterwegs, um ihr Verlangen zu stillen. Sie war froh, als sie den rostigen Vierrad-Cossack auf dem Seitenstreifen der holperigen Straße sah. Sie legte die Hand auf das Rentiergeweih, das an den wuchtigen Stoßstangen angebracht war. Einst war es ein Symbol ihrer Einzigartigkeit gewesen – seht her, hier kommt Oksana Teljanina, eine Schamanin –, doch jetzt wirkte es so peinlich wie ein alter Schulranzen, der bedeckt war mit den Namen von niedlichen Teenie-Bands. Vierzig und noch was Jahre, und du bist immer noch nicht erwachsen, Oksana Teljanina. Du befindest dich auf dem absteigenden Ast deines Lebens und immer noch brauchst du diese Symbole und Totems, die dir sagen sollen, wer du bist.

Sie fischte den Magnet aus dem Handschuhfach und hielt ihn an den vernarbten Höcker an ihrem Handgelenk. Die Regulierung der Verteilerpumpe hatte ihre Tücken; als Bestätigung für den Erfolg schnurrte der Prozessor, während er die Restspuren der Trance-Drogen und des Arak aus ihrem Blut herausschwemmte. Molekül um Molekül legte er den Hohlraum in ihrem Leben frei. Er war viellappig, verzweigt wie eine Schmelzwassersee in der Tundra.

Der Himmelsstreifen, der den schmalen freien Schlitz über der Straße der Holzfäller ausfüllte, wurde allmählich dunkel. Die Herbststerne erschienen, ein großes Rad, das sich über der sibirischen Taiga drehte. Es sah aus, als ob die Venus über dem verschwindenden Punkt der Straße schwebte: Leitstern in die Nacht.

Sie würde eine Stunde zurück bis zum Highway und noch mal zwei bis nach Hause brauchen.

Völlig durchgefroren und nüchtern betätigte Oksana die Zündung.

Venus explodierte: ein weißer Blitz, durchdringend und grell, ausreichend, um einen Schatten des Steuerrads auf Oksanas Bauch zu werfen. Sie schrie vor Angst auf. Sie hatte einen Planeten zerstört. Ihre Kraft war außer Rand und Band geraten; die Sterne fielen durch die siebenundzwanzig Himmel. Die Geister im Wald würden sich erheben und dafür ihre Seele zerreißen. Sie schaltete die Scheinwerfer ein; ihre Räder schluckten Dreck. Der zerbeulte Cossack schlingerte auf der nadelübersäten Fläche. Augen in der Dunkelheit warfen die Strahlen ihrer Scheinwerfer zu ihr zurück.

Oksana trat die Bremse bis unten durch. Der Geländewagen kam schleudernd zum Stillstand, das Geweih riß einen samtigen Streifen aus dem Stamm einer großen Lärche.

Auf einer Lehmpiste inmitten von vierzigtausend Quadratkilometern Wildnis lachte Oksana Michailowna Teljanina lauthals über ihre Einbildung. Die Sterne fielen nicht herab. Sie hatte zweihundert Milliarden Tonnen Kometeneis gesehen, das mit einer Geschwindigkeit von hundert Kilometern pro Sekunde in die Atmosphäre der Venus eingedrungen war und dessen Masse in Plasma verwandelt worden war.

Sie schlug vor Entzücken mit beiden Händen aufs Steuer. Jetzt begriff sie, warum die Geister geschwiegen hatten. Sie hatten weitreichende Erinnerungen in diesem Landdreieck zwischen den Flüssen Steiniger und Weißer Tungus. Sie hatten gespürt, wie der Hammer Gottes niederging. Und das waren einige Megatonnen gewesen, ein paar hundert Quadratkilometer gefällter Bäume, die im Epizentrum *j'accuse* anzeigten. Die Mutter, die die Venus getroffen hatte, hatte fünfzehnhundert Schwestern hinter sich. Die wissenschaftlichen Bewertungen stießen Oksanas schamanischen Geist ab. Die Schwungkraft, die von den einzelnen Aufprallen ausging – jeder ausreichend, um die Erde so steril zu scheuern wie ein gynäkologisches Instrument – würde die Rotation des Planeten beschleunigen. Die neue Morgendämmerung würde alle zweiundvierzig Stunden anbrechen und des Nachts würde ein neuer Mond über den Himmel segeln.

Tektonik und Kohlenstoffzyklen: jeder Aufprall schleuderte eine gewaltige Megatonne der massiven Atmosphäre des Planeten in den Raum. Gezeitenkräfte hielten die inneren Feuer am Brennen, wie Jupiters sadomasochistische Beziehung mit der gepeinigten, gespaltenen Io oder die des Erdenmondes mit seiner Muttermasse.

Leben, endlich. Soviel hatte Oksana von den Chaga-Schöpfern gelernt. Das hatte sie während der Jahre, die sie für die UN im sich wandelnden Afrika südlich des Äquators geflogen war, gesehen: das Leben, das in einer Million neuer Lieder und Tänze explodierte. Großes Leben. Großartiges Leben. Vor jedem Frühling muss ein Winter kommen, sei es der Winter des Eises oder der Winter des Plasmafeuers. Oder, dachte sie, während sie aufs Geratewohl auf die Radioknöpfe drückte, bis sie einen Piratensender für Country und Western gefunden hatte, Eis und Feuer.

Das Begleitobjekt des neuen Mondes, die riesige Scheibe mit dem Spitznamen Mondschläfer, hatte sich losgelöst, als der rote Satellit in seine endgültige Umlaufbahn einschwenkte. Sein Kurs war eine langgestreckte, schmale Schleife, die ihn in achtzehn Monaten zur Venus zurückbringen würde, in einem Orbit knapp hundert Kilometer über den Wolkengipfeln, die Nebel der ionisierten Atmosphäre durchpflügend. Die Theorie war, dass der Mondschläfer seinen Gasring als Saatbeet für blitzschnell kultivierte Fullerene benutzen würde. Dreihundert Jahre lang würde ein Regen von Chaga-Sporen auf die Wolkengipfel der Venus herabfallen.

Alle Welten haben ihren Anfang in Eis und Feuer.

Die große Kuh leckte den Ginnungagap aus dem universellen Eis. Aus dem Nichts war der Weltenbaum erwachsen. Der Himmel verkündet schamanische Wahrheit.

»Mondkuh«, sprach sie zu der großen Scheibe, die ungesehen auf ihrem Auswärtskurs dahinflitzte. »Ich nenne dich Mondkuh, Lebenslecker.«

Nachdem sie eine halbe Stunde auf dem Highway gefahren war, bog sie in eine Raststation ein. Sie brauchte Treibstoff für Motor und Körper. Nach schamanischen Trancen war sie stets hungrig wie ein Holzfäller. Auf dem Parkplatz standen jede Menge Lastwagengespanne, die unterwegs waren nach Norden, mit Vorräten für die abgelegenen Ortschaften, bevor der Winter hereinbrach. Der Speisesaal war voll von laut tönenden Fahrern. Sie verfolgten Oksana mit den Augen, während sie ihr voll beladenes Tablett zum hintersten Tisch trug. Ihr Gesichtsausdruck besagte: lasst mich in Ruhe. Ihre sibirische Jacke besagte: ich erwarte Hochachtung, Jungs. Ihr zentimeterkurzes blondes Stoppelhaar und ihre Tätowierungen besagten: wenn ihr mich für eine Lesbe halten wollt, habe ich nichts dagegen. Ihr dreißig Zentimeter langes Jagdmesser mit der gebogenen Spitze besagte: ich kann euch sehr schnell den Knubbel vom Schwanz schneiden…

Das Radio war auf denselben Country-Sender eingestellt, den sie im Auto mit halbem Ohr angehört hatte. Oksana vertilgte ihre Berge von Essen und half ihrem Verteiler mit zwölf Gläsern Tee bei der Arbeit am letzten Arak und dem Fungus. Sie bezahlte den Stapel von Bons, den die sexuell unterdrückte Kellnerin auf ihren Tisch gelegt hatte, und spürte die Blicke der Lastwagenfahrer, die ihr hinaus auf den Parkplatz folgten.

Sie roch den bevorstehenden Winter im Staub des

letzten warmen Herbsttages. Die Nacht war großartig. Die Raststätte war eine zarte Laterne, die in der Wildnis hing. Ein einigermaßen hübscher junger Trucker stand mitten auf dem Platz und starrte gebannt zum Himmel hinauf.

»Wenn du zu lange hinsiehst, kannst du dich darin verlieren«, sagte sie. »Die Geister vieler Schamanen wandern da draußen seit langem herum und suchen nach dem Heimweg.«

»Ist das dein Wagen, der mit dem Geweih?« Die Stimme des Jungen war sanft, hoch, weiblich.

Niedlich, dachte Oksana Teljanina. Sie sagte: »Wie lange verfolgst du den Weg schon?«

»Ich bin Anfänger; ich habe mir einige Bücher aus der Mobilbibliothek geholt, ROMs zum Anschauen, Online-Meldungen. Schamanismus zum Selbststudium.«

»Ich glaube, wir sind dazu verdammt, unser ganzes Leben lang Anfänger zu bleiben«, sagte Oksana.

Der Junge wandte langsam den Kopf und zog die Spur eines Bogens durch die Nacht.

»Zu Hause sieht man es nicht, zu hell. Hier draußen ist es wunderschön.«

Oksana blinzelte das Neonlicht des Cafés aus den Augen und sah, was diesen seltsamen Jungen in Bann gezogen hatte. Eine Brücke aus Licht hing am Himmel, weich wie Puder, mit zunehmender Deutlichkeit, je mehr sich ihre Augen an die Dunkelheit gewöhnten. Der Verstand sagte ihr, dass das die vermischten Schweife der Kometen waren, die aus dem RA gekommen waren und sich der Sonne näherten. Ihr Instinkt konnte das nicht glauben. Es war ein Sternenbogen, der dem Himmel übergeworfen worden war, der Weg der Geister zwischen den Zweigen des Weltenbaums.

Der junge Mann und die etwas über vierzigjährige

Frau standen schweigend da und sahen eine zeitlose Zeit lang zu. Dann durchbrachen das orgasmische Keuchen einer Luftdruckbremse und das plötzliche grelle Scheinwerferlicht eines Busses, der zum Speisesaal fuhr, die Verzauberung.

»Dein Geweih gefällt mir wirklich gut«, sagte der Junge. »Wohin bist du unterwegs?«

»Ich fahre zurück nach Irkutsk. Und du?«

»Nach Süden«, sagte er und lächelte.

Süden. Wo die Gänse fliegen, wo die Lachse schwimmen, wo die Rentiere wandern, wo die Winde wehen, wo der Regen fällt, wohin der Sternenbogen weist, wohin der seltsame Junge fährt.

Süden, wohin du fliegen wirst.

Hast du eine Antwort bekommen, Oksana Michailowna?

Alle Dinge können die Geister beherbergen.

Sie wandte sich um und wollte dem seltsamen Jungen für dieses Geschenk danken, doch die einzigen anderen Leute außer ihr auf dem Parkplatz waren die Buspassagiere, die eifrig dem Licht und der Wärme und der Geselligkeit des Speisesaals zustrebten.

3

Im Kontrollturm von Samburu war man klug genug, nicht zu streiten, als Oksana mit ihrer Antonow 72F direkt beim Terminum zum Landeanflug ansetzte. Weil Samburu von den Vereinten Nationen unterhalten wurde, wechselte das Personal ständig. Der neue Direktor versuchte, seine Autorität geltend zu machen, aber Oksana Teljanina brachte ihre klapprige alte Transportmaschine davon unbeeindruckt durch die V-Zone, die Verbotene Zone, herein.

»He, ihr da hinten«, sagte sie zu ihrer Fracht, die aus zwei technischen Beratern und mehreren Tonnen militärischer Hardware bestand. »Wir landen in Kürze in Samburu, also schnallt euch an, und du – ja du, der die ganze Zeit geraucht hat, trotz des Umstands, dass ich das in meiner Maschine nicht dulde – hör jetzt auf damit. Ihr auf der rechten Seite könnt die Merti-Ebene und den alten Ostafrika-Highway sehen. Ihr links werdet den besten Ausblick auf das Chaga haben, den ihr jemals bekommen werdet. Danke, dass ihr mit Sibirsk geflogen seid, der offiziellen Fluggesellschaft der Aid Force der Vereinten Nationen in Afrika. Zur Landung schalte ich euch ein bißchen Musik ein.«

Sie lehnte sich in ihrem Sitz zurück und betätigte den Knopf des Zell-Recorders mit einem geübten Stiefeltippen. Einhundert Watt russischer Dröhnmusik erschütterten die kleine Antonow.

Aid Force. Eine ebenso dicke Lüge wie ›technische Berater‹.

Die Ikonen und Talismane aus geknüpftem Leder schaukelten, als die *Dostoinsuwo*, wie der Name der An 72F-Transportmaschine lautete, auf eine Thermik stieß, die aus den Naymbeni-Bergen aufstieg. Aus zweitausend Metern Höhe war die Grenze zwischen den Welten so scharf wie ein Schnitt. Auf Bodenhöhe jedoch verwischte sie sich, da sich dort Erde und Chaga in bruchstückhaften Schlingen umeinander wickelten; Buschgras und Sechsecke von grellfarbenem Moos verliefen spiralförmig nach innen. Bis zu einem Kilometer südlich des Terminums standen Dornakazien und Affenbrotbäume zwischen den Landkorallen; sie waren jetzt sicher, da die nördlichen Marschen innegehalten und sich entlang einer Front, die ungefähr parallel zum Äquator verlief, verschanzt hatten. Die Erhebung der Großen Mauer, fünf Kilometer weiter, war eine eindeutige Grenze auf Bodenhöhe; aus der Höhe jedoch verschmolz sie nur zu einem weiteren Muster in dem vielfarbigen Weltteppich. Das Terminum war keine Trennlinie. Es war eine Begegnungsstätte. Die Hemisphären des Gehirns, der Seele und des Körpers, das Grobe und das Feine, das Materielle und das Spirituelle.

Der Nah-Alarm blinkte auf. Eine V-Zonen-Patrouille befragte die Künstliche Intelligenz der *Dostoinsuwo* und wollte deren Kurs und Einzelheiten zur Ladung wissen. Der Abfangjäger erschien seitlich, entpuppte sich aus seiner Savannen-Tarnung: ein sündenschwarzer Tarnflieger, ganz Flossen und Winkligkeit. Er trug die Zeichen der Kenianischen Luftwaffe; durch das Seitenfenster sah Oksana, dass der Pilot ebenso blonde Stoppelhaare hatte wie sie selbst.

»Halte deine Raketen in Schach, Kansasboy«, raunte sie vor sich hin. »Du kannst mir vertrauen. Heute.«

Sie winkte dem jungen Piloten zu, ihre Hand zuckte im Rhythmus des Geplärrs des Cockpit-Radios. Der Tarnflieger drehte ab und verschwand in der Unsichtbarkeit. Arroganter Mistkerl! Die verdammten Dinger waren von Natur aus anfällig. Sie flogen nur, indem sie ständig mit knapper Not einer Katastrophe auswichen. Sobald man ihre KI zerquetschte, würden sie wie Tarnkonfetti vom Himmel flattern. Ganz anders die *Dostoinsuwo*; sie war ein echtes afrikanisches Flugzeug. Keine Schönheit, mit ihren hohen Flügeln und Schwänzen und dem gedrungenen Körper und den großen, über den Flügeln angebrachten STOL-Turbos*. Nicht durchtrieben wie die Tarnflieger, aber sie würde überall hingelangen und einen nicht im Stich lassen, sogar manche Sünde gegen sich vergeben. Aber man musste ein Afrika-Pilot sein. Sie würde es nicht für einen ›flugtechni-

* STOL: Short Take-off and Landing = Spezialtriebwerke für kurze Pisten – *Anm. d. Übers.*

schen Berater‹ tun. Man musste Achtung haben für die Maschine, für den Himmel und den Boden. Und man musste ihren Geist begreifen.

Die Erinnerung kam hell und scharf. Sie besaß gerade erst seit drei Wochen die Qualifikation für Jets, kam frisch von den Flügen in Propellermaschinen mit Öl-Crews, das Land auf und ab. Dimitri hatte eine Versammlung einberufen: etwas Ungewöhnliches. Sibirische Arbeiter-Aktionäre versammelten sich im Hangar Fünf, dem einzigen, der groß genug war, dass darin die 142er gewartet werden konnte. Herein kam Bachtin, Held der Buchhaltung; er hatte damals, als die Aeroflot zerlegt wurde, die Abfindungs-Pakete für die Teilhaber zusammengestellt. Er liebte Spiele. Aeroflot hatte die Anlage billig hergegeben, jedoch die Landebahnen in tödlich festem Griff behalten, und die Bankiers hielten die Fäuste in den Ärschen der Genossen Anteileigner fest geballt. Absolutes Schweigen. Dann das Grinsen. Noch nie hatte jemand so etwas in seinem Gesicht gesehen.

»Genossen Aktionäre, ich habe euch ein Geschäft vorzuschlagen!«

Das große Ding da unten in Afrika, von dem niemand wusste, was da eigentlich gespielt wurde; die UN hatte ihr Angebot angenommen. Die Sibirsk war billig, sie verfügte über die Mittel und sie war verzweifelt genug, sich sofort in Bewegung zu setzen. Aber das Kollektiv wurde demokratisch geführt, also musste eine Abstimmung stattfinden.

Zu ihrer Linken war ein alter Überschallpilot der Aeroflot, der die Tu 144 bis zum Mars und zurück geflogen hatte. Zu ihrer Rechten war ein Hubschrauberpilot, der in Chechnya Kampfmaschinen für die Russen geflogen hatte und dann Hinds in Tunguska für die Sibirer. In der Mitte dieses Kind, begierig, klug, aufgeregt wie verrückt, dreiundzwanzig Jahre alt.

Und sie hielt gemeinsam mit den anderen die Hand hoch und wurde mitgezählt.

Sie konnte nicht glauben, dass sie jemals so jung gewesen war. Seit gut zwanzig Jahren flog sie nun schon in Afrika. Orte, Gesichter, Städte und Liebhaber, alles vom Chaga ertränkt. Zwanzig Jahre war sie darüber geflogen und darum herum, ihr Kommen und Gehen und jede ihrer Handlungen wurde davon bestimmt, aber niemals war sie ganz bis in sein Inneres vorgedrungen. Sie dachte darüber nach, dass während all der Zeit ihre einzige dauerhafte Beziehung die zu diesem Flugzeug gewesen war. Dann fiel ihr ein, dass selbst dieses umgebaut und verändert und modernisiert worden war, etliche Male, sodass nicht ein einziges Teil von jener *Dostoinsuwo* übriggeblieben war, die einst ihr Herz erobert hatte. Nein, das einzige, das überdauert hatte, das gewachsen war und sich entwickelt hatte, wie es bei einer Beziehung der Fall sein sollte, war das Chaga; und dieses Verhältnis blieb unvollzogen: steril.

Sie blickte nach Süden über das karmesinrote und jadegrüne und ockergelbe Gesprenkel. Wenn man sich aus dieser Richtung näherte, konnte man manchmal beobachten, wie der Schnee des Kirinjaga die Sonne einfing und entflammte, höher und weißer, als man es sich je hätte vorstellen können. Eine fantastische Stadt entstand an seinem Fuß; die Satellitenfotos lieferten Hinweise auf organische Wolkenkratzer, elegante Boulevards, Gartendörfer, lebendige Fabriken. Bei Nachtflügen hatte sie manchmal Lichtmuster in der Tiefe des Chaga erspäht.

Die *Dostoinsuwo* machte sie darauf aufmerksam, dass sie sich dem sicheren Boden näherten. Oksana schaltete den Autopiloten für die Landung ein; der Steuerbordflügel neigte sich. Die Anderwelt verschwand unter dem Rumpf. Samburu lag vor ihr, die alte UN-

ECTA-Basis, unbeweglich, seit sich das Terminum stabilisiert hatte, weiß wie verstreutes Salz auf dem verbrannten Lederbraun der Ebene. Der dunkle Fleck breitete sich dahinter wie ein Schatten aus.

Sie werden niemals kleiner, die Lager.

»Ich übernehme diesmal selbst«, erklärte Oksana der *Dostoinsuwo*. Der Hebel wurde in ihrem Griff lebendig, während sie ihr kleines Flugzeug durch den blauen Dunst von Holzrauch zu Boden brachte.

4

»Wie erkenne ich ihn?«, hatte sie Ali aus Kairo, in Damaskus, gefragt. Ali aus Kairo, in Damaskus, war trotz seiner indischen Seidenanzüge und seiner Neigung zu ottomanischer Opulenz auch nichts anderes als ein Straßenjunge, angelockt wie eine Motte vom erotischen Duft des UN-Geldes. Er war die lächelnde Front des Nur-für-UN-Angehörige-Clubs am Flughafen und er kannte alle GESICHTER und einige der NAMEN. Was immer man wollte, was immer man brauchte, was immer einem tierische Schreie entlockte, nichts konnte ihn aus der Fassung bringen. Nichts drang hinter diese winzige Serienmörder-Sonnenbrille.

»Er wird dich erkennen«, sagte Ali aus Kairo, in Damaskus. »Dort musst du hingehen, wenn du nach Samburu kommst, um die Zeit.« Er zog eine Magische Tafel, ein Kinderspielzeug, aus der Innentasche seines Seidenanzuges. Dunkler auf dunkel stand da ein Stockwerk, eine Zimmernummer und eine Zeitangabe. »Hast du es?« Oksana nickte. Ali aus Kairo, in Damaskus, zog an dem kleinen Pappstreifen, wodurch die Nachricht gelöscht wurde.

»Er wird dir sagen, was du zu tun hast, wo du die Leute auflesen sollst.«

»Ich habe gesagt, ich nehme keine Passagiere mit.«

»Du hast bei dieser Sache nichts zu melden. Es gibt ein System. Diese Leute haben lange gewartet. Mit jedem weiteren Tag, den sie noch warten müssen, vergrößert sich die Gefahr, dass sie geschnappt werden, und wenn sie geschnappt werden, geht die gesamte Operation mit ihnen den Bach runter.«

»Wie viele sind es?«

»Das erfährst du in Samburu.« Er goss geeisten Wodka in fingerhutgroße Becher. Die Hitze schälte sich in Blättern vom Beton. Oksana hielt das Handgelenk hoch. Das Heftpflaster war schon allmählich aufgesogen.

»Ich habe keinen Schutz mehr.«

Sie hätte bei der Operation zusehen können – man hatte ihr die Pumpe unter lokaler Betäubung herausgenommen –, aber es war ihr zu sehr wie die Amputation eines Gliedes von ihr selbst vorgekommen. Es hatte sich wie Verrat an ihrem Körper angefühlt, obwohl die getreue kleine Pumpe letztendlich das Ding sein würde, das sie betrog. Diese osmotischen Pforten aus Plastik und Silikon, die sich in ihrem Handgelenk verwandelten und explodierten. Sie fragte sich kurz, was die schwarzen Ärzte wohl damit gemacht haben mochten. In Damaskus hatte alles seinen Marktwert.

Ali aus Kairo drängte Oksana das winzige geeiste Glas auf.

»Nimm. Ich bestehe darauf. Ein Abschiedsgruß für einen geschätzten Kunden. Ich trinke auf dich, weil ich persönlich davon überzeugt bin, dass du mit allergrößter Wahrscheinlichkeit sterben wirst, und du wirst mir fehlen. Viel Glück.«

»Scheißkerl«, sagte Oksana. Die Gläser küssten sich. Sie kippte den Stolichnaja in sich hinein. Ein weißes UN-Flugzeug rollte über die Piste und wendete im Hitzedunst. Ali aus Kairo, in Damaskus, lächelte, aber seine Sonnenbrille verriet nichts.

5 Der Samburu-Streifen war theoretisch souveränes Territorium der kenianischen Regierung. Wie alles, worüber die kenianische Regierung die Rechtsherrschaft beanspruchte, wurde es von jemand anderem kontrolliert. Die UN beherrschten das Rollfeld und die Basis und die Lager, die gesamte V-Zone von Chisimaio am Indischen Ozean bis nach Libreville am Atlantik. Das Chaga beherrschte das gesamte Gebiet südlich davon. Was die kenianische Regierung tatsächlich beherrschte, war ein zum Parlament umfunktionierter Spielsalon sowie zehn Ladengeschäfte, die *Matatu*-Garage, ein paar Speiselokale, zwei Kirchen, Schnapsbuden und den Friedhof, woraus Archer's Post, die Hauptstadt der Republik Kenia, bestand.

Die Vertreterin der Republik Kenia in der Samburu-Basis war die Korrupte Karmin. Oksana mochte sie sehr. Sie hatte den kahlsten Kopf, den größten Mund, das ernsthafteste Schuhwerk, das sie je bei einer Frau gesehen hatte, und eine ebensolche Sonnenbrille. Ihr Titel war eine grobe Verleumdung. Sie war nicht korrupt. Sie sahnte ab. Sie bedachte ihren Vorteil. Sie lotete die Dinge aus.

Ihr mittels einer Säge zum Kabrio umgewandelter Landrover wartete am Standplatz, während Oksana die Motoren drosselte.

»Hast du sie?«, fragte die Korrupte Karmin, als Oksana die hintere fahrbare Treppe herunterkam. Kenianische Soldaten in Wüstentarnanzügen rannten herbei, um den technischen Beratern bei ihren technischen Angelegenheiten beizustehen. Keiner sah älter als siebzehn aus. Alle waren aus den Lagern gekommen. Hier gab es keinen Mangel an willigen Rekruten. Oksana überreichte der Korrupten Karmin den Stapel Videozellen.

Sie schüttelte den glatten schwarzen Kopf über das

Deckblatt des obersten Videos. Es zeigte eine nackte weiße Frau mit üppigem Haar, die ihre bis zur Taille herabhängenden Brüste zur Kameralinse hochhob.

»Warum sollte jemand so etwas begehren? Das ist keine Frau.«

»Weißes Fleisch hält sie bei der Stange.«

»Je dunkler das Fleisch, desto kräftiger der Geschmack, *M'zungu*. Und man zeigt sie im CNN, wie sie mit ihren Frauen und Kindern sprechen. He! Ihr da! Verschwindet!«

Eine Gruppe Männer aus dem Lager hatte die Landung des Flugzeugs beobachtet und war die Staubstraße zum Zaun heraufgekommen. Sie hofften, es würde Hilfsgüter entladen. Sie würden an der Spitze der Meute sein, wenn man die Türen öffnete. Die Korrupte Karmin wusste sich schnell zu bewegen. Sobald sich die Kunde verbreitete, würde der Futterwahn ausbrechen. Sie zog ein großes *Rungu* aus ihrem Landrover und rannte zum Drahtzaun.

»Verschwindet! Es gibt hier nichts für euch!« Sie schlug mit dem runden Knauf des *Rungu* gegen den Draht. Die Menschen zuckten zurück. Die Korrupte Karmin drehte den Stock um und stieß ihn durch die Maschen des Zauns. Er traf einen der Männer in die Rippen. Er schrie auf, schimpfte laut. Die Korrupte Karmin brüllte ihn nieder.

»Ihr wisst, wer ich bin. Ich weiß, wer ihr seid. Ich kenne eure Gesichter. Wenn euch an euren Freunden, an euren Familien etwas liegt, dann tut ihr, was ich euch sage.«

Sie murrten und zögerten, da sie nicht von einer Frau – einer Frau der Regierung – bevormundet werden wollten, aber schließlich gingen sie.

»Du musst härter sein als sie, sonst machen sie dich fertig«, erklärte die Korrupte Karmin.

Die jungen Soldaten hatten aufgehört zu arbeiten.

Einer der Ratgeber konsultierte sein PDU und deutete nach Südwesten. Alle blickten in die Richtung, in die er zeigte. Die Korrupte Karmin nahm ihre respektheischende Sonnenbrille ab. Oksana stellte ihre Augen auf Unschärfe, indem sie die Optomoleküle ihrer Hornhaut depolarisierte.

Hohes klares Blau, Himmel der trockenen Jahreszeit, dunstiges Gelb mit Staub, wo es die Erde berührte. Ein Tagesstern leuchtete plötzlich auf und verblasste.

Noch eintausendvierhundertundachtundachtzig.

Die Korrupte Karmin fuhr Oksana durch Hitze und Staub zu der einen Kilometer entfernten Samburu-Basis. Jedes Mal wenn sie dorthin kam, waren weitere transportable Hütten um die Zugmaschinen herum aufgestapelt worden. Ihre billige Schäbigkeit ging ihr zu Herzen: jede neue Kabine war eine weitere Bekundung dessen, dass die Samburu-Basis nie mehr wegziehen würde. Die Unterkunfts- und Forschungseinheiten, die sich zehn Stockwerke hoch auf den Traktorplattformen türmten, sahen heruntergekommen aus: Farbe blätterte ab, Abflusskanäle waren abgesackt, Vogelnester klebten an Vorsprüngen. Der große blaue Schriftzug UNECTA*Afrique* – ein stilisierter Kilimandscharo, eingeklammert von zwei Halbmonden – war beinahe bis zur Unsichtbarkeit verblasst.

Die mobile Basis war in der Erwartung von ausbeutbaren Rohstoffquellen im Chaga mit öffentlichen Geldern gebaut worden. Was die UNECTA darin fand, waren halb lebende, halb maschinelle Systeme aus Fullerene-Kohlenstoff, die die Welt auf der atomaren Ebene manipulierten. Sie trieben keinen Handel. Sie sprachen nicht. Sie wandelten um. Sie konnten alles aus allem machen. Sie waren der Tod des westlichen industriellen Kapitalismus. Die Industrie nahm sich alles, woran sie sich nicht verbrennen würde – den organischen Kreislauf, die Erinnerungsspeicherzellen, einiges pharmazeutisch Nutzbare – und überließ die Einrichtung, die geschaffen worden war, um das Chaga zu erforschen und auszubeuten, dem allmählichen Verfall.

Die Funktion der Verbotszone entlang des Äquators war in erster Linie geopolitisch, aber sie diente den Transnationalen ebenso als Einfuhr-Damm gegen eine Flutwelle von billigen nanoproduzierten Waren aus dem Süden.

Oksana bemerkte Spuren von Rost auf den Gleitschienen der Zugmaschinen. Über tausend Kilometer hatte diese unwahrscheinliche Zusammenwürfelung von kriechenden Wolkenkratzern, zusammengehalten durch schwankende Hängebrücken und Energieleitungen, mit dem vorandrängenden Chaga Schritt gehalten und unterwegs Ebenen und Hügel überwunden, Flüsse durchquert und Wälder gerodet. Fünfzig Meter täglich. Hier, am Fuß des Nyambeni-Gebirges, hatte dieser Marsch aufgehört und die Basis war zum Stillstand gekommen und gestorben. Es wäre besser gewesen, wenn ihr das gleiche Ende wie den anderen beschieden gewesen wäre, dachte Oksana, während die Kette des Aufzugs rasselte: gefangen, in der Falle von Chaga-Mosen, überwuchert von Korallen und Pseudo-Fungi, vereinnahmt von einer neuen Architektur. Eine Metamorphose war immer noch besser als der Tod des Geistes.

Die Aufzugplattform ruckte zweimal, bevor sie Oksana zu Ebene fünf hinaufhievte. Ein kenianischer Armee-Teenager prüfte ihren Ausweis und ihren Basis-Pass. Sie wählen die ganz jungen aus, weil sie formbar sind und keinerlei Vorbehalte haben, dachte Oksana.

Zimmer 517 war der ehemalige Fitnessraum. Laufmaschine, Gewichtestemmgerät, Strampelfahrrad und Yogamatte waren in eine Drei-Meter-Box gequetscht. Jemand hatte die Tonanlage herausgerissen, um sie auf dem Schwarzmarkt zu verkaufen. Das flache Jacuzzi-Becken duckte sich noch auf der Empore. Oksana sah hinein. Knochentrocken. Ein kleiner blasser Skorpion huschte durch das Abflussrohr davon, als ihr Schatten auf ihn fiel.

Sie erinnerte sich an einen Abend, den sie hier verbracht hatte, in einem anderen Land, mit einem netten Amerikaner namens Damon und ein paar Joints des Killerkrauts, das sie auf dem Dachgarten anbauten. Eine kleine Feier anlässlich eines neuen Mondes am Himmel. Viel Gelächter, damals. Es war beinahe fünfzehn Jahre her, seit das Große Dumme Objekt zwischen Erde und Mond in die Umlaufbahn gegangen war.

Oksana lehnte sich ans Geländer und blickte über das Chaga. Heute schickte es keine chemische Mitteilung mit dem Wind. Es haftete unter dem Dunst dicht am Boden, verschlossen und verschwiegen. Oksana vertrieb sich die Zeit, indem sie alte Bodybuilding-Zeitschriften durchblätterte. Jemand hatte die Gesichter der männlichen Models herausgerissen.

Ein Scharren an der Tür.

Plötzlich hatte Oksana aus einem unerklärlichen Grund Angst.

Die Korrupte Karmin betrat den Gymnastikraum.

Es war, als ob jemand auf deine kleine anonyme Zeitungsanzeige, in der du Ledersex wünschst, geantwortet hätte, und wenn du zum vereinbarten Treffpunkt kommst, dann stellst du fest, dass es sich um deinen Ehemann handelt.

»Ja«, sagte die Korrupte Karmin und kam damit jeder Menge Fragen von Oksanas Seite zuvor. Sie entfaltete ein Klappmesser, griff nach Oksanas Hand und brachte der Daumenkuppe einen kleinen Schnitt bei. Oksana zuckte zusammen, mehr aus Überraschung als vor Schmerz; dann zog die Korrupte Karmin eine Erinnerungsssspeicherzelle aus der Tasche ihrer Jeans drückte und den blutigen Daumen darauf.

»Jetzt ist sie mit deinem Abdruck versehen«, sagte sie. »Nur du kannst sie öffnen.«

»Was ist drin?«

»Kursangaben. Aktiviere sie nur, wenn du das Terminum überquerst. Sie enthält außerdem falsche Frachtangaben, für den Fall, dass sie versuchen, deine KI zu befragen. Du transportierst medizinische Güter. Ich habe dir einen Flugplan nach Kapoeta eingegeben.«

»Sudan.«

»Ja. Dorthin wirst du morgen früh fliegen. Die Wachhabenden am Behelfsflugplatz sind bezahlt. Die anderen werden dich erwarten, sie kommen heute Nacht an, per Bodentransport.«

»Ich habe Ali aus Kairo gesagt: keine Passagiere.«

»Wir müssen das Beste aus jeder sich bietenden Gelegenheit machen. Ich sollte dir noch erzählen, dass gestern eine Hubschrauberpatrouille vom Baringo-See einen Lastwagenkonvoi zerstört hat – höchstwahrscheinlich Blockadenschmuggler.«

»Einer der Tarnflieger hat mich beim Anflug überprüft.«

»Sie haben Anweisung, sich durch besonderen Eifer hervorzutun, um ihre unanständig hohen Kosten zu rechtfertigen.«

»›Sie‹?«

»Wie bitte?«

»Du sagtest *›sie‹*.«

Die Korrupte Karmin sah sie an, als wäre sie ein aufgewecktes Kind, das soeben etwas Schwachsinniges gesagt hatte. Sie warf Oksana den kleinen blutgefleckten Beutel mit Navigationsfullerenen zu.

»Warum, Karmin?«

»Dies ist mein Land«, sagte sie. Ihre Sonnenbrille funkelte. Sie streckte die Hand aus. »Viel Glück, *M'zungu*.«

Oksana schüttelte den Kopf und begriff, warum die schwarze Frau den Flüchtlingen gegenüber so hart war. Sie alle hatten sich wie Feiglinge benommen und waren vor dem Chaga weggelaufen. Aber es bot ihnen immer wieder eine Chance: sie brauchten nicht Lagerinsassen zu bleiben. Es gab einen Weg, für die Mutigen, für diejenigen, die Visionen hatten, aber sie entschieden sich für die Feigheit, Tag für Tag.

Ja, Oksana Michailowna, du kannst so denken, weil du derzeit keine Entscheidung zu treffen hast.

Die halb verheilten Wunden an ihrem Handgelenk juckten.

6

Der Wind regte sich in der Nacht, der kräftige, heiße Wind, der aus dem Herzen des Chaga wehte. Er brachte die Glöckchen im Fenster der Kabine, die Oksana Teljanina zugeteilt worden war, zum Klingen. Er blies durch den beengten Raum. Er blies durch Oksanas Schlaf, zerfetzte ihn. Der Wind aus dem Süden roch nach Gewürzen und Fäulnis und geheimen sexuellen Orten und Weihrauch und Öl. Er roch nach nächtlichen Zweifeln und Hoffnungen. Oksana wusste, dass sie in dieser Nacht keinen Schlaf mehr finden würde, und sie ging zum Fenster. Die Sterne schienen hell und waren so nah, dass sie deren bedrückendes Gewicht im Nacken zu spüren glaubte. Venus und die Scheußlichkeiten, die die Chaga-Macher ihr zufügten, waren unterhalb des Horizonts: beide Monde standen hoch. Das glatte grüne Oval des

Großen Dummen Objekts schwebte über den Wachfeuern des Lagers. Heute Nacht waren keine Schüsse von dort zu hören.

Unirdische Dinge flöteten und sangen im dunklen Chaga. Oksana war sich plötzlich sicher, dass sie durchdrehen würde, wenn sie noch einen Augenblick länger in diesem Raum bleiben müsste. Sie zog sich an und rannte durch die schmalen, schwankenden Gänge zum Speiseraum. Die ständigen Patrouillen in der V-Zone, das unaufhörliche Bewegen von Vorräten und Personal machten Samburu zu einer so schlaflosen Stätte, wie sie es schon gewesen war, als die Forscher die ganze Nacht herumgesessen und über Exobiologie und Xenochemie diskutiert und dabei den berühmten köstlichen Kaffee getrunken hatten. Oksana opferte die letzte Hoffnung auf Schlaf drei Tassen Schwarzem. Nachdem sie die zweite halb ausgetrunken hatte, spürte sie die erotische Wärme oben im Bauch, die sie als das Glühen von Gewissheit und Risiko kannte.

Draußen entfaltete sich ein neuer Tag.

Eine halbe Stunde vor dem Abflug-Check beschloss sie, dass sie sich unbedingt die Haare waschen musste. Sie trockneten, während sie unter dem gewaltigen Morgen aufs Flugfeld ging. Es war zu früh, als dass die Korrupte Karmin schon auf den Beinen gewesen wäre. Oksana stieg in ihre Maschine, sah ihren Flugplan durch, führte die Checks durch und flog los.

7

Nackter Boden, ein Windsack, ein winziger reparaturbedürftiger Funkschuppen – eine solarbetriebene KI leitete jetzt den Flugplatz von Kapoeta. Erdhörnchenlöcher im Boden auf dem ganzen Platz, jedoch keine Termitenhügel, keine größeren Huftiere. Die *Dostoinsuwo* war schon auf Tausenden von Kapoetas gelandet.

Das Land war weiß gebleicht; der Himmel hatte das helle, ionisierte Blau der heißesten, trockensten Tage des Jahres. Kein Gebet um frühe Regenfälle. Die Akazien waren staubig und schlaff. Oksana saß am Rand der Frachtrampe, die Hände auf die Knie gelegt, und beobachtete die Staubteufel, die über die versengte sudanesische Ebene fegten. Eine der Windformationen entpuppte sich als Fahrzeug, das sich rasch näherte.

Es waren sechs Leute, in einem Kirchenkleinbus. Vier Männer, zwei Frauen, drei Schwarze, drei Weiße. Sie hatten nicht erwartet, dass der Fahrer sie in solcher Eile absetzen und wieder im Hitzedunst verschwinden würde. Sie schreckten vor der plötzlichen Weite um sie herum zurück.

»Das ist ein UNECTA-Flugzeug«, sagte die junge indische Frau, die neben dem großen jungen Schwarzen stand. Sie sprach einen einheimischen Akzent. Sie war misstrauisch.

»UNECTA ist das einzige, was in dieser Gegend noch herumfliegt«, sagte Oksana.

»Abgesehen von den Maschinen der V-Kräfte«, sagte der weiße Mann mit der weißen Frau. Er hörte sich französisch an.

Der andere Weiße, der wie ein Amerikaner aussah, sagte liebenswürdig: »Russin?«

»Scheiße, nein!«, brauste Oksana auf. »Sibirerin.«

Es war gut gemeint gewesen. Der andere Schwarze, dessen gefalteter Gebetsschal ihn als äthiopischen Juden kennzeichnete, schritt den Rumpf des Flugzeugs ab und prüfte den Rahmen. Er fuhr mit seinen langen Fingern unter dem Namen entlang, der unterhalb des Cockpit-Fensters aufgemalt war.

»Was bedeutet das?«

»Würde«, antwortete Oksana und dieses Worte war die Erklärung des Burgfriedens und machte sie zu Mitverschworenen.

»Man hat einen Lastwagenkonvoi angegriffen«, sagte der Sudanese.

»Hind-Ds«, bestätigte Oksana; dann fiel ihr ein, dass die anderen sicher nicht ihr Vokabular von Flugzeugnamen teilten, und sie erklärte: »Wir fliegen höher und schneller als die Angriffshubschrauber. Sie verfügen nicht über die Reichweite meiner Maschine und sie können sich nur für eine begrenzte Zeit über dem Chaga aufhalten, bevor die Infizierung beginnt. Wir hingegen brauchen nicht umzukehren.«

Sie musste sich selbst eingestehen, dass sich diese letzten Worte aus ihrem Mund verlogen anhörten. Dem Amerikaner entging ihre Unsicherheit nicht. Er sagte: »Raketen brauchen auch nicht umzukehren.«

»Ich verfüge über einige Mittel zu Gegenmaßnahmen«, erklärte Oksana.

»Wie viel?«, fragte die Französin. Sie wirkte bohemienhaft und sah aus wie eine Kettenraucherin.

»Ausreichend«, antwortete Oksana. Alles weitere würde sie nur verängstigen und dann würde keiner von ihnen sich auf das Unternehmen einlassen. »Ich habe einen Flugplan, man wird mir Fragen stellen, wenn ich ihn nicht einhalte.«

Sie kletterten in die Maschine und schnallten sich an die unbequemen Passagiersitze im Frachtraum an. Jeder hatte einen Fensterplatz. Oksana zog die fahrbare Treppe ein, schloss die Luke und ließ die Motoren an. Die Antonow rollte zum Ende der Piste, wendete und war nach fünfhundert Metern in der Luft.

Die *Dostoinsuwo* tanzte hinunter zum Terminum, begleitet von den Klängen von *My Fair Lady*. Oksana beobachtete ihre Passagiere auf den kleinen Monitoren. Das französische Paar berührte sich recht oft gegenseitig. Der Afrikaner und die Inderin hatten anscheinend sehr viel Angst und flüsterten miteinander. Oksana hatte den Eindruck, dass beide Ärzte waren. Der Äthioper hatte seinen Sitz flacher gestellt und lag mit geschlossenen Augen reglos da, die Fransen seines Schals fest umklammernd. Der Amerikaner drehte seinen ›kostbarsten Schatz‹ gedankenverloren immer wieder in den Händen herum. Der Gegenstand, den er erwählt hatte, um ihn mit in die neue Welt zu nehmen, war eine Fotografie von einem Kind, das mit zugekniffenen Augen in einem hell erleuchteten Garten stand. Das Bild war in einem Glasblock versiegelt. Ali aus Kairo, in Damaskus, hatte Oksana diesen neuen Brauch erklärt, einen Gegenstand, der einem besonders viel bedeutet, aus dem früheren Leben ins nächste mitzunehmen. Nach reiflicher Überlegung und nochmaligem Nachdenken hatte sie sich für das eine Ding entschieden, das das Chaga unmöglich hervorbringen konnte und ohne das ein zivilisiertes Leben unvorstellbar war: ihre Alessi-Espressomaschine. Sie war ein Klassiker, hatte sie noch nie im Stich gelassen, doch die Kaffeesorten, die sie dafür hatte auftreiben können, waren ihrem Potential niemals ganz gerecht geworden. Bis Oleg ihr eines Tages den kleinen Beutel mit braunem Pulver aus seinem Flugsack zugeschoben hatte; das hatte sie süchtig gemacht. Fremdweltliche Fullerene aus dem Raum jenseits des Sonnensystems wirkten sich auf sonderbare Weise gut auf Kaffee aus. Das Zeug, das über das Terminum nach Norden geschmuggelt wurde, erzielte Kokain-Preise. Chaga-Kaffe schmeckte so, wie er roch. Deshalb: die Alessi. Sie konnte ihr Potential nur im Süden zur vollen Entfaltung bringen.

Die *Dostoinsuwo* hatte bei achttausend Metern ihre Flughöhe erreicht. Oksana entriegelte das Zellgedächtnis. Ihr Daumen zögerte über seiner Membrane. Panik wirkte wie ein plötzlicher aerodynamischer Widerstand auf ihre Gefühle. Worüber denkst du nach, Oksana Michailowna Teljanina? Wer bist du, wohin glaubst du zu gehen?

Sie biss sich fest auf die Sehnen im Rücken ihrer verräterischen Hand, zog an der Haut.

»Los!«, rief sie. »Los! Los! Los!«

Der Daumen senkte sich auf die Zelle. Diese erkannte ihr Fleisch und öffnete sich der KI des Flugzeugs.

»Diese Koordinaten befinden sich südlich des Terminums«, sagte die *Dostoinsuwo*.

»Annehmen«, befahl Oksana. Sie neigte die Hand im Datenhandschuh nach Steuerbord. Die *Dostoinsuwo* schwenkte in Richtung des fernen Kirinjaga. Das Terminum erhob sich aus dem Hitzedunst wie eine dunkle Flut. Oksana hatte sich ihm noch nie aus diesem Winkel genähert, wie eine Karavelle von der Küste eines neuen Kontinents. Die *Dostoinsuwo* überquerte die Linie zwischen Welten. Jetzt war das Chaga unter beiden Flügeln.

»Wir überqueren soeben das Terminum«, informierte sie ihre Passagiere. »In Kürze werden wir zum Landeanflug auf Kirinja ansetzen.«

Sie beobachtete ihre Reaktionen auf den Monitoren. Der Amerikaner sah ängstlich aus und bekreuzigte sich. Das französische Paar tauschte Blicke des Triumphes und Erfolges und schlug die Hände gegeneinander. Die sudanesischen Ärzte sahen die anderen an, um sich an deren Reaktion zu orientieren. Sie beschlossen, nervös zu lächeln. Der Äthioper blickte zum Fenster hinaus.

Von Karamoja war der Schnee des Kirinjaga vierhundertundfünfzig Kilometer entfernt. Weniger als eine Flugstunde. Sie würde jetzt noch nicht tiefer gehen, obwohl sie dadurch vor V-Trupps einigermaßen sicher gewesen wäre. Die *Dostoinsuwo* ruckte, die Ikonen schaukelten: Turbulenzen, die aus dem Chaga aufstiegen. Ihr Virtualitätsvisor zeichnete enge Kursvektoren quer über das vielfarbige chaotische Laubdach.

Der Alarm war wie ein Herztod. Der Visor warf Bilder auf ihr peripheres Sichtfeld: drei Tarnflieger, die aus der Tarnung in auffälliges Schwarz übergingen. Zehntausend Meter sonnenwärts, bei einer Annäherungsgeschwindigkeit von sechshundert kph.

»Kampfsysteme!«, befahl Oksana. »Losungswort: Santa Barbara und Sankt Basilius. Berechnung der Waffenbestückung, Zeit bis zum Feuereinsatz, Reichweite, taktische Möglichkeiten!«

Scherzkeks, Oksana Michailowna! Zackig gesprochen, schlechter Kino-Dialog.

»Geschätzte optimale Schussposition: höchster Wert zweiundsiebzig Sekunden, niedrigster dreiundvierzig«, sagte die KI.

Mutter Gottes!

»Man grüßt uns«, verkündete die *Dostoinsuwo*.

Zu hoch. Scheiße. Zu weit draußen, um einen Fallschirm-Marschflug durchzuführen, ohne dass die An 72F um dich herum auseinanderfällt.

»Achtung, Achtung, sibirisches Flugzeug«, sagte der weiße Pilot. »Sie sind in verbotenen Luftraum eingedrungen. Schwenken Sie in die Richtung um, die ich Ihnen über Ihre Datentransferfrequenz übermittle, und verlassen Sie diesen Sektor.«

Oksana zwang sich, der langen, schwankungsfreien roten Linie zu folgen, die ihr Datenvisor über den fremdweltlichen Regenwald zog. Dies ist meine Antwort, Kansas Sky Cowboys.

»Das Leitflugzeug versucht, die Kontrolle über die KI der Sub-Steuersysteme zu erlangen«, sagte die *Dostoinsuwo* ruhig.

»Dieser Scheißer!«, rief Oksana Michailowna. »Niemand außer mir fliegt meine verdammte Maschine. Alle Sub-Steuersysteme vollkommen schließen!«

»Wird gemacht«, sagte die KI.

Also gut. Dann heißt es eben improvisieren. Fliegen auf Afrikanisch. Sie ballte die Hand im Datenhandschuh zur Faust und brüllte die ganze Strecke hinunter bis auf eintausend Meter.

»Folgt mir, wenn ihr mutig genug seid, ihr weißen Schwesterficker!«

»Alle drei Kontaktmaschinen haben ihr Zielannäherungsradar auf uns gerichtet«, informierte die *Dostoinsuwo* sie.

»Elektronische Gegenmaßnahmen einleiten. Und Feuersignale einstellen!«

»Berechnungen der Waffenbestückung zeigen eine Wahrscheinlichkeit von elf Prozent, dass die Kontaktmaschinen hitzesensorische Raketen mitführen«, entgegnete der Computer pedantisch.

Drei Tarnflieger sitzen mir im Nacken und meine eigene KI streitet mit mir, dachte Oksana.

»Feuersignale in Gefechtsposition bringen!«, befahl sie. Die Unterflügel-Augäpfel zeigten ihr grellweiße Sternchen, die langsam zu den mosaikartig angeordneten roten Sechsecken hinabsanken.

Oksana knebelte den Deckenschalter und beobachtete die Reaktion ihrer Passagiere, während sie ihnen eröffnete, was geschehen war. Der Franzose krümmte sich in seinem Sitz. Seine Frau versuchte, seine Hand zu ergreifen, um Trost zu spenden und zu bekommen. Die Brust des sudanesischen Arztes hob und senkte sich voller Entsetzen; seine indische Frau war wie betäubt, steif vor Angst. Der Amerikaner umklammerte seinen kostbarsten Schatz noch fester. Der äthiopische Jude verzwirbelte eine Quaste seines Schals. Er blickte in die Kamera, als ob er wüsste, dass Oksana ihn beobachtete.

»Wir werden Reißaus nehmen«, erklärte Oksana den angeschnallten Gestalten. »Über dem Chaga haben sie gute Operationsbedingungen, aber wir fliegen nicht zurück, also kann uns das gleichgültig sein. Ich gehe so tief runter, dass wir unter ihrer sicheren Höhe sind; außer Reichweite ihrer Geschosse.« Ja, dachte sie, aber das sind amerikanische Aeronautikberater, sie sind verliebt in die Technik. Sie werden alles geben für den Erfolg ihrer Raketen und die Ästhetik des tödlichen Raketentreffers. Sie hatte einen Plan für diesen Fall, aber den würde sie den Leuten im Transportraum nicht verraten. Sie hatten Angst, aber sie bangten noch nicht um ihr Leben.

»Feindflugzeuge machen Gebrauch von elektronischen Gegen-Gegenmaßnahmen«, sagte die KI.

»Scheiße. Moduliere unsere EGM und leite das Wandermanöver ein! Haltet euch fest!« wies sie die ängstlichen Gesichter im Frachtraum an. »Wir e-ge-em-en.«

»Feindflugzeuge haben sich durch unser EGM-System gebrannt und sind uns dicht auf den Fersen«, sagte die *Dostoinsuwo* ruhig. »Die Leitmaschine hat Raketen abgeschossen.«

»Jesus Maria«, fluchte Oksana. Der Virtualitätsvisor übermittelte ihr die Wahrheit über den Kampf, gnadenlos und schnell. Sie hatten einen Radar-Vorteil. Es bestand keine Möglichkeit, sie zu erschüttern. Sie beschleunigten mit drei Ge. Und das ungebrochene Chaga sagte: Oksana Michailowna Teljanina, du wirst es nicht schaffen.

»Noch fünfzig Sekunden bis zum Aufprall.« Die *Dostoinsuwo* zählte leidenschaftslos die Zeit bis zu ihrer eigenen Zerstörung. »Vierzig Sekunden.« Die roten Linien führten zu Oksanas Herz. Sie hatten die hypnotische Eleganz aller Jagenden. Sieh sie nicht an, ermahnte Oksana sich selbst. Lass dich nicht durch ihre

Augen in die verhängnisvolle Passivität aller Gejagten locken.

»Luke des Frachtraums öffnen!«, befahl sie. Weil die Militärs ihre Sitze entgegengesetzt zu denen der Zivilisten ausrichteten, würden sie genau darauf sehen, einen Himmelsschlitz, der sich in einen Abgrund von Luft und Geschwindigkeit öffnete.

»Klammerposition!«, rief sie den Passagieren zu. Und zwar schnell. Sofort. Bevor sie nachdenken konnten. »Fallsequenz einleiten.«

»Fünfundzwanzig Sekunden bis zum Aufprall«, sagte die KI.

Das ›Bereit zum Fall‹-Zeichen blinkte auf ihrem Visor. Sie bestätigte mit einem Blinzeln, dann befahl sie: »Ausstoß-Sequenz einleiten.«

Oksana schnappte sich die Alessi-Kaffeemaschine und hakte sie in einen D-Ring, während die gepolsterten Streben sich um sie falteten wie Finger und der Sitz von der Steuerkonsole zurückglitt. Der Visor wurde leer und die Kabel rissen sich frei. Ein letzter Blick auf die Monitore zeigte ihr, dass das Bündel von Fallschirmen geöffnet war und die Transportpalette langsam darunter kreischte.

»Fünfzehn Sekunden bis zum Aufprall«, meldete die KI. Das Zählen für die Ausstoß-Sequenz begann. Oksana hielt sich fest und verzog das Gesicht. Das Deckenpaneel flog hoch, Wind wirbelte die Ikonen und Talismane herum und mit einer Explosion und einem Schrei und vielfachen Ge, die in ihrem Gehirn eine Rotverschiebung erzeugten, war Oksana Michailowna Teljanina draußen, in der Luft, Baba-Jaga in ihrem Sitz, über den endlosen Wald sausend. Der Kreisel stabilisierte sich. Das Triebwerk brannte aus; das stimmlose Brüllen, das in ihrer Lunge wie festgestampft war, machte sich frei.

»Scheiße, Scheiße, Scheiße, Scheiße!«, schrie Oksana

Michailowna, während sie zum Laubdach hinunter sank. Der Schirm spannte sich mit einem Ruck. Die Verlangsamung zerrte an ihr. Oksana versuchte, mittels Prana-jama-Atmung gegen eine Ohnmacht anzukämpfen.

Der leichte Wind fuhr in den Schirm und drehte ihn. Oksana sah die Radarsuchmaschinen, die in Rauchschwaden kreisten und sich mit der alten Antonow in einer hübschen Vermengung von Flammen vereinigten. Weiß, Gold und Rot: dunkle Samen fielen aus den schnell verblassenden Lippen des Feuers, Rauchschweife hinter sich herziehend. Schutt rieselte auf das Chaga hinab.

Gebannt von der Schönheit der Zerstörung, wurde Oksana sanft vom Wind weggewirbelt, indem er sie tiefer in die fremde Welt hineintrug. Die Passagierpalette schwebte fünf Kilometer nördlich von ihr. Sie war klein und fein wie ein Spielzeug der Lüfte, zusammengebastelt und an den Himmel gesetzt und verblüffenderweise fliegend. Oksana spürte, wie sich in ihrer Lunge ein Lachen breitmachte. Es war das große Lachen des Lebens, der Erleichterung und des Stolzes und des erregenden Gefühls, am Leben zu sein. Sie lachte über die dahinschwebende Palette, über die dahinschießenden schwarzen Flügeldreiecke der Tarnflieger, die aus der Tarnung herausschimmerten.

Sie hörten sie lachen. Der zweite Tarnflieger stieg höher und ließ aus der Unterseite seiner Flügel zwei schwarze Nadeln fallen.

»Nein!«, schrie Oksana Michailowna Teljanina. Sie schleuderte jeden Fluch und jede Verwünschung, die sie in den vier von ihr beherrschten Sprachen kannte, auf die Raketen ab, aber Worte konnten nicht ihre Umkehr bewirken. Angeschnallt an ihre Sitze auf der Transportpalette, sahen das französische Paar und der Sudanese und seine indische Frau, der verängstigte

Amerikaner und der äthiopische Jude die pfeilschnell heranflitzenden Raketen und wussten, dass sie nichts anderes tun konnten, als das elegante Herannahen ihres eigenen Todes zu beobachten.

Die Raketen trafen die Palette. Es waren Nahdrohnen, dafür konstruiert, dicht an das Ziel heranzufliegen und es in einem Hagel von Kleingeschossen zu zerstören. Die Bömbchen schlugen in die weichen Leben ein, zerfetzten sie.

»Nein«, flüsterte Oksana Teljanina. »O nein!«

Die Tarnflieger, die ihre Munition verbraucht hatten, machten kehrt und verschwanden in nördlicher Richtung am Himmel. Doch der dritte Tarnflieger unternahm nicht diesen Leck-mich-Aufstieg, um dann zu verschwinden. Er drehte um und jagte auf Oksana in ihrem fliegenden Schamanen-Sessel zu: vom Fleck zum Insekt zum heulenden Dämon.

Er hat noch Raketen übrig, dachte Oksana. Aber wenn er wirklich entflammt wurde, wenn die Videos, die ich ihm gebracht habe, von den Frauen mit den blödsinnig großen Brüsten, die so tun, als liebten sie einander, ihn wirklich ausreichend entmenschlicht haben, dann wird er die Kanone einsetzen. Er wird mich mit der Kanone ficken wollen. Aber selbst wenn du mich umbringst, habe ich dich geschlagen, weißer Junge. Und du weißt das auch.

Der Tarnflieger heulte zu ihr herab. Oksana ließ ihn nicht aus den Augen. Er konnte ihrem Blick nicht standhalten. Die Maschine der V-Truppe schwenkte um und stieg steil auf. Im Zenit zeigte er ihr den glitzernden Bauch, verschmolz mit dem großen Blau und war verschwunden. Geschlagen.

Im Norden verzog sich der Rauch. Stücke von zerfetzten Fallschirmen wirbelten im Wind in Richtung Chaga. Derselbe Wind trug Oksana weiter, hinein ins Exil.

8

Nach fünf Tagen bereitete ihr der hauchfeine Schleier einen körperlichen Schmerz im Gesicht. Oksanas Erleichterung darüber, endlich von dem Ding befreit zu sein, war sowohl unbegreiflich als auch erheiternd für die Frauen des Dorfes, die längst daran gewöhnt waren, es zu tragen. Sie stand blinzelnd und sich kratzend an der provisorischen Haltestelle am Rand der Korallenstraße. Der Schleier lag in Miswes Korb, aber die Wirklichkeit war dennoch umwölkt. Der Schleier war in ihren Augen, in ihrem Denken.

Sie waren uneingeschränkt freundlich gewesen, die Männer und Frauen von Oelende, soweit Gott es ihnen erlaubte. Wenn die Männer sie gefunden hätten, dann hätten sie nicht mit ihr sprechen dürfen, ganz zu schweigen davon, sie ins Dorf zu bringen, aber es waren Knaben gewesen, die den Luftkampf beobachtet und die Fallschirme herabschweben gesehen hatten und die rufend und pfeifend auf der Suche nach Kampfschrott durch das Unterholz gerannt gekommen waren. Sie fanden eine tätowierte weibliche Fliegerin, dem Anschein nach auf einem Thron aus Blumen und Kristallen und Fleisch, da das Chaga ihren Schleudersitz augenblicklich verklärte. Lange gelatineartige Tropfen von geschmolzenem Fallschirmmaterial hingen von den Fingern des Handbaumes, der sie aufgefangen und festgehalten hatte, wie eine Handvoll dicken Samens. Sie übte eine so magische und erschreckende Wirkung auf die Knaben von Oelende aus wie ein Geist aus der Flasche. Sie reagierte weder auf ihr Suaheli und noch auf ihr bestes Englisch. Sie entdeckten keine Wunden. Aus den Stellen, wo Radarsuchwaffen den Geist zerreißen, sickert kein Blut. Oksana Michailowna Teljanina wurde nach Oelende gebracht, und zwar auf einem Travail, einer indianischen Transportbahre, bestehend aus zwei am Boden schleifenden Stangen, auf denen Querbretter befestigt waren und die von einem Büffel gezogen wurden, auf dessen Rücken Befehlssender aufgepfropft waren. Bei ihrer Ankunft auf dem Tanzplatz im Herzen des Dorfes entspannten sich zwei ernsthafte Debatten: die eine politisch, die andere theologisch. Die Knaben hatten Raketenschweife gesehen, die Zerstörung eines Flugkörpers, doch Oksana trug eine UNECTA-Kluft, also die Uniform des Feindes. Opfer oder Sieger, sie konnte jetzt nicht zurückkehren. Damit wurde die politische Auseinandersetzung gelöst. Das Gesetz des Islam schrieb vor, dass Exilanten und Flüchtlingen gegenüber Gastfreundschaft an den Tag gelegt werden musste. Oelende würde ihr helfen. Die theologische Auseinandersetzung war entschieden verzwickter. Die älteren Männern, die viel Zeit für religiöse Finessen hatten, verbrachten viele glückliche sonnenbeschienene Stunden auf dem Platz, rauchend und darüber diskutierend, wohin man sie bringen sollte. Der Standpunkt der Männer war unmöglich; die Knaben waren nur töricht und unreif und wahrscheinlich würde ihre weitere Entwicklung ungünstig beeinflusst. Ein Versuch, Oksana zum Mann ehrenhalber zu machen, wurde als naiv und undurchführbar verworfen. Der logische Platz für sie wäre im Lager der Eunuchen gewesen, aber niemand in Oelende hatte sich für diese Möglichkeit entschieden, nicht einmal als vorübergehende Lösung. Der einzige Platz für sie war bei den Frauen, in einem Haushalt, jeder Annäherung entzogen, und sie musste in Anwesenheit von Männern verschleiert sein, auch im Haus. So kam Oksana Teljanina also zu Miswe, der ältesten Frau im *Zenana* des Haushalts von Amin aus der Gemeinde Oelende.

Oelende war eine Nation, die sich der Glorifizierung Gottes verschrieben hatte. Zu den letzten, die eingelassen wurden, bevor die UN das Terminum schlossen, gehörte eine kleine Gruppe sudanesischer Sufis. Sie unterschieden sich von anderen islamischen Sekten dadurch, dass sie das Chaga nicht als das Sperma Satans betrachteten. Sie sahen eine unendliche Zahl von Nischen vor, um das Leben des Glaubens zu führen. Einhundert Kilometer südöstlich vom Mount Elgon Gate, am Rand des immer noch unbesiedelten Kristall-Monolithen-Landes, hatten Gottes Engel in einer wirbelnden Trance zu den Menschen gesprochen und ihnen erklärt, dies sei der verheißene Ort. Als die Bewohner von Oelende am nächsten Morgen erwachten, stellten sie fest, dass der Boden mit geschwungenen Erhebungen versehen und schleifenförmig gefurcht war: der Plan ihrer zukünftigen Siedlung, ins Moos skizziert. Molekül um Molekül erhob sich das Dorf aus der Erde. Es war wie ein Gehirn gestaltet, ein Labyrinth von gewundenen Mauern und Höfen und Räumen innerhalb von Räumen, verschlungen und gefaltet. Seine verschleierten Frauen und die ernsten, glücklichen Kinder bewegten sich durch die Gänge und Gassen wie Erinnerungen; ein Blick in ein Anwesen mochte einem vielleicht einen Brunnen zeigen, aus dem Wasser tröpfelte, oder einen hinkenden Ochsen oder einen Mann mit ausgestreckten Armen, der in der orbitalen Ekstase Gottes rotierte.

Wie alle Siedlungen im Chaga war Oelende selbstversorgend. Ihre Frauen und Kinder konnten fünfzehnhundert verschiedene Nahrungsmittel innerhalb eines zehnminütigen Gangs durchs Dorf auftreiben. Solare und biochemische Vorrichtungen erzeugten Elektrizität; Eimerketten von Nanopumpen schöpften Grundwasser in Reservoirs und Sammelbehälter. Buckies hebelten Moleküle in Prozessorbotticher: von Stoffen zu Fahrzeugen – wenn Gottes Volk von Oelende den Wunsch nach Fahrzeugen verspürt hätte.

Die einzige Verbindung, die Oelende mit der korrupten Welt brauchte, war der Babylon-Bus. Viermal in der Woche fuhr er hinauf und kam dann die Korallenstraße herunter, die sich an fünfhundert Dörfern vorbei nach Kirinja schlängelte. Es war die Donnerstagsfahrt, auf die Oksana und die Frauen von Amins Haus an dem ausgewaschenen Straßenrand warteten. Die Straße führte hier durch eine Landschaft mit dickstämmigen Bäumen von episkopalem Purpur, die sage und schreibe zweihundert Meter hoch aufragten, bevor sie sich zu einem Wipfel entfalteten, der von Spanten und Rippen durchzogen war. Vögel zwitscherten in dem hohen Laubdach. Oksana setzte sich auf die nackte rote Erde. Sie atmete den erinnerten Moschusgeruch des Chaga ein, in der Hoffnung, die Chemie möge diesen Schleier, der über ihren Sinnen lag, wegbrennen und verkünden, dass sie hier war, echt und wirklich.

Sie blickte die Straße hinab. Sie blickte die Straße hinauf. Plötzlich durchfuhr sie ein Gedanke.

»Wie soll ich bezahlen? Ich habe kein Geld, ich habe gar nichts, außer dem hier…« Die Alessi-Kaffeemaschine stand schräg auf dem unebenen Boden zwischen ihren Füßen.

»Leon weist niemals einen Passagier ab«, sagte Miswe. Sie war die einzige Frau aus dem Aminschen Haushalt, die unbefangen mit der Fremden sprechen konnte. »Du brauchst kein Geld, er hat keine Verwendung für Geld.«

Amins Haushalt hatte mit großem Aufwand davon überzeugt werden müssen, dass Oksana nach Kirinja fahren wollte.

»Eine Frau kennt ihre eigene Seele am besten«, hatte Amin gesagt. »Es gibt den Willen Gottes und dann gibt es noch den Willen einer Frau.«

»Ich bin anderer Ansicht«, sagte Miswe, wobei sie

hervorragenden Kaffee in Becher aus Cha-Plastik goss. »Wunden in der Seele heilen nicht so schnell.«

»Sie mag weiß sein und eine Nordländerin, aber sie ist kein Kind mehr. Und sie ist nicht dein Kind.«

Als die Frauen sie aus ihrem Fliegeranzug, den Plastikverschlüssen und Befestigungen, die mit schwefelgelben Blümchen versehen waren, herausgeschnitten und ihre Schnitte und Schürfwunden von dem Sturz durch das Dach der Welt behandelt und sie mit einem Beruhigungspflaster auf der Stirn, um die Träume zu verdrängen, zu Bett gebracht hatten, war diese weiße Fremdweltlerin für Miswe wie die Tochter gewesen, die sie niemals geboren hatte.

Am nächsten Mittag war Oksana wach, sie aß *Ugali*, was gut für die Heilung sein sollte, und beantwortete unter dem *Buibui* hervor die besorgten Fragen der Männer. Sie schnalzten mit den Zungen bei der Erzählung von der Verfolgung der Tarnflieger-Abfangjäger und klatschten in die Hände über Oksanas Versuche, sie abzuhängen, und verstummten vor Entsetzen, als sie vom Tod der Passagiere hörten.

»Euer einziges Vergehen bestand darin, dass ihr euch für ein anderes Leben entschieden habt«, sagte Miswe. »Dafür haben sie Kampfflugzeuge auf euch gehetzt, damit sie euch vom Himmel schießen.«

»Sie können nicht dulden, dass irgendetwas besser sein könnte als das, was sie zu bieten haben«, sagte Oksana. »Weil ich etwas anderes behaupte, bin ich ihr Feind und ihr seid ihre Feinde, obwohl sie euch gar nicht kennen; eure Kinder sind ihre Feinde.«

»Müssen sie denn unbedingt Feinde haben?«, fragte einer der Jungen, die gekommen waren, um aufregende Dinge über Krieg und Kampf zu hören.

»Sie brauchen einen Feind, um das zu rechtfertigen, was sie in ihren eigenen Ländern tun, damit sie weiterhin Geld für Waffen ausgeben und jedermann in

Angst und Schrecken versetzen können«, sagte Oksana. »Als ich ein kleines Mädchen war, war es mein Land, das der große Feind war. Dann war es euer Glaube, der angeblich jedermanns Freiheit zunichte machen würde.« Sie sah, wie die jungen Männer in fassungslosem Staunen den Kopf rollten, aber die älteren Männer schaukelten auf ihren Sitzen hin und her und erinnerten sich. »Ja, das stimmt. Jetzt steht die eine Hälfte des Planeten gegen die andere. Das Raffinierte ist, dass sie jedermann im Norden davon überzeugt haben, sie seien nicht unsere Feinde, sondern wir seien die ihren. Sie glauben wirklich, dass wir die Bedrohung darstellen, und dass die Nationalen Befreiungsarmeen ihr Volk und ihre Freiheit verteidigen. Als mein Land der große Feind war, hätten wir ihre Gemeinschaft zerschlagen können. Jetzt suchen sie sich nur noch Feinde aus, gegen die sie zurückschlagen können.«

»Ich habe es in ihren Radiosendern gehört«, sagte einer der älteren Männer. »Es ist eine sehr gute Lüge, sehr groß, sehr einfach.«

»So sind die besten Lügen immer«, sagte Oksana.

Der Junge hätte gern noch weitergesprochen und noch mehr Fragen gestellt, aber es war Zeit für seinen Arabischunterricht und nach Oksanas Eindruck wollten die Männer nicht, dass er vom schlangenhaften Reiz des Krieges verführt würde.

Am Nachmittag, als die Schatten der geschwungenen Mauern kühl auf den Platz fielen, tanzten die Männer. Von einem hohen, mit Fensterläden versehenen Fenster im *Zenana* aus sah Oksana zu, wie sie sich barfuß auf der heißen Erde drehten. Ihre lockeren Gewänder umwallten sie, ihre weiten Ärmel flatterten. Ihre Gesichter waren entrückt, verloren in der Wolke des Mysteriums. Sie warfen lange, elegante Schatten, wie sie sich so auf der festgestampften Erde bewegten.

Der Krieg steht bevor, dachte sie, während die Männer sich unter dem Antlitz der Göttlichkeit drehten. Du befindest dich nur fünfzig Kilometer von der Frontlinie entfernt; sie werden dich nicht verschonen, nur weil du dich dem Gott hingegeben hast. Sie versuchte sich vorzustellen, es seien Blutlachen am Boden und keine Schatten. Sie empfand nichts.

Sie saß allein in dem sonnendurchfluteten Innenhof, der überwuchert war von verschlungenen Kürbisranken, als die Knaben ihr das Ding brachten, das sie gefunden hatten. Sie waren aufgeregt, aber sie vergaßen nicht ihr gutes Benehmen. Sie verharrten am Tor, bis Oksana ihnen die Erlaubnis zum Eintreten erteilte. Es war nicht nötig, dass sie vor ihnen den Schleier anlegte. Sie waren zu jung, um vom Anblick ihres Gesichts und ihrer gestutzten Haare entflammt zu werden. Sie waren fünf an der Zahl, unter der Leitung von Amins Sohn Hosnai. Sie waren schüchtern und schön. Sie legten ein meterlanges Etwas, eingehüllt in Stoff, zu ihren Füßen nieder.

»Wir haben es in dem riesigen Bananenhain gefunden«, sagte Hosnai. Seine Freunde sahen einander an und unterdrückten ein Kichern. »Wir dachten, es könnte dir gefallen.«

»Ist es etwas Ekelhaftes?«, fragte sie, da sie sich auskannte mit Dingen, die zehnjährige Jungen in Begeisterung versetzen. »Wird mir schlecht, wenn ich es öffne?«

»Nein, es ist wirklich etwas für dich«, sagte Hosnai. Er war so ehrlich beleidigt, dass Oksana nicht anders konnte, als das Tuch zu entfalten.

Auf dem Rechteck des bedruckten gelben Stoffs lag der verformte Klumpen eines Flugzeugrumpfes, UN-weiß. Drei schwarze kyrillische Buchstaben, der letzte weggebrochen. Sie fuhr die ausgefransten Ränder des unvollkommenen Buchstabens nach.

In dieser Nacht ging Oksana zu Miswe. Diese war in einem Raum, dessen Wände und Decke mit den feinen gewebten Stoffen von Oelende ausgestattet waren. Sie saß auf einem Sims am Fenster. Ihre Augen waren geschlossen, aber ihr Gesicht bewegte sich, als ob sie auf Geisterstimmen reagierte.

»Miswe.«

Die Frau öffnete die Augen.

»Tut mir leid, ich habe Radio gehört.«

»Radio?«

Miswe berührte mit dem Zeigefinger die Stirn.

»Natürlich wusstest du bis jetzt noch nichts davon.«

»Miswe, ich glaube, ich muss Oelende verlassen.«

»Ja. War es Hosnais Geschenk?«

»Ich glaube ja; er hat es gut gemeint. Ich habe gehört, wie Armin mit ihm geschimpft hat, weil er mich betrübt hat; er hätte das nicht tun dürfen – der arme Junge brach in Tränen aus. Er konnte es nicht wissen.«

»Es war nur zum Teil deshalb, weil er sich keine Gedanken darüber gemacht hat, dass er dich verletzen könnte. Vor allem ging es aber darum, dass er sich nicht so weit vom Dorf entfernen darf. Man hat aus Kilingiri gehört, dass Minen über dem Waldgarten abgeworfen werden; eine neue Art von Minen, die dem Chaga widerstehen.«

»Jesus Maria.«

Sie setzte sich auf die Fensterbank neben Miswe. Die Luft strich ihr kühl über den Nacken; die Wärme des Raums sickerte in die sich verdichtende Dunkelheit. Sie hatte schon immer die sexuelle Heimlichkeit geliebt, mit der die Nacht Afrika nahm. Donnergrollende Stille brachte die nachtsingenden Geschöpfe für einen Augenblick zum Schweigen. Bald würde Hussein den Ruf von der Kuppel von Oelendes Moschee erklingen lassen, um zum Abendgebet zu rufen. Muster des Tages: frühes Blau, später Donner, fünf Rufe, fünf Gebete, die schnelle Dunkelheit.

»Ich hatte einmal eine Freundin, eine Frau im damaligen alten Kenia. Ich habe sie sehr geliebt, aber das erste, was ich tat, war, sie anzulügen. Ich habe sie an der Bar im alten Hotel *PanAfric* kennengelernt und ich tat so, als sei ich der alte abgebrühte Afrika-Typ, der alles weiß und jeden kennt. Es war eine schreckliche Lüge, denn ich war erst seit drei Wochen in Afrika. Ich habe ihr diesen Trinkspruch beigebracht, ach, wie ging er noch? Ach ja: stattliche Schwänze und Wodka! Ich liebte sie, aber wir haben einander aus den Augen verloren. Sie wurde schwanger und ging über das Terminum nach Tansania. Sie wusste nicht, dass man sie nicht zurückkehren lassen würde; es hatte das Baby berührt. Es war verändert, sie konnte nicht zurückkehren.

Als ich das letzte Mal von ihr hörte, war sie an einem Ort an der Küste mit dem Namen Turangalila. Wir haben den Kontakt verloren, bald nachdem das Kind geboren war. Wahrscheinlich ist sie wieder von dort weggezogen, aber vielleicht weiß irgendjemand, wohin sie gegangen ist.«

»Du möchtest mit ihr zusammen sein.«

Oksana zuckte zusammen.

»So habe ich es noch nie gesehen, aber es stimmt. Aber das alles ist so lange her; das Kind ist inzwischen ungefähr fünfzehn. Ich weiß nicht genau.«

»Fünfzehn Jahre, das ist nicht lang. Hier läuft die Zeit anders, die Dinge verändern sich nicht so sehr.«

»Aber wir werden älter, die Zeit wird knapp.«

»Darf ich dir eine Frage stellen, Oksana? Wie alt sehe ich aus?«

Oksana betrachtete das Profil der Frau. Sie hatte die hohen Wangenknochen und das kräftige Kinn einer

Nil-Hamitin, einer Rasse von ausgeprägter, zeitloser Schönheit.

»Siebenundzwanzig, achtundzwanzig?«

Miswe lachte fröhlich. Sie schlug sich mit den Händen auf die Schenkel.

»Gott segne dich, aber mein ältester Sohn ist bereits so alt.«

Oksana wusste, dass ihre Augen starr aufgerissen waren, dass ihr Mund aufklaffte. Ein plötzlicher kurzer, greller Blitz überstrahlte die Biolichter: Komet einhundertachtzehn traf die Venus.

»Du wirst es herausfinden«, sagte Miswe. »Geh nach Turangalila, such deine Freundin, hab keine Angst. Du wirst feststellen, dass alles so ist, wie du es in Erinnerung hast.«

Aber vor Turangalila kam Kirinja.

Leute aus anderen Ortschaften, die im Hinterland verstreut lagen, kamen über die Waldpfade zur Haltestelle. Die Männer grüßten einander und setzten sich auf die Erde, um zu reden und zu lachen. Die Frauen verlagerten ihre Lasten und Kinder und sahen in die Richtung, aus der der Bus kommen sollte. Eine ganze Weile waren da nur die Straße und hohe Bäume. Dann, genau in dem Augenblick, als man dachte, im gesamten Universum würde niemals wieder irgendetwas geschehen, tauchte der Babylon-Bus auf der geraden roten Straße am Horizont auf.

Es war ein seltsames Fahrzeug. Oksana fiel dabei der stomlinienförmige Bus aus den 1950er Jahren ein, der Cary Grant in dem Film *North by North West* mitten in der Prärie abgesetzt hatte, und die männlichkeitsstrotzenden Dummprotze von Mexico City, und die auffällig bunten *Jeepnis* von Manila, überkrustet von Heiligenbildchen und Sprühaktionen. Sie dachte auch an Rhinozerosse und die schillernden Hornpanzer afrikanischer Käfer. Das Ding sah aus, als ob es Stoßzähne und eine Löwenmähne hätte. Es lief auf zehn Rädern mit zwei Doppelachsen. Überschuss – an Material und Menschen – kauerte auf dem Dach. *Lions'a'Zion* und Bibelsprüche brachten schrill-bunt Rastafari-Erbauliches an den Mann. Der Babylon-Bus war Erbe einer langen und stolzen Tradition des öffentlichen Transportsystems Afrikas; die Überlandbusse, die alten Dienstleistungs-Peugeots, die für wenig Geld überall hinfuhren, die allgegenwärtigen gefährlichen *Matatus*, die sich wendig und ständig hupend durch den dichtesten Stadtverkehr zwängten.

Der Bus wurde schmerzhaft heruntergeschaltet und fuhr an den Straßenrand. Die Männer drängten sich nach vorn. Die Frauen nahmen ihre Bündel auf. Der Bus konnte unmöglich auch nur einen einzigen weiteren Fahrgast aufnehmen, aber die Leute stiegen die Stufen hoch und kamen irgendwie hinein.

»Oksana.«

Miswe nahm Oksanas Hand, drückte ein Geschenk hinein.

»Du wirst das auf der Reise brauchen. Nicht jeder, dem du begegnest, wird so ehrliche Geschäfte mit dir machen wie Leon.«

Oksana öffnete die Hand. Sie enthielt einen goldenen Ohrreifen, an dem fünf kleinere Goldringe hingen. Ein Geschenk abzulehnen war eine schreckliche Beleidigung.

Oksana schob sich den Ring durchs Ohr. Das Gewicht von schwerem Gold war warm und sinnlich. Sie hätte die Frauen gern umarmt, aber das gehörte nicht zu deren Gepflogenheiten, also dankte sie ihnen und schüttelte ihnen die Hand und stieg in den keuchenden, Abgaswolken ausstoßenden Babylon-Bus.

»He, weißes Fleisch!«, sagte der Fahrer, der schulterlange Rastalocken und ein hübsches, narbiges Gesicht hatte und der nur Leon sein konnte. »Komm, setz dich zu mir und red mit mir... ich brauche die Unterhaltung mit kurzhaarigen Frauen. Woher kommst du, *M'zungu?*«

»Wie weit fährst du?«

»Die ganze Strecke, bis zum Ende, Frau.«

»Bring mich dorthin.«

Die Tür schloss sich. Der Babylon-Bus bebte, das Getriebe knirschte. Er fuhr auf die rote Korallenstraße hinaus und beschleunigte. Erst da bemerkte Oksana das Besondere an Leon: von den Lenden abwärts gab es ihn nicht.

9

Der Babylon-Bus fuhr von Süden nach Osten, auf der alten 104, die in einer anderen Geschichtsschreibung von Kampala nach Nairobi verlaufen war.

Es war ein Dorf auf Rädern. In den Gängen und zwischen den Sitzen herrschten Klatsch und Weisheit und Handel. Es wurde gekocht und gegessen. Es wurde gesungen und getanzt und Kranke wurden geheilt. Es gab Liebe und Eifersucht. Es kam häufig zur Empfängnis, es hatte Geburten gegeben. Es gab Streitereien und Kämpfe, manchmal Tote – durch Gewalt, häufiger jedoch durch natürliche Ursachen. Es gab Verbrechen und Gerechtigkeit, oft keine zwei Sitzreihen voneinander entfernt.

Die Straße führte durch vielerlei Landschaften. Purpurne Pfifferlinge von zwanzig Metern Höhe kräuselten die Lippen über dem Bus; vielarmige silberne Geschöpfe flackerten vorbei, zu hoch und zu schnell, als dass man sie deutlich hätte sehen können. Weite, mit Sechsecken bedeckte Flächen boten den Unterboden für erstaunliche Mikro-Ökologien, die wie Grasbüschel aussahen, getreu in jeder Einzelheit, nur um das

Zehntausendfache vergrößert. Der Babylon-Bus schaltete seine Scheinwerfer ein, um sich in die Dunkelheit am Fuß eines aufgereihten Waldes zu bohren: fünf unterscheidbare Ökologien stapelten sich übereinander. Wieder Licht, und der Bus quälte sich Haarnadelkurven hinauf, als sich die Straße ein massives Riff von Landkorallen hinaufschlängelte, die so gewunden waren wie das menschliche Gehirn. Plötzlich, erschreckend: wieder Afrika; die grünen Hochlandgebiete aus der Erinnerung. Ein einsamer Affenbrotbaum stand in einem Tal: unpassend; das war kein Baum dieses kühlen, gut bewässerten Hochlandes. Wegen des unpassenden Eindrucks sah man noch einmal hin und dann sah man das Ganze aus einem anderen Blickwinkel und wurde von Ehrfurcht ergriffen. Das Chaga, an das man sich in der Fantasie erinnerte: der Affenbrotbaum maß einen Kilometer um seinen elephantösen Stamm herum. Seine dicken grauen Äste erhoben sich fünfzehnhundert Meter über das Nandi-Gebirge; der Baum, wo der Mensch geboren wurde.

Überall Leute. Leute in ihren Dörfern, die wie Termitenhügel oder geflochtene Körbe oder Keramiktöpfe oder Plastikkuppeln aussahen. Leute saßen am Straßenrand, redeten, trieben Handel, boten ihre Waren und ihre Gedanken an den Rändern aus roter Erde feil; beschatteten die Augen gegen die Sonne. Leute spazierten mit ihren Waren und ihren Freunden und ihren Kindern dahin. Leute bewegten sich in Bussen und in überladenen Pick-ups oder kleinen elektrisch betriebenen dreirädrigen Karren und Biomotor-Mopeds. Ein Keramikwagen, der wie ein riesiger geräderter Kürbis geformt war, wurde von zwei Zwergenelefanten gezogen. Ein knochendürrer Junge ritt auf einem der Elefanten, wobei er die beiden Tiere mittels neutral verteilter Klapse ins Genick steuerte. Er verscheuchte die Fliegen mit einer Ziegenschwanzpeitsche. Ein sehr großer Mann schob einen Handkarren, der so hoch mit verbeulten metallenen Benzinkanistern beladen war, dass er nicht sehen konnte, wohin er ihn steuerte. Eine kleine Meute von Kindern folgte ihm. Schwarze Buddhistenmönche bettelten bei Teenagern in nachgemachten Chanel- und Lagerfeld-Klamotten, die auf Mopes vorbeifuhren. Frauen in ausladenden *Kangas*, bedruckt mit Szenen von der Gründung ihrer Nation, schacherten mit amharischen Priestern, die sich im Schatten ihrer Schirme verschanzten. Ein Mann, der auf eine Weise in Leder eingehüllt war, dass er wie ein menschlicher Scheißhaufen aussah, saß unter einem Fächerbaum. Nackte Kinder hüpften herum und schrien, während ihre Mütter mit Wasserschläuchen den Staub von der roten Straße wegspritzten. Alte Männer hockten am Rand eines Wasserreservoirs, fischend und spuckend. Eine junge Frau saß auf einem Stuhl unter einem Baldachin; zwei ältere Frauen bearbeiteten ihr Haar mit Wachs, damit es den Ästen des Affenbrotbaums glich. Sie flochten Perlen und kleine Spiegel in die steifen Locken.

Oksana schritt durch diesen Blutstrom des Lebens und fühlte nichts. Sie war der Passagier, unter Glas, schauend, niemals berührend.

Die verschiedenen Nationen stiegen ein, fuhren eine Strecke mit, stiegen wieder aus. Manchmal waren die Unterschiede bei den Passagieren des Babylon-Busses mehr als kulturell. Hier führte die Straße durch die Erinnerung einer Stadt. Vor dem Chaga war es ein Ort von beträchtlichem Einfluss gewesen; einige der Mauerruinen, aus denen Kristallklumpen und Schollen von Pseudo-Fungi sprossen, ragten immer noch über drei Stockwerke hoch auf. Leon sagte, es sei einmal Nakuru gewesen. Die Außenbezirke waren von einer Nation von Plünderern besiedelt gewesen, die grellbunte Cha-Plastiktücher als Dächer zwischen den Mauern aufgespannt hatten und ihre Fundstücke am Straßenrand auslegten. Alte Automotoren, ein Satz Windglöckchen, Schachteln mit leeren Colaflaschen, ein abgenutztes rückstoßfreies Gewehr mit einem Kilometer Munitionsgurten. Die Innenstadt war ein verwunschener Ort: Die Namen von Läden blinzelten unter Augenbrauen aus purpurroter Koralle hervor. Durchscheinende Luftblasengeschöpfe taumelten durch die vegetationsbeladenen Seitenstraßen und zerplatzten um den Bug des Babylon-Busses herum. Auf dem Sockel unter der alten Frontmauer, dem einzigen Überrest von der Figur des Cafés *Tipsi*, kauerte eine Gestalt auf einem Klappriemenhocker und hielt vier Daumen hoch. Vier Daumen, vier Hände, vier Arme, keine Beine. Eine zweiter Satz Arme und Schultern wuchs anstelle von Hüften. Oksana betrachtete ihn, wie er auf seinen unteren Händen stand und den Hocker zu einem leuchtend gelben Cha-Plastik-Rucksack zusammenfaltete. Sie hatte von Radikal-Adaptierten dieser Sorte gehört, jedoch noch nie einen gesehen. Sie waren eine Unterspezies, entwickelt für den Raum, den freien Fall und Ultraviolettstrahlen; sie bestiegen Busse in Nakuru, um in den Süden zu fahren, weil der Norden ihnen ihr natürliches Habitat verweigerte.

Der Raum-Mann war haarlos und sehr muskulös. Er war mit einem verblassten grauen Baumwollgymnastikanzug mit Adidas-Streifen längs der Seiten bekleidet. Er trug an allen Handgelenken Armreifen, seine unteren Hände steckten in Fahrradhandschuhen. Seine Haut war blauschwarz. Oksana hätte sie gern berührt. Sie hatte das Gefühl, dass sie mit einer Elektrizität geladen wäre, die ihren inneren Schleier versengen würde. Aber sie tat es nicht. Sie befürchtete, wenn sie entschleiert wäre, würden die Helligkeit und die Farbe und der Geruch dieser neuen Welt sie zu Durchsichtigkeit bleichen. Der Raum-Mann und Leon schüttelten sich die Hand, dann hüpfte der Raum-Mann mit zwei akrobatischen Sprüngen seitlich auf den Bus und klammerte sich am Dachgepäckträger fest. Eine halbe Stunde später ertönte ein Poltern auf dem Dach und Leon blieb in der Mitte eines Waldes aus baumgroßen Bambusrohren stehen. Zerfetzte Fahnen aus Moos hingen wie die Wimpel eines verlorenen Kreuzzugs herab. Der Raum-Mann kam Hand über Hand über Hand den Bus herunter, winkte Leon zu und kanterte in den tiefen Wald hinein. Oksana sollte nie erfahren, was er mit den Geistern von Nakuru zu tun hatte, wohin er mit seinem gelben Rucksack durch den fremdweltlichen Bambusrohrwald ging.

Es war um die Siesta-Zeit, als der Bus halb leer war und die Passagiere, die noch geblieben waren, den geselligen Handel ausgeschöpft hatten und schliefen, als es geschah. Nach Gilgil wich die rote Straße von der Strecke der Route 104 ab und führte nach Osten, durch das Tal von Nyandarua hinauf in die wolkenverhangenen vulkanischen Bergkämme der Aberdares. Das Chaga hatte dieses Hochland mit einem dichten Wolkenwald bedeckt; ein grünes, tropfendes Terrain aus Schatten und hohen Bäumen, feucht und üppig wuchernd.

»Wir sind nicht weit weg von Gichichi«, sagte Leon zu Oksana, die während der ganzen Fahrt neben ihm gesessen hatte. »Dort mache ich eine Pause und tanke.«

Dann verstummte das Radio. Die Lichter gingen aus. Der Motor starb ab. Leon legte den ersten Gang ein, ließ den Bus bergab rollen, schaltete die Zündung ein, aber der Motor sprang nicht an. Der Babylon-Bus blieb mitten auf der Straße stehen.

»O Scheiße«, sagte Leon. »Ich kann doch nicht so knapp mit Benzin sein.«

Er drückte den Startknopf. Es gab ein Klicken, das Oksana als das eines toten elektrischen Systems erkannte. Sie beide wussten, dass dies nichts mit Benzin zu tun hatte.

»He, Leon, was ist los?«

»Ich weiß nicht, irgendwas stimmt mit der Elektrik nicht.«

»Ha!«, mischte sich ein Frau ein, die ein in ein *Kanga* eingepacktes Bündel fest umklammert hielt. »Ich kann euch sagen, als es noch das alte RVP gab, ist man immer angekommen, und zwar in planmäßiger Zeit, du verdammter Plumpsack. Nichts Neues ist jemals besser.«

Dann kamen die Soldaten aus dem Wald und jeder wusste, was den Babylon-Bus angehalten hatte.

Sie glichen Gespenstersoldaten, diese wandelnden Geister des hohen Wolkenwaldes. Man sah sie erst, als sie auf die Straße traten. Die Fleckenmuster ihrer Anzüge bissen sich mit den Farben des Highway. Sie waren erschreckend jung. Sie trugen abscheulich wirkungsvolle Waffen. Eine Armee befand sich auf dem Marsch durch das hohe, dunkle Chaga. Ein Offizier näherte sich dem Bus. Er trug einen Helm, der ein wenig wie ein Stück ausgeklügelter Hi-fi und ein wenig wie der Panzer eines Insekts aussah, und begleitet wurde er von einer weiblichen Soldatin, die eine schwere Automatikwaffe hielt.

Niemand sprach im Babylon-Bus, nicht einmal die zungenfertige dicke Frau.

Leon öffnete die Tür, der Offizier kletterte herein. Er nahm den Helm ab.

»Wohin fahrt ihr?«

»Auf der Überlandstraße nach Chehe, Castle Forest Station, Kianjaga.«

»Kairuthi?«

»Ich werde in Gichichi tanken.«

»Das geht in Ordnung. Dort ist es noch sicher.«

»Sind sie in Kairuthi?«

Der Offizier sah Leon an; an der Stelle, wo einst dessen Beine gewesen waren, befand sich jetzt ein Knäuel von Neuralleitungen, die sein Rückgrat mit dem Kontrollsystem seines Busses verbanden.

»Sie waren dort.«

»Die Kenianische Befreiungsarmee?«

»Ja. Es gibt kein Kairuthi mehr. Sie sind überall in diesem Land, aber wir werden sie finden, und wir werden ihnen Einhalt gebieten. Ich muss mich dafür entschuldigen, dass wir eure Reise unterbrochen haben; wenn die Zugklappen geschlossen sind, müsste der Bus wieder leicht anspringen. Aber lasst euch gewarnt sein. Letzte Woche haben sie einen *Pujo*-Bus aus Nanjuki in Naro Moru überfallen.«

»Davon habe ich nichts gehört. So nahe bei Kirinja, wie?«

»Derzeit fallen sie in die Siedlungen im Norden ein. Bei diesem *Pujo* haben sie niemanden am Leben gelassen.«

»Danke. Wer seid ihr?«

»Das solltest du besser nicht wissen, denke ich. Wer wart ihr?«

»Schwarze Simbas.«

»Das ist ein hübscher Name. Ein sehr hübscher Name. He, *M'zungu*!« Der Offizier hatte die auf Oksanas Fliegerjacke aufgenähten sibirischen Abzeichen gesehen. »Das haben deine Leute angerichtet. Bist du stolz?«

»Nicht ihre Leute, Bruder«, sagte Leon sanft.

Oksana hörte den Offizier nicht. Sie betrachtete das Mädchen, die Leibwächterin. Die Soldatin kauerte auf den Fersen und legte eine kurze Ruhepause in dem

Vormarsch ein. Eine Hand ruhte auf dem Knie ihrer Kampfhose; die andere umfasste die Waffe als Stütze. Oksana erkannte sie als ein schweres ukrainisches Angriffsgerät. Das Mädchen hatte kräftige Wangenknochen und ein trotziges Kinn. Ihre Augen waren sanft und dunkel und tierhaft. Ihr Haar war ein Stoppelfeld, ihr Schädel war lang und fein geformt. Ihre Brüste beulten das abgeschnittene, enganliegende Oberteil, das sie trug, kaum aus. Ihre Arme und Wagen und ihr Bauch waren von Schmucknarben gemustert.

Das Mädchen spürte Oksanas Blick. Sie wandte den Kopf, um zu sehen, wessen Blick sie berührte. Ihre Augen trafen sich, vertieften sich ineinander. Dann trat der Offizier vom Bus herunter und das Mädchen erhob sich.

Oksana hob die Hand: grüßend, segnend, Abschied nehmend.

Das Mädchen hob ebenfalls die Hand zur Erwiderung. Sie lächelte. Dann schulterte sie die schreckliche Waffe, rannte hinter dem Offizier her und wurde vom Chaga verschluckt.

Der Schleier war von oben bis unten zerrissen.

Nicht ihre Leute, Bruder. Dies ist mein Volk, dies ist meine Nation. Ich bin nicht im Exil. Ich gehöre hierher.

Sie hatte die Hände so fest zu Fäusten geballt, dass die Nägel sich blutig ins Fleisch gebohrt hatten.

»Alles in Ordnung?«, fragte Leon.

»Ja.« Nein.

Ihr wurde bewusst, dass sie auf die Straße hinuntergetreten war.

»He, weißes Fleisch, was machst du da, wir sollten schleunigst von hier verschwinden, es ist nicht sicher«, rief Leon.

»Nur ein paar Minuten.«

Oksana entfernte sich vom Babylon-Bus auf der nicht markierten Mitte der Straße. Sie hörte, wie Leon hinter ihr den Motor dröhnend anließ. Sie blieb stehen, öffnete die Sinne dem Chaga. Die Geister huschten durch den Riss im Schleier. Ihre Schamanenseele loderte und explodierte. Keine Drogen, keine Chemie. Fremdweltliche Pheromone brannten über ihre Synapsis. Es war Wirklichkeit. Sie war hier. Der Monsun von Empfindungen drückte sie auf die Knie nieder. Ihr Atem ging stoßweise und keuchend. Sie kniete, bebend unter dem Eindruck von Schönheit und Macht, bis sich Leon nach zwanzig Minuten abstöpselte und auf den Händen zu ihr gerannt kam, um die verrückte weiße Frau zu fragen, ob es ihr vielleicht etwas ausmache, aber er habe nun mal die Absicht, sich und all seine Passagiere nach Kirinja zu bringen, *heute noch, unversehrt*, falls sie nichts dagegen habe. In Ordnung?

»Natürlich«, flüsterte sie, die Stirn an die nach Staub riechende Korallenfläche gedrückt. »Das ist in Ordnung. Alles ist in Ordnung.«

10

Der Seitenstreifen in der Straßenbiegung war der ungewöhnlichste Ort, an dem sie je eine Tätowierung durchgeführt hatte.

Nach Gichichi ließ der Wolkenwald nach, und die Straße schlängelte sich in trägen Kurven hinunter ins Murang'a-Tal, über die ausgebreiteten Finger der Aberdares. Das Chaga klammerte sich dürftig an diese Hügellandschaft; vereinzelte Parasolbäume, Klumpen von Landkorallen, die sich an den Steilhängen in die Täler hinab ergossen, Reihen von gedrungenen grünen Zylindern, die den Hügelkamm wie hartnäckige Festungen im Griff hielten. Leon hatte den Babylon-Bus auf die bloße Erde des Seitenstreifens gefahren.

»Pause«, sagte er, wobei er sich von den Neuralleitungen abstöpselte und auf Händen zum Boden hinabkletterte. »Das hier ist eine großartige Stelle, man hat einen endlosen Blick.« Er war nicht endlos, aber ausreichend, um die Ewigkeit zu füllen. Das Murang'a-Tal war unterhalb von Gichichi dreißig Kilometer breit; ein Teppich aus Farben und Strukturen, in dem sich die Muster der Ökologien niemals wiederholten. Sein östlicher Rand hob sich zu einer langgestreckten Hügelkette. Nachmittagswolken verbargen die höchsten Gipfel, aber Oksana wusste, dass sie bis in den Schnee von Kirinjaga hineinreichten. Kirinjaga. Kirinja. Berg und Stadt.

»Hier möchte ich gern begraben werden«, sagte Leon, während er das Essen auspackte, das er an einer Straßenbude in Gichichi gekauft hatte. »Ich möchte auf das Land hinausblicken und all die Leute und ihre Dörfer sehen.«

Nachdem sie gegessen hatten, kassierte er endlich den Fahrpreis.

»Du möchtest also den Wolfskopf?«, fragte Oksana.

»Den Wolfskopf«, bestätigte Leon. »Hier.« Er deutete auf sein linkes Schulterblatt.

»Es wird weh tun, so nah am Knochen«, warnte sie ihn. Sie ging sehr behutsam mit der Nadel und der Farbe um, aber es tat weh.

»He, vorsichtig!«, sagte Leon.

»Tut mir leid«, sagte Oksana Michailowna. Auf der anderen Seite des Murang'a-Tals packte der ausgefranste Wolkensaum zu und riß an den Graten und Gipfeln der Wälder auf den Vorbergen.

»Vorhin, als wir diesen Offizier getroffen haben, hast du gesagt, du gehörst den Schwarzen Simbas an. Welche Einheit?«

»Kariokor.«

Als man dir die Waffe und die Kampfstiefel gab und dich losschickte, um den Simba-Korridor offen zu halten, warst du wahrscheinlich genauso alt wie dieses

Kriegermädchen, dachte Oksana. Du könntest Miswes ältestes Kind sein. Du bist der verlorene Sohn irgendeiner verlorenen Mutter.

»Ich war dort, am Ende, als Nairobi fiel«, sagte sie. »Ich habe gesehen, was deine Leute zu tun versuchten. Es war etwas Unglaubliches, all die vielen Zivilisten ins Chaga zu bringen.«

»Du hast überhaupt nichts gesehen«, sagte Leon. »Du bist in deine UNECTA-Maschine gestiegen und davongeflogen. Du dachtest, als Nairobi nicht mehr war, das sei das Ende. Es war erst der Anfang.«

»Ich habe gehört, dass es sehr schlimm war.«

»Du hast keine Ahnung.«

»Was ist geschehen?«, fragte Oksana. Leon wusste, was sie meinte.

»Tretminen – speziell gegen Personen gerichtet. Wir waren zu dritt als Patrouille unterwegs, droben bei Kitui. Malavai starb sofort, ich hatte nicht soviel Glück, ich wurde lediglich zu einem halben Mann gemacht.«

»Es tut mir leid«, sagte Oksana.

»Es ist nicht deine Schuld.«

»Nein, aber es war die Schuld meiner Pensionskasse.«

Nach kurzem Schweigen sagte Leon: »Ich glaube nicht, dass du sie jetzt einforderst.«

»Ich schulde dir eine bessere Bezahlung als das«, sagte Oksana und nahm die behutsame Verstümmelung von Leons dunkelhonigfarbener Haut wieder auf.

»He, weißt du das nicht? Der Grund, weshalb uns der Norden so sehr hasst, ist der, dass wir sein Tod sind. Ich erkläre dir, wie: Ich nehme dich mit auf die Fahrt nach Kirinja, du verpasst mir eine Tätowierung, die ich sonst nirgendwo bekomme, und wir sind quitt. So funktioniert unsere Wirtschaft. Dinge? Jeder kann

Dinge herstellen; alles, was du willst. Aber eine Tätowierung wie diese? Das ist Können, das ist Kunst. Hör zu, du musst in Kirinja irgendwo bleiben; ich kenne eine Herberge, die Mountain Lodge; sie liegt ganz nah beim *Pujo*-Bahnhof. Sie ist gut und warm und das Essen ist hervorragend. Vielleicht gefällt dem Besitzer diese Tätowierung so gut, dass er auch eine haben möchte, und das würde mehr als ausreichen, um dich zur Küste hinabzubringen, ohne dass du das feine islamische Damengoldgehänge anrühren musst, das an deinem Ohr baumelt.«

»Fertig«, sagte sie. Es war mit das beste Freiluft-Bushaltestelle-Rastpause-Tinte-und-Nadel-Werk, das sie jemals vollbracht hatte. Das Blut schwärzte sich zu einer Kruste. Sie verscheuchte Fliegen. »Es wird ein paar Tage lang wie verrückt jucken. Wahrscheinlich ist das ein vergeblicher Rat, aber versuche, den Schorf nicht abzukratzen. Weißt du, du solltest das wirklich irgendwie bedecken, um die Fliegen abzuhalten.«

»Soll ich etwa meine seltene wertvolle russische Tätowierung verstecken?«

»Sibirisch«, berichtigte Oksana. Dann merkte sie, wie sich seine Stimmung änderte. Sie kannte das Spiel männlicher Muskeln gut genug, um an der Bewegung seiner Schultern die plötzliche Wandlung in Leons Gefühlen abzulesen.

»Ach«, sagte er. »Sieh mal.«

Ein frischer Wind wehte vom Tal herauf und vertrieb die Wolken von den Berghängen wie Kaufleute aus einem Tempel. Oksana sah, dass die Erhebungen, die sie für die Vorberge des Kirinjaga gehalten hatte, lediglich Fußschemel der Vorberge waren. Die Wolken jagten vom Land weg und je mehr enthüllt wurde, desto höher und weiter schienen sie zu reichen. Das Chaga war eine verrückte Steppdecke, die über das Land gebreitet war. Oksana entdeckte Muster in der scheinbaren Musterlosigkeit. Dieses Bündel hoher ovaler Zylinder, zu regelmäßig. Die Säulen dieser scheinbaren Termitenstadt zu hoch, zu sehr konstruiert. Diese Zwillingshörner aus Elfenbein; zu anmutig und symmetrisch. Dieser freitragende Vorsprung, falsche Farbe; diese gebündelten weißen Eier auf dem Gipfel; das konnten nur Gebäude sein. Die Hänge waren so dicht von Bewuchs durchzogen wie ein Teppich von Fäden. Oksanas Sicht verknüpfte einzelne Elemente miteinander: diesen Strebepfeiler mit dieser Kuppel; diese Mastaba mit diesen Kugeln. Durch die Verbindungen erbaute die Stadt Kirinja sich selbst aus den zerschmetterten Städten und Dörfern.

Aus den Satellitendaten wusste sie, dass sie den Berg, von dem sich ihr Name ableitete, mit einer Tiefe von zwanzig Kilometern umgab. Die Thermobilder zeigten einen Wirbel von Leben und Hitze um den dunklen Gipfel herum, wie die Akkretionsscheibe um ein schwarzes Loch: zwölf Millionen Leute lebten in der Ringstadt. Sie erwuchs aus dem Berg, genährt durch Nebel und Schmelzwasser; ihre Unordnung war organisch, naturbedingt. Sie war nicht eins, sie war vieles. Es gab kein Kirinja in dem Sinn, wie es kein Los Angeles gab. Los Angeles war San Bernardino und Hollywood und Malibu und das Valley; mehr als die Summe der vielen Vorstädte. Kirinja war Chehe, Castle Forest Station, Kianjaga; Embu und Meru und Najuki und noch Tausende andere; aber hier war das Ganze weniger als die Identität seiner Komponenten. Jeder Distrikt von Kirinja verdiente seinen besonderen Namen und seine Eigenart; jeder hatte seine eigenen Merkmale, war unterscheidbar, eine Stadt innerhalb einer Stadt. Man konnte nie alles kennen, denn selbst wenn man den Berg vollkommen umrunden, jeden Distrikt und jede Township besuchen würde, würde, wenn man wieder einmal dorthin käme, dort eine neue Gesellschaft Wurzeln geschlagen haben. Die Welt als Stadt, die Stadt als Welt.

Die Wolken waren jetzt beinahe verschwunden; Nebelfetzen hingen um die Zinnen von Kirinjas höchsten Türmen. Plötzlich tauchten die drei Gipfel des Kirinjaga in aufregender Deutlichkeit hervor; fern und hoch und überwältigend, in einem Weiß, das sich in der tiefstehenden Sonne in Gold verwandelte.

Ich weiß, warum du hier anhältst, Leon, dachte Oksana. Du siehst es an und denkst, dass ein mieser kleiner Soldat so etwas gekauft haben sollte.

Als ob in seinem Denken etwas geläutete hätte, sagte Leon: »Los, *M'zungu*, wir bringen dich dorthin.«

Er hievte sich auf die Hände. Sein frischer Wundschorf platzte auf. Blut rann seinen Arm hinab, über die Hand und tropfte von den Fingern auf die Erde.

»Lass mich machen.« Oksana ging in die Hocke, um ihn hochzuheben und zum Bus zu tragen. Er schnappte mit den Zähnen nach ihr, schleuderte die Rastalocken in ihre Richtung.

»Eine Frau trägt nicht Leon«, sagte er. »Und schon gar nicht, niemals, eine weiße Frau.«

Während er auf den Händen zum Bus ging, hinterließ er eine Spur blutiger Handabdrücke auf der roten Erde.

11

»Sie können es gar nicht verfehlen«, hatte Josef in der Mountain Lodge gesagt. »Gehen Sie durch den Bogen, die Straße hinunter, und schon sind Sie mitten drin.«

Nach einem tiefen und traumlosen Schlaf in einem der kugelförmigen Räume der Lodge und einem anschließenden reichlichen Frühstück machte sich Oksana auf den Weg, um ein *Pujo* zur Küste zu finden.

Wie Leon, der Busfahrer, gesagt hatte, war der Preis Verhandlungssache. Joseph war nicht der Typ für eine Tätowierung, aber er war mehr als glücklich über einen von den *Sibirsk*-Aufnähern von Oksanas Fliegerjacke.

Straßenhändler waren vor Sonnenaufgang gekommen, um ihre Stände im Schutz der Vorsprünge der Holzgebäude aufzustellen. Sie standen oder kauerten am Boden oder saßen auf ihren Stühlen unter den großen Lebendhaut-Schirmen. Einige wenige hatten Waren anzubieten: Fast food, Fleischspieße, die auf solarbetriebenen Bratrosten schwarz wurden, Speicherzellen mit Codes für die Kabelkanäle des Nordens oder Herstellungsanleitungen für selbstgemachte Schuhe oder elektrische Kochtöpfe; einige boten Dienstleistungen an Ort und Stelle an: Friseure, Kosmetikerinnen, Schuhputzer, Kurierfahrer. Die meisten hatten lediglich ihren Körper und ihre Begabung: die Köche, die Innenausstatter, die Wahrsager, die Nanoware-Berater, die Mietmusiker, die professionellen Dichter, die Privatlehrer.

Sie sahen Oksanas weißes Gesicht und bedrängten sie mit ihren Angeboten: Sie brauchen unbedingt einen erstklassigen Wagen, neuestes Import-Modell, mit *nichts* zu vergleichen, das in dieser Saison auf den Straßen herumfährt; Ihre Haare, Frau, Sie müssen dringend etwas damit machen lassen; Sie sehen so aus, als ob Ihnen Sorgen nicht fremd sind, und deshalb brauchen Sie mich, als Beistand und Vermittler, ich werde Ihre Probleme im Handumdrehen lösen; Sie suchen den *Pujo*-Bahnhof? Kommen Sie mit mir, ich bringe sie hin, und übrigens, mein Bruder betreibt eine Agentur für…«

Das einzige, das das Chaga an Afrika nicht verändern konnte, dachte sie. Jeder versucht ständig, dir irgendeinen Mist anzudrehen.

Der Schwall von Angeboten hatte sie verwirrt. Eine junge Frau saß auf einem Hocker in einem schön gearbeiteten Eingang aus Lebendholz. Die Wände zu ihren beiden Seiten schrien das Wort *Harambee!* – Lasst uns an einem Strick ziehen! –, in Grellgrün aufgesprüht. Oksana dachte, dem Aussehen dieser Frau nach zu urteilen war es unwahrscheinlich, dass sie versuchen würde, ihr einen Vertrag über medizinische Dienstleistungen oder ein köstliches neues Party-Bier aufzuschwatzen.

»Ist dies der richtige Weg zum *Pujo*-Bahnhof?«

»Ist es. Immer geradeaus.« Die junge Frau schaukelte auf ihrem Hocker vor und zurück, wobei sie sich gegen den aufwendig gearbeiteten Türpfosten stützte. Sie sah Oksana an und sagte: »Ich habe Platz, falls Sie zwanzig Minuten Zeit haben.«

Oksana Michailowna war schon seit zu vielen Jahren in Afrika, als dass es ihr entgangen wäre, wenn sie verfolgt wurde. Sie konnte die anderen nicht sehen – das kann man nie –, aber die rasierten Haare in ihrem Nacken sagten ihr, dass sie wussten, dass sie es wusste. Sie ging auf die andere Straßenseite hinüber, wo es für sie schwieriger sein würde, sie vor sich herzutreiben wie ein Schäfer seine Herde. Der *Pujo*-Bahnhof würde die Gefahrenzone sein, weit und offen.

Plötzlich verriet ihr ihre Haut, dass sie vor ihr waren. Sie blieb am Gewürzstand stehen, um an den verschiedenfarbigen Papiertütchen zu schnuppern. *Harambee!* warnte die Mietshaustür hinter dem Stand. Am Rand ihrer Sicht nahm sie zwei von ihnen wahr; Männer in weißen Hemden und PVC-Hosen, die zielstrebig heraneilten wie Raketen von schwarzen Tarnflieger-Abfangjägern.

Oksana berechnete die Winkel. Wenn sie jetzt losginge, könnte sie es schaffen, an ihnen vorbeizukommen. Sie drehte sich blitzschnell um und prallte mit einer sehr großen Frau in einem *Buibui* zusammen. Die Frau ging zu Boden und beschwor Gottes Fluch auf die unverschämte weiße Hure herab. Oksana rief Worte der Entschuldigung, aber der Augenblick war verdorben. Die beiden Männer hatten die Straße eingenommen. Es gab einen Ausweg. Wie sie wusste, wollten sie, dass sie ihn benutzte. Sie wusste, dass sie ihn benutzen musste. Der Eingang war so schmal, dass sie sich zur Seite drehen musste, um sich hindurchzuzwängen, doch nach wenigen Schritten hatte er sich zu einer dunklen Gasse verbreitert, die zwischen finsteren Mietshäusern, behangen mit gelben Flechten und Wäsche hindurchführte. Die Mauervorsprünge flüsterten *Harambee!* in fluoreszierendem Gelb. Wahrscheinlich verlief die Gasse schneckenförmig, bis sie in einem Innenhof gefangen wäre und sich den weißen Hemden gegenübersähe. Sie umklammerte ihre Kaffeemaschine. Sie war gut und schwer und hatte scharfe Kanten.

Ein Blick nach hinten. Weiß leuchtete in einem verirrten Sonnenstrahl weit hinten am Eingang auf. Innerhalb dieses kurzen Blicks waren sie vor ihr aufgetaucht und versperrten die Gasse. Drei Jungen in PVC-Hosen und abgeschnittenen T-Shirts. Sie waren von einem niedrigen Balkon herabgesprungen.

Sie konnte nicht stehenbleiben. Sie rannte direkt in sie hinein. Während sie sie zu Boden warfen, zog einer ein großes, langes Messer aus dem Nichts hervor. Eine Faust riss das Oelende-Gold aus ihrem Ohrläppchen. Sie holte mit ihrer Kaffeemaschine aus. Metall traf ein Kinn; ein Junge ging mit Blut im Gesicht zu Boden. Oksana hantierte am Druckverschluss ihrer Messerscheide herum. Jetzt war Zeit zum Töten. Der Junge mit der Klinge brüllte und machte einen Satz in die Luft, das Messer hochhaltend, mit der Spitze auf ihr Herz zielend.

Ein Streifen von Gold und Schwarz traf ihn am Zenit seines Mordsprungs und brachte ihn mit einer Gischt von Blut zu Boden.

»Lasst sie los!«, befahl eine Frauenstimme.

Der dritte Vinyl-Junge erstarrte in der Hocke. Sein Messerfreund lag in dem Unrat, den die Bewohner des Mietshauses von ihren Balkonen geworfen hatten. Ein Leopard hatte die Zähne in seine Kehle geschlagen. Er sah seinen Freund an, den die Kaffeemaschine niedergestreckt hatte. Eine junge Frau mit perlenbesetzten Zöpfen in Ledershorts und kniehohen Stiefeln drehte die Mündung eines sehr großen Gewehrs in dem Blut von seinem Kinn. Er rannte davon.

Fluchend und schwindelig rappelte Oksana sich auf, während sie versuchte, das Blut an ihrem Ohr zu stillen. Neben ihr stand eine junge Frau mit einem gewaltigen Haarwust, der straff nach hinten gebunden war, bekleidet mit einem seidigen Bodysuit mit schwarzen und gelben wattierten Flicken an den Ellbogen und Knien sowie Radfahrerhandschuhen. Ein ebenholzschwarzer Panther rieb sich an ihren Beinen. Er entblößte gelbes Elfenbein.

»Alles in Ordnung?«, fragte das Katzenmädchen.

Die Shorts-und-Stiefel-Lady ruckte mit dem Kinn und schob den PVC-Jungen aus dem Weg. Sie nahm Oksana die Kaffeemaschine ab, mit der Leichtigkeit eines Söldners, der eine Nonne entwaffnet. Sie drehte sie in den Händen herum, rieb Hautfetzen davon ab.

»Alles in Ordnung.«

Katzenmädchen sah zu dem Leoparden. Er hielt in seiner Beschäftigung inne und kam an, um sich an ihren schwarzen Schenkeln zu reiben.

»Du: du kommst mit zu Mombi«, sagte das Katzenmädchen zu Oksana. Sie drehte sich blitzschnell um und marschierte durch die Gasse davon. Der Panther und der Leopard folgten ihr.

12

Er nannte sich Anansi und er wusste, dass er eine Leuchte war.

›Anansi die Spinne, der Trickser, der Weber‹ waren die Beinamen, mit denen er sich schmückte.

Oksana wusste bereits alles über ihn aufgrund der Tatsache, dass er im geschlossenen Raum eine hochgeklappte Sonnenbrille trug, und er lächelte entschieden zu viel. Aber er bewunderte die Kaffeemaschine über alle Maßen. Er konnte die Hände nicht davon lassen. Ständig nahm er sie von seinem Schreibtisch und spielte damit, dann setzte er sie gleich wieder ab.

»Ein wundervolles Ding. Sehr erlesen. Wir besitzen schon seit einiger Zeit den Entsafter, aber die Kaffeemaschine vervollständigt den Satz. Wir können jetzt beides als vollen Service anbieten. Sie wurden von Gott geschickt, Oksana Michailowna.« Dies sagte er in makellosem, akzentfreiem Russisch. Anansi sprach acht Sprachen fließend. Er hatte die Lernbuckies selbst entworfen. Aus einem tiefen Lebendhaut-Sessel, der in der Mitte des Holzbodens stand, beobachtete Oksana ihn, erheitert durch seine Versuche, sie zu beeindrucken.

Anansi die Spinne fing schöne Artefakte in seinem Netz. Anansi der Weber spann Moleküle. Anansi der Trickser war ein Pirat, ein Betrüger, Fälscherkönig im Büro seiner Nanofabrik, die einem riesigen Albinobrokkoli-Kopf glich, der aus den verwahrlosten organischen Elendsvierteln von Kianjaga wuchs. Doch er stellte hier nicht die Macht dar.

Im Wagen hatten das Katzenmädchen und die Shorts-und-Stiefel-Lady klar gemacht, dass sie der Kaffeemaschine wegen dort gewesen waren, um diese an sich zu bringen. Der Wagen war ein neues Lexus-Modell. Er hatte alles, konnte alles. Die Shorts-und-Stiefel-Lady fuhr ihn mit hemmungsloser Geschwindigkeit durch die wimmelnden, chaotischen Straßen, doch wundersamerweise vermied sie es, auf irgendetwas draufzufahren. Das Katzenmädchen saß in der Mitte des Rücksitzes. Oksana saß links neben ihr, der Panther rechts. Er bog die Krallen und riss Wunden in den weichen Polsterbezug. Die Haut lebte; sie verheilte innerhalb weniger Sekunden. Als Fälschung war der Lexus besser als das Original. Der Leopard saß vorn, neben der Shorts-und-Stiefel-Lady. Jedes Mal wenn er sich die Backen leckte, was er oft tat, bereitete sein nach Blut und Halsfleisch stinkender Atem Übelkeit.

Daß die Shorts-und-Stiefel-Lady bei dieser Geschwindigkeit so sicher durch die Menge fahren konnte, lag daran, weil ihr Gegenwartssinn sich drei Minuten in die Zukunft erstreckte. Das Katzenmädchen konnte mit zwei Raubkatzen in einem Auto fahren und sich diese schnurrend an ihrem Fleisch reiben lassen, weil Teile ihrer Identität auf die der Raubtiere aufgepfropft waren.

Das Katzenmädchen hieß Lenana, die Shorts-und-Stiefel-Lady hieß Zul. Oksana freute sich zu sehen, dass Mombis Mädchen nichts von ihrem Nuttenstil eingebüßt hatten. Aber ihre Fähigkeiten hatten sich seit den alten Nairobi-Tagen, als Auftreten und Waffen ausgereicht hatten, um die Townships zu beherrschen, drastisch weiterentwickelt. Es war nicht genug, arm zu sein, gut auszusehen und geradeaus schießen zu können. Jetzt musste man für Mombi gut aussehen, geradeaus schießen können und HIV-IV-Antikörper im Blut haben. Die Krankheit war ein Trojanisches Pferd im Immunsystem, das den Chaga-Fullerenen erlaubte, ihre evolutionären Veränderung bei entwickelten Zellen anzuwenden. Die UN wussten schon seit langem über die HIV-Chagasporen-Vektoren Bescheid; es hatten jahrelang Planungs- und praktische Arbeit in den geheimen Labors von Kajiado stattgefunden. Dort waren Hunderte von Infizierten untergebracht gewesen, Hunderte von Erscheinungsformen und Varianten, verborgen in jenem riesigen unterirdischen Labyrinth.

Gaby hatte diese Einrichtung auffliegen lassen. Das war *die* Story ihre Karriere gewesen, aber große Wahrheiten wiegen schwer. Block Zwölf hatte sie ihren Geliebten gekostet, ihren Job, ihr Leben in Kenia. Aber nicht ihre Freundin. Ich war dabei, als die Sache in die Brüche ging, dachte Oksana. Ich war da, als du aus dem Exil zurückgekehrt bist, ich war diejenige, die dich sicher geflogen hat, als Nairobi fiel. Und jetzt bin ich wieder hier.

Lenana und Zul waren erste Generation. Seuchentöchter. Oksana versuchte sich vorzustellen, wie sich der menschliche Geist in eine längere Gegenwart als das scharf umrissene *Jetzt* ausdehnen könnte. Es gab Theorien über Quanteneffekte, die durch Einpflanzung von Neuralbuckies in die klassischen Strukturen des Gehirns verstärkt wurden. Non-Lokalität; zeitumkehrende Wellenfunktionen. Einige bezeichneten es als die neue Physik des Gehirns, dass die Gaswolken, achthundert Lichtjahre entfernt in Rho Ophiuchi, die die Heimat der Chaga-Schöpfer waren, empfindungsfähig waren; Fullerene, die durch Quanten-Verbindungen zu einer gewaltigen Intelligenz zusammengefügt worden waren. Wenn man daran glauben wollte, dachte Oksana. Aber für mich ist das nicht anders, als ob man *Magie* sagen würde.

Ein Hinweis auf Zuls erweiterte Gegenwart war unverkennbar gewesen: Sie hatte den Angriff gesehen, bevor er geschah. Sie hatte gewusst, dass sie in diese Gasse getrieben werden würde, dass die PVC-Jungen aus dem Himmel fallen würden, und dann waren sie auch schon dort. Du bist nichts, besagte die Gleichgültigkeit des Katzenmädchens und der Shorts-und-Stiefel-Lady. Du bist einfach nur Fleisch, das an einem nützlichen Gebrauchsgegenstand dranhängt.

Schwarzer Panther und Kehlenleopard lagen zusammengeringelt an der Tür von Anansis Büro. Zul war nicht anwesend, aber Oksana zweifelte nicht daran, dass sie durch ihre Identitätsverbindung zusah. Der schwarze Panther leckte sich im Schritt. Ich wünschte, ich könnte das auch, dachte Oksana.

»Sie sehen immer noch ziemlich mitgenommen aus«, sagte Anansi. »Wie geht es Ihrem Ohr?«

Man hatte ihr etwas gegeben, das wie die untere Hälfte einer Ohrenprothese aussah. Sie hatte sie nicht an ihr verstümmeltes Ohr anklemmen lassen wollen, aber es hatte die Blutung sofort gestoppt und den Schmerz vertrieben.

»Es wird heilen«, sagte Oksana.

»Sie hätten das wirklich nicht geschehen lassen dürfen«, sagte Anansi. »Ihre Befehle lauten, die Wahrnehmung von Investmentgelegenheiten zu gewährleisten. Lenana hat entschieden zu viel von ihren Schoßtierchen in sich. Widerliches Miststück!« Letzteres war an den schwarzen Panther gerichtet. Er hörte tatsächlich mit der Leckerei auf und bedachte ihn mit einem Zähnefletschen. Anansi öffnete einen eleganten zylindrischen Wandschrank und nahm zwei Gläser und eine Flasche Stolichnaja heraus. »Hier.«

Oksana schnupperte misstrauisch an dem fingerhutgroßen Glas.

»Besser als das Original, das ist unser Verkaufsmotto«, sagte Anansi. Er kippte den Inhalt des Glases in einem Schluck hinunter und schleuderte es gegen die gewölbte weiße Wand. Die beiden Katzen zuckten beim Geräusch zerbrechenden Glases zusammen. »Ist das nicht so Tradition? Den Nanofaktur-Neulingen bedeutet es nichts.«

Oksana trank den Wodka. Es war genauso, wie er

gesagt hatte, dieser selbstgefällige Dreckskerl. Es war Stolly, so wie sie ihn in Erinnerung hatte, nur besser. Es war wie mit dem Kaffee, der seinen Weg übers Terminum in die Flugtaschen der sibirischen Piloten gefunden hatte: alles und noch etwas mehr. Sie trank das platonische Ideal von Wodka.

Sie verzichtete darauf, das Glas zu zerschmettern.

»Aha.« Anansi neigte den Kopf zur Seite, als ob er einem fernen Flüstern seines Namens lauschen würde. »Mombi empfängt uns jetzt. Bitte, kommen Sie mit mir.«

Der Saum seiner weiß bestickten Dschellaba schleifte raschelnd über den Holzboden. Oksana folgte ihm. Die Raubkatzen entrollten sich und stießen einen Atemhauch hinter ihr her.

Der geschwungene Korridor führte in eine Galerie, die einen Blick über die Fabrik bot. Oksana sah einen Mann, der ihre Alessi-Kaffeemaschine zu einem Gerät trug, das aussah wie die Orgel einer Kathedrale, die eine Whisky-Destille fickt. Der Mann schob die Kaffeemaschine durch einen Schließmuskel. Es gefiel ihr ganz und gar nicht, dass ihr wertvoller Gegenstand einer solchen Dickdarmbehandlung unterzogen wurde.

»Machen Sie sich keine Sorgen«, sagte Anansi, der gemerkt hatte, dass sie nicht mehr hinsah. »Wir müssen es einscannen, die Prozessoren programmieren. Sie werden Ihre Dampfmaschine bald wiederbekommen.«

»Ja, aber wird sie dann noch dieselbe sein?«

Anansi war ehrlich verdattert.

»Ist das wichtig?«

Solche Dinge wie die Qualität des Schaums oder das Aufbauen essentieller Öle im Filter konnte man jemandem wie ihm nicht erklären.

»Machen Sie das mit dem Kaffee ebenfalls?«

»O nein, nein«, sagte Anansi. Er lehnte sich ans Geländer und wippte mit einem Fuß auf die Zehen. Er war barfuß. Er trug unverzeihliche Zehenringe. Anscheinend war er sehr verliebt in die Tätigkeit der lautlosen, versiegelten Molekularprozessoren. »Das ist eine Organisation drüben im Hochland. Wir befinden uns offiziell mit ihnen im Kriegszustand. Sie haben uns einige unserer Subunternehmer in Ngong abspenstig gemacht; sie haben die Grenzzyklus-Katalatoren vergiftet. Ihre Absicht war es, die Leute davon abzuschrecken, für uns zu arbeiten. Wir haben einige ihrer Programme zerstört. Wahrscheinlich werden wir demnächst dazu übergehen, uns gegenseitig umzubringen. Aber wir sind größer und besser organisiert. Wodka, Maltwhisky, Chanel – das sind zur Zeit in Indien die Renner. Flüssigkeiten lassen sich am leichtesten machen, aber wir haben eine Marktnische für harte Güter besetzt. Bangalore war früher einmal unser größter Markt für Rolls Royces, aber die Polizei schob uns einen Riegel vor, als jeder zweite Ladenbesitzer in einem herumkreuzte. Schade, das war eine echte technische Herausforderung. Wir vermarkten jetzt hauptsächlich kleine, hochwertige Waren: große Markennamen, feine Etiketten. Gucci, Cartier. Wenn Sie nach Shanghai kommen, dort sind neunzig Prozent der Rolex-Uhren, die man in den Tax-Free-Läden sieht, von uns hergestellt. Nicht einmal Rolex kann unsere Nachahmungen von den Originalen unterscheiden.«

»Ich vermute, das große Zeug verkauft sich hauptsächlich auf dem heimischen Markt.«

»O nein, ganz und gar nicht. Der Inlandsmarkt ist beinahe zur Gänze mit Beschlag belegt. Wir sind eine Informationswirtschaft; Prozessorenprogramme, Wissen und Können. Selbst die einfältigen Baumbewohner sind in der Lage, Autos herzustellen.«

»Aber welchen Gewinn bringt es, wenn ihr in Shanghai und Bangalore verkauft, wenn deren Geld in dieser revolutionären Ökonomie, auf die ihr so stolz seid, nichts wert ist?«, fragte Oksana.

»Sie werden eine Antwort darauf bekommen. Kommen Sie jetzt, man sollte Mombi nicht warten lassen.«

Die Tür in der inneren Wand war rund, wie eine Luftschleuse, und mit einem grünen Baum als Symbol des Lebens gekennzeichnet.

»Ich warne Sie, das da drin ist ein Dschungel«, sagte Anansi.

Und so war es. Dampfhitze zog Schweiß aus jeder Pore. Buckyball- und terrestrischer Regenwald kämpften wie kriegführende Urgewalten gegeneinander. Die Luft war gesättigt von Düften und tiefer Fäulnis. Die flache Kuppel, die das Oberlicht bildete, verlieh dem runden Raum Dimensionen: die wuchernden Pseudo-Fungi und Lianen ließen ihn unendlich erscheinen. Ein Mombi-Mädchen mit rasiertem Kopf und mit einer leuchtendgrünen Turnhose und einem rückenfreien Oberteil bekleidet kniete auf einem steinernen Besinnungsschemel am Ende des keramikgefliesten Weges, der ins Innere führte.

»Rewa!«, sagte Anansi. Sein Ton war vertraut, herablassend und gleichzeitig lüstern.

Die leuchtendgrüne Rewa ließ die Augen von ihm weggleiten, wie von etwas in der Gosse Verwesendes, und hin zu Oksana. Oksana merkte, wie ihre Haare kribbelten und ihre Brustwarzen hart wurden. Rewa konnte in ihren Geist blicken.

Sie erhob sich von ihrem Besinnungsschemel.

Der Weg war länger, als er eigentlich hätte sein sollen. In der Mitte des Dschungels war ein Becken mit flüssigem Schlamm. In der Mitte des Schlamms befand sich die fetteste Frau, die Oksana jemals gesehen hatte. Sie stand bis zur Taille darin und war nackt und ihre gewaltigen Brüste verloren sich im honigfarbenen Matsch. Es waren nur diese planetensäugenden Brüste, die Oksana verrieten, dass es sich um eine Frau handelte. Ihr Kinn fiel Falte um Falte herab, ihre Augen und der winzige kecke Mund waren von belagerndem Fett überwältigt. Ihre Arme waren wie Schenkel; dicke, fette Männerschenkel. Sie war vollkommen unbehaart; ihr Hals breitete sich aus wie erstarrte Lava.

Der glänzende Schlamm roch nach Sperma und Zimt; es handelte sich um einen schlau angewandten Brei aus fullerenegeschwängertem lebendem Ton; nahrhaft und reich an Informationen. Er stützte Mombis hässlichen Körper auf sinnliche Weise. Wenn sie herausgestiegen wäre, wäre sie an ihrem eigenen Gewicht erstickt.

Oksana konnte nicht umhin, an ein Nilpferd zu denken.

Rewa kniete am Rand des Beckens nieder.

»Sie können sie sich als Telepathin vorstellen, ja«, sagte Rewa. Ihr Suaheli klang weich, hoch, melodisch. »Natürlich ist es raffinierter als das, aber zur Zeit finde ich das Reden ermüdend und schmerzhaft. Sie sind herzlich willkommen, Oksana Michailowna Teljanina.«

»Wir sind uns schon einmal begegnet.« Oksana zog es vor, ihre Erwiderung direkt an die Monstrosität in dem Becken zu richten.

»Ja«, antwortete Mombi über Rewas Broca-Region. »In der Damentoilette der *Thorntree*-Bar. Sie haben damals Gaby McAslan bei einem Racheakt geholfen, der unter anderem darin bestand, einer Feindin den Kopf zu scheren. Meine Mädchen haben Sie beide hinausbefohlen; ich glaube, wir sind in der Tür aneinander vorbeigegangen.« Mombi verlagerte ihr Gewicht, wobei sie kleine Wellen auf der Oberfläche des Schlamms erzeugte. »Ich habe mit Bedauern von der Schießerei drüben in Tinderet gehört.«

»Sie wissen davon?«

»Mir kommt alles zu Ohren. Ich weiß alles und ich erinnere mich an alles. Ich verleibe es mir ein. Ich werde es.« Finger kamen an die Oberfläche, schlammtropfend, klopften auf die bebenden Brüste. »Bitte begehen Sie nicht den Fehler, dies für Nachsicht zu halten. Wie ich Ihrer früheren Freundin bei ähnlicher Gelegenheit schon sagte, Information bedeutet Leben; in diesen Zeiten mehr denn je. Leider ist Fett ein weniger leistungsfähiger Gedächtnisspeicher als Neuronen. Das war schlimm, die Sache in Tinderet.«

Die Temperatur in dem Treibhaus sank drastisch, als Wolken die Sonne verdeckten. Bald würde der Nachmittagsregen niedergehen.

»Danke; es war schlimm, ja.«

»Ich habe erst kürzlich selbst herbe Verluste erlitten. Man versucht, meine Exportwege zu schließen. Letzte Woche wurde einer meiner Lastwagenkonvois bei Rumuti von Kampfhubschraubern zerstört.«

»Ich habe davon gehört.« Aber das ist etwas anderes, dachte Oksana. Dabei handelte es sich nur um Dinge. Hier waren es Leben, die mir anvertraut gewesen waren. Ich habe Leute sterben sehen. Sie wurden vom Himmel geschossen. Sie hatten keine Waffen, sie waren wehrlos; und man hat sie vom Himmel geschossen.

Mombi blinzelte mit beiden Augen, träge, schwer.

»Menschen sind in Rumuti gestorben. Sie waren unbewaffnet, es sei denn, man bezeichnet Cartier-Handtaschen und Nike-Turnschuhe als Waffen.«

»Ökonomische Waffen«, warf Anansi ein. »Sie hat mich gefragt, was wir kaufen, das nur halb so wertvoll ist wie die Waren, die wir verkaufen, Mombi.«

Mombi lachte. Schlamm klatschte auf die weißen

Keramikfliesen. Rewa hatte nicht gelacht; sie sagte: »Macht. Es gibt nichts Wertvolleres als das. Jeder, der es gegen bloße Gegenstände eintauscht, verdient den Preis, der dafür gezahlt wird.«

»Erpressung?«

»Kontrolle. Eines Tages – der vielleicht nie eintritt – werde ich Bedarf daran haben und mich an meine Kunden wenden.«

»Wir haben das Embargo, das auf den Früchten unserer Kreativität und unserer Technik lastete, bekämpft«, sagte Anansi. »Jede Flasche Chanel oder Stolichnaja oder jede Rolex-Uhr, die wir verkaufen, untergräbt das Prestige dieser Firmen. Deren Überheblichkeit ist unglaublich. Der Spaß ist der, dass sie für uns Spielzeuge sind. Tineff. Nichts. Man könnte Krankheiten heilen, das menschliche Leben unendlich verlängern, jedem das Recht geben, alles zu lernen, was immer er lernen möchte, ihnen die Macht geben, jedes physikalische Objekt herzustellen, und zwar so leicht, als ob sie Kürbisse anbauen würden, aber weil das das Ende ihrer Macht und ihrer Privilegien bedeuten würde, lassen sie ihre Leute krank werden und arm und unwissend bleiben und jung sterben.«

»Anansis Kühle ist ebenso künstlich hergestellt wie alles andere, das er hervorbringt«, sagte Mombi. Massen schwarzen Fettes wabbelten, als sie kicherte. »Aber er ist zu jung, um das gut darzustellen; man braucht nur seine Leidenschaft ein wenig aufzurühren, und schon sieht man den Prediger darunter. Dennoch ist er außergewöhnlich geschickt in dem, was er tut. Jetzt zum Geschäftlichen. Was soll ich Ihnen zahlen?«

»Wie bitte?«

»Bitte hören Sie zu, wenn ich spreche; jedes Wort, das ich durch Rewa sage, zerstört Zellen in ihrem Hilfsnervensystem. Sie haben mir einen wertvollen

Gebrauchsgegenstand gebracht, jetzt müssen Sie dafür bezahlt werden. Was verlangen Sie?«

»Aber Sie werden ihn mir doch zurückgeben.«

»Ist das alles, was Sie wünschen?«

»Was ist er denn wert?«

»Was glauben Sie?«

Dies ist der Kontinent, der die Geburtsstätte der Menschheit und des Handels war, ermahnte Oksana sich selbst. Und von Geschichten über Dschinns, die einem Wünsche erfüllen können, und von schlauen Trickserspinnen. Auch das.

»Einen Gefallen.«

»Sicher.«

»Wann immer ich Bedarf daran habe. Vielleicht wird das nie der Fall sein.«

»Ich habe bereits zugestimmt. Das ist ein angemessener Preis, den Sie da verlangen. Sie begreifen bereits die Prinzipien der Ökonomie. Anansi, diese Frau möchte zur Küste gelangen. Bitte sorge für eine Transportmöglichkeit. Ich glaube, wir haben etwas Besseres zu bieten als den *Pujo*-Service. Nun, ich denke, das beschließt unser Geschäft zur beiderseitigen Zufriedenheit. Falls es Ihnen gelingt, Gaby McAslan zu finden, übermitteln Sie ihr doch bitte die besten Grüße von Mombi und bringen Sie mich bei ihr in Erinnerung. Sagen Sie ihr, dass Haran durch meine Hände in seinem Schlupfloch in Westlands gestorben ist, nach der Zerstörung des *Cascade-Clubs* – das weiß sie vielleicht noch nicht. Fragen Sie sie außerdem: wie lange will sie noch ihre Pfeile im Köcher lassen? Wenn Sie mich jetzt bitte entschuldigen würden, ich habe mich überschätzt.«

Rewa schloss die Augen und legte die Hände auf die Schenkel. Mombi wandte sich ab und tauchte schwergewichtig in den Schlamm ein. Der zähe Brei schloss sich über ihrem Kopf. Keine einzige Blase stieg an die Oberfläche. Plötzliche Düsternis in dem Innenwald: der Nachmittagsregen hatte eingesetzt und prasselte auf das Glasdach.

13

Anansi fuhr den falschen Lexus mit der gleichen Missachtung irgendwelcher Folgen wie Zul, jedoch ohne deren dreiminütige Vorausschau. Frauen rissen Kinder unter seinen Rädern weg. Straßenjungen johlten und bewarfen ihn mit Müll. Verkehr stob in alle Richtungen auseinander, hupte und vermied größere Katastrophen durch Tribute an Lack. Kirinja hatte sich zur Wiedereinführung von Verkehrszeichen nicht in der Lage gesehen. Ein käferförmiger Kleinbus, den Anansi beinahe gegen eine Wand gedrängt hätte, fuhr einen Kilometer weit neben ihm her, wobei der Fahrer und die Fahrgäste wild gestikulierten und Flüche auf alle Lexus-Fahrer und ihre Saat herabwünschten. Obwohl der Regen sich inzwischen zu einem Bombardement gesteigert hatte, klappte Anansi für sie seine Sonnenbrille herunter.

»Offenbar erkennen sie den Wagen nicht, sonst hätten sie mehr Respekt«, sagte er zu seiner Mitfahrerin auf dem Rücksitz. »Leider kann ich sie nicht identifizieren, deshalb bleibt ihnen ein Anstandsbesuch von den Mädchen erspart.«

Eine weitere Maßnahme, zu deren Wiedereinführung sich Kirinja nicht in der Lage gesehen hatte, waren Nummernschilder an Fahrzeugen.

Um einer Frontalbegegnung mit einem Bus zu entgehen, schrammte der Lexus die ganze Länge einer Wand entlang, auf die das Wort *Harambee!* mit meterhohen grünen Buchstaben aufgesprüht war.

»O Jesus Maria!«, rief Oksana aus. Sie hatte nicht einmal damals, als zwei Skystreak-Raketen auf ihren

Düsenflitzer herabgestürzt waren, soviel Angst gehabt. Fragen würden eine Ablenkung bedeuten. »Was bedeutet das an der Wand?«

»Harambee? Sie sprechen doch Suaheli.«

Der falsche Lexus fuhr in ein tiefes Schlagloch. Oksana prallte gegen das Wagendach.

»Ich weiß, was es heißt. Was bedeutet es?«

»Anscheinend reichen unsere kulturelle Vielfalt und unsere gemischten Energien für manches nicht aus, wir müssen die Politik wieder einführen.«

»Harambee ist eine politische Partei?«

»Sie betrachtet sich selbst eher als Forum denn als traditionelle Partei und sie nennt sich einen ›Konsens‹. Sie sagt, ihre Absicht bestehe nicht im Regieren, sondern im Widerspiegeln und Darstellen der Vielfalt der gesellschaftlichen Gruppen, aus denen sie sich zusammensetzt. Wenn es ein sogenannter Konsens ist, dann ist es in der Tat ein Forum für Gespräche, und damit verfügt es über keinerlei Macht. Wenn es eine Partei ist, nun, wir brauchen so etwas hier nicht. Parteien haben bei unseren Leuten keine gute Tradition. Sie wissen ja, was der Rumpf der Kenianischen Nationalpartei da oben macht. Vierzig Jahre lang haben sie uns erzählt, dass ein Stammesverhalten schlecht sei, und dann kommt das Chaga und wir stellen fest, dass wir uns gern als Stämme verhalten. Tatsächlich ermöglicht es uns, in unseren Stämmen zu leben, und wir leben immer noch zusammen. Nein, ich glaube nicht, dass wir dieses Harambee brauchen.«

Nachdem er seine politische Analyse beendet hatte, lenkte Anansi den falschen Lexus schleudernd in eine Lücke am Fuß einer von Wurzelpfeilern gestützten Mauer, die sie, wie Oksana mit einem Blick sah, nicht aufnehmen konnte. Sie umklammerte ihre Kaffeemaschine, schloss die Augen und verpasste deshalb das Wunder, dank dessen Anansi sein Fahrzeug durch das Nadelöhr brachte. Dahinter war etwas, worunter sie sich nur eine fußballplatzgroße Piste vorstellen konnte.

Das feste Dach, umschlossen von geschwungenen Palisaden des Säulengebäudes, trug die Markierungen für ein Fußballspiel. Auf beiden Seiten waren Torpfosten. Was die Fläche wie einen Flugplatz erscheinen ließ, war ein lenkbares Luftschiff, geformt wie eine klassische fliegende Untertasse gemäß dem Wahn der fünfziger Jahre, das über der Mitte des Kreises schwebte. Die fliegende Untertasse war grell gelb und trug die Anrufung ›*Gott Geschwindigkeit!*‹, aufgesprüht auf das Unterteil des Rumpfes, und ›*James Bond: der Killer!*‹ auf dem Oberteil. Sie war mit Seilen an den Querlatten der Torpfosten befestigt. Regen fiel in Sturzbächen von ihrem Rand, ein runder Wasserfall. Ihre Zwei-Mann-Besatzung hatte Schutz unter dem Rumpf gesucht, betrachtete mit halber Aufmerksamkeit eine Fernsehübertragung auf einem Rollbildschirm und rauchte gemeinsam einen selbstgedrehten Glimmstengel irgendwelcher Art. Anansi fuhr durch den Vorhang herabstürzenden Wassers in den Regenschatten. Die Mannschaft bequemte sich träge, ihn mit Handschlag zu begrüßen. Oksana stieg aus, beugte sich nach hinten, um durch das Fenster auf das Flugdeck zu blicken, spähte in die Gebläsekanäle. Die Konstruktion entsprach haargenau den alten sibirischen lenkbaren Luftschiffen, die die UNECTA als Aufklärungsplattformen über dem Chaga eingesetzt hatte, aber der Antrieb und das Lenksystem waren von Grund auf neu konstruiert worden.

»Hier reist man erster Klasse«, verkündete Anansi, als ob er dieses Luftschiff aus seiner eigenen Spinnenseide gewoben hätte. Vielleicht hatte er das. »Man bringt Sie nach Mombasa runter, danach müssen Sie selbst zusehen, wie sie nach Turangalila kommen.

Fembe und Jonah haben noch nie etwas davon gehört.«

»Angeblich soll es eine experimentelle Künstlersiedlung sein.«

»Aha, das erklärt es. Solche Sachen überdauern so lange wie die erste Pubertät. Hier.« Er zog ein kurzes Plastikseil aus dem Ärmel seiner Dschellaba. »Lenana und Zul hätten nicht zulassen dürfen, dass man Ihnen Ihr Gold stiehlt. Dafür läßt Mombi Sie an ihrer persönlichen Kreditwürdigkeit teilhaben. Damit müssten Sie solange hinkommen, bis Sie lernen, die richtigen Hände zu schütteln.«

Die Jungs von der Mannschaft hatten inzwischen ihr nachmittägliches Thai-Boxen und das Rauchen eingestellt und waren an Bord gegangen. Der mit den Masai-Genen aus der vorvorigen Generation saß am Steuer. Die Gebläsepropeller beschleunigten zur Startgeschwindigkeit. Das zweite Mannschaftsmitglied winkte ungeduldig am oberen Ende der fahrbaren Treppe.

»Gehen Sie, gehen Sie!«, drängte Anansi.

»Ich habe einen Gefallen gut, vergessen Sie das nicht«, rief Oksana die Treppe hinunter und übertönte das Dröhnen der Triebwerke.

»Mombi weiß Bescheid«, rief Anansi zurück, als die Treppe sich hob. »Sie vergisst niemals was.«

Die Schäkelbolzen öffneten sich automatisch, die Befestigungsseile fielen auf den von Regenpfützen bedeckten Boden. ›*Gott Geschwindigkeit!/James Bond: der Killer!*‹ erhob sich aus der Palisade von organischen Türmen, drehte sich schwerfällig um die eigene Achse und schob sich träge durch die Regenschleier in Richtung Südosten. Innerhalb weniger Sekunden waren der Kreis eben noch trockenen Bodens und der barfüßige Mann in der weißen Dschellaba vollkommen durchnässt.

14

Sie kam beim Höchststand der Flut übers Meer. Sie kam in einer langen, flachen *Prau* mit abschüssigen Schandecken, während der Biomotor das Boot durch die unregelmäßigen Wellen schob. Jenseits des Riffs wogte der Ozean hoch, Weiß auf Indigo, aber in der Lagune war nur ein Murmeln zu spüren, geraunte Gerüchte über seinen Kummer. Das Wasser glitt klar auf der hereinkommenden Flut daher; sie sah die Schatten der tarngemusterten Meeresbodenfische auf dem Sandmergel. Sie tauchte die Hand ins Wasser, zog Bänder klebrigen Seetangs herauf.

Die Seeleute, die ihre Boote auf den weißen Korallensand unter dem verkrusteten Klotz der alten portugiesischen Festung fuhren, waren allesamt dem aus Stadtplastik bestehenden Zahlungsmittel gegenüber misstrauisch gewesen, doch Hammadi mit den hübschen Augen war gierig nach einem Import-Moped, um ein Mädchen zu beeindrucken. Er nahm Mombis Seil in die Hand, drückte es, schloss die hübschen Augen und bekam den Auftrag.

Turangalila. Hammadi kannte diesen Namen nicht. Kikambala kannte er, dort lebten Menschen. Nur Männer. Ganz oben im Norden, noch weiter als Kikambala. Ja, er würde sie dorthin bringen. Er würde sie sogar bis ganz hinauf nach Alt-Malindi bringen, wenn sie das wollte.

Hammadi kauerte im Heck und kümmerte sich um die Treibstoff-Zufuhr. Der Biomotor blubberte, der Bug zerkaute das Wasser, die Skelette toter Hotels glitten vorbei, eingerahmt von Rot und Jadegrün, wie ein zweites Riff hinter der Sandbank aufgestapelt. Welt-Riff. Spuren fremdweltlicher Architektur erhoben sich hinter Stegen und Türmen und Baldachinen über der Oberfläche. Andere Formen des Menschseins.

Oksana beschattete sich die Augen gegen das blendende Glitzern des Meeres und verlor.

»Kikambala!«

Die Prau schwankte, als Hammadi sein Gewicht verlagerte. Oksana hielt sich an den Seiten fest und blickte sich um. Er deutete auf ein Bündel von Zylindern, überspannt von Solarstrohdächern, die aus dem wogenden Küsten-Chaga ragten. Noch eine Landspitze – jene Landspitze –, dann hätten sie Turangalila erreicht.

Als sie nur noch Minuten davon entfernt waren, dachte Oksana zum ersten Mal daran, was sie nach dem Umfahren der Landspitze antreffen würde. Sie dachte nicht an Turangalila als Ort – sie wusste, dass sie an jedem Ort leben konnte. Sie dachte an Gaby und deren Tochter und wen immer sie lieben mochte, falls es jemanden gäbe, den sie liebte. Sie war so unwissend, was das Bevorstehende betraf, wie der Kilimandscharo vor dem ersten Hammerschlag aus dem Weltraum. Sie brach uneingeladen in die Welt hinein, die sich Gaby schon seit langem aufgebaut hatte, länger als sie befreundet waren.

Natürlich würde Gaby sich freuen, sie zu sehen. Natürlich würde sie Oksana in ihrem Zuhause und ihrem Leben willkommen heißen. Natürlich würden sich die Jahre zurückspulen. Natürlich würde alles wieder so sein wie damals, als alles gut war.

Warum?

Warum sollte irgendetwas so sein?

Warum sollte man sie dort haben wollen?

Falls dort überhaupt jemand war. Falls es so einen Ort wie Turangalila überhaupt noch gab; falls er nicht wieder vom Chaga aufgesaugt worden war, ein fehlgeschlagenes soziales Experiment. Sie ertappte sich dabei, dass sie beinahe hoffte, sie würde beim Umrunden dieser Landspitze nur Landkorallen und Pseudo-Palmen und Sand vorfinden.

Es war nur diese Halb-Hoffnung, Halb-Angst, dass Turangalila tot sein könnte, die sie davon abhielt, Hammadi zu sagen, er möge das Boot wenden und sie nach Mombasa zurückbringen. Vielleicht war auf Mombis Kreditseil noch genügend Guthaben, um ein Leben aufzubauen, das sich nicht auf Mutmaßungen gründete.

Hammadis kleines Boot schaukelte auf den schmalen grünen Untiefen zwischen der Faust der Landspitze und dem Riff. Eine Dünung erfasste die Prau und trug sie an den Felsen vorbei.

Oksana sah Landkorallen und Pseudo-Palmen und Sand, weißen Korallensand, der sich bis über ihre Sichtweite hinaus erstreckte, bis ganz nach Alt-Malindi. Sie sah ebenfalls blaue Boote, die auf den weißen Sand gezogen waren, und die Wölbung eines Strohdachs, das sich über die Schirme aus Landkorallen erhob, und etwas, das im Hitzedunst zum Teil nach einem Mangrovenbaum aussah, zum Teil nach einem Pfahlbau, der auf Wurzelbeinen von den geneigten Palmen über den Sand in die Lagune schritt.

Unten am Meerhaus vollführte eine steckendürre Silhouette auf den schmalen Sandstreifen einen grotesken Tanz.

»Hier«, hörte Oksana sich selbst zu Hammadi sagen. Die Prau wandte den Bug der Küste zu. Die Flut stand hoch und Hammadi fuhr das Boot hinauf bis zwischen die Palmen.

»Soll ich warten?«, fragte er.

Oksana betrachtete die am Strand liegenden blauen Boote.

»Nein, danke.«

Der starke kleine Biomotor zog die Prau vom weichen Sand ins Wasser zurück. Hammadi richtete sie wie eine Kompassnadel heimwärts zu seinem Import-Moped.

Zwischen den Palmen und den Wurzelpfeilern der Handbäume stand das Skelett eines verwesten Hotels. Raumlose Wände mit leeren Fensteröffnungen beobachteten, wie Oksana mit ihrer Kaffeemaschine den heißen Sand hinaufging. Wege, gesäumt von kniehohen Biolaternen, schlängelten sich in das schimmernde Grün. Muster von Laub und Wurzeln und Ranken wurden zu Gebäuden, Schreinen, Skulpturen, als sie an ihnen vorbeiging, und verwandelten sich wieder in einen Wald, wenn sie zurückblickte. Oksana bildete sich ein, Geistermusik zu hören.

Sie sah, dass die tanzende Steckengestalt mit einem Ball spielte, indem sie ihn ständig abwechselnd mit Füßen und Knien und der Brust und dem Kopf in der Luft hielt.

Die Gestalt, die so geschickt mit dem Fußball umging, war ein weißes Mädchen, etwas über zehn Jahre alt. Sie war mit weißen Shorts und einem Fußball-T-Shirt bekleidet. Das T-Shirt war rot mit weißen und schwarzen Bündchen. Das Haar des Mädchens war rot und reichte bis zur Taille.

Oksana ließ sich im heißen Sand auf die Knie fallen. Die Kaffeemaschine rutschte ihr aus der Hand. Sie zitterte wie in einer Schamanen-Trance.

»O Jesus und Maria«, flehte sie. »O Jesus und Maria und all ihr Heiligen und Geister.« Sie war noch nicht bereit für das hier. Sie sah wieder hin, von Panik erfasst. Hammadi war hinter der Landspitze verschwunden.

Das Mädchen fing den Ball auf und kam herbei, um sich die seltsame, fassungslose Frau zu betrachten. Oksana hob den Blick und sah in das Gesicht der Ikone. Das Gesicht des Mädchens war nicht schön, aber kraftvoll. Es würde zu etwas Gutaussehendem reifen; die Leute würden es ansehen, dann noch einmal hinsehen und zu sich selbst sagen: *Das ist eine gut-*

aussehende Frau. Gesicht, Arme, Beine waren von Sommersprossen gezeichnet. Ihre Augen waren meergrün.

»Gaby«, flüsterte Oksana.

»Gaby ist droben im Haus. Ich bin Serena. Ist mit Ihnen alles in Ordnung?« Das Mädchen sprach englisch, überlagert vom kantigen Akzent weißer Afrikaner.

Oksana brach innerlich zusammen. Die uneingedämmten Emotionen einer vierzig und einige Jahre alten Frau ärgerten das Mädchen offensichtlich. Ihr Blick schweifte aufs Meer hinaus und übers Land und senkte sich zu Boden, dann sagte sie: »Ich nehme an, ich muss Sie mitnehmen. Kommen Sie!«

Das Mädchen führte Oksana über eine Strickleiter zum Steg hinauf, auf dem sie hinaus über das glitzernde Wasser gingen. Das Riffhaus war eine Verschachtelung von Holzschalen. Flache, offene Bögen fingen die Kühle des Meeres ein und ließen sie durch das gewölbte Innere zirkulieren. Oksana erspähte Lebendhautsessel, Holzstühle, niedrige Tische und breite Betten, während Serena sie um die Seite herum zur Sonnenplattform führte. Die Bretter waren vernarbt von ausgetretenen Zigarettenstummeln. Hölzerne Tische, hölzerne Liegestühle. Laternen mit Kerzen. Leere Flaschen. Eine leichte Gazeplane überschattete eine Klappliege aus Leopardenfell. Die Bespannung flappte, der Wind frischte auf und wehte aus einer anderen Richtung.

Eine Frau lag auf der Klappliege, zur Seite gerollt und aufs Meer hinausblickend. Sie trug nur ein olivgrünes Lendentuch. Die Haut ihres Rückens und der angezogenen Beine war sommersprossig. Ihr langes, dunkelmahagonifarbenes Haar berührte den Holzboden.

»Gab«, sagte das Mädchen zu der sich aalenden Gestalt. »Gott, sie hat sich einen reingezogen. Gab!«

Die Frau rollte sich auf den Rücken.

Oksana legte sich die Hand auf die Lippen.

Es war gut so. Alles würde so sein, wie sie es gehofft hatte. Nichts würde so sein, wie sie es befürchtet hatte. Nichts hatte sich verändert. Diese Frau, die auf dem Leopardenfell lag, war dieselbe Gaby McAslan, die sie in Tinga Tinga zum Abschied umarmt und der sie viel Glück gewünscht hatte, als sie nach Tansania aufgebrochen war. Die Knospe von Zellen in ihrem Bauch, auf die sie so stolz gewesen war, vor der sie so viel Angst gehabt hatte, hatte sich entfaltet und war zu diesem hübschen, misstrauischen weiblichen Menschenwesen erblüht. Gaby war keine andere geworden.

»Gaby«, sagte Oksana.

Gaby verzog das Gesicht und grunzte so, wie jemand grunzt, der von der Sonne aufgeweckt wird. Ihre Augen öffneten sich flackernd, zogen sich gegen soviel Licht zusammen.

»He, stattliche Schwänze und Wodka«, sagte Oksana.

Dann bemerkte Oksana das runde Pflaster, das zwischen Gabys Brüsten klebte. Sie betrachtete erneut die glatte Haut und die festen Muskeln und das strähnenlose Haar ihrer Freundin und alle Dinge, denen sie vertraut hatten, wurden jetzt verräterisch. Vollständig erhalten zu sein, als ob seit Tinga Tinga keine Zeit vergangen wäre, kam dem gleich, eine vollkommen andere geworden zu sein.

Gaby konzentrierte sich auf das Gesicht zwischen ihr und der Sonne.

»O Jesus!«, rief sie aus. »Nimm mir dieses verdammte Ding ab!« Sie riss sich das Infusionspflaster weg und schleuderte es über den Holzboden. »O Jesus Christus, du bist es; verdammter Mist; o Gott, Jim kommt in zwei Tagen zurück. Aber trotzdem, du bist es, ja?« Sie richtete sich auf und musterte Oksanas Gesicht. »Das liegt an dem Zeug, ich weiß nicht.«

Oksana sah Verachtung in Serenas Gesicht. Mütter sollten nie weniger Kleidung als ihre Töchter tragen, dachte sie. Aber das war nicht richtig. Nichts von alledem war richtig.

»O mein Gott, o mein Gott«, sagte Gaby. »Du bist es. Woher kommst du, was machst du hier?«

»Es tut mir leid. Ich habe zu viel vorausgesetzt. Ich hätte nicht einfach so kommen sollen.«

»Nein, nein, nein, bleib! Nein, du bleibst. O Scheiße… Jim. Nein, alles in Ordnung. Ich bringe es in Ordnung, du bleibst. Bei mir…«

Gaby wanderte zu dem offenen Bogen des Hauses. Sie sah verloren aus, zerstreut, als ob sie etwas abgelegt hätte und dann feststellte, dass es nicht dort war, wo sie glaubte, es hingelegt zu haben.

Plötzlich wurde Oksana klar, was an dem Ganzen so unrichtig war.

Gaby war vollkommen zugedröhnt.

Serena war weg.

15

Das Gebäude wurde von den Frauen und den Männern, die gelegentlich darin wohnten, das Meerhaus genannt. Es war eher gewachsen als gebaut, und es war sehr schön. Es war aus dem Bett der Lagune gerufen worden, und zwar von einem Architektur-Zauberer, der zehn Jahre zuvor an der Küste vorbeigekommen war. Er hatte gehört, dass Turangalila von großer Bedeutung für die neuen Künste des Chaga sei; er wollte, dass seine Architektur ihren Platz darunter bekommen sollte. Er hatte das Meerhaus wachsen lassen, ebenso wie den großen Aufführungsraum und das Labyrinth des Geistigen Bienenstocks, wo die Tänzer eine Zeitlang in einer Gemeinschaft gelebt hatten. Er hatte Stationen einer Pilgerschaft in Form von organischen Gebäuden geschaffen: eine Islamschule in Mombasa, eine Radiostation in Sansibar, eine geheiligte Stätte auf der Isla Moçambica. Die architektonischen Fußstapfen endeten in einem Auditorium, nach einem menschlichen Ohr gestaltet, zwischen den Kolonialruinen von Laurenço Marques.

Er hatte sein Meerhaus in Turangalila gut gemacht. Er hatte es wie ein Schiff gebaut, denn er hatte die Stürme vorausgesehen, denen es würde standhalten müssen, äußerlich und innerlich. Es musste einen Platz geben, der an der Oberfläche schwimmen würde, an den sich die Überlebenden würden klammern können. Er hatte diese Nautilusschale aus lebendem Holz geschaffen als Schutz für Serena. Das Mädchen konnte sich in den verschachtelten Kammern ausbreiten, geschützt vor Gabys emotionalen Schiffswracks.

Er war in Laurenço Marques gestorben, umgebracht von weißen Söldnern, die für das schwarze Südafrika gegen die südwärtige Ausbreitung des Chaga kämpften.

Oksana verliebte sich sofort in das Meerhaus. Sie wusste, dass sie diese Art von emotionalem Strandgut war, zu dessen Bergung es gebaut worden war, doch sie hörte die Stimmen der Geister in der Luft, die durch die Dachtürmchen des Raumes bliesen, der ihr auf der Spitze der Muschelspirale zugewiesen worden war. Dieselben Geister flüsterten in den Wänden der gerundeten Räume und der gewundenen Flure, die sie erkundete. Das Haus war von innen viel größer als von außen. Oksana hatte kein philosophisches Problem mit den Trichterformen. Die siebenundzwanzig Himmel falteten sich einer aus dem anderen auf eine Weise heraus, dass jeder unendlich größer war als derjenige, der ihn enthalten hatte. Manchmal waren die Stimmen so beharrlich, so beinahe menschlich, dass sie sich vorstellte, wenn sie sich schnell genug umdrehte, würde sie sie fangen wie Schatten an der Wand, die schwarzen, zwillingshaften, gequälten Gestalten der Makondé-Kunst.

Fischgräten und Obstschalen auf Korallentellern. Die Alessi hatte mit dem Chaga-Kaffee ihre volle Leistung erbracht. Oksana beobachtete, wie er den letzten Rest des narkotischen Pflasters aus Gabys Blutkreislauf herausbrannte.

Musselinvorhänge, leicht wie Geister, bewegten sich im Luftstrom. Gaby hatte die Kerzen im Ozeanzimmer angezündet. Die Gezeiten hatten sich umgekehrt und die Flut strömte unter den Monden wieder herein. Oksana spürte, wie sie gegen den Holzsteg klatschte. Die beiden Frauen lagen ausgestreckt auf Rattansofas. Sie hatten sich bis tief in die Nacht hinein unterhalten. Sie hatten über alte Zeiten gesprochen, über ihre Zeit in Kenia. Von ihrer ersten Begegnung an der Bar des Hotels *PanAfric,* nachdem Gaby den Kulturschock eines afrikanischen Nachtfluges hinter sich hatte. Oksana hatte das Geheimnis preisgegeben, das sie den Frauen von Oelende verraten hatte.

»Ich glaube, ich habe schon immer so etwas vermutet«, hatte Gaby gesagt und dabei eine weitere Flasche von Dr. Scullabus' gutem Bier eingeschenkt. Sie hatten sich über die Nächte in der *Elephant*-Bar unterhalten, wo die Sibirer getrunken und Songs aus den Shows gesungen hatten, und über das Fußballspiel, als die Mannschaft von SkyNet, mit seiner sibirischen Gastspielerin linksaußen, UNECTA-United mit dem Tor in der fünfundsiebzigsten Minute geschlagen hatte, nachdem McAslan mit der Nummer 9 den Ball auf den Kopf des Mittelspielers Tembo und dieser ihn ins Netz geschossen hatte.

»Tembo; er war unser Kameramann. Ich habe ihn und seine Familie nach Sansibar geflogen.«

»Er ist dort geblieben.«

»Und dieser andere, der Torwart, der, mit dem du was hattest.«

»Faraway. Ich habe gehört, er hat irgendeine Funktion in dieser Harambee-Organisation. Ich weiß aber nichts Genaues. Ich bin hier irgendwie ab von allem.«

»Und Shepard?«

»Shepard ist nie zu mir zurückgekommen.«

»Das tut mir Leid.«

»Es braucht dir nicht Leid zu tun.«

Oksana zitterte, zuckte zusammen. Etwas hatte geflüstert, ein elektrisches Kribbeln in ihrem Kopf. Ein Beinah-Name.

»Nach einer gewissen Zeit gewöhnt man sich dran und achtet gar nicht mehr darauf«, sagte Gaby.

»Hast du es auch gehört?«

»Jeder hört es.« Gaby stand jäh auf und ging durch den offenen Bogen auf das Deck, als ob sie noch eine Stimme gehört hätte, eine, für die Oksana taub war, draußen in der Nacht. »He, hast du Lust zu schwimmen? Es ist eine schöne Nacht zum Schwimmen.« Sie schlüpfte aus der perlenbesetzten Weste, knotete den losen Sarong auf und ließ ihn fallen. Sie trat in die Nacht hinaus. Oksana beobachtete, wie sie die Veranda überquerte und die Stufen zur Bootsmole hinunterging. Etwas drehte sich in ihrem Herzen um. Erregt durch ihre Hemmungslosigkeit, schüttelte sie sich aus ihren zu großen Shorts und dem geliehenen T-Shirt und tapste über das Lebendholz. Das Ding, das Oksanas Herz getreten hatte, trat wieder zu, als sie nicht sah, wo Gaby geblieben war. Sie eilte die schaukelnden hölzernen Stufen hinunter und zögerte. Wasser war nicht ihr Element. Für ein Geschöpf des Waldes und der Erde war der Ozean die Verkörperung des Todes. Auflösung der Anonymität, die Vernichtung von Masse.

»Du musst dich einfach hineinwerfen«, rief Gabys Stimme aus der Dunkelheit.

Das Klatschen der Dünung gegen das Riff war fühlbar, ein Beben im Universum. Oksana atmete die atavistische Klammer der Angst aus und sprang hinein. Das Wasser war blutwarm, schwarz wie die geheimen Stellen eines Körpers.

»Hier draußen«, rief Gaby wieder. Oksana sah ihren Kopf und winkenden Arm im silbernen Band des Mondpfades. Sie war weit weg vom Ufer. Oksana schwamm ungeschickt zu ihr hin. Tang fuhr mit glitschigen Fingern über ihren Körper. Hier ist es viel zu tief für mich, dachte sie. Ich könnte ertrinken.

In der Mitte zwischen Küste und Dünung hielten sich Gaby und Oksana durch Wassertreten über der Tiefe. Der Vollmond weit im Osten überstrahlte die Sterne im Süden. Das GDO war ein Lichtstrahl am Rand der Welt, der Sternenbogen von Kometen ein Hauch von Phosphoreszenz.

»Ich muss dich warnen«, sagte Gaby. »Lass dich nicht mit mir ein. Bei mir sind die Dinge nicht gut; sie sind seit langem nicht mehr gut.« Sie blickte zurück zu den Lichtern des Meerhauses. Sie waren fern und klein, eine winzige Konstellation an der dunklen Küste. »Das mache ich jeden Tag. Ich schwimme hier raus, die halbe Strecke zum Riff. Eines Tages schaffe ich vielleicht die ganze Strecke und dann können mich die Wellen hinunterziehen und jedes verdammte einzelne Teil an den Korallen zerschmettern.«

Die beiden Frauen schwammen im Mondlicht.

Oksana sagte: »Gaby, Mombi hat mich gebeten, dich etwas zu fragen. Sie sagte: frag Gaby, wie lange sie ihre Pfeile noch im Köcher lassen will.«

Gaby nahm sich viel Zeit zum Antworten.

»Es gibt keine Pfeile.«

Oksana zitterte, als ob ein Hai dicht an ihr vorbeigeschwommen wäre, zwar ohne sie zu berühren, doch nah genug, dass sie ihn spürte, und all das Unrichtige, das sie gespürt hatte, seit Serena, die ihre Kunststückchen mit dem Ball an Strand vollführt hatte, wurde zu Wut.

»Zum Teufel mit dir, Gaby!«

»Ja, zum Teufel mit mir«, sagte Gaby. »Hör zu: ich mache es nicht mehr. Es gibt nichts mehr, es ist nichts mehr da, verstehst du? Es gab nie einen beschissenen Pfeil des Schicksals, oder für welche Art von Krieger Mombi mich auch halten mag. Es war nichts anderes als Ehrgeiz, der mich glauben gemacht hat, ich hätte Talent. Wenn man etwas heiß genug begehrt, dann tut man alles, um es zu bekommen, aber das hat nichts mit Talent zu tun. Das Schlimmste ist, wenn man so tut, als sei das Talent.«

»Gab…«

»Unterbrich mich nicht, ich will nicht, dass du mich unterbrichst. Ich muss an dem Schorf herumkratzen. Ich brauche es, dass es immer wieder blutet, dass ich mir nie wieder so wie damals etwas vormache. Tut mir leid, dass du es bist, die das abbekommt. Ich habe oft über dich nachgedacht; und dann – Jesus! – bist du auf einmal da! Ich fühle mich so total beschissen wegen alledem; du kommst hierher, du siehst mich genauso, wie ich früher war, du denkst, alles wird genauso sein, wie es einmal war; Oksana und Gab wieder vereint, sieh her, Welt! Tut mir Leid, ich kann das nicht für dich sein.«

»Ich bin nicht deinetwegen gekommen, Gaby. Nicht ausschließlich. Ich konnte die Geister nicht mehr hören. In meinem Inneren war Eis. Ich bin gestorben; ich habe die Überquerung gemacht, weil ich das Leben zu mir sprechen hören wollte. Hier kann ich es hören,

Gaby, ich fühle es. Es ist, als ob ich eine dicke Schale gehabt hätte, und die ist jetzt von mir abgenommen, und ich spüre das Licht auf meinem Fleisch. Hier funktioniert es, Gaby. Es ist wahr.«

Gaby legte sich auf den Rücken, bot den Bauch und die Brüste schwimmend den Sternen dar. »Was ist, wenn ich dir sage, dass jeder Atemzug, den du seit deiner Ankunft hier getan hast, alles, was du gegessen hast, jeder Tropfen, den du getrunken hast, von Buckies gewimmelt hat, und dass sie durch deinen Körper ihre Samen verbreiten? Dass sie inzwischen in jedem Teil von dir sind, jedem Organ, jeder Zelle?«

»Wieso sollte das nicht so sein?«

»Was ist, wenn ich dir sage, dass diese Buckies an dir gearbeitet haben, dich verändert, dich angepasst haben? Eine verstärkte sensorische Wahrnehmung ist ein Teil davon; dieses Gefühl, das du beschrieben hast, als ob eine Schale von dir abgenommen worden sei.«

Das Wasser unter Oksanas tretenden Füßen fühlte sich sehr tief an. Ertrinken, dachte sie. Doch selbst als sie in ihrem Schleudersitz auf die Decke des Chaga zugefallen war, war sie allein und nackt in einem feineren Meer von gefühlsbegabten, wandelbaren Molekülen ertrunken.

»Bin ich krank?«, fragte sie.

»Krank, nein. Infiziert, ja. Okay, du kannst nie wieder krank werden. Sie haben dein Immunsystem neu konstruiert. Nichts kann dir etwas anhaben. Grippe, Malaria, HIV, Ebola, Dengue, nichts. Nicht einmal Krebs. Und noch etwas. Ist dir aufgefallen, dass dein Urin und dein Schweiß seltsam riechen?«

»Ich dachte, das läge an der veränderten Ernährung. Ich bekomme immer noch die Scheißerei davon.«

»Die Buckies rubbeln freie Radikale und Toxine aus deinen Zellen. Wenn du dir deinen Urin durch ein elektronisches Mikroskop betrachten würdest, würdest du DNS-Fragmente sehen; sie schnipseln die Sequenz heraus, die der Schlüssel für die Alterungshormone ist.«

»Dann werden die Leute hier nicht älter?«

»Sie werden älter. Aber sie altern nicht. Sieh mich an. Okay, ich werde im Oktober fünfundvierzig. In fünfzehn Jahren ist mein Körper vielleicht um zwei gealtert.«

Oksana sagte: »Ich habe Angst.«

»Ja, das solltest du auch. Ich hatte auch Angst.« Der große afrikanische Mond kletterte am Himmel empor. Gaby sagte: »Das ist noch nicht alles. Andere Buckies binden sich an die Telomere auf deinen Genen und verhindern eine Verkürzung während der Zellteilung. Deine Zellen können sich weiter teilen und wachsen.«

»Wie lange?«

»Unendlich. Bis jetzt ist noch niemand aufgrund einer natürlichen Ursache gestorben. Okay, du bist amortal.«

»Ich kann nicht sterben?«

»Ich sagte a-mortal. Wenn du hier draußen einen Krampf bekämst, würdest du ertrinken und die Buckies könnten dich nicht retten. Du kannst umgebracht werden. Es werden Leute umgebracht. Zu viele Leute. Du bist wie ein Glasornament. Wenn du umfällst, zerbrichst du. Du bist zerbrechlich.«

Oksana betrachtete Gabys Profil, dunkel im Licht der Monde, von Wasser umspielt. Sie versuchte, die Erinnerung an das kriegerische Mädchen, das auf der Straße nach Gichichi wartete, darauf zu projizieren. Nur die Jugend kann sorglos mit einem Leben umgehen, das noch eine Million Morgen bereithalten könnte. Sie denken nicht daran, dass sie sterben könnten, ob dieses Leben fünfzig Jahre oder fünfhundert Jahre dauert, also bedeutet es nichts für sie. Aber das narbentragende Gesicht des Mädchens wollte nicht über Gabys passen, das Bild verwandelte sich immer wieder in Serena.

Oksana Michailowna Teljanina. Amortal. Kein Schatten auf der Sonne; keine dunklen Flügel, die sich über die kommenden Jahre falten. Die Zeit ist jetzt nicht mehr ihr Feind; die Zeit ist die Linse, durch die sich die Geschichte in dein Leben projiziert. Sie könnte zusehen, wie Stein zu Sand wird, der Berg zum Meer strebt, die Sterne sich auf ihrer Bahn bewegen, Kulturen aufsteigen und untergehen, die Zukunft der Menschheit sich selbst auf das Universum schreibt.

Glaube es, sagten die Geiststimmen.

Sie sah sich um, plötzlich von Panik erfasst. Sie war allein, Gaby war nirgends zu sehen; Strömungen rissen sie mit, spülten sie hinaus zum Riff, wo sie sie hinunterziehen und ihr zerbrechliches ewiges Leben an den roten Korallen zerschmettern würden.

»Hier bin ich.« Ein vom Mond beleuchteter Arm streckte sich aus dem Wasser, näher, als sie befürchtet hatte. »Komm, lass uns umkehren. Mir wird's allmählich kalt.« Gaby rollte sich auf den Bauch und schwamm mit kräftigen Zügen auf dem gekräuselten Mondpfad dahin. Oksana trat mit den Beinen aus und folgte ihr, auf der Flut in Richtung der Leitlichter des Meerhauses reitend.

16

Die Kerzen in den Treibglas-Laternen waren zu verkohlten Stumpen heruntergebrannt. In kühlem Grün von den Biolichtern erhellt. Oksana stand vor dem großen runden mit Treibholz gerahmten Spiegel und prüfte ihr linkes Handgelenk. Es war weniger als zehn Tage her, seit die schwarzen Ärzte von Ali aus Kairo die Verteilerpumpe entfernt hatten, und die Narbe war zu einer Linie rosafarbenen

Fleisches verblasst. Sie hielt den Arm hoch, sodass die Narbe sich im Glas spiegelte. Sie beugte sich vor, um die Falten um ihre Augen und um den Mund zu betrachten.

Katzenartig auf dem Rattansofa zusammengekringelt, sagte Gaby: »Du wirst in den nächsten Monaten zwischen fünf und zehn Jahren verlieren, während die Buckies dein System ausputzen. Und wie du siehst, verläuft der Heilungsprozess bei dir sehr schnell. Du kannst einen Finger oder ein Ohr regenerieren; ich habe von Leuten gehört, denen nach einer Landminen-Explosion Hände nachgewachsen sind.«

Oksana berührte mit einem Finger ihre Wange, die gestraffte Haut über den hohen slawischen Wangenknochen.

»Jetzt weiß ich, wovor der Norden soviel Angst hat.«

»Nein, das weißt du nicht. Ich sage dir, weshalb die sich wirklich in die Hose scheißen. Nenne mir zwei sechsstellige Zahlen.«

»286 542; 777 182«, sagte Oksana.

»Multipliziert ergibt das 222 695 284 644«, sagte Gaby. »Im Quadrat sind das 4,959319 mal zehn hoch 22. Wann hast du Geburtstag?«

»Am siebzehnten Oktober.«

»Im Jahr 2093 wird das auf einen Sonntag fallen. Herzlichen Glückwunsch. Dann bist du einhundertundacht.«

»Wie…?«, setzte Oksana an.

Gaby sagte: »Angeblich verliert man einige Millionen Neuronen täglich und normalerweise bekommt man sie nicht zurück. Aber jetzt bekommst du sie zurück. In deinem Kopf gibt es Buckies, die die toten Neuronen wiederaufarbeiten. Sie bauen sie wieder auf, programmieren sie neu, verbinden sie miteinander. Ein zweites Gehirn verkabelt sich in deinem

Kopf, schafft Verbindungen zu deinem fleischlichen Gehirn, wird empfindungsbegabt, ein Fullerene-Computer, der parallel läuft zu dem fleischlichen Computer, mit dem du geboren wurdest.«

»Diese Zahlenkunststückchen sind nichts weiter als Partytricks, jedes Kind beherrscht sie. Was einem wirklich Nutzen bringt, ist der Umstand, dass man alles nur einmal sehen oder lesen oder hören muss, um sich dann ganz genau daran zu erinnern.«

So wie sich Mombi in ihrem Buckyball-Bad an einen kurzen Austausch von Blicken vor der Damentoilette einer Bar in einer Stadt, die jetzt zu Chemikalien reduziert war, erinnerte. Wie viele Extrabits weltlicher Weisheit waren in ihren Massen von fullerenegedoptem Fett gespeichert?

»Das ist erst der Anfang. Inzwischen haben die Buckies deinen Schädel bestimmt mit Fullerene-Kohlenstoff-Leitern befruchtet. Das ist vergleichbar mit einer nanotechnischen Durchbohrung des Schädels; dein Gehirn ist offen für das Universum.«

»Telepathie? Du kannst meine Gedanken lesen, meine Seele hören?« Das kam ihr wie ein brutaler Eingriff vor, ein Tasten nach dem weichen Fleisch im Innern ihres Kopfes.

»Gott, nein. Man kann es mit Radiohören vergleichen, die Fähigkeit, M-Wellen zu empfangen.«

Miswe, am Fenster des *Zenana* sitzend, die Augen geschlossen, das Gesicht versonnen. ›Tut mir leid. Ich habe Radio gehört.‹ Und ihr Erstgeborener, der älter war, als seine Mutter aussah. »Fünfzehn Jahre sind nicht lang«, hatte sie gesagt. Ihre gnostische Weisheit, die Oksana für Klumpen von Sufi-Mystizismus gehalten hatte, war nichts anderes gewesen als die Wiedergabe technischer Errungenschaften.

Anansi, der schlaue Spinnenmann mit den hochgeklappten Sonnenbrillengläsern, hatte gesagt: ›Man könnte Krankheiten heilen, das menschliche Leben unendlich verlängern, jedermann das Recht geben zu lernen, was immer er zu lernen wünscht, jedem die Macht geben, jedes beliebige physikalische Objekt herzustellen, und zwar so leicht, als ob man Kürbisse anbauen würde.‹

Oksana wandte sich von dem Spiegel ab. Sie streckte die rechte Hand zu der Frau auf dem Sofa aus.

»Reich mir die Hand, Gaby.«

Oksana blickte in Gabys grüne Augen, während sich Hand um Hand schloss.

»Aha!« Oksana zog ihre Hand mit einem Ruck zurück. »Ich habe etwas gespürt. Wie die Haare im Nacken.«

»Wir bestreiten eine gesamte Ökonomie auf der Basis der Haare in deinem Nacken.«

Oksana nahm Mombis Seil vom Couchtisch. Sie drückte es in der Hand. Etwas war da – ein Zappeln im Hinterhirn, ein Fledermausflattern von Geld?

»Lass mich etwas ausprobieren.« Gaby nahm schnell Oksanas Kopf zwischen die Hände. »Hör zu!« Oksana merkte, dass sie von den grünen Augen fasziniert war. Sie trugen all das Alter in sich, dem sich ihr Körper verweigerte. »Was hörst du?«

»Nichts«, sagte Oksana. »Das Meer, den Wind, dich.«

»Erzwinge nichts. Öffne dich, höre, was es zu hören gibt, nicht das, was du hören möchtest. Was hörst du?«

»Nichts«, sagte Oksana nach einer Weile. »Ich höre überhaupt nichts.«

Gabys Gesicht war jetzt nur wenige Zentimeter von ihrem entfernt. Die beiden Frauen drehten sich in der Mitte des Zimmers, das zum Meer hin lag; ein enger, intimer Tanz.

»Lass die Dinge so sein, wie sie sein wollen. Höre, was es zu hören gibt.«

»Ich höre nichts!«, schrie Oksana und da war es, im Hintergrund des Schreis, ein Echo, Geistermusik. Trommeln, Gitarren, flackernd, ein Laut wie eine Kerzenflamme.

»Was machst du?«, flüsterte sie unsicher.

»Ich verbinde deine Neuralleiter mit meiner, um das Signal zu verstärken. Ich bin die Antenne deiner Seele. Ich bin die Starthilfe für dein Nervensystem. Was hörst du?«

»Musik«, sagte Oksana. »Tanzmusik. Und da ist eine Stimme, ein Mann, er spricht Suaheli. Er sagt etwas über Schiffe.«

Gaby stieß ein glockenhelles Lachen aus.

»Du hast Radio Free Kanamai eingeschaltet! Du hörst King M'beki in der Sendung *Nachtpatrouille*, der für die I-Force-Flotte sendet.«

Sie nahm ihre Hände von Oksanas Kopf weg.

»Hörst du es immer noch?«

Oksana nickte, verdutzt. Dann verwandelte sich ihr Gesichtsausdruck in Zweifel, Angst.

»Was kann ich tun, damit das aufhört? Wird das etwa andauernd so weitergehen?«

»He, nein, um Himmels willen! Glaubst du, einer von uns wäre noch einigermaßen geistig gesund, wenn man es nicht ausschalten könnte? Es geht einzig und allein um das Feuern von neuen neuronalen Pfaden. Denke es aus. Vielleicht bedarf es mehrerer Versuche.«

Gaby sah, wie Oksanas Gesicht zuckte, und noch einmal. Beim dritten Mal entspannte sich ihr Gesicht.

»Gaby, danke.«

»Du brauchst mir nicht zu danken. Es steht dir rechtmäßig zu.« Gabys Gesichtsausdruck war unergründlich, die Aussage vieldeutig durch das unbestimmte grüne Biolicht. Sie setzte sich auf das große Rattansofa, zog die Knie bis zum Kinn hoch und betrachtete die Bodenmatten und die Biolichter und den Spiegel und die Dunkelheit draußen vor den Fensterbögen, alles andere, nur nicht Oksana Michailowna.

In dieser Nacht fand sie keinen Schlaf in dem Muschelzimmer im Giebel des Meerhauses. Oksana lag da und starrte zu den Deckenrippen hinauf und ihre Gedanken taumelten von einer monolithischen Wahrheit zur anderen. Aber sie waren zu groß für sie, als dass sie die Hände darum herum hätte legen oder sie auch nur mit den Armen umfassen können; sogar zu groß, um auch nur den Versuch zu wagen, sie zu erklettern, also lag sie auf dem breiten, niedrigen Rattanbett und spielte mit dem neuen Trick in ihrem Kopf. Sie jagte die verschiedenen Wellenlängen hinauf und herunter, kreuzte durch die Sender der Küste und das verschlüsselte Gestammel der I-Force-Flotte draußen unterhalb des Horizonts und das Sopran-Gequassel der Spionagesatelliten, während sie über der verbotenen Hemisphäre trudelten.

Der Wunder und der sogenannten Amortalität, der ewigen Jungend und der Allwissenheit müde, wollte sie in Wirklichkeit nur noch *Schlaf*. Oksana ging nach unten, auf der Suche nach Kokosnussmilch oder Wasser. Sie fand Gaby auf dem Sofa ausgestreckt, bewusstlos. In ein anderes Bewusstsein transzendiert: die glänzende Scheibe eines pharmazeutischen Pflasters schaukelte sanft in ihrer Halskuhle zu dem Auf und Ab ihres Atems.

17 Im Café *Mermaid* war Party-Nacht. Es war während der vergangenen vierzehn Tage jeden Abend Party-Nacht gewesen. Die heutige Party fand zur Feier der Vollendung von Teilstück Acht von Suhas Wandteppich-Umsetzung afro-indischer Mythologie in Nach-Chaga-Symbolik statt. Am Abend zuvor war es das jährliche Tausendfüßler-Rennen von Turangalila gewesen. Morgen würde es das Fest des Heiligen Michael und Aller Engel sein.

Der Tokolosche-Wandteppich hing am Ehrenplatz hinter Dr. Scullabus Bar. Der urzeitliche Walddämon wachte über das Trinken und Tanzen und die Tummelei. Er hatte die vier Arme des Schiwa; einer trug eine Büste von Freud, einer ein Kind, einer einen Buckyball, einer eine Kalaschnikow. Ein Wirt von Fullerenen, mit dem sich Landminen und Kampfflugzeuge befassten. Auf ihrem Barhocker kam Oksana Michailowna zu dem Schluss, dass es sich um eine sehr feine Handarbeit handelte.

»Was ist mit den anderen sieben Teilstücken geschehen?«, fragte sie den Doktor.

»Es gibt keine anderen. Es gibt jeweils nur ein einziges. Wenn seine Zeit abgelaufen ist, wird Sudha es abholen und die Fäden benutzen, um den nächsten Wandteppich in der Serie zu machen. Sie sagt, das sei eine Allegorie unserer Gesellschaft; nichts wird geschaffen, alles wird von einer Gestalt in eine andere verwandelt.«

»Sie kann anscheinend reichlich wenig mit ihrer Zeit anfangen«, sagte Oksana.

»Trifft das nicht für uns alle zu?« Der Doktor füllte den bemalten Keramikbecher mit Arak.

»›Stattliche Schwänze und Wodka‹«, verkündete Oksana und leerte den Becher in einem Zug. Sie ließ sich von den Strömungen der Unterhaltung davontreiben.

»… erkenntnisorientierte Suchmaschinen, um auf der Gnoosphäre zu reiten, ob du es glaubst oder nicht …«

»… so enge Shorts, dass man seine Religion erkennen konnte …«

»… ich weiß nicht, vielleicht verbringe ich ein Jahr oder so auf einer langen Lehmpiste …«

»… nicht mehr Opernzyklen, sondern Zyklen von Opernzyklen …«

»… dieses Ding mit Fäden und Brustwarzen …«

Oksana sah auffallend leuchtendes Haar, als sie den Blick über die Gesichter schweifen ließ. Sie brachte einen Arak an den Tisch im dunklen Teil der Bar.

»Hallo. Kann ich dir was holen?«

»Ich bin versorgt, danke.« Eine vielfach wiederverwertete Flasche vom Allheilmittel des Doktors. Oksana fragte nicht, ob es ihr etwas ausmachte, wenn sie sich zu ihr setzte.

»Du magst mich nicht, stimmt's?«

Serena drehte die Flasche und betrachtete die feuchten Ringe, die sie auf der Tischplatte hinterließ.

»Ich kenne dich nicht.«

»Aber du bist mir gegenüber misstrauisch.«

An der Bar war ein Spiel im Gange. Es bezog Sudha, die Wandteppich-Frau, mit ein; sie stand an der Theke und bemühte sich, ein Glas Absinth zwischen die Zähne zu bekommen, ohne etwas zu berühren.

»Du meinst, ich werde Gab etwas antun«, sagte Oksana.

»Ich weiß nicht. Glaubst du, dass du das tun wirst?«

»Was würdest du machen, wenn es so wäre?«

»Das ist eine langweilige Unterhaltung«, sagte Serena. »Du bist eine langweilige Frau. Ich langweile mich hier. Ich gehe.«

Serena stand abrupt auf und duckte sich unter dem Dachvorsprung in die Nacht hinaus. Sudha fiel von der Bar. Sie landete hart am Boden, aber sie war zu sehr zugedröhnt, um etwas anderes zu tun als zu lachen. Der Tokolosche blickte auf seine lachende Schöpferin hinab.

Oksana holte Serena ein, bevor sie sich in dem Gewirr von Wegen rund um das Café *Mermaid* herum verlor.

»Kann ich ein Stück mit dir gehen?«

»Wie es dir beliebt.«

»Ich weiß nicht allzuviel über diesen Ort.«

»Bemüh dich nicht mit diesem ›Lass-uns-einander-ein-bisschen-besser-kennenlernen‹-Quatsch, ja? Wir brauchen einander nicht zu kennen.«

»Du bist stark in der Abwehr.«

»Du stellst blöde Fragen.«

»Nein, nicht was dich selbst betrifft. Was Gab betrifft.«

»Sie braucht keine Abwehr.«

»Warum tust du es dann? Glaubst du vielleicht doch, sie braucht es?«

»Hör mal zu!« Serena war ein schmächtiger Hänfling im Vergleich zu Oksanas tätowiertem, durchtrainiertem Körper, doch die sibirische Frau fühlte sich körperlich eingeschüchtert durch den Zorn des Mädchens. ›In dieser Hinsicht bist du ganz die Tochter deiner Mutter‹, dachte Oksana. »Du weißt überhaupt nichts über Gab. Du kanntest mal dieses As von einer Reporterin, die die Geschichte von Block Zwölf an die große Glocke gehängt hat, die geblieben ist, als Nairobi zugrunde ging, die erste bei den Zehntausend Stämmen. Meine Mutter ist eine Verschwenderin. Meine Mutter ist ein Junkie. Meine Mutter pappt sich Pflaster an. Und noch etwas kann ich dir über meine Mutter sagen: Meine Mutter hasst mich.«

»Nein.«

»Doch. Sie hasst mich. Sie hasst mich, weil ich sie alles gekostet habe. All die guten Zeiten, an die ihr euch erinnert; ich war der Grund dafür, dass das alles aufgehört hat. Ich bin nicht vollkommen. Ich bin davon berührt worden; ich habe mich verändert. Verdammt, ich bin kein Scheißmensch!«

Ein Sturm roter Haare. Serena rannte davon. Oksana folgte ihr; das Mädchen war schnell, die Wege waren Oksana nicht vertraut. Weg.

»Serena!«, rief Oksana.

Ein kleiner, halb unterdrückter Schrei. Serena hockte zusammengekauert in der Dunkelheit unter dem schwangeren Bauch der geschnitzten Muttergottheit, die Knie an die Brust gedrückt, von Haar umhüllt. Ein Funkeln von Augen: Oksanas Herz stolperte. Sie sah nicht ein gequältes fünfzehnjähriges Mädchen. Sie sah Gab, in jener Nacht, als sie und Shepard einander zerstörten. Sie hatte ihn mit dem Speer ihrer Wut durchbohrt, immer wieder und wieder, weil sie glaubte, er habe sie betrogen. Und dann hatte er ihr von dem Autounfall erzählt. Einer seiner Söhne war dadurch zum Krüppel geworden, der andere war tot. In einem einzigen Augenblick war alles vom Triumph in die Katastrophe gekippt.

Es gab nur einen einzigen Ort und eine einzige Person, zu der Gaby gehen konnte, als alles zerbrach.

Sie war genauso dagesessen, ganz in sich zusammengezogen. Aber die Leute von Block Zwölf hatten ihr die Haare geschert, hatten es rücksichtslos weggehackt zu einer unförmigen Zottelmatte.

Oksana strich zärtlich über Serenas Haar.

»Rühr mich nicht an!«, schrie Serena. Unter bebendem Keuchen sagte sie: »Das ist nicht gerecht, es ist, verdammt noch mal, scheißungerecht. Ich wollte nicht so sein. Sie versteht es einfach nicht.«

»Tut mir Leid.«

»Was sollte dir Leid tun?«

Die Abwehr des Mädchens war stahlhart, sie verteidigte Bastion um Bastion. Aber Oksana sah eine Möglichkeit, um hindurchzuschlüpfen.

»Nein, ich glaube, da irrst du dich. Ich glaube, dass deine Mutter dich sehr liebt. Hör mir zu, hör dir an, was ich dir zu sagen habe. Sie hat dich auf die Welt gebracht. Sie hat sich dafür entschieden.«

»Was erzählst du da?«

»Ich sage dir, sie brauchte dich nicht zu bekommen. Als man ihr im Dekontam sagte, dass der Fötus – du – verändert worden sei, stellte man es ihr anheim, abzutreiben. Es wäre für Gab das Leichteste der Welt gewesen, dich nicht zu behalten; jeder empfahl ihr eine Abtreibung, die UNECTA-Ärzte, die Leute von SkyNet, ihre Freunde. Alle rieten ihr davon ab, dich zu bekommen. Und sie brachte es nicht fertig. Sie behielt dich. Sie hat sich zwischen ihrer Karriere und dir entschieden. Sie wollte dich, Serena!«

Serena legte den Kopf in den Nacken, preßte ihn gegen den Nabel der steinernen Venus. Die Spuren ihrer Tränen glitzerten im düsteren Biolicht.

»Wir werden nicht schlauer, wenn wir älter werden. Wir wissen nichts besser, wir bleiben auf der Stelle kleben, was den Umgang oder Nichtumgang mit Dingen betrifft. Gabs Probleme sind ihre eigenen, sie hat sie gemacht, sie wird damit fertig oder nicht – in solchen Dingen war sie noch nie besonders gut –, aber du bist nicht der Grund dafür. Sie hasst dich nicht. Du bist ihr Ein und Alles. Sie braucht dich.«

Serena schüttelte den Kopf.

»Nein, nicht solange sie ihn hat.«

»Diamanten-Jim?«

Serena nickte, ein Banner aus Haaren.

»Du magst ihn nicht?«

»Du wirst schon sehen. Oder wahrscheinlicher ist, dass du nicht siehst. Du wirst auf ihn hereinfallen wie alle anderen auch.«

Oksana atmete den Nachtduft ein und langsam wieder aus.

»Ich bin nicht wie alle anderen. Ich sehe Dinge, die sonst niemand sieht. Vertrau mir.«

Serena sah sie an. Oksana zitterte; etwas hatte in den meergrünen Augen einen Lichtbogen erzeugt.

»Gib mir dein Messer.«

»Was willst du damit machen?«

»Ist schon gut, mach dir keine Sorgen. Ich brauche es nur für eine Sekunde.«

Oksana löste den Schnappverschluss der Hülle und reicht Serena den Griff. Serena nahm die Klinge und fuhr sich schnell mit der Schneide über die Handfläche.

»Ah!« Sie verzog das Gesicht. Blut füllte ihren Handteller. »Du bist dran«, sagte sie japsend, unvermittelt vom Schmerz gepackt. Oksana streckte die Hand aus. Serena ritzte sie auf. Es tat weh. Handfläche gegen Handfläche gedrückt. Blut mischte sich mit Blut.

»Vielleicht kann ich dir trauen, aber vielleicht auch nicht. Ich werde also ein Auge auf dich haben. Wohin immer du gehst, was immer du tust, ich werde da sein. Ich werde dich beobachten. Wenn du Gab etwas antust, dann bringe ich dich mit diesem Messer um.« Sie wischte die Klinge in der Fläche ihrer unversehrten Hand sauber und reichte das Messer Oksana zurück.

Oksana wunderte sich darüber, dass der Schnitt beinahe sofort aufhörte zu bluten. Sie spürte, wie sich die Ränder der Wunde zusammenzogen und biochemische Schlingen neues Gewebe bildeten.

Ein Schwall auffrischenden Windes packte die Küste; in seinem Kielwasser folgte Regen, plötzlich und heftig und heiß.

18 Diamanten-Jim kam mit der Morgenflut übers Riff. Er kam aus dem Süden, mit Flöten und Geschenken. Er hatte bei einem Festival drunten auf Pemba gespielt. Das Festival war zwei Wochen zuvor zu Ende gewesen, aber dieses Ereignis war zeitlich zusammengetroffen mit dem Erscheinen eines Tablaspielers aus Tanga und Ras Babamoyo *persönlich* und die Musiksender wollten Sessions. Das *Putti putti* rumste gegen die Mole und Diamanten-Jim sprang mit seinem Flötenkasten in der Hand und seinen Geschenken in einem über die Schulter geworfenen Batik-Beutel an Land.

»Was hast du mir mitgebracht, was hast du mir mitgebracht?«, fragte Gaby mit Kindeseifer.

»Nun«, sagte Diamanten-Jim.

In seinem Beutel war ein geschnitztes Ebenholzkästchen von der Größe einer Hand, kunstvoll gearbeitet. Die Scharniere bestanden aus arabischem Messing. Darinnen lagen dreißig Narkotik-Pflaster, eingewickelt in Ölpapier.

»Spaß aus Moginçual«, sagte Diamanten-Jim.

Er wies sie an, die Bootsfrau zu bezahlen. Er bemerkte Oksana oben auf der Treppe.

»Hallo«, sagte er mit seinem weichen australschen Akzent. »Ein Gast! Sehr schön. Bleibst du lange? Jim.«

Oksana reichte ihm die Hand. Er war drahtig dünn, aber ausreichend mit Muskeln ausgestattet; seine Haut war sonnenverbrannt. Sein Gesicht war gleichzeitig weise und schlau. In seinen Ohren war reichlich Silber. Er trug die gebleichten Korkenzieher-Locken mit einer Spange im Nacken zusammengesteckt. Diamanten-Jim war mit einem tiefroten Sarong und einer königsfischerblauen, mit Perlen bestickten Weste bekleidet. Er hatte kaum Körperbehaarung, etwas, das Oksana bei Männern gefiel. Weder ihre alten Schamanen-Sinne noch ihre neue Bucky-Seele zwickten sie in irgendeiner Weise. Aber die Art, wie er ins Haus ging, gefiel ihr nicht. Er maßte sich offensichtlich zu viele Rechte und Freiheiten an. Ihr gefiel die Art nicht, wie er direkt zu Gabys Bett ging. Sie schmollte auf dem Sonnendeck, wo sie die Körpergeräusche mit den Radiogeistern ausschaltete, bis Gaby herunterkam und nach Sex roch, aber auch dann war es nicht richtig; die Sache zwischen ihnen war irgendwie getrübt. Sie konnte kein einziges Wort von Frau zu Frau aus Gaby herausbringen. Diamanten-Jim brauchte zwölf Stunden Schlaf, um sich von dem zu erholen, was immer er in Pemba gemacht hatte. Die Party-Nacht im Café *Mermaid* wurde veranstaltet, um ihn zu Hause willkommen zu heißen. Es war die Mutter einer Party. Musiker aus zwanzig Kilometern Entfernung die Küste hinauf und hinunter waren mit ihren Instrumenten gekommen, um zu spielen. Die berühmten Kikambala-Trommler lieferten den Hintergrundrhythmus. Sie lächelten Diamanten-Jim an. Er nickte ihnen zu: Hochachtung. Turangalila warf sich nach bestem Vermögen ins Zeug, um ihm einen großartigen Empfang zu bereiten. Diamanten-Jim bewegte sich zwischen den Leuten und nahm deren Küsse und Umarmungen entgegen und verteilte Geschenke aus seinem Beutel. Wo immer er auftauchte, brachte er offenbar seinen Geist ein. Von ihrem Hocker an der Bar aus beobachtete Oksana Gaby. Immer am Rand, dachte sie. Sie hört zu, sie lächelt, sie lacht, manchmal äußert sie ein Wort, aber sie steht im Schatten.

Halb durch lächelnde Gesichter gesehen: Serena. Ein großes schwarzes Mädchen war bei ihr. Serena beobachtete ebenfalls ihre Mutter und Diamanten-Jim. Als ob sie wüsste, dass andere Augen wiederum sie beobachteten, wandte sie sich zu Oksana um. Oksana zuckte zusammen: einen Augenblick lang hatte sie sich selbst gesehen, an der Bar sitzend, einen

Finger auf den Rand des bemalten Arak-Bechers gelegt.

Serena nickte nachdenklich. Sie und das große Mädchen huschten davon. Sie hatte gesagt, sie würde nicht gemeinsam mit Diamanten-Jim unter demselben Dach bleiben.

Diamanten-Jim zog die Chrom-Flöte heraus. Die Leute machten ihm Platz. Er schloss die Augen und wiegte den Körper, um das einzufangen, was der Bass und die Trommeln sagten. Er hob die Flöte an die Lippen und schuf ein neues Lied. Diamanten-Jim spielte schön und demokratisch. Obwohl die Party ihm zu Ehren stattfand, beanspruchte er nicht das Herz der Musik für sich. Manchmal schwebte die Flöte improvisierend über dem Rhythmus, dann verwob sie sich wieder mit den Trommeln und dem Bass, während die Gitarre oder das Daumenpiano ihre Tonläufe beitrugen. Diamanten-Jim spielte eine Musik, die danach verlangte, dass man tanzte. Man merkte plötzlich, dass man mit dem Fuß wippte oder mit den Fingern den Takt gegen sein Bierglas schlug. Gaby schob sich durch das Gedränge, um Oksana zu einem Frauentanz von ihrem Hocker zu holen; bei den Stämmen war es Tradition, dass Frauen aus Freude miteinander tanzten, und Männer konnten nicht verstehen, dass sie davon ausgeschlossen waren. Dann erhob sich ein Jubel, als Malach aus Manarani mit seinem Akkordeon hereinkam, und Oksana hatte plötzlich den Doktor persönlich als Partner, der sich wie Wasser bewegte und ein ausgezeichneter Tänzer war und der auf Oksana einredete, dass er unbedingt *fiki-fiki* mit ihr machen wolle, aber sie wusste, dass das lediglich Scheißmännergerede mit einer vierzigundnochwasjährigen tätowierten weißen Frau war, doch sie hörte es trotzdem gern. Die Party nahm ihren Lauf, die Getränke nahmen ab, die Hitze zu, Schweiß floss, die

Leute versackten. Es waren mehr Körper unter den Tischen und an der Bar als auf dem Tanzboden. Schließlich waren es Diamanten-Jim und der Gitarrenspieler, die lange Improvisationen zum Besten gaben, und ein einsamer Kerl aus Kikambala, der den Takt auf Bongos dazu schlug.

Diamanten-Jim hob seine Flöte hoch.

»Zeit, Leute!«

Er stöberte Gaby von dem Tisch auf, auf dem sie sich zusammengerollte hatte; ein Pflaster klebte auf ihrer Stirn und sie atmete laut durch den Mund. Oksana entwand sich Dr. Scullabus, der auf ihr eingeschlafen war. Sie gingen zwischen den von Lampen beleuchteten Bäumen zurück, während die Morgendämmerung aus dem Meer aufstieg. Es war die beste Nacht im Café *Mermaid* gewesen, seit Diamanten-Jim das letzte Mal zurückgekommen war.

Am nächsten Tag machte kaum jemand etwas, außer in der Sonne zu dösen. Oksana fuhr ein paar Mal aus dem Schlaf hoch, aufgeschreckt durch das Gefühl, dass jemand hinter ihr stand, so nah, dass sie die Kühle eines Schattens spürte. Aber Diamanten-Jim lag in seiner Hängematte und Gaby hatte sich wie ein Fötus auf der Holzliege zusammengekrümmt, wo sie, mit einem der Spaß-aus-Moginçcual-Pflaster zwischen den Brüsten aufs Meer hinausstarrte.

Am Abend fand ein Essen statt, nur für die Bewohner des Meerhauses. Gaby bereitete es zu. Sie hantierte für jemanden, der so benebelt von Moginçcual-Dope war, mit schrecklich scharfen Messern herum. Die rasiermesserscharfen Klingen schnitten Gemüse und transmorphischen Saschimi-Fisch in Scheiben. Oksana saß mit Diamanten-Jim auf Bodenkissen an dem niedrigen Lebendholz-Tisch für gesellige Gemeinschaftsessen. Er schenkte guten Wein ein und verstrickte Oksana in Gespräche über ihre Abenteuer. Er war ein angenehmer Gesprächspartner – Oksana beantwortete all seine Fragen, doch ein getrennter, nichtvokaler Teil von ihr beobachtete Gabys hausfrauliches Treiben mit Besorgnis. Es wirkte abgestumpft und sklavisch, eine Klausel in einem sexuellen Vertrag? Was macht man nicht alles für einen Mann.

Die Sonne ging unter. Gaby servierte den ersten Gang. Sie saß am Boden und aß mit den Fingern. Sie wirkte entrückt, absichtlich nicht mit den anderen verbunden; die Unterhaltung gehörte Oksana und Diamanten-Jim.

»Noch eine Flasche davon, denke ich«, sagte Diamanten-Jim zu Gaby, als diese schweigend die Teller abräumte. An Oksana gewandt fuhr er fort: »Es ist eine verdammt ernste Scheiße, da droben an der Front, und ich wünsche es niemandem, aber manchmal bin ich der Meinung, dass wir es hier unten ein wenig zu leise und behaglich haben, als dass es uns gut täte. Ich meine, Turangalila war ursprünglich als Künstlergemeinschaft gedacht, und wenn Kunst nicht gefährlich ist, warum sollte man sich dann überhaupt mit ihr abgeben? Kunst sollte herausfordernd sein; der ganze Grund, warum ich hierhergekommen bin, ist der, weil ich gehört hatte, dass es diesen Ort gab, dass man hier neue Wege des Ausdrucks suchte, um zu zeigen, was es bedeutete, auf diesem unserem neuen Planeten zu leben. Heutzutage ist alles, was Turangalila ausdrückt, Drogen, Suff und beschissene Gefühle.«

»Wie lange bist du schon hier?«

»Ich bin vor drei Jahren gekommen, von Sansibar über Mombasa. Schon damals ging der Ort den Bach runter: weil die besten Komponisten und Schriftsteller ins Landesinnere gezogen waren, nach Kirinja. Du kennst das ja sicher: man wird von der Flut mitgetragen und an den Strand geschwemmt und dort bleibt man, bis einen jemand aufliest.«

Gaby schenkte den neuen Wein nach und entfernte sich wieder, um den nächsten Gang herzurichten.

»Es könnte allerdings sein, dass ich bald von hier wegziehe«, sagte Diamanten-Jim beiläufig. »Ich meine, es wird alles ein bisschen scheißpolitisch, diese Harambee-Geschichte. Nationen überschlagen sich, um sich dem – wie nennen sie sich selbst? – Konsens anzuschließen. Das war es, was mir an diesem Ort gefallen hat, dass man sich die Regeln aufstellt, die einem selbst passen. Ich bin ein geborener Anarchist.« Ein Lächeln huschte zwischen ihm und Gaby hin und her. »Das war der Grund, weshalb ich nicht in Madagaskar bleiben konnte; die Politik. Es waren dort nicht nur die Parteien, es war der gesamte Staat; Gesetze und wirtschaftliche Verhältnisse und all das. Jesus, sie hatten sogar eine Scheiß*polizei*. Durch und durch Scheiße, verstehst du? Wir brauchen diesen faschistischen Dreck nicht. Wie nennen sie sich noch mal?«

»Das Merina«, sagte Gaby.

»Ja, das Merina. *Das.* Bestimmter Artikel; wenn es soweit kommt, dass Artikel bestimmt werden, dann müssen alle Leute von Geist das Weite suchen. Ich kann dir sagen, wenn ich das erste Mal das beschissene Harambee hier an eine Wand gesprüht sehe, dann bin ich auf einem Schiff, das mich wegbringt.«

»Nach Madagaskar?«, fragte Oksana.

»An einen Ort mit dem Namen Ambositra, droben im zentralen Hochland. Der beste Ort, an dem ich je gewesen bin, bis das Merina ihn versaut hat. Mir ging es um die Musik; ich wollte madagassische Musik studieren; es gibt da eine fantastische Tradition, die vier-, fünfhundert Jahre zurückreicht, und niemand im Westen – im Norden, meine ich – weiß etwas darüber.«

»Hast du deswegen die Überquerung gemacht? Wegen der Musik?«

»Na ja, damals erschien mir das wie eine gute Idee,

aber so ist es ja immer, nicht wahr? Wenn ich gewusst hätte… ich weiß nicht. Aber Oz war damals so sehr im Arsch; das war lange vor dem Ooloru-Ereignis, damals machte die unausgesprochene Vermutung die Runde, dass es Australien nicht berühren würde, weil wir nicht eigentlich zur südlichen Hemisphäre gehörten. Wir sprachen englisch, verstehst du? Wir waren weiß. Wir waren reich. Und ich glaube, der Grund, weshalb ich gegangen bin, war mit der, dass ich sagen wollte: ›Scheiß auf all das! Du bist nicht Gottes kleiner grüner Acker, es gibt bessere Ort als dich in den armen, schwarzen fremdweltlichen Teilen des Planeten.‹ Natürlich verschwindet Oz jetzt eher mit einem Winseln anstatt mit einem Knall; zurück in die Traumzeit.«

»Heute ist das Neuseeland«, sagte Gaby. »Ein biologischer Packen hat erst letzte Woche den Süden von Auckland getroffen.«

»Vielleicht sollte ich nach Hause zurückgehen und sehen, was so läuft«, sagte Diamanten-Jim. »Nachsehen, ob es irgendetwas Gutes bewirkt hat.«

Du kannst gerne wieder nach Hause gehen, dachte Oksana.

Als Nachtisch reichte Gaby fingergroße Früchte mit grüner Haut. Sie zeigte Oksana, wie man das gelbe Fleisch aus der Hülle drückte. Schokolade. Die wenig einladend aussehenden Stücke schmeckten wie Schweizer Milchschokolade. Oksana tat sich daran gütlich, bis sie schuldbewusst feststellte, dass sie nur drei übrig gelassen hatte.

»Sicher wachsen sie an Bäumen hier in der Gegend«, sagte Diamanten-Jim.

Es gab Kaffee aus der Alessi-Maschine und einen besonders guten Likör, den Diamanten-Jim vom Festival mitgebracht hatte. Der Tisch wurde abgeräumt und Diamanten-Jim nahm eine Flöte zur Hand; eine

Schakuhatchi aus Bambusrohr. Gaby brachte eine kleine afrikanische Gitarre aus dem Schlafzimmer. Sie steckte sich die Haare hinters Ohr und stimmte das Instrument nach Diamanten-Jims gehauchten Tönen. Sie spielten gemeinsam. Gewärmt von Essen und Trinken, beobachtete Oksana, wie sie Musik machten. Gaby war Amateurin, sie musste sich auf die Akkorde und Übergänge konzentrieren. Es schien, als hinke sie Diamanten-Jims hochfliegender Flöte immer um einen halben Takt hinterher. Es war hübsch, aber es war keine musikalische Hochzeit, wie Oksana feststellte. Er schwebte durch improvisierte Landschaften, während sich Gaby anstrengte, ihm zu folgen. Oksana bemerkte ein Aufflackern von Ärger in seinem Gesicht, als sie einen Akkord verpasste. Er verlagerte das Spiel der Flöte in höhere, reinere Gefilde. Gaby hörte auf zu spielen. Sie legte die kleine afrikanische Gitarre zu Boden. Die *Schakuhatchi* kletterte höher und höher und drehte Spiralen und schwebte in einsamer Brillanz dahin. Es war schön und transzendent und Oksana wünschte, es würde aufhören, würde sofort aufhören.

Gaby nahm ein Moginçcual-Pflaster aus dem geschnitzten Ebenholzkasten auf dem Tisch und drückte es sich ans Herz. Sie rollte sich auf dem Sofa zusammen. Sie nuckelte am Daumen. Ihr Blick wurde glasig. Die Flöte spielte weiter, stieg in musikalische Gefilde auf, die freier und wundervoller waren, als Oksana sie sich jemals hätte vorstellen können.

Wieder zitterte sie, überkommen von einer unfassbaren Gegenwart. Oksana blickte über die Schulter nach hinten. Nichts – natürlich.

Gabys Augen fielen zu.

Diamanten-Jim setzte die *Schakuhatchi* ab. Er sah Oksana an.

»Also, dann.«

»Also was?«

»Du, ich; sie, wenn du willst.«

»Was?«

»Hör zu, wir haben's nicht mit dieser Eifersucht- und Besitzanspruch-Scheiße. Du machst niemanden traurig, du zerstörst keine Familien oder nette kleine Ehen.«

»Ich glaube, hier liegt ein großes Missverständnis vor.«

»Du wartest doch den ganzen Abend schon scharf darauf. Streite es nicht ab, Jesus, ich rieche es doch geradezu, verdammt noch mal. Komm jetzt!«

Oksana stand vom Tisch auf.

»Ich gehe jetzt in mein Zimmer, okay. Ich meine, es ist am besten, wenn wir das Ganze so sehen, dass wir alle zuviel getrunken haben und Dinge sagen, die wir eigentlich nicht meinen, und morgen früh haben wir alles vergessen.«

Während sie das sagte, ging sie durch das Esszimmer und stieg die Wendeltreppe hinauf.

»O Jesus, du musst noch viel über das Leben in dieser Welt lernen«, rief Diamanten-Jim vom Sofa aus. »Du musst dich anpassen, verstehst du, was ich meine?«

In dem muschelförmigen Raum saß Oksana lange auf ihrem Bett und lauschte dem Klatschen des Meeres gegen das Riff. Sie spürte, wie die Erschütterung durch die Beine des Meerhauses in ihren Körper drang. Sie überlegte, ob sie nicht hinuntergehen und ihre Stiefelsohle in Diamanten-Jims Mund knallen sollte. Das tat sie nicht. Dann hörte sie die *Schakuhatchi* und ihr Herz schmolz dahin. So macht er es also, dachte sie. Er nimmt dieses Ding, legt es an die Lippen, und schon hat er die vollkommene Beherrschung über uns. Es zog sie aus dem Schlafzimmer hinaus auf den kleinen Balkon. Sie sah hinunter auf die Szene im Wohnzimmer.

Gaby lag ausgebreitet auf dem Rücken auf dem Sofa. Ihre Beine waren gespreizt. Diamanten-Jim saß zu ihren Füßen und webte mit den Noten von der *Schakuhatchi* ein Muster in die Zeit. Gaby bewegte sich lethargisch nach dem Befehl der Bambusflöte. Ihre Hüften wiegten sich im Kreis. Sie rieb sich mit der Hand zwischen den Beinen. Oksana lehnte sich an die Wand; sie wollte nicht zuschauen, war jedoch unfähig, etwas dagegen zu tun. Die Musik entschwebte in Stille. Diamanten-Jim drückte das von Spucke nasse Mundstück der Flöte in Gabys Geschlecht. Er bearbeitete die Falten ihrer Schamlippen unter dem weichen Stoff des Lendenschurzes. Gaby stieß einen kleinen Seufzer aus.

Oksana unterdrückte einen kleinen Seufzer.

Voyeur.

Sie drehte sich blitzschnell um. O Gott! Da war jemand im Haus. Da war jemand ganz in ihrer Nähe. Beinahe hätte sie laut aufgeschrien; sie spürte die Fassbarkeit der Schatten, die die Biolichter warfen.

Ich werde dich im Auge behalten, hatte Serena gesagt. Wohin immer du gehst, was immer du tust, ich werde da sein. Ich werde dich beobachten. Das Zusammendrücken der roten Handflächen, der Austausch von Blut: Könnte es sein, dass Serena im Hintergrund von Oksanas Seele schwebte wie Gottes Engel? Die sexuelle Demütigung ihrer eigenen Mutter mitansehend?

Und die Augen, mit denen sie beobachtete? Welche Erwartung stellte sie an sie?

Diamanten-Jim hatte Gabys Lendentuch bis zu den Knöcheln hinuntergeschoben. Er drückte die Spitze der Flöte in ihre Vagina, rieb rhythmisch ihre Klitoris. Oksana sah, wie sich stolzes rotes Fleisch ausbreitete und zusammenfaltete. Gaby schob den Körper dem in sie eindringenden Instrument entgegen. Sie streichelte ihre Brüste.

Oksana konnte den Blick nicht abwenden.

Diamanten-Jim riss das tote Pflaster von Gabys Brustkorb. Er entschwand aus Oksanas Sichtfeld in die Küche und kam mit einem frischen Pflaster zurück. Er klebte es über den Ansatz von Gabys roten Schamhaaren.

»Komm jetzt, du Miststück«, sagte er. »Komm, du Möse, das bist du mir schuldig.«

Gabys Augen waren weit aufgerissen. Ihre Brust hob und senkte sich schwer. Sie riß an dem neuen Pflaster; Diamanten-Jim hielt ihre Arme fest, bis sie den Kampf aufgab.

»Nein«, stöhnte sie. »Nein, nein…«

Er packte eine große Handvoll Haare und Weste.

»O Jesus Christus«, winselte Gaby.

Er zerrte sie vom Sofa. Die Armlöcher der hübsch mit Perlen bestickten Weste hatten sich unter ihren Schultern festgezogen und machten Gaby bewegungsunfähig. Sie wand und drehte sich, aber Diamanten-Jim besaß abscheulich viel Kraft in seinem schmächtigen Körper. Er zog sie auf dem Rücken durch den Wohnraum hinaus auf das Sonnendeck. Gaby verdrehte den Körper, aber sie war zu vollgeknallt, um zu kämpfen. Ihr Widerstand erschöpfte sich in einem schrillen Wehklagen, das Oksana mehr hasste als alles, was sie jemals gehört hatte.

Wenn sie zum Schlafzimmerfenster ginge, würde sie sehen können, was dort draußen auf dem Sonnendeck geschah. Nein, sagte sie. Ein Echo in ihr, von dem sie nicht mit Sicherheit wusste, ob es ganz und gar von ihr stammte, beharrte darauf. Oksana schob mit Willenskraft die Bahnen aus glasigem Cha-Plastik auseinander.

Diamanten-Jim hatte Gaby zu den Anlegepfosten

gezerrt. Die geschnitzten Dämonenköpfe feixten: Befriedigung, endlich eine Opferung.

Er fesselte ihre Hände an die Landeseile. Er zog die Seile fest. Gaby keuchte, gekreuzigt im Licht der Monde. Er spielte mit der *Schakuhatchi* an ihrer Klitoris herum. Er drehte, er improvisierte, er erforschte. Befeuchtet vom Sekret, rutschte das Ding tief in sie hinein. Er rollte Gaby zurück auf die Biegung ihrer Wirbelsäule, spreizte die Beine und band die Fußknöchel an den Handgelenken fest. Er fing an sie zu schlagen. Er benutzte die Bambusflöte. Er betrieb sein Werk vollkommen schonungslos und systematisch. Er schlug zehn Minuten lang auf ihren Hintern und ihre Schenkel ein. Dann nahm er sich ihre Brüste vor. Als sie gerötet waren von den Spuren des Bambusstocks, ging er zu ihren Fußsohlen über, wobei er für jede viel Zeit und Sorgfalt aufwandte.

Gabys Schreie verschmolzen zu einem kindlichen Geblubber aus Schmerz und Angst.

Dann machte er sich an ihren Genitalien zu schaffen.

Oksana fiel auf die Knie. Sie schloss die Augen, aber sie konnte sich nicht vor den Schreien verschließen. Sie ballte die Hände zu Fäusten, als die Schreie zu einem leisen, kehligen Schluchzen verebbten. Ich werde ihn umbringen, schwor sie sich. Ich werde hinuntergehen und seinen Kopf gegen die Stegplanken knallen, bis er zu Brei geworden ist. Doch das Echo in ihrem Kopf sagte: nein. Warte. Sieh dir alles an.

Oksana zerrte mit ihren Schamanenfingern an ihrem kurzgeschnittenen Haar, aber sie konnte sich dem Wind in ihrem Kopf nicht verweigern. Sie drückte die Wange gegen das Glas, zwang sich zuzusehen.

Diamanten-Jim fickte Gaby. Sein Penis stand heraus, steil und hart, aber er fickte sie nicht damit. Ihn bearbeitete er mit der linken Hand. Er fickte Gaby mit der Flöte.

Oksana kniete am Boden und gab lautlos das ausgezeichnete Abendessen von sich, das Gaby ihr aufgetischt hatte.

Die Sonne weckte sie auf, verwirrte sie; sie hatte nicht gedacht, dass sie schlafen würde können. Tiefer Wasserstand, hoher Sonnenstand. Diamanten-Jim war auf dem Sonnendeck, lümmelte lässig in den Liegestuhl geflegelt. Sonnengetrocknetes Erbrochenes war der einzige Beweis dafür, dass die Dunkelheit kein Traum gewesen war.

Oksana eilte durch die Muschelspirale zu Gabys Zimmer. Gaby lag auf dem großen Rattanbett. Ein Bett-Tuch war zwischen ihren Armen und Schenkeln zu einem Seil gedreht. Gabys Arme, Schultern, Rippen, Schenkel und Füße waren blau angelaufen; Spuren der Schläge. Sie zog das verknotete Bett-Tuch fester an sich und schob den Daumen in den Mund. Oksana drehte sich schnell um und ging hinunter ins Wohnzimmer. Die *Schakuhatchi* lag auf dem Couchtisch. Sie nahm sie und schritt hinaus auf das Sonnendeck.

Mit einem Aufwallen von Zorn war Oksana auf Diamanten-Jim, das Knie auf seiner Brust, zehn Zentimeter der *Schukahatchi* in seiner Kehle. Seine Hände flatterten, seine Augen traten aus den Höhlen. Oksana gab ihm noch einmal fünf Zentimeter Bambus, nur um ihn wissen zu lassen, wie leicht und gut es für sie wäre, ihn umzubringen. Er würgte. Er zappelte und versuchte, das Ding aus seinem Schlund herauszubekommen.

»Du beschissener kleiner Wichser«, zischte sie. »Tu das meiner Freundin nie, nie wieder an!« Sie zog das Instrument aus der Kehle von Diamanten-Jim und wich zurück, in Erwartung dessen, was er möglicherweise zu sagen hätte. Er erhob sich aus dem Liegestuhl und trat gleichzeitig mit dem Fuß aus, gezielt auf Oksanas Hals. Aber die *Sibirsk* hatte ihre Piloten im Nahkampf ausgebildet; sie packte den Fuß und verdrehte ihn, sodass sie Diamanten-Jim zu Fall brachte. Sie rollte ihn auf den Rücken und machte ihn bewegungsunfähig. Ihre rechte Faust umklammerte die *Schakuhatchi* wie einen Dolch.

»Der Unterschied ist, dass dieses Miststück beißt«, sagte Oksana.

»Sie braucht das«, sagte Diamanten-Jim.

»Scheißer!«

»Wenn ich es nicht wäre, wäre es jemand anderes. Wie hat dir die Sache gefallen?«

»Scheißer!«

»Sie muss bestraft werden für das, was sie sich selbst angetan hat. Sie kann nicht mit der Erinnerung an das, was sie verloren hat, leben.«

»Scheißer!«

»Sie will es. Sie hasst sich selbst. Sie hasst das, was aus ihr geworden ist. Meinst du etwa, du hast ihr einen Gefallen getan, indem du nach all den Jahren hier hereingeschneit bist? Herrje, Frau, du erinnerst sie an all das, was sie nicht haben kann. Wenn irgendjemand die Schuld an dem trägt, was vergangene Nacht geschehen ist, dann bist du es.«

»Du bist ein perverses Schwein!«

»Wir werden sehen. Lass uns auf die Verschwinde-von-hier-Szene verzichten; ich nehme sie als gegeben. Aber ich sage dir Folgendes: innerhalb von sechs Monaten wird sie mit der Morgenflut daherkommen.«

»Scheißer«, sagte Oksana. »Zur Hölle mit dir.«

»Bildest du dir ein, du könntest ihr das geben, was sie braucht?«

»Ich liebe sie.«

»Liebe ist nicht das, was sie braucht. Was sie braucht, ist Nachschub an Stoff. Es sind vielleicht noch Scheiben für zwölf Wochen übrig. Wenn sie sie einteilt, kann sie vielleicht fünf Monate damit auskommen. Aber irgendwann gehen sie ihr aus. Sie wird zwei, vielleicht drei Tage Zeit haben, bis die Dämonen kommen.«

Oksana stand auf. Sie wich von dem lässig daliegenden Mann zurück.

»Steh auf!«, sagte sie ruhig. »Verschwinde auf der Stelle! Geh nicht zum Haus, hole nichts. Geh! Sollte ich dein Gesicht jemals wieder hier sehen, dann schneide ich es ab und überlasse es den Möwen am Strand.«

Oksana ging ins Meerhaus. Diamanten-Jim folgte ihr nicht, er rief ihr auch keine abschließenden Bemerkungen hinterher. Sie sah und hörte nicht, wohin er ging.

Oksana ging zum Schlafzimmer. Gaby war wach. Sie wusste, was Oksana getan hatte. Sie saß zusammengekauert in der Mitte des breiten Bettes, eingehüllt in das Bett-Tuch. Sie verbarg sich vor Oksanas Augen.

»Hau ab!«, schrie sie. »Sieh mich nicht an, komm mir nicht nahe, verschwinde!«

Oksana saß im Wohnzimmer und blickte aufs Meer hinaus, das sich vor der Sonne versteckte. Sie hoffte, einen Ruf, einen Schrei zu hören, den Laut eines animalischen Bedürfnisses aus dem Zimmer oben. Nichts kam. Sie ging in die Küchen, schraubte die Alessi auf, spülte den Kaffeesatz vom vergangenen Abend heraus und belud sie mit frischem Wasser und Kaffee. In jedem Stadium kämpfte sie gegen das Verlangen an, das verdammte Ding in die Lagune zu schmeißen. Sie versuchte dahinterzukommen, wie man die Speicherzellen-Heizplatte gebrauchte.

»Links ist ein Berührungspaneel«, sagte eine Stimme hinter ihr.

Oksana fuhr herum. Mit dem Ellbogen stieß sie die Alessi zu Boden.

Serena bückte sich und hob die Kaffeemaschine auf. Sie stellte sie auf die Heizplatte und strich über einen gesprenkelten Plastikwulst. Sie war mit einem bedruckten Sarong und einem abgeschnittenen T-Shirt bekleidet. Sie sah gleichzeitig sehr jung und irgendwie um Lebensspannen älter als ihre Mutter aus. Oksana bemerkte einen vollen Batikbeutel am Boden.

»Oh, es tut mir so leid, Serena. Es tut mir leid.«

»Ich habe es schon öfter gesehen.« Die kalte Verbitterung erschütterte Oksana. »Ist sie oben?«

Als Serena sich daran machte, die gewundenen Stufen hinaufzusteigen, rief Oksana ihr hinterher: »Und – habe ich den Test bestanden?«

»Diesmal«, sagte Serena.

Die Alessi gluckerte und füllte sich allmählich.

19

»Sie ist eine Isopathin«, sagte Gaby. Sie war mit Oksana im Boot draußen beim Riff, um bei Ebbe zu jagen. Hier gab es chagaveränderte Muscheln, deren Fleisch wie die heiligste Speise, die man je gekostet hat, schmeckte – sofern es einem gelang, sie aus dem Gewirr von Neokorallen herauszupflücken. Die Sonne stand hoch; die Dünung brandete flach ans Ufer, gegen die atmosphärischen Kräfte grollend, die sie in Schach hielten. Rippen dunkler Wolken säumten den meerwärtigen Horizont. Schwere Regenfälle kündigten sich an.

Oksana steuerte das lange, schmale Boot. Gaby lag vorn. Ihr Haar war zurückgebunden und sie hielt einen Eimer mit durchsichtigem Boden ins Wasser. Durch dieses Fenster ins Meer suchte sie die schwer auffindbaren Muscheln. Die Striemen waren mit übernatürlicher Schnelligkeit von ihrem Körper verschwunden.

»Sie kann sich vollkommen in andere Leute hineinversetzen, Teil von ihnen werden. Das hat nichts mit Gedankenlesen oder Empathie zu tun. Das Ganze spielt sich auf einer primitiveren Ebene ab; sie sieht, hört, riecht, was der andere riecht. Sie dringt hinter die Schichten deines Bewusstseins.«

»In Kirinja bestand eine solche Verbindung zwischen einem von Mombis Mädchen und zwei Leoparden. Sie beherrschte die Tiere.«

»Bei Serena ist das ähnlich – ich nenne die Wesen, die sie beherrscht, Schutzgeister. Von einer Katze und einem Vogel weiß ich das mit Bestimmtheit. Aber sie würde niemals einen Menschen beherrschen. Ich glaube, die Vorstellung, dass sie über eine derartige Macht verfügen könnte, macht ihr Angst. Bis jetzt kommt sie immer noch zurecht mit dem, was sie zu tun vermag.«

Oksana lenkte das Boot an dem dunklen Wasserstreifen einer Korallenschlucht entlang. Gaby hob die Hand. Oksana würgte den Motor ab. Gaby beugte sich über ihr Schauglas, ließ die Hand kreisen. Oksana tauchte die Hände ins Wasser, um das Boot mit gespreizten Fingern zu verlangsamen. Gaby schob einen Arm schultertief ins Wasser. Eine ruckartige Drehung, und als ihre Hand auftauchte, umklammerte sie eine mangogroße geriffelte Muschel, gezeichnet mit einem orangefarbenen Netzmuster auf purpurfarbenem Grund. Gaby ließ das Ding auf den Boden des Bootes fallen. Langsam zog es seinen durchscheinenden Schutzpanzer zurück. Nacktes Muschelfleisch schimmerte.

»Wie groß ist die Reichweite ihrer Gabe?«

»Wohin immer du auf der Welt gehen magst, wie

weit entfernt du auch sein magst, sie kann dich berühren. Das alles hat etwas mit örtlich nicht begrenzten Schwingungen zu tun.«

»Jesus Maria!«

»Sie ist keine Voyeurin. Sie würde niemals jemandem nachspionieren. Lass es uns mal da drüben versuchen.«

Oksana warf den Biomotor an. Gaby kniete im Bug und dirigierte das Boot zu einem Wirbel von gelben Korallen dicht unter der Oberfläche.

»Doch, das hat sie getan«, sagte Oksana. »Sie hat mir nachspioniert.« Dann fügte sie vorsichtig hinzu: »Damals.«

»Du hast es zugelassen.« Gaby hielt den Eimer über den Bootsrand und durchsuchte den Korallenkopf. »Zumindest hat sie eine Verbindung zu dir hergestellt. Mist!« Gaby blickte zum Himmel hinauf und prüfte die Wetteranzeichen. Dunkle Wolkenberge türmten sich über dem Rand der Hochfront im Osten auf. »Aha. Es kommt noch nicht so bald. Wir versuchen es bei Kuruwetu. Sie vertraut mir nicht.«

Oksana drosselte den Motor zu einem flüssigen Blubbern. Ein bunter Korallenteppich glitt unter dem Schiffsrumpf hindurch.

»Sie vertraut auch mir nicht«, sagte Oksana. »Deshalb hat sie die Verbindung zu mir geschaffen.«

»Vielleicht, aber zumindest erwies sie dir die Gunst des Zweifelns. Das ist mehr, als ich von ihr bekomme. Ich liebe sie, aber jedes Mal wenn ich sie ansehe, erkenne ich lediglich, was für eine beschissene Mutter ich bin. Erzähl mir jetzt nicht, ich hätte meine Sache so gut gemacht wie jeder unter den gegebenen Umständen; nein, das habe ich nicht.«

»Fünfzehn Jahre, und du geißelst dich immer noch. Vergib dir doch ein einziges Mal.«

Gaby drehte sich im Bug um, kauerte sich auf die

Fersen und sah Oksana an. Hinter ihr wanderten die Wolken auf die Küste zu, tastend, erforschend, vordringend wie das Chaga.

»Ich habe es zugelassen, dass er ihr Schaden zugefügt hat.«

»Sie sagte, sie habe zugesehen.«

»Nein, das meine ich nicht. Hör zu, ich habe zugelassen, dass er ihr Schaden zugefügt hat. Er hat ihr dabei geholfen, die Feier zu ihrem vierzehnten Geburtstag auszurichten. Ich war so neben mir, dass ich nicht einmal ihr Schreien im Schlafzimmer gehört habe.«

»Ich hätte ihn umbringen sollen«, sagte Oksana. »Ich hätte den Scheißkerl in zwei Teile schneiden können.«

»Und ich habe ihn dabehalten. Okay. Ich wusste, was er getan hatte, und ich habe mich gegen meine eigene Tochter für ihn entschieden. Mutter des Jahres, was? Und du erzählst mir, dass ich mich immer noch zu sehr selbst geißele.«

Sie senkte ihr Schauglas über den Rand, um das Gewässer von Kuruwetu nach Muscheln abzusuchen.

Du wendest das Gesicht von mir ab, deshalb siehst du nicht, wie ich dich anschaue, dachte Oksana. Du hast Angst, dass ich dich bestrafen werde, so wie dieser Scheißkerl es tut? Oder hast du in Wirklichkeit Angst davor, dass ich dir das verzeihen würde?

Als sie schließlich zum Meerhaus zurückkehrten, regnete es in Strömen. Der Himmel war ein Planet von nassem Grau, aber am Boden des Bootes, in dem Wasser stand, lagen zwei Muscheln. Ihr guter Ruf war nicht übertrieben, sie schmeckten köstlich. Nach dem Essen entschuldigte sich Serena und ging trotz des schlechten Wetters aus dem Haus: Die Mannschaft von Turangalila hatte Trainingsabend. In ihrem falschen Manchester-United-Trikot war sie bis auf die

Haut durchnässt und vom Wind gepeitscht wie ein Floßflüchtling, bevor er die Küste erreichte.

»Dies ist wirklich kein geeigneter Ort für sie«, sagte Gaby. »Als Kind hatte sie niemanden ihres Alters, mit dem sie hätte spielen können. Die meisten ihrer Freunde sind einige Jahre älter als sie. Und wenn sie mal jemanden näher kennengelernt hat, dann ist derjenige für gewöhnlich von hier weggezogen.«

An diesem Abend hatte Gaby Kerzen angezündet; deren winzige Flammen flackerten im Wind, der unter dem Dachgesims des Meerhauses wirbelte. Plötzlich stand sie auf und ging zu einer bemalten hölzernen Kommode. Sie nahm einen geschnitzten Kasten heraus und stellte ihn vor Oksana auf den Couchtisch.

»Verdammt, du kannst genauso gut alles erfahren. Als ich dir sagte, Shepard sei niemals zu mir zurückgekehrt, habe ich dir nur die halbe Wahrheit gesagt.«

Gaby drückte die Handfläche auf die Mitte des Tisches. Die Maserung des Holzes verschwamm und warf sich dann zu einer Wölbung auf. Eine Hälfte der Halbkugel wurde durchscheinend: ein Bildschirm.

Oksana öffnete den Kasten. Er roch nach Sandelholz und anderen, weniger vertrauten Gewürzen. Darin eingebettet lagen zusammengefaltete Blätter Papier, Zellspeicher, winzige Fotografien, eingegossen in Glas. Sie nahm eines der eingekerkerten Fotos in die Hand. Es zeigte einen großen, gutgewachsenen Mann Anfang Vierzig. Er hatte blaue Augen, sein Kopf war mit blonden Stoppelhaaren bedeckt. Der verblasste Aufdruck auf seinem T-Shirt zeigte anscheinend eine Nonne, die ihr Habit hochgezogen hatte und irgendwie zwischen ihren Beinen herumspielte. Der Mann hatte den Arm um eine Frau gelegt. Die Frau war anderthalb Kopf kleiner als er. Auch ihr Kopf war rasiert, er war verdunkelt vom Fünf-Uhr-Schatten. Auf ihrem T-Shirt stand UNECTA*Space Gruppe Grün*. Der Mann und die Frau waren kameradschaftlich aneinander gelehnt. Man hatte sie vor einer Landschaft fotografiert, das Gelände stieg zu beiden Seiten neben ihnen an, wie die sehr steilen Wände eines Tals.

Oksana wusste, dass die Hänge bis ganz nach oben reichten. Das Gelände schlug über und verband sich zu einem Kreis. Das Foto war in einer der fünf Kammern des Großen Dummen Objektes aufgenommen worden.

Oksana legte die Miniatur auf den Tisch.

»Wer ist sie?«

»Die? Das ist Sylvie. Sylvie Moracevik. Sie stammt aus Quebec; Kanadierin französischer Abstammung.« Gaby nahm einen Zellspeicher aus dem Sandelholzkasten. »Fang hiermit an.« Sie berührte mit der Zelle die Tischfläche; die Holzschicht saugte sich in sie hinein. Der Bildschirm leuchtete auf. Ein Hauch feuchten Windes bewegte die Vorhänge, ließ die Kerzen flackern. Geister sprachen aus einer anderen Welt.

20

Audio-Aufnahme: 1. Oktober 2014

Hallo, Gab. Ich weiß nicht, wie das hier zu dir gelangen wird – sofern es überhaupt zu dir gelangt. Du bist inzwischen wahrscheinlich drunten in Tansania. Ich werde versuchen, es über Tinga Tinga zu schicken.

Ich glaube, es ist Tag sechs hier oben; jedenfalls ist es Schlaf sechs, ein Tag auf dem GDO dauert eine Woche; man schläft nicht besonders gut bei andauerndem Tageslicht, man wacht plötzlich auf und weiß nicht so richtig, wo man ist. Sie hätten Isländer und Lappländer für diesen Job anheuern sollen. Es wird ein großer Spaß werden, wenn wir uns in der Eklipse bewegen. Bis zum Sonnenuntergang sind es vielleicht noch zwei Tage; wir haben späten Nachmittag. Gewaltige Lichtbalken fallen durch die Fensterschlitze herein. Etwa fünfzehn Kilometer über uns sind zerrissene Wolkenschichten; ausreichend, um das Licht von den Zwei- und Zehn-Uhr-Fenstern in Strahlen und Balken zu brechen. Man kann sich vorstellen, wie Engel an ihnen hinunterrutschen. Um sich an das Licht vom Sechs-Uhr-Fenster zu gewöhnen, braucht man einige Zeit; es sieht aus wie eines dieser viktorianischen Gemälde am Ende der Welt, wo sich die Welt spaltet und Lichtstrahlen aus dem Abgrund hervorschießen und alle Sünder hineinstolpern. Ich wünschte, ich könnte dir das zeigen – aber leider ist die gesamte Video-Ausrüstung bei den Expeditionen zur Erstellung von Landkarten im Einsatz. Ich fürchte, meine Fähigkeit der Beschreibung ist schmerzlich unzureichend – verdammt noch mal, du bist doch die Journalistin und ich bin nur ein seelenloser Wissenschaftler. Angeblich. Warum haben sie nicht Leute hierhergeschickt, die wirklich vermitteln können, was man hier erfährt und empfindet, anstatt einer Bande von Erbsenzählern? Dabei fällt mir eine interessante Geschichte über den Nachschubschlepper von *High Steel* ein, die ich heute Morgen gehört habe: CNN hat UNECTA*Space* fünfzehn Millionen angeboten, um einen Reporter hier heraufzubekommen. Natürlich haben sie rundweg abgelehnt, aber es gibt dir eine Vorstellung: wieviel würde SkyNet zahlen, um dich und deine ehemalige Mannschaft hier heraufzubefördern?

Okay, okay, ich höre geradezu, wie du auf deinem Platz hin und her rutschst. Du sagst, ich bin nicht dort und ich werde nicht dorthin gehen und die einzige Möglichkeit, dass ich es erfahre, besteht darin, dass du es mir sagst, Shepard.

Nun, ich möchte mit dir eine kleine Rundreise durch die süße Heimat namens Basis Grün machen. Sie besteht aus fünf Unterkunftszelten, einem kleinen

Gemeinschaftsbereich und dem so genannten Großen Kreisel, in dem wir Wissenschaftler uns betätigen. Wir sind fünfundzwanzig an der Zahl; um das ständige Tageslicht so gut wie möglich auszunützen, arbeiten wir in dem gleichen Drei-Schichten-System, wie wir es auf *Unity* und *High Steel* gemacht haben. Mir als altem Ex-Chaganauten obliegt die Koordinierung der Forschergruppen; die Ironie bei der Sache ist die, dass wir nicht so sehr einen Experten für die neuen Verhältnisse in Afrika brauchen, als vielmehr jemanden mit Erfahrung in Bezug auf das, was Afrika einst war. Das, worin wir uns niedergelassen haben, ist eine wiederhergestellte Savanne, ein großer Kreis mit einem Durchmesser von etwa sechzig Kilometern. Wir haben ihn sofort von der Nabe aus überschaut; es ist bestimmt die hervorstechendste Geländeformation in der ersten Kammer. Er erinnert sehr an den alten Ngorongoro-Krater; man sieht förmlich, wie sich das Land nach oben krümmt, im Uhrzeigersinn und gegen ihn – eine kleine Überlieferung, die wir übernommen haben; hinauf, hinab, im Uhrzeigersinn, gegen den Uhrzeigersinn. Gras, Akazien, Affenbrotbäume, alle Arten von Tieren – und ich meine wirklich alle Arten; die Chaga-Schöpfer haben Folgendes vollbracht: Sie haben diesen Ort mit jeder erdenklichen Savannenspezies aus den letzten vier Millionen Jahren gefüllt. Ich spreche von *Diceros* in der Größe von Panzern. Vor zwei Tagen stürmte eine Herde grasender *Gompotheriidae* – riesige, mit vier Stoßzähnen versehene Elefanten aus einer Zeit, die vielleicht drei Komma fünf Millionen Jahre zurückliegt – auf die Gruppe Rot 4 zu und walzte sie platt. Wenn die Zeit der großen Wanderungen kommt, müssen wir uns mit einem Schutz in der Art von rückstoßfreien Gewehren versehen.

Aber es ist gut, Gab. Es gibt etwas an mir, das nur du verstehst: dass jemand, der so eng mit dem Chaga verbunden ist, so sehr erbost ist, weil es uns so vieles weggenommen hat. Das Land, die Leute, die Schönheit. Um das ging es damals im Mara-Gebiet, erinnerst du dich? Ich sagte, ich wolle dir etwas zeigen, bevor es für immer verschwunden sein würde. Und hier ist es wieder. Und es ist neu, es ist unberührt und es gehört ganz mir allein. Mein eigenes privates Afrika. Was für ein Spielzeug für einen Jungen aus Kansas! Aber es ist noch mehr; dies ist eine Savannenblase in dreißigtausend Quadratkilometern außerirdischer Landschaft und dahinter sind noch einmal vier Kammern. Ganze dunkle Kontinente, die es zu entdecken gilt.

Ich habe das Gefühl, als ob die Fullerene mit jedem Atemzug, den ich tu, eine Schicht aus Leitmaterial über meine Haut gelegt haben, sodass alles, was ich höre oder berühre oder rieche, diese ungeheuere Reaktion auslöst. Ich komme mir ungefähr fünfhundertprozentig lebendig vor. Vielleicht liegt das daran, weil ich jetzt Muße habe, die Zeit damals in Florida vor unserem Abflug zu verarbeiten – mein Gott, das scheint zehn Jahre zurückzuliegen. Es war – schmerzhaft. Als ich dich dort sitzen sah, an der Bar der *Starview Lounge* – ich glaube, damals wurde mir klar, dass das, was ich hatte, mich nicht für das entschädigte, was ich verloren hatte. Es war nicht so, wie ich es erwartet hatte: Ich hoffte, du hättest dich nicht verändert, und ich glaube, ich war froh, dass du dich verändert hattest. Ich wurde allmählich erwachsen – endlich – und du warst schön und wir lachten schrecklich viel. Wir hörten gar nicht auf zu lachen. Ich höre förmlich, wie du jetzt sagst: Versuch bloß nicht, galant zu sein, du Mistkerl. Also gut, ich verzichte darauf. Ich mache stattdessen einfach Schluss. Als nächstes schaue ich, ob ich eine Kamera für unbewegliche Bilder auftreiben kann, um dir ein paar Schnappschüsse zu schicken, damit du wenigstens etwas anschauen kannst, während du dir dieses peinliche Gebrabbel anhörst.

Bild eins. Eine Rundumaufnahme: weiße Zelte auf grüner Fläche. Die Zelte rangieren in ihrer Größe von Zweimann-Zelten bis zu einem großen Zirkuszelt. Große, von Jute umhüllte Ballen sind neben dem mittelgroßen Zelt aufgestapelt; Vorräte, die mit Fallschirmen abgeworfen worden waren. Die Zelte kuscheln sich dicht nebeneinander, der Boden dazwischen wurde bereits zu Staub zertrampelt.

Bild zwei. Eine Gruppenaufnahme. Fünfzehn Leute, in zwei Reihen, die vordere Reihe kniend. Sie sind mit weißen Arbeitsanzügen bekleidet; die Schriftzüge vorne drauf sind zu klein, als dass man sie entziffern könnte. Nur der Umstand, dass ihre Kleidung grüne Flecken von Gras und rote von Erde aufweist, hebt sie von dem weißen Segeltuch der Zelte ab, vor denen sie posieren. Sie lächeln; einige feixen anzüglich, andere schneiden Grimassen. Sowohl die Männer als auch die Frauen haben rasierte Köpfe. Sie wirken seltsam verletzlich, als ob sie sich ständig der fremdweltlichen Formation der Landschaft um sie herum bewusst wären.

Bild drei. Ein Porträt. Ein schwarzer Mann und eine weiße Frau, die die Arme umeinander gelegt haben, stehend unter einer Akazie. Sie tragen die schmutzigweißen Arbeitshosen und die blassblauen ärmellosen T-Shirts mit der Aufschrift *GDO: Eine Andere Welt Party!* Der Mann lächelt dekorativ, er weiß, wie man sich fotografieren lässt. Die Frau hat den Kopf zur Seite geneigt; ihr Mund ist offen, als ob sie eine Frage stellen wollte. Die Kamera hat sie im falschen Augenblick erwischt.

Bild vier. Landschaft, Telefoto. In Richtung Süden blickend. In diesem Foto ist die Bewölkung aufgebrochen; die Südspitze von Kammer Eins ist sichtbar, achtzig Kilometer entfernt. Verdichtet durch die Linse, scheint das Land vertikal zur Achse anzusteigen. Wälder scheinen sich an kahle Felsen zu klammern: die zunehmende Krümmung zeichnet konzentrische Ringe aus Vegetation um den Südpol. Eine Linse mit einem weiteren Winkel würde zeigen, dass die Landschaft in einer parabolischen Kurve ansteigt, und zwar dort am steilsten, wo die Schwerkraft am geringsten ist. Das Zentrum der Waldkreise ist nichtssagend; über dem Wolkengürtel ist die Luft zu trocken, um eine schwere Decke tragen zu können. Auf den ersten zwölf Kilometern von der Nabe weg rennen Forscher durch ein Dickicht von harten Flechten. Darunter liegen Wolkenwälder von riesigen Pilzen, Ballonhaine, Korallengärten, Reihen von Farnen und Wedeln. Das Südkap des Großen Dummen Objektes ist der höchste Berg im Sonnensystem. Man hat ihm bereits den Namen Mount Unwahrscheinlich gegeben. Im Bullauge des Mount Unwahrscheinlich ist eine dunkle Iris: die innere Luftschleuse ist offen. Dahinter ist eine Blase von drei Kilometern Durchmesser in der Außenhaut des GDO. Die maximale Zoomeinstellung zeigt einen Splitter im Auge: eine Zugeinheit, die hindurchkreist und sich zu einer Verbindung mit dem Stapel von Einheiten und den Kuppeln auf der Lippe von Mount Unwahrscheinlich, die das Basislager bilden, manövriert.

Bild fünf. Landschaft: Weitwinkel. Nach Norden blickend. Kammer Eins ist nur fünfzehn Kilometer tief, aber dafür vierhundertundsiebzig lang; mehr wie ein Ring denn wie ein Zylinder. Die Zwanzig-Millimeter-Linse fängt die Landschaft ein, breitet sie weit aus, erweitert ihre Perspektive. Das Nordkap, eine dunkle Wand von Blasen und Kratern, scheint aus der schweren grauen Wolke herauszuwirbeln wie ein schwarzer Sturm. Hier ist kein Aufstieg; die Wand ragt hundertfünfzig Kilometer senkrecht auf. Kein Eingang; die Forscher, die den Fuß der Nordwand erreichten, haben kein Anzeichen von einen Durchgang in die zweite Kammer gefunden. Dennoch schafft die Weitwinkel-Perspektive der Linse ein Gefühl der Bewegung, von etwas Gewaltigem, das sich schnell nähert, indem es über die flachen Hügel und niedrigen Bäume walzt wie der Panzer Gottes.

21

Shepards privates Tagebuch

Die Einschüchterung, die ein leeres Blatt Papier ausübt. Buch eins, Seite eins, Zeile eins. Hier fängt man an.

Ich bin kein von der Natur begnadeter Tagebuchschreiber. Ich mag es nicht, wenn meine Seele dauerhafte Flecken hinterlässt. Indem ich dies schreibe, fühle ich mich unangenehm nackt. Du bist schuld daran, Gaby, weißt du das? Ich habe dein Tagebuch gelesen. Dieser aalglatte Scheißer Russel Shuler hat dich damals in dem gynäkologischen Stuhl in Block Zwölf gepeinigt und ich habe jedes Wort darüber gelesen, was du gesehen und erlebt und gefühlt hast bei jener verrückten Expedition ins Chaga. All deine intimen Gedanken, Gefühle, Ängste, Geständnisse. Wer hat die schlimmste Gewalttat begangen? Ich weiß es nicht. Ich rede mir ein, dass ich wissen musste, wieviel du herausgefunden hattest. Ich habe mir natürlich etwas vorgemacht, um meinen Arsch zu bedecken. Es war kein sehr großes Tagebuch. Es hat nicht viel von meinem Arsch bedeckt.

Es ist die größte Sünde, das Tagebuch eines anderen

Menschen zu lesen. Ich habe auch jenes andere Tagebuch gelesen, das, hinter dem du her warst, als du ins Chaga gingst; das Tagebuch dieser Verrückten, von der du an jenem Abend bei dem Fest anlässlich des Vierten Juli gehört hattest, in jener Nacht, als Hyperion als das Große Dumme Objekt erneut erschien.

Was für ein Dummkopf ich war! Mir einzubilden, du würdest dich nicht fragen, wie ich es gefunden hatte, warum einige Seiten darin fehlten. Was auf diesen Seiten wohl gestanden haben mochte.

Eins machte jenes Buch jedenfalls klar, nämlich dass man niemals ein Tagebuch kaufen sollte, sondern es sich immer schenken lassen soll. Das kann ich verstehen. Sylvie hat viel Arbeit in das hier hineingesteckt, und einiges Geld. Sie hat einen Schnürsenkel geopfert, um die Seiten zu binden. Gott mag wissen, woher sie den Seidendruck für den Einband hatte; alles, was hier heraufkommt, ist streng rationiert.

Es sieht so aus, als wäre das Thema wieder mal Tagebücher und Arsch.

Erschreckend, wie das Vakuum weißen Papiers die Dinge aus einem herauszieht. Explosive Druckentladung der Seele. Sylvie hat mir heute Abend einen Augenblick purer Verwunderung beschert, wie damals in der Mara, als ich Gaby die Sehenswürdigkeiten zeigte. Solche Dinge muss man mit jemandem teilen. Wenn man sie für sich allein behält, sind sie Illusion.

Es gibt eine Erinnerung an Afrika, die ich wie einen Schatz bewahre, zwischen Sonnenuntergang und dem Einbruch der Nacht, wenn die Tagestiere verstummen und die Nachtgeschöpfe ihr Lied noch nicht angestimmt haben und für einen Augenblick eine riesige Stille herrscht. Es gibt den gleichen Augenblick, wenn das GDO in den Schatten der Erde einzieht und die Nacht sich herabsenkt, aber hier verfällt eine ganze Welt in Schweigen. Es war stets eine verrückte Stunde, man war sich nie sicher, ob die Welt nicht einen Zeitsprung gemacht hatte. Eine halbe Stunde vorher, eine halbe Stunde später hätte ich Sylvie gesagt, ihr Vorschlag, einen Spaziergang zu machen, sei verrückt. Was er tatsächlich war, und gefährlich dazu. Einige dieser seit langem ausgestorbenen Katzenkreaturen sind Nachtjäger. Aber sie erwischte genau den verrückten Augenblick und obwohl mir die Vernunft sagte, dass es verrückt, schlecht und gefährlich sein würde, auch nur daran zu denken, ging ich mit ihr überall hin, wohin sie mich führte. Die Chaga-Schöpfer denken an alles; der Nordpol wirft einen schimmernden Schein, der etwa dem Licht des Vollmonds entspricht. Wir alle sind in unserem tiefsten inneren Leitungsnetz auf dieses große Licht am Himmel eingestellt. Ein Spaziergang im Mondlicht unter dem Großen Dummen Objekt: das hätte wieder Afrika sein können. Wenn man nicht zu weit schaute, sah es wieder wie Afrika aus. Ich wollte, dass es wieder Afrika sein sollte. Aber diese ganze Urzeitlichkeit ist Disney. Die uralte Savanne und die Geschöpfe, die sich darin bewegen, sind die neuesten Errungenschaften im Sonnensystem. Ich erwartete halbwegs, dass mir der Geruch von einem neuen Teppich in die Nase steigen, meine Fußspuren Fusseln aufwirbeln oder ich eine Plastikabdeckung über der nächsten Akazie finden würde.

Sylvie führte mich zum Sechs-Uhr-Fenster. Grand Canyon wäre der passendere Ausdruck; fünfunddreißig Kilometer lang, fünf breit, anderthalb tief. Das ist ein Wahnsinns-Fenster. Sie führte mich auf einem Weg, den ich noch nie gegangen war, durch dichte Haine von skelettartigen Türmen, umgeben von Federn oder Moos. Es war atemberaubend im silbernen Licht, das vom Pol kam. Wenn Sylvie mir nicht die Hand aufs Handgelenk gelegt hätte, wäre ich einfach über den Rand hinausgelaufen, so plötzlich gelangten wir dorthin. Wir waren am Rand. Im Mondlicht erschienen die Wälder auf der gegenüberliegenden Seite wie silberner Nebel, der sich an die Erde heftet. Ich erspähte das ferne Glitzern von fallendem Wasser.

»Nein«, sagte Sylvie. »Sieh nicht hinaus.«

Ich blickte hinab in die mit Sternen gefüllte Schlucht.

Es stimmt, dass uns nur wenige Augenblicke ehrfurchtsvoller Schönheit gewährt sind in der Spanne zwischen der Geburtszange und dem Grabstein. Es ist nicht so, dass uns zu viele solche Eindrücke taub und zynisch machen würden; wir würden einfach nur die ganze Zeit umherwandern, das Kinn aufs Brustbein gesenkt, entrückt im Empfinden eines Wunders. Dabei sollten wir Zeit haben, um es umzuwenden, es zu verarbeiten, es in uns einwirken, uns davon verändern zu lassen.

Ich weiß nicht, wie lange ich dastand und die Lichter unter mir betrachtete. Mir kam es vor wie eines jener Dinge, von denen wir schon immer wussten, dass wir sie im Blut haben; dass darunter alles Leere ist und die Welt auf einem Meer von Sternen schwimmt.

Das war kosmologisches Vorspiel. Sylvies Vorschlag: hier, jetzt, heiß, nass. Sex, Shepard. Und ich tat es nicht. Denn immer noch kuschelte sich diese rothaarige, grünäugige, sommersprossige Frau in meinem Herzen, war der Kern meines Verlangens.

22 Gruppe Grün 3: Expeditions-Logbuch. 18. Oktober: 19:08

Zweiter Tag. Gute Fortschritte: Nach zehn Kilometern von etwas, das am besten als botanische Installation bezeichnet werden kann, befinden wir uns in einem offenen Gelände von hohen – zwanzig, dreißig Meter messenden – trompetenförmigen Formationen, die dem Anschein nach aus einer Art lebendem Polymer-Schaum bestehen. Gutes Marschgelände nach dem Huckel-und-Buckel-Weg durch das Ökosystem aus Schläuchen und Röhren, aber das andauernde Tageslicht verleitet dazu, immer weiter zu marschieren, noch mal fünf, zehn, fünfzehn Kilometer, sich zu viel abzuverlangen, zu streng mit sich selbst zu sein. Was der Sinn dieser Expedition ist; die Untersuchung genetischer Veränderungen im zyklischen Rhythmus wiederhergestellter terrestrischer Spezies. Sicher, alle Mannschaften unten am Boden haben von zunehmender Anstrengung und Spannung berichtet, während jedermanns Körperuhr verrückt spielte. Also: Wir halten uns an die Vierundzwanzig-Stunden-Uhr und wenn Captain Shepard sagt: Lager aufschlagen, dann schlagen wir unser Lager auf, und wenn Captain Shepard sagt: Nachtruhe, dann ziehen wir das durch.

Für heute Nacht haben wir unser Lager – die geistplatzierten Stöcke – unter einem natürlichen Gewölbe aufgeschlagen, das von sechs zusammengewachsenen Trompetenglocken gebildet wird. Es regnet; kleine Wasserfälle ergießen sich über die geschwungenen Lippen der Trompeten, aber das Laubdach ist regendicht. Letzte Rationen; für morgen sieht der Plan einen Abwurf von Versorgungsgütern mit Fallschirmen vor. Der größte Teil unseres Gepäcks besteht aus Forschungsausrüstung; trotz der geringen Schwerkraft ist es ein mühsamer Fußmarsch. Conrad Feltz hat eine gute Bemerkung gemacht: wenn die Chaga-Schöpfer vier Millionen Jahre afrikanischer Flora und Fauna wiedererschaffen können, ganz zu schweigen von fünfzig anderen Planeten, warum bringen wir dann nicht ein paar anständige Packpferde zustande?

Warum sollen wir uns auf das Wahrscheinliche beschränken? Warum lassen wir nicht eine Flotte von

Allgemeinen Transport-Fahrzeugen wachsen, oder sogar Transport-Hubschrauber? Ich stelle diese Überlegung an, weil die Füllhörner Wirte für eine lufttaugliche Spezies sind, die ich nur als lebende Rotorblätter beschreiben kann. Sie sind klein – nicht größer als eine Münze – und beinahe durchsichtig. Man sieht sie nur, wenn sie das Licht auffangen und wie Libellen glitzern. Meistens hört man sie nur, ein leises Mückengesurre, wenn sie dicht an einem vorbeifliegen. Sie schweben wie Distelwolle. Es ist nicht viel mehr dran an ihnen als fünf rotierende Blätter, ähnlich wie Blütenblätter, und der Hauch eines Brustkorbs, der darunter getragen wird. Einfache Dinge, aber sie widerlegen munter unser chauvinistisches Dogma, dass die Evolution niemals Räder oder Achsen hervorbringen kann. Die Fullerene-Wolken des tiefen Raums produzieren mit Vorliebe kreiselartige Formen, aber diese Windrädchen müssen eine planetarische Spezies sein – ihr Antriebssystem würde im Vakuum nicht funktionieren. Spekulation: Diese Geschöpfe wurden von den Chaga-Schöpfern berührt; vor wievielen Millionen Jahren sind die Evolutionäre mit deren Welt eine Symbiose eingegangen? Frage: Und mit unserer? Und mit uns?

19. Oktober: 20:31

Es gibt ein einziges Gewässer von einiger Bedeutung im Tridanten Nord-6. Es ist ein stundenglasförmiger See etwa drei Kilometer Nord-5 von uns, etwa zwei Kilometer lang, an einer Nord-Süd-Achse gelegen. Er heißt Darwin-See; die Naben-Teleskope haben ihn als Refugium für verschiedene ausgestorbene semi-aquatische Spezies identifiziert, einschließlich eines Pygmäen-Flusspferdes und der Mutter einer saurierverwandten Unterspezies, gegen die das zeitgenössische Krokodil wie ein Gecko aussieht. Die Navigation in der Kammer Eins ist so einfach, dass sie beinahe jedes Gefühls vom Großen Unbekannten beraubt ist. Jeder Teil der Oberfläche ist von der Nabe aus zu beobachten. Das nimmt einem sogar jeden Spaß an der Exozoologie. Sie verraten einem gern, was man finden wird, bevor man es findet.

Die Allwissenschaft vermutet, dass es Allkönnend ist. Schwerer Fehler. Wir haben der Nabe die Koordinaten übermittelt, die Computer haben den auf die Fallkörper einwirkenden Startschub sowie die Coriolis-Kraft unter Berücksichtigung der örtlichen Windverhältnisse berechnet; sie hatten uns auf den Beobachtungsinstrumenten, sie sahen, wie wir es hereinwinkten, während sich das Fallschirmbündel in zwei Kilometern Höhe öffnete, und es gelang ihnen dennoch, es genau in der Mitte des Darwin-Sees abzuwerfen. Unvorhergesehener Micro-Ausbruch, lautete ihre Entschuldigung.

Viel Spaß, Kroko-Mütter.

22. Oktober: 13:05

Ich schätze wir wussten immer schon, dass es dort sein musste. Die Chaga-Schöpfer haben alles andere neu hergestellt, und wenn wir irgendetwas über sie erfahren haben, dann ist es, dass sie von der Intelligenz angezogen werden wie Motten vom Licht. Was für sie zählt, ist Intelligenz und das Potential dafür.

Abigails Nahrungsbeschaffungs-Mannschaft stolperte über sie. Für eine Exobotanikerin schießt sie außerordentlich schlecht. Aufgrund des Ausbleibens der Rationen von UNECTA*Space* sind wir alle zu begeisterten Großwildjägern geworden. Wir sind nicht mehr die Gruppe Grün 3. Wir sind ›Shepards Safari‹.

Abigails Jagdgesellschaft brach gegen neun auf, nachdem die Kontrollstation der Nabe berichtet hatte, dass sich eine Hipparion-Herde sechs Kilometer in

Richtung Nord-5 bewege. Sie war nicht die einzige, die sich an sie heranpirschte. Nur der Umstand, dass sich die vorherrschenden Winde am GDO-Mittag umkehren, erlaubte ihr, nahe genug an sie heranzukommen, um sie zu identifizieren. Wenn auch nur ein einziges Molekül, das auf Menschen hinwies, in der Luft gewesen wäre, dann wären die Hipparionen unversehrt geblieben. Ich hörte den Schuss. Abigail ballerte das Blei aus der Hüfte ab und plötzlich waren diese kleinen braunen, zweibeinigen Gestalten überall und flohen durch das Gras zu der erhabenen Chaga-Form, die die Luftbeobachter respektlos Elefantenscheißhaufen genannt hatten. Als sie zurückkamen, ließen wir Joses Video-Aufzeichnung durch die Verstärkung laufen, aber wir hatten bereits geahnt, was wir zu sehen bekamen. *Australopithecus Africanus.*

Von Angesicht zu Angesicht – beinahe wörtlich – unseren Vorfahren zu begegnen, hatte Wellen der Erschütterung erzeugt, die sich bis zur Einsatzleitung fortsetzten. Alle anderen Expeditionen wurden mit anderen Aufgaben betraut, nur wir wurden wieder zum Elefantenscheißhaufen geschickt, um dort eine ständige Forschungsstelle einzurichten.

Dies ist ein Expeditions-Logbuch und nicht der Ort für eine persönliche Meinungsäußerung, aber ich muss in aller Form meinem zunehmenden Unmut über die Reaktion der UNECTA*Space* über diese Entdeckung zum Ausdruck bringen. Ich verfasse eine Beschwerde über die Nachrichtensperre und die Zensur, der unsere persönlichen Mitteilungen nach Hause unterliegen, und ich verwahre mich entschieden gegen den zunehmenden Einfluss des Militärs auf die maßgeblichen Personen in den Bereichen Forschung und Erkundung.

So, das habe ich jetzt von der Seele. Man wird sehen, ob es etwas bewirkt.

Endlich hat Rick Ianucci eine nette Erklärung für das, was die menschenartigen Wesen taten, als sie sich an die Hipparionen anpirschten – als Spezies sind sie in Bezug auf organisiertes Jagen einige Million Jahre im Rückstand. Er vermutet, sie waren auf der Suche nach halluzinogenen *Psylocybin*-Pilzen, die im Kot der Hippies gedeihen. Es gibt die Theorie, dass psychedelische Mittel verantwortlich waren für die neurologische Schlinge, die das Bewusstsein steigerte. Die Ozzies haben sich selbst zur Sinneswahrnehmung hochgedopt.

Hippy-Scheiße, wahrlich.

23. Oktober: 18:27

Wir haben einen Gewinner in Shepards Wettbewerb ›Finde-einen-neuen-Namen-für-den-Elfantenscheißhaufen‹. Der Preis – ein personifiziertes Duschbad vom Sex-Objekt der eigenen Wahl – geht an Paju für den Namen ›Rote Festung‹. Das ist jetzt offiziell – ich habe darauf bestanden. Eines muss man den Militärs lassen, sie mögen einen guten mundfüllenden Namen.

Die Wachstation befindet sich fünf Kilometer südlich von der Roten Festung. Wir haben uns eingegraben; das Lager ist ein Gehege aus Gräben und mit Segeltuch überspannten Löchern – wenn die Regengüsse kommen, wird es sich in eine Offensive wie im Ersten Weltkrieg verwandeln. Minimal-Schlag ist die Farbe des Tages. Es bestand sogar die Furcht, dass unsere Jagdgesellschaften die Ozzies so sehr erschrecken könnten, dass sie die Flucht ergreifen würden. Die Nabe schickte uns noch mal Fallschirme mit Nachschub – diesmal zielgenau – und befahl uns, die Nahrungsbeschaffung unsererseits vorerst einzustellen.

Man könnte die Rote Festung als eine Reihe von Salvador Dalis weichen Stufentürmen beschreiben, die ineinander verschmelzen. Das gesamte Gebilde ist rund, etwa einen Kilometer im Durchmesser, und der höchste Punkt ist etwas unter dreihundert Meter. Und es ist rot, wie blasser Rost. Die Farbe und die Art, wie es sich schroff aus der Ebene erhebt, erweckt den Vergleich mit Ayres Rock, aber es handelt sich hierbei nicht um eine Extrusion aus Schiffsmaterial. Zwei ähnliche Gebilde wurden einhundertundzwanzig Grad links und rechts davon ausgemacht – unbewohnt –, und sie bestehen aus feinkörnigen, porösen Polymeren. Anscheinend spielen sie eine Rolle im Gasaustauschsystem. Wie ihre Schwestern ist die Rote Festung durchzogen von Lufträumen und Höhlen, einige davon groß genug, um ganze Familien von Ozzies zu beherbergen.

(Ich darf diesen Begriff nicht mehr verwenden. Ich musste mir bereits ›Braunies‹ im Keim verkneifen: Ich möchte mir nicht den Vorwurf paleo-rassistischer Tendenzen von der Nabe einhandeln.)

Wir haben mindestens drei soziale Gruppierungen des *Australopithecus Africanus* beobachtet: Linke Bastion, Esplanade und Burgverlies. Wir glauben, dass es mindestens drei Junge in der Burgverlies-Gruppe gibt. Wir gehen von der Annahme aus, dass sie in ein höher gelegenes Gelände umgezogen sind, um die Kinder zu schützen.

Ich habe mir die Videos angeschaut, auf denen zu sehen ist, wie sie sich von der Roten Festung entfernen, um Nahrung zu suchen; wie sie miteinander kommunizieren, während sie sich über die Ebene bewegen, die Art, wie sie nach Gefahren Ausschau halten, ihr Gesichtsausdruck, während sie das hohe Gras nach Kernen und Wurzeln durchkämmen. Was die intimeren Bereiche angeht, so habe ich einiges durch das Hauptbeobachtungsinstrument oben auf dem Kamm der Linken Bastion gesehen; sie tanzen, sich striegeln sich, berühren einander und halten sich gegenseitig fest. Ich kann nicht leugnen, dass es Intelligenz ist, die in diesen Augen schimmert und die ihre intimen Berührungen bestimmt, aber andererseits kann ich es nicht glauben. Das alles kommt mir irgendwie unecht vor. In *2001* waren es Menschen in Affenanzügen gewesen und man wusste es, das Wissen siegte über den schwebenden Unglauben, einfach weil man wusste, dass Affen niemals solche Dinge mit Knochen und Steinen würden tun können. Diese hier wirkten wie Affen in Menschenanzügen, so wie ein Affe einen Menschenanzug machen würde. Vielleicht liegt das daran, dass das GDO seine Schöpfungen so beliebig durchführt; anstatt dieser *Quasimodos* hätte es ebensogut McCook, Nebraska einschließlich der Mall bauen können.

Sie beeindrucken mich, ich verstehe, was sie bedeuten, aber es gibt keine Verbindung zwischen ihnen und mir. Ich fühle weder Ehrfurcht noch Demut, genauso wenig wie es bei Bonobo oder einem Delphin der Fall wäre. Sie spielen das Spiel der Menschen. Sie sind lediglich eine Übung in Exo-Anthropologie.

24. Oktober: 21:33

Wie ich von der Nabe erfahre, ist ein Team von Ingenieuren auf dem Weg den Mount Unwahrscheinlich herunter, um uns bei der Bewältigung unseres plötzlichen Bevölkerungsbooms zu helfen, seit Gruppe Grün 2 heute Morgen um 01:30 Uhr aufgetaucht ist. Ich habe der Nabe erklärt, dass wir keine Ingenieure brauchen – Ricks Tunnelratten graben und buddeln wie eine Belagerungsarmee, bevor die Nacht über uns hereinbricht – künstliche Lichter würden den 'Pithecenen – so lautet der offizielle, politisch unverfängliche Name – einen gewaltigen Schreck einjagen. *Wir* sind uns darin einig, dass wir keine Ingenieure brauchen, aber die Nabe befiehlt und jetzt sind sie unterwegs und Marine-Ingenieure machen niemals kehrt, für niemanden und nichts.

Janis Ormand, mein Gegenstück in Grün 2, verbreitet ein Gerücht, das meinen Verdacht hinsichtlich einer systematischen Militarisierung bestätigt. Von der Nabe kommt die Mitteilung, dass die multinationale Sicherheitsstreitmacht allmählich durch US-Army und -Marine ersetzt wird und dass sechs neue Schlepperladungen von Soldaten sich bereits auf dem Transport zwischen *Unity* und *High Steel* befinden. Was noch beängstigender ist: Janis hat von ihren Quellen auf *Unity* erfahren, dass US-Orbitalwaffen verlegt werden. Das war vor fünf Tagen, seither hat sie nichts mehr von *Unity* gehört. Sie hat den Verdacht, dass die Informationssperre inzwischen bis dorthin reicht. Ich kann mich ihrer Theorie beinahe anschließen, dass sich die Vereinigten Staaten darauf vorbereiten, ein Grenada auf dem GDO aufzuziehen. Die EU ist nicht in der Lage, sich einer De-facto-Annexion zu widersetzen; die Chinesen haben keine Angst vor einer Politik des äußersten Risikos, aber ohne wirkungsvolles Raumfahrtprogramm sind sie nur Papiertiger.

Das ist der helle Wahnsinn, Shepard.

Und wir haben Gruppe Gelb 4 verloren. Joey Piaceks Leute sollten um fünfzehn Uhr eintreffen; als sie fünf Stunden überfällig waren, riefen wir die Nabe an, damit man sie auf den Überwachungsinstrumenten suchen soll. Kein Spaß; eine Regenfront kam über Nord-9 herein. Unsere eigenen Geräte beobachten, wie die 'Pithecenen den Himmel beobachten und sich wegen der Veränderungen des Luftdrucks Sorgen machen. Ich habe Abigails Jäger losgeschickt, damit sie nach ihnen suchen – es ist äußerst unwahrscheinlich, dass Joeys Leute einer Katastrophe zum Opfer gefallen sind, aber wie diese kleinen Pseudomenschen dort droben auf dem roten Felsen beweisen, ist das GDO voller Überraschungen.

(Zusatz: 23:00)

Sehr voller Überraschungen. Sie sind nicht allein. Die 'Pithecenen, heißt das. Joeys Ausbleiben hat den Grund, dass sie etwa zwanzig Kilometer Nord-11 von uns auf eine andere Gruppe von menschenähnlichen Wesen gestoßen sind. Diese befanden sich nicht auf Nahrungssuche in Hippy-Scheiße. Diese hatten Stöcke und zurechtgeformte Pseudokorallen bei sich. Sie waren auf der Jagd. Sie waren keine Australopithecenen. Es handelte sich um den Typ *Homo habilis*.

Man hat uns die Schau gestohlen.

25. Oktober: 11:23

Nun, wir bekommen unsere Ingenieure nicht. Es hat jedoch den Anschein, dass Proto-Menschen bemerkenswerter sind als terrestrisch ausgestorbene menschenähnliche Wesen, also befindet sich Janis wieder unterwegs. Unsere Ressourcen wurden umverteilt und Joey wird täglich aus der Luft mit aufgearbeiteter Scheiße versorgt. Über all das sollte ich verstimmt sein – man wird vom Forscher-Blues niemals geheilt –, aber abartigerweise bin ich froh darüber. Das große Licht der NABE fällt nicht mehr auf mich. Wir können frei in unseren Gehegen und Höhlen herumlaufen und tun, was uns beliebt.

Das ist der helle Wahnsinn, aber mir ist soeben aufgefallen, dass ich im letzten Absatz das Wort ›NABE‹ groß geschrieben habe.

(Zusatz 13.31)

Nein, das ist kein Wahnsinn. Das ist Angst. Ich wurde soeben zur NABE zurückbeordert. Sie wollen mir den Grund dafür nicht nennen, aber sie schicken ein Microlyte. Es wird um zweiundzwanzig Uhr landen.

Ich weiß nicht, ob es für mich in Zukunft die NABE oder die Nabe ist.

(Zusatz)

Sie wimmeln überall herum. Gruppe Rot 12 hat über eine primitive menschenähnliche Gemeinschaft berichtet, die in der Wolken-Chaga am Fuß der Schutzmauer lebt. Die NABE hat sie vorläufig als *Prä-Australopithecus afarensis* identifiziert, eine halb-baumbewohnende menschenähnliche Spezies, die seit dem frühen Pleistozän auf der Erde ausgestorben ist. Es gibt eine Theorie – die verbreiten sich hier oben beinah so infektionös wie Gerüchte –, dass wir jede menschliche und prä-menschliche Variante aus den vergangenen acht Millionen Jahren irgendwo hier oben finden werden. Mit Ausnahme des *Homo sapiens*. Diese Sorte brauchten die Chaga-Schöpfer nicht zu disneyfizieren. Sie kamen aus eigenem Antrieb.

Man könnte eine Lehre aus alledem ziehen, sofern man bereit ist, sie anzunehmen.

(Zusatz 20:15)

Ich habe mich getäuscht. Man muss Mensch sein, um das eingestehen zu können. Götter und Affen entschuldigen sich niemals.

Joses Gruppe brachte ihn. Sie hatten ihn unter einem *Acalypha*-Baum gefunden. Er litt an einem schweren Bruch des linken Oberschenkels; ein langer Stock mit einem honigverschmierten Ende erzählte die Geschichte. Er hatte eine beträchtliche Zeit lang dort gelegen; er befand sich in einem bedenklichen Schockzustand und war gefährlich dehydriert. Fliegen hatten sich über die Wunde hergemacht; seine Kollegen hatten erkannt, dass er zum Tode verurteilt war, als sie das sahen, und hatten ihn verlassen. Joses Gruppe musste ein Geschwader von Pavianen verscheuchen, die sich an leicht zugänglichem Fleisch gütlich tun wollten.

Sie nennen in Sonny.

Unsere medizinischen Einrichtungen sind dürftig, aber wir haben die Infektion gesäubert, eine Kompresse auf die Wunde gelegt und seine Elektrolyten wiederhergestellt. Ohne Kenntnisse über die Auswirkung von Betäubungsmitteln auf die menschenähnliche Neurologie können wir das Bein nicht wieder einrichten. Ohne Betäubungsmittel könnte der Schock ihn in seinem geschwächten Zustand umbringen. Er leidet bereits an hohem Fieber. Ich habe die NABE bereits benachrichtigt. Sie setzen einen Armeearzt in das Microlyte, das mich holen kommt, aber ich schätze nicht, dass er besonders viel Gutes tun kann.

Während ich dies schreibe, sitze ich an Sonnys Bett.

Was sehe ich? Das ist eine Frage von Licht und Schatten. Es ist düster in dieser von einem Segeltuchdach bedeckten runden Grube; ich betrachte die schmächtige Gestalt auf dem Bett, die Biolaterne wirft Lichtpunkte auf sein Affenkinn, die tiermäßig fliehende Stirn und die Augen sind stumpf wie Stein. Doch ich bewege die Laterne eine Spur, die Schatten verlagern sich und ich sehe ein Kind, einen Mann in Erwartung.

Sonny schwebt hin und her zwischen flachem Schlaf und zuckender, schmerzlicher Wachheit. Es besteht keine Notwendigkeit, ihn im Zaum zu halten, er ist sehr schwach, sehr ängstlich. Man sieht es seinen Augen an, die Angst, und das Wissen. Er weiß, dass er sterben wird. Er weiß, was der Tod ist. Er weiß es und er hasst es und das macht ihn zu einem Menschen. Kein Tier hat jemals gegen das Sterben des Lichts angetobt. Ich bin von Ehrfurcht erfüllt. Ich fühle Demut in mir.

(Letzte Eintragung)

Sonny starb um 21:15. Kurz vor seinem Ende gab er einen leisen Laut von sich und streckte die Hand aus, auf der Suche nach jemandem, an dem er sich hätte festhalten können. Ich bot ihm meine Hand. Nach kurzem Zögern ergriff er sie. Seine Haut war trocken und sehr warm. Nach einigen Sekunden stieß er die Luft aus und atmete nicht mehr.

Ich kenne den Tod. Ich habe seine vielen Tricks und Überraschungen gesehen. Ich habe gesehen, wie er viel zu viele Leute dahingerafft hat, viel zu viele, die mir etwas bedeutet haben. Vielleicht ist das der Grund, warum er mir nicht mehr so sehr zu Herzen geht wie einst.

Sie sterben und ich bin betroffen, aber nicht innerlich erschüttert. Doch der Tod dieses angedeuteten Menschen hat mich bewegt wie kein anderer seit jener Nacht, als das Stück Papier aus dem Fax-Gerät rutschte und mir mitteilte, dass mein Sohn ums Leben gekommen war.

Das Microlyte ist im Anflug. Seine Gossamer-Flügel fangen das Licht von den Fenstern ein, während es zur Landung ansetzt. Es hat sich über fünfundsiebzig Kilometer in einer großen langsamen Spirale durch die Luft hierhergeschraubt. Jetzt höre ich das Drohnenbrummen des Motors. Die Zeit reicht gerade noch, um diese Eintragung zu beenden, das Buch in meine Tasche zu packen und zur Maschine zu gehen. Und mich dorthin bringen zu lassen, wohin immer sie mich verfrachten mag.

23 (Heimliche Audio-Aufnahme: UNECTA*Space* GDO-Einsatzleitung, 26. Oktober 2014)

»Du siehst... äh... geschwächt aus, Shaw.«

»Erzähl mir was über Null-Ge. Wir sind alle auf täglichen Kalziumzusatz gesetzt. Ich bekomme davon die Scheißerei. Ihr Kerle drunten am Boden bekommt eine gesunde Körperertüchtigung. Also, hast du es mit dieser Frau geschafft, dieser Moracevik, zu ficken?«

»Du lieber Himmel, Shaw, bist du sicher, dass es Kalzium ist, was sie euch verabreichen?«

(Gelächter.)

»Du bist ein Narr, wenn du es nicht getan hast, Shepard. Das ist ein Teufelsflug, vom Boden bis oben.«

»Das brauchst du mir nicht zu sagen. Fündundsiebzig Kilometer dünne Luft und nicht viel, um sich aufrechtzuhalten. Also, warum hat man mich hier raufgeholt?«

»Ich kann dir eines sagen, die Dinge hier oben sind in einem... äh... Übergangsstadium. Sie haben alle Abteilungsleiter einberufen. Sie haben einen Schlepper losgeschickt, um Chun Lizhi aus der äußeren Schale zu holen. Captain auf der Brücke.«

»Shepard.«

»Jimmy.«

»Okay, könnten wir uns bitte alle um eine gemeinsame Verständigung bemühen? Danke. Okay, ich möchte ein paar Leute miteinander bekanntmachen. Einige von Ihnen kennen meine Kollegin hier vielleicht noch nicht, Colonel Alice McKittrick. Sie ist unsere Verbindungsoffizierin. Alice, ich glaube, Sie kennen Dr. Evan Springer noch nicht, ebenso Dr. Jean Maturin und Dr. M. Shepard.«

»Ach, der Australopithecus-Mann. Wofür steht das M?«

»Mysterium. Ein alter Scherz. Colonel McKittrick, dann ist die Forschung jetzt also eine Unterabteilung des Militärs?«

»Sie sind sehr direkt, Dr. Shepard.«

»Shepard, das ist lediglich eine verwaltungstechnische Frage. Ich leite nach wie vor das Forschungsprogramm. Alice ist Vertreterin der Bodenkontrolle.«

»Schon gut, schon gut.«

»Danke, können wir jetzt fortfahren? Ich möchte nicht um den heißen Brei herumreden. Wir haben einen Weg in die zweite Kammer gefunden.«

(Überraschtes Geraune im Hintergrund.)

»Hier, sehen Sie sich das mal an.«

»Jimmy, schieb eins rüber, ja? Danke.«

(Das Fangen von schwebendem Papier.)

»Okay, das war genau gesagt der Auftrag von Colonel McKittricks Männern, von Rechts wegen sollte sie Ihnen erklären, was Sie sehen. Alice.«

»Danke, Dr. Iovine. Wie Sie sehen, ist das Beobachtungsteam in ein Auffangnetz in einer Furche der nördlichen Fläche gerutscht. Beachten Sie den angestrahlten Bereich und die Deformation.«

(Gelächter.)

»Möchten sie einen Kommentar dazu abgeben, Dr. Allenby?«

»Äh… nein. Ich habe nur eine… äh… sexistische Bemerkung gemacht. Dahingehend, dass das wie… wie die Genitalien einer Frau aussieht.«

»Ich glaube, Sie haben den Ausdruck ›Möse‹ gebraucht. Diese… äh… Möse, wie Dr. Allenby die Furche oder Spalte so farbig beschreibt, breitete sich im Laufe einer Zeitspanne von fünfzehn Stunden merklich aus, wie sie in der Bilderfolge erkennen werden. Haben alle Zugriff auf das Foto? Gut. Das Portal, wie wir es jetzt bezeichnen, hat sich vor etwa sechs Stunden bei achthundert Metern stabilisiert. Wir halten das für den größten Durchmesser des Schlitzes. Unserem Team ist es gelungen, in das Portal einzudringen – Dr. Allenby, ihr Vergleich war keineswegs hilfreich –, und dahinter befindet sich eine kugelförmige Vorkammer vom zwei Kilometern Durchmesser, die eine atmosphärische Mischung nach GDO-Standard stützt.«

»Genau wie die Vorkammern am Südkap.«

»Unserer Ansicht nach sind sie identisch. Eine Fotoerkennung hat diametral dem Eingangspunkt gegenüber ein ähnliches Portal identifiziert.«

»Sie schicken eine Erkundungsmannschaft in die zweite Kammer.«

»Stimmt, Dr. Shepard. Auf der Grundlage unserer Erfahrungen möchten wir, dass Sie Gruppe Rot anführen.«

»Und die soll als erste hineingehen.«

»Stimmt.«

»Wen brauchst du dafür, Shepard?«

(Pause.)

»Herrje, Jimmy, erwartest du wirklich, dass ich dir darauf jetzt gleich eine Antwort gebe?«

»Wir wissen nicht, wie lange das Portal zugänglich bleiben wird.«

»Okay, also gut, Evan, Jean hier; Janis Ormand ist gut, falls du sie entbehren kannst. Shem Arne drüben bei Dawkins – ist Juliette Montalbine schon wieder zurück zur *Unity* zirkuliert? Nein. Gut. Hol Christo und Hideoshi. Und natürlich auch Hector Moraes und Sylvie Moracevik; Rick Poborsky ist der beste Logistiker, den ich kenne.«

»Wenn ich Sie da mal unterbrechen dürfte, Shepard. Wir haben jemanden für die Logistik.«

»Einen Mann von der Armee?«

»Eine Frau von der Armee. Lieutenant Sophie Bell. Sie ist eine hochqualifizierte und erfahrene Logistikerin und Ingenieurin.«

(Pause.)

»Erteilt jemand dir Befehle, Jimmy?«

»Lass sein, Shepard.«

»Jimmy, wer hat hier das Sagen?«

»Der Boden, Shepard. Wie schon immer.«

»Du meine Güte! Wie viele Soldaten, Colonel McKittrick?«

»Die Transfereinheit besteht aus zwanzig Leuten. Wir haben acht Sicherheitsbedienstete von UNECTA*Space*, die der ersten Welle der Expeditionskräfte zugeordnet sind.«

»Sicherheit? Wovor, zum Teufel? Schon gut, schon gut. Aber ich habe die uneingeschränkte Befehlsgewalt bei dieser Expedition.«

»Natürlich, Dr. Shepard.«

24 Shepards Privates Tagebuch

Wir warteten in vollkommener Dunkelheit und Dil flüsterte das Mantra des Lichts. Wir hatten das Gefühl, tagelang gewartet zu haben, an der Ausgangsvulva schwebend wie eine befruchtende Wespe im Innern einer Feige. Die Dunkelheit verstärkte diesen Eindruck. Der Pilot hatte den Energiefluss ausgeschaltet, um die Batterien für die Triebwerke zu schonen. Dreißig Kubikkilometer Luftraum implodierten um uns herum: die Haut der Vorkammer entfaltete die Schale. Wir waren eine in Kohle erstarrte Libelle. Der einzige Laut auf der Welt war anscheinend Dils Murmeln sowie das Krachen der Kapsel, als der Luftdruck draußen zunahm. Die Vorkammer zog sich zusammen, glich den Druck an die jenseitige Kammer an. Trotz des Vergleiches mit einem Insektenschwarm war meine stärkste Empfindung die, aus einem dunklen, in Krämpfen liegenden weiblichen Leib ausgestoßen zu werden.

Wenn ich irgendwelche Mantras gekannt hätte, hätte ich sie aufgesagt.

Der Vergleich mit einer Libelle ist durchaus passend: Das ›Inter-Kammer-Transport-Fahrzeug‹ – die anderen haben sich den Namen ausgedacht, ich zitiere nur – ist ein haarsträubend baufälliges Gebilde: verkabelte Gebläsemotoren, Energiezellen, *Canada Arms*, die unsere Kabine und die Hardware-Einheit umklammern. Eine Zweier-Mannschaft in einer Kontrollblase vorn. Reinste Null-Ge-Technik: ein großer durchsichtiger verrückter Käfer, dem wir während des Großen Falls über fünfundsiebzig Kilometer unsere Leben anvertrauen.

Der Außendruck war auf eins Komma fünf atü angestiegen. Hoher Druck, niedrige Schwerkraft. Wir mochte uns im Dunkeln befinden, aber wir würden nicht blind in die Sache hineingehen. Chuns Mauerkletterer auf der äußeren Hülle haben durch die Fensterschlitze die Innenfläche von Kammer Zwei kartografiert. Jedenfalls das, was es dort zu kartografieren gibt. Das Innere ist ein fortgesetzter Teppich undurchdringlichen Chagas. Ich meine, da unten bewegt sich rein gar nichts. Chuns Nahaufnahmen zeigen mindestens acht verschiedene ökologische Schichten, die aufeinander und umeinander herum aufgestapelt sind. Siebzig Prozent der Fläche sind überlagert von Fesselballons, die dreitausend Meter über der höchsten Deckschicht schweben. Wir sind mit Sicherheit nicht mehr in Kansas. Oder in Kenia.

Worauf wir jedoch nicht vorbereitet waren, war das *Geräusch.*

Kammer Zwei ist ein Aviarium für Flugwesen. Und jedes davon gibt seine eigenen Laute in Form von Glockengeläute oder Flötentuten oder Rasselngeklapper oder Gebrüll von sich. Nichts davon klingt in unseren Ohren irgendwie bekannt, aber ist dies eine andere Welt oder die Erde, so wie sie einmal sein wird – oder vielleicht einst gewesen ist, als anderer evolutionärer Zweig? Hier werden uns neue Rätsel aufgegeben.

Seit unserem Eintritt in Kammer Zwei sind mittlerweile vier Stunden vergangen. Wir klammern uns am Rand fest, voller Angst vor dem großen blauen Drüben. Sie würden uns wie Fliegen zerquetschen. Die Ingenieure sind mit Seilen an die äußerste Spitze angebunden, wo sie Wohnblasen aufpumpen. Es gibt ein Problem; wir hatten nicht damit gerechnet, dass der Druck so hoch sein würde, hier oben auf der Drehachse; der Druck im Innern der Blasen muss einige Prozent oder sogar mehr betragen, damit sie aufgeblasen bleiben. Bei uns macht sich bereits das Gefühl von Lethargie und Kopfschmerz breit. Wie das auf lange Sicht weitergehen soll, weiß ich nicht. Wir sind die ersten, die jemals in einer Höhe von fünfundsiebzig Kilometern an den Symptomen eines Katers leiden. Und es gibt noch ein Problem. Die südliche Mauer fällt schroff zum Chaga hin ab. Nicht einmal eine hilfreiche kleine Kante, so wie es sie in Kammer Eins gab. Es hat absolut keinen Sinn, diesen Ort zu Fuß erforschen zu wollen, Zweibeiner. Die Ingenieure befestigen das Bündel von Blasen mit einem Netz von Kabeln an der Mauer. Süße Heimat Kammer Zwei hängt sofort über dem Kopf des Portals. Wir haben den Ort bereits ›Klit City‹ getauft. Ich glaube, die beste geistige Orientierung hat man, wenn man mit dem Rücken gegen ein schön festes Muttergestein liegt und zur gewaltigen dunklen Decke hinaufschaut. Die Wände der Welt sind mit Hieronymus-Bosch-Tapeten versehen. Wenn man den Ingenieuren beim Bohren und Verankern und Aufblasen zusieht, drängt sich eine andere sexuelle Metapher auf: klebrige durchscheinende Augen drücken sich aus den Eierstöcken eines zarten Insekts.

Die Militäringenieure bewegen sich mit dem unermüdlichen Fleiß von Bau-Ameisen, schön, doch störend, weil ich weiß, die Befehle, denen sie gehorchen, sind nicht die meinen. Und ich kann nicht darauf vertrauen, dass sie im Falle einer Krise jemals den meinen folgen würden.

Sie haben Kabel durch die Vorkammer zu einem Übertragungsgerät an der Nordfassade von Kammer Eins verlegt: ich bekomme einen Anruf von der Nabe: E-Mail von Shaw. Chun ist verschwunden. Ein Befehl von der Bodenstation rief ihn aus der Mannschaft der Mauerkletterer ab. Er ist in einer Lufttasche verstaut, für den Rückweg zu *Unity*, gebucht für den nächsten HOTOL abwärts. Ein Lieutenant Gary Horbach von der USAF-Luftaufklärung befehligt jetzt das externe Kartografieren. Colonel Alice lässt den Bizeps spielen. Die Gesichter, die jetzt von draußen zu uns hereinschauen, gehören ihr. Wie lange wird es noch dauern, bis Inder, Indonesier, Europäer, *Franko-Kanadier*, herrje, genauso verdächtig sind wie Chinesen?

Ich wünschte, die verdammten Flieger da draußen würden endlich verstummen.

Kammer Zwei Gruppe Rot 1: Exo-zoologische Video-Aufnahmen

Das Geschöpf hat das Profil eines rückgratlosen Wals oder einer portugiesischen Galeere. Wie eine Qualle ist es durchsichtig; durch seine blassgelbe Haut sieht man große Gaszellen und Kompressormuskeln, die pulsieren und sich zusammenziehen und ausdehnen. Tentakel hängen vom mittleren Punkt des Bauches nach vorn, manche beinahe von der Länge des Tieres selbst. Der Zeppelin ist vierhundert Meter lang. Sein Schweif flammt zu einem Ruder auf, obwohl das Geschöpf es vorzieht, mit den kräftigen Winden unter der fünfzig Kilometer langen Luftableitung zu segeln. Das Ruder ist von hellem Orange, durchzogen von einem grünen Netz. Kiemenschlitze am hinteren Teil pulsieren: Manövrierdüsen. Die Vorderseite des Geschöpfes ist ein offener Rachen, der Tonnen von planktonbeladener Luft in sich hineinschluckt.

Die Kamera folgt einem einzelnen Zeppelin, während dieser von einer an Aeroplankton reichen Zirrustratus-Strömung zu einer Siebenergruppe schwimmt, die zwanzig Kilometer weiter oben über einem Kumulushaufen die Stellung hält. Seine durchsichtige Haut kräuselt sich, als sich die Gaszellen zusammenziehen wie die Schwimmblase eines Fisches und dabei seine relative Dichte verändern. Das Geschöpf wird umsorgt von einer Anzahl viel kleinerer Wesen, die sich um seine Ruderflossen und Tentakel scharen. Die Linse ist nicht stark genug, um Einzelheiten von ihnen aufzulösen. Es ist fraglich, ob es sich um Parasiten oder um Nachwuchs handelt. Der Zeppelin verwandelt sich in einen Luftstrom; er senkt sich schnell zu der Futtergruppe hinab. Als der Neuankömmling sich zu der Gruppe gesellt, streicht er mit seinen Tentakeln über die Oberfläche des nächsten Zeppelins. Hellrote Streifen ziehen sich über seine Haut.

Der Ballon befindet sich jetzt bei vierzig Kilometern. Sein Beutel, blassgrün, wie eine fünfzig Meter lange Träne geformt, strafft sich gegen die Krone aus Plastikrippen, die seine Form erhalten. Er ist nahe der Decke, obwohl einige die Sechzigermarke erreicht haben, bevor sie in einer Wolke von staubigen Sporen explodiert sind. Lange Strähnen purpurroten Haars hängen von seinem tiefsten Punkt. Die Kuppel des Beutels ist gesprenkelt mit braunen Flecken wie ein kahler sommersprossiger Kopf.

Die Coriolis-Kraft hat ihn ganze hundertzwanzig Grad um das Innere von Kammer Zwei gedreht, von dem Punkt aus, wo es die Nabelschnur durchtrennt hat, mit der er am Chaga-Dach verankert war. Der Ballon verstreut einen Schwarm von silbrigen flatternden Geschöpfen. Sie fälteln ihre Flügel und tauchen in instinktiver Panik in die Deckung der Wolken. Der Ballon bauscht sich auf, eine plötzliche Windbö packt ihn und peitscht ihn nach Süden. Er widersetzt sich nicht. Er kann sich nicht widersetzen. Er gehorcht den Strömungen, ohne Willen oder Sinn. Keine sensorischen Organe wurden beobachtet; in Clit City herrscht die Meinung vor, dass es sich bei den Dingern um intelligenzlose Gewächse handelt, obwohl manchmal schon Bündel von zwei oder drei, einmal vier Ballons beobachtet wurden, die gemeinsam, mit verwobenen Nabelhaaren, aufstiegen.

Jetzt fünfundvierzig Kilometer. Der Beutel ist schmerzlich aufgebläht. Ein Wirbel: und er ist verschwunden; eine Wolke dunkler Pollen schwebt wie Rauch, Hautfetzen trudeln im Wind. Geld wechselt von Hand zu Hand in Clit City. Es gibt ein Buch darüber, wie hoch die Ballons aufsteigen. Dieser war enttäuschend durchschnittlich. Draußen in der Luft tauchen Räuber, schlank und schnell und leuchtend wie Rapiere, hinab, um die Fetzen des toten Beutels zu erhaschen.

Diese nennt man Drachen. Große Rauten aus transparenter Haut schürfen in den ständigen Stürmen der Hochdruck-Tieflandebenen. Kilometerlange Kabel verbinden sie mit Ankerköpfen im Laubdach des Waldes. Obwohl sie Wurzeln haben, sind es keine Gewächse.

Die Geschöpfe sind kleine, glitzernde, durchsichtige Blasen, die blind über die Dachlandschaft taumeln. Die Woge von Blasen weht durch den Drachenhain und plötzlich leuchtet das Walddach vor flackernden Spiegeln auf. Flugmembrane krümmen und kräuseln sich, die Drachen tauchen und stoßen hinab. Sie umhüllen die Blasenwesen im Flug; die Drachen sacken wie Bleigewichte ab, aerodynamisch tot. Die zerklüfteten Türme des Walddaches strecken die Glieder zum Zerfetzen aus. Die Drachen entfalten sich im letzten Augenblick, der Wind packt sie und trägt sie hoch hinauf, begleitet vom Schlagen sich bauschender Segel. Die Beute ist fest umklammert von Fingern am Fuß des Segels, eingehüllt in Seide, verdaut von Magensäften. Bei all dieser Aerobatik kreuzen sich die Taue niemals. Verstrickung bedeutet ebenso den sicheren Tod wie der freie Flug.

Sie fliegen nur ein einziges Mal frei. Wenn die Zeit kommt, wird die Haut der Männchen fluoreszierend; dann hängen sie in der Nacht, wie hüpfende Laternen winkend. Die Weibchen kommen an ihren Kabeln angeschwebt, um sich zu verketten und zu bündeln und zu paaren. Ihre Segel sind gelb, ihre Haut wirft Blasen. Eines Tages erfasst der Wind das Kabel wie einen Faden und sie wirbeln über den Wald wie Blätter, geflügelte Eier von ihren Segeln säend. Dann sterben sie, die Rippen gebrochen, die Haut zerfetzt, auf dem Dach der Welt. Schwerkraft tötet.

Diese Spezies bereitete den Erfindern von Namen in Clit City große Schwierigkeiten. Sie waren ganz zufrieden mit ›Gleiter‹, bis einer der großen thermikreitenden Flügel sich erschreckenderweise auf dem Scheitelpunkt seines Aufstiegs in Dunst auflöste. ›Gleiter‹ wurde zu ›Nebelflieger‹, sogar ›Ektoplasma‹, bis die Kameras einen weiteren großen Flügel entdeckten, der sich langsam entlang der Spirale aufsteigender Luft in Richtung des Mittelpunktes der Welt hinaufschraubte. In einer Höhe von siebzig Kilometern löste sich auch dieser unvermittelt in Luft auf. Eine extreme Vergrößerung enthüllte, dass es sich nicht um eine Auflösung, sondern um eine Zertrümmerung handelte; der Gleiter war in einen Schwarm herabstoßender spatzengroßer Flügelchen explodiert. In einer einzigen Stunde war der Schwarm die Strecke hinabgetaucht, für deren Aufstieg der große Flügel drei Tage gebraucht hatte. Drunten im Tiefland gerann die Luft, Staubteilchen glitzerten wie Mückenschwärme; Klaue hakte sich in Klaue, Mandibel verband sich mit Mandibel, Flügel mit Flügel. Die große Seitenflosse bewegte sich heraus aus dichter Luft, erfasste eine Thermik, begann den langsamen Überschlag-Aufstieg zu seiner Auflösung. Hinauf und herunter. Sie stieg auf und stürzte herab.

Es gibt Lebensformen, die ein Problem sind, weil sie weit entfernt sind. Dann gibt es welche, die Probleme aufwerfen, weil sie so verdammt nah sind. Die ›Hubschrauber‹ gehören dazu. Sie gleichen Libellen: die schillernden Farben, den stielartigen Körper, die sprunghaften, ruckartigen Bewegungen, die dumpfe Wissbegierde. Was das zu einem falschen Vergleich macht, ist ihre Größe – sie sind so lang wie eine Hand –, ihre Art zu fliegen – ein variabler rotierender Flügel – und ihre Vorstellung von guter Nahrung. Sie schlürfen Hitze. Die Morgendämmerung in Kammer Zwei findet sie zu Tausenden versammelt um die Energiequellen und Airco-Ausstoßdüsen von Clit City herum. Sie können ihre Rotoren zusammenlegen und durch ein Nadelöhr schlüpfen, um Wärme zu finden. Man hat sie schon auf Computer-Abluftritzen gefunden. Forscher wurden durch ein Jucken in der Nacht aufgeweckt und entdeckten Dutzende von ihnen, wie Fächer zusammengefaltet in ihren Achselhöhlen und Leistenbeugen.

Die Mannschaft hat etwa einen Kilometer südlich der Basis eine starke Infrarot-Quelle errichtet.

Schwärme von einer Million und mehr wimmeln in der Hitze herum. Jetzt ist das Problem der Krach: zwei Millionen organische Propeller übertönen sogar das Jauchzen und Singen und Grölen des großen Himmels.

Von allen Luftspezies aus Kammer Zwei sind die Hubschrauber die am gründlichsten erforschten, obwohl sich diese Forschung vor allem auf die Frage spezialisiert: *Wie werden wir diese verfluchten Dinger los?* Es kam die Theorie auf, wonach sie die Grundlage aller Biologie sein müssten. Ursprünglich als Scherz gemeint, gewinnt sie allmählich immer mehr Anhänger.

Shepards privates Tagebuch

Dunkle Nacht. Heftiger Sturm. Lauter noch als der Sturm sind die Geräusche der Wesen da draußen. Im Dunkeln singen sie noch lauter; der große Wind stört sie. Stört uns alle.

Viecher kriechen im Dunkeln auf einem herum, Ungeheuer aus unseren Alpträumen – Werwölfe, Vampire, krabbelnde und saugende Wesen – erwachsen aus den Ängsten, die uns im Dunkeln befallen.

Die Biolichter spenden gerade ausreichend Helligkeit, um die durchsichtige Wand der Blase in einen Spiegel zu verwandeln. Dahinter: Geräusche. Ich spüre, wie die Blase zittert; ein weiblicher Schoß, von außen getreten. Heißer Atem, kleine strampelnde Beine; zappelnde Mandibeln.

Herrje, ich bin selbst schon Opfer der Gespenster.

Eine düstere Stimmung in einer düsteren Zeit. Zwei Tote: die Libelle zerstört. Ich kannte nicht einmal ihre Namen. Sie hatten einen bestimmten Rang inne, sie waren Ingenieure. Ich hörte, wie die Frau von ihren Kollegen Charlie genannt wurde. Die Militärs sind geschlagen – wir sind allesamt geschlagen –, aber es ist nun mal ihre Art, Waffen zu schwenken und Waffen zu säubern. Sie wollen nicht mit mir sprechen. Herrje, es waren schlimme Todesfälle.

Wir werden nicht in Kammer Drei gehen. Niemals.

Ich habe die Kartografie-Expedition nach Norden nicht befohlen. Das war eine Anweisung von militärischer Seite. Vielleicht war sie eine gute Sache, die aus einer schlechten Absicht erwuchs. Wenn ich informiert gewesen wäre, hätte ich einige unserer Leute in die Vorkammern geschickt. Und sie wären jetzt tot. Nein, ich denke lieber, wenn ich informiert gewesen wäre, hätte ich gewartet, bis wir einige weitere Hinweise darüber gehabt hätten, was da drin ist, bevor wir zu neuen Ufern aufgebrochen wären.

Keine Fenster in Kammer Drei. Oder Vier, oder Fünf. Weitere Spiele seitens der GDO-Schöpfer. Aber Chuns seismografische Instrumente zeigen an, dass die Hülle um Kammer Drei herum doppelt so dick ist, und die Stoßwellen laufen unregelmäßig durch welches Medium auch immer es enthalten mag. Das hätte uns warnen sollen. Hat es aber nicht. Sie nahmen die Libelle mit in die Vorkammern und der Druck stieg an. Immer höher. Und noch höher. Bis er zu vergleichen war mit dem Druck hundert Kilometer tief in der Atmosphäre eines Gasgiganten.

Das wussten wir erst, als Libelle 2 hineinging, um der Funkstille auf den Grund zu gehen. Man will mir nicht sagen, was man da drin gefunden hat. Ich kann es mir vorstellen, aber wahrscheinlich ist es noch schlimmer. Sie verkriechen sich in sich selbst und reinigen ihre Gewehre und wiederholen ständig die Mantras, um die dunklen Dinge fernzuhalten.

Der Nabe gelang es, einige Beweisstücke aus den Überbleibseln des Systems von Libelle 1 zu bergen. Die Gasmischung in Kammer Drei ist nicht die eines Gaswesens. Es ist die des Saturns. Und das bedeutet

Leben und gibt ein weiteres Rätsel auf. Wir sind nicht allein auf diesen Welten. Gilt das für die Gegenwart oder die Zukunft oder waren wir noch nie allein? Alice McKittrick und ihr neuer militärischer Geschäftsführer, der von *Unity* geschickt worden ist, haben die Tragödie dazu benutzt, um die Kontrolle über die gesamte Unternehmung an sich zu reißen.

Das Ganze da draußen spitzt sich ziemlich dramatisch zu.

Noch mehr düstere Gedanken. Dil ist weg. Während ich dies schreibe, müsste sein Schlepper gerade an *Unity* andocken. Ich habe gegen den Befehl Widerspruch eingelegt – wir brauchen alle Molekularbiologen, die wir bekommen können –, doch Colonel Alices Assistentin weigerte sich, irgendetwas von dem, was ich zu sagen hatte, auch nur anzuhören.

Die Säuberung hat begonnen.

Vor einer halben Stunde kam Sylvie zu mir. Anscheinend war mein Scherz über Franko-Kanadier gar nicht so abwegig. Sie muss der Nabe, ASAP, Bericht erstatten. Unterdessen sind alle ihre Codes geändert worden. Herrgott noch mal, sie ist Wissenschaftlerin und nicht irgendeine Bürotante, die das System kaputt macht als letzte ›Nimm-diesen-Job-und-schieb-ihn-dir-irgendwohin‹-Geste.

Ich gehe mit ihr zurück. Ein persönlich vorgebrachter Protest wird vielleicht deutlicher darlegen, dass wir uns nicht von der Armee herumschubsen lassen.

Ich mache es schon wieder. Lehne mich zu weit aus dem Fenster. Halte meinen Arsch in die Schusslinie, so wie ich es damals für Gaby gemacht habe, als sie versuchten, sie im Block Zwölf verschwinden zu lassen. Aber hier gibt es keinen T.P. Costello oder Dr. Dan Oloitip, um den Schlamassel noch mal soeben abzuwenden. Und ich vertraue nicht darauf, dass es diesmal, wenn alles auf mich abgeladen wird, einen Weg zurück gibt. Sie können mich rigoros aus der UNECTA rausschmeißen. Gaby pflegte zu sagen, sie sei ans Chaga gebunden, sie könne ihm niemals entfliehen, es würde sie immer wieder zurückholen. Dasselbe gilt für mich und ich weiß nicht, was ich tun würde, wenn ich niemals dorthin zurückkehren könnte. Aber eines weiß ich gewiss: Ich bin ein GDO-Dissident geworden. Wenn man in einem Leib von synthetischer Spinnenseide schwimmt, verankert an einer Klippe fünfundsiebzig Kilometer hoch inmitten eines Sturms, im Dunkeln, dann kommt einem das vollkommen vernünftig vor.

25 (Heimliche Video-Aufzeichnung: UNECTA*Space* GDO-Einsatzleitung, 12. November 2014)

»Wie viele, Shaw?«

»Ungefähr zehn am Tag, während der letzten zehn Tage. Maria Costas wurde etwa eine Stunde vor Ihrer Ankunft hinausgebracht.«

»Maria Costas? Aus Cotopaxi?«

»Kennst du noch eine andere Maria Costas?«

»Du liebe Güte!«

»Grundsätzlich sind alle Nicht-Nordamerikaner von der Säuberung betroffen.«

»Alle nicht-anglophonen Nordamerikaner.«

»Ja. Die Japaner und die EU sind außer sich vor Wut; sie sprechen davon, bei der nächsten UN-Plenarsitzung für Einschnitte in den Etat der UNECTA zu stimmen. Das ist keine Angelegenheit des Sicherheitsrates, also können die US kein Veto einlegen.«

»Wahnsinn.«

»Kompletter Wahnsinn. Die Militärs würden einfach das finanzielle Vakuum besetzen. Aber sie sind verbittert genug, um es zu tun; ganz besonders die Franzosen. Mir ist noch ein Gerücht zu Ohren gekommen: es gibt Bestrebungen, sämtliche Raumaffen aus dem Schiff zurückzuziehen und sie wieder zur *Unity* zu bringen. Wenn man schon den Franko-Kanadiern nicht trauen kann, wieviel weniger dann den Adaptierten?«

»Ich habe Gerüchte gehört, dass man da draußen etwas gefunden hat.«

»Das sind mehr als Gerüchte, Shepard. Sie haben einen Weg in die Vierte Kammer gefunden.«

»Von außen.«

»Ohne auch nur annähernd an Kammer Drei herangehen zu müssen. Das ist noch nicht alles. Sie sind drin gewesen. Und wie man hört ist das der Grund, weshalb die Miese Alice sie los haben möchte. Ich habe von mehr als einer Person gehört, dass sie dort draußen so etwas wie ein gottverdammtes Konzentrationslager haben soll, irgendwo in den Feynman-Bergen. Für jeden armen Raumaffen gibt es zwei Kerle mit Gewehren. Um sie *incommunicado* zu halten.«

»Was haben sie gefunden?«

»He, ich bin nur ein Ziv, das weißt du doch? Solche Sachen erfahren wir nicht. Aber eines weiß ich: sie statten eine Expedition aus, die in den nächsten Tagen aufbrechen soll.«

»Warum hat man mich nicht informiert?«

»Sie versuchen, das für sich zu behalten, Shepard. Das Problem ist, dass sie nicht über die nötige Erfahrung verfügen. Die Miese Alice hat zugegeben, dass sie – in ihren eigenen Worten – ›eine ausgesuchte, durchleuchtete Mannschaft von zivilen Spezialisten‹ braucht. Wenn du nicht das Boot wegen Sylvie zum Schaukeln bringst, dann rede ich mal mit Alice, vielleicht kann ich sie überzeugen, dass du durchleuchtbar, aussuchbar und spezialisierbar bist.«

»Shaw, das ist ein ganz beschissener Handel.«

»Das trifft heutzutage für alles zu. Shepard, Sylvie

ist weg von hier, was immer du auch tust. Auf diese Weise finden wir vielleicht die Wahrheit heraus, was immer das sein mag. Übrigens, du nimmst unsere Unterhaltung auf Band auf, stimmt's?«

»Herrje, bin ich so leicht zu durchschauen?«

»Nein, es ist nur erstaunlich, wie schnell man hier ein Gespür für Paranoia bekommt. Shepard, das hier ist über *High Steel* gekommen.«

(Rascheln von Papieren)

»Du liebe Zeit, sie haben mich und Gaby am Mara erwischt. Tsavo, drunten bei Kikambala; Scheiße, das ist sie, wie sie meine Jungen von Flughafen Nairobi abholt, damals, als ich auf Fallen Angel war.«

(Pause)

»O mein Gott!, ›Meiner Meinung nach gefährdet die Beziehung zwischen Dr. Shepard und einem Mitglied der Medienbranche die Sicherheit der UNECTA-Operationen in Ostafrika.‹«

»Ich habe alles gelesen. Es reicht aus, dass die Miese Alice dich mit Sack und Pack aus der Expedition in die Vierte Kammer hinauswirft. Genauer gesagt, es reicht aus, dass die Stahlhexe dich zurück nach Kennedy schickt. Nur dass sie es niemals lesen wird.«

»Du hast meine Sicherheitsakte gefilzt.«

»Ja, ich habe deine Sicherheitsakte gefilzt. Du setzt hier draußen einiges aufs Spiel, Shepard, und ich setzte auch viel aufs Spiel, weißt du? Ich habe deine Akte so gründlich gesäubert, dass sie rein ist wie der Altar in einem Mormonentempel. Die Miese Alice wird dich sicherheitsmäßig als okay einstufen. Vielleicht lässt sie sich lange genug täuschen, dass du in Kammer Vier gelangst und genau herausfindest, was, zum Teufel, sich darin befindet, wovor sie so schreckliche Angst haben.«

»Haben sie Angst?«

»Militärs ängstigen sich anders als wir übrigen Menschen, aber du wirst den Geruch erkennen.«

»Die Chaga-Schöpfer?«

»Ich weiß es nicht. Ich weiß jedoch, dass es nur eine Frage der Zeit ist, bis sie sämtliche nichtmilitärischen Personen zur Erde zurückschießen.«

»Sylvie für alles, was immer sich in Kammer Vier befinden mag.«

»Jawohl.«

»Jawohl.«

Hallo, Gab.

Ganz schön lange her, seit ich dir das letzte Mal geschrieben habe. Nicht dass ich jemals wirklich Worte auf Papier gebracht und an dich geschickt hätte: passe das Medium der Frau an. Aber im Herzen bin ich ein unverbesserlicher Jünger Gutenbergs: die Afrikaner sehen das richtig, Kameras stehlen deine Seele, in der Hinsicht, dass man sich niemals einer Linse auf die gleiche Weise anvertrauen kann wie einem jungfräulichen Papier.

Diesmal weiß ich noch weniger als bei meiner letzten Mitteilung an dich, ob du diese hier jemals zu sehen bekommen wirst. Es gibt immer noch ein paar Leute in der Nabe, denen ich vertrauen kann; falls sie dieses Material tatsächlich zum Boden hinunter bekommen, dann weiß ich, dass deine dreckige kleine Schnüffelnase dich zu ihm führen wird.

Ich weiß nicht, was du über die Situation hier oben gehört hast. Die Zensur wirkt in beide Richtungen. Ich habe den Verdacht, solange die Nachrichtenagenturen ihre Bilder von glücklich lächelnden Australopithecinen und niedlichen kleinen Baby-Zeppelinen bekommen, ist es ihnen gleichgültig, wer sie gemacht hat. Aber es ist der schlimmste Zustand, den ich je erlebt habe, und es wird ständig schlimmer.

Ich befinde mich in der Feynman-Station. Shaw hat keinen Spaß gemacht. Sie haben sämtliche Raumaffen eingepfercht in diese Luftblase aus Cha-Plastik, die unter unserer Unterkunftseinheit verankert ist; ich sehe sie durch die Fenster, diese unglaublich geschmeidigen Gestalten, die sich hinter der durchscheinenden Haut bewegen. Es gibt noch weitere Silhouetten; größer, linkisch, auf seltsame Weise hässlicher. Das sind die Wächter. Sie sind mit Tazerkeulen bewaffnet, für den Fall, dass die Affen auf irgendwelche dumme Gedanken kommen. Sie können nicht riskieren, ein Loch in den Himmel zu ballern – wir befinden uns hier draußen im absoluten Vakuum. Seltsam: es sind die schwarzen Marinesoldaten, die diese Raumaffen am meisten verachten.

Sie werden sie heute Nacht hinausbringen. Die Transportkabine, die uns hergebracht hat, bringt sie zurück zur Nabe. Was danach geschieht, will uns niemand verraten. Ich möchte nicht darüber nachdenken, aber sie waren nun mal hier, also werden sie niemals in Sicherheit sein. Ich glaube, sie wissen das.

Herrje, Gaby, ich habe hier Angst. Ich habe mich noch nie so machtlos gefühlt, nicht einmal bei der Geschichte mit Block Zwölf. Jetzt glaube ich allmählich nachempfinden zu können, wie du dich damals gefühlt hat. Und ich glaube außerdem, allmählich zu begreifen, warum du es getan hast.

Es geht das Gerücht, dass es da drin wahrnehmungs- und empfindungsbegabte Wesen gibt. Eine nichtmenschliche, empfindungsbegabte Spezies. Mit nichts vergleichbar, was wir uns jemals unter Empfindungsgabe vorgestellt haben. Das Außerirdische.

Die Chaga-Schöpfer? Ich weiß es nicht. Aber in zwei Stunden werden wir sie treffen.

Der Eingang, den die Raumaffen entdeckt haben, befindet sich zwanzig Flugminuten nördlich von

Feynman. Es ist eine halbdurchlässige Gasaustausch-Membrane – durch die Ventile des GDO entweicht eine Menge Sauerstoff und Wasserdampf aus dem Innern –, die Zugang gewährt zu etwas, das ich nur als das Gefäßsystem des Objekts beschreiben kann. Die Raumaffen fanden kapselähnliche Elementarteilchen – deren eigentlicher Zweck ein anderer ist als der eines unbekannten Transportsystems –, die sie durch die Haut hindurch ins Innere verfrachteten. Wir werden in Zwergen-U-Booten durch die Arterien des GDO fahren. Das hört sich schlimm an, aber es kann gar nicht so klaustrophobisch sein wie der Flug hier herauf; umhüllt von einem Luftkissen, angeschnallt an eine Transportpritsche, während ein Pilot der USASF den geländebezogenen Flug übt. Wenn man in Feynman ankommt – falls man dort ankommt –, dann muss man den Gravitationstrick neu lernen. Diesmal klebt einen die Zentripetalkraft nicht an den Rand der Welt. Sie versucht vielmehr, einen in den Raum hineinzuwerfen. Unten ist oben, oben ist unten. Das erinnert einen an den alten Witz von den Australiern, die auf dem Kopf herumlaufen. Man blickt nicht nach unten. Man blickt überhaupt nicht allzu weit. Diese Berge sind Stalaktiten. Von der Klaustrophobie zur Agoraphobie. Aber die Raumaffen scheinen daran gewöhnt zu sein. Eine weitere Facette ihrer Adaption.

Sie bringen sie jetzt raus. Sie bewegen sich fast lautlos; es sind fünfzehn an der Zahl, zehn Männer, fünf Frauen. Eine der Wachen sieht mich, wie ich durch das Fenster zuschaue. Er gibt mir mit einem Winken zu verstehen, dass ich das Video-Filmen einstellen soll. Sie gehen sehr leise. Ich habe gehört, dass auch die Juden sehr leise gegangen sind.

Die Fähre setzt sich in Bewegung, legt von Feynman ab. Die Coriolis-Kraft peitscht sie davon wie einen

Kreisel: Der Pilot zündet Triebwerke lange und kräftig, um auf den richtigen Kurs zu kommen. Leuchtende Juwelen in der großen Nacht.

Gab, jetzt habe ich wirklich Angst.

(Später)

Jetzt dampft die Scheiße so richtig. Noch fünf Minuten, bis wir zur Membrane aufbrechen, und es hat sich herumgesprochen: die Raumaffen haben die Fähre entführt. Wir haben einige Telesignale aus dem Cockpit empfangen, bevor sie die Verbindung gekappt haben; sie hatten das Ganze geplant. Deshalb haben sie sich so fügsam bewegt. Zwei von ihnen schlitzten die Luftkissen auf – im absoluten Vakuum, gingen über den Rumpf und betätigten die Notauslösebolzen am Kontrollmodul. Die Mannschaft ist tot: die Affen zerrten sie aus ihren Sitzen und ließen die Zentrifugalkraft den Rest erledigen. Mein Gott! Eine schlimme Art zu sterben! Die Fähre ist verschwunden. Alle Schiffe und Orbitalwaffen wurden in höchste Alarmbereitschaft versetzt, aber die Affen sind gelandet. Da draußen gibt es wahnsinnig viel chaotisches Gelände. Nadeln und Heuhaufen.

Die offizielle Lesart ist, dass sie nicht für immer und ewig da draußen bleiben können. Ich glaube das nicht. Sie hätten diesen Plan nicht durchgeführt, wenn sie nicht darauf vertraut hätten, unendlich lange überleben zu können. Gasauslass, Wasser, eine Art Schutz, die unbegrenzte Nano-Prozess-Kapazität des GDO: es gibt überhaupt keinen Grund, warum sie nicht eine ganze Gesellschaft aufbauen sollten, da draußen auf der Außenhaut. Barbarische Affen.

Für uns kam der Abbruch fünf Zähleinheiten vor dem Abheben. Wir befinden uns auf unbestimmte Zeit in Warteposition, während die Nabe die Lage neu bewertet. Je länger wir aufgehalten werden, desto besser die Aussichten für die Stahlhexe, unsere kleine Verschwörung aufzudecken.

Ich habe ein ungutes Gefühl, was diese ›Neubewertung‹ betrifft.

Einen Augenblick, Gab. Gerade ist etwas durchgekommen. Lieutenant Charles hat eine Anweisung von der Nabe bekommen. Ich schalte die Kamera aus. Ich melde mich wieder bei dir, erzähle dir, was sich hier abspielt. Das verspreche ich dir. Ich komme zu dir zurück, Gaby.

Dr. Shaw Wayts
persönliche Video-Aufnahme

Dies ist im wesentlichen ein abschließender Kommentar zu Shepards Aufnahmen; ich habe nicht mehr allzu viel Zeit, sie schicken jeden in die Verbannung, ob er etwas damit zu tun hatte oder nicht. In dem ganzen Durcheinander ist es vielleicht leichter, das hier zur Erde hinunter zu bekommen, wo Sie vielleicht die wahre Geschichte erzählen können.

Ich habe Sie nie persönlich kennengelernt, ich kenne lediglich Ihren Namen, Gaby, und ich weiß, wer Sie sind. Shepard hat mir sehr viel über Sie erzählt; die Umstände zwingen mich, Ihnen zu vertrauen.

Die Tatsachen sind wie folgt: Am 26. November meuterten die sogenannten Raumaffen und stahlen eine Fähre, wobei sie die militärische Besatzung umbrachten. Colonel Alice McKittrick benutzte dies als Vorwand, um das Kriegsrecht zu erklären und sowohl das GDO als auch UNECTA*Space* ihrer Oberherrschaft zu unterstellen. Die Expedition in die Vierte Kammer wurde verschoben bis zu einer Neubeurteilung der Lage, eine beschönigende Umschreibung dafür, sämtliches zivile Personal durch militärisches zu ersetzen. Shepard weigerte sich zuzustimmen; bei seiner Entscheidung hatte er Rückenstärkung durch mich,

Jimmy Iovine und Monica Peres. Der Verwaltungsrat war aufgelöst worden. Colonel McKittrick hat eine Anordnung herausgegeben, unterstützt durch die Bodenkontrollstation, wonach die gesamte nichtmilitärische Belegschaft vom GDO zurückgezogen werden sollte. Die Marine zieht am gleichen Strang. Neue Mannschaften werden von Kennedy und Edwards heraufgeflogen. Eine strikte Nachrichtensperre wurde verhängt; die offizielle Erklärung lautet: Vergiftung durch ein sogenanntes ›ansteckendes kognitives Memento‹. Eine Chaga-Spore, die die Seele auffrisst. Sie ist papierdünn, ihr Zweck ist, die Europäer und Japaner ruhig zu halten, bis die USA den Coup landen – wir wollen hier keine Wortklauberei betreiben, aber genau das ist es, ein interplanetarischer Coup – und ihn als vollendete Tatsache hinstellen können.

Wir haben jetzt den 18. November. Vor neunundzwanzig Stunden hat sich Shepard zusammen mit Hector Moraes, Trisha Aldred, Adeline Meissner, Jared Hunt, Elia Minkowski und David Poe den Befehlen widersetzt, indem sie durch die Membrane in die Vierte Kammer gingen. Ich habe gehört, dass eine Marineschwadron ausgeschickt worden sei, um ihre Rückkehr ›mit äußerster Anstrengung‹ zu sichern. Seither hat man von keinem von ihnen je wieder etwas gehört. Ich weiß nicht, ob sie noch am Leben oder tot sind, von keinem. Ich weiß nicht einmal, ob sie es bis in die Vierte Kammer geschafft haben. Ich bete, dass sie es geschafft haben. Ich bete, dass sie in Sicherheit sind. Ich bete, dass sie das, was immer da drin sein mag, das Alice McKittrik und die Bodenkontrollstation so sehr geängstigt hat, dass sie das Große Dumme Objekt mit Quarantäne belegt haben, beschützen kann.

Gaby – o mein Gott, es ist irgendwie komisch, Sie direkt anzusprechen, da ich Sie noch nie gesehen habe. Ich weiß nicht einmal, wer Sie sind – Shepard hat mir erzählt, dass Sie schon einmal die UNECTA haben hochgehen lassen. Hier handelt es sich um eine noch größere Sache als Block Zwölf, hier geht es um die Entführung einer ganzen Welt, verdammt noch mal!

Scheiße. Mein Eingangsmelder zeigt eine Mitteilung an. Man will mich sprechen. Ich schalte jetzt aus.

(Schnee)

26

Die Kerzen hatten ihr kleines Leben schon vor Stunden beendet. In der tiefen Dunkelheit strahlten die Bildschirme in hellem Licht. Die letzte Zelle wurde auf die geschnitzte Tischplatte ausgeschieden; der Monitor verdunkelte sich und verwandelte sich in Holz und Oksana stellte fest, dass der graue Lichtschimmer in dem großen Raum von der aufziehenden Morgendämmerung stammte. Wind und Regen waren in der großen Dunkelheit vorbeigegangen; in ihrem Fahrwasser zogen gezackte Streifen von Gewitterwolken am Horizont dahin.

Plötzlich Kaffee. Gaby hatte die ganze Nacht zugesehen.

»T. P. Costello«, sagte Gaby. Oksana kuschelte sich neben ihr auf dem Rattansofa zusammen. »Er brauchte sechs Monate, um die Disketten zu bekommen und sie auf die Speicherzellen zu übertragen, die das Chaga nicht zerstören konnte. In den Anfangszeiten war es ziemlich leicht, irgendwelches Zeug durch die Quarantäne zu schmuggeln. Auch ich habe damals einen engen Kontakt nach draußen unterhalten. Ich gab mich der Vorstellung hin, dass ich in der Lage sein würde zurückzukehren.«

»Wie ist es Shepard ergangen?«

»Das letzte, was ich von T. P. erfuhr, war ein Gerücht

aus Marinekreisen, wonach Shepard und die anderen bis in die Kammer Fünf gelangt waren.«

»Was befindet sich da drin?«

»Das weiß niemand. Keiner von denen ist je zurückgekommen.«

»Das tut mir Leid, Gaby.«

»Warum? Du kannst nichts dafür. Es hat nichts mit dir zu tun. Bildest du dir ein, du hättest es irgendwie verhindern können?«

Das war der alte Zorn, dieser schnelle, giftige, heftige Zorn, an den sich Oksana bei der Gaby von einst erinnerte, aber sie erinnerte sich ebenso daran, wie sie gegen ihre Absicht wild um sich schlagen und Dinge niederdreschen konnte, deshalb sagte sie sanft: »He!«

Gaby schloss die Augen, kehrte den Zorn um.

»Er sagte, er würde zu mir zurückkommen. Er versprach, zu mir zurückzukommen. Er hat es nie getan.«

»Hast du wirklich erwartet…«

»Natürlich nicht. Was ich allerdings erwartet habe, war, dass er zumindest einen Augenblick lang zögern würde. Er hätte über mich nachdenken und Zweifel empfinden können – nur für einen Augenblick. Du hast den Videostreifen gesehen: Er hat mich angeschaut, hat mit mir gesprochen, aber hat er mich ein einziges Mal erwähnt? Hat er mich je um Verständnis oder um Verzeihung gebeten, hat er mir auch nur ein einziges Mal gesagt, dass er mich liebt? Nein, das Ganze war nur ein großes strahlend helles Mysterium, er sprang einfach kopfüber hinein, ohne einen einzigen Gedanken daran zu verschwenden, wie ich mich dabei fühlen musste, wenn dieser Mann, den ich liebte – dessen Kind ich im Leib trug, verstehst du? – verschwinden würde. Weg. Ohne ein Wort, ohne alles. Als ob er gestorben oder aus dem Universum getreten wäre. Er hat niemals darüber nachgedacht, was mich diese große Wahrheit kosten würde.«

Oksana nippte an ihrem starken guten Kaffee; das Licht erfüllte allmählich das Wohnzimmer und sie betrachtete diese Frau, die sie liebte, in ihrer alten verkrusteten Verletztheit und dem dunklen Blutzorn, und sie dachte: du scheinheiliges Biest. Ich denke an die Zeit, als du zu mir kamst, an jenem Abend, als ihr beide, du und Shepard, euch gestritten habt und ich dir meinen Schlafsack gegeben und dich in mein Bett gelegt und neben dir geschlafen habe, weil ich wusste, wenn du aufwachen würdest, würdest du die Wärme eines Körpers brauchen, dem du vertrauen konntest; an jene Zeit, als du der Großen Wahrheit nachgejagt bist, ohne einen Gedanken daran zu verschwenden, was das den Mann kosten würde, von dem du behauptet hast, dass du ihn liebst. Was das leicht machte – was es billig machte –, war der Umstand, dass das die Nacht war, die Gott dafür auserwählt hatte, seine Frau und seine Kinder zu vernichten, deshalb brauchtest du niemals diesen Kampf auszutragen, den du eigentlich hättest austragen müssen, den zwischen einer selbstsüchtigen Frau und dem Mann, den sie betrog. Genau wie du niemals diesen Kampf auszufechten haben wirst, zwischen dem Mann, der weggegangen ist, und der Frau, die zurückbleiben musste.

Stattdessen sagte sie: »Du hast es ihm nie erzählt.«

»Das mit Serena? Nein.«

»Weiß sie es?«

»Sie hat mich nie darauf angesprochen. Ich habe sie nie darauf angesprochen. Aber sie weiß, wer er ist, was geschehen ist.«

»Hat sie das hier gesehen?«

»Sie weiß, wo es ist. Sie kann es jederzeit ansehen, wann immer sie möchte.«

»Aber hat sie es gesehen?«

»Nein, nie.«

Gaby verließ den holzgetäfelten Raum, der allmählich knarrte und knackte in der immer kräftiger werdenden Sonne. Oksana traf sie auf dem Deck an, wo sie an der Reling lehnte, die sommersprossenübersäten Arme auf dem grauen Holz verschränkt und aufs Meer hinausblickend.

Sie beobachtete das Spiel der Muskeln an Gabys Rücken. Sie las die Gefühle, die sich unter der Haut abzeichneten. Die Sonne stieg aus dem Wirbeln und Aufwallen der Riffdünung auf. Das Meer brodelte laut und weiß auf dem langen, dem Ozean folgenden Wind. Die Windglocken läuteten. Gaby schloss die Augen gegen die Macht der Sonne. »Es wird ein wundervoller Tag«, sagte sie.

Zerbrechlich

27 Das Mädchen und die Frau waren draußen im Boot auf dem glitzernden Wasser der Lagune. Der kleine Biomotor schlief; die Ebbe zog das Boot träge zur Bruchlinie des Riffs hin. Die Frauen würden ihn lange vorher aufwecken. Ihre Sinne waren angespannt. Sie befanden sich auf der Jagd. Dies war ihre Art zu jagen. Das Mädchen beugte sich über die Seitenwand des Bootes. Ihre rechte Hand war im Wasser, ihre Finger waren gespreizt. Die Jahreszeit des Seetangs war vorbei; das Wasser war so klar, dass sie den Schatten ihrer Hand und ihres Kopfes auf dem gekräuselten Grundmergel sehen konnte. Die Sonne brannte ihr auf den nackten Rücken und sie schloss die Augen und schickte ihre Kraft ins Wasser hinaus. Die Fische der Lagune schmeckten ihre Kraft und wurden von ihr angezogen. Das hatte nichts mit solchen Pheromonen zu tun, mit denen die fruchtbaren Weibchen den Herrn der Fische verführten. Es hatte mit den Fullerenen zu tun: es war die Auflösung des eigenen Ichs im Meer. Die Fische kamen und nuckelten an ihren Fingern. Das Mädchen lachte und wackelte damit und die Fische flitzten davon. Geht, Fische! Weg! Nicht euch rufe ich. Die andere Frau in dem Boot war beitschultrig und muskulös. Ihre Haut war braun gebrannt, der herausgewachsene Stoppelschnitt ihrer Haare hell gebleicht. Sie stand am Grund des Bootes, sorgsam balancierend, damit die Kühle ihres Schattens nicht aufs Wasser fallen oder eine Verlagerung des Gewichts warnende Kräusel zu den

Schwimmern schicken würde. Sie hielt den Lichtspeer bereit. Ihre Iris waren gegen den grellen Schein polarisiert. Sie sah ins glitzernde Wasser und suchte den großen Fisch.

Er kam langsam, aber er kam. Die Macht des Mädchens lockte ihn aus dem Gestein zwischen den Zehen des Riffs hervor. Der große Fisch wusste nicht, warum er kam, aber das Kribbeln von Macht um ihn herum und in ihm zog ihn unwiderstehlich an. Er glitt unter den Rumpf des Bootes, kreiste im tieferen Wassern, unfähig, den immateriellen Haken abzuwerfen, die Schnur, die sich in langsamen Spiralen aufrollte, Schlinge um Schlinge, und ihn hinauf zur Oberfläche zog. Das Mädchen hielt den Atem an, während sie zusah, wie er immer näher kam. Es war ein gewaltiges Exemplar von einem Fisch. Mit einem Teil ihres Geistes holte sie ihn ein. Ein anderer Teil ihres Geistes spürte, wie sich die Muskeln der Frau strafften, während die Spitze des Angelspeers den kreisenden Fisch suchte. Das Mädchen sang den Fisch immer höher herauf. Seine kühlen Flanken streichelten ihre Hände. Jetzt kam es auf das richtige zeitliche Zusammenspiel an. Mit einem Ruck zog sie die Hand aus dem Wasser.

Doch die Spitze des Speers schoss nicht herab, um den großen Fisch zu durchbohren und in ein Gestöber von Schuppen und Blut zu zerfetzen und in die Luft zu schleudern.

Nachdem der Bann gebrochen war, floh der große Fisch hinunter ins tiefe Wasser.

Das Mädchen blickte auf. Die Frau starrte zum Ufer. Das Mädchen richtete sich auf und folgte dem Blick der Frau.

Die große fliegende Untertasse schwebte soeben außer Reichweite der höchsten Handbäume. Sie war engelsweiß und die Sonne blitzte grell in den Unregelmäßigkeiten ihrer Solarhaut, während sie sich in diese und jene Richtung drehte, auf der Suche nach einem sicheren Landeplatz. Ihr Bauch trug ein großes Zeichen: einen zweigeteilten Kreis, die obere Hälfte weiß, die untere schwarz. Das gleiche Zeichen war mit zunehmender Häufigkeit an verschiedenen Stellen aufgetaucht: in Baumstämme geschnitzt, auf Mauern gemalt, auf Booten aus den Küstenstrichen, auf den tapferen Flaggen an den *Pujos* und *Matatus*, bei denen Stammesangehörige aus Mombasa am Steuer saßen. Es war das Harambee-Symbol für eine zweigeteilte Welt.

Die Bewohner von Turangalila kamen von den Bäumen an den Strand. Sie blinzelten zu dem Luftschiff hinauf. Einige beschatteten sich die Augen. Andere schwenkten Fäuste oder gaben mit Verpiss-dich-Gesten zu verstehen, dass das Harambee in ihrem Turangalila nicht willkommen war. Das Luftschiff schwebte Richtung Landspitze gegen Süden. Es zog die Leute hinter sich her. Draußen auf dem Wasser weckten das Mädchen und die Frau den Biomotor und wendeten ihr kleines Boot in den Pfad des Luftschiffs.

Die Mutter des Mädchens ging auf den Balkon des Meerhauses hinaus. Sie beobachtete, wie sich das lenkbare Luftschiff auf der staubigen Stelle niederließ, wo sie fünfzehn Jahre zuvor beinahe ihre kleine Tochter geopfert hätte. Das Luftschiff landete auf seinen Gebläsekissen, rote Erde spritzte auf. Landanker wurden ausgefahren und herabgesenkt, verkrallten sich mit Molekularfingern in Korallengestein. Oksana Teljanina lenkte das kleine Boot zur Küste. Serena stapfte durch das seichte Wasser zu den anderen. Das Harambee-Luftschiff hatte eine Treppe ausgefahren. Ein Mann in elegantem Weiß kam die Stufen herunter. Ein zweiter Mann in Weiß folgte ihm. Sie schritten mit behutsamen Schritten auf dem Festland-Pfad voran. Ein Ausgleiten oder sich Anklammern hätte ihre Würde zerstört. Die Säume ihrer weißen Dschellabas waren rot von Staub.

Die Männer waren jetzt am Strand. Der erste war sehr groß, sehr schwarz, sehr elegant. Luo, vielleicht halb Masai. Sein Kopf war vollkommen haarlos. Sowohl er als auch der andere Mann – der kleiner war und ebenso schwarz, und der die Züge eines Kalenjin hatte – trugen jeweils eine sehr kleine runde dunkle Brille. Ein Anachronismus oder eine eitle Marotte der Harambee-Vertreter.

Serena bemerkte eine Bewegung auf dem Sonnendeck des Meerhauses. Gaby rannte aufgeregt den Anlegesteg entlang. Beinahe wäre sie die Treppe zum Strand hinuntergefallen. Die Bewohner von Turangalila wichen zur Seite, um ihr den Weg freizugeben; sie hätte sie niedergewalzt wie eine Nudelrolle. Sie rannte wie eine *Mtege*, von einem Geist besessen, zu dem großen Mann hin. Sie machte einen Satz zu ihm.

Er fing sie auf. Er hielt sie dicht an sich gedrückt wie ein Kind. Gaby wickelte ihre langen Beine und langen Arme und langen Haare um ihn. Sie wirbelten zusammen herum und lachten. Sie fielen in den Sand, die weiße Frau auf den schwarzen Mann. Sie saß rittlings auf seiner Brust und schlug spielerisch mit weichen Fäusten auf ihn ein.

»O mein Gott!«, rief Gaby. »Du bist es, du bist es wirklich, Faraway!«

28

»Wirklich«, sagte der großgewachsene Luo. »Wenn du mich unbedingt mit diesem albernen Namen anreden musst, dann gewähre mir wenigstens die Würde meines richtigen Titels. Mister Missionar Faraway.«

Bei dieser Prahlerei brachen alle um den Lebendholztisch herum in lautes Lachen aus und Cimarron, mit den untereinander verbundenen Geistern der siebzehn Mitglieder des Ältestengremiums des Harambee-Consensus im Kopf, kippte mitsamt seinem Stuhl nach hinten und schlug mit dem Schädel gegen die Decksplanken. Er hatte zum Essen viel von Doktors Spezialrezept genossen.

»Du wirst für mich immer Faraway bleiben«, sagte Gaby. »Tut mir leid, so ist das nun mal, das wird dir ewig bleiben. Und Dr. Dan…«

Seit ihrer ersten Begegnung bei dem Nachtflug nach Nairobi hatte sich Gabys Leben wie eine Schlingpflanze um den alten Masai-Parlamentarier gerankt. In jener Nacht beim Empfang des Botschafters, als sich Hyperion gedreht und verwandelt hatte und sie sich in aller Stille verliebt hatte, war er dabei gewesen. Er war derjenige gewesen, der sie aus den Dantesken Kreisen von Block Zwölf gerettet und sie aus einem langen Exil zurückgeholt hatte, als Nairobi fiel. Wieso hatte sie sich eingebildet, sie könnte den schicksalshaften Verschlingungen entkommen, die sie und ihn, sie und Faraway zusammenhielten?

»Wenn du für T.P. Costello gearbeitet hast, dann kannst du auch für Dr. Dan arbeiten.«

»Wie nimmt er die… ähm… Veränderungen auf?«

»Besser als ich es könnte«, sagte Faraway. »Aber immerhin ist mein Körper noch schön fest und in bester Verfassung und mit einem hervorragenden Gerät ausgestattet.«

»Und voll durchgeknallt. Faraway, ich kann es nicht glauben, dass ausgerechnet du für die Regierung arbeitest.«

Cimarron lachte vom Boden aus. Vielleicht war es sein eigenes Lachen. Vielleicht kam es von einem der Mitglieder des Ältestengremiums, die durch seine Augen sahen und durch seine Ohren hörten. Durch seine Sinne fühlten. Gaby stellte die Überlegung an, wenn er sich betrank, ob dann die Mitglieder des Ältestengremiums ebenfalls besoffen waren und auf den Parkettböden des Großen Boma in Kirinja herumrollten?

»Du bist eine politische Analphabetin, Gaby McAslan«, tadelte Faraway sie. »In Kirinja weiß jedes fünfjährige Kind, dass das Harambee keine Regierung ist.«

»Ja, schon gut«, sagte Gaby. »Es ist ein sogenannter Consensus. Eine repräsentative Körperschaft. Eine politische Agentur.«

Cimarron brummte etwas.

»Ich glaube, er sagte: ›Einheit in Vielfalt‹«, übersetzte Oksana. »Ich denke, für Ihren Freund ist es Zeit, ins Bett zu gehen.« Sie und Serena halfen dem Isopathen auf die Beine und steuerten ihn die heimtückische Wendeltreppe zu den Gästezimmern hinauf. Serena winkte ihrer Mutter und dem Diplomaten ein ›Gute Nacht‹ zu.

»Wirklich, wir hätten mit dem Piloten auf dem Schiff bleiben können«, sagte Faraway.

»Nein, das hättet ihr nicht können.«

»Nein. Stimmt.« Faraway sah den beiden Frauen zu, wie sie Cimarron durch die Schlafzimmertür manövrierten, wobei dieser kicherte und gluckste. Gaby entging nicht, dass seine Augen ausgiebig auf Serenas Schenkeln und Hüften und Armen verweilten.

»Faraway!«, sagte Gaby warnend. Sie kannte ihn von früher. In jeder Hinsicht.

»Gaby, bitte. Sie ist sehr schön, aber sie ist noch ein Kind. Sie hat viel von dir an sich, das ist mir aufgefallen.«

»Zu viel.«

»Darf ich fragen, da ich es offensichtlich nicht bin, wer ihr Vater ist?«

»Shepard.«

»Aha. Hm. Ich wusste nicht, dass du und er wieder zusammengekommen seid.«

»Kurz bevor er zum GDO aufbrach. Und du hast vielleicht Nerven, Mister Missionar Faraway. Du warst schließlich derjenige, der mich wegen des verdammten Niedergangs von Kenia verlassen hat.«

»Ich habe immer gesagt, dass ich das tun würde. Vom ersten Tag unserer Bekanntschaft an, aber du hast mir nicht geglaubt. Aber ich erinnere mich auch, dass du mir erklärt hast, mich nicht zu lieben.«

Fernes Blitzen; ein Kometenblitz auf der Venus, weit entfernt am Rand der Welt.

»He«, sagte Gaby, erfasst von einem Kälteschauder, da sie ein alter Luftzug aus einem vernachlässigten Bereich anwehte. »Genug von Liebe. Erzähl mir etwas über deine Arbeit: wie es aussieht, hast du dir ein ganz nettes Pöstchen ergattert; was bist du, Botschafter oder so was?«

Faraway lehnte sich in seinem Sessel zurück und schälte eine Frucht. Er drückte die *Choka* mit unbewusster Sinnlichkeit aus ihrer Haut. Mehr als sein Gesicht oder seine Stimme oder seine Worte schälte seine Körpersprache die Jahre ab. Ob Fußball oder Ficken, jede Bewegung von Faraway war schön. Die Buckies hatten ihn schlank und straff gehalten. Er bewegte sich immer noch wie ein Tier. Das Alter hatte Eleganz, Weisheit und eine Aura von Macht hinzugefügt, die beinahe pheromonal wirkte.

Faraway verzehrte die *Choka* mit drei Bissen. Er leckte sich das schokoladenartige Fruchtfleisch von den Fingern.

»Du bist Irin, also weißt du Ironie zu schätzen.«

»Ironisiere mich.«

»Was Shepard für die UNECTA getan hat, habe ich für das Harambee getan. Ich bin ein nichtsesshafter Diplomat mit wechselndem Geschäftsbereich. So jemand ist ein Missionar. Bevor ich mit dieser Mission beauftragt wurde, habe ich an vorderster Front gearbeitet.«

»Ich habe gehört, dass es da oben ziemlich schlimm ist.«

In demselben kurzen Augenblick, in dem eine Kerzenflamme flackert, glaubte Gaby den Schatten der Wut in Faraways Gesicht zu sehen.

»Die Kinder dort haben einen Tanz. Es ist ein neuer Tanz. Es ist interessant, dass genau derselbe Tanz quer durch viele Völker bei den ganz Kleinen aufgetaucht ist. Er geht so.« Faraway stand auf, verschaffte sich Platz. Wegen seiner geschmeidigen Bewegungen konnte Gaby über den Tanz nicht lachen, obwohl er komisch war: vogelartigs Picken. Zehen vor, warten, den hinteren Fuß nach vorn schieben. Nach links beugen, nach rechts beugen. Den anderen Fuß nach vorn strecken, behutsam senken, sehr behutsam, leicht wie ein Haar, das den Boden küsst, bevor er mit dem ganzen Körpergewicht belastet wird. Tiefe Beugung, Fingerspitzen wischen Sand von sandbewehten Brettern. »Weißt du, was diese Kinder tun?«

»O mein Gott! Sie spüren Minen auf.«

Er setzte sich. Sein Blick war hart und in sehr weite Ferne gerichtet.

»Inzwischen kommen dort fünf Minen auf einen Menschen. Fünf Minen, zehn Granaten, zwanzig Streifen Munition zu je fünfzig Schuß. Als ich Missionar wurde, bestand eine meiner ersten Missionen darin, das Volk von Ambira ins Harambee einzuführen. Das sind meine eigenen Leute, Luo; es ist ein Volk von Ökonomen und Philosophen. Sie haben eine angesehene kleine Universität. Sie haben viel gute Politik und Theorien und Denker hervorgebracht. Letzte Woche bin ich nach Ambira zurückgekehrt. Ich musste zwei Tage zu Fuß gehen, um dorthin zu gelangen, es ist nicht mehr sicher, weiter nördlich als Nakuru zu fliegen. Es gab dort keine Universität mehr, keine Ökonomen, keine Philosophen, keine großen Denker. Tote lagen auf der Straße und in den Gebäuden, alle aufgedunsen vor Verwesung. Männer, Frauen, Kinder, Alte, Junge, Tiere. Es war, als ob jeder von ihnen gestorben wäre, wo er gerade stand oder saß. Diejenigen, die in den Busch geflohen waren, als sie die Hubschrauber hörten, erzählten mir: Sie haben Nervengas eingesetzt. Zweitausend Menschen lebten in Ambira. Die Übriggeblieben hätten allesamt auf diesem Sonnendeck Platz, Gaby. Ambira ist tot. Verstehst du, sie haben eine neue Strategie, droben im Norden. Sie nehmen sich Harambee-Völker zum Ziel und sie töten jeden. Sie zerstören alles. Sie wollen anderen Angst davor machen, sich der Bewegung anzuschließen. Die Abgesandten der Zentralafrikanischen Konföderation und des Ogun berichten, dass es überall im Gebiet der Großen Seen und im Westen dasselbe ist. Sie bringen alle um. Unsere Einheit erschreckt sie, sie werden alles tun, um sie aufzuhalten, aber wer kann sie aufhalten?«

»Jesus, Faraway.«

»Ja, Jesus, Gaby. Die Nationalen Befreiungsarmeen drehen durch. Das Gebiet von Garissa bis Lambaréné ist Feuer-Frei-Zone. Natürlich ist das der Zweck ihrer Strategie, um eine große Fluchtbewegung zu schaffen, eine Woge entwurzelter, hungernder Menschen, die sich nach Süden in die etablierten Nationen ergießt, um dadurch eventuell aufkeimende Consense zu ersticken. Wir versuchen, die örtlichen Milizen zu einer vereinigten Selbstverteidigungsstreitmacht zu organisieren, obwohl Armeen im Widerspruch zur Harambee-Philosophie stehen, und wir müssen dafür sorgen, dass die örtlichen Befehlshaber Disziplin einhalten, sonst sind unsere Verhandlungen von vornherein zum Scheitern verdammt.«

Gaby schenkte noch etwas von Doktors Spezialrezept ein.

»Du wirst mir etwas über diese nicht zu verdammenden Verhandlungen erzählen, Faraway.«

»Natürlich. Weil du genau weißt, dass ich nicht nur auf Besuch gekommen bin, um Erinnerungen über die guten alten Zeiten auszutauschen. Ich habe dich in diesem Scheißloch aufgespürt, Gaby, weil ich etwas von dir will.«

»Ich bin nicht mehr im Informations-Geschäft.«

»Ich denke doch. Aber ich erzähle es dir trotzdem. Seit drei Monaten gehöre ich einer Gruppe an, die geheime Verhandlungen mit dem UNHCR führt.«

»Meine Güte!«

»Ja. Ich glaube, in nächster Zukunft können wir mit einer ersten Entlassung von Flüchtlingen in die nördlichen Lager der Chaga rechnen.«

»Die NLA-Leute werden sie abschlachten.«

»Nicht wenn der UNHCR zuvor das Harambee anerkennt.«

»Kannst du dafür die Hand ins Feuer legen?«

»Ich hätte es dir nicht erzählt, wenn ich nicht davon überzeugt wäre. Habe ich dich jemals angelogen, Gaby?«

Andauernd und nie, dachte Gaby. Entzündet durch Faraways Vision floh ihre Fantasie aus der jahrelangen Beherrschung, jagte Bedeutungen nach, formte neue Weltordnungen, hoffte auf Zukünfte. Nein. Das kann ich nicht machen. Ich werde sterben, wenn ich das tue. Sie fing die fliegenden Gedanken ein. Du hast mich eingewickelt, du alter Charmeur, du hast meinen G-Punkt gefunden, und wenn du den kitzelst, dann schreit eine alte Nachrichtenfrau wie eine Katze.

»Was willst du, Faraway?«

»Ich erinnere mich sehr gut an verschiedene alte

Antworten auf diese Frage. Was ich wirklich von dir möchte, ist, dass du dahin mitgehst, wohin ich gehe.«

»Und wohin gehst du?«

»Nach Aldabra.«

»Was ist in Aldabra?«

»Meine Mission.«

»Derentwegen sie dich von der Front abgezogen haben.«

»Ja.«

»Ich mache so etwas nicht mehr, weißt du. Ich kümmere mich nicht mehr um epochale Ereignisse, Faraway. Ich habe mit den Ende-der-Welt-Nachrichten nichts mehr am Hut.«

»Darum bitte ich dich gar nicht. Ich bitte dich nur, mit mir zu kommen. Nimm Serena mit. Nimm deine russische Freundin mit.«

»Sibirische Freundin.«

»Nimm sie mit. Du musst weg von hier. Bevor ich hierherkam, habe ich gehört, was aus dir geworden ist. Ich weiß über die Drogen Bescheid, Gaby.«

»Scheißkerl.«

»Ja, Scheißkerl. Ich bin gemein. Verstehst du, ich habe dir in die Augen gesehen, ich habe in deine Seele geblickt, als ich den Minen-Tanz aufgeführt habe, als ich dir über die Leute erzählt habe, die sterben. Vielleicht willst du es nicht wahrhaben, aber es geht dir nahe. Ich habe es gesehen, Gaby.«

»Du versuchst, mich zu verführen.«

»Habe ich jemals etwas anderes gemacht?«

Jesus, ich hätte dich lieben sollen, dachte Gaby. Du bist ein guter Mann und das einzige, was du immer wirklich wolltest, war die richtige Liebe. Du warst der Mann, der geblieben ist, und Shepard war der Mann, der gegangen ist, und ich war die Frau dazwischen, die alles weggegeben hat.

»Verführung?« Oksana kam die Treppe herunter.

Faraway schaukelte in seinem Sessel zurück und machte eine großspurige Männergeste. Gaby konnte sich ein Lächeln nicht verkneifen.

»Du auch?«, fragte Faraway. »Zum Glück hat sich mein geschätzter Kollege bis zur Impotenz betrunken, so kann ich heute Abend endlich einmal meinen langgehegten Ehrgeiz erfüllen, das schwarze Fleisch in einem weißen weiblichen Sandwich zu sein.«

Gaby bewarf den Mr. Missionar mit *Choka*-Schalen. Oksana setzte sich.

»Wenn ich mich richtig erinnere«, sagte sie und sah Faraway dabei in die Augen, »war das nichts Außergewöhnliches. Rein funktionell.«

Faraway stieß ein Lachen aus und schlug sich leise in die Hände.

»Herrje, du Luder!«, rief Gaby aus. »Du und er?«

»Er und jede«, sagte Oksana.

»O nein, o mein Gott!«

»Ach ja«, sagte Faraway und streckte deutend den Finger aus. »Ich hab's! Die Piloten-Kneipe, wie hieß sie noch? Ja, die *Elephant Bar*. Es war eine dieser Kickboxing-Nächte. Du hast irgendso ein serbisches Stückchen mit einem Seil geboten. Ich kann mir Gesichter so schlecht merken. Wenn du mir einen anderen Teil deiner Anatomie gezeigt hättest, hätte ich mich gleich erinnert.«

Oksana legte die Hände flach auf den Tisch. Sie war ein wenig betrunken, jedenfalls betrunken genug, um spirituell zu sein. Sie hielt die Hände vollkommen parallel, vollkommen ruhig. Sie sagte: »Dein Luftschiff.«

»Was ist damit?«

»Es fliegt.«

»Das haben Luftschiffe so an sich.«

»Kannst du dich noch an irgendetwas anderes aus jener Nacht erinnern?«

»Du hast mir dein Flugzeug gezeigt. Du hast ihm einen Namen gegeben. Du hast es sehr geliebt.«

»Ich brauche Luft.«

»Atme tief durch.«

»Ich brauche Luft um mich herum. Ich muss wieder fliegen. Ich möchte dich nach Aldabra begleiten.«

»Gewiss«, sagte Faraway.

Gaby hörte seine Hochachtung. Sie sagte halb im Spaß, halb voller Freude: »Ihr Schweine. Ihr ausgemachten Schweine. Wann brechen wir auf?«

»Wann immer du fertig bist.«

»Ich brauche etwas zum Anziehen.«

Faraway betrachtete Gaby in ihrer lässigen Freizeitaufmachung mit unternehmerischem Interesse.

»Ich finde, dass du gut aussiehst.«

»Gut für dich, Faraway. Nicht gut für die Adjutantin eines Missionars des Harambee, was immer das sein mag.«

29

Das Geschirr des Piloten beunruhigte Gaby, aber er versicherte ihr, dass es ihm überaus angenehm sei, in dieser etwas unwürdigen Stellung von der Decke herabzuhängen. Sessel mit Armlehnen waren zugegebenermaßen ungeeignet für Raumfahrer, aber Gaby war dennoch verstört beim Anblick von Fleisch, eingegurtet in ein schwarzes Netzwerk. Sie wusste, wo das Bild seine Wurzel hatte: in Russland, in jenen schwarzen End-Tagen, als sie über all die spastischen, selbstverstümmelnden kleinen Kriege berichtete. Ihr Chef in Moskau, der unglücklichste Mann, den sie je kennengelernt hatte, pflegte, wenn er zu viel Wodka getrunken hatte, zu gestehen, dass das einzige, das ihn jemals glücklich machen würde, der Anblick von Gaby sein würde, die in einem ebensolchen Geschirr von der Decke baumeln würde. Nackt. Mehrere Wochen lang.

Es steckte noch mehr in dem Schaudern als die alten Erinnerungen an ein kaltes Land.

Jim. In letzter Zeit war er allzu häufig durch die Hintergassen ihres Kopfes geschlichen.

Der Pilot hieß Antinka, ein Name, den er selbst erfunden hatte. Sein Schiff war die *Kariokor*, ein bevorzugtes Transportfahrzeug der Harambee-Flotte, das wie ein auf der Wasseroberfläche hüpfender Stein übers Meer schipperte. Er war ein verdammt guter Pilot, der beste im diplomatischen Corps des Harambee, aber er hatte bemerkt, dass Gaby nervös war. Während all der Zeit, seit ihre Tochter auf der Welt war, hatte sie sich niemals außer Sichtweite von zu Hause entfernt. Die *Kariokor* hatte sie aufgerührt, die psychische Nabelschnur hatte sich gedehnt, war zerrissen, und sie war ein ängstliche weiße Frau allein über einem riesigen, blauen, ertränkenden Ozean.

Gaby hoffte, dass es die alte Erd-Wurzel-Geschichte war. Sie wollte nicht denken, es könnten die Pflaster sein.

Faraway befand sich in der linken Galerie. Die Passagierbereiche der *Kariokor* bildeten einen Dreiviertelkreis um den zentralen Lift und die Antriebsmodule. Der Missionar stand am gewölbten Fenster, eine Hand ruhte auf dem Plastik. Meer-Betrachtung. Während der letzten halben Stunde fuhr die *Kariokor* über die ausgedehnten Riffstädte des Aldabra-Volkes hinweg. Fünfzehn Jahre nach dem Kilimandscharo-Ereignis war ein biologischer Packen in dem seichten Wasser acht Kilometer westlich des früheren britischen Luftstützpunkts auf Aldabra im Indischen Ozean niedergegangen. Das Riff war durchgedreht, hatte Mutanten hervorgebracht, halb Mangrove, halb Tempel, die aus dem Meer wuchsen. Tausende von nanotechnischen Atollen; selbsterhaltende Meeresstädte wie organische Ölplattformen.

Tief unten geistverfälschten sich Gehirnkorallen in transparente, luftgefüllte Kuppeln; Wälder aus molekülverarbeitenden Pseudo-Fungi strebten der Oberfläche entgegen und öffneten ihre Schirmköpfe der Sonne entgegen. Und in den Bäuchen von weiblichen Truppenangehörigen und Fischerfrauen vom Indischen Ozean webte das Chaga die Rasse, die diese Welt einmal erben würde: transhuman, halbaquatisch, amphibisch.

Zwei Rassen: die Menschen und die großen Wale.

Die *Kariokor* flog über eine Reihe von Meeresstädten hinweg, die so dicht beisammen lagen, dass die Inselchen mit Gehstegen und Brücken miteinander verbunden worden waren. Boote wimmelten in den schattigen Kanälen zwischen Dörfern. Gesichter blickten auf, braune Leute winkten. Durch die warmen Untiefen wateten blasse Gestalten mit seidenhafter Leichtigkeit über den leuchtenden Teppich aus Cha-Korallen.

Gaby setzte sich neben Faraway ans Fenster. Sie klopfte auf den Boden. Faraway raffte seine Dschellaba und ließ sich mit überkreuzten Beinen nieder. Er lehnte sich an sie.

»Ach, Gaby.«

Sie fuhr ihm mit der Hand über den Kopf.

»He, du schaffst es.«

»Ich bin nicht so sicher. Sieh mal!«

Da Gaby ihre Kindheit am Wasser verbracht hatte, kannte sie den Trick, unter Wasser zu sehen. Die Sprenkel von Licht und Strömungen funkelten, die Flecken verwischten sich zu grauen Tränen. Wale: riesige Herden, Hunderte von Einzelwesen, bewegten sich behäbig in derselben Bahn wie das Luftschiff. Süd-Südwest.

»Ich habe noch nie so viele gesehen«, sagte Gaby.

Die Oberfläche riss auf, ein Wal brach durch, atmete und tauchte wieder hinab in das tiefere Blau.

»Sie machen in diesem Gewässer achtzig Prozent der Population des Indischen Ozeans aus. Von den Aldabra-Insulanern erfahren wir, dass irgendwann jeder Wal auf dem Planeten hier durch kommt.«

»Ein Mekka für Wale.«

»Das ist kein Witz. Ja. Die Wale kommen hierher, das Chaga spricht mit ihnen. Jetzt sind die Isopathen von Aldabra dahintergekommen, was es zu ihnen sagt.«

»Und das Harambee möchte es gern wissen.«

»Meine Mission besteht darin, das aldabranische Volk zur Mitgliedschaft im Harambee zu bewegen.«

Gaby spürte seine Besorgnis durch den feinen, weichen Stoff seiner Kleidung.

»Das geht ein wenig über dein übliches Spezialgebiet hinaus.«

»Ja, es liegt außerhalb unserer Expansionsstrategie. Wir glauben jedoch, dass eine gegnerische Gruppe um die Aldabra-Insulaner buhlt.«

»Wer?«

»Die Merina.«

»Der Superstaat in Madagaskar?«

»Natürlich glaubt das Harambee, dass seine politische Philosophie der kulturellen Vielfalt den Aldabra-Insulanern besser gefällt als der Einheits-Staat von iMerina. Du verstehst, was auf dem Spiel steht.«

»Das ist die erste Konfrontation zwischen den aufstrebenden Statten – okay, okay, ihr seid kein Staat, ihr seid ein Consensus.«

»Es ist mehr als das, Gaby. Wenn man den Aldabra-Leuten glauben darf, dann haben sie einen direkten Kommunikationskanal zum Chaga selbst. Sie sind Botschafter; aber wen oder was vertreten sie – die politische Konformität im alten Stil oder die Zehntausend Stämme?«

»Vielleicht sich selbst?«, schlug Gaby leise vor, doch

eine Veränderung im Dröhnen der Triebwerke erstickte ihre Worte. Antinka bereitete die Landung vor. Faraway sagte: »Serena verbringt viel Zeit mit Cimarron.«

»Es ist nicht so, wie du denkst.«

»Sie ist jung.«

»Sie ist neugierig, wie es wohl sein mag, siebzehn…?«

»Siebzehn.«

»Siebzehn andere Leute gleichzeitig im Kopf zu haben.«

»Warum?«

»Weil sie eine Isopathin ist.«

»Au!« Faraway richtete sich auf und schlug sich die Hände vors Gesicht. »Natürlich; Gaby, du musst mir verzeihen, weil ich dich während all der Jahre nicht hoch genug eingeschätzt habe. Als ich von den Drogen hörte, hielt ich sie für den Grund. Aber natürlich, Serena.«

»Sie wollten mich nichts tun lassen, Faraway. Sie haben mich ins Exil geschickt. Es war, als ob ich mein halbes Leben verloren hätte, als ob man mir den halben Körper amputiert hätte: reduziert auf Kopf, Brüste, Arme, das ist alles. Winken und lächeln und essen, aber nirgendwo hingehen können. Nichts tun können.«

»Au, Gaby.«

»Ja, au, Faraway.«

Gaby suchte am Boden Halt, während die *Kariokor* die Höhe veränderte. Sie schnappte nach Luft, aber nicht wegen Antinkas Flugstil.

Der Gegenstand, der um die Ecke des Fensterschotts herum in Sicht gekommen war, war gigantisch. Nach Gabys Schätzung war der Teil davon, der über dem Wasser war, zehn Kilometer breit, der Unterwasserteil musste ein Vielfaches davon sein. Der Aufbau ragte auf Zehntausenden von Stelzenbeinen aus dem Wasser. Knochenblass, gekrümmt wie Mangroven-Fingerwurzeln, wirkten sie zu zerbrechlich, um das Gebilde zu tragen. Gaby zählte fünfzehn Ebenen: Kuppeln, kristalline Minarette, Korallentürme, Schicht über Schicht: gestufte Pyramiden und Pagoden. Sie dachte an geheiligte Orte, die dem Dschungel geopfert worden waren, untergegangene Städte, versteinerte Leviathane.

Der Unterwasserteil war ein Labyrinth aus Kanälen, mit verschlungenen Windungen wie ein menschliches Gehirn. Gaby drückte die Hände ans Fenster, um eine klarere Sicht zu bekommen: Wale schwammen einer hinter dem anderen durch die Pseudokorallen-Kanäle zur Mittelinsel. Sie sah, wie ein Wal die weißen Stelzenwurzeln, die den Insel-Tempel stützten, durchbrach.

Sie merkte, dass ihr der Mund offen stand.

»Es spricht zu den Walen«, sagte Faraway und beantwortete damit die unausgesprochene Frage.

»Was sagt es ihnen, das es uns nicht sagt?«, fragte Gaby.

»Genau das werden wir herausfinden. Die Aldabra-Insulaner haben angedeutet, dass sie etwas von dem Objekt erfahren haben.«

»Was ein kleiner Extra-Anreiz ist, sie in den Club zu bekommen.«

Die Wal-Tempel glitten außer Sicht, während Antinka alle seine vier Hände benutzte, um das Luftschiff nach Aldabra zu bringen. Die *Kariokor* flog tief über die Flotte der drei ozeantüchtigen Katamarane hinweg, die Sechsecke ins Meer schnitten. Es waren schöne weiße Schiffe mit hohen, peinlich genau ausgerichteten Segeln, doch als er sie sah, sprang Faraway mit einem Satz auf und drückte das Gesicht ans Fenster. Er schlug mit der Faust auf das Cha-Plastik.

»Nein!«

Die vollen weißen Segel trugen jeweils das Zeichen einer grünen geöffneten Hand.

Gaby begriff.

»Die Merina.«

»Ja. Jetzt müssen wir kämpfen.«

Die Schiffe aus iMerina glitten unter dem Rumpf außer Sicht.

30

Sari war achtzehn, hatte viel von der englischen Air Force im Blut und war offenkundig eine Spionin. Die Kammer von Aldabra hatte sie den nichtdiplomatischen Gästen als Attaché zugewiesen. Ihre Aufgabe bestand darin, den Besuchern Wunder und Besonderheiten zu zeigen und jeden Abend einem Mann in einem Büro über sie Bericht zu erstatten. Gaby mochte ihre kleine Spionin. Sie war hilfreich, freundlich, lustig, findig wie ein kleiner Hund. Gaby wusste außerdem, dass sie, falls sich die Notwendigkeit ergeben sollte, auf Sari wie auf einer Flöte spielen könnte.

Wie alle ihrer Rasse war sie unbehaart und ihr Schädel war mit Symbolen tätowiert, die ihre Stellung in der Gesellschaft kennzeichneten. Ihre Haut war mit feinen, daunenweichen Schuppen überzogen, die die Fläche zur Sauerstoffaufnahme vergrößerte, wenn sie Wasser einatmete. Sie hatte einen samtweichen Flaum. Wenn sie erheitert oder verwirrt war, senkte sie unbewusst die durchsichtigen dritten Augenlider. Eine Schicht Isolierfett verwischte ihre Konturen. Ihre beringten Finger und Zehen waren zart vernetzt.

Die fremdweltlichen Botschafter stellten eine Verführung für sie dar. Gaby war gerührt, als das Mädchen sie fragte, ob sie ihr rotes Haar bürsten dürfe. Während sie bürstete, sang sie ein hübsches Lied, an das sich Gaby aus der Plattensammlung ihres Vaters erinnerte: Calypsos von Harry Belafonte. Gaby zögerte etwas, bevor sie Sari das Privileg des Haarebürstens auch bei Serena einräumte. Außer dass sie eine begeisterte Spionin war, war Sari auch unverhohlen und missionarisch bisexuell.

Die Flotte der Merina war vier Stunden nach der Landung der *Kariokor* auf einem heimischen Marktplatz im klauenförmigen inneren Hafen von Nemo eingelaufen. Faraways sämtliche politischen Fühler waren von Pierre, seinem aldabranischen Attaché, blockiert. Er konnte nichts über seine Feinde erfahren.

»Sie wollen unsere Reaktionen beobachten, wenn wir uns begegnen«, überlegte Faraway laut. »Sie sind klug, diese Fischleute, aber sie müssen noch viel in puncto Diplomatie lernen.«

Die Harambee-Gesellschaft war in einer Häufung eleganter, luftiger, am Wasser gelegener Korallengemächer untergebracht, die als die Weißen Suiten bekannt waren. Gaby hatte den Verdacht, dass sie eigens für das Gipfeltreffen gebaut worden waren. Von ihrem gaudiesken Korallenbalkon aus konnte sie die Merina-Flotte sehen, die an den Glasankerbojen festgemacht hatte. Der Botschafter hatte Aldabras Gastfreundschaft ausgeschlagen und war abgesondert an Bord des Schiffes geblieben.

Sari hatte sich mit mehr Begeisterung als Großtuerei auf die Vorbereitungen für den offiziellen Empfang gestürzt. Gaby musste sie höflich auffordern, zu verschwinden, bevor sie ihr Abendkleid – eine Nanofaktur von Sudha, eigens für sie hergestellt – zu Schanden machen würde. Erst als sie sah, wie das Mädchen Oksana beim Anlegen ihres sibirischen Eiskönigin-Gewandes half, ahnte Gaby den Hintergrund. Liebe zum Fremdartigen.

Der für das Gipfeltreffen vorgesehene Saal war eine

kurze Fahrstrecke in jungfräuliches Chaga entfernt. Es war eine große Kugel aus verwobenem Holz; die ineinander verschachtelten Kammern waren geschmückt mit kunstvoll bemalten Reliefs, die Themen aus der indischen Mythologie darstellten. Gaby stieg der gleiche Geruch von etwas Neugeborenem in die Nase, den die Weiße Suite verströmte. Cha-Technik machte Architektur leicht. Die Herstellung jeglicher Dinge war leicht; der Verdienst lag in der Gestaltung des Herzustellenden.

Gaby steuerte die Ränder der Gesellschaft an, indem sie sich innerhalb Erkennungs- aber außerhalb Unterhaltungsweite hielt. Der Champagner war gut nachgemacht. Faraway und Cimarron bildeten jeweils den Mittelpunkt von zwei Knäueln aldabranischer Politiker. Die schön mit Brokat verzierte weiße Robe unterstrich Faraways Luo-Größe. Gaby bewunderte ihn aus der Ferne, dann begab sie sich ins Herz der Party. Die Aldabraner wichen beiseite, um ihr den Weg freizugeben. Sie legte die Hand leicht auf Faraways Rücken. Er zuckte zusammen.

»Serena sagt, man muss kein Isopath sein, um deine Gedanken zu lesen, Schatz.« Sie nahm ihm den Drink aus der Hand und kippte ihn selbst hinunter. »Lass es damit gut sein.«

Mme. A.O. Rananatsoa von den Merina hatte fünf Adjutanten mit auf die Party gebracht, einschließlich eines Isopathen, und außerdem sechs Kinder, allesamt ihre eigenen. Sie war eine hochgewachsene, schlanke, blasse aristokratische Dame mit feinen Gesichtszügen, eine Merina von den iMerina, jener uralten Rasse madagassischer Großherren. Ihrem Rang entsprechend war es ihr nicht erlaubt, ihren eigenen Namen auszusprechen; ein gleichermaßen eleganter, aristokratischer Adjutant stellte die Gesandte Gaby vor. Ihr ältestes Kind, eine zweiundzwanzigjährige Tochter, hätte die

Schwester von Mme. A.O. Rananatsoa sein können. Ihr jüngstes, ein wackelig tapsender kleiner Junge, verbrachte den Abend damit, sich unter Tischen vor seinem Attaché zu verstecken. Darauf vorbereitet, sie vom ersten Anblick an zu hassen, fand Gaby Rana, wie sie sich formell gern nennen ließ, geistreich, großzügig und eine Schwester-Mutter in einer Männerwelt. Innerhalb von zwei Gläsern hatte Gaby ihrem Vorschlag zugestimmt, dass es vielleicht gut für alle inoffiziellen Delegierten wäre – Freunde, Partner, Ex-Geliebte, Kinder, Kinder von Ex-Geliebten –, sich an den Aktivitäten zu erfreuen, die die Aldabraner sich für sie als Gruppe ausgedacht hatten. Sari erwähnte die Walhäfen – sie müssten unbedingt die Walhäfen sehen. Das war das einzige, was den jüngsten Rananatsoa unter dem Tisch hervorlockte.

»Sie wird mir die Eier abreißen und sie zum Frühstück essen«, sagte Faraway, als die Party-Strömungen sie und Gaby für einen Augenblick zueinander führten.

»Ich mag sie ganz gern«, sagte Gaby, wobei sie sich einen in Reichweite vorbeikommenden Drink stibitzte.

»Genau das war beabsichtigt«, sagte Faraway. »Wie viele davon hast du schon gehabt?«

»Nur sechs. Den deinen nicht mitgezählt.«

»Gaby!«

»Du willst doch nicht, dass ich zittere.«

Das Zittern kam in der Nacht, in dem welligen, weiß ausgeschmückten Raum voll von Mond und Meer. Das Zittern, und die Übelkeit. Serena kam herein und fragte, ob alles in Ordnung sei oder ob sie irgendetwas tun könne? Gaby schüttelte den Kopf und schöpfte sich mit gewölbten Händen Wasser in den Mund – nein, nichts. Die wahre Antwort wäre gewesen: ja, besorg mir eine Handvoll von Euphorie-Pflastern, Tochter.

Es verging. Es verging.

Sie erwachte, das Gesicht von einem Sonnenstrahl beschienen, zu den Lauten eines morgendlichen Koitus aus dem angrenzenden Raum.

»Pädophile«, sagte Gaby. Oksana grinste. Sari zog sich das reinweiße Bett-Tuch über den Kopf.

»Sie gibt mir das Gefühl, so jung zu sein, wie ich aussehe«, sagte Oksana.

»Was wäre, wenn Serena darin einbezogen wäre, he? Was wäre dann?«

»Na und? Weißt du, wenn du nicht bald ein bisschen Action bekommst, Gab, dann wird das da unten zuwachsen.«

Sari hatte ihren Schwung wiedererlangt, als sie sich an der Mole trafen, um mit den Booten zum Walhafen zu fahren. Oksana entschuldigte sich; Wasser war nicht ihr Element. Die kleinen Schnellen Flitzer brachten die übrigen in einer Schleife aus dem Hafen und durch ein Labyrinth von Inselchen und Meeresstädten in tiefes Gewässer. Gaby sah Unterwassergestalten, riesig, dunkler auf dunkel. Wale. Eotippe, Rananatsoas Attaché, steuerte sein Boot über die sich bewegende Herde. Sari folgte. Die Wale schwammen weiter. Sie schwammen wie Fische. Sie tauchten nicht an die Oberfläche auf.

Das Ganze hatte etwas Wundervolles.

Die Anzüge waren kühl. Es war nicht das sinnliche Krabbeln sauerstoffabsorbierenden Cha-Plastiks auf der Haut, das Gaby unheimlich erschien. Erst als der Atemanzug versuchte, ihr Tentakel wie Würmer die Kehle hinunterzuschieben, überfiel sie Panik. In der klaren Luft ertrinken. Sari eilte herbei, um den Anzug auszuschalten. Gaby lag am Boden des Bootes und starrte zum Himmel hinauf. Als alle ausgestiegen waren, bat sie Eotippe, sie nach Nemo zurückzubringen. Voller Angst und sich sehr alt fühlend, fand sie eine Bar. Sie klebte sich eines der Moginçual-Pflaster aus ihrem Geheimvorrat zwischen die Brüste, sank in einen Hängemattensessel und schwebte in den Himmel.

Drei Meter tief im Indischen Ozean band Sari Serenas Haar in Plastik hoch, damit es ihr nicht ins Gesicht fiel. Sie brachte ihren Gästen bei, wie ein Aldabran-Insulaner zu schwimmen, nämlich mit dem ganzen Körper, wie ein Fisch. Dann strampelte sie in tieferes Wasser. Die vier älteren Rananatsoas folgten ihr. Mit flutendem rotem Haar wie ein Wasserkomet folgte Serena dem Meermädchen. Sari schwamm nackt; ihre Hautschuppen hatten sich wie weiches Fell aufgeplustert. Serena beneidete sie um ihre Freiheit. Eine Welt ganz für einen allein, unendlich, dreidimensional; ein Ort, an dem man so sein konnte, wie man sein wollte. Man konnte sich selbst verstecken und suchen in diesem klaren blauen Wasser.

Als sie gesehen hatte, wie ihre Mutter am Boden des Bootes von Krämpfen geschüttelt wurde, wäre Serena beinahe in Panik geraten. Doch dann sah sie die Wale im Wasser und ihre Altersgenossen, die mit dieser Situation spielend zurecht kamen, und sie durchbrach die Panik und öffnete die Lungen dem Atemanzug. Jetzt, da sie sich tief hinunter wand zu den sich zu Bogen aufwerfenden Formen der Wale, war sie froh, dass Gaby ausgefallen war. Dieses Erlebnis gehörte ihr; die Erregung, das Abenteuer, der Taumel inmitten eines neuen Volkes und neuer Leute. Ganz allein ihr.

Sari führte die Speerspitze von Schwimmern über die Herde: fünf große Blaue, die sich träge mit der kalten Strömung bewegten. Serena sah jetzt, wie die Wale schwammen, ohne an die Oberfläche zu tauchen. Lange Fahnen aus transparentem Cha-Plastik hingen an ihren Schwanzflossen, den Seitenflossen, jedem

Kiefergelenk. Sauerstoffübertragungs-Membrane: die Wale trugen ihre eigenen Atemanzüge.

Sari führte die Besucher näher zu den Tieren. Ein plötzliches Kribbeln auf Saris Gesicht – die einzige Stelle ihrer Haut, die nicht vom Anzug bedeckt war. Das Wasser strömte mit kaum sichtbaren, vorwärtsschießenden Teilchen dahin. Tiere? Maschinen? Beides. Buckies. Sie streckte die Hand aus. Die intelligenten Chemikalien drängten sich daran, umkreisten sie mit einem Wirbel von Aktivität, dann zerstreuten sie sich wieder. Serena glaubte, einen Streifen von Bewegung wahrzunehmen, wie einen Strudel, der eine Schleife von ihrer Hand zum Auge des Wals zog.

Sie spürte noch etwas: ein Unbehagen, das vom Grund ihres Bewusstseins aufstieg, als ob ihr jemand über die Schulter spähte. Cimarron hatte ihr diese Empfindung eingegeben; jetzt berührte dieser Wal den Rand ihres isopathischen Sinns. Aufgrund der Veränderung begriff sie, dass die Wale wussten, sie war hier, und es guthießen.

Der Laut war so gespenstisch, dass Serena im ersten Augenblick dachte, sie habe ihn sich eingebildet. Dann stellte sie fest, dass Sari sang. Das schrill zwitschernde Pfeifen gemahnte zu sehr an einen Vogel für dieses tiefe Wasser, aber die Wale erkannten es. Die Wale antworteten.

Das Wasser brodelte vor Buckies. Kleinste Teilchen schwärmten zusammen, verbanden sich, vereinigten sich untrennbar, bauten sich zu größeren und komplizierteren Gebilden auf. Von Nano über Mikro zu Makro: die Buckies verwoben sich mit schwindelerregender Geschwindigkeit.

Serena schlug einen Bogen zurück, als der Greifer auf sie zukam. Finger öffneten sich: das Auge an der Basis des Tentakels drehte sich weiter in ihre Richtung. Sari nickte: Serena streckte vorsichtig die Hand aus.

Sie spürte ein Lachen der Erleichterung in sich aufsteigen, als sich die Finger sanft um ihre schlossen, das Plastik in ihrer Lunge versiegelte es. Das Gebilde war in der Tat zu verrückt, um einem wirklich Angst einzujagen, ein Amalgam-Tintenfisch/-Spinne/-Krabbe/koreanischer Autofabrik-Roboter. Es vollführte ein ernstes Händeschütteln, dann kräuselte es die Flossen, warf Propeller an und flitzte davon, um die gleiche Geste der ältesten Rananatsoa-Tochter Michelle angedeihen zu lassen. Während sich die Kinder um das Ding scharten, kamen fünf weitere torpedoartig unter dem Wal hervor. Serena zweifelte nicht daran, dass sie der direkten Kontrolle des Wals unterstanden, der mittels eines Wunsches seine entfernten Verwandten in alles umwandeln konnte, was ihm beliebte.

Eine Erinnerung, ein Verstehen. Heftige Ozeanstürme hatten die Wale nah an Afrika heran getrieben; sie war mit allen anderen hinaufgegangen zu den Aussichtspunkten, um zu beobachteten, wie sie draußen hinter den Riffs aus dem Wasser sprangen und ihre Laute ausstießen. Sie war sich klein vorgekommen, weil Sunpig dabei gewesen war; sie hatte zugesehen, wie die sonderbare Frau beim Anblick der großen Wale auf die Knie gefallen war.

»Warum?«, hatte sie gefragt.

»Sie sind das, was wir eigentlich sein sollten. Sie sind die wahre Intelligenz auf dem Planeten. Sie sind die Klugen.« Sie konnte sich genau an Sunpigs Worte erinnern, und an ihre Antwort: »Aber wenn sie so klug sind, warum haben sie dann keine Hände?«

Jetzt hatten sie Hände. Milliarden von Fullerene-Fingern, die das Meer durchwoben. Wie Magie: zum Gegenstand erdacht. So wie Oksana versucht hatte, ihr etwas über den Schamanismus beizubringen; die

Macht des Liedes über die physikalische Welt. Wie die Medizinmänner aus der finnisch-ugrischen Legende, konnten die Wale die Substanz der Welt in eine von ihnen ausgewählte Form singen.

Die kleinen Tintenfische schossen davon und wurden eins mit dem tiefen Blau. Fremdartige Gebilde, sonderbare Evolutionen: Die Wale spielten mit ihrem Gestaltungsvermögen. Serena erschauderte; die Meereskälte durchdrang allmählich ihren Hautanzug. Sari deutete zur Oberfläche. Die Menschen strampelten sich nach oben, die Wale schwammen weiter. Serena glaubte im äußersten Winkel ihres Blickfeldes zu sehen, wie sich die Gebilde in den freischwimmenden Nimbus von Buckies zurückverwandelten. Während sie der Fläche aus gekräuseltem Licht zustrebte, kam ihr ein neuer Gedanke: Vielleicht hatten Wale deshalb keine Hände, weil sie sich dafür entschieden hatten, sie aufzugeben. Vielleicht bauten sie Spielzeuge, um ihre Verachtung für Dinge, die von Hand gemacht sind, zu zeigen.

Sie wandte sich dem Licht zu.

31

Das Feuer zog ihn am Strand entlang. Er sieht müde aus, dachte Gaby. Er sieht aus, als hätte er einen Tag harten Kämpfens hinter sich. Er kam auf dem Sand daher wie etwas Gejagtes und zur Strecke Gebrachtes.

»Es tut mir leid, dass ich zu spät komme«, sagte Faraway. »Auf einem der Schiffe wurde ein Empfang gegeben. Ich habe mich so bald abgesetzt, wie es gerade eben noch höflich war.«

Gaby sagte: »Zieh dich aus.«

»Wie bitte?«

»Es ist niemand in der Nähe, na ja, vielleicht außer Sari, die spioniert. Zieh dich aus.«

Sie zog ihm bereits die weiße Dschellaba aus. Er ergab sich schweigend.

»Jetzt leg dich mit dem Gesicht nach unten unter diese Palme.«

Herrje, du siehst immer noch gut aus, dachte Gaby, während sie zusah, wie sich Faraway argwöhnisch in den Sand niederließ. Unter deiner straffen schwarzen Haut ist alles fest und stramm. Zu fest, zu stramm. Aber ich kann machen, dass du dich gut fühlst.

Indem sie den größten Teil ihres Gewichts an den gedrungenen Palmstamm hängte, schritt sie über Faraways Körper. Zehen, Fußballen, Ferse erfühlten die Knoten und Versteifungen.

»Du bist eine böse, böse Frau«, sagte Faraway, indem er den Mund aus dem weichen Sand drehte.

Gaby dachte: es ist viel zu lange her, seit mich jemand so bezeichnet hat. Ihre Füße arbeiteten die Spannungen heraus. Sie spürte, wie Faraway unter ihren Sohlen dahinschmolz. Sie drehte den Ballen ihres dicken Zehs in die hintere Kuhle seines Halses. Er japste, dann entspannte er sich.

»Und?«, sagte Gaby.

»Wir haben unser Bestes gegeben. Sie achten unsere Ideologie, aber …«

»Aber.« Sie arbeitete den Fußballen in den unteren Ansatz seines Rückgrats.

»Vor acht Jahren hat eine gemeinsame iranisch-indische Flotte diese Inseln angegriffen. Schiffe bombardierten die Küstensiedlungen, Flugzeuge warfen Napalm auf die Dörfer weiter landeinwärts ab. Die Kammer erzählte mir, dass die Flugzeuge, nachdem ihre Raketen aufgebraucht waren, die Flüchtlingsboote im Tiefflug mit Kanonen beschossen.«

»O Gott!«

»Ja, aber das Harambee kann nicht garantieren, dass

so etwas nie wieder geschehen wird. Wie könnten wir das? Die Merina jedoch…«

»Umdrehen. Auf den Rücken, Neger.«

Während sie seine gesamte Länge abschritt, war Gaby sorgsam darauf bedacht, seinem Blick nicht zu begegnen und ihm schon gar nicht standzuhalten. Warum? Weil das, was du dort sehen würdest, dich ängstigen könnte. Also: Du massierst mit deinen Fußsohlen den nackten Körper eines wundervollen Mannes, der einst dein Liebhaber gewesen ist; was erwartest du? Warum tust du das, Gaby McAslan, wenn es dir nicht darum geht, diesen Rauch in seinen Augen zu sehen? Hasst du ihn, weil du ihn auf diese Weise reizt?

Er spürte das Zögern in ihren Muskeln.

»Gaby?«

»Ja?«

»Ich muss dir etwas sagen.«

»O nein. Tu es nicht, Faraway. Bitte!«

»Gaby, ich möchte, dass du mit mir arbeitest. Das Harambee braucht jemanden, der die Wahrheit darüber berichtet. Gaby, du erreichst, dass die Welt zuhört. Du hast mir gesagt, das sei weg, sei gestorben. Ich glaube es nicht. Ich glaube nicht, dass das jemals sterben kann, ebensowenig wie deine Hand an deinem Arm sterben kann, oder dein Herz in deinem Innern. Das ist nicht ein Teil von dir, das bist du selbst; wenn es stirbt, dann stirbst auch du. Gaby, ich gehe bei meiner Mission ein weiteres großes Risiko ein: Ich habe dem Harambee eingeredet, dass du eine wertvolle Errungenschaft sein würdest und dass man dir trauen kann. Ich habe dir viel Vertrauen geschenkt. Ich hoffe, du wirst das zurückzahlen. Gaby, ich bin ein Diplomat, der seiner Sache nicht gewachsen ist, der splitterfasernackt mitten in der Nacht am Strand liegt, und ich habe kaum noch etwas zu verlieren.«

Es wäre besser, netter gewesen, wenn er ihr gesagt hätte, dass er während all der vergangenen Jahre verrückt nach ihr gewesen sei. Das Strandfeuer zischte und flammte blau auf; Sand auf Treibholz verschmolz zu Glas.

»Scheiße, Faraway.«

Ein erwiderndes Aufflammen hinter dem Horizont, ein kurzer Schimmer am Rand der Welt, jenseits der Welt. Die Strafe der Venus.

32

Die Harambee-Mission in Bezug auf Aldabra scheiterte am nächsten Tag. Gaby konnte das an Faraways Muskeln ablesen, als sie neben ihm kniete, während er mit dem Gesicht nach unten beim Licht des Feuers im weichen Sand lag.

»Scheiße«, sagte sie leise.

»Ja, Scheiße, in der Tat. Madame Rana hat mich in jeder Runde geschlagen. Angesichts seiner einzigartigen Kultur wird Aldabra den Status eines Protektorats von iMerina genießen. Was immer es Wundervolles ist, das sie von den Walen erfahren haben, wir werden es jetzt nie erfahren. Ein ganzes Direktorat ist bereits von Ambilobe losgefahren, um die Vereinigung zu überwachen, zusammen mit einer Flotte von Kanonenbooten zum Schutz der verletzlichen äußeren Inselchen.«

»Das behaupten sie.«

»Ja. Ich vermute, sie werden feststellen müssen, dass Kanonenboote nicht so leicht wieder wegfahren, wie sie ankommen.«

»Es tut mir leid, Faraway.«

»Es bleibt abzuwarten, was die Ältesten von meiner Leistung halten.« Sein Achselzucken war heftig und wütend. »Ich sollte in diesem Augenblick bei einer offiziellen Feier im Konferenzzentrum sein.«

»Ich weiß; Oksana und Serena sind hingegangen.«

»Offen gesagt, ich habe keine Lust dazu. Das sieht sicher undiplomatisch aus, aber im Augenblick fühle ich mich sowieso nicht sehr diplomatisch.«

»Ich auch nicht. Dreh dich rum.«

Er gehorchte, wie immer. Er hielt ihrer Hand stand, während diese sich über seinen Bauch bewegte.

»Also, wenn ich das Ältestengremium unserer neuen Handauflegerin vorstellen könnte…«

Er schrie auf. Gaby hatte ihn sanft in den Bauchnabel gebissen.

»Ich brauche Zeit, Faraway.«

»Nun, wir werden noch einen Tag hier sein, um die Mission zu Ende zu bringen und über eine ständige Harambee-Vertretung im neuen Protektorat zu verhandeln.«

»Das dürfte lang genug sein.«

»Wofür?«

»Ich verfolge ein paar Fährten.«

»Deine Natur ist einfach nicht zu unterdrücken.«

Vielleicht ist das so, dachte sie. Vielleicht hattest du Recht und es ist wie eine biologische Veranlagung oder eine Perversion, der man niemals entkommt, solange man noch lebt, die einen immer weitertreibt.

Jetzt rissen Feuerwerksfunken den Himmel auf; Dutzende Fontänen stoben hinauf zwischen Tausende von Sternschnuppen, um die neue Nation zu feiern. Gaby erinnerte sich an eine andere Nacht, ebenfalls mit Feuerwerk, jene Nacht, in der sie sich verliebt hatte und ein toter Mond zurückgekommen war, alchimistisch verwandelt zum Großen Dummen Objekt.

»Fährten wohin?«, fragte Faraway.

»Sieh dir das beschissene Feuerwerk an«, sagte Gaby McAslan.

33

Schiffsführer, so hatte Gaby immer wieder festgestellt, waren im Allgemeinen eine umsichtige Sorte von Leuten. Melisa bediente das Steuer und fragte nicht, was ihre fremdweltlichen Passagierin veranlasste, mitten in der Nacht übers Wasser zu fahren.

Der Biomotor war so leise wie ein Herzschlag; das dunkle Wasser brach sich glatt am stumpfen Bug. Vor der Abenddämmerung war eine Wolkenfront heraufgezogen, aber das Meer war voller Sterne: die gespiegelten Lichter der Inselsiedlungen und der Boote der Nachtfischer. Als Gaby an Melisa vorbei zurückschaute, konnte sie die Lichter der Weißen Suiten von denen der Hauptstadt nicht mehr unterscheiden. Sie fragte sich, wie weit Oksana sich in die Sache mit den Tätowierungsnadeln eingelassen hatte, die, so hatte sie Gaby versichert, Sari die ganze Nacht beschäftigen würde. Die Lichter kräuselten sich auf dem Wasser. Gaby umklammerte den geschnitzten Holzkasten fester. Plötzlich hatte sie Angst. Plötzlich waren dies nicht mehr die Lichter der Inselsiedlungen und Meeresstädte. Dies waren die Lichter der Heimat, der alten Heimat: Irland; der *Point* in einer feuchten Sommernacht, mit den aufsteigenden Augusternen und den Lichtern der Städte auf der anderen Seite des Meeresarms und den Fähren, die auf den Wasserstraßen blinzelten. Sie war mehr als ein halbes Leben zurückversetzt, in jene Nacht, als sie am Rand der Landzunge stand und aufs Meer hinausblickte, Ausschau hielt nach dem Zeichen, anhand dessen sie ihr Leben würde steuern können; Leuchtschiffe, Leitsterne.

Sie hatte sich nie vorgestellt, dass die Lichter am Himmel sie so weit bringen würden. In eine andere Welt.

Sei im Hier und Jetzt. Du musst arbeiten, Gaby McAslan. Melisa fädelte ihr Boot durch die Kanäle zwischen den Inseln, um verborgene Untiefen und Riffe herum. Der Puls des Motors fiel zu einem Murmeln ab. Gaby hatte das Gefühl, geistergleich einen unsichtbaren Landeplatz anzusteuern. Lichter ragten über ihr auf, sie hörte kurzes Lachen, dann rumste das Boot gegen eine Mole.

»Wir sind da«, sagte Melisa.

Die Laterne ging an, als das Boot weg war. Gaby hatte den Verdacht, dass derjenige, der sie trug, die ganze Zeit dort im Dunkeln gestanden und sie beobachtet hatte.

»Kommen Sie bitte mit.« Eine Männerstimme. Aber nicht die jenes Mannes, mit dem sie ein Treffen vereinbart hatte. Das Biolicht war abgedeckt; es forderte zum Folgen auf, nicht mehr. Als sie den steilen Weg hinaufstieg, roch Gaby Blumen, Grüngewächse, Erde. Hinter vielen dieser Dörfer lagen Bauernhöfe. Der Begleiter führte sie weg von den klippenseitigen Wohnungen, den erleuchteten Fenstern und den Stimmen und der Musik.

»Hier.«

›Hier‹ war eine Tür in einer Blase aus Korallengestein.

»Hier?«

»Es ist nicht zu verfehlen. Gehen Sie einfach die Treppe hinunter. Es gibt ein Geländer.«

Hinter der Tür war die Wendeltreppe von Biolichtern erhellt.

»Also gut, abwärts«, sagte sie. Nach zwanzig Windungen gelangte sie zu einer zweiten Tür. Sie öffnete sie und trat in ein Wunder.

Der Raum war eine durchsichtige Träne, die wie ein juwelenbesetztes Nippesstück über dem Meer hing. Ein Ohrring, getragen von der kleinen Koralleninsel, dachte Gaby. Biolichtkuppeln erhellten sanft die Flächen aus Lebendholz, die weichen Möbel und Polster, überstrahlten jedoch nicht die Lichter draußen in der Nacht. Constanz wartete in einem Hängesessel. Er war barfuß und in fließenden Stoff gekleidet: eine lockere Hose, ein ärmelloses Hemd. Sein kahler Schädel trug das Zeichen seines Volkes, einen stilisierten Wal. Schmuckstreifen verliefen zu beiden Seiten seiner Nase. In dem gedämpften Licht sah seine Haut so samtig-rau aus wie Wildleder. Sein Gesicht wirkte wie dreißig, vierzig und etwas Jahre alt. Gaby wusste, dass er nur ein paar Jahre älter war als Serena. Genau wie Serena war er ein Isopath und das verkohlte allmählich seine Seele.

»Das ist ein schöner Raum«, sagte Gaby wahrheitsgemäß.

»Stimmt. Ich verbringe viel Zeit hier«, sagte Constanz. Er hörte sich müde an. »In unserer Gesellschaft gibt es wenig Orte, wo man ganz für sich sein kann. Wir hegen einen nationalen Horror vor dem Alleinsein. Darf ich das mal sehen?«

Er deutete mit einem Nicken auf Gabys Holzkästchen. Sie reichte es ihm. Er sah hinein.

»Also, setzen Sie sich«, sagte Constanz. Gaby setzte sich in den Hängesessel dem seinen gegenüber. Sie schlug die Beine übereinander, Knöchel übers Knie, wie ein Mann; eine Stellung, von der sie wusste, dass sie auf unbestimmte Weise einschüchternd wirkte, wenn sie von einer Frau eingenommen wurde.

»Hast du das Diamantriff gesehen?«

»Ja, wir sind darübergeflogen. Es ist sehr eindrucksvoll.«

»Stimmt. Weißt du, was es ist?«

»Ich nehme an, du wirst es mir sagen.«

»Es ist ein Computer.«

»Ja, wir haben ähnliche Gebilde zu Hause, wie kristalline Inselberge.«

»Nein, ich glaube nicht, dass ihr etwas annähernd

Ähnliches habt. Dieser Computer bezieht seine Energie von den Walen.«

Gaby hoffte, das spärliche Licht würde ihre Fassungslosigkeit verbergen.

»Er benutzt den Gesang der Wale als primäre Arbeitssprache. Da diese eher analog als digital ist, kann er Berechnungen anstellen, die für einen digitalen Computer unmöglich sind.«

»Wale rechnen?«

»In gewissem Sinne ja.«

Naheliegende Fragen: »Was?«

»An dieser Stelle muss ich ein wenig ausholen. Du kennst das, was wir die Meeresfestungen nennen; die Kommunikationsplattformen?«

»Ich war dabei, als Foa Mulaku auftauchte. Ich hörte, wie das Ding das GDO anschrie.«

»Sie sind mehr als nur Transmitter für Übertragungen an das GDO. Sie – belauschen? Kann man das so sagen? Sie hören zu, sie zeichnen auf, sie übermitteln Informationen an die Wale auf ihrem Wanderkreis; wenn die Wale dann Aldabra erreichen, haben sie das Empfangene zu einem Gesangscode verarbeitet.«

Es ist nicht nur das Diamantriff, dachte Gaby, der ganze Indische Ozean ist ein gewaltiger langsamer Computer.

»Sprich weiter.«

»Sie erstellen eine Landkarte der Geschichte. Der menschlichen Geschichte.«

»Ich verstehe nicht.«

»Sie ist fraktal«, sagte Constanz, der um das richtige Wort rang. »Wie eine Kurve in einer Teildimension. Es sieht aus wie… ich kann es nicht beschreiben. Es ist scharf, aber es hat weiche Falten, wie Federn, aber die Federn schneiden, verstehst du? Und je tiefer man hineingeht, desto weiter öffnet es sich und es ist dasselbe auf jeder Ebene. Alles wiederholt sich. Es passt sich einem Muster an. Das ist anscheinend das Wichtige für sie. Für sie ist alles Gesang, alles ist Sprache. Wie soll ich es erklären?« Er beugte sich im Sessel vor, seine Hände bewegten sich lebhaft. Sein Gesicht sah jetzt um Jahre jünger aus. »Bei ihnen ist das so: Wenn sie ihr Sonar einsetzen, hören sie kein einziges Wort, sie sehen ein Klangbild des Dings, das sie ergründen. Sie sehen es im Geist; für sie ist das Wort dasselbe wie das Ding.«

Er spricht von den Walen als ›sie‹, dachte Gaby, als ob es Menschen wären und keine Fremdwesen.

»Zwischen denen und dir besteht eine Verbindung.«

»Zwei Mitglieder des Ältestengremiums der Gestörter-Boden-nahrungsuchende-große-Tintenfische-Strömung-Herde. Das ist eine äußerst holperige Übersetzung, verstehst du. In meinem Geist…«

»Ich verstehe. Für die Wale ist Sprache das, was sie beschreibt.«

»Ja, es ist die wortwörtliche Realität. Wenn also die menschliche Geschichte eine sprachähnliche Struktur hat, wenn sie ein Lied ist…«

»Dann können sie das Lied verändern.«

»Und damit die menschliche Geschichte verändern.«

Und das ist noch nicht alles, dachte Gaby, die sehr still in dem juwelengleichen Raum saß, umkreist von Lichtern.

»Diese Kurve, diese Landkarte, sie passt nur, wenn sie von einem bestimmten Punkt in der Zeit ausgeht«, sagte Constanz. »Jeder andere Punkt ist reiner Zufall; es entsteht nur dann dieses Muster, wenn diese Einzigartigkeit gegeben ist. Mit Einzigartigkeit meine ich eine Zeit – einen Ort –, wo alle Geschichte erzeugt wird. Alles was wir tun werden, alles was wir getan haben, breitete sich von diesem Punkt außerhalb der historischen Zeit aus.«

»Das ist eine Art von… äh… gottgleichem Ereignis, außerhalb der Zeit, das alle Regeln von Ursache und Wirkung durchbricht. Wie die Schöpfung.«

»Oder der Weltuntergang.«

»Die Wale haben diesen… äh… Alpha-und-Omega-Punkt aufgezeichnet, in dem sie den Analogcomputer des Diamantriffs benutzt haben.«

»Richtig.«

»Also, wann genau ist das Ende der Welt, so wie wir sie kennen?«

»Das Ende der Welt, so wie wir sie kennen, war am 18. Dezember 2014 um achtzehn Uhr fünfzehn MGZ.«

Gaby hätte lachen sollen. Die Welt endet, die Schöpfung beginnt, mitten in den frühen Abendnachrichten, und das wird nicht einmal das Hauptthema. Niemand nimmt Notiz davon. Die gesamte Geschichte ist zusammengeballt zu einer Singularität und wir fahren ungerührt mit dem fort, was wir gerade tun; führen unseren Hund spazieren, hassen unsere Arbeit, verletzen den geliebten Menschen, wickeln unsere Geschäfte ab, schaden unseren Kindern. Eine sanfte Apokalypse.

Als sie in der sechsten Klasse war, war ihr Schulzimmer im obersten Stock der Schule gewesen, mit Blick auf eine Baustelle – sehr beliebt im Sommer – und eine Kirche von Jehovas Zeugen. Mitten in Gabys Abschluss-Schuljahr war die Welt untergegangen. Die Zeugen setzten Zeichen für den großen Schlag; seit mehreren Wochen vor Armageddon hatten sie Lebensmittel gegen die Drangsal gehortet, vor allem gebackene Bohnen in Büchsen und Toilettenpapier. Anscheinend waren es nette Leute. Sie fuhren hübsche Autos; Gaby hatte sich gefragt, warum sie das taten, wenn doch alle materiellen Dinge dem Feuer anheim fallen würden. Sie war sich nicht ganz sicher, wann die Welt tatsächlich endete; sie spürte nichts; die Gläubigen machten weiter wie immer, unbeleckt vom Feuer. Sie saßen da mit ihren Bohnen auf Toast und ihren sauber gewischten Ärschen und blickten auf die Schulmädchen hinunter die auf die Bauarbeiter, die kein Hemd anhatten, hinunterblickten, und dachten: *Wisst ihr denn nicht, dass ihr alle tot seid?* Nach drei Tagen kamen sie herunter und stiegen in ihre hübschen Autos und fuhren davon. Es war noch sehr viel Toilettenpapier übrig.

Aber sie konnte über dieses kleine Armageddon nicht lachen, so wie sie über die Zeugen mit ihren Kalendern und Daten gelacht hatte. Deren Datum war falsch, das der Aldabraner nicht.

»Du hast dieses Wissen an die Merina weitergegeben.«

»Ja«, sagte Constanz. »Das ist alles, was ich ihnen gegeben habe. Wenn du jetzt bitte…«

»Natürlich«, sagte Gaby zerstreut. Constanz nahm das Kästchen nicht gierig entgegen, aber Gaby wusste, sobald sie weg sein würde, würde er die zerknüllte Seide und das Wachspapier herauszerren, nur um an eine Scheibe zu gelangen, eine verdammte Scheibe, sich das beschissene Ding ans Herz drücken und vor den Fremdwesen in seinem Kopf weglaufen, die ihn sehr, sehr alt machten.

Er zuckte zusammen, als Gaby ihm für einen kurzen Augenblick die Hand auf den Arm legte, bevor sie ging.

»Danke.«

Constanz verzog das Gesicht. Du hältst dich für einen Verräter, dachte Gaby. Jetzt bist du einer. Während du noch ein Stammesangehöriger warst, als du nur Constanz warst, der Walforscher des aldabranischen Volkes, warst du lediglich bestechlich und das ist jeder. Aber jetzt bist du ein Bürger des Merina-Protektorats von Aldabra und damit kommen Geheimnisse und Verrat und Schuld. Und Verräter. Sie schloss die Tür zu dem schönen Raum.

34

Es war die letzte Nacht, in der Gaby ihr Feuer unten am Meer entfachen würde. Am Morgen sollte die *Kariokor* zurück zum Festland fliegen. Es gab ein Problem in Loosogonio, in der Masai-Ebene südlich des Kilimandscharo, das eines Missionars bedurfte. Doch heute Abend las Gaby müde Zufriedenheit aus Faraways Rücken. Er hatte die Harambee-Mission im letzten Abschnitt noch gerettet. In den alten SkyNet-Zeiten war er stets ein besserer Torwart gewesen, als man es ihm zugetraut hätte. Im frühen Herbstnebel des Großen Boma besprach das Ältestengremium die Bedeutung der Botschaft aus dem Meer.

»Das Datum stellt immer noch ein Rätsel dar«, sagte Faraway. Er rollte sich auf den Bauch. Er kannte jetzt die Tricks. »Das Ältestengremium hat Korrelationsrechnungen durchgeführt, aber bis jetzt haben sie nichts Bedeutendes herausgefunden.«

Es war eine gewaltige, sternenhelle Nacht. Der Wind blies nur mäßig, die Brandung war schwach. Das Feuer war herabgebrannt zu rotglühenden Kohlen, gebettet in Flocken weißer Asche, die der Wind hochwirbelte.

Gaby nahm die Hände von ihm und setzte sich in den Sand, die Knie zur Brust angewinkelt.

»Du erinnerst dich, was ich dir über das Zeug erzählt habe, das T.P. Costello mir von Shepard geschickt hat? Nun, das war nicht alles.«

»Von Shepard?«

»Nein, nein. Von den Raum-Leuten. Diejenigen, die aus dem Schiff ausgestiegen sind. Sie bezeichnen sich jetzt als die Big Sky Nation, sie haben da droben irgendeine Art von Organisation geschaffen. Sie haben mit der Erde kommuniziert, indem sie freie Kanäle auf der Iridium-Comsat-Frequenz benutzten – und soweit ich weiß, machen sie das immer noch. Droben im Norden gibt es Leute, die ihnen zuhören und die Informationen verbreiten. Sie berichten, dass Shepards Abtrünnige Zugang zur fünften Kammer erhalten und sie betreten haben.«

»Wann war das?«

»Am achtzehnten Dezember 2014.«

»Um welche Uhrzeit?«

»Siebzehn Uhr zehn MGZ.«

Sieben Wellen brachen sich sanft, bevor Faraway sprach.

»Sie betraten die fünfte Kammer und eine Stunde später endete die Welt.«

»Sie begegneten einer Singularität.«

»Einem kleinen schwarzen Loch?«

»Möglicherweise. Vielleicht war es sogar dasselbe, das sie benutzten, um Hyperion zu zerstören und das GDO herzustellen. Anscheinend gibt es buchstäblich keine Grenzen dessen, was die Chaga-Schöpfer zu tun vermögen. Wenn es…«

»Dann sind sie mit Sicherheit tot. Tut mir leid, Gaby.«

»Seit meinem Gespräch mit Constanz bin ich über das hinweg, durch es hindurch. Was ich denke – was ich glauben möchte, was ich hoffe – ist, dass es eine metaphysische Singularität ist; eine Art von Bewusstseins-Ereignishorizont. Was mir Angst macht, ist der Gedanke, dass sie irgendwie eine Singularität hergestellt haben könnten.«

»Demnach hast du seither nichts mehr gehört.«

Der Mond schwebte am Rand des Meeres, riesig und rot und falsch. Das GDO war unter Verschluss. Gaby war froh darüber. Plötzlich zog sie das Hemd aus, schlüpfte aus der Hose. Heute Abend gab es keine kleine spionierende Sari. Sie war in Ungnade gefallen. Mit der Zielperson zu schlafen war eine Kardinalssünde. Ganz zu schweigen von einer noch verschorften Wolfskopf-Tätowierung auf der linken Brust.

Gaby legte sich hin und drückte ihre Haut gegen Faraways Haut, Seite an Seite, mit der ganzen Länge ihres Körpers. Sie legte die Hand auf die flachen Muskeln seines Bauches.

Faraway reagierte nicht. Stattdessen sagte er: »Weil wir so aussehen wie damals, weil wir uns genauso fühlen, bilden wir uns ein, dass wir noch so sind, aber wir sind es nicht. Wir sind alt, viel Zeit ist vergangen. Wir sind nicht mehr die, die wir einmal waren.« Er richtete sich auf, berührte Gaby sanft an der Hüfte. »Gaby, das wird sich für dich seltsam anhören, aber es gibt jemanden in meinem Leben. Wir sind jetzt seit drei Jahren zusammen und anscheinend liebt sie mich – ich kann mir nicht vorstellen warum. Ich würde ihr niemals weh tun, Gaby. Ich denke, wir sollten uns anziehen und vernünftig sein. Ich erwarte immer noch eine Antwort auf meine Frage.«

Er tauchte in seine Dschellaba.

»He, Faraway, von allen Körben, die ich bisher bekommen habe, war das einer der nettesten.«

»Danke. Du verdienst nichts Schlechteres. Ich mag zwar alt sein, Gaby, aber ich bin immer noch der tollste Hecht, den du je kennengelernt hast, und du wirst auch nie etwas Besseres finden.«

Sie lachte gegen ihren Willen. Nachdem er gegangen war, blieb sie am Feuer sitzen, bis es zu weißer Asche zerfiel und im aufkommenden Wind davonstob.

35

Verführt durch Gerüchte über frühe Regenfälle auf die Serengeti, wanderten die Elefanten nach Westen. Wenn die Elefanten wanderten, dann wanderte auch das Volk der Fwa, seine Leute, seine Behausungen, seine Dörfer. Jetzt, am fünfzehnten Tag der Wanderung, waren die Townships Sieben bis Fünfzehn auf der kahlen Hochebene von Tarangire untergebracht; sie befanden sich vierhundert Loolmalasin-Masai gegenüber, bewaffnet mit Rindern, einer unerschütterlichen Geisteshaltung, mit Speeren und reproduzierten AK47ern.

Es gibt eine Theorie, dass die menschliche Geschichte das sterbende Echo eines urzeitlichen Krieges zwischen Bauern und Nomaden sei. Diese Theorie bricht zusammen, wenn die Bauern, ihre Höfe, ihre Dörfer, ebenso nomadisch sind wie die Schafzüchter. Angeregt durch den Moloch der alten mobilen UNECTA-Basen, der sich durch die Savannen schleppte, fuhren die Fwa-Dörfer auf den Rücken der gewaltigen wandelnden Maschinen. Sie bewegten sich mit der Geschwindigkeit der Jahreszeiten, stapften etwa einen Kilometer am Tag entlang der Elefantenwanderrouten voran. Jetzt waren ihre Wanderbewegungen aufeinander geprallt.

Die Fwa waren Elefanten-Leute.

Die Loolmalasin waren Kuh-Leute.

Der Missionar des Harambee war hier, um sie davon abzuhalten, sich gegenseitig umzubringen.

»Es ist natürlich widerwärtig, dass zwei Mitgliedsnationen möglicherweise am Rande eines Krieges stehen«, sagte Faraway, wobei er unter dem Sonnenschirm auf dem Aussichtsdeck von Subship Eins an seinem sehr kalten Bier nippte. Gaby polarisierte die Augen, um Township Zwölf auszumachen, zwei Kilometer entfernt jenseits der ausgebleichten Savanne, außerhalb der Reichweite des Sonnenglasts. Im tiefen

Schatten unter der Ökosystem-Platte hob der Transporter einen Schuh, schob ihn nach vorn, setzte ihn ab. Staub wirbelte auf und flog davon. Sie dachte an das alte Bildungs-TV über den Über-Tage-Bergbau sowie über ungeheuerliche Kolosse, die an Zugleinen marschierten. Sie dachte an Geschichten von Schildkröten, die zwischen den Sternen schwammen und die Worte auf ihren Panzern trugen. Gaby wusste alles darüber, dass eine Tradition das Recht für sich in Anspruch nahm, durch das Territorium einer anderen Tradition zu stapfen.

»Solltest du denn nicht irgendetwas tun; verhandeln, fördern, unterstützen, was auch immer?«, fragte Gaby. Faraway dachte nach und bestellte noch ein Bier. Subship Eins wurde als Wild-Lodge geführt. Ihr üblicher Platz war vor der Hauptvorhut, zwischen den Elefantenherden; sie war in die Samba-Linie zurückgezogen worden, wie die Fwa ihre Wanderung nannten. Vorn an der Front, isoliert, wäre sie sicher von den Loolmalasin niedergebrannt worden. Es kursierten Gerüchte, wonach die Masai Elefanten getötet hatten, die sich in ihr Weideland verirrt hatten.

»Ich stelle lediglich eine moralische Autorität dar«, erklärte Faraway. »Dieses Bier schmeckt wirklich ausgezeichnet. Nein, sie sind durchaus in der Lage, ihren Zwist unter sich zu klären. Und das werden sie tun, nun da sie wissen, dass ihre Eltern zusehen. Unterdessen werde ich eine wohlverdiente Ruhepause genießen. Entspann dich, bis jetzt ist noch niemand gestorben, und deine Unkosten werden voll vom Harambee bezahlt. Das hier ist ein angenehmer Ort, wir sind nur zu einer nicht besonders günstigen Zeit gekommen.«

Sehr angenehm, dachte Gaby, und besonders günstig für das, was du willst, was eine positive Antwort auf die Frage ist, die du an jenem ersten Abend am

Strand gestellt hast. Denn hier lasse ich mich leicht verführen; das ist wieder das alte Afrika, es sind die Hochebenen und die Tiere, die sich darauf bewegen, und der weite Himmel und die Menschen, die auf Atome von Empfindungsfähigkeit reduziert sind. Es ist all das, was ich einst geliebt und für verloren gehalten habe, und du weißt das.

Das war wieder Tsavo West; jene Zeit, als ihr Gefühl für Shepard zu einem wundervollen Schmerz geworden war. Wie die Forscher von UNECTA*Afrique* bestand das Volk der Fwa aus vielen Nationen: schwarz, weiß, asiatisch. Hübsche hybride Kinder rannten zwischen den topfförmigen Häusern herum und durch die Fabrik-Farmen. Eine Gruppe amerikanischer Zoologieforscher wurde hier ausgesetzt, damals in den verrückten Tagen, als sich Tansania auflöste; vom Chaga entwickelt, war Arbeit zu Leben, zu Glauben geworden. Die Polymer-Häuser waren mit Elefanten geschmückt. Männer strebten nach der Kraft von Bullen; Frauen beteten gegen die qualvollen Schwangerschaften von Kühen. Ihre multirassischen Kinder trugen Elefantenamulette und -fetische. Jede Gemeinde trug ihren Schrein nach Ganesh. Die mobilen Townships wanderten wie Elefanten. Sie schüttelten die Hände vieler Besucher, die kamen, um ihre Elefanten zu besichtigen. Gaby schätzte ihren Sinn für Identität und Zielstrebigkeit. Auch das war eine Erinnerung an das verlorene Afrika. Ein Teil von Faraways diplomatischer Verführung.

Aber Shepard hat mich damals mitgenommen, um mir etwas Wundervolles zu zeigen, dachte Gaby. Kannst du das auch?

Der ATF-Fahrer hatte Serena gewarnt, dass sie von blauen Flecken übersät sein würde, wenn sie darauf bestünde, während der Fahrt zu stehen. Er fuhr sehr schnell. Er hatte Recht gehabt, ihre Rippen, Hüften und das Schlüsselbein würden am nächsten Morgen blau sein, aber das Gefühl der Geschwindigkeit war berauschend für jemanden, der bisher als schnellstes Fortbewegungvehikel einen tuckernden Lagunen-Einbaum gekannt hatte. Federn und Banner: Ihr Haar und die flatternde Harambee-Fahne gaben den Touristen diplomatischen Schutz; Staub stob von den Rädern auf und zerbrach in Spiralenteufel, die über die Ebene davonzogen. Serena winkte Gaby zu. Der zweite Wagen war nah genug, dass sie vom Mund ihrer Mutter die Worte *Setz dich!* ablesen konnte. Faraway lachte.

Die beiden Fwa-ATF teilten sich um eine Termitenburg herum, die mit zehn Meter hohen roten Stacheln besetzt war. Gaby und Faraway nahmen die gefährlichere Strecke zu der Herde im Norden; Serena und Oksana fuhren nach Westen. Ein Wagen pro Herde. Elefanten musste man achten: zu viel menschliche Neugier entwürdigte sie. Der Fahrer erwischte mit hundertzwanzig ein Schlagloch; Serena wäre beinah über die Überrollbügel katapultiert worden. Oksana packte sie bei den Schenkeln und zog sie herunter.

»Jesus Maria, alles in Ordnung mit dir?«

Ein belustigter Gesichtsausdruck war die Antwort.

Es war mehr als nur die Geschwindigkeit; hier draußen war der Raum an sich erregend. Der Ozean war groß, der Himmel darüber unendlich; aber auf dem Meer war man immer ein Besucher, zwischen fremden Dimensionen schwimmend. Von diesem Land hingegen konnte man ein Teil sein. Man bewegte sich durch es hindurch, nicht darüber hinweg. Deshalb war es ein Vergnügen, herumgeworfen und gestoßen und verletzt zu werden, weil das Land ihr mitteilte, dass es existierte. Es war Wirklichkeit.

Der Geländewagen holperte über eine Erhebung, vier Räder sprangen in die Luft und Serenas Wahrnehmungen stellten sich auf den Kopf. Sie war Wirklichkeit. Sie existierte. Nach den hormonellen Schlachten der Pubertät kommt die neurochemische Kreuzfahrt der Eigenpersönlichkeit. Es ist eine Arbeit von Jahren, eine Seele zu schaffen. In dem Raum zwischen dem Abheben des ATF vom Boden und seinem Herunterkommen mit krachender Federung erkannte Serena, wie klein und eng ihre große, sonnenbeleuchtete Welt gewesen war. Hier war eine große Welt, in die es hineinzuwachsen galt, und sie wusste, dass sie jeden freien Raum und jede Falte mit ihrem aufkeimenden Ich füllen konnte. Du kannst alles haben, sagte dieses Land; du kannst so weit und so schnell wie du möchtest darüber brausen und in jedem Augenblick wirst du etwas Neues finden, etwas, das du zuvor noch nicht gekannt hast. Dies ist ein Ort, an dem du lernen kannst, du selbst zu sein.

Ich möchte nicht zurückkehren, dachte Serena. Ihre Fingerknöchel an den gepolsterten Haltestangen zeichneten sich weiß ab. Ich möchte immer so weiterfahren. Ich möchte mein Volk finden.

Der Fahrer schaltete in einen niedrigen Gang, um einen von Gehölzen bestandenen Flusseinschnitt hinunterzufahren. Schatten und hohe Bäume. Der Fahrer deutete auf etwas. Oksana nickte und zog an Serenas Hosenbein.

»Die Affen!«, schrie sie.

»Was ist mit ihnen?«

Ein weißbärtiges Männchen hielt in seinem eifrigen Masturbieren auf einem Pseudofungus-Wedel inne, um die Eindringlinge anzugaffen. Er entblößte die Zähne und hob ein verblüffendes Segel aus geäderter schwarzer Haut von seinem Rückgrat.

»Fotosynthetik«, rief der Fahrer.

Auf der anderen Seite des Flusses war das Land dichter bewachsen. Das ATF fuhr vorsichtig zwischen

Gruppen von schweren Parasolfungi und Korallenfingern, durchsetzt von Sechseckgestrüpp und Cha-Gras, hindurch.

»Sie treiben sich seit zwei Tagen hier herum«, verkündete der Fahrer. »Droben bei Endabash gibt es einen Kürbishain, sie haben sich einen Wasservorrat für den Rest ihrer Reise zugelegt.« Fünf Minuten später verlangsamte er das ATF auf Schritt-Tempo. Oksana erhob sich und stellte sich neben Serena.

»Ich wünschte, ich hätte ein Fernglas dabei«, sagte sie.

»Ihr werdet keins brauchen«, erklärte der Fahrer. »Glaubt mir.«

Er steuerte um ein Wäldchen aus weinglasförmigen Bäumen herum. Sie standen von Stoßstange zu Zehen einem Elefanten gegenüber.

»Jesus Maria!«, keuchte Oksana.

»Whau!«, sagte Serena.

Dann sahen sie das Ding im Ganzen, das mehr als groß war, mehr als grau, Ohren, Stoßzähne, Elefant. Er hatte einen doppelten Rüssel, zwei lange, biegsame Arme, die in vierfingerigen Händen endeten.

Nüstern hinter jedem Handgelenk blähten sich auf. Der Elefant griff zu, packte den Rand von einem der Weinglas-Bäume und bog ihn nach unten. Wasser platschte aus dem Kelch. Ein Arm hielt den Baum herunter, der andere schöpfte Hände voll Wasser in den Elefantenmund. Der Elefant trank den Baum trocken, dann ließ er ihn zurückschnellen und stapfte in die Deckung des Waldes zurück.

»O Gott«, sagte Oksana.

»Cool«, sagte Serena.

Sie kamen im Schutz schwerer Baumwedel auf die nächste Lichtung. Dort waren neun Tiere; zwei Bullen, fünf Kühe, zwei Kälber. Die Kühe versteckten die Kälber zwischen ihren Körpern. Serena bat Dal, den Fahrer, näher hinzufahren, um die Kälber besser sehen zu können, aber er blieb am Rand der Deckung, mit laufendem Motor, jederzeit bereit davonzubrausen. Die Bullen waren gereizt, zur Verteidigung bereit. Das kleinere, schmächtigere Männchen schwang eine dicke Wedelrippe in der Hand.

»Du möchtest doch wohl nicht herausfinden, wie weit sie so ein Ding werfen können«, sagte Dal.

Sie begegneten einer dritten Gruppe von Elefanten, auf dem Marsch über offenes Buschland zu einer großen Wand aus roten Pseudofungi, die plötzlich so leuchtend aufragte, als ob der Horizont brennen würde. Dies war eine Wanderherde, fünfzig Köpfe. Dal fuhr mit dem ATF neben sie hin, gerade außerhalb der bedrohlichen Reichweite der Bullen. Serena war entzückt über die Babies, dann fiel ihr etwas noch Bemerkenswerteres auf. Einige der Kühe zogen Zweige hinter sich her, beladen mit großen orangefarbenen Zitrusfrüchten. Andere hatten Wasserkürbisse an seilartigen Ranken um den Hals hängen.

»Sie haben ihren Proviant dabei«, sagte sie. »Wie eine Armee auf dem Marsch.«

Dal fuhr mit dem Geländewagen zum Kopf der Prozession. Der Anführer war ein junges Männchen – keiner von dieser Untergattung war über zwanzig. Serena fand, dass er die Gruppe mit einem selbstbewussten stolzierenden Gang anführte. Und das hatte seinen Grund: in der linken Hand trug er den schwelenden Ast eines Baumes.

Feuer. In einer umklammernden Hand.

Serena war mit der Überzeugung aufgewachsen, dass die Chaga-Schöpfer die Intelligenz nährten, aber bevor sie die Elefanten mit Feuer gesehen hatte, bevor sie das Ding, das die Wale aus ihren Gedanken gesponnen hatten, berührt hatte, hatte diese Überzeugung keinerlei emotionales Gewicht gehabt. Dal hatte das ATF vor der Wandergruppe angehalten; Serena konnte dem großen Männchen in die Augen sehen. Er blickte in die Zukunft. Die wahre Reise fand durch die Zeit statt. Tausend Generationen folgten ihm. Die am Ende der Prozession waren nur undeutlich zu sehen. Ihre Formen und Fähigkeiten waren verschwommen, vielleicht für ihre Vorfahren nicht zu erkennen, aber die Erde bebte aus Angst vor ihnen.

Dal fuhr von der Herde weg. Der Bann war gebrochen, doch die weite Ebene und der Himmel darüber kamen Serena nicht mehr gleichgültig und heiter vor. Sie war auf ein Stäubchen reduziert worden, eine Laus in der Haut von Afrika, jung, unvernünftig, nicht wissend, wer sie war. Du denkst, du bist so weit gekommen, hast alles so gut gemacht, und dann siehst du den Weg vor dir und erkennst, dass du noch nicht einmal angefangen hast anzufangen. Die Prozession ist lang. Sie hatte sich selbst durch einen tiefen, kalten Blick auf ihre eigene Unsterblichkeit einen eisigen Schauder eingejagt.

Dal hatte Recht gehabt. Als das ATF neben dem linken Fuß von Subship Eins einschwenkte, verfärbten sich die Prellungen an Serenas Unterarmen und Rippen allmählich purpurn.

36

Faraways Schlag zerbrach die Kabinentür wie trockene Ruten.

Gaby kniete am Boden, einem sterbenden Hund gleich. Die Haare hingen ihr ins Gesicht. Ihr Körper zuckte, sie würgte und japste.

»Nein!«, schrie sie. »Geh weg! Geh weg, tu mir das nicht an!«

Faraway kniete neben ihr. Gaby schlug mit einer schwachen Faust auf ihn ein; ein erneuter Krampf schüttelte sie.

»Es tut weh! Es tut weh! Mach, dass es aufhört!«

Ganz Subship Eins war auf den Beinen. Die schmalen hölzernen Gänge waren voll von besorgten Gesichtern. Serena stand in der Türöffnung.

»Hinaus!«, brüllte Faraway sie an. Serena rannte unter Tränen davon. Gaby war auf den Knien, den Kopf gesenkt, die Wangen an den Boden gedrückt, die Arme ausgestreckt. Ihre Finger kratzten an den Holzbrettern. Sie stieß lange, schrille unmenschliche Schreie aus. Der unpassende Erotizismus von Gabys Haltung brachte Faraway auf. Er riss sie an sich. Er konnte sie nicht wie ein brünftiges Tier vor sich sehen. Er nahm sie fest in die Arme. Bei jedem Schrei verstärkte er den Griff, als ob er die Dämonen aus ihr herauspressen wollte, wie Eiter aus einem Furunkel.

Als der Krampf vorbei war, brachte er ihr Wasser.

»Mehr.«

Gaby schluckte gierig zehn Tassen Wasser hinunter.

»Ich habe Schmerzen«, sagte sie verwirrt, als ob sie ihrem Körper nicht traute. »Jede Bewegung tut weh. Das Atmen tut weh. O Jesus, das ist entsetzlich.«

»Du bist ganz okay«, sagte Faraway.

»Nein, bin ich nicht. Das bin ich schon lange nicht mehr.« Sie zuckte krampfartig. Faraway zog sie wieder fester an sich. »O mein Gott, noch nie hat es so weh getan. Du hättest Serena nicht anschreien dürfen. Sie weiß, was zu tun ist.«

»Sie sollte das nicht tun müssen.«

Eine zeitlang Schweigen.

Gaby zitterte am ganzen Körper, dann sagte sie: »Ich glaube, es war ein guter Tausch; all das beschissene Zeug für die Information.«

»Auf diese Weise hast du Constanz also bestochen.«

»Ach, Scheiße... ich dachte, vielleicht eine lange schlimme Nacht und dann wäre ich darüber hinweg. Auf der anderen Seite wieder heraus. Klar. In diesem

Augenblick würde ich dich für ein Pflaster umbringen, wenn du welche benutzen würdest. Und wenn du keins dabei hättest, würde ich dir die Leber herausschneiden und sie aufessen. Es baut sich in der Leber auf, wusstest du das?« Ihre Muskeln spannten sich. Das Zittern begann von Neuem. Gaby presste die Worte mit Mühe zwischen klappernden Zähnen heraus. »Scheiße… Wenn ich nicht unbedingt sterben wollte, wäre ich erstaunt über die Dinge, die mein Körper mit mir anstellt.«

»Du möchtest nicht sterben.«

»Glaub mir eins: ich bin fünfundvierzig; wenn ich nur noch dreißig, vierzig Jahre zu leben hätte, vielleicht käme ich dann damit zurecht, aber sich so zu fühlen, so zu sein, bis in eine unbestimmte Zeit…« Sie schrie auf, als ein Krampf ihre Sehnen wie Violinsaiten straffte. »Wasser…«

Sie kippte weniger als die Hälfte der sechs Tassen, die Faraway ihr brachte, in sich hinein. »Entschuldigung, Entschuldigung«, flüsterte sie, als sie Wasser über ihn kleckerte. Das Schütteln ging vorbei. Faraway legte Gaby aufs Bett.

»Faraway?«

»Was?«

»Die Frage, die du mir am Strand gestellt hast?«

»Ja.«

»Ich glaube, jetzt hast du deine Antwort.«

»Gaby.«

»Ich kann nicht. Ich bin nicht… Bitte… bitte, sprich nie mehr mit mir darüber.«

Faraway saß auf der Bettkante und betrachtete sein Spiegelbild in dem dunklen Fenster. Nach einer Weile hörte er ein Seufzen und als er sich umdrehte, sah er, dass sich Gaby zur Fötusstellung zusammengerollt hatte. Ihr Daumen steckte im Mund. Ihr Atem ging heftig und schnell. Faraway strich ihr die Haare aus dem Gesicht. Ihre Augen rollten wild unter den Lidern. Schreckliche Dinge schauend.

Schreckliche Dinge schauend. Faraway forderte sein Spiegelbild heraus, bis es im nahenden Morgengrauen klein beigab. Graues Licht erfüllte den kleinen holzgetäfelten Raum. Die Townships waren Klumpen dunklerer Dunkelheit. Sie ruhten in der Nacht, um Nahrung aufzunehmen: Bodendurchdringende Ranken unter dem Bauch von Subship Eins saugten Mineralien und organische Materialien auf, um sie in Treibstoff umzuwandeln.

»He.«

»Wie lange bist du schon wach?«

Gaby lag zusammengerollt auf der Seite, mit dem Gesicht zu Faraway.

»Eine ganze Weile. Sieht so aus, als ob es ein schöner Tag werden würde.«

»Ja, das glaube ich auch«, sagte Faraway. »Wie fühlst du dich?«

»Als ob mir ein Warzenschwein in den Kopf geschissen hätte. Dumm. Peinlich berührt. Schuldig wie Scheiße. Es tut mir leid, Faraway.«

»Ist schon gut.«

»Nein, ist es nicht. Ich glaube, das habe ich vergangene Nacht auch schon gesagt, oder nicht?«

»Du hast etwas anderes gesagt, über eine Zusammenarbeit mit mir.«

»Ich erinnere mich, dass ich sagte, du sollst nie mehr mit mir darüber sprechen.«

»Stimmt, das hast du gesagt. Tut mir leid.«

Im zunehmenden Licht trennten sich Gestalten von Schatten. Leute waren an Bord der Maschine, Ingenieure prüften die Mobilitätseinheiten; Aufseher legten die Tagesstrecke des Fwa-Volkes fest. Giraffen bewegten sich durch den lichten Busch; in der Silhouette erschienen sie wie Vokale aus einem organischen

Alphabet. Zebras grasten, die Nasen am Boden. Einen Kilometer im Osten, hob Township Eins langsam den ausgedehnten linken Vorderstiefel. Sie machte einen Schritt. Hinten links angehoben, nach vorn geschoben. Mit gleichmäßigen Fünf-Meter-Schritten folgten die Townships den Regenfällen.

Lautlose Fächerflieger gaben beim Herannahen keine Warnung ab. Plötzlich bedeckte das Luftschiff die Hälfte des Himmels des Mannes und der Frau in der kleinen Kabine. Es hing fünfzig Meter entfernt vom Bug von Subship Eins. Sein Passagier war deutlich zu sehen, wie er an der Fensterluke stand: ein schwarzer Mann in einem weißen Gewand.

Cimarron.

»Nein«, sagte Faraway. »Du solltest nicht hier sein, nicht schon so schnell. Was ist geschehen?«

Die *Kariokor* hob sich und zeigte die Harambee-Scheibe auf ihrem Bauch. Sie setzte zur Landung auf Subship Eins an. Faraway lehnte sich zurück und straffte die Halsmuskeln.

»Die Luo haben ein Sprichwort«, sagte er. »Man soll den Tag nicht nach seinem Sonnenaufgang beurteilen.«

37

Am Morgen des Tages, an dem die Korrupte Karmine starb, rasierte und ölte sie sich den Kopf. Sie zog ihr haltungsförderndstes Schuhwerk an sowie eine rote Polymer-Kastenjacke, die sie besonders gern mochte. Dann putzte sie sich die großen weißen Zähne, schob sich die spiegelnde Sonnenbrille auf der Nase hoch und machte sich auf den Weg, um ihren abgesägten Landrover vom Fahrzeugdepot abzuholen, wo der Nutzlose Moses die klemmende Vorderbremse hätte reparieren sollen. Was er nicht getan hatte.

Der Wagen gab ein pfeifendes, kratzendes Geräusch von sich, als sie auf der Lehmpiste von der Samburu-Basis zum Flugplatz fuhr. Die Flugmannschaft und die aeronautischen Ratgeber bedachten sie mit mitleidigen Blicken, als sie anhielt, um den Diplomatenkoffer in Empfang zu nehmen, den sie nach Marsabit bringen sollte. Sie würde auf ihrer Strecke eine weite Umleitung fahren, in südöstliche Richtung nach Kinna, am Rand des Terminums entlang. Im alten Kenia war dort eine Wild-Lodge gewesen; jetzt gaben die Jahre des Unbenutztseins und des Verfalls sie der Erde wieder. Sie machte häufig einen Abstecher hierher. In dem baufälligen Speisesaal hielt sie die geheimen Zusammenkünfte zwischen dem UNHCR und den Missionaren des Harambee ab.

Die Korrupte Karmine war seit drei Jahren Harambee-Agentin.

Am Tag ihres Todes fuhr sie nicht nach Kinna. Sie kam nicht durch das Tor auf die Straße nach Marsabit. Soldaten waren an dem mit Stacheldraht gesicherten Tor, und ein KLA-Brummer parkte genau auf der gegenüberliegenden Straßenseite. Die Korrupte Karmine stand aufrecht in ihrem Landrover und versuchte, die Soldaten zu bluffen, damit sie ihr aus dem Weg gingen; anschließend versuchte sie es mit einem Spaß. Sie rührten sich nicht. Da wusste sie, dass sie Bescheid wussten.

Sie schlitzten ihre Reifen mit Bajonetten auf.

Daraufhin versuchte sie wegzulaufen, aber Schuhwerk, das haltungsfördernd ist, eignet sich nicht gut zum Laufen. Die jugendlichen Soldaten brachten sie wie Jagdhunde auf der Hauptrollbahn zur Strecke. Sie johlten und heulten vor Vorfreude. Die Flugmannschaften und die Ratgeber wandten sich ab.

Bis die Soldaten sie zu dem Brummer gebracht hatten, hatten sie sie bis auf die Stiefel und die Sonnenbrille ausgezogen. Sie legten sie mit gespreizten Armen und Beinen auf die Motorhaube des Fahrzeugs und banden sie in dieser Stellung mit Stricken fest. Sie hoben ihr Gesicht an. Sie wollten, dass sie sähe, was sie machten. Es waren zwanzig Soldaten. Jeder brauchte fünf Minuten, um sie zu vergewaltigen, jeder kam zweimal dran. Beim zweiten Mal wollten einige der Soldaten neue Sachen ausprobieren, wie Flaschen und Gewehrläufe und Bajonette. Es wurde begeisterter Jubel laut, als der Wachhund hergeführt wurde, dem aber mehr nach Lecken zumute war.

Als die Jungen und Männer und der Hund allesamt zum Zuge gekommen waren, brachten die Soldaten die Korrupte Karmine zur Hinterseite des Brummers. Sie fesselten ihre Hände mit Stricken, dann banden sie sie mit einem Stück Tau an der Anhängerkupplung hinten am Fahrzeug fest. Ein Dreizehnjähriger in einem purpurfarbenen Kampfanzug nahm ihr die Sonnenbrille ab. Sie war zu groß für sein verkniffenes Gesicht. Sie ließen ihr die Stiefel. Sie würde sie brauchen.

Die Brummer aus US-Militärbeständen, die an die KLA, die Kenianische Nationale Befreiungsarmee, geliefert wurden, hatten fünfzehn Vorwärtsgänge. Das machte es möglich, damit über weite Entfernungen über holperigen Boden bei niedriger Geschwindigkeit zu fahren, was die Schaltung eines zivilen Geländefahrzeugs zuschanden gemacht hätte. Sie fuhren mit der Korrupten Karmine auf der Straße nach Loseisa. Mit zwölf km/h. Eine angenehme Jogging-Geschwindigkeit. Nach fünf Kilometern rannte sie immer noch, also fuhren sie querfeldein. Sie schleiften sie durch niederwüchsige Akazien. Nach drei Kilometern sahen sie, dass sie nicht mehr aufrecht lief, also erhöhten sie die Geschwindigkeit auf dreißig. Nach einer halben Stunde trafen sie auf den Ostafrika-Highway. Es war eine gut ausgebaute Schnellstraße, die direkt zurück nach Samburu führte, also beschleunigten sie den Brummer auf seine Höchstgeschwindigkeit von fünfundachtzig.

Eine Stunde nach seinem Aufbruch kehrte der Brummer nach Samburu zurück. Am Ende des Stahltaus hing eine halbe Frau. Die haltungsfördernden Stiefel, Füße, Schienbeine, Beine gab es nicht mehr. Ein blutiger Rückgratstumpf, scharf angespitzt, ragte aus einem ausgeräumten Unterbauch hervor, auf dem sich augenblicklich schwarze, metallisch schimmernde Fliegen niederließen. Die Soldaten hakten die Überreste der Korrupten Karmine ab und brachten sie ins Lager. Dort hängten sie sie an den Handgelenken am Draht auf. Die Leute, die dort wohnten, brauchten ein Exempel. Als letzte Finesse befahl man dem Jungen in dem purpurfarbenen Kampfanzug, der Korrupten Karmine die verspiegelte Sonnenbrille zurückzugeben. Er steckte sie ihr ins Gesicht, aber wegen des Fehlens einer Nase rutschte sie immer wieder herunter, sodass er nach fünf Versuchen zu dem Schluss kam, dass Gott ihm etwas mitteilte, und er die Sonnenbrille für sich selbst behielt.

Antinka hatte die flugvorbereitenden Checks durchgeführt. Die Triebwerke waren eingeschaltet. Die *Kariokor* war bereit, vom Dachgarten von Subship Eins zu starten. Seine untere linke Hand verharrte über dem Sensor in Bereitschaft, um die Einstiegsrampe einzuziehen und die Luken zu verriegeln. In diesem Augenblick kam die verrückte *M'zungu*-Frau im Laufschritt daher, mit fuchtelnden Armen und schreiend.

Der Antrieb wurde in den Leerlauf gedrosselt. Faraway kam Oksana am Fuß der Rampe entgegen, im Schatten des bauchigen Flugkörpers.

»Faraway, nimm mich mit.«

»Warum?«

Oksana hatte ein cinemaskopisches Bild der Korrupten Karmine vor ihrem inneren Auge, wie sie an jenem letzten Morgen, als die *Dostoinsuwo* nach Samburu flog, von der Sonne beleuchtet dastand und ungläubig über die Titten der ungarischen Pornofrauen grinste.

Sie sah das Kriegermädchen auf der Straße nach Gichichi, das Winken, das Lächeln, bevor es im tiefen Wald verschwand. Sie dachte, wenn du ein Isopath wärest, dann würdest du sehen, was ich sehe, du würdest fühlen, was ich fühle, und damit hättest du eine Antwort.

Oksana sagte: »Karmine war meine Freundin.«

»Im diplomatischen Dienst gibt es keinen Platz für persönliche Gefühle«, sagte Faraway.

»Wie bei dir und Gaby«, erwiderte Oksana.

»Auf welche Weise könntest du dich nützlich machen?«, fragte Faraway nach einiger Zeit.

»Ich könnte fliegen«, antwortete Oksana. »Ich bin eine beschissene Soldatin, ich kann nichts selbst entscheiden, ich brauche Befehle. So wie in den alten UNECTA-Zeiten. Jemand muss mir sagen, was ich zu tun habe – geh dahin, mach dieses, bring das dort hin, hole jenes zurück. Dann tue ich es. Keine Fragen, kein Zögern, keine Beschwerden, es wird erledigt. Jesus Maria, ihr braucht Kuriere, ihr braucht jemanden, der Besorgungen für euch macht.«

»Kannst du so eine Maschine wie diese fliegen?«

»Nein.«

»Was kannst du fliegen?«

»Flugzeuge.« Richtige, ehrliche, schwerfällige, mit roher Gewalt arbeitende aerodynamische Flugzeuge. Turbogetriebene, treibstoffsaufende, laute, draufgängerische, anfällige Flugzeuge. Die sich hinauf- und hinunterbringen lassen und die einen lieben und alles für einen tun. Die einen vom Himmel abstürzen lassen, wenn man ihnen Unrecht tut, die in dieser Hinsicht stets gefährlich sind und so aufregend, weil es sich um eine Liebesaffäre auf der Basis von Lust, nicht von Vertrauen handelt.

»Wenn ich Flugzeuge mit starren Flügeln hätte, könnte ich dich bestimmt gebrauchen.«

»Ist das ein Problem?«

»Ja, ist es.«

»Ein Flugzeug kann beschafft werden.«

Faraway wirkte sehr belustigt.

Sie fuhr fort: »Aber du musst mich nach Kirinja bringen.«

»Das ist vernünftig. Wie lange brauchst du zum Packen?«

Oksana hielt einen kleinen Lederrucksack hoch.

»Gut. Dann brechen wir also auf nach Kirinja.«

Die Rampe wurde eingefahren, als Oksana im letzten Augenblick aufsprang.

38

Das Projekt war so ungeheuerlich, dass Anansi die dunklen Gläser über seiner Brille hochklappte, um die Feinheiten in Augenschein zu nehmen.

Der Balkon des Cafés verlief um die geschweifte Außenfläche des Gebäudes wie ein Leibgurt um einen vollen Bauch. Er überblickte die Kreuzung der Hauptstraßen von Kanja und Nembure. Leute wimmelten über die Kreuzung und hielten inne, um zu plaudern und Neuigkeiten auszutauschen und *Matatus* zu wechseln und einzukaufen und an den vielen Buden etwas zu essen und zu trinken. Oksana Michailowna dachte: es ist gut, wieder eine Stadt um mich herum zu haben; verloren unter Leuten, ihren Stimmen, ihren Gerüchen, ihrer öffentlichen Kleinkariertheit. Der *Maître* in seinem makellos weißen Hemd hatte ein Paar hinauskomplimentiert, um den Tisch in der Ecke für Anansi und seine Gäste frei zu machen. Beschwerden wurden durch Nicken und Flüstern beschwichtigt. Kaffee kam sofort, dazu knusprige Mandelstäbchen.

Anansi der Weber beugte sich über die Skizzenrolle, die an den Ecken mit leeren Espressotassen und der nachgemachten Alessi-Kaffeemaschine beschwert war, damit sie sich auf dem Tisch nicht aufrollte. Er lächelte verzerrt.

»Als ich davon sprach, dass Mombi Ihnen einen Gefallen schuldet, hatte ich mir nicht vorgestellt, dass Sie ein Flugzeug meinen.«

»Gilt mein Guthaben in dieser Stadt nicht?«, fragte Oksana.

»Mombi verschaukelt niemals jemanden«, sagte Anansi in akzentfreiem Russisch. »Wie Sie wissen, sind die Herstellungskosten kein Problem, obwohl ich glaube, wir müssen dieses Ding *in situ* bauen. Die Schwierigkeit besteht darin, dass seine Konstruktion gewisse… äh… Herausforderungen in sich birgt.«

»Sicher sind Sie Manns genug, um damit fertig zu werden«, reizte Oksana ihn.

»Bitte«, sagte Anansi. Er hatte sich während der Monate, seit Oksana ihn zum letzten Mal gesehen hatte, einen kleinen Bauch zugelegt. Die Geschäfte liefen jetzt in großem Rahmen und sie hatten den Kaffeekrieg gewonnen. Es waren nur fünf Leute aus dem Hochland ums Leben gekommen und sie alle waren Angehörige der gegnerischen Familie und damit legitime Ziele gewesen. Der neue Krieg wurde gegen eine Gruppe geführt, die Buckyware aus Kirinja über die Grenze schaffte. Mombi hatte bereits in mehreren Geschäftsbereichen die Vorherrschaft verloren. Die

Schmuggler genossen schweren Schutz. Sie zu vernichten, wäre mit großen Mühen verbunden.

Überall ist Krieg, dachte Oksana, angehende Soldatin des Harambee.

»Sie wollen es bestimmt nicht genau so.« Anansi nippte an seinem Kaffee.

»So weit wie möglich.« Hoher Schwanz, hohe Flügel, Motoren über den Flügeln. Ein großer leerer Bauch, der alles überallhin tragen konnte, wie eine Mutter. Die wiedergeborene *Dostoinsuwo.*

»Ich sehe ein gewisses Problem mit der VTOL-Kapazität. Wir haben keinen Zugriff auf ukrainische aeronautische Konstruktionspläne. Ich bezweifle sogar, dass die alten Datenbasen der Universität Nairobi über derartige Kenntnisse verfügen. Ich muss zu Nawa gehen, um diese Informationen aus dem Norden zu bekommen, und sie wird ihren Preis verlangen.«

»Wieviel?«

Anansi streckte die Hand aus. Oksana ergriff sie. Sie spürte, wie sich ihre Augen beim Empfinden von Wohlstand in Anansis Buckygehirn, verglichen mit ihrer eigenen Armut, weiteten.

»Hm«, sagte Anansi. Er rührte mit einer Mandelstange in seinem Kaffee. »Wie ich erfahren habe, sind Sie im sibirischen Schamanismus bewandert. Die Ähnlichkeiten und Unterschiede zwischen dem afrikanischen und dem sibirischen Schamanismus interessieren mich sehr. Die Vorstellung von einer universellen spirituellen Sprache fasziniert mich. Wären Sie bereit, über dieses Thema mit mir zu diskutieren, hier, eine Stunde täglich, bis das Flugzeug fertiggestellt ist?«

»Ist das Ihr Preis?«

»Ich werde Nawa aufrütteln und Sie werden mir eine Stunde ihrer Zeit schenken.«

»Schamanismus.«

»Ja.«

»Nichts Kleingeschriebenes, keine weitergehenden Ansprüche, keine Verarschung?«

Anansi klappte die dunklen Brillengläser hoch.

»Trauen Sie mir das zu?«

Ja, dachte sie, aber nicht auf diese Weise.

Der erste falsche Lexus brachte Lenana und ihre neue Partnerin L'Oriente zu dem Sportplatz in Kiamutugu, wohin Oksana mit der *Gott Geschwindigkeit!/James Bond: der Killer* geflogen war. Zul war eines der ersten Opfer im Krieg gegen die Schmuggler gewesen. Das Vorauswissen der Zukunft konnte sie nicht vor einem Meuchelmörder schützen, der ein Bruder in der Präkognition war. Zul und ihr Mörder hatten sich gegenseitig durch ein Moiré-Muster sich überkreuzender Weissagungen gejagt und sich darin versteckt, bis er aus der letzten aller möglichen Zukünfte ausbrach und sie vom Brustbein bis zur Klitoris ausweidete. L'Oriente kleidete sich in schwarze Gummi-Overalls und war schnell. Sehr schnell. Neuralbeschleuniger pumpten ihre Reaktionsgeschwindigkeit auf das Fünffache der menschlichen Norm hinauf. Sie und Lenana gingen zu jeder Tür der umliegenden Mietshäuser. Gefälligkeiten wurden eingefordert. Verhaltensweisen wurden mit Nachdruck durchgesetzt. Die großen Katzen waren darin sehr erfolgreich. Torpfosten wurden gefällt, Fußbälle eingezogen, Kindern wurde höflich, aber unmissverständlich mitgeteilt, dass sie in einer anderen Straße spielen sollten, während das Hardware-Team Gebilde, die wie kranke Baumstümpfe aussahen, im Mittelkreis aufstellte und zusah, wie diese ihre Kokons spannen.

Der zweite Lexus brachte Anansi und Oksana Teljanina zu Nawa, der Händlerin. Sie wohnte in einem Innenhof mit Brunnen und blauen Kacheln und einer geometrisch angelegten Bepflanzung im maurischen

Stil. Nawa war eine große, spindeldürre Galla-Frau Ende der Zwanzig. Ihr kurzgeschnittenes Haar war weiß gebleicht. Ihre Wangen waren von Pockennarben aus der Kindheit verunstaltet. Sie saß an einem gefliesten Tisch inmitten blühender Büsche und reichte Pfefferminztee, während ihre Besucher erklärten, was sie von ihr brauchten. Dann schüttelte sie Anansi die Hand und ging davon, um sich ihrer Arbeit zuzuwenden. Als sie vom Tisch aufstand, sah Oksana, was die Büsche verborgen hatten: den dicken, fleischfarbenen Nabel, der mit knorrigen Neuralzapfen in die Basis ihres Rückgrats eingehakt war.

Ihr Orthokorpus kauerte auf seinen muskulösen, leichenblauen Hühnerbeinen in einem Boudoir aus Kletterrosen und Kamelien. Als Nawa aus ihrem Seidenkleid stieg, öffnete es sich, um sie zu empfangen. Fleischige Lippen schlossen sich, die Neuralimplantate koppelten sie ans Planetennetz an. Der Symbiont machte auf seinen krallenbewehrten Füßen einen Schritt nach vorn, Oksana fielen die stapfenden Townships des Fwa-Volkes wieder ein. Sie dachte an die Hütte von Baba Yaga, die auf Hühnerbeinen schwerfällig durch den Wald geschlurft war und Kinder gejagt hatte. Sie konnte Nawas vernarbtes, hübsches Gesicht, das zu Falten von rotem Fleisch aufgeworfen war, nicht ansehen.

Die Händlerin schloss die Augen.

»Wir können jetzt aufbrechen«, sagte Anansi. »Sie ist da draußen.«

Nawa hatte die schematischen Darstellungen aus Kiew erhalten, bevor Oksana zu ihrem billigen Gästehaus zurückgekehrt war. Der Lexus drückte eine Speicherzelle aus seinem Nervensystem. Während Anansi diese in die Brusttasche seiner Deschellaba gleiten ließ, gelang es ihm beinahe, den größten Teil einer religiösen Prozession, die eine schwarze Madonna um ihren Sprengel schleppten, zu Märtyrern zu machen. Oksana hatte seinen erschreckenden Fahrstil vergessen.

»Jetzt entwickle ich Paradigmen, und dann lasse ich sie sich gegenseitig umbringen«, sage Ansansi. »Wir müssten bis morgen früh einen geeigneten Überlebenden haben. Vergessen Sie nicht, unser erstes Gespräch über den Schamanismus findet um elf Uhr statt. Der *Maître* hält einen Tisch für uns bereit.«

Während der ersten Sitzung unterhielten sie sich jedoch darüber, wie Anansi beim Nachbau einer senkrechtstartenden Antonow-Transportmaschine aus Erde und Scheiße vorgehen würde. »In Diamant«, fügte er hinzu. »Das ist billiger. Und sicherer.«

Es war eine darwinistische Angelegenheit. Anansi webte Codes in Fullerene, Maschinen-DNS, kopierte sie, mutierte sie, setzte sie in einer Arena aus. Design-Lösungen in der Größe von Molekülen kämpften gegeneinander und begatteten sich und tauschten und demontierten sich gegenseitig, bis das eine, das den Paramatern am wirkungsvollsten entsprach, überlebte.

»Die Design-Parameter sind die Umwelt«, erklärte Anansi. »Die Bevölkerung entwickelt sich so, dass sie sich ihr anpasst. Normalerweise wär's das; ich würde die Dinge in einem Reaktor freisetzen, aber eine komplizierte Maschine ist eher eine Symbiose aus Teilen: dies ist lediglich die Flugzeugzelle. Ich muss getrennte Keimblasen für die Kontroll- und Antriebssysteme herstellen und sie auf das Skelett aufsetzen.«

»Sie sind kein Ingenieur, sie sind ein Gynäkologe«, sagte Oksana.

»Und auch ein Gärtner, ein Beschneider und Pfropfer von Nanokarbon-Bonsais, wenn wir schon Metaphern strapazieren wollen. So, können wir jetzt über diese Vorstellung vom Weltenbaum sprechen?«

»Sie essen zu viele von diesen Mandeldingern«, sagte Oksana.

Anansi hatte Oksana gesagt, dass es mehrere Tage lang nichts zu sehen gäbe und die Aktivitäten sich auf der Ebene von Atomen abspielen würden, aber an diesem Abend nahm sie ein Mopedtaxi nach Kiamutugu. Die Fahrzeugführer – zwei einheimische Jungen mit Kurzzeitvertrag, die übertrieben bewaffnet waren mit den beiden Gewehren, die man ihnen gegeben hatte – forderten sie mit einem Nicken auf, einzusteigen. Sie drückte die Hände und das Gesicht an die Zwei-Meter-Kugel aus spermaähnlicher Flüssigkeit in der Mitte des Netzes aus Strahlen und Balken und bildete sich ein, das Schäumen und Aufwallen reproduzierender Buckies zu sehen.

»Die besondere Eigenschaft des Weltenbaums besteht in einer andauernden Erneuerung«, erzählte Oksana Anansi bei ihrem nächsten Treffen. In den Straßen herrschte politische Unruhe; eine Gruppe von Männern, die selbstgemalte Harambee-Fahnen trugen, stellten sich lautstark einer Gruppe ohne Fahnen entgegen. »Es ist eine ewige Wiederkehr; Seelen gedeihen auf seinen Ästen wie Früchte; der Ort der Toten ist unter seinen Wurzeln, sie werden durch die Wurzeln nach oben gezogen und wiedergeboren. Unsere Leben sind auf seine Blätter geschrieben, wenn ein Blatt fällt, stirbt ein Mensch. Seine Zweige halten den Himmel hoch – die siebenundzwanzig Himmel, obwohl die Welten nur in dem Sinn nahe beieinander sind, wie verschiedene Äste eines Baums nah beieinander sind, weil sie am selben Stamm wachsen.«

»Ich denke, das ist eine allgemeingültige Wahrheit«, sagte Anansi. »Der Baum ist die Wohnstatt des Geistes, von Gott; der Mensch wurde vom Affenbaum geboren. Der Baum ist der Stammbaum der Menschheit.«

»Ich klettere auf Bäume«, sagte Oksana. »Für mich bedeutet das, in geistige Gefilde zu fliegen.«

»Ach! Fliegen!«, sagte Anansi. Die heftige Auseinandersetzung auf der Straße verebbte ohne *Rungus* und gespaltene Köpfe, doch mit vielen nachhallenden Beschimpfungen.

Anansi führte Oksana zur Gebärmutter-Fabrik. Er hatte einen Vergrößerer in die Eiwand programmiert.

»Da, sehen Sie das?«

Endlich sah sie es; eine winzige Locke aus durchsichtigem Knorpelmaterial, kleiner als Flohscheiße, die an den Enden vor Fullerene-Aktivität sprudelte.

»Mein Flugzeug«, sagte sie.

»Dieser Drogenflug«, sagte Ansansi bei der nächsten Sitzung. »Erzählen Sie mir etwas darüber.«

Auf der Straße wurde wieder protestiert; heute waren es nur die Harambee-Männer.

»Ekstatische Trancezustände und geistige Besessenheit sind allen menschlichen Religionen gemeinsam, aber für mich ist das ein Symbol, eine Metapher. Für mich sind die Geister innere Zustände, Aspekte meiner Persönlichkeit, meines Unterbewusstseins.«

»Ach, dann sind Sie also eine freudsche Schamanin.«

»Nein, ich bin eine linguistische Schamanin. Veränderte Bewusstseinszustände bleiben unbewusst, vorbewusst, weil sie keine sprachliche Struktur haben – oder welche Struktur auch immer sie haben mögen, sie ist jedenfalls nicht logisch, sprachähnlich. Das ist vergleichbar damit, wie in einem Traum Identitäten nicht festgelegt sind; man kann ein anderes Gesicht haben, der beste Freund sieht aus wie jemand anderes, alltägliche Worte haben eine vollkommen andere, aber sehr konsequente Bedeutung. Eine andersgeartete Logik – ich weiß, dass Weisheit darin steckt und sehr viel Macht, wenn wir sie anzapfen können. Ein schamanischer Flug ist ein Flug im Innern, zu diesen veränderten Bewusstseinszuständen, und die Drogentrance ist die Sprache, derer er sich bedient.«

Als sie das nächste Mal ihr Baby ansah, war es von einem Flohschiß zu einer Spinne herangewachsen, ein glitzerndes, zappelndes Ding, ganz Beine und Drähte, eingebettet in Gelee.

»Es wird fliegen«, versicherte Anansi.

Am nächsten Tag wurde nur wenig über den Schamanismus gesprochen, da Chehe seinen neuen Status als Mitglied des Harambee feierte. Anansi warf abfällige Blicke auf die Kinderchöre, die Trommler und Tänzer und die Feuerwerkskörper, mit denen alte Frauen und Hunde beworfen wurden.

»Sie geben ihre Freiheit auf und das feiern sie mit einer Party. Ich kann nicht verstehen, warum die Leute unbedingt irgendwo dazugehören wollen.«

»Ich schon«, entgegnete Oksana.

Mopeds und Motorroller kreisten laut hupend um die Kreuzung. Beifahrer schwenkten Harambee-Fähnchen. Auf den Soziussitzen saßen ausschließlich Frauen, wie Oksana bemerkte.

»Kipchobe, ich gehe davon aus, dass du mit diesem Wahnsinn nichts zu tun hast.« Anansi blaffte auf Suaheli den *Maître* an.

»Nicht das Geringste. Dieses Café wird harambeefreie Zone bleiben.«

»Dann bleibe ich Kunde.«

Oksana verstand nicht, wie sich das Café *Lucky* vom politischen Willen seiner Nachbarschaft ausschließen konnte, so als ob ein Baum im Monsun darum bitten würde, dass auf ihn kein Regen fallen möge.

»Für Afrikaner ist das nicht so schwer«, sagte Anansi, nun wieder auf Russisch. »In allererster Linie gehört man seinem Stamm an, seinen Leuten, und das bleibt so, wohin immer man geht, mit wem immer man zusammen ist. Nichtgeografische Staaten sind für uns etwas ganz Natürliches.«

An diesem Nachmittag zog Oksana aus ihrem billigen, trostlosen möblierten Zimmer aus und benutzte den letzten ihrer Händedrucke für eine Kaution auf ein Apartment in dem Häuserblock beim Fußballplatz. Das geschah nur zum Teil deshalb, weil sie nahe dem Ort der Geburt sein, das Ding wachsen spüren wollte, während es reifte und sich zusammenfügte in seinem Sack mit Flüssigkeiten. Anansis beiläufige Beschuldigung hatte sie getroffen; sie wollte zu irgendetwas dazugehören. Sie brauchte Menschen um sich, Einsamkeit machte sie kaputt. Sie musste einen Stamm haben.

Die Leute von Kiamutugu waren auf höfliche Weise argwöhnisch gegenüber dieser neu zugezogenen, potentiell Kinder fressenden *M'zungu*-Frau *ohne Mann*, doch am ersten Morgen lag in Zeitungspapier eingewickeltes Obst vor ihrer Tür und am Abend stand da eine Flasche Bier. Es zahlte sich aus, wenn man sich an der Seite von Mombis Freunden hielt.

Inzwischen war *Dostoinsuwo Surrexit* zu einer Kreuzung aus nanoerzeugtem Kohlenstoff von der Größe einer Hand und einem diamantenen Falken, der in seiner Hülle schwebte, herangewachsen. Im Laufe der nächsten Tage würde sich der Kokon so ausdehnen, dass er den größten Teil des Platzes ausfüllen würde. Dann würde der Nanovogel Rippen und Spieren aussenden, um das Skelett eines Fluggerätes auszubilden; Rumpf, Flügel, Leitwerk, Streben und Rüstgerät. Anansi hatte bereits die Buckies für das Kontrollsystem entwickelt – die KI würde sich mittels Knochen-Phoresie direkt mit ihrem Hilfsgehirn verbinden. Flug-durch-Geist. Er brachte sie in einem versiegelten Aluminiumbehälter zur nächsten Sitzung mit; an diesem Tag sollten sie in das fötale Flugzeug eingeführt werden. In dieser Werkstatt kämpften die Triebwerke gegen die strengen Urteile von Nawas gestohlenen Konstruktions-Daten ums Überleben.

»Die vollkommene Sprache ist das oberste Ziel des Schamanismus«, sagte Oksana Teljanina an ihrem Stammtisch auf dem Balkon des Café *Lucky*.

»Erläutern Sie den Begriff ›vollkommene Sprache‹.«

»Eine Sprache, die die Gegenstände so vollständig und genau beschreibt, dass die Veränderung eines Satzes, eines Worte, ja sogar nur eines Buchstabens die objektive Realität verändert.«

»Die Macht des Wortes über die Materie.«

»Und die Seele. Und den Geist. Objektive Realität.«

Anansi drehte seine Mandelstange zwischen den Fingern. Oksana war aufgefallen, dass er das immer dann tat, wenn er schöpferisch nachdachte.

»Schamanismus und Nanotechnik sind Geschwister, denke ich. Buckies bewegen die Atome, aber es ist die Sprache, meine Programmierung der genetischen Fullerene-Codes, die den Buckies sagt, wie sie die Realität formen sollen.«

»Es gibt im Nordland einen bestimmten Mythos«, sagte Oksana. »Varianten davon findet man von der Bering-Straße bis zum Baltikum.

Dabei geht es um eine Art Gerät, das Sampo, das wie eine magische Mühle ist; eine Seite erzeugt Korn, die andere Salz, die dritte Geld. Es brachte Wohlstand ins Nordland. Dank seiner Kraft konnten die Leute den Winter überleben.«

»Ein nützliches Gerät«, sagte Anansi. »Obwohl eine Geldmühle unweigerlich zu einer Inflation führen würde. In Nandi gibt es eine ähnliche Legende; dabei geht es um eine magische Schmiede, die alles hervorbrachte, sodass das Volk von Nandi außerordentlich mächtig wurde, aber das Krokodil wurde neidisch und bewirkte mit einem Fluch, dass in der Schmiede nur noch Wasser entstand, deshalb befindet sie sich jetzt am Grund des Viktoria-Sees, und das ist die Ursache dafür, dass der Nil ständig fließt. Aber ich habe begriffen, was Sie sagen wollten.«

Während Oksana durch die Gassen von Kiamatugu wanderte, ertappte sie sich dabei, dass ihr das Nordland im Kopf herumspukte. Seine Jahreszeiten – sie sehnte sich nach einem Klima, das im Gegensatz zu dem Wetter stand, das hier vorherrschte. Sein eiskalter Winter, in dem sich die Menschen aneinander drängten, um sich gegenseitig Geselligkeit und Wärme und Berührung zu geben. Sein plötzlicher ungestümer Frühling, sein kurzes Brennen des Sommers, der aus der Erde brüllte, sein gespenstischer Herbst. Seine Leere – es bedrückte manche, dass hinter einem baumbestandenen Kamm ein zweiter kam, und noch einer, und hundert, tausend – wer wusste das schon? Sie nicht. Sie war überzeugt davon, dass noch niemand je in diese Richtung gegangen war, um es herauszufinden. Und niemand würde das jemals tun. Sie merkte, dass sie an einem Hang aus roter Erde saß, unter einem Schild von Dr. Alimantando, ›Schmerzloser und Freundlicher Zahnarzt‹, mit Tränen in den Augen.

Ihre Mietvorauszahlung gab ihr das Recht, sich aus der Dachfarm zu ernähren. Sie hörte Stimmen zwischen den Fleischkartoffeln und den Milchkürbissen und stellte fest, dass ein Volleyball-Spiel auf dem Dach im Gang war. Die blaue Mannschaft lag einen Punkt zurück. Sie musste zweimal nachfragen, bevor sie glauben konnte, dass ihre Nachbarn wirklich wollten, dass sie für sie spielen sollte. Sie war sehr schlecht. Dennoch gelang es ihrer Mannschaft zu gewinnen.

Die Buckyball-Gebärmutter war jetzt eine Kugel von zwanzig Metern Durchmesser, überwachsen von einem Netz aus weißen Kriechranken. Wenn man durch die durchsichtige Schale spähte, konnte man immer noch so etwas wie das Skelett eines Flugzeugs erkennen. Oksana hatte dabei den Gedanken an eine umgekehrte Zerlegung: aus der Erde kamen Rippen und Drähte, Knochen und Sparren. Sie waren bereits mit Nerven und Sehnen als Steuerkreise und Hydrauliksysteme versehen. Anansi war zu stolz, um es auszusprechen, aber Oksana wusste, dass das der Höhepunkt seiner Laufbahn war.

Auf der anderen Straßenseite, dem Café *Lucky* gegenüber, vor dem ›Exzellenten Wasch- und Bügelservice‹, sammelten die örtlichen Aufsichtsbeamten die Leichen, die das nächtliche Töten zurückgelassen hatte, in Müllbeutel ein. Mombis dreckiger kleiner Krieg eskalierte: ein Wink, dass die Schmuggler über die mit Schneiderbügeleisen gebügelten Hemden Geschäfte machten, rief Lenana und L'Oriente und ein halbes Dutzend andere von Mombis Killer-Fetisch-Mutantenbabies auf den Plan.

»Sag mal, Kipchobe«, sagte Anansi, während der *Maître* Kaffee aus der Alessi-Maschine ausgoss. »Kümmert sich deine Frau um deine Hemden?«

»Nein, Sir.«

»Ich denke, es wäre nicht schlecht, wenn sie damit anfangen würde.«

Die Kinder waren nicht zu bändigen. Sie wichen ihr auf dem Weg in den schmutzigen kleinen Vorhof nicht von der Seite; die Mannschaft von Kiamutugu mit Vororten: fünfzehn Jugendliche zwischen sieben und vierzehn Jahren in nachgemachten Trikots mit einem zerbeulten Ball und einer Aussage: Entschuldigung, aber unsere Eltern wollen wissen, wann wir unseren Fußballplatz zurückbekommen, weil es sie wahnsinnig macht, dass wir mit unseren Bällen gegen die Eingangstüren anderer Leute ballern. Die Kapuzenmänner mit den Waffen sahen sie nur an. Was sie wirklich wissen wollten, war: was hast du da drin, *M'zungu*?

Sie ließ es sie sehen. Der Kokon war jetzt in seinem dicksten Zustand, ein geschwollenes Ei mit einem Durchmesser von fünfunddreißig Metern; von einem Strafraum bis zum anderen. Sie zeigte ihnen den Trick, wie man hineinsehen konnte: *seht ihr?* Die Aerofolienhaut ging jetzt ab, Stück für Stück, der Schaum von Buckies schloss Kohlenstoffatome in Platten von Diamant-Polymer ein.

Ja, ein Flugzeug. Nein, diese Flügel schlagen nicht. Und es schwimmt nicht. Wie es aufsteigt? Senkrecht nach oben. Wie? Düsenantrieb, mein Junge. Newtons drittes Gesetz.

»Wird es platzen?«, fragte der kleinste der Fußballer. Oksana betrachtete den sie umgebenden Wohnblock, die Wäsche, die von den Balkonen hing, die alten Männer, die dem Nichtstun frönten, das schwangere Ding, in dem der Geburtssaft pulsierte.

»Man weiß sein Glück nie richtig einzuschätzen«, sagte sie.

Es war eine gute Bar. Sie war dunkel. Sie war verraucht. Sie hatte ein Radio, kein Fernsehgerät. Sie war nah genug, dass sie nach dem Trinken zu Fuß nach Hause gehen konnte. Das Bier war gut. Kipsang, der Barkeeper, schrieb bereitwillig an, wenn man ihm Harambee-Geld versprach. Seine Kunden waren überwiegend Männer; vielleicht fanden sie eine *M'zungu*-Frau, die allein trank, unanständig, aber sie würden niemals ein Wort darüber verlieren. Es war eine Bar des geselligen Schweigens, was eine Männersache war, die Oksana schätzte.

Zum ersten Mal seit ihrer Überquerung des Terminums hatte sie das Gefühl, dass sie nicht mehr eine besondere Person zu sein brauchte, sondern in der Anonymität der Masse aufgehen konnte. Einfach nur sein, gemeinsam mit anderen Leuten.

Es war gut, sich keine Sorgen machen zu müssen.

Gaby, dachte Oksana, ich liebe dich, aber es verlangt zu viel von einem, sich deiner anzunehmen. Und Serena: eine Tochter sollte nicht für ihre Mutter die Eltern spielen. Du hast etwas Besseres verdient, Kind. Du verdienst eine ganz große beschissene hell erleuchtete Welt, um dich in der Luft zu halten wie einen Fußball.

Zwei, vielleicht drei Tage, hatte Anansi gesagt. Dann würde sie fliegen. In ihrer eigenen Maschine. Die ihr angepasst war wie eine zweite Haut. Sie wurde das Gefühl nicht los, dass das ein faustisches Geschenk war. Eines Tages würde sie einen hohen Preis dafür zahlen müssen. Aber das war die Rückzahlung. Eine erwiderte Gefälligkeit. Dies war die Art und Weise, wie die Wirtschaft funktionierte. Es war nicht schwieriger, ein Flugzeug zu bauen, als einen halben Liter Bier herzustellen. Moleküle, die sich bewegen, sich an ihrem Platz einordnen. Einfach nur Dinge. Wert war ein menschlicher Handelsartikel: Nawa, die das Grüne Netz leitete, Anansi die Spinne, der Geschichten und Dinge spann; Oksana Michailowna Teljanina, die das Fliegen beherrschte.

Bei der letzten Sitzung hätte Oksana jeden Tisch, der ihr beliebte, im Café *Lucky* haben können. Aber inzwischen war es eine feste Gepflogenheit, dass sie den Tisch in der Ecke einnahmen, von wo aus man den Platz überblicken konnte. Sie hörte gelegentlich Gewehrschüsse, wenn Mombis Söldner die letzten Knoten des Schmuggler-Widerstandes auflösten.

»Gehen Sie nicht ein beträchtliches Risiko ein?«, fragte sie Anansi. Der *Maître* hatte sich bereits mehrmals dafür entschuldigt, dass es heute keine Mandelbrötchen gab: »Die Sicherheitssituation, Sir.«

»Ich persönlich nicht, nein. Ich bin eine Quelle, kein

Ziel. Aber ich stelle Mombis Klugheit tatsächlich in Frage, da sich der Konflikt dermaßen ausweitet. Es sind noch andere Parteien involviert.«

Ein gepanzerter *Pickni* fuhr auf den Platz. Die Tarnhaut ließ keine genaue Bestimmung des Fahrzeugs und seiner aus Kindersoldaten bestehenden bewaffneten Mannschaft zu.

»Was für andere Parteien?«

»Die Schwarzen Simbas.«

»Was heißt das?«

»Soldaten aus den Reihen der Schwarzen Simbas haben die Schmuggler verstärkt.«

»Als Söldner?«

»Das war auch unsere anfängliche Vermutung, aber nein, so ist es nicht. Wir haben Gefangene verhört; anscheinend sind die Schmuggler ein Teil der Strategie der Schwarzen Simbas.«

»Bucky-Technik aus dem Süden in den Norden schmuggeln? Die Leute, die dafür gekämpft haben, all dies hier aufzubauen? Das ist doch verrückt!«

»So scheint es. Leider waren unsere Gefangenen nicht hochrangig genug, um in diese Strategie eingeweiht zu sein. Es war sogar so, als wir ihnen kurz vor ihrem Tod sagten, wofür sie kämpften, waren sie überaus überrascht.«

Kurz vor ihrem Tod. Der Zug sammelte sich in der tiefergelegenen Straße. Bummler kamen aus dem Labyrinth von Gassen hinter der Kanja-Straße. Einige schleppten Waffen mit sich. Andere schleppten erbeutete Gegenstände weg. Einige ihrer Beutel sahen so aus, als ob sie Leichenteile enthielten.

»Ich glaube, ich hab's«, sagte Anansi. »Schamanismus und die Macht der Sprache über die Realität. Nanotechnik ist die Sprache der Materie. Es ist ein System ähnlich der Sprache; oder, anders gesehen: Die Sprache ist ein der Nanotechnik ähnliches System.

Laute ergeben Worte ergeben Sätze ergeben Zusammenhänge ergeben alles, das existiert.«

»Und was noch nicht existiert, das wir uns vorstellen können. Und das, was niemals existieren wird.«

Die Leute kehrten auf die Straße zurück. Die Händler schlugen ihre Stände auf, die Imbissbuden fachten ihre Kohlebecken an, die Barbiere stellten ihre Stühle auf.

»Dann bin ich jetzt also ein Schamane?«, fragte Anansi.

»In einigen Jahren werden Sie vielleicht ganz allmählich anfangen zu verstehen«, sagte sie.

Anansi lächelte.

»Ich habe mir schon gedacht, dass es irgendsoetwas sein würde. Aber ich muss den Weg selbst finden.«

»Sind wir fertig?«

»Heute schlüpft die Brut aus dem Ei.«

Die Bewohner von Kiamutugu waren aus den Häusern gekommen, um die Geburt zu beobachten. Es war in ihrer Mitte herangewachsen, es war ebenso ihr Baby wie Oksanas.

Während Oksanas kurzer Abwesenheit hatten sich die Stützrippen aufgelöst. Da Ei stand allein da, eine weiche durchsichtige Blase, die im Wind waberte. Oksana bemerkte die Fußballjungen hoch oben auf einem Balkon. Vielleicht platzt es für euch, dachte sie.

Anansi prüfte die Anzeichen der bevorstehenden Geburt auf einem Handmonitor.

Er umfasste den Befehlsknopf mit festem Griff. Die große Blase bebte, kräuselte sich. Sie gab einen schrillen, winselnden Furz von sich und verströmte einen überwältigenden Gestank.

Die *Wa'Mutugu* verzogen das Gesicht.

Ein wenig Flüssigkeit sickerte aus den Unterröcken der Blase. Sie zog sich krampfartig zusammen, schien in sich selbst zu schrumpfen, sich zu spannen.

Die *Wa'Mutugu* waren gebannt.

Die Haut platzte lautlos auf. Die Blase sackte schlaff in sich zusammen, doch die Risse verbreiteten sich schneller auf der Oberfläche, als sie zusammensacken konnte. Sie zerfiel zu Fetzen und Bändern. Oksana trat einen Schritt zurück, um einem Hautstreifen und einem Schwall einer nach Plastik riechenden Flüssigkeit auszuweichen. Dann sah sie nicht mehr die platzende Blase, sondern das Ding, das diese enthielt.

»O Jesus Maria!«, hauchte sie. Sie schlug sich die Hände vor den Mund. »Jesus Maria und alle Heiligen!«

Die darwinschen Kriege der Design-Lösungen hatten die AN72F, die sie so sehr liebte, als Muster genommen und sie in etwas anderes verwandelt. Das Ding, das vor ihr auf dem Fußballplatz stand, sagte, dass es sich hier um ein afrikanisches Flugzeug handelte: Ich bin ein Chaga-Flugzeug. Ich werde für dich fliegen. Ich werde dich überall hinbringen, wohin du möchtest, ich kann alles tun, worum du mich bittest, aber du musst mir mit Hochachtung begegnen, denn ich bin sehr, sehr schön.

Wenn man einen Falken nehmen und ihn in einen Diamanten verwandeln würde, dann hätte man dieses Flugzeug. Wenn man einem Engel Motoren unter den Flügeln setzen und ihn mit Stahl und Treibstoff versehen würde, bis er sich in eine Maschine verwandelte, dann hätte man dieses Flugzeug.

Es war ein böses Hexen-Falke-Engel-Ding von einem Flugzeug.

Fetzen von Geburtshaut, die über seine Flügel und seinen Schwanz verteilt waren, verflüssigten sich.

Auf den vollbesetzten Balkonen wurde applaudiert und gepfiffen.

Anansi hob eine Augenbraue.

»Darf ich?«, fragte Oksana.

»Es gehört Ihnen«, antwortete Anansi.

Die Einstiegsluke öffnete sich auf ihre Berührung hin. Die Mannschaftskabine roch süßlich nach neuem Plastik. Sie vermied die Berührung mit den Pfützen und Rinnsalen auf dem Boden und die Feuchtigkeit an den Wänden. Oksana berührte die Sinuskurven der Instrumentenpaneele. Flüssig: ein Flugdeck nach Dali-Art, schmelzend, tastbar. Sie zuckte zusammen, als sich der Pilotensitz ihren Konturen anpasste. Die manuellen Armaturen griffen nach ihr aus, ordneten sich in der für sie bequemsten Stellung. Sie berührte sie, dann holte sie tief Luft, ein wenig erschreckt, als sich eine durchsichtige grüne Haube von der Rückenlehne des Sitzes entfaltete und ihre Buckies krabbelnd über ihre Kopfhaut schickte, um nach ihren Partnern darin zu tasten. System-Ikonen blinkten hinter ihren Augen auf. *Startklar*, flüsterte ihr das Flugzeug in den Kopf. *Startklar.*

»Entschuldigung…«

Oksana blinzelte zurück zur Kontrollhaube. Der Sitz entließ sie aus seiner Umarmung. Anansi stand an der Einstiegsluke.

»Darf ich an Bord kommen, Captain?«

»Sie haben es geschafft«, sagte Oksana. »Wie ich sehe, haben Sie sogar die Tanks gefüllt.«

»Was nützt ein Flugzeug ohne Treibstoff?«, sagte Anansi schlicht. Sie bemerkte, wie sein Blick im Flugdeck herumschweifte.

»Sie wussten selbst nicht, was dabei herauskommen würde, stimmt's?«

»Es war ein Experiment. Für gewöhnlich ist meine Aufgabe die Form, nicht die Funktion. Die äußere Erscheinung ist alles. Ein Design zu finden, das auch die Funktion erfüllte, war etwas Neues.« Er legte eine kleine Pause ein, dann sagte er: »Ist alles in Ordnung?«

Sie zog Anansi an sich und umarmte den stolzen, schüchternen Mann. Es war ihm zuwider.

»Ich werde sie beim Jungfernflug mitnehmen.«

»Du lieber Gott, nein«, wehrte Anansi ab. »Vögel fliegen. Menschen träumen.«

Einige Menschen erträumen Vögel, dachte Oksana. Sie gingen nach hinten in den Frachtraum. Seltsame Fracht. Kaum Passagiere.

»Da ich die Bedürfnisse des Harambee nicht kenne, konnte ich keine Innenausstattung gestalten«, sagte Anansi. »Wenn Sie mehr darüber wissen, kommen Sie noch mal her.«

»Das könnte ich nie tun. Ich schulde Ihnen bereits…«

»Sie schulden mir gar nichts. Das ist ein Teil des Gefallens.«

»Eine Kaffeemaschine für ein spezialgefertigtes Flugzeug, das erscheint mir…«

»Angemessen verrückt.«

Oksana fand das Berührungspaneel, um die hintere Rampe herabzulassen. Sie öffnete sich zu den *Wa'Mutugu* hin, die sich scheu um das Wunder versammelt hatten. Sie folgte Anansi ins Licht.

»Nein«, sagte er und hielt abwehrend die Hand hoch. »Sie müssen es hinaufbringen.«

Natürlich, dachte sie. Ich muss es zum Fliegen bringen. Aber sie sagte: »Hier?«

»Ist es meine Ingenieurs- oder Ihre Pilotenkunst, der Sie misstrauen?«

»Beides«, antwortete sie. Denkend: Du bist genauso begierig darauf, es fliegen zu sehen, wie ich. Sie sagte: »Sorgen Sie dafür, dass alle ein gutes Stück zurückgehen.«

Das Flugdeck grüßte sie wie einen nach langer Abwesenheit heimgekehrten Freund. Die Vertrautheit mit der *Dostoinsuwo* ließ die neue Technik nur noch fremdartiger erscheinen. Du befindest dich inmitten eines Wohngebiets in einem unerprobten Flugzeug und hoffst, mit einem Senkrechtstartsystem, das du noch nie zuvor geflogen bist, aufzusteigen.

Vertrau. Vertrau deiner Kraft. Vertrau Anansi dem Weber. Vertrau deiner KI. Sie schaltete sie ein, erschauderte, als sie blinkte. Eine neue Beziehung, die es zu schmieden galt. Es würde nicht die *Dostoinsuwo* sein. Konnte es niemals sein.

»*Swjatij*«, sagte sie laut. »Ich werde dich *Swjatij* nennen. Die Hochheilige.«

»*Bestätigt*«, sagte die *Swjatij* auf Russisch.

»Maschinen starten. Senkrechtstart-Sequenz einleiten.«

Die Woge von Energie, als das Flugzeug zum Leben erwachte, System um System, war überwältigend. Die Neuralschnittstelle war aufregend intim: ein Koitus von Körpern, Frau mit Flugzeug. Sie ließ die *Swjatij* in sich eindringen, sich durch sie hindurchschmelzen, so wie sie durch sie hindurchschmolz. Es gab keine Oksana Teljanina. Es gab keine Swjatij. Es war Fraufluggzeug. Sie hatte Flügel als Arme, Motoren im Bauch. Das war echtes schamanisches Fliegen.

Die Leute, die auf den Gehsteigen standen oder unter die Bogen zurückgewichen waren, beobachteten besorgt, wie zuerst das linke, dann das rechte Turbotriebwerk anlief. Im Innern der Arena des Mietwohnblocks war der Krach ohrenbetäubend.

Wohin? fragte die *Swjatij*.

Oksana Michailowna lachte.

»Bring uns auf eine Höhe von sechstausend Fuß«, sagte sie. »Dann gebe ich dir weitere Anweisungen.«

Auf dem Fußballplatz von Kiamutugu war der Krach zu etwas angeschwollen, das man nicht mehr hören, sondern nur noch fühlen konnte. Kinder brüllten; die *Swjatij* brüllte lauter. Die Zuschauer schützten ihre Augen gegen den Staub, der von den nach unten gerichteten Triebwerken aufgewirbelt wurde. Tornados von Müll jagten um den Platz, wie ein elementares Pokalspiel. Und dann stieg das Ding hoch. Inmitten des Sturms und des Krachs geschah das so sanft, dass die meisten Leute es verpassten, das Lösen des Drucks auf die Räder, das Stückchen klarer blauer Himmel zwischen Reifen und Strafraum. Die Hochheilige hob ab. Jetzt war sie frei; sie stieg höher und höher, zwischen den Häusern, sich drehend wie eine Kompassnadel, der Richtung nachjagend. Die Bewohner von Kiamutugu jubelten und klatschten und winkten. Die Verwegensten rannten zum Fußballplatz, um dem immer kleiner werdenden Flugzeug hinterherzublinzeln. Sie beobachteten, wie es in den Horizontalflug kippte. Das Flugzeug schwenkte über die Satellitenschüsseln und Solarschirme von Maryfields ab und verschwand aus der Sicht.

Die Leute gingen wieder nach Hause. Die Mannschaft von Kiamutugu rannte aus dem Tunnel heraus, den Ball vor sich her kickend.

39

Kurz nach dem Einsetzen der ersten Periode oder nach dem ersten feuchten Traum macht man die Erfahrung, dass das, was man für Kindheit gehalten hat, nichts weiter ist als Erinnerungen aus Bluff und Spuk.

Das Spiel hatte nachts stattgefunden, im alten Amphitheater. Das war in den guten alten Zeiten gewesen, als Turangalila zu mehr fähig war als zu wilden Schießereien und erbitterten Diskussionen über Kunst. Serena erinnerte sich, dass sie zu der Aufführung getragen worden war. Sie hatte zusammengekauert auf Gabys Knie gesessen und am Daumen gelutscht, gebannt vom Licht und der Musik und der Magie und dem Tanz. Die Geschichte – soweit sie sie verstand – hatte von einem Mann gehandelt, dem von den Geistern das ewige Leben gegeben worden war, unter der Bedingung, dass er ein bestimmtes Zaubertal nicht verließ. Serena erinnerte sich, dass sie irgendetwas an diesem Handel verängstigt hatte. Sie konnte sich nicht erinnern, wie das Stück endete.

Sie wusste, wie sie es enden lassen würde.

In Gabys Gedächtnis war überhaupt nichts von dem Stück haften geblieben. Nicht die geringste Erinnerung an diese heiße, unheimliche Nacht.

Die Sonne fing das Flugzeug ein, als es auf den Ozean hinausschwenkte. Ein Blitzen von Flügeln. Serena beschattete die Augen, sah ihm nach, bis es außer Sicht war.

»Besuch mich, jederzeit, sag mir nur vorher Bescheid, du bist stets willkommen.«

Das war leicht gesagt, bevor du in dein weißes Diamantflugzeug stiegst, in einem Hurrikan von Sand abhobst und einfach aus meinem Leben davonflogst, so leicht, wie du hineingeflogen bist. Du hast mein Vertrauen gewonnen. Und du hast es wirklich nicht verstanden, als ich nicht in dein Flugzeug einsteigen und mich von dir zu einem wundervollen Ausflug mitnehmen und all die Orte da unten anschauen wollte, die ich niemals sehen würde, weil du da oben bist und ich hier unten an diesem Strand bin, gefangen im Sand mit einem ewigen Leben. Du warst verletzt, als ich ablehnte. Du wagtest es, verletzt zu sein.

Hussein steuerte das Boot in den grünen Meeresarm, um Doktor Scullabus nach Mombasa zu bringen, wo er sein wöchentliches Nachmittagsvergnügen mit einer Halbinderin in einem mit arabischen Vogelkäfigen geschmückten Schlafzimmer genießen würde.

»Ren.«

»Doc. Hussein.«

Die beiden Männer blickten dem Flugzeug nach, das im hohen Dunst verschwand.

»Das ist eine beeindruckende Ingenieursleistung«, sagte der Doktor. Hussein hob die Schultern. Er hatte nichts übrig für Flugzeuge. »Fliegen für das Harambee, was?«

»Möchtest du mit uns in die Stadt kommen?«, bot der Doktor an.

»Nein, danke.« Ja, mehr als irgendetwas sonst, aber dort waren die großen Schiffe von anderen Häfen an der Küste und den Inseln, und da waren die *Pujos* und die neue Betoneisenbahnstrecke und sogar Luftschiffe und die Leute, die irgendwohin gingen, etwas taten, ein Ziel hatten, und sie konnte es nicht ertragen, wenn sie um sie herum zu ihren Zielen eilten, während sie im heißen weißen Sand stecken blieb.

Der Doktor und Hussein winkten, als sie in das Boot kletterten und den Bug südwärts lenkten. Sie fuhren ein paar Meter weit parallel zu Serena, dann zogen sie in tieferes Gewässer davon.

Serena sah dem kleinen Flitzer nach, bis er hinter der Landzunge verschwand. Sie machte drei Schritte ins Watt. Das Wegsacken des nassen Sandes unter ihren Füßen ärgerte sie.

»Ich hasse es!«, rief sie. Selbst das Meer war ein Verräter. Gaby schwamm wieder, in tiefster Nacht, mit der Flut. Und die schlechten Tage waren jetzt jeden Tag. Die Krämpfe, die Anfälle, das Zittern, die Tränen, die geflüsterten Entschuldigungen von Mutter zu Tochter. »Ich will das nicht!« Serena verfluchte das Meer. »Es ist nicht gerecht, ich sollte nicht dazu gezwungen sein! Warum bin ich dazu gezwungen?«

Das Meer nahm ihren Fluch hin und sog ihr nacktes Fleisch ein.

Gaby hätte am liebsten ihre Gebärmutter dem Meer geöffnet. Sie wusste, wenn das saubere, kalte Salz in sie eindränge, würde es die Krankheit und die Sünde und den Selbstekel herausspülen. Vielleicht würde sie wie die Unbefleckte Venus den Wellen entsteigen. Aber sie konnte es nicht, sie war zu verspannt, ihre Lippen zu fest. Sie rollte sich im blutwarmen Wasser herum, genoss es, wie es ihre Hinterbacken und Hüften umspielte.

Sie hoffte halb auf einen Anfall. Hier draußen würde es schnell und wild wie ein herumflitzender Hai vor sich gehen. Alles war zu Ende. Alles hörte auf. Gott sei Dank.

Also, was soll es sein, Gaby McAslan? Tod oder Auferstehung?

Um wiederaufzuerstehen, musst du zuerst sterben. Jesus, denken sie jemals an dich, Dad und Reb und Hannah und die Mädchen? Dieser Ehemann, wie hieß er noch? Marky. Wahrscheinlich längst mit der obligatorischen Dreiundzwanzigjährigen auf und davon. Du liebe Güte, ich habe mich mal mit ihm eingelassen. Inzwischen ist er bestimmt alt und fett und träge. Fett-Marky. Sie sind bestimmt alle alt. Und ich schwimme hier alterslos im blutwarmen Wasser. Was, glaubt ihr, bin ich? Ich wette, ihr kommt nie drauf. Die schlimmste Art von Junkie, die man sein kann, ist der Junkie im Paradies.

Sie rollte sich auf den Rücken, bog den Rücken zum Schwimmen. Der Mond war tot; das GDO verfinstert. Ströme aus Licht fluteten durch die große Dunkelheit; die Milchstraße, sanfter Glimmer; der geschweifte Kometenbogen aus dem Mund von Éa, auf das Herz der Venus gerichtet.

Herrje, in was für einem verdammt erstaunlichen Universum ich lebe!

Ich möchte nicht sterben.

Ich möchte einfach nur nicht mehr so weiterleben.

Dann hörte sie die Musik tief über dem Wasser. Die Töne waren löslich, die meisten verloren sich im Wasser, doch es blieben genügend, um den Faden einer Melodie zu ziehen. Doch darauf kam es nicht an. Das Instrument, das sie hervorbrachte, war entscheidend.

Flötentöne.

Gaby schrie laut auf. Die Musik traf sie im Bauch wie eine Harpune, die sie zu sich heranspulte. Er war wieder da. Und alles, was er mitbrachte. Sie hatte immer gewusst, dass er nicht für immer wegbleiben würde.

Gaby drehte sich auf den Bauch und schwamm mit kräftigen Zügen zum Ufer.

40

Sie erwachte, ohne zu wissen, was sie aufgeweckt hatte. Etwas, das sie gehört hatte. Nicht der Sturm, obwohl er immer noch unter den tiefen Simsen zeterte und an den Dachschuppen rüttelte.

»Zimmerbeleuchtung. Schwach.«

Sie erhob sich aus dem Bett und schritt durch die Teiche aus schwacher grüner Biobeleuchtung. Pause. Hörte sie etwas? Die Wasserfälle führten hohes Sturmwasser, aus dem Hintergrundgemurmel hervorgehoben, um das Holzhaus zu erfüllen.

»Fensterläden schließen.«

Fensterabdeckungen schlossen sich irisartig. Sie neigte den Kopf.

Die Hunde bellten im Hof.

Kleidung.

Es war drei Uhr fünfzehn.

Sie wartete auf die Türglocken, wartete, während der Uhrwerk-Wecker um eine Minute, zwei Minuten weiterruckte. Draußen im Regen fiepten die Hunde noch einmal und verstummten dann. Der Wind tobte zwischen den Dachgauben.

Da draußen war jemand.

Sie nahm das Gewehr. Es war eine große reproduzierte israelische Automatikwaffe, die Splittersalven abgab. Sie öffneten sich im Flug zu einer Breitseite von scheibenförmigen Munitionsteilchen. Drei davon würden einen menschlichen Körper in eine grotesk hüpfende rote Marionette aus Fleisch und Knochen zerfetzen. Die Standardausgabe für Harambee-Operationen an der Front.

»Beleuchtung dämpfen«, flüsterte sie. Sie lud und entsicherte, während sie das verdunkelte Wohnzimmer durchquerte. Die KLA-Mordungeziefer wählten ihr Ziel aufgrund thermischer Profile, brauchten jedoch ein visuelles Bild, um das Ziel zunächst zu identifizieren. Mehr Intelligenz konnte man in einen Flugkörper von der Größe einer Motte nicht hineinquetschen. Wenn der Peiler noch da draußen war, konnte sie vielleicht genügend Zeit herausschinden, um ihn zu jagen und zu töten. Sie. Junge Mädchen im Teenageralter hatten die stärksten Nerven. Wenn er bereits im Haus war, war sie tot.

Hör auf zu regnen. Hör verdammt noch mal auf zu regnen. Lass mich hören.

In der Mitte des Raums drehte sie sich um, senkte die Waffe, umklammerte sie mit zwei Fäusten, tauchte in ihre schamanischen Sinne ein.

Wo bist du? Lass mich dich spüren. Lass mich dich berühren. Lass mich dich töten.

Berühren.

Am Fenster.

Sie drehte sich blitzschnell um und feuerte. Die Fensterscheibe flog als Hagel von zerschmettertem Plastik davon. Oksana sprang durch die Öffnung und hinaus in den Regen.

Die Hunde bellten.

Das war der Grund, weshalb sie das Magazin nicht in die ausgestreckte blasse Gestalt entlud, die auf der Holzveranda bäuchlings davonkrabbelte.

Die Hunde waren nicht tot.

Mit zwei Schritten war sie über dem nächtlichen Eindringling. Die Nase der Waffe schnüffelte an der Basis des Rückgrats der Gestalt. Weiblich. Schlabberige Kleidung, vom Regen an die Haut geklebt. Ein voller Rucksack hatte sich im Finger einer Hand verhakt. Eine Mörderin mit Gepäck.

»Wer, zum Teufel, bist du?«, fragte Oksana Michailowna.

Die Frau drehte sich um, strich sich langes, regensträhniges Haar aus dem Gesicht.

Serena.

41

SERENAS TAGEBUCH: 22. NOVEMBER 2031

Ich glaube, es funktioniert. Ich glaube ihr, wenn sie sagt, es ist nicht sicher – wie wenn jemand sagt, komm und besuch mich doch mal, und wenn man sie beim Wort nimmt, versuchen sie, einem den Kopf wegzupusten – aber sie weiß, dass ich nicht zurückgehen kann. Nicht zurückgehen werde. Nicht solange sie dort ist. Und wenn ich auch hier nicht bleiben kann, dann muss ich mir eben selbst einen anderen Platz suchen. Das bringt's. Sie ist in einem Alter, in dem ich eingewickelt in eine Decke in einem Eingang liege oder unter einem Bus in der *Pujo*-Station schlafe oder es in Taxis dicken Männern mit dem Mund mache. Wenn sie glauben will, dass ich nicht für mich selbst sorgen kann, dann geht das in Ordnung.

Ich werde mir ihretwegen keine Gedanken machen. Sie braucht mich nicht. Das hat sie unmissverständlich klar gemacht. Sie hat ihn wieder aufgenommen, oder etwa nicht? Ich habe gesagt, er oder ich, und sie hat ihre Wahl getroffen, jetzt kann sie mit ihm leben.

Ich glaube, ich möchte dieses Zimmer. Ich liebe dieses Haus, ich liebe das Prasseln des Regens, weil es wie das Meer ist, und ich glaube, das würde mir sehr fehlen. Ich liebe diesen Ort, ich liebe die verrückte Politik, zum Beispiel dass die sieben Stämme, die hier das Sagen haben, sich gegenseitig nicht trauen, sodass sie alle sechs Monate rotieren, sodass diejenigen, die die Gerichtsbarkeit innehaben, dann die Wirtschaft führen, während diese wiederum zur Verwaltung wechseln. Das, was wir hatten, das einer Politik am nächsten kam – ich meine, in Turangalila – war, wenn Jose-Maria Leute für eine neue Oper wollte und die Proben mit dem Fußballtraining zusammentrafen. Es wird irgendwie langweilig, wenn jeder einfach macht, was er will.

Kirinja ist nie langweilig. Andauernd geschieht irgendetwas. Ich hätte nie gedacht, dass es so viele Menschen auf der Welt gibt, und das ist nur Kitascha. In den ersten paar Tagen habe ich ständig nur die Gesichter betrachtet, dann wurde mir bewusst, dass ich wahrscheinlich keines von ihnen jemals wiedersehen würde, und das ist irgendwie ein beängstigender Gedanke. Ich kann hier unsichtbar sein. Unter all diesen Leuten verschwinden, aber das macht es für mich irgendwie leichter, ich zu sein. Ich bin mir nicht ganz sicher, ob ich das, was ich jetzt sage, wirklich meine. Wahrscheinlich bin ich innerlich immer noch auf Reisen, aber ich bin jetzt hier, nicht mehr dort. Ich muss mich von meinem alten Zuhause, muss mich vom Strand lösen. Ich erinnere mich jetzt, wie der Mann in dem Spiel sich ausgedrückt hat. Er sagte, dass ein Tag zwischen neuen Gesichtern besser wäre als tausend Jahre, in denen man nur immer wieder dieselben alten anschaut.

Sie muss mir erlauben zu bleiben.
Ich glaube wirklich, dass sie es mir erlauben wird.
Ich muss dieses Zimmer haben.

30. November

Hier gibt es diese komische Einrichtung. Es nennt sich Schule. Genauer gesagt heißt es Harambee-Konservatorium, das verrät schon alles darüber, was für ein Ort das ist. Ich muss nicht hingehen – in Kirinja muss man überhaupt nichts, aber sie ist nun mal da und jeder, der hingeht, ist irgendein diplomatischer Spross, ich bin also nicht das einzige nichtafrikanische Gesicht. Was ich bin, ist dumm. Ungebildet. Man könnte versuchen zu sagen, nur weil ich nie in einer verdammten Schule war, heißt das noch lange nicht, dass ich nichts weiß. Aber ihre Vorstellung von Wissen ist, Fakten zu kennen, und was Gab mir beigebracht hat, ist zu wissen, wie man etwas findet, anstatt zu wissen, was etwas ist. Aber sie halten eigenständiges Denken nicht für ordentliches Lernen. Ich bin also das blöde weiße Strandmädchen, das nichts weiß. Mir geht das gewaltig auf die Nerven. Mathematik. Differentialrechnen. Ich habe nicht vor, Raketentechniker zu werden, wozu brauche ich Differentialrechnen? Wozu braucht irgendjemand Mathematik? Lasst mir Zeit, ich kann alles packen, von dem sie wollen, dass man es weiß, und mehr; ich kann denen zeigen, wie alles zusammenpasst, das mit jenem und jenes mit etwas anderem, aber das beeindruckt sie nicht.

Aber ich spiele in der Fußballmannschaft – linksaußen, Gab wäre stolz –, das zumindest bringt mir etwas Achtung ein, zumindest bei den Jungen. Ich habe den Verdacht, das liegt vor allem daran, dass sie mit einem weißen Mädchen gehen wollen. Muss denn jeder mit jemandem gehen? Ich möchte diese Kerle einfach nur als Menschen kennen, als Freunde, aber anscheinend begreifen sie das nicht. Und die anderen Mädchen finden das anscheinend irgendwie bedrohlich, als ob ich mich an ihre Jungs heranmachen wollte – Scheiße, ich bin nicht einmal *so* an einem von ihnen interessiert.

NDR findet mich nicht bedrohlich. Sie ist anders. Deswegen kommen wir so gut miteinander aus, denke ich. Ich habe ihr diesen Namen gegeben – NDR. Ihr echter Name ist Luhya, aber der gefällt ihr nicht. In der Übersetzung heißt das: Nach dem Regen – NDR. Und das gefällt ihr. Sie ist ein Jahr und etwas älter als ich, aber am Konservatorium macht das nichts, wir sind in derselben Klasse. Ihre Schwester ist eine Gesandte ihres Volkes drunten in Sansibar und ihre Eltern haben sie zu ihr hergeschickt, weil sie dachte, sie würde in Kirinja eine bessere Ausbildung bekommen. Das war vor der derzeitigen KLA-Scheiße – an wie vielen Schulen tragen alle Schüler Waffen? –, aber jetzt geht sie nicht mehr zurück. Hier passt alles, sagt sie.

Ich weiß, was sie meint.

Ich habe einiges von dem Zeug, das ich seit meiner Ankunft hier geschrieben habe, gelesen. Auch den Abschnitt, wo ich mich über die Anonymität der großen Stadt auslasse. Glaubt nichts davon. Die Welt ist sehr klein. Mir kommt es vor, als wären NDR und ich Schwestern. So ähnlich. Ihr Vater war früher einmal Gabs Kameramann, sie hat ihm und ihrer Ma – und NDR und ihrer großen Schwester – geholfen, aus Nairobi herauszukommen, als die UN es zur offenen Stadt erklärt hatte. Ihre Leute leben in der Vorstellung, dass Gab so etwas ist wie eine Kreuzung von Batman und Jungfrau Maria. Warum also möchte ich NDR nicht erzählen, was ich über Gab weiß? Okya ist eher eine richtige Mutter und sie ist die meiste Zeit unterwegs, um Faraway irgendwohin zu fliegen. Nein, wenn ich es mir jetzt recht überlege, stimmt das nicht.

Vielleicht bin ich genau wie NDR, indem wir beide mit älteren Schwestern zusammenleben.

Wenn es Okya stört, dass ich ihr Bier trinke, wenn sie weg ist, dann hat sie es jedenfalls nie gesagt.

23. Dezember

Politik ist eine wirklich seltsame Sache, um ihr das Leben zu widmen. Es ist Wintersonnwende und deshalb wimmelt es in Kitascha von Pick-ups und Mopedkarren und Handwagen und Leuten von der Frosch-Gesellschaft, die die Straße hinauf wandern, und Leute von der Antilopen-Gesellschaft, die die Straße hinunter wandern, und die alle in der Mitte vollkommen durcheinander geraten. Überall Papier. Und am Ende der Straße stürmen die Leute von der Storchen-Gesellschaft die Büros der Frosch-Leute; es ist Mittagszeit und jeder versucht, etwas zu essen zu ergattern, und aus den Wänden wachsen Imbissbuden. Das, was anscheinend niemandem außer mir aufgefallen ist, ist der Umstand, dass während der Woche, die die verschiedenen Gesellschaften brauchen, um zu packen, umzuziehen und sich in ihren neuen Apartments niederzulassen, es in Kitascha keine Regierung gibt. Ich glaube, der Grund, warum das niemandem auffällt, ist der, dass niemand einen Unterschied merkt. Anarchie. Ich liebe das.

Regierung, wer braucht schon so etwas? Das ist das Schöne daran, in einem Harambee-College zu sein; es ist vergleichbar mit den Radierungen, die Mwanza früher gemacht hat. Je näher man an sie herankommt, desto mehr zerfallen sie. Weil ich so oft bei ihr bin, sehe ich auch NDRs Schwester recht häufig bei der Arbeit. Mir kommt es so vor, als ob die Aufgabe eines Gesandten hauptsächlich darin bestünde, in Kaffeehäusern herumzusitzen und mit anderen Gesandten zu plaudern und vielleicht einmal die Woche oder so genügend Leute dafür zu gewinnen, sich auf etwas zu einigen, um die Ältesten im Großen Boma zu beeinflussen. Aber es geht nur ums Quatschen, um sonst gar nichts. Der Rat des Dorfes Ras Nungwi spricht mit seinen Häuptlingen, die Häuptlinge sprechen mit Sarah, Sarah spricht mit dem Ältestengremium und irgendwie wird irgendetwas erreicht. Reden ist alles und wenn man sich anhört, worüber sie reden, dann geht es um gar nichts. Das große Geheimnis bei der Politik, von dem sie nicht wollen, dass es irgendjemand erfährt, besteht darin, dass sie sich die Dinge erst im Laufe des Geschehens aus dem Stegreif zurecht legen, wie jedermann sonst auch.

Vielleicht liegt es daran, dass NDR zu nah am Geschehen dran ist, dass sie nichts davon glaubt. »Sie tun nichts anderes als reden«, sagt sie. Okay, darin stimme ich ihr zu. »Sie tun niemals etwas. Sie können nichts tun.« Sie diskutiert darüber mit ihrem Lehrer für Politische Wissenschaften. Er sagt, das Entscheidende ist nicht, wie leistungsfähig das Harambee sein mag, sondern dass es die beste demokratische Lösung für eine Gesellschaft wie die unsere ist. NDR sagt, aber wie gut sind politische Ideale, wenn sie ihren Leuten keine Sicherheit gewähren können? Ich halte das für einen guten Standpunkt, aber er hört nie auf sie und sie kann ihm nicht begreiflich machen, dass es eine andere Betrachtungsweise der Dinge gibt. Ich habe ihr von den Merina erzählt, die Kanonenboote ausgesandt haben, um Aldabra zu schützen. NDR sagt, genau das sollte das Harambee tun, seine Mitglieder schützen und gegen das KLA und all die anderen von Norden unterstützten Armeen der Nationalen Befreiung kämpfen, anstatt zu versuchen, mit dem UNHCR zu verhandeln, denn letzten Endes sind die UN eine Sache des Nordens, der Amerikaner und der Europäer, und sie werden nicht zulassen, dass Harambee und Ogun sie in der Mitte spalten. Handeln, nicht reden.

Darin steckt viel Sinn. Es fühlt sich richtig an, meine ich, meine Waffe liegt gleich hier auf dem Tisch neben mir, ich brauche nur die Hand auszustrecken. Die kleinen Dinger sind jetzt ruhig, aber wenn sie irgendetwas wahrnehmen, dann kommen sie summend heraus. Herrje, ich werde nächsten Monat sechzehn; was ist das für eine Gesellschaft, in der Sechzehnjährige von Schwärmen kleiner Abfangjäger-Drohnen verfolgt werden?

Die Waffe macht mir Angst. Ich hasse das Ding. Es fühlt sich ölig in meiner Hand an und egal wie gründlich ich es wasche, das geht einfach nicht weg.

NDR möchte mich unbedingt zu irgendeinem Treff mitnehmen, zu dem sie öfter geht. Das ist dumm, ich habe Schuldgefühle, weil ich das niederschreibe, warum sollte ich? Es ist ja nicht so, dass daran etwas Schlechtes ist oder so. So ist das doch, oder nicht, jeder kann tun und lassen, was er möchte. Ich werde mich also nicht schlecht fühlen, weil ich sage, dass ich heute Nacht mit ihr gehe.

O Gott. Jetzt habe ich das gerade noch mal gelesen und finde, dass es sich nach Sex oder etwas Perversem anhört. Ist es nicht. Es geht nur wieder um Politik. Sie sagt, dass es mir gefallen wird – ich bekomme dort den Respekt, den man Leuten entgegenbringt, die vom Hals aufwärts denken und nicht von der Taille abwärts. Universitätsstudenten gehen dort hin, aber NDR sagt, sie sind in Ordnung, sie behandeln einen nicht von oben herab oder so. Sie wollen nur deine Vorstellungen hören.

Wenn ich nur irgendwelche Vorstellungen hätte!

NDR geht regelmäßig hin; sie sagt, es gibt dort alle Arten von Leuten, mit denen man reden kann, von Verfechtern der Freien Marktwirtschaft der alten

Schule bis zu New-Age-Marxisten und ungefähr fünf verschiedenen Arten von Anarchisten. Sie hatten sogar den iMerina-Botschafter von Kirinja mal dort. Heute Abend wird jemand von den Schwarzen Simbas dasein und über das Thema ›affirmative Aktion‹ sprechen, was immer das sein mag. Das wird lustig werden, ehrlich. Das hat mir NDR jedenfalls versprochen. Okay, ich gehe hin, in Ordnung?

Also, wenn ich mich dabei nicht schlecht fühle und es in Ordnung ist und jeder das Recht hat, zu tun und zu denken, was er will, warum habe ich mir dann diese Geschichte ausgedacht, dass ich mit NDR ins Freiluftkino gehe?

27. Februar

O Gott! Ich glaube, ich möchte sterben. Einer wäre schon schlimm genug, aber *zwei*!

Warum mussten sie das tun? Ich habe sie nicht darum gebeten. Ich möchte nicht, dass sie es tun. Ich habe nicht gesagt, dass sie es tun können, ich habe ihnen nicht die Erlaubnis gegeben, mich anzuschauen und zu denken: die gefällt mir.

Männer. Die haben vielleicht Nerven!

Da gibt es Moh und da gibt es Blue. Moh – eigentlich Mohammed, aber er macht gerade eine antireligiöse Phase durch, weil seine Eltern Gesandte der Sulemanischen Nation Gottes sind. (Kann man sich vorstellen, dass sie ihren Sohn mit einer ungläubigen weißen Schlampe ausgehen lassen würden, selbst wenn diese ungläubige weiße Schlampe mit ihm ausgehen möchte?) Er ist mein Torwart. Er hat große Hände. Mir gefällt der Gedanke nicht sonderlich, dass ich in Shorts herumrenne und er feixend hinter mir her läuft. Blue ist achtzehn und er ist in der Dienstagabend-Gruppe. Er hat irgendwie am Rande etwas mit den Schwarzen Simbas zu tun. Er ist ziemlich gutaussehend. Das Problem ist, dass er das weiß. Ich glaube, NDR ist ein bisschen sauer, weil ich ihm gefalle, weil ich nämlich glaube, dass sie selbst ein Auge auf ihn geworfen hat. In Wirklichkeit gefällt ihm keine von uns nur halb so gut, wie er sich selbst gefällt.

Und sie stehen rum und schauen nicht so richtig, aber schauen auch nicht so richtig nicht und sie unterhalten sich mit allen, nur nicht mit dir, und wenn sie dich dabei ertappen, dass du sie anschaust, dann gucken sie weg, einfach *so*. Und wenn du versuchst, mit ihnen zu reden, dann machen sie auf dumm und schmelzen entweder dahin oder versuchen, vor ihren Freunden den Coolen zu spielen. Aber was ich keinem von beiden beibringen kann, ist die Tatsache, dass ich nicht im Entferntesten, Mindesten, kein Nano-Bisschen interessiert bin. Ich stehe einfach nicht auf die Sache mit den Kerlen.

Die Schwierigkeit ist (und hier gibt es eine Lücke zwischen der Beendigung des letzten Absatzes und dem Anfang dieses neuen, während ich versucht habe, den Mut aufzubringen – zum Teufel, es ist mein Tagebuch und niemand außer mir wird es jemals lesen), dass ich nicht weiß, worauf ich stehe. Ich meine, die Menschen, denen ich mich am nächsten fühle, sind allesamt Frauen: NDR, Okya. NDRs Schwester Sarah. Bei Männern weiß ich einfach nicht, woran ich bin. Genau genommen irrst du dich hier, Ren. Du hast kein Problem mit Männern. Aber das liegt daran, dass sie dir nicht gleich mit der Hand in die Hose fahren wollen. Es sind die Jungen. Es ist nicht nur so, dass ich sie nicht mag, ich möchte sie gar nicht mögen. O Herrje, vielleicht bin ich lesbisch. Warum habe ich ›Herrje‹ geschrieben? Wäre das denn so schrecklich? Ich weiß es nicht. Ich weiß nicht, was ich bin, falls überhaupt irgendetwas. Ich meine, wenn Okya jeden und alles jeden Samstagabend ihre Treppe hinaufzerrt, ist es irgendwie schwierig, eine klare Sicht auf den Hintergrund zu bekommen.

Scheiße. Ich bin ich. Serena. Ren. Ich kann das sein, was ich sein möchte.

Wenn jemand von denen irgendwas sagt, versucht mich irgendwas zu fragen, dann sterbe ich entweder auf der Stelle vor Peinlichkeit oder explodiere vor Lachen.

16. Mai

Nun, das hat nicht lange gedauert. Ich wusste, dass es nicht lange dauern würde. Gibt es nicht irgend so ein Sprichwort, in dem die Rede davon ist, dass man, wenn man das bekommt, was man will, es nicht mehr will? Vielleicht bringe ich das mit etwas anderem durcheinander. Ich habe NDR gesagt, wenn sie Blue haben will, dann kann sie ihn haben, und nachdem sie sechs Wochen lang alles unternommen hat, außer vielleicht, dass sie ihren Slip in ein *Chapatti* eingebacken und es ihm mit Chutney serviert hat, verabredet er sich mit ihr und am nächsten Morgen ist alles vorbei.

Sex und Politik lassen sich nicht vereinbaren, glaube ich.

Wir reden also wieder viel miteinander und gehen da und dort hin und schwören uns so Sachen wie dass wir nie wieder einen *Mann* – Verzeihung, einen *Jungen* – zwischen uns kommen lassen, weil wir Schwestern sind, okay, was totaler Quatsch ist, weil wenn ich irgendetwas über Sex weiß, dann ist es Fuck dieses und Fuck jenes und Fuck alles andere. Aber vielleicht können wir uns irgendwie einigen. Traue der Lust!

Vielleicht habe ich ihr deswegen die Schlinge geschenkt. Eine Schlinge ist so etwas wie ein Freundschaftsring, aber intimer, innerlicher. Wie um zu sagen, wohin du gehst, bin ich ein Teil von dir. Ich glaube, ich habe ihr Angst gemacht. NDR hat nichts dagegen, dass ich eine Isopathin bin – zum Teufel, jede andere Person, die man trifft, ist auf irgendeine Weise eingestimmt und wenigstens sehe ich immerhin noch ganz gut aus –, aber wenn es darum geht, dass etwas von mir in ihr sein soll, dann ist ihr das ein bisschen unheimlich. Aber sie hat verstanden, was ich gesagt habe, und sie wollte meine Gefühle nicht verletzen – es war, als ich ihr sagte, dass ich eine Schlinge in Okya habe, sie aber nur ein einziges Mal benutzt habe, dass sie okay gesagt und es auch so gemeint hat.

In Wirklichkeit stimmt das mit Okya nicht so ganz, ich meine, es ist wahr, dass ich mich erst einmal bewusst über die Schlinge mit ihr verbunden habe, aber manchmal schnappe ich Gefühlsblitze auf, wenn sie etwas sehr intensiv empfindet. Wie beim Ficken. Oder beim Fliegen. Aber das liegt daran, dass wir zusammenleben, wir stehen uns physisch und emotional nahe. Ich glaube, mit NDR wäre es nicht dasselbe.

Wie auch immer, ich habe ein gutes Fleckchen gefunden – es ist wichtig, dass man solche Dinge richtig macht. Drunten bei den Wasserfällen gibt es eine Stelle, eine kleine Bucht, die das Wasser gegraben hat, überhangen von Teppichen aus purpurfarbenem Moos. Dorthin gehe ich, wenn ich mich von den Geräuschen und den Menschen absondern will; man sieht die anderen Häuser an den Wasserfällen nicht und man hört die Leute nicht, wenn sie kommen, um sich zu waschen oder zu baden und ihre Wäsche zu waschen, weil es direkt gegen die Strömung ist. Das ist mein Platz. Er ist gut. Wir gingen hin und setzten uns auf die Steine und NDR fragte: was machen wir? Und ich schnitt mir in die Hand und sie ließ es zu, dass ich ihr ebenfalls in die Hand schnitt. Dann reichten wir uns die Hände und schüttelten sie sehr langsam und sie fragte, war das alles? Und ich sagte ja. Das war alles, mit Ausnahme dieser anderen Geschichte, die mir ein wenig stank, nämlich ein toter Hund, der in die Bucht geschwemmt worden war. Er war schon *lange* tot, so lang, dass ich mir nicht ganz sicher war, ob es wirklich ein Hund war, ganz blau und gasig aufgebläht im Wasser treibend.

Mir ist gerade noch ein anderer Grund eingefallen, warum ich ihr die Schlinge gegeben habe. Ich glaube, es hat überhaupt nichts mit Kerlen zu tun. Es geht um Politik. Seit wir zu den Gruppen gehen, ist sie sehr tief verwickelt in dieses ganze Direkt-Aktion-Ding. Sie ist im Fach Politische Wissenschaften am Konservatorium glatt durchgefallen. Wenn wir darüber sprechen, bekommt sie einen sehr strengen Blick. Ich weiß nicht, wo sie steht. Ich versuche, nicht darüber zu reden. Sie redet wahnsinnig gern darüber. Vielleicht ist das der Grund dafür, dass es mit Blue nicht gelaufen ist. Es war nicht er, den sie wollte. Es waren die Schwarzen Simbas. Und vielleicht habe ich ihr die Schlinge gegeben, weil ich noch mehr Angst davor hatte, sie an den Kampf zu verlieren, als an einen Kerl.

12. Juli

Mein Vater muss schwache Gene gehabt haben. Nicht nur, dass ich wie meine Mutter aussehe, jetzt weiß ich, dass ich auch wie sie denke.

Ich gehe meinen eigenen Weg.

Hier ist Ol Orok. Das ist eine Resort Lodge am östlichen Rand des Rift Valley. Mit Rand meine ich, wenn man einen Stein weit genug wirft, dann fällt er über die grüne Kante und sehr, sehr tief. Er ist grün und hoch und kühl und die Sicht unendlich weit. Ich befinde mich hier auf der Veranda des Gästehauses, schreibe dies und trinke eine Flasche Bier. Links drüben, auf der Landebahn, steht die *Swjatij*. Dort unten, beim Nachmittagstee am Rand des Great Rift, sitzen

Faraway, Cimarron, die Leute vom Ogun, die weißen Leute vom UNHCR.

Es bedurfte nur drei Monate Beschwatzens, Okya dazu zu bringen, mich auf eine Mission mitzunehmen, und das nur deshalb, weil sie annimmt, sie sei ungefährlich. Aber schließlich bin ich es, die hier ist – oder nicht? – und ich schreibe und es sind Weltereignisse, die sich da drunten bei *Chai* und *Mandazis* abspielen.

Ich hatte mir nicht vorgestellt, dass Weltereignisse auf diese Weise durchgeführt werden. Aber andererseits, nachdem ich gesehen habe, wie das Harambee funktioniert, sollte ich nicht überrascht sein. Und die Leute vom UNHCR sehen gar nicht wie die Feinde aus, als die NDR sie mir beschrieben hat. Sie sehen einfach aus wie eine Bande von *Wazungu*. Mit Ausnahme einer Besonderheit. Einige von ihnen sehen – na ja, ich kann es nicht so richtig beschreiben –, aber ich glaube, es muss das sein, was man mit *alt* meint.

Das ergibt keinen Sinn. Fang am Anfang an, mach es richtig.

Auf dem Herflug hat sich Faraway nach Gab erkundigt, wie es ihr geht, was sie macht. Ich habe ihm gesagt, dass Jim wieder da ist. Das war alles. Den Rest konnte er sich denken. Vielleicht habe ich mich zu schroff angehört. Ich möchte nicht wie eine gefühllose Kuh dastehen; also, ich habe nicht mit ihr gesprochen und ihr keinen Brief geschrieben oder irgendetwas, und das seit beinahe zehn Monaten, aber andererseits hat sie das auch nicht und sie ist meine Mutter.

Aber ich glaube, Faraway hält mich für eine hartgesottene Type. Das liegt daran, weil sie ihm am Herzen liegt. Komm jetzt, Ren, sei ehrlich. Das hier ist schließlich dein Tagebuch, oder nicht? Er liebt sie, er begehrt sie, er würde für sie sterben. Und sie will ihn nicht.

All das Zeug, was ich über den Unterschied zwischen Jungen und Männern geschrieben habe! Allmählich denke ich, dass ich nicht die geringste Scheißahnung über männliche Wesen habe, über keines davon.

Jedenfalls landeten wir in Ol Orok – beängstigend, wenn man zu einer senkrechten Landung am Rand der großen Spalte ansetzt – Okya schmeißt mich und Faraway raus, sagt mir, ich soll uns einchecken, dann ist sie schon wieder oben und weg und ich sehe ihr nach, wie sie in der großen Luft über dem Tal verschwindet. Eine Stunde später ist sie wieder da, der Schwanz geht runter und heraus marschiert der Feind, was drei Männer und vier Frauen sind und die so aussehen, wie ich mir immer meine Tanten und Onkel vorgestellt habe. Und so wird Geschichte gemacht, Leute.

(Später)

O Gott, ich kann das nicht schreiben. Es geht überall um… Okay, okay. Viel später, viel, viel später, nach Mitternacht und die Monde stehen hoch und mit viel viel viel zu viel zu trinken zum Abendessen. Wo ich der große Knaller war. Ich glaube, ich habe wild mit Faraway geflirtet. O Gott, diese notorische Ren McAslan! Aber genug genug genug. Es ist da. Das ist los. All das Zeug, über das ich mit NDR und in der Schule gesprochen habe, das ganze Zeug darüber, im Harambee zu sein – darum geht es. Letztendlich ist es nichts anderes, als Leute, die quatschen. Weil Leute sich treffen; Leute reden, Leute sich von Angesicht zu Angesicht kennenlernen, Dinge erledigen und richtig erledigen. Richtig erledigen; tut niemandem weh. Niemand wird getötet. Das ist wichtig. Das ist das Wichtigste. O je, mir kommen die Tränen wegen alledem. Es war in Wirklichkeit nichts anderes als ein diplomatisches Abendessen, zu dem die Kleine eingeladen wurde, damit sie einen Blick darauf erhaschen konnte, wie die Welt funktioniert. Und sie hat zu viel getrunken und allen weisgemacht, sie schläft mit dem Missionar. Missionarsstellung, ha ha.

Ich hätte zwar nichts dagegen. Er ist nett und sieht gut aus. Ich verstehe, was Gab an ihm gefunden hat. O Gott! Das ist so pervers! Mutter und Tochter!

Geh ins Bett, Ren. Du plapperst dummes Zeug.

Nein nein nein. Du musst das niederschreiben, sonst vergisst du es. Worum es geht, ist, dass etwas geschehen ist, das die Welt verändern wird – die Anerkennung der Südlichen Consense durch den UNHCR – und du warst dabei und du hast ihnen dabei zugeschaut, du hast gesehen, wie sie es gemacht haben, ohne jemanden zu töten.

23. November

Ich mache mir seit einiger Zeit Sorgen um andere Menschen. Ich mache mir Sorgen um NDR. Wir driften auseinander – ich habe sie seit meiner Rückkehr aus Ol Orok kaum gesehen und wir hatten einen großen Streit. Sie hat beinahe alle Unterrichtsfächer am Konservatorium in den Graben gefahren – ihr Lehrer sagt mir, dass sie sich nicht zum Weiterstudium qualifizieren wird, als ob ich etwas dagegen tun könnte. Sie geht nicht einmal mehr zum Dienstagabend-Treff – sie tun doch nichts anderes, als zu reden, sagt sie. Als ich sie gefragt habe, was sie tun will, wollte sie es mir nicht sagen. Aber sie hängt immer mehr mit Blue und seinen Leuten am Rand der Schwarzen Simbas zusammen. Ich brauche meine Schlinge nicht einzusetzen, um zu wissen, dass sie mit ihm ins Bett geht, aber ich bin nicht eifersüchtig, ich mache mir nur Sorgen, wo sie wohl enden mag. Sie ist anders als früher, wie verwandelt; sie ist hart, alles steht für sie zweifelsfrei fest. Sie hat Recht und du hast nur dann Recht, wenn du mit ihr übereinstimmst.

Ich möchte nicht, dass ihr etwas zustößt. Ich will sie wiederhaben. Ich will meine Freundin, ich will NDR.

Und ich mache mir Sorgen um Okya. Sie ist kaum noch zu Hause, fliegt überall herum, betreibt dieses Geschäft hinter der Vereinbarung von Ol Orok. Das ist ein sehr kompliziertes, sehr heikles Unterfangen. Wenn die KLA oder irgendeine der Nationalen Befreiungs-Armeen, herrje, sogar die Amerikaner, dahinterkommen, dann ist die ganze Sache im Arsch. Also holt Okya die UNHCR-Diplomaten von den geheimen Zusammenkunftsorten ab und befördert sie direkt ins Große Boma. Das ist wahre Politik. Es ist tückisch und es ist vertrackt und alles hängt von allem ab und ein Ball schlägt gegen den anderen. Nicht einfach: ich habe Recht, alle anderen haben Unrecht, wie bei NDR und ihren Freunden bei den Schwarzen Simbas.

Also, warum mache ich mir Sorgen ihretwegen? Sie ist abgebrüht, sie kann sich um sich selbst kümmern, aber je näher wir dem großen Tag kommen, 1. Januar, Neujahrstag, an dem der UNHCR das Harambee, der Ogun, die CAC und Groß-Simbabwe anerkennen und eine Geiselentlassung aus dem Lager Soroti in Norduganda veranstalten wird (habe ich ›Geisel‹ geschrieben, ich meine ›Flüchtling‹) – je mehr auf dem Spiel steht, desto wahrscheinlich ist es, dass jemand zu Schaden kommen oder dass das Ganze schief laufen könnte. Gott allein mag das wissen. Dass die Dinge schwierig sind und jeder sich um sich selbst kümmern muss, ist nicht das Schlimmste. Ich meine die Verhältnisse überhaupt; ich habe sie bei einigen ihrer Abhol-Flüge begleitet – jedes Mal eine andere Landezone – also findet sie das alles ganz in Ordnung, aber ich habe so ein bestimmtes Gefühl im Kopf. Mein Schamanen-Sinn, würde sie es nennen. Okya sagt, man muss ihm vertrauen, auch wenn er einem etwas *Falsches* sagt. Also habe ich mich mit der Schlinge in sie eingeklinkt, ohne dass sie etwas davon wusste. Ich bin am besten auf sie eingestimmt, wenn sie meditiert, aber meistens erwische ich sie beim Fliegen – aerodynamisch, nicht mystisch.

Nur um zu prüfen, ob mit ihr alles in Ordnung ist.

Und ich habe auch viel über Gab nachgedacht. Plötzlich mache ich mir auch ihretwegen Sorgen. Ich versuche, sie aus meinem Kopf zu verdrängen, und für ein Jahr ist mir das auch gelungen und wenn sie zurückkommt, bin ich nicht wütend oder voller Groll oder Hass ihr gegenüber. Ich mache mir Sorgen um sie.

Wenn irgendetwas passiert wäre, hätte ich davon gehört, oder nicht? Okya hätte davon gehört. Sie bestimmt. Obwohl sie beim letzten Mal, als sie miteinander telefonierten, kurz vor Ol Orok, sich schrecklich gestritten haben. Gab beschuldigte sie, sie versuche, ihr die Tochter wegzunehmen, und dass sie ein verräterisches, verlogenes Miststück sei, dem es nur ums eigene Wohl ginge.

Aber ich möchte trotzdem glauben, dass sie glücklich ist, dass sie diesen Scheißer hinausgeworfen, einen Stein an ihm festgebunden und ihn vom Ende der Mole gestoßen hat, dass sie das Zeug nicht mehr nimmt (eine Stimme sagt: wie denn; wer hilft ihr, wenn du nicht da bist?), dass sie gute Leute kennengelernt hat. Dass sie an mich denkt, sich fragt, was ich wohl so mache, versucht, sich mein Leben vorzustellen, mich vermisst.

Ich gehe nicht zurück. Niemals. *Niemals.* Aber wenn Okya das deichseln könnte, könnten wir vielleicht mal miteinander telefonieren und vielleicht könnte sie mich besuchen?

42

Zur Quelle des Nils, dann rechts abbiegen. Die ›Heilige‹ überquerte das Terminum auf einer Woge von ›Sondheims Größten Hits‹.

Kurs normal, Sinkgeschwindigkeit normal, meldete die *Swjatij* beim Anflug auf Sotori, das sie mittels des Niedrigenergie-Funkfeuers ansteuerte. Noch immer war nichts auf ihren Radarbildschirmen zu sehen, doch Oksana betätigte die Lichtsignale für eine Tarnfiguration. Sie bildete sich ein, ein Beben der *Swjatij* zu spüren, als diese sich in die Form der grünen Hügel von Norduganda einfügte. Die Satelliten würden auf der Wacht sein.

Der Flug ging nach Norden. Die wahre Reise ist die Heimreise. Man muss zurückkehren, aber als ein verändertes Wesen. Dreißig Kilometer östlich des Streifens war ihr eigentliches Ziel: das Lager. Das war es, was diese Reise zum zwingenden Gegenstück zu jenem anderen Flug von jenem anderen Streifen bei jenem anderen Lager machte.

In ihren Träumen erschienen ihr immer noch die Raketen. Sie lächelten, ein Stahlgrinsen, während sie sich an Bänder aus Feuer anhakten.

Die *Swjatij* setzte ihren Sinkflug fort, lauernd wie eine Meerkatze auf der Hut vor Räubern.

Im Copilotensitz klickte Serena die Gleitpfad-Anzeige weg und öffnete die Kamera am Rumpf der Maschine. Oksana hatte schrittweise ihrem Drängen nachgegeben: von der Passagierkabine zum Flugdeck zum Navigator-Lehrling, aber es hatte des Einsatzes aller Waffen in Serenas Arsenal – flehentliches Bitten, Sticheleien, emotionale Erpressung und charmantes Beschwatzen – bedurft, um in die Soroti-Mission einbezogen zu werden.

»Ich weiß nicht, es könnte gefährlich werden«, hatte Oksana gesagt. »Wenn dir irgendetwas zustoßen würde, o mein Gott… Du hast ja keine Ahnung, wie es da oben ist.«

Deswegen, dachte Serena, muss ich dabei sein. Und jetzt beobachtete sie, wie das Terminum hinter ihr in den Rückblickkameras wegsackte wie der Rand eines Kontinents in der Meeresbrandung. Sie holte die seitlichen Monitore ein, verlängerte die Transformationslinien zu beiden Seiten und ließ sie um den Bauch der Welt kurven. Terminum. Äquator. Ort der Teilung. Sie hing zwischen den Welten. Sie richtete ihre Sicht nach vorn, in die Landschaft, in die die *Swjatij* flog. Grüne Hügel, grüne Bäume, gelbbestäubte braune Flüsse. Und jenseits davon und jenseits davon und jenseits davon. Die Gleichheit war erschreckend. Erst an der entferntesten Grenze der Auflösung der Kamera änderten sich die Farbe und die Konturen der Landschaft, eine sanfte Bleiche in den trockenen Beigetönen und Erdfarben der südlichen Sahelzone.

Das muss das sein, was man Geografie nennt, dachte Serena.

Die *Swjatij* neigte sich zur Seite, drehte sich auf einer Flügelspitze. Landeanflug auf Soroti.

Der Ogun-Vertreter war bereits unten. Die UNHCR-Leute zogen Lichtstreuplanen über seinen Aerolyte, während die *Swjatij* in einer Wolke von rotem Staub am Boden aufsetzte.

»Ja, aber wie findet man es wieder?«, fragte Robyn Elders, die UNHCR-Frau, Oksana, als ihr Flugzeug eins mit der Landschaft wurde. Sie war eine drahtige, müde Amerikanerin mit gutem Haar und guten Beinen, gepudert mit dem roten Staub. Sie scherzte, wann immer sie konnte, aber ihr Humor hatte etwas Nervöses. Im Landcruiser saß Stig, ein Schwede, und er scherzte nicht. In den fünfzehn Jahren am Strand und dem einen unter Kirinjas zwölf Millionen Einwohnern hatte Serena noch nie ein Paar blaue Augen gesehen und sie verliebte sich auf der Stelle in Stig.

»Viel zu alt für dich«, sagte Oksana zu Serena,

während Stig eilends den Landcruiser auf die Straße nach Soroti steuerte, bevor der Satellit am Horizont auftauchen und sie enttarnen würde.

»Du möchtest ihn wohl für dich selbst haben«, sagte Serena. Ngueme, der Ogun-Mann, fand das zum Brüllen komisch.

»Eure Ausweise.«

Robyn Elders verteilte Ansteckabzeichen. Serena betrachtete ihr neue Identität. Derselbe Name, dasselbe Gesicht, eine neue Vergangenheit, eine neue Gegenwart, ein neues Leben. Ein neues Alter. Es gefiel ihr, mit einem Mal neunzehn zu sein.

»Steckt sie nicht an. Das macht niemand, aber tragt sie stets bei euch. Wahrscheinlich wird man euch nicht anhalten, doch falls man euch überprüft, entsprechen die Informationen auf dem Chip unserer Datenbasis. Die gewöhnlichen Soldaten verhalten sich recht wechselhaft; in der einen Woche lassen sie einen mit einem Nicken durch, in der nächsten halten sie jeden an und unterziehen ihn einer Leibesvisitation. Die Bugandische Royal Army macht ihnen das Leben schwer; das sind die wahren Götter, doch die sieht man nicht in den Lagern, niemals. Verdammte Monarchisten. Das Einzige, was sie noch mehr hassen als gewöhnliche Bürger sind Weiße.« Sie drehte sich auf ihrem Sitz herum, mit den Händen die Lehne umklammernd, und betrachtete prüfend ihre Passagiere. Ihr Blick blieb auf Serena haften.

»Dein T-Shirt.«

»Was ist mit meinem T-Shirt?«

»Es ist nicht richtig. Sie werden gleich Bescheid wissen. Glaub mir. Zieh das hier an.«

Es war zu klein und darauf war das stark verblasste Bild einer Band von hübschen Jungen, von der Serena noch nie etwas gehört hatte. Ngueme betrachtete angestrengt die Gazellen draußen, während Serena sich hineinschlängelte und es über ihre Brüste zog. Die Amerikanerin schniefte.

»Anhalten.«

Sie gebot Serena, sich mitten auf der Straße niederzukauern. Sie trat mit den Füßen Straßenstaub über sie. Sie rieb ihr roten Staub ins Haar. Dann klopfte sie ihn aus den Haaren und der Kleidung des Mädchens wieder heraus und sagte: »Okay. Jetzt hast du den richtigen Geruch.«

Im Wagen brachte sie die Neuankömmlinge auf den neuesten Stand. Alle nicht regierungsgebundenen Organisationen waren beteiligt. ICRC, Oxfam, MSF. Sie hatten eine gemeinsame Kampagne für eine Lockerung der Quarantänebestimmung und eine Wiedereinbürgerung von Flüchtlingen im Süden gestartet.

»Sie bekommen von den Medien gnadenlos Schelte, besonders von den Amerikanern und den Briten, aber schließlich war John Bull schon immer Onkel Sams oberster Arschwischer. In Wahrheit ist die EU gespalten; Deutschland, Skandinavien, die Baltischen Staaten schließen sich einem humanitären Standpunkt an. Frankreich verfolgt einen beinah ebenso harten Kurs wie England. Mutter Russland sagt, schmeißt Atombomben auf die Dreckskerle; zumindest bleiben sie standhaft. Der Nahe Osten, du liebe Zeit! In Rijad, Teheran und Bagdad wurden Grund und Boden des Roten Halbmondes verbrannt. Ihr Oberhaupt wurde im Jemen auf dem Weg zur Moschee erschossen, weil er die NGO-Kampagne unterstützt hat.«

Wenn der Boden vorbereitet wäre, würde die UNHCR-Verlautbarung wie eine Reaktion auf die allgemein vorherrschende Meinung aussehen. In New York und Genf waren diplomatische Wurzelstöcke zu anderen Zweigen des Weltenbaums der Vereinigten Staaten ausgeschickt worden. Natürlich war die Menschenrechtskommission dabei. Die UNESCO hatte positive Vibrationen ausgesandt. Die Weltgesundheitsorganisation würde mitreden. Die Generalversammlung war nicht mehr eines Geistes und einer Stimme.

»Das bedeutet, ein gewaltiges Risiko einzugehen«, sagte Ngueme, der Ogun-Mann. Er war ein kleiner, dünner, eifriger Bosembélé, also Mitglied eines Volkes von Holzschnitzern und Mysterien. Diktatoren verunzierten seinen Familienstammbaum über zwei Generationen hinweg. Er war im Laufe seiner Tätigkeit für den Ogun fünfzehnhundert Kilometer in einer radarunsichtbaren nanotechnischen Motte geflogen. Er liebte es zu trinken und zu scherzen und er war ein Teufelskerl von einem Fixer.

»Vertraut uns. Wir wissen, wie das geht«, sagte Robyn Elders, als der Landcruiser jäh bremste, um zu vermeiden, mit den Beinen einer im Zickzack laufenden Giraffe zusammenzustoßen. Serena prallte mit dem Nasenrücken gegen die Kopfstütze von Blauauge-Stig. »Es heißt, wir könnten ein Gipfeltreffen zustande bringen. Ohne Scheiß. Die Baltischen Staaten und Skandinavien haben ein entsprechendes Angebot gemacht – nicht offen, sondern über bestimmte Kanäle. Sie würden es niemals durch den Sicherheitsrat bekommen, nicht bei vier Veto-Mächten gegen uns.«

Oksana sagte: »He, wir sind doch nur die Ingenieure, wisst ihr? Ich mache keine Politik, ich fliege nur das Flugzeug.«

»Wir«, sagte Serena zu der UNHCR-Frau. »Sie sagten, ›wir könnten ein Gipfeltreffen bekommen‹.«

Soroti war ein mittelgroßes Lager. Mittelgroß, mittelalt, beinahe respektabel. Ein eingeführter Ort auf dem Weg zur Erhebung in den Rang einer Stadt. Aber das hätte ihm die Eigenschaft der Dauerhaftigkeit verliehen und die Lüge in Bezug auf Lager ist, dass sie etwas Vorübergehendes seien, auch wenn sie eine ständige Einrichtung sind, und dass ihre Bewohner Flüchtlinge und keine Bürger seien. Man gewährte ihnen Unterkunft und Wasser und Nahrung aus Lotterien und TV-Wohltätigkeits-Quizsendungen aus dem Norden und ein wenig Gesundheit und weniger Ausbildung und etwas, das einer Regierung und einer Wirtschaft nahe kam. Aber diese Dinge waren Illusion, sie gehörten nicht dem Volk von Soroti, es waren Geschenke, nicht ihr rechtmäßiger Besitz. Flüchtlinge erfahren Mildtätigkeit. Und sie sind dankbar dafür.

Nach Einschätzung der Bugandischen Royalisten, die dieses Land am Oberlauf des Nils in eine mittelalterliche Landjunkerherrschaft von bewaffneten Fürsten verwandelten, waren die Soroti nicht einmal Flüchtlinge. Sie hatten keine internationale Grenze überschritten. Sie waren Vertriebene, die auf den Tag warteten, an dem die wahre *Kabaka* sie in ihr Stammesgebiet zurückführen würde, um den Thron von Gand auf dem Berg Kilembe wieder einzurichten.

Untertanen haben noch weniger Rechte als Flüchtlinge. Sie bekommen ihre milden Gaben vom König und sie sind doppelt dankbar.

Mittelgroß und mittelalt und sogar respektabel hinsichtlich seiner Annehmlichkeiten, war Soroti dennoch ein Lager. Das hieß Rauch und Plünderung und Kot, wenn der Regen von den grünen Hügeln herabrann und die Latrinen überliefen. Das hieß immer noch, sich fünfmal mit den Plastikschüsseln und Benzinkanistern in der Reihe an der Handpumpe anzustellen, es hieß immer noch zu kämpfen, wenn die blauen und weißen UNHCR-Lebensmittellastwagen hereinfuhren und ihre Heckklappen öffneten, um die Geschenke vom Volk der Vereinigten Staaten von Amerika herauszuschaufeln. Wenn man ein Mann war, hieß das immer noch, mit Freunden am Boden herumzuhocken, es hieß Wühlen und Stöbern nach allen möglichen brauchbaren Dingen und den Resten toter Maschinen, um daraus etwas herzustellen, das sich als Tauschobjekt eignete, es hieß, dazu verführt zu werden, sich den Banden und kleinen Armeen anzuschließen, weil sie Waffen besaßen und Hochachtung genossen. Sogar von den Green Berets. Wenn man eine Frau war, dann hieß es immer noch, in langen Schlangen anzustehen und zu schleppen und zu kochen und die Parasiten um die Augen der Kinder herum wegzuwischen, es hieß, sie zu den Nadelmännern und der Zucker-und-Salz-Schwester zu bringen und bei ihnen zu sitzen, wenn sie alles, was man versucht ihnen zu geben, ausscheißen und auskotzen, und wenn nichts mehr zu machen war, hieß das, sie in Tücher zu packen und sie einer fremden Erde zu übergeben.

Es war immer noch Soroti; klein, führbar, abgelegen; das in fünf Tagen seine Tore öffnen und seinen Leuten sagen würde, dass sie frei seien.

Der Soldat am Tor war in Stimmung zum Überprüfen, aber anscheinend war er zufrieden damit, dass die Fremden in dem blauen und weißen Landcruiser die Journalisten waren, als die ihre Chips sie auswiesen. Seine Piloten-Sonnenbrille wandte sich immer wieder Serena zu. In ihrem staubigen Boy-Wonderz-T-Shirt hielt sie seinem Blick stand. Der Soldat streckte die Zunge heraus und berührte vielsagend mit der Spitze die Oberlippe.

Die Scanner zeigten an, dass der Raum sauber war, aber vor der Tür wurde gegen menschliche Lauscher ein Radio mit voll aufgedrehter Lautstärke aufgestellt. Serena fand bald heraus, dass Verschwörung eine sehr unaufregende Angelegenheit ist. Der größte Teil der ersten Stunde ging dafür drauf, die Lebensmitteldepots des UNHCR mit der Flotte von *Pujos* und Lastwagen des Harambee und der Boden- und Luftdeckung des Ogun zu koordinieren. Sie lungerte in dem großen Raum herum, der nach neuen Kunstholzplatten und Kaffee roch. Sie las sämtliche Karten und Berichte und die Notizen an den Brettern und sah zum Fenster hinaus aufs Lager auf der anderen Seite der Staubstraße. Spinnendürre Jungen kickten einen aus zusammengeknoteten Lumpen hergestellten Fußball durch die Luft.

Jetzt sprachen sie über die Proviantstation jenseits des Terminums und die Schutztruppe gegen die unvermeidlichen Vergeltungsmaßnahmen der BRA.

Serena merkte, dass Oksana sie ansah.

»Ach«, sagte Oksana. »Kannst du jemanden entbehren?« Das war an Robyn Elders gerichtet.

Der gutaussehende blauäugige Stig war entbehrlich (was spare).

»Bleibt auf dieser Seite des Drahts«, warnte Oksana.

Serena hielt sich daran, anfangs. Als man ihr die Funktionsweise der Flüchtlingslager-Verwaltung zeigte – weniger und unvollkommen – wurde Serena klar, dass Stig von ihr ebenso fasziniert war wie sie von ihm. Fremdwesen fühlte sich zu Fremdwesen hingezogen.

»Also, an welchem Punkt hört ihr auf zu altern? Ich meine, ihr müsst ja wachsen, das liegt auf der Hand.«

»Bei jeder Zellteilung verliert man einen Brocken Telomer. Wenn sie auf eine bestimmt Länge verkürzt sind, lesen die Buckies sie und treten hinein.«

»Und wie lange… könnt ihr…?«

»Leben?«

Er nickte. Seine Haare leuchten, dachte Serena. Sonnengoldener Nordgott.

»Ich weiß nicht. Bis jetzt ist noch niemand, den ich kenne, gestorben. Na ja, ich meine, nicht eines natürlichen Todes.«

Das, was er ihr wirklich zeigen wollte, lag unter der Krankenstation, eine fensterlose Grundschule aus

Schlackenstein, die nach antiseptischen Mitteln und Tod roch.

»Was ist das?«, kicherte sie, als er sie die dunklen Stufen in den nach Kot stinkenden Keller hinunterführte. »Wird mich dieser Schmutz überwältigen?«

Er knipste das Licht an.

»O mein Gott!«, kreischte Serena.

Aufrecht und unerschrocken, stand ein Wald aus Holzpenissen erigiert auf dem Kellerboden. Sie waren nach Länge und Umfang geordnet. Serena konnte sich des Eindrucks nicht erwehren, dass sie wie Pilze aus dem Boden gewachsen waren. Nach sechzig hörte sie auf zu zählen.

»Viertausend«, sagte Stig. »Hier befand sich das Zentrallager für visuelle Hilfsmittel für die Sex-Erziehung von Uganda. HIV, verstehst du? Wie man einen Gummi überzieht.«

»Einige davon sind ziemlich... ähm... groß.«

»Stammeseitelkeit. Wir spielen mit dem Gedanken, sie zu verkaufen. Es liegen bereits Angebote vor.«

»Davon bin ich überzeugt«, sagte Serena ehrfürchtig.

Als sie wieder in der Sonne waren, sagte sie: »Ich kann mir gar nicht vorstellen, wie es ist, in einer Gegend mit nur drei Stunden Tageslicht zu leben.«

»Was glaubst du, warum ich hier bin? Nein, es ist schlimm. Die Selbstmordrate steigt im Winter ins Unermessliche, wegen der Dunkelheit. Dafür gibt es im Sommer überhaupt keine Nacht.«

»Seltsame Welt«, sagte sie und dann, als der Soldat mit der Sonnenbrille sein Tor öffnete, um einen Konvoi von sieben Lastwagen in das Gelände einzulassen, fragte sie: »Glaubst du, dass es funktionieren wird?«

»Die Freilassung? Ja. Ich glaube. Ich glaube, das ist wie eine Lawine, eine kleine Bewegung löst die nächste aus und es wird immer größer und schließlich kommt das Ganze ins Rutschen. Wir sind lediglich diejenigen, die es auslösen.«

»Was ist eine Lawine?«, fragte Serena. Als er es ihr erklärt hatte, sagte sie: »Schnee kann Menschen töten?«

»Schnee tötet.«

Sie blickte über den Zaun, wo Straßenjungen ihr Haar und ihre Brüste so ungeniert wie Holzpenisse anstarrten. »Könntest du… ähm… würdest du… ich meine, ich würde mir gern anschauen, wie es da drin aussieht.«

Sie fand, dass er hübsch aussah, in der Art, wie er so dastand, von der Sonne beschienen, während er hin und her gerissen war, was er tun sollte.

»Okay«, sagte er.

Zwölf Kaffeetassen standen auf dem großen Tisch in der großen Fertigbaubaracke, die nach Spanplatten roch, und Leute aus dem Norden und aus dem Süden saßen gedankenbrütend in koffeinverstärktem Hader da. Es war eine Frage der richtigen zeitlichen Abfolge. Ogun-Krieger würden nur dann mobilisiert werden, wenn der UNHCR ihnen eine sichere Durchreise durch Soroti garantieren könnte. Der UNHCR könnte erst dann Buganda ablenken, wenn er sich der Bewegung der Schutzkräfte sicher sein konnte.

Oksana streckte die Arme über den Kopf. Genieße das Ziehen an den Gliedern. Jesus Maria, die Diplomatie lässt dich all deine Jahre spüren. Sie schlug die Arme um sich. Sie glaubte etwas zu hören: das Summen eines Insekts. Eine Turbulenz in der Luft. Während Ngueme und Robyn Elders eine Strategie aus Kompromissen darlegten, ging sie zum Fenster. Leute, Kot, Rauch, Armut, Tod. Nichts. Zurück zum Tisch. Wo waren Serena und der schwedische Junge?

»Sobald der Korridor erst einmal gesichert ist, können wir uns so schnell bewegen, wie ihr möchtet«, erklärte Oksana den am Tisch Sitzenden. »Achtzig Prozent des Transports ist bereits in Gombe, der Rest wird morgen um diese Zeit dort eintreffen. Wir müssen nur wissen, dass wir uns gefahrlos bewegen können.«

Robyn Elders sah Ngueme an. Ngueme sah Oksana an.

Und sie hörte es erneut. Alle hörten es. Nichts Eingebildetes oder ein zorniges Insekt. Hubschrauber, die sich dem Lager näherten.

Oksana Teljanina rannte zur Tür.

In einem Umkreis von zehn Metern um das Tor herum war Serena umringt von Kindern. Zuerst fand sie die ausgestreckten Hände tierisch und erschreckend, weil sie ihre Sprache nicht verstand. »Dein Haar«, sagte Stig. So etwas hatten sie noch nie gesehen. Sie wollten es berühren. Das brachte sie zum Lächeln. Eine Berührung reichte, mit einem schüchternen Lachen und einem Lächeln von dem Berührenden.

Die Kinder zogen die Frauen nach sich und die Frauen zogen die Männer nach sich. Die Frauen waren neugierig, aber zurückhaltend. Die Männer taten gleichgültig, gaben sich kühl. Sie fragte sich, ob sie spürten, dass sie ein Fremdwesen war. Vielleicht schwitzte sie ihr Moschusstaubbad aus. Vielleicht rochen diese Männer sie.

»Wahrscheinlich halten sie dich für einen Vampir«, sagte Stig. »Hier in dieser Gegend haben sie rote Haare und grüne Augen und sie schrumpfen nicht gleich zusammen, wenn sie ein Sonnenstrahl trifft.«

Vielleicht bin ich einer, dachte Serena. Jemand, der sich an Hunger und Krankheit weidet. Ich war diejenige, die die Verhältnisse in einem Lager sehen wollte.

Die Verhältnisse waren wie in Kirinja.

Die Elendsbehausungen aus Plastik und Pappe wirkten genauso neu aus der Erde gesprossen wie jede Gegend in Kitasha. Die Reihen von Zelten vermittelten ein vertrautes Gefühl der Nichtdauerhaftigkeit. Die vielen Menschen, der Geruch nach Scheiße, die Wasserpfützen, der rote Schlamm und die Leute, die gemeinsam irgendwelche Tätigkeiten verrichteten: kochen, essen, Nahrung und Treibstoff sammeln, Kleidung und Körper waschen – all das erinnerte sie an die Menschenmengen, die sie auf den Stufen unterhalb der Wasserfälle beobachtet hatte. Die Gassen, die Haufen von Elendsschuppen, die Reihen der Zelte bewegten sich, verwandelten ihre Form und Substanz, während ihre Bewohner sich neue Dächer, neue Räume, ganze Anbauten, kleine Werkstätten oder Verkaufsbuden oder Trinkstuben zusammensuchten. Das Lager war etwas Organisches, Wachsendes. Serena fühlte sich ganz zu Hause in Soroti.

Dann kamen die Hubschrauber. Sie flogen tief und schnell und unerbittlich über die grünen Hügel nördlich des Soroti-Lagers heran und tauchten wie Jäger ins Tal. Anfangs wusste Serena nicht, was das Geräusch zu bedeuten hatte. Sie hatte bisher allenfalls Bilder von Hubschraubern gesehen, noch nie jedoch welche gehört. Ihre Rotorblätter peitschten die Luft anscheinend so gnadenlos, dass diese bestimmt bluten musste. Sie stand verdattert da, als die fünf Kampfhubschrauber über die Gassen hinwegdonnerten und die Rauchwolken zerfetzten. Sie hatten den purpur- und karmesinroten Chaga-Tarnanstrich und trugen das Löwenkopf-Zeichen auf ihren schlanken Seiten. Serena winkte den mit Helmen und Spiegelvisieren ausgestatteten Piloten zu. Sie drehte sich um, die Hände schützend über die Augen haltend, um ihnen nachzusehen, wie sie sich über den Vorratsbaracken aus Schlackenstein hoch in die Luft hinaufschraubten und sich auf den Rotoren drehten, um über das Lager hinwegzutauchen.

Erst da bemerkte sie die Bündel von Kapseln unter ihren gedrungenen Flügeln.

Die Leute rannten davon, bevor die erste Rakete rauchend hervorzischte. Sie trafen Serena wie eine Woge von Backsteinen: sie schrie, wäre beinahe zu Boden getrampelt worden, wohl wissend, dass dies ihren Tod bedeuten würde. Sie griff nach der Sonne. Sie erfasste etwas, zog sich hoch, sah Stig, der in einem Strudel von Körpern, der sich durch eine schmale Gasse zwischen den Müllhütten ergoss, mitgerissen wurde.

Jetzt begriff sie, was eine Lawine war. Eine Woge von Backsteinen. Oder Körpern.

Dann hörte sie die Schreie, die das alles verschluckende Hämmern der Hubschraubermotoren noch übertönten.

Die Woge von Körpern hielt inne. Serena blickte nach oben und sah, dass der Hubschrauber an der Spitze zwei weitere Raketen unter seinen Flügeln hervor abschoss. Sie flogen in einer gekrümmten Bahn hinunter zum östlichen Rand des Lagers, wo sie in einem glitzernden Sprühgestöber explodierten.

Aus dem Sprühgestöber drangen Schreie, wie sie noch nie zuvor welche gehört hatte.

Serena fand Lücken im Durcheinander von Leuten und schob sich in eine Richtung, in der ihrer Erinnerung nach das Tor sein musste. Sie drängte sich an Müttern vorbei, rutschte zwischen Männern hindurch, verscheuchte Kinder aus ihrem Weg, trat und schlug, während die Angst der Menge sich in einem ansteigenden Geschnatter Gehör verschaffte.

Die Hubschrauber verharrten auf der Stelle, schwebten in einer v-förmigen Gänseschwarm-Formation. Jetzt feuerten sie ununterbrochen. Raketen ergossen sich über den östlichen Rand des Lagers.

Die Menge brach auseinander. Nun ging es nur noch ums nackte Überleben.

Serena rannte. Sie wusste nicht, wohin sie rannte, aber sie musste rennen. Nicht zu rennen würde bedeuten, zu Boden zu gehen. Sie sah, wie ein alter Mann zu Boden ging, sah wie er die Hände hob, während schwere lehmige Füße über seine Knochen trampelten. Sie sah eine junge Frau mit blutüberströmtem Gesicht, die mit den Armen fuchtelte und versuchte, sich einen Weg zu bahnen. Sie hörte die Stimme eines jungen Mannes, durchdringend vor Angst: *Sie sind tot sie sind alle tot. Dort ist keiner mehr übrig.* Sie hörte das Hämmern der Hubschrauberrotoren in sich ändernder Tonlage und wusste, ohne dass sie es gewagt hätte hinzuschauen, dass sie ihre Position änderten, neue Ziele anpeilten.

Die Dynamik der Menge riss Serena zu ihren Rändern mit und warf sie dann in einen schmalen Weg, der sich zwischen den Hütten hindurchschlängelte. Serena folgte ihm. Ihr Fuß verfing sich in etwas Flachem und Heimtückischem. Sie schlug eine Rolle, drehte sich seitlich ab und erstarrte. Sie starrte das Ding an, das sie gefangen hatte. Es war ein durchsichtiger Dorn, in den Boden gerammt, mit Kanten wie ein mit Stacheln versehener Pfeil. Sie versuchte, ihn wegzuziehen. Sie schrie auf. Er hatte einen langen Streifen von Blut über ihre Finger und die Handfläche gezogen.

Eine Diamantklinge, zehn Zentimeter lang. Millionenfach zerschnitt sie Holz und Beton, durchtrennte Menschenfleisch wie morsches Sackleinen.

Der Motorenkrach war so plötzlich und erschreckend wie eine Explosion. Serena machte einen Satz nach oben. Der Hubschrauber schoss zu ihr herab. Sein karmesinroter Bauch huschte über sie hinweg, so tief, dass er ihr langes rotes Haar zerzauste, beinahe leidenschaftlich.

Du kannst leben, sagte er.

Auf der Veranda des Lagerbüros sah Oksana Teljanina, wie die Hubschrauber in der Luft kehrt machten und über Soroti hinwegglitten. Als die Raketen aus den Waffenkapseln sprangen, rannte sie zu den Drahttoren und den Wachen, die die Waffen in ihren Händen und sich gegenseitig und dann die Hubschrauber am Himmel ansahen und unfähig waren, die drei Dingen miteinander in Zusammenhang zu bringen. Als sie die Explosion der ersten Rakete hörte, war es, als ob sie in ihrem kalten und leeren Bauch detoniert wäre. Sie rang nach Luft, keuchte hysterektomisch. Zielanpeilende Radargeräte huschten über ihre E-m-Sinne wie Feuerzungen.

Sie prallte mit voller Wucht gegen den Zaun und hielt sich mit zu Klauen geformten Fingern daran fest.

»Serena! Serena!«

»O Jesus Christus o lieber Gott o Scheiße«, sagte Robyn Elders immer wieder und wieder. Und zu den Wachen: »Öffnet die Tore, öffnet die verdammten Tore, bringt sie raus!«

»Serena!«

Es war unmöglich, dass sie gehört werden konnte.

»Verdammt, hau ab!« Die Amerikanerin war kräftig, sie zog Oksana vom Draht weg. »Die Bugander wissen Bescheid! Sie werden jeden umbringen.«

»Serena ist da drin.«

»Sie ist tot, zum Teufel. Begreifst du nicht? Sie ist tot.«

»Nein!«

Sie schob die Frau von sich weg, heftiger, als es nötig gewesen wäre, heftiger, als es ihrem Empfinden entsprach. Sie fiel mit ausgebreiteten Gliedmaßen in den Dreck. Oksana rannte am Zaun entlang und schrie Serenas Namen der wild stampfenden Herde von Körpern zu. Wirkungslos wie ein Funke in einem Schneesturm.

Andere Stimmen. Innerlich. In jener Nacht, der Diamanten-Jim-Nacht, hat sie durch dich zugesehen und du wusstest es. Du hast es gefühlt, tief im Innern. Verläuft der Fluss in beide Richtungen? Schaffst du es, dass sie dich fühlt? Keine Worte in jenem Fluss. Er spricht durchs Sehen und Sein.

Während der Atem in ihrer Brust hämmerte, zwang sich Oksana zum Anhalten, zum Wenden in Richtung Lager. Die Hubschrauber flogen darüber hinweg wie träge, vernichtende Engel. Raketen flogen und explodierten wie Feuerwerke. Die glitzernden Kaskaden täuschten Oksana Michailowna nicht. Die Dreckskerle setzten Flechettes gegen Zivilisten ein. Nein. Sieh nicht hin. Wende die Augen ab. Geh hinein. Vor ihrem geistigen Auge sah sie sich selbst, wie sie, an den Draht gedrückt, dastand. Sie sog Gebäude, Fahrzeuge, den Hintergrund in sich ein: *Berühr mich, fühl mich, sieh mich, sei ich.*

Eine Veränderung in der Tonlage des Motorengeräuschs. Die Hubschrauber wandten sich zweitrangigen Objekten zu. Zielkameras verharrten auf dem Lastwagenpulk der UN. Fahrer sprangen aus ihren Fahrzeugen. Die Raketen jagten sie alle in einem Gestöber von Fleisch und Metalltrümmern davon.

Und *Berührung*.

Serena starrte die Hand an. Sie war das Einzige, was von dem Menschen unversehrt geblieben war. Die Hand war weiß, schwer, eine Männerhand, von der Sonne braun gebrannt. Blonde Haare auf dem Handrücken.

Stigs Hand.

Sie drehte sich um. Sie rannte davon. Sie wusste nicht wohin. Sie wusste nicht, was sie machen sollte, damit die fliegenden Klingen sie nicht finden und zu Matsch zerhäckseln würden. Sie rannte wie unter einem Bann, unverletzlich, zwischen Leichen hindurchhuschend, Hindernisse, die sie zu Fall bringen würden, wie Hürden überspringend. Aber wohin sie auch rannte, immer schon schien dort ein Hubschrauber zu warten und das grelle Explodieren einer Rakete war vor ihr und ein gewaltiger Schrei, gefolgt von einer ehrfürchtigeren Stille, bevor sich die Menge umformen und in eine neue Richtung bewegen konnte.

Sie war verloren. Sie würde dem allen niemals entkommen.

Während sie das dachte, war sie anderswo, eine andere Person. Eine Frau, die an dem Draht zerrte. Oksana.

Ein Körper prallte gegen sie, warf sie taumelnd auf ein Zelt, das unter ihr zusammenbrach. Serena weitete ihre Sinne nach innen und öffnete die Verbindung in Oksana Teljanina hinein. Sie lagerte zwei Visionen übereinander, ihre eigene und Oksanas. Jetzt wusste sie, wohin sie zu gehen hatte, wie sie dorthin kommen würde. Falls die Hubschrauber sie lassen würden.

Die Soldaten jagten die Leute hinaus, *los los los los*, die Augen zum Himmel gerichtet. Sie verstreuten sich im freien Gelände, rennend, Kinder schleppend, die Verstümmelten und Sterbenden tragend. Zwei Hubschrauber blieben zurück, um die Überreste von Sotori zu bearbeiten. Die anderen drei schälten sich heraus, um den Fliehenden nachzujagen. Einer senkte die Nase auf einen Landcruiser des Roten Kreuzes und zerfetzte ihn zu nichts. Oksana sah, dass Robyn Elder zum Geländewagen des UNHCR rannte. Sie kam nicht weiter als bis zur untersten Stufe. Die Explosion erwischte sie, die ganze Seite der Fertigbau-Baracke flog in einer Fontäne von Bruchstücken in die Luft. Schmutz und Schutt und Diamantmesser regneten auf Oksana herab, während sie angestrengt versuchte, die Zündung des Toyota zu betätigen.

»Spring an, du verdammtes Scheißding!«

Blitz: Serena, die Tore in Reichweite.

»Spring an, verdammtes Scheißding, spring an!« Sie verfluchte den Wagen in allen Sprachen, und er sprang für sie an.

Der westliche Rand des Lagers brannte: Benzin aus dem zerstörten Lastwagen-Depot. Oksana steuerte den Landcruiser durch Nebenflüsse von Feuer; es klammerte sich gierig an seine Räder, bevor die Erde es auspustete.

»Ren!«

Im ersten Augenblick wusste Serena nicht, was sie vor sich sah. Ihre äußere und ihre innere Vision vermengten sich miteinander. Da war ein Wagen. Da war eine Frau, die ihren Namen rief.

Oksana packte eine Faust voll Boy-Wonderz-T-Shirt. Sie drückte das Pedal durch. Der Landcruiser drehte vom Strom der Leute ab, der aus den Toren hervorquoll. Im Rückspiegel sah Oksana einen Hubschrauber, der langsam über das zersplitterte Wrack des Lagers flog, um ihr den Fluchtweg abzuschneiden. Sie fluchte mit angehaltenem Atem.

Serena sah zu, wie das Blut von ihrer Faust in den Fußraum tropfte. Sie sagte: »Stig ist tot. Ich habe ihn gesehen. Ich habe seine Hand gesehen. Ich habe seine Hand berührt.«

»Alle sind tot. Sie wollen jeden töten. Ihnen ist das gleichgültig. Sie wollen jeden tot sehen.«

Oksana zwang den großen weißen Toyota durch die Randfurche auf die Straße nach Westen. Sie beschleunigte auf hundertvierzig.

»Los, fahr schon, fahr schon, du lahme Ente!«

»Wo ist Ngueme?«

»Ich weiß nicht. Interessiert mich nicht.«

»Und die Amerikanerin, wo ist die?«

»Sie ist tot, verdammt noch mal! Alle sind tot. Begreifst du denn nicht?« Wieder ein Blick in den Rückspiegel. Die Hubschrauber flogen über Soroti wie gespenstisch große Moskitos, gierig nach Blut, das sie nicht zu berühren wagten. Zu reichhaltige Nahrung für Maschinen. Alle paar Sekunden schoss einer, beinahe beiläufig, eine Rakete ab.

Ein Blick zu Serena. O Gott, die Kleine ist noch mal davongekommen. Bleierne Augen. Das Zittern wird bald anfangen. Überrascht? Sie war da drin. Jesus Maria, diese Straße war beim Herfahren doch nicht so lang!

»Wenn wir das Flugzeug erreichen, sind wir dann gerettet?«

»Gerettet?«

»Wenn wir erst einmal in der Luft sind, können wir sie abhängen. Dann sind wir gerettet.«

»In der Luft?«

Wieder ein Blick in den Rückspiegel. Die Hubschrauber vergrößerten ihren Kreis. Sieh mich nicht. Töte jemand anderes. Töte irgendeine arme beschissene Flüchtlingsfamilie, töte sie alle, zerfetze sie zu Klumpen, aber verschone mich.

»Jesus und Mutter Gottes! Wie haben sie es herausgefunden? Wir waren dicht dran, ich weiß. Wer hat ihnen Bescheid gesagt?«

»Ihnen Bescheid gesagt?«

»Der Bugandischen Royal Army, Mädchen. Den verdammten Königen und Prinzen. In ihren gottverdammten amerikanischen Kiowa-Kampfhubschraubern.«

»Amerikaner?«

»O mein Gott!«

Die Worte waren zu banal, um Serenas Entsetzen zu durchbohren. Es war der flache Tonfall der Unvermeidlichkeit, der sie veranlasste, vom langsamen Tropfen ihres Blutes auf die Gummimatten aufzublicken. Gejagte Wesen rannten in Rudeln, und hätten sie

Stimmen, würden sie letzten Endes so sprechen. Sie blickte hinter Oksanas Augen, sah im Spiegel, was sie sah: ein Hubschrauber tauchte von den anderen weg und beschrieb einen Bogen, um sie zu verfolgen.

»Können wir ihn abhängen?«

»Können wir.« Doch während Oksana das sagte, wusste sie, dass sie es nicht konnten. Er flog zu schnell, zu zielstrebig. Er hatte bereits die halbe Strecke zwischen Lager und Wagen zurückgelegt. Die *Swjatij* war zu weit weg. Sie sah Serena an. *Blickst du hinter meine Augen, horchst du ins Innere meiner Ohren, hörst du die Lüge in meinem Kopf?*

Ja.

Der Hubschrauber holte schnell auf, die Nase nach unten, den Schwanz in die Höhe gerichtet.

Dann weißt du, was ich tun werde.

Oksana war bei der Herfahrt der trockene Flusseinschnitt aufgefallen, das hohle Rumpeln der Räder über die unterirdische Bachleitung aus Beton. Sie brachte den Landcruiser mit einer Vollbremsung zum Halt.

»Raus!«

»Wie bitte?«

Jesus Maria, sie waren schnell. Es war keine Zeit für Diskussionen. Oksana beugte sich vor Serena vorbei und öffnete die Tür.

»Raus! Steig aus! Hör zu, Ren, der Code heißt: ›O Heilige, stehe uns bei, jetzt und in der Stunde des Todes.‹ Die Maschine wird sich selbst fliegen. Geh!«

»Okya...«

Serena landete mit allen vieren im Dreck. Sie rappelte sich auf, aber der Landcruiser war weg, stürzte in einer hohen, stolzen Staubwolke querfeldein. Mir nach, ihr Scheißer. Und los!

»Okya!«, schrie Serena, ein großes, nacktes Ziel mitten auf der flachen Lehmpiste. Der Hubschrauber. Er war direkt über ihr. Sie taumelte ins Flussbett, kroch in die Betonabflussröhre. Kanalbewohner flohen vor ihr. Sie drückte sich an den Boden. Der Hubschrauber donnerte über sie hinweg. Die Erde bebte. Serena krabbelte auf der anderen Seite der Grube heraus, rannte zur Straße.

»Okya!«, schrie sie ein drittes Mal.

Fluchend und all ihre Heiligen anrufend, steuerte Oksana Michailowna Teljanina den Landcruiser wie eine verrückte Schamanin, völlig von Sinnen zwischen ihren siebenundzwanzig Himmeln.

»Kommt doch und schnappt mich, ihr verdammten Scheißer!«, rief sie dem purpurroten blutgeschwollenen Ding zu, das in ihren Spiegeln schwebte. Sie warf den 'Cruiser nach links, dann nach rechts: der Hubschrauber hüpfte hin und her und folgte ihr, nie in ausreichend sicherer Position zum Töten, aber auch nie abgeschlagen.

»Genug, ja? Es reicht!«, brüllte sie. Eine Berührung des Bremspedals. Oksana Teljanina sprang aus dem Wagen. Der Aufprall am Boden war unsanfter als jeder Schlag, den sie jemals in ihrem Leben abbekommen hatte. Sie überschlug sich, sie prallte mehrmals, aufhüpfend wie ein Ball, am Boden auf. Dinge krachten, Stücke von ihr brachen und bluteten. Sie schrie, sie brüllte, während der Landcruiser weiterhoppelte. Augenblicke. Sie hatte nur wenige Augenblicke. Sie kämpfte sich auf die Beine. Schwer verletzt. Sehr schwer verletzt. Sehr gebrochen, aber sie schaffte es zu rennen.

Vor ihr war ein großer Schattenbaum. Er stand etwas abseits eines kleinen Wäldchens. Es war kein Affenbrotbaum, es war nicht der Baum, es war nicht der Geburtsbaum des Menschen, aber sie wusste, wenn sie ihn erreichen würde, wäre alles in Ordnung. Wälder waren ihr Element. Er würde sie unter seinen

Ästen bergen. Er war größer als der Geburtsbaum des Menschen. Es war der Weltenbaum, das Universum selbst. Sie rannte zu diesem Baum hin. Der Baum war das Einzige, das sie sah. Der Baum war das einzig Wichtige. Nicht das anschwellende Heulen von Pratt-und-Whitney-Turbowellen. Nicht das Kribbeln einer Präsenz in ihrem Hinterkopf, von der sie wusste, dass es Serena war, unfähig, sie zu verlassen.

»Verschwinde aus meinem Kopf!«

Keine Zeit für Abschiede. Der Baum war alles.

Staub wirbelte vom Boden um sie herum auf. Oksana schleppte sich zu dem heilenden Baum. Der Motorenlärm steigerte sich zu einem Crescendo und verhielt dort.

Oksana Michailowna blieb stehen. Sie wandte sich um, dem in der Schwebe verharrenden Hubschrauber zu.

»Mach's doch!«, brüllte sie.

Serena kauerte am Rand des ausgetrockneten Flusses. Jede Faser in ihr verlangte danach wegzulaufen, verbunden mit Oksanas hoffnungsloser Flucht. Sie tat es nicht. Sie wagte es nicht. Aber sie konnte die Verbindung nicht kappen. Sie konnte nicht wegsehen. Sie sah den schwebenden Hubschrauber. Sie sah den kurzen Feuerstreifen, der unter dem Flügel des Kiowa hervorsprang. Sie sah den grellen Blitz und sie sah, wie der Körper der Frau einen Satz machte und als Marionette aus rotem Fleisch hochhüpfte und wie die Marionette in einer karmesinfarbenen Explosion zerstäubt wurde, während die Blätter und Äste des einsamen Baumes wie in einem plötzlichen Sturm aufwirbelten.

Sie sah das weiße Licht und die bodenlose Dunkelheit dahinter.

Der Hubschrauber flog rückwärts, neigte sich steil zur Seite und flog nach Norden davon.

AK47-Stunde

43 Fünf Dinge waren in dem Porzellanbecher: ein kleiner Lederbeutel mit Kräutern, ein Geisterfänger von einem Schlafzimmerfenster, ein Kiesel aus schwarzem Vulkanglas, der Samen von fünf Bäumen, ein Spielzeugflugzeug aus Plastik. Es waren nicht die Überbleibsel von Oksana Teljanina. Nichts war von Oksana Teljanina übrig geblieben.

Als Afrikaner, und da sie vertraut waren mit dem Tod, legten die Trinkfreunde den Becher in das Loch und warfen schnell Erde hinterher. Es war eine kurze Verrichtung. Kipsang der Barkeeper klopfte den Boden mit der Rückseite der Schaufel flach. Niemand hielt eine Ansprache an dem Abflusskanal, wo die Straße von Gichichi ins Murang'a-Tal einbog. Niemand legte Blumen nieder oder las Gedichte oder Teile von Schriften. Niemand gab Lobpreisungen von sich. Es gab nichts zu lobpreisen.

Ein Bus fuhr vorbei, langsam die Serpentinen ins Tal hinunter scharrend. Die Fahrgäste starrten hinaus auf die kurze Vision, die sich aus dem Nebel materialisierte, die schwarzen und weißen Gestalten am Straßenrand. Dann waren sie verschwunden. Der Bus bremste, um einem schnelleren Wagen Platz zu machen, der plötzlich mit blendenden Scheinwerfern vor ihm auftauchte. Wagen und Bus streiften aneinander vorbei. Der Wagen fuhr an der Reihe von offiziellen Harambee-Fahrzeugen und dem Taxi vorbei, das die Leute von der Bar hergebracht hatte. Der Wagen hielt direkt über dem Abflusskanal an. Zwei Frauen und ein Mann stiegen aus. Eine Frau war mit einem langen Gummiregenmantel bekleidet, die andere mit einem schwarzen Ledertrenchcoat. Der Mann trug eine weiße Dschellaba und eine Brille mit hochklappbaren Sonnengläsern. Er war barfuß. Die Frauen blieben beim Wagen; der Mann schritt ohne ein Wort zu der frisch umgegrabenen Erde, kniete nieder und legte die Hand auf die nackte Erde. Dann stand er auf, verneigte sich knapp vor den Versammelten und ging wieder zum Wagen. Er fuhr ein Stück die Straße hinauf, wendete und kam wieder herunter. Seine Scheinwerfer schwenkten über die Beerdigungsgesellschaft.

Die kleine Gesellschaft brach auf. Die Leute aus der Bar und die Leute vom Flugplatz schüttelten einander die Hand und begaben sich wieder zu ihren Wagen und Taxis. Faraway erschauderte.

»Komm, Gaby, wir gehen besser.«

»In einer Minute. Ich muss mit Serena reden.«

Muss. Will nicht. Wage nicht. Sie waren jeweils auf ihrer Seite des Kreises geblieben, während die Leute von Kipsangs Bar das Loch gegraben hatten, Gaby aus Angst, Serena aus Wut.

»Serena…«

Serena ergriff Gabys Hände und drehte sie um, die Handgelenke nach oben.

»Also, wo ist es? Hier?« Sie bohrte drei Finger in Gabys Brustbein. »Hier?« Die Finger tasteten nach der Halskuhle. Gaby fasste die Hand, hielt sie, ließ sie los.

Du bist zu sehr meine Tochter, dachte sie. Ich bedaure jeden Mann, den du jemals haben wirst, denn du bist im Zorn wunderschön. Du bist absolut umwerfend. Und dann dachte sie. *Männer*, und: *Seit wann bist du zur Frau geworden?* Gaby sagte: »Das bin nur ich. Nichts hilft mir. Keine Chemikalien. Keine Pflaster. Ich nehme sie nicht mehr.«

»Das hast du schon mal gesagt.«

»Es stimmt. Wirklich.«

»Das hast du schon mal gesagt.«

Serena schüttelte den Kopf, wandte sich um und ging zu dem Harambee-Wagen, wo Sarah wartete. Tembos Tochter, dachte Gaby. Was ist es, das uns aneinander bindet, das uns zueinander hinzieht, wie weit wir auch reisen, und das uns tötet?

»Er ist weg, Serena. Ich habe ihn hinausgeworfen.«

Sie blieb stehen, drehte sich jedoch nicht um. Du wirst mich dahin bringen, dass ich es sage, dachte Gaby. Du wirst mich dahin bringen, dass ich mich bei der Beerdigung meiner Freundin erniedrige. Also gut. Wenn es das ist, was du brauchst.

»Er hat mich betrogen, er hat herumgevögelt. Aber das war nicht der Grund, warum ich ihn hinausgeworfen habe, Serena. Ich wusste immer, dass er andere Frauen hatte, von Anfang an.«

»Andere Frauen«, sagte Serena. »So wie mich.«

Gaby verzog das Gesicht.

»Er hat mit Sudha geschlafen. Aber es war mehr als das. Ren, er hat sie verletzt. Verstehst du mich? Er hat sie verletzt, so wie er mich verletzt hat. Und dich. Verstehst du, warum er gehen musste? Sie haben die Verletzungen über sich ergehen lassen.«

Serena wirbelte herum und Gaby wurde klar, dass das, was sie zuvor gesehen hatte, keine Wut gewesen war.

»Sie ist tot!«

»Ja, Serena, du bist nicht die Einzige, die hier verletzt ist, weißt du? Du bist nicht die Einzige, die einen geliebten Menschen verloren hat. Ich habe sie geliebt. Sie war meine… meine Seele.«

»Sie war meine Mutter!«

»Serena, nein.«

»Du hättest sterben sollen; das war dein Platz, deine Zeit, und sie hat ihn eingenommen. Du hättest das sein sollen. Sie hätte noch eine Million Morgen gehabt und jetzt hat sie kein einziges Morgen mehr, deinetwegen.«

»Serena…«

Sie rannte zum Wagen.

»Ja!«, schrie Gaby ihr hinterher. »Sie hätte! Ich hätte! Ich wünschte, es wäre so gekommen!«

Serena stieg in den weißen Wagen. Sarah zuckte die Achseln, schüttelte den Kopf. Türen wurden zugeschlagen. Weg waren sie.

»Mein Gott, ich hätte. Kann sie das nicht hören? Ich hätte.«

»Lass ihr Zeit. Sie versteht es nicht. Du hast sie nicht gesehen, als das Flugzeug sie zurück nach Nyerere gebracht hat. Sie hat gespürt, dass sie sterben würde, über die Verbindungsschlinge. Es war, als ob sie selbst gestorben wäre. Sie hat nichts zum Betrauern, nicht einmal Gebeine oder Asche. Sie ist noch sehr jung, Gab.«

»Ich dachte, vielleicht…«

»Komm jetzt. Hier gibt es nichts mehr für dich zu tun und es ist kalt und unerfreulich.«

Im Wagen bot Faraway ihr eine silberne Feldflasche an. Gaby schnupperte an dem offenen Hals. Arak-Duft kitzelte ihr in der Nase. Sie nahm einen tiefen Schluck. Er brannte sich in sie hinein, aber es war nicht das Wasser ihres Lebens.

»Faraway, wegen… du weißt schon, damals. Es tut mir leid.«

Sie war froh gewesen, dass sie ein Luftschiff geschickt hatten. Das hatte ihr Zeit für den Versuch gegeben, alles Zerbrochene wieder zu kitten. Doch als sie sah, dass es auf derselben Landzunge wie die anderen Harambee-Schiffe niederging, hatte sie die Panik gepackt: wenn es nun er war? Wenn er nun persönlich käme, um mir zu sagen, dass es ihm leid tut? Es war zu früh, um ihm gegenüberzutreten, nach allem, was gewesen war. Beinahe hätte sie gekniffen. Dann hatte sie gedacht, welchen Wert hat es, nachdem du endlich den Mann und die Erinnerung an Diamanten-Jim verbannt hast, wenn du dann wie ein verängstigtes Hühnchen dasitzt und nicht in der Lage bist, dich der Welt zu stellen? Das hatte ihr den Mut gegeben, ihre Tasche zur Einstiegsrampe zu tragen und jedem entgegenzutreten, wer immer dort oben stehen mochte. Es war ein höflich-ernster, politisch engagierter junger Mann, der, das roch sie förmlich, keine Vorstellung vom Tod hatte.

Die Jungen denken nie daran, dass sie sterben könnten.

Sie war am Fenster gestanden und hatte die vielfarbigen Landschaften des Harambee betrachtet, die sich unter ihr abgespult hatten, und hatte eine andere Landschaft vor sich gesehen: die von einzelnen Bäumen bestandene Savanne, der Staub dahinziehender Tierherden, die Wolken, die sich vom Kibo abschälten, der Schnee am entblößten Kilimandscharo. Es war Oksanas Flugzeug gewesen, das sie von Tsavo West zurückgebracht hatte, beim ersten Mal, als Shepard sie mit dorthingenommen und ihr eine andere Welt gezeigt hatte. Eine andere Welt, die jetzt diese Welt war. Sie sah eine andere staubige Ebene vor sich, durchzogen von weißen Linien und mit Torpfosten an beiden Enden; Oksana Michailowna in ihrem geliehenen Hemd der SkyNet-Mannschaft und in Stiefeln und abgeschnittenen Jeans über einer grünen Radlerhose; Oksana, die sich durch Streitereien eine gelbe Karte eingehandelt hatte. Sie sah die Antonows vor sich, die auf dem Flugplatz von Wilson aufgereiht dastanden, und die sibirischen Piloten, die zwischen ihnen herumtanzten und sangen ›Consider Yourself‹ aus *Oliver*. Sie sah die Bar im Hotel

PanAfric und den diesjährigen Jenseits-von-Afrika-Look und sibirischen Schamanen-Lesbierinnen-Chic mit Tusker-Bier anstoßend. Beide bluffend. Beide jungfräulich. Sie dachte an Oksanas Bedürfnis nach einer Nation, nach Leben, um sie warm zu halten und sie wissen zu lassen, dass sie existierte. Sie dachte an ihr bodenloses Empfindungsvermögen. Sie dachte an die wilde Lust dieser Frau, die unerfüllt geblieben war.

›Stattliche Schwänze und Wodka‹, war ihr Spruch gewesen, dabei hatte sie die Augen geschlossen und Tränen erwartet. Man hatte sie enttäuscht.

Das war der Grund, weshalb sie, als sie ihn auf dem Flugplatz sah, wo er sie erwartete, auf ihn zurannte und ihm mit den Fäusten gegen die Brust, die Schultern, die Arme und in den Bauch schlug. Auf ihn eintrommelte, einhämmerte, mit der gleichen Stärke, die sie aufgebracht hatte, um Diamanten-Jim aus dem Meerhaus zu vertreiben, über die Straßen von Turangalila, auf die Hauptstraße nach Norden, nach Süden, irgendwohin, nur nicht hier.

»Du hast sie umgebracht!«, schrie sie Faraway ins Gesicht. »Du wusstest, dass die Bugander Bescheid wussten, du hast sie in den Tod geschickt.«

Er ließ sich von ihr schlagen, bis ihre Kraft genügend aufgebraucht war, dass er ihre Handgelenke umfassen und sie festhalten konnte.

Es war vorbei und die umsichtigen Sicherheitsmänner traten aus der Deckung des Dunstes zu ihren Wagen. Faraway sagte: »Fahrer, bringen Sie uns nach Hause.«

Gaby sah zu den grauen Wolken hinaus, die jetzt Wirbel bildeten und sich ausdünnten, während der Wagen auf der Straße nach Gichichi fuhr. Hin und wieder erspähte sie die Dörfer des Tals, die Dunkelheit des Chaga und die Traurigkeit unter der nicht der Jahreszeit entsprechenden Bewölkung. Eine andere Welt. Meine Welt.

»Faraway, diese Frage.«

»Welche Frage.«

»Die, die Okya für mich beantwortet hat. Sie geht mir einfach nicht aus dem Sinn.«

Der Wagen war schlank und kraftvoll, er nahm die Kurven so geschmeidig und glatt wie ein Eisschnell-Läufer.

»Gaby, ich glaube, jetzt ist nicht der richtige Augenblick, um eine derartige Entscheidung zu treffen.«

»Doch, ist es. Ich hätte sie getroffen, auch wenn... auch wenn sie nicht gestorben wäre. Ich glaube, ich hatte mich bereits entschieden. Das hat die Sache nur... nur besiegelt. Hat ihr ein Zeichen aufgesetzt. Steht dein Angebot noch?«

»Es steht noch, wenn du möchtest.«

»Ich möchte. Ich möchte, damit meine Tochter mich nie wieder so ansieht, wie sie mich über das Grab hinweg angesehen hat. Muss ich dir noch mehr sagen?«

»Du hättest mir nicht einmal das zu sagen brauchen.«

Sie kamen aus den Wolken in das regenschmutzige Tal. Ein ständiger Niederschlag tropfte aus den schweren Wolken. Die Leute, die auf der Straße unterwegs waren, drängten sich unter Schirmen und Plastikplanen zusammen, wobei sie durch Ströme von rotem Lehm stapften.

»Faraway, ich brauche in einem bestimmten Punkt deine Hilfe.«

»In welchem Punkt?«

»Hast du gehört, was ich zu Serena gesagt habe wegen der...«

»Dass du die Pflaster nicht mehr benutzt.«

»Ja. Aber.«

»Aber du bist noch nicht darüber hinweg.«

Gaby betrachtete den Regen.

»Nein. Du hast gesehen…«

»Ich weiß. Ich kenne Leute, die helfen können.«

»Was immer nötig sein mag, Faraway.«

»Es wird schlimm sein.«

»Das sollte ich eigentlich sagen.«

»Gab, du hast für einen Tag genug gesagt.«

Auf dem Vordersitz setzte sich Faraways Adjutant sehr aufrecht hin, als ob ihn etwas gestochen hätte. Er legte die Hand an die Schläfe.

»Chef. BBC World Service.«

Unaufgefordert suchte Gaby die Frequenzen ab. Das Oxford-afrikanische Suaheli war seltsam beruhigend, indem es seine wohlbemessenen und abgewogenen Murmellaute von London in ihr Gehirn schickte. Die Welt ist ein vertrauenswürdiger Ort, solange die Briten zu jeder vollen Stunde *Lilibulero* spielen.

Der UNHCR war aus der Reserve getreten.

Faraway war an seinem Mobilfon. Gaby zappte durch die Sender auf der Jagd nach einer Satellitenverbindung. Zum ersten Mal seit der Geburt von Éa lauschte sie der Stimme der SkyNet- Weltnachrichten.

»…UNHCR und die Menschenrechtskommission der Vereinten Nationen haben eine gemeinsame Erklärung herausgegeben, in der sie die Entmilitarisierung der V-Zone verlangen sowie die Rückführung heimatvertriebener Personen in die Chaga-Staaten«, sagte der unbekannte Moderator. Er sprach mit der Silberstimme eines vornehmen Herrn. Der Typ ›Jungdynamischer Profi‹ würde folgen. »Die Vereinigten Staaten und Russland haben die Verlautbarung bereits verurteilt und die Einberufung einer außerordentlichen Sitzung des UN-Sicherheitsrats verlangt, um den plötzlich entstandenen gewaltigen Riss in der internationalen Sicherheit zu reparieren. Mehrere Mitgliedsstaaten haben jedoch angedeutet, dass sie sich entweder der Stimme enthalten oder gegen jeden den UNHCR verdammenden Beschluss stimmen werden. Für einen Überblick über die Reaktionen aus der Verbotenen Zone auf die heutige Verlautbarung schalten wir zu Lisa Kropotkin in Juba, Südsudan.« Die, vom Wind zerzaust und blinzelnd, versuchen würde, die einheimischen Jugendlichen davon abzuhalten, in die Kamera zu winken und zu grinsen, während ihr Tembo mit dem grellen Licht und der Weißbalance kämpfte und ihr Faraway mit den Beamten übte, Englisch anstatt Militärisch zu reden.

Der plötzliche Schwall von Gefühlen überraschte Gaby. Er durchbrach die Stimme von Lisa Kropotkin in Juba und zerschmetterte sie. Eifersucht. Und das fühlte sich sehr warm und angenehm an.

44

Der Regen hatte jeden überrascht. Es war nicht die Jahreszeit dafür, aber die Wetterpropheten waren sich allesamt darin einig, dass er für mindestens eine Woche anhalten würde. Faraway war froh darüber. Das bedeutete, dass im Haus und nicht im Garten Kaffee getrunken wurde, wie es bei Tikaram dem Heiler sonst der Brauch war. Der Baum, der dort wuchs, hätte ihn normalerweise nicht gestört; es war jedoch etwas anderes, wenn man wusste, was in der gewaltigen Kapsel hing.

Tikaram der Heiler war ein junger, begabter, schöpferischer Inder der dritten Generation. Sein ringförmiges Haus, das einen Kreis um den Heilbaum bildete, war angefüllt mit Kindern und Göttern. Eine seiner Töchter goss aus einer Kupferkanne Kaffee auf einem handgehämmerten Benares-Tisch ein.

»Sie ist stabilisiert«, sagte er. »Ich habe ihr Blut durch die übliche diagnostische Bucky-Matrix ausgetauscht; ihr System dürfte in etwa fünf, sechs Stunden sauber sein. Gegen die psychologische Abhängigkeit kann ich jedoch wenig tun. Ich kann den Schmerz und die anderen physiologischen Symptome unter Kontrolle halten; alles andere muss sie selbst durchlaufen.«

»Ist sie da drin bei Bewusstsein?«

Tikaram der Heiler rollte die Augen zu dem vergoldeten Sims hinauf. Ein Blick anderswohin. Die Fullerene-Mischung, die er in Gabys Blutstrom eingeschleust hatte, speiste sein Hilfsgehirn mit medizinischen Daten. Er lauschte auf die Stimme ihres Blutes.

»Zeitweise. Im Augenblick schläft sie. Vor anderthalb Stunden hatte sie einen Anfall. Ihre Leber und ihre Nieren sind in einem ziemlich schlechten Zustand.«

Faraway fand diese Patient-Arzt-Beziehung insgesamt zu intim, um professionell zu sein. Zu vampirisch. Die Vertrautheit der Flüssigkeiten. Im Wagen, auf dem Weg vom Berg herunter, als Gaby gesagt hatte ›was immer nötig sein mag‹, hatte sein erster Gedanke Tikaram dem Heiler gegolten. Nuyas Junge hatte sich in Kussweite des Todes befunden. Die Allergie gegenüber den Buckies, die durch seinen Körper peitschten, war total gewesen. Tikaram hatte ihn gerettet. Dann hatte er sich erinnert, wie der Heiler das angestellt hatte, und sein zweiter Gedanke war gewesen: *Sie ist verzweifelt, aber nicht so verzweifelt.*

»Faraway«, hatte Gaby gesagt, wobei sie die Hände krampfartig zu Fäusten schloss und wieder öffnete, »es gibt ein Jahr in meinem Leben, an dessen größten Teil ich mich nicht erinnere, und ich wünschte, ich würde das, was ich tue, nicht tun. Verstehst du?«

»Gaby…«

»Ich habe mich für diese Dinge prostituiert, Faraway. Ich habe mich prostituiert, und er hat zugesehen.«

Als sie in dem Haus in Ena angekommen waren, waren die farbenfrohen Kinder des Heilers herbeigehüpft, um die neue Kundin zu begrüßen. Zu diesem Zeitpunkt hatte das Zittern angefangen. Gaby hinterließ ein Band von saurem, dünnem Erbrochenem auf den Lebendhaut-Polstern der Harambee-Limousine.

Faraway setzte seine leere Kaffeetasse ab.

»Wie lange noch?«

»Das liegt an ihr.«

»Darf ich sie besuchen?«

»Sicher.«

Die jüngste Tikaram-Tochter bot ihm einen Schirm aus geöltem Papier an. Er lehnte ab und ging in den rund angelegten Garten, wo er den Regen an sich hinabrinnen ließ. Er rann über die glatte schwarze Haut der Heilhülse. Seltsame Frucht. Er zitterte, nicht wegen des kalten Regens. Die Schale war so glänzend und hart wie der Panzer eines Käfers, aber sie hatte die Konturen der Frau in seinem Innern angenommen: Hüften, Taille, Schenkel, Brüste, Kopf. Der Schädelschatten mutete wie ein langer Schrei an.

Gaby, was habe ich dir angetan?

Der Baum war ein buckeliges Gebilde aus Rohren und Ventilatoren und pulsierenden Organen; die Hülse hing von seinen gekrümmten Fingern wie eine mumifizierte Marionette. Zu viele Gleichnisse, zu schwere Metaphern! Tod, Wiedergeburt, Metamorphose. Eine Frau, die einem etwas bedeutet. Faraways schwarze Hand berührte die schwarze Hand der Hülse. Keine Wärme, keine Bewegung, kein Anzeichen von Leben – oder Liebe.

Warum tust du das für diese Frau? dachte er. Sie zerstört mit einer Bewegung, sie verletzt ohne nachzudenken, sie liebt dich nicht. Sie hat dich nie geliebt.

Aber du liebst sie.

Er hinterließ eine Spur nasser, schlammiger Fußabdrücke auf den handgewebten Teppichen auf seinem Weg zum offiziellen Wagen und der offiziellen Welt. Die Kinder liefen mit Schrubbern und Putzlappen herbei, um sie wegzuwischen.

Naomi war wach, als er aus dem Bad kam. Er spürte, dass sie das die ganze Zeit seit des Anrufs war, während er aufgestanden war, während er den Wagen gerufen hatte, sich leise angezogen und fertig gemacht hatte: beobachtend, darauf wartend, dass er das sagen würde, was sie bereits wusste.

Nein, dachte er, auf dieses Spiel lasse ich mich nicht ein. Aber ein Spiel war wie das andere. Seit langem schon gab es nichts anderes mehr als Spiele. Spiele und Räume. Er konnte sich nicht erinnern, wann er anfing sich darauf zu freuen, dass das Rotationssystem der Gerichte sie in einen anderen Landesteil versetzen würde. Sie hatte nie gesagt, dass sie die zunehmenden Stunden genoss, die seine Arbeit ihn fern von zu Hause hielt. So etwas würde sie niemals sagen. Keiner sagte etwas. Das reinste Spiel von allen ist dasjenige, bei dem keiner den ersten Zug unternimmt.

Er erhaschte einen Blick auf sich selbst im Spiegel: Mister Missionar des Harambee in seinem maßgeschneiderten weißen Anzug. Er betrachtete die sehr schöne Frau, die eingehüllt in den weißen Überwurf auf dem flachen Holzbett lag. Er dachte: Wie kannst du ein Kämpfer für deinen Stamm sein, wenn du zu Hause ein Schlappschwanz bist?

»Ich gehe zu ihr.«

»Natürlich. Sie braucht dich.«

Miststück, dachte Faraway in Englisch. Aber er sprach es nicht aus. Das zu sagen hätte einer Leidenschaft bedurft, die er nicht mehr empfand. Er sagte: »Sie ist sehr schwach, sie braucht einen Ort, an dem sie sich erholen kann.«

Er wusste, dass sie nicht diskutieren würde. Sie hatte nicht mehr die Leidenschaft zum Kämpfen. Aber er wusste, dass sie dankbar war für die Vorwände, die er ihr in die Hand spielte. Sie sagte: »Wenn du sie zurückbringst, werde ich nicht mehr hier sein.«

»Okay«, sagte Faraway und ging hinaus zum wartenden Wagen.

Es war nach Mitternacht, aber das Haus von Tikaram war auf den Beinen. Ein anderes Kind führte Faraway unter einem Schirm ins Haus. Wieder ein anderes bereitete Kaffee und holte süßes Gebäck. Gaby kuschelte sich in eine Decke an einem großen Feuer, in dem gepreßte Ziegel aus Altpapier brannten. Ein drittes Kind trocknete ihre Haare mit einem Handtuch. Gaby roch nach weggewaschener Übelkeit. Ein Blinzeln von Faraways Augen schickte das Kind weg.

»O hallo«, sagte Gaby. Ihr Lächeln und ihre Stimme und ihr Gesicht waren schrecklich ausgemergelt. Nach drei Tagen in der Hölle waren ihre Augen eingesunken und schwarz und ihre Haut durchscheinend. Ihre Hände waren gekrümmte Haken, geädert und sehnig. Die Jahre, die die Buckies unterdrückt hatten, hatten sie eingeholt. Sie merkte, wie Faraway sie ansah. »Tik sagt, ich werde besser aussehen, wenn erst einmal der Bucky-Spiegel wieder ansteigt. Du müsstest mal sehen, was dieser verdammte Typ mit meinem Blutstrom gemacht hat.«

»Wie fühlst du dich?«

»Beschissen. So habe ich mich seit damals nicht mehr gefühlt – erinnerst du dich an die Zeit in Block Zwölf? So schlimm. Nein. Ich war allein da drin... Da gab es Zeug, das ich gefunden habe, Dinge, denen ich begegnet bin... Du möchtest das nicht wissen. Ich möchte es dir nicht erzählen. O Gott, es ist kalt.«

Sie rappelte sich auf. Sie schlug Faraways dargebotene Hand weg.

»Ich bin okay, stimmt's? Ich bin okay.«

Sie rutschte näher zum Feuer.

»Ich bekomme einfach keine Wärme in mich hinein. Anscheinend kann ich mich aber auch nicht so leicht erkälten. Und meine Hilfsgehirn/Hauptgehirn-Verbindungen sind etwas anfällig. Er musste den größten Teil meines Hippocampus neu verdrahten.«

Die schwere Decke klaffte auf. Darunter war Gaby nackt. Nackt, verhungert. Knochen, Sehnen, Blutergüsse. Neue Wunden, alte Narben. Plötzlich angerührt, schlüpfte Faraway neben sie, unter die Decke.

»He«, sagte sie überrascht, dann drückte sie ihr kaltes, zitterndes Fleisch gegen seinen warmen Körper.

Später war es Tikaram selbst, zufrieden mit den Werten aus seinem tragbaren Diagnostikatoren, der Gaby vor das Feuer legte und wieder Kraft in ihre Muskeln massierte. Faraway sah mit fünfundzwanzig Prozent Neid zu, als sich der Heiler bis auf sein Lendentuch auszog und Gabys Wirbelsäule auf und ab bearbeitete. Er verkrampfte sich innerlich, als sie spaßend sagte: »Erinnerst du dich, das habe ich mal mit dir gemacht.«

Er fragte sich, wie sich die andere Frau in ihrem dunklen Holzhaus wohl fühlen mochte.

»Also, was hast du für mich zu tun?«

»Gaby, du musst erst einmal gesund werden.«

»Arbeit ist die beste Therapie. Herrje, ich muss eine ganze Menge aufholen.«

Faraway seufzte. Tikaram der Heiler lächelte, während er die Finger in Gabys dünnen Hintern grub.

»Also gut. Du warst schon immer eine unmögliche Frau. Deine Aufgabe soll darin bestehen, die Herzen und Seelen eines Kontinents zu gewinnen.«

Tikarams Finger befahlen: *auf den Rücken, entwöhnte Frau.*

»Im Norden gibt es weitverbreitete Reaktionen. Die EU, mit Ausnahme von Großbritannien und Frankreich, führt den Ruf nach einer internationalen Konferenz zwischen uns und den sogenannten Frontstaaten an.«

»Drei Tage Entzugserscheinungen sind in der Politik eine lange Zeit«, warf Gaby ein.

»Die USA führen die Opposition in den UN an. Das ist ihnen nur möglich, so lange ihre Verwicklung in das Massaker von Sotori vor ihrem eigenen Volk geheim gehalten wird.«

»Das ist der Deckmantel und du willst, dass ich ihn lüfte.«

»Unsere Strategie sieht vor, dass eine beim Fußvolk aufwallende öffentliche Meinung, gepaart mit internationaler Schelte, Washington zu einem Umschwenken in eine Position der Enthaltsamkeit bewegen wird.«

»Und wir bekommen unsere Friedenskonferenz.«

»Und der Krieg in den Niederungen ist vorbei.«

»Durch das Fehlen eines Nagels war das Hufeisen dahin, durch das Fehlen eines Hufs war das Pferd dahin...«, sagte Gaby. »Du verlangst nicht viel von deinem Ex-Junkie, wie?«

Tikaram fuhr mit der Hand an Gabys Brustbein hinab. Gaby zuckte zusammen.

»Ich dachte, du hättest gesagt, Arbeit sei Therapie.«

»Ja, das habe ich gesagt. Wann kann ich anfangen?« Sie versuchte aufzustehen, taumelte. Tikaram fing sie eine Sekunde früher als Faraway auf. »Vielleicht schon sehr bald...«

Nicht bevor Tikaram seine Massage beendet hatte und außerdem noch einige Untersuchungen durchgeführt und ihr blutproduzierende Stimulanzien gespritzt hatte. Dann folgte noch eine Stunde Hydrotherapie in seinem Schwimmbecken und ein Ganzkörper-Abschrubben mit Bürsten und genoppten Handschuhen. Und schließlich übergab er ihr ein Päckchen mit Kräuterheilmitteln, Nahrungszusätzen, Entspannungs-Kassetten, Yoga-Anleitungen, antibiotischen Bananen und immunsystemanregenden Knollenwurzeln aus seinem Gewächshaus.

»Ich habe immer noch das Gefühl, ziemlich von der Rolle zu sein«, sagte Gaby, als die Kinder – sie war nicht sicher, wie viele – herumrannten und ihr Gepäck und ihre Heilmittel zum Harambee-Wagen transportierten. Da war das östliche Licht hinter den Bäumen von Ena. Ihre Beine gaben nach.

»O je, das ist ein schrecklich langer Weg zum Wagen«, sagte sie.

»Nein, ist es nicht«, sagte Faraway, hob sie in ihrer Decke hoch und trug sie zur wartenden Limousine.

In Faraways Haus wartete eine Frau, als der Wagen im ersten perlgrauen Tageslicht in die Einfahrt einbog und Faraway Gaby in das tieferliegende Wohnzimmer trug. Nicht Naomi: Naomi hatte diese Frau hereingelassen, als sie weggegangen war. Dies war Sarah, Vertreterin des Volkes von Ras Nungwi. Sarah, Serenas Ersatzmutter.

Serena war verschwunden.

45

Der Sturm hatte die Elektrizität der gesamten Nation lahm gelegt und die Biolichter von Fat Tuesday waren Hungers gestorben. Sie drängten sich in den Ecken des billigen, übelriechenden Zimmers zusammen, mumifizierte Klauen, eingesperrt in flockenden Gips. An den Wänden auf und ab flitzende Eidechsen reinigten das ausgedörrte, säurehaltige Fleisch. Spinnen umgarnten sie mit ihren Fäden.

Blitze überstrahlten die Kerzen, die Serena vor dem Spiegel des Ankleidetisches aufgestellt hatte. Ein Gewitter tobte über Nembu. Die Straßen waren zu Flüssen geworden, der leckende Gully klapperte und spritzte in die Lüftungsschlitze der Fenster. Serena setzte sich auf den abblätternden Hocker. Sie betrachtete ihr Bild in dem dunklen Spiegel, die sich wandelnden Persönlichkeiten, die das Kerzenlicht ihm verliehen. Sie nahm die große Schere, hob eine lange Haarsträhne hoch und fing an zu schneiden.

Sie hatte gewusst, dass die Räumlichkeiten schlimm sein würden, als Fat Tuesday sagte, dass sein Hauptgeschäft in Wirklichkeit die kleine Nanofaktur in seinem Hinterhof war. Sie wusste außerdem aufgrund der Art, wie er diese alleinreisende junge weiße Frau, die nach einem Zimmer, gleich in welchem Zustand, fragte, abschätzend musterte, dass er seine besten Gewinne mit der Sklaverei von Weißen erzielte. Was der Grund dafür war, dass sie ihm, als sie den Preis mit einem Druck der rechten Hand bestätigte, mit der linken Hand den Lauf von Oksanas Handwaffe auf den Nasenrücken drückte.

»Eine Ladung Splitter, auf einen Menschen abgefeuert«, sagte sie. »Hast du eine Vorstellung, was die mit deinem Kopf aus dieser Entfernung anrichtet? Und übrigens, ich glaube, du kannst mir einen besseren Preis machen.«

Es war immer noch zu viel für den schmutzigen, dunklen Raum, der nach Mäusepisse und Schimmel roch. Die gespreizten Finger des Solarbaums der Nanofaktur kratzten nervös am Fenster, vom Sturm gepeitscht. Es würde reichen. Sie würde nicht lange hier bleiben. Nur ausreichend lange, um sich zu verwandeln. Ausreichend lange, um zu verschwinden.

Die Waffe lag auf dem Frisiertisch. Serena hob eine Haarsträhne senkrecht hoch. Die Schere kappte sie an ihrer Basis. Jedes Stück, das zu Boden fiel, definierte sie neu. Jeder Schnitt befreite sie. Ihr Haar band sie an Schmerz und Wut. Die Enden ihrer langen Locken ringelten sich um Leben, Lieben, Hass, verankerten sie.

Sie schnitt wild an dem mahagonifarbenen Haar herum. Strähnen fielen mit einem blauen Zischen und dem Gestank von verbranntem Keratin in die Kerzenflammen. Windböen zerrten an den kleinen Lichtern; huschten durch die schlecht eingepassten Lüftungsschlitze, die von Spalten durchbrochene Tür.

Bei jedem Schnitt betrachtete sie ihr Spiegelbild. Ein neues Gesicht entstand, eines, das sie nicht erkannte, das deshalb aufregend und bedrohlich war. Wie ein Bildhauer schuf sie etwas durch Wegschneiden. Ein neues Gesicht, eine neue Person, aus Haar geformt. Willkommen, Fremde, in meinem billigen, beschissenen Zimmer.

Das Unwetter erreichte seinen Höhepunkt und zog dann nach Süden übers Gebirge ab. Das Platschen des Regens erfüllte die Welt, ergoss sich in Wasserfällen über die Speichen des Solargenerators. Auf dem niedrigen Hocker kauernd, umgeben von Locken roten Haars, grüßte Serena die Fremde im Spiegel. Sie war dünn, diese Frau mit der Schädeldecke von schlecht abgehacktem rotem Haar. Sie sah sehr jung aus, ein Kind. Ein Junge. Sie sah aus wie ein Junge. Sie spürte ein Glühen im Schritt bei dieser Offenbarung. Ich erfinde mich neu, vollkommen. Sie beugte sich vor, um ihre Gesichtszüge zu betrachten. Die Haut erschien blasser, die Sommersprossen lebhafter, wie Leopardenflecken, fremdweltlich. Die Augen waren riesig. Sie fuhr sich mit den Fingern über die neu gefundenen Ohren. Da gab es Wangenknochen, die ihr nie zuvor aufgefallen waren. Sie drehte sich von einer Seite zur anderen, fing die Schatten der wenigen verbliebenen Kerzen auf ihnen ein, experimentierte mit ihrer Wirkung. Sie mochte sie. Sie mochte dieses menschliche Wesen. Sie mochte diese Ren. Das würde ihr Name sein. Das würde sie sein. Ein Name, eine Silbe, kein Mädchenname, kein Jungenname: ihr Name. Ren.

Sie legte die Schere beiseite, nahm die Waffe zur Hand. Sie trat zurück, um damit vor dem Spiegel zu posieren. In ihrem kurzen, abgeschnittenen T-Shirt fand sie sich lang und mager und dürftig.

In einem plötzlichen wilden Anflug von Hochstimmung packte sie ihr weniges Hab und Gut in ihren schwarzen Matchsack und warf ihn sich über die Schulter. Sie machte sich nicht die Mühe, die Tür zu schließen.

Sie ließ die Schere zurück, und die niederbrennenden Kerzen.

Hypnotisiert von dem Kick-Boxen auf dem batteriebetriebenen TV, brauchte Fat Tuesday einen Augenblick, um die Person zu erkennen, die den Schlüssel auf seinen Tresen knallte.

»He, du bist mir noch das Geld für eine Nacht schuldig«, schrie er der Gestalt hinterher, die durch die dunkle Eingangshalle auf die Straße hinausschoss.

Der Regen hatte etwas nachgelassen, aber er reichte immer noch aus, um die Leute von der Straße zu halten und Rens dünne Kleidung innerhalb eines Augenblicks an ihren Körper zu kleben. Ihre Stiefel bespritzten sie mit rotem Schlamm, als sie in den Schutz der Schnapsbude rannte.

Die Biolichter-Reklame versprach *Getränke* und *Mädchen* und *Super-Spaß*. »He«, sagte der alte Mann an dem Blechtisch, der den Türsteher spielte, als er das nasse T-Shirt sah. Dann sah er die große silberne Waffe und hatte keine weiteren Bemerkungen mehr hinzuzufügen.

Im Eingang der Schnapsbude schloss Ren die Augen und begab sich an einen anderen Ort. An diesem

Ort läuteten Windglöckchen an einem niedrigen Sims. Regen prasselte auf Dächer, Donner polterte laut und flach und nah. Sie roch Wetter und Wachstum und Körper. Sie spürte, dass sie im Freien war, aber irgendwie geschützt, überdacht. Sie lag auf einer weichen Fläche, eingehüllt in eine weiche Decke. Darunter, so fühlte sie, war sie nackt und jemand lag bei ihr. Sie hörte eine Männerstimme murmeln, hörte sich selbst eine wortlose Antwort schnurren. Ein Mund küsste den ihren. Hände streichelten ihre Brüste, zogen sanft an ihren Brustwarzen.

Ren wimmerte voller Angst. Ihre Brustwarzen versteiften sich. Der Alte am Blechtisch bewegte sich.

An jenem anderen Ort liebkoste eine Zunge ihre Ohrläppchen. Keuchender Atem erfüllte ihr Gehör. Sie spürte, wie ihre Hände reagierten, einen glatten, harten Männerhintern entdeckten; einen glatten, harten Männerschwanz.

Ren stieß einen leisen Schrei aus.

»He, Mädchen, alles in Ordnung?«, sagte der Alte am Blechtisch.

An jenem anderen Ort erhellte ein Blitz den Himmel. Sie sah ein Gesicht, das sie kannte. Blues Gesicht. Sie sah einen Garten, der vor Regen tropfte, jenseits der Kolonnaden einer tiefen Veranda. Dahinter sah sie eine chaotische Skyline aus Türmen und unglaublich hohen, schlanken Pilzen. Nur für einen Augenblick, dann explodierte der Donner. Ein Augenblick reichte aus. Der Gebietsplan von Kirinja würde das Übrige klären.

Ren schnappte nach Luft.

Er war in sie eingedrungen. Sie spürte, wie Blues Schwanz hart in sie drückte, zum Stoß ansetzte.

Sie kappte die Verbindung zu NDR. Der Jäger musste rein bleiben, jungfräulich. Sonst würde der Gejagte kehrt machen und sie zerstören. Es war eine geheiligte

Angelegenheit, die Beziehung zwischen Gejagtem und Jäger. Und der Jäger war die Person, die sie im Spiegel gesehen hatte.

Ihr Hilfsgehirn legte Stadtlandschaften über den Blitz der Illumination. Sie ballte die Hand zur Faust: *ja.* Es war nicht nah, aber sie konnte es aus eigener Kraft schaffen. Der Regen war jetzt ein Platschen schwerer Tropfen. Sie stürzte sich in ihn. Oksana Teljaninas Waffe locker in der linken Hand haltend, hüpfte Ren durch die Sturzbächen gleichenden Straßen von Kirinja.

46

Er nannte sich selbst Der Mann, aber Ren hätte jemand Größeres erwartet. Er kam zum Frühstück und er hatte sehr schlechte Zähne, die er häufig zeigte, während er sich am Obst gütlich tat. Er hielt nicht viel von Ren.

»Du bist also die *M'zungu*, die kämpfen möchte.«

Ren hatte bezweifelt, dass jemand so Kleines, so schlecht Bezahntes, so Widerwärtiges ein Befehlshaber der Schwarzen Simbas sein konnte, aber NDR hatte ihr versichert, dass Der Mann der richtige Mann sei.

»Es gibt einen Grund, warum man uns Schwarze Simbas nennt, weißt du das?« Er lächelte zahnlückig und bückte sich, als ob er seinen Schuh zubinden oder ein hinuntergefallenes Stück *Ugali* aufheben wollte. Ren japste, als er den Schritt ihrer Shorts mit eisernem Griff umklammerte und fest daran zog. »Also, was hast du da unten, Kind? Verdammt, ich kann es nicht sagen. Bist du Junge oder Mädchen? Scheiße, ihr weißen Maden seht für mich alle gleich aus.« Ren strampelte sich frei, brummte, stellte fest, dass die gezackte Spitze des Papaya-Messers gierig an der Basis ihres Brustbeins knabberte. »Jetzt wärst du im Ernstfall bereits tot, Kind. Du hast die Augen vom Ball abgewandt.« Der Mann schnippte das Messer von ihr weg, stieß die Spitze in die hölzerne Tischfläche. Er zupfte daran. »Es herrscht Krieg, Kind, und wir sind keine Kindermädchen für *M'zungu*-Flittchen, die nach dem großen Kitzel suchen.«

»Ich brauche kein Kindermädchen.« Ren hatte ihre Stimme wiedererlangt. »Ich habe zum Harambee gehört. Ich habe jeden Tag eine Waffe getragen. Und du versuchst nur, mir mit deinem kraftprotzigen Gehabe Angst einzujagen.«

»Hoppla!«, sagte Der Mann. »Na ja, vielleicht ist es so, vielleicht auch nicht, aber auf jeden Fall ist es mir erfolgreich gelungen, Mädchen, dich so wütend zu machen, dass du mir am liebsten gleich auf der Stelle mit diesem Messer die Eier abschneiden möchtest. Aber du bist nicht niederträchtig genug und das ist gut für dich, sonst wäre ich gezwungen, es dir auf unsanfte Art abzunehmen, Kind. Und wenn du nicht so niederträchtig bist, dann bist du keine Simba, sondern du bist verdammt anfällig für alles mögliche.«

Ren sah ihn finster an, geschlagen. Der Mann lehnte sich zurück und musterte sie mit geistlosen schwarzen Augen. Ren wand sich; sie stellte sich vor, wie die Finger des Mannes unter ihren Shorts und ihrem Tarn-T-Shirt forschten, ertasteten, prüften, es genossen.

»Sie war in Soroti«, sagte NDR in die Stille hinein.

»Du brauchst mich nicht daran zu erinnern, Korporal«, sagte Der Mann. »Ich glaube, ich nehm noch etwas von dem Kaffee.« Blue ging in die Küche, wo er mit dem Topf gegen die Wasserpumpe schlug. Fische, Hunde und Gäste stinken nach drei Tagen. Allmählich ging es ihm auf die Nerven, dass Ren auf seinem Bank-Bett auf der Veranda schlief. Es war eben jenes Bank-Bett, auf dem er mit NDR gevögelt hatte, während Ren auf ihren Frontallappen geritten war. Manchmal hatte Ren den Verdacht, dass er Bescheid wusste, deshalb konnte er nicht normal mit ihr sprechen. Doch so war es nicht. Es war eine Sache des persönlichen Raums. Ein Zuhause war ein Schlafzimmer, Bad und Toilette sowie eine Wohnküche im Erdgeschoss einer windschiefen Bude, aber es war sein Zuhause, das erste, das er je gehabt hatte, und es war ganz in Ordnung, dass er Frauen dorthin einlud, aber es war nicht ganz in Ordnung, dass diese Frauen andere Frauen einluden. Mädchen. Weiße Mädchen, die Schwarze Simbas sein wollten.

»Sie hat gesehen, wie ihre Freundin gestorben ist«, zischte NDR Blue unter der Dusche zu, in der Hoffnung, dass das Rauschen des Wassers ihre Worte übertönen würde. Das war nicht der Fall. »Sie hat gefühlt, wie sie gestorben ist.«

Hat gefühlt, fühlte immer noch. In der kalten Nacht, auf dem Holzbett, unter der warmen Decke und den großen Sternen, wenn die Nachbarn singen oder streiten und die Straßenköter bellen und der frühmorgendliche Verkehr vorbeihuschen würden, auf dem Weg Gott weiß wohin, wachte sie zuckend und schreiend aus einem Traum vom Sterben auf. Das weiße Licht. Sie war in das Licht geraten und hatte die Wahrheit erfahren. Gott, Glaube, Gehorsam, das Mysterium; Oksanas Glaube an die andauernde Wiederkehr durch den Lebensbaum, all das waren Täuschungen. Ren war bis an den Rand des weißen Lichtes gebracht worden, weiter als jeder, der jemals zurückgekehrt ist. Sie hatte die unendliche Dunkelheit auf der anderen Seite gesehen. Jenseits von diesem Leben gab es kein anderes.

Der Mann musterte sie mit seinen schwarzen kleinen Augen und leerte eine ganze Tasse des frischen Kaffees, bevor er sprach.

»Weißt du, ich tu dir einen Gefallen. Ehrlich. Kinder wie du kommen zu mir und sagen, Mann, mach mich zum Schwarzen Simba, gib mir eine AK47, schick mich raus, um für die Nation zu kämpfen. Ja. Die sind alle genau so bescheuert wie du, Kind. Sie stehen im Kampf keine zehn Sekunden durch. Ich habe jüngere als dich gesehen: kein Gesicht mehr, keinen Kopf. Der einzige Grund, warum ich dich nicht mit 'nem versohlten Arsch nach Hause zurückschicke, ist, weil unsere Regen hier sagt, dass du 'ne echte Begabung bist. Issopaad oder so ähnlich. Jetzt erklär mir mal, Kind, warum ein solches Talent mit 'ner Kanone rumlaufen und sich die kleinen süßen Titten zum Rücken rauspusten lassen will. Das muss ein Narr sein, der nicht mal den eigenen Wert kennt. Ein verdammter Narr.«

»Was sagst du da?« Ren hatte einen zu großen Teil ihres Lebens auf dem Wasser verbracht, um nicht zu merken, wenn eine Beute am Angelhaken war.

»Hör zu, Kind: Angenommen, es ginge nach mir, dann würde ich nein zu dir sagen, ungeachtet jeder Form oder Farbe oder Begabung, aber der einzige Grund, warum ich mir die Mühe mache, an einem so herrlichen Morgen in ein Scheißloch wie dieses zu kommen und diesen beschissenen Kaffee zu trinken – nimm's mir nicht übel, Freund, aber das ist der beschissenste Kaffee, den ich seit Wochen gekostet habe – und sogar noch so zu tun, als würde ich dich ernst nehmen, Weiße, ist der, weil mein vorgesetzter Offizier, diese tolle Frau namens Rose, sich aus alten Zeiten an deine Mutter erinnert – lange, lange ist das her – und ihr seit damals noch einen Gefallen schuldet.«

»Gab?«

»Hast du so wenig Respekt vor deiner Mutter, dass du sie beim Vornamen nennst?«

»Ich will nichts von ihr. Nicht von ihr. Das alles hat nichts mit ihr zu tun.«

»Na ja, das ist traurig und eine Schande, Kind, weil

es zufällig so ist, dass es… ähm… ein Sonderprojekt gibt, ja, ich glaube, so würdest du es nennen, das die einzigartige Begabung eines Issopaads erfordert, und ich wollte dir gerade mitteilen, dass du dabei bist.«

Jetzt hat er dich, dachte Ren. Der Mistkerl hat seinen Haken ausgeworfen und rumgespielt und dich an Land gezogen und du liegst auf der Seite, zum großen blauen Himmel hinaufjapsend und auf den tödlichen Schlag wartend.

»Was für ein Projekt?«

Der Mann schnippte das Obstmesser aus der Tischplatte und reichte es Ren.

»Tut mir leid, es ist nicht so hygienisch, wie ich das gern hätte, aber bestimmt haben Jugendliche in deinem Alter ein turbogeladenes Immunsystem.«

»Brauchst du eine Verbindung?«

»Kind, sollte ich mich vielleicht mit dir verbinden? Etwas von deinem Blut, hier in diesem Gefäß, reicht aus.«

Eine seltsame Gewalt wurde spürbar, während die Gesichter aufmerksam über die Obstteller und Schalen mit *Ugali* gebeugt waren; sie fügte sich einen Schnitt quer durch die Handfläche zu und drückte das Blut wie Saft in den Zellbehälter. Der Mann deckte das Glas zu, während Ren zurückfuhr und mit Willenskraft die Wunde schloss. Er ließ den Behälter in seine Tasche gleiten und stand auf. Er hob den Blick zum Himmel.

»Glückwunsch. Jetzt bist du eine Schwarze Simba. Sondereinheit. Hört sich das nicht unheimlich gut an, Weiße? Werd vor lauter Stolz ja nicht aufgeblasen. Was du bist, ist eine gemeine Soldatin. Jeder ist besser als du. Dieses Kind hier, meine Freundin Korporal Regen, sie ist dein Schatten. Sie wird sich um dich kümmern. Mehr noch, sie ist jetzt deine Vorgesetzte. Es erübrigt sich zu sagen, aber, zum Teufel, ich habe Spaß daran, es zu sagen: Wenn du mit der jemals fickst, oder mit irgendjemand von den guten Leuten, die du kennenlernen wirst, in den Arsch oder sonstwie, ich komme dir drauf und ich schneide dir die Möse raus.«

Er nahm das blutige Messer und schnitzte ein herzförmiges Stück aus der halben Papaya, die auf dem Tisch lag. Er ließ das weiche Fruchtfleisch in Rens Schoß fallen.

»Ich wünsche einen guten Tag.«

47 Gabys Videotagebuch: Wiederherstellungs-Lager Busowa

Tag drei. Sie kommen immer noch. Meistens Frauen. Sie verharren nervös an der Tür, unsicher ob es ihnen erlaubt ist einzutreten, und ich winke sie herein und sie setzen sich vor mir auf den Boden und reden über Tod und Verlust und Schmerz und das schrecklichste Zeug, das man sich vorstellen kann, und es geht einfach in meine Kamera ein wie eine Einkaufsliste. Dreitausendeinhundertsieben Leute sind in Soroti gestorben und ich kann nichts anderes denken als: meine Tochter wird vermisst.

Das ist die Art von Geständnissen, die man nur einer Videokamera macht.

Ich versuche, mich dazu zu bringen, dass ich es fühle; ich rufe mir Groomsport in den Sinn – das ist der Ort, wo ich aufgewachsen bin, fünfzehnhundert Einwohner. Die Vorstellung, dass zwei Groomsports gleichzeitig sterben. Alle tot in ihren Häusern und Gärten, auf der Straße, in den Geschäften, den Bars, auf den Booten im Hafen, am Strand, ihren Hunden Stöckchen werfend, auf den Schaukeln an der Uferpromenade, beim Eis Essen, beim Spazierengehen am Point. Jetzt steche ihnen zweimal mit dem Messer durchs Herz.

Es funktioniert nicht. Serena ist irgendwo dort draußen unter zwölf Millionen Leuten, allein, und ich kann nichts tun, um zu helfen.

Die Frauen sprechen alle sehr leise, beinahe beschämt, dass sie gelebt haben. Später, wenn sich die Hilfsgehirne bilden – ich glaube, sie haben keine Ahnung, wovon das Ogun-Personal, das ihnen die Sache leichter machen soll, redet, das Einzige, was sie wissen, ist, dass sie überlebt haben – möchte ich Bilder einfangen. Leise, eindringliche, unglaublich geschädigte Stimmen sind nicht genug. Je mehr die Einzelheiten des Massakers ans Tageslicht kommen, desto mehr wächst das Ausmaß der Lüge, die der Norden erzählt. Wenn man schon lügen muss, dann soll man im großen Stil lügen. Die Geschichte, dass es Kämpfe zwischen rivalisierenden Stämmen gewesen sein sollen, hält sich beharrlich. Es gibt keine dieser Darstellung widersprechenden Beweise. Niemand kann an den Schauplatz des Geschehens gehen, um solche Geschichten zu bekräftigen oder zu widerlegen. Niemand weiß etwas von den Raketen oder den amerikanischen Kampfhubschraubern. Oder dass die einzige Überlebende meine fünfzehnjährige Tochter ist. Sie kommen und erzählen mir von ihren Männern und ihren Söhnen und ihren Töchtern, die dort oben gestorben sind, und ich sage zu mir selbst: herrje, was ist der Unterschied? Sie haben verloren, ihr habt verloren, warum fühlt ihr nicht, verdammt noch mal? Warum weint ihr nicht? Was ist der Unterschied? Der Unterschied ist, dass sie wissen, ihre Töchter sind tot, und ich weiß gar nichts, nur dass sie verschwunden ist.

Ja, sicher, Faraway kennt die Stadt besser als ich, er hat Verbindungen und Sarah tut, was sie kann, während ich von so großem Nutzen war wie Titten auf einem Eberrücken. Aber ich bin weit davon entfernt, mit dem ersten *Pujo* oder Lastwagen nach Kirinja zu trampen. Wenn Faraway nicht befürchten würde, dass er den wirklich wichtigen Anruf verpassen könnte, dann hätte er sein Mobilfon ausgeschaltet. Du hast keine Kinder, Faraway. Du weißt nicht, wie das ist.

Vier Tage Diplomatenjagd nach der weggelaufenen Tochter, die das Massaker überlebt hat, einer Ex-Junkie. Ich wüsste zu gern, was mein Horoskop für diese Woche sagt.

Dann sagt eine andere Stimme: Du bist eben hart. Vielleicht ist das der Grund dafür, dass du nichts fühlst. Vielleicht hast du es deshalb aufgegeben, du hast zu viel gesehen und du hast eine Schale um dich herum wachsen lassen und schließlich hast du festgestellt, dass du darin feststeckst, wie ein Einsiedlerkrebs, der zu groß und zu dick und zu selbstzufrieden geworden ist. Wie im Fall eines Einsiedlerkrebses war das Einzige, das du tun konntest, herauszukrabbeln und nackt am Strand herumzuhuschen. In eine neue Schale. O Gott, ist das alles, wozu ich letztlich tauge? Ein Schalenwechsel? Es ist etwas Altes und vielleicht ein wenig zu Bequemes an dieser Arbeit. Ich schlüpfe allzu leicht hinein; es ist ein gutes Gefühl, etwas zu tun zu haben, eine Kamera zu haben, an die man hinreden kann, ein Leben zu haben; aber bin ich nicht soeben wieder in die alte harte Schale der Gaby McAslan von SkyNet-News geschlüpft? Sie dreht sich rundherum und immer wieder rundherum und niemand weiß, wo sie endet. Ein einziges großes Schalenspiel. Such die Dame.

Such die verdammte Scheißdame. Mein Gott, Serena, wo bist du?

Ich werde diese gottverdammten Kerzen ausblasen. Für eine Nacht habe ich einer Kamera genug gebeichtet.

Das Geräusch war zu leise für ein Husten, zu absichtlich, um von einem Tier zu stammen oder zufällig zu sein.

Gaby zögerte über dem Schalter der Videokamera. »Hallo?«

Die Augen der Frau fingen das Kerzenlicht ein.

»Entschuldigen Sie, Madam, ich habe gehört, Sie suchen Leute, die mit Ihnen reden. Wäre das in Ordnung?« Sie sprach ein Französisch, wie es an den Großen Seen üblich war: eine Tutsi, vermutete Gaby aufgrund ihrer Gesichtszüge. Ein Volk, das vertraut war mit Völkermorden.

»Ja, sicher«, antwortete Gaby in ihrem implantierten Französisch. Sie setzte sich auf den staubigen Landkorallenboden des Rundhauses und ordnete ihr Kleid um sich herum. »Lass dich von der Kamera nicht stören, sprich einfach mit mir. Erzähl mir alles, was du möchtest.«

»Darf ich fragen, warum Sie das wissen möchten, Madam?«, fragte die Tutsi-Frau.

»Damit ich den Leuten im Norden beweisen kann, wer das getan hat. Wer es wirklich getan hat.«

»Aha«, sagte die Frau leise und schaukelte nach vorn. »Dann werden Sie das brauchen.« Sie griff in die Falten ihres Stoffs und zog etwas Glitzerndes heraus. Im ersten Augenblick griff Gaby nach ihrer Waffe, da sie dachte, sie würde bedroht. Und so war es. Die Frau hielt eine zehn Zentimeter lange Klinge aus strahlendem Diamant in der Hand.

»Bitte.«

Gaby nahm das gezackte Ding vorsichtig entgegen. Es ritzte sie dennoch heimtückisch.

»Um Himmels willen«, flüsterte sie und drehte es langsam in der Hand, damit das Licht darauf fiel. »Woher hast du das?«

»Aus dem Gesicht meines Sohnes«, antwortete die Frau.

Der Teich aus glattem Matsch schwabbelte. Kleine Wellen liefen über seine Oberfläche. Mit der trägen Großartigkeit eines geologischen Prozesses hob sich Mombi aus der Masse. Vielmehr, dachte Gaby zwischen den Zikaden und Gewächshausblüten, wie ein Golem.

Die Schlammfrau nahm sich viel Zeit zwischen dem Augenblinken. Fette Schlammtropfen rannen über die Kontinentalsockel ihrer Brüste.

»Du siehst gut aus, Gaby«, sagte das Mädchen in den glänzenden blauen Shorts und dem BH-Oberteil. Beachte sie nicht, hatte Anansi, der aalglatte Kriminelle gesagt. Sprich direkt mit Mombi.

»Ich bin nicht sicher, ob ich das Kompliment zurückgeben kann, Mombi.«

»Ich habe ein bisschen zugenommen, seit ich dich das letzte Mal gesehen habe.« Schlaffe Kieferlappen wabbelten, die Frau im Becken kicherte. Ihr Gesicht war so fett, dass es ein eigentlich vertrautes Mienenspiel in etwas Fremdweltliches verzerrte. Ein Lächeln oder plötzlicher Schmerz? »Hat deine Freundin dir erzählt, dass ich Haran eigenhändig umgebracht habe?«

»Nein, das hat sie vergessen.«

»Wenn man sich selbst an alles erinnert, dann vergisst man leicht, dass das bei anderen nicht der Fall ist«, sagte Mombi.

Du häufst Erinnerungen an wie Kalorien auf deinem Körper, dachte Gaby. Besäufnis mit Daten. Das Wort Gottes, das den Lehm-Golem beseelt. Sie nahm das Päckchen aus der Innentasche ihrer Seidenjacke, kniete nieder, entfaltete das Tuch. Sie hielt die Klinge in einer Ecke des Chiffonschals.

»Weißt du, was das ist?«

»Gefährlich«, sagte das Stimmenmädchen in Blau.

»Ja, sehr. Es hat letzte Woche in Soroti dreitausend Menschen getötet. Einschließlich meiner Freundin, der vergesslichen Oksana Teljanina. Weißt du, woraus es gemacht ist?«

Mombi kniff die winzigen, schönen Augen zusammen.

»Wenn ich raten müsste, würde ich sagen: aus nanogewebtem Diamant.«

»Du würdest richtig raten. So, könnest du mir vielleicht erklären, wie die Bugandische Royal Army in den Besitz von nanogewebtem Diamant kommt?«

»Gaby, du bist eine alte Freundin von mir und ich stehe seit langer Zeit in deiner Schuld, aber es wäre unklug, diesen Umstand zu sehr zu strapazieren.«

»Dreitausendeinhundertundsieben Tote.«

»Offenbar ist es dein persönlicher Verlust, der dich so sehr verwirrt, dass du glaubst, wir hätten etwas zu tun damit. Designerprodukte höchster Qualität, das ist unser Geschäft.«

»Oh, das glaube ich gern. Ja. Aber andere sind vielleicht nicht so… äh… wählerisch wie ihr.«

»Dieses Ding wurde nicht im Süden hergestellt.«

»Dessen bist du dir ganz sicher.«

»Das Entscheidende an einem Imperium ist, dass es gut geführt wird und über weit reichende Informationen verfügt. Etwas, das sich euer Harambee hinter die Ohren schreiben sollte.«

Gaby ließ sich mit überkreuzten Beinen nieder. Sie stieß das Messer in den kurzgeschnittenen Rasen.

»Ich kann dir nur beipflichten. Ich glaube auch nicht, dass dieses Ding hier hergestellt wurde oder irgendwo in Afrika oder gar Australasia oder Südamerika. Aber die Buckies, die es gebaut haben, gab es. Wie du sagtest bezüglich der Führung eines Imperiums: Der Führer muss wissen, was gespielt wird, sonst steckt sein Kopf auf einem Speer. Mombi, wer schmuggelt Designer-Fullerene in den Norden?«

Das Wesen in dem Teich hob sich und schickte

kleine honigbraune Wellen aus, die gegen Gabys Zehen klatschten.

»Vielleicht hast du gehört, dass ich immer noch in Feindseligkeiten mit den Schwarzen Simbas verwickelt bin.«

»Zwanzig Schießereien in ebenso vielen Tagen ist wohl kaum das, was man als besonnen bezeichnen könnte. Ich dachte, es sei eine territoriale Angelegenheit. Schmuggeln sie Fullerene?«

»Deine Informationen sind nicht so umfassend, wie du annimmst.«

»Waffensysteme-Fullerene? Nach Norden? An die Befreiungsarmeen, die UNPROFOR, die Amerikaner? Mombi, komm, gib mir etwas, das ich glauben kann.«

»Falsch, Gaby. So etwas wie Waffensysteme-Fullerene gibt es nicht. Es sind lediglich Moleküle, die andere Moleküle bewegen. Sie haben keinen Willen, keinen zweckgerichteten Sinn. Kein Bewusstsein. Nur Moleküle, die Moleküle bewegen. Wenn sie erst einmal da draußen sind, dann können sie sie zu allem benutzen, was immer sie wollen.«

»Aber die Simbas, Mombi…«

»Alles ändert sich, Gaby. Hast du etwa vor, sie zu verfolgen?«

»Ich stelle lediglich Fragen.«

»Die Sache ist, für wen du sie stellst. Gaby, ich würde dir entschieden davon abraten.«

»Ich muss es wissen, ich muss jeden Schritt an die richtige Stelle setzen, einen nach dem anderen, wie wenn man über Steine in einem Fluss geht. Sonst kommt man nicht auf die andere Seite.«

Mombi bebte. Gaby deutete es als ein Achselzucken. Es warf einen kleinen Schlammsturm auf.

»Na gut. Wenn du auf diesem unsinnigen Kurs beharrst, dann erlaube mir wenigstens, deinen Schutz zu erweitern.«

»Ich brauche deinen Schutz nicht.«

»Vor allem du brauchst ihn, Gaby.« Mombi bewegte sich in die tiefe Mitte des Beckens und tauchte langsam unter. Das Interview war vorbei. Gaby zog ihre Waffe aus dem falschen Mutterboden.

»Lass es hier.«

Das Stimmen-Mädchen – Gaby erinnerte sich, dass Anansi sie Rewa genannt hatte – stand über ihr. Sie kniete nieder und hob die Klinge in dem leichten Halstuch auf. Ihre Augen begegneten sich. Ein eiskalter Schauder durchfuhr Gaby. Die Augen waren so stumpf und nichtssagend wie Schlamm. Die rotumrandeten Lippen sagten: »Gaby, ich habe der sibirischen Frau eine weitere Nachricht für dich mitgegeben. Ich frage mich, ob sie die auch vergessen hat.«

»Wie lautete sie?«

»Frag Gaby; ›Wie lange will sie ihre Pfeile noch im Köcher lassen?‹«

»Das hat sie mir gesagt.«

»Wie lautete deine Antwort?«

»Meine Antwort lautete: ich habe keine Pfeile.«

Weder Mombi noch Rewa antwortete. Blasen stiegen auf und platzten in dem Honigschlamm-See.

Die Russischen Kriege hatten Gaby über BVM-Methoden, sogenannte **B**lack **V**an **M**oments, schlau gemacht. Das Aufblitzen einer Nabenkappe, die Neigung eines Flügelspiegels, drei spurwechselnde Wagen hinter dir, eine Zigarettenkippe unter deinem Fenster, das Echo im Telefon, die kurze Verzögerung in der PDU-Verbindung.

Sie haben es auf dich abgesehen.

Mandé der Scheißer war ein unbezahlbarer, aber aufreibender Quell für Journalisten, kein Informant, sondern ein Bekräftiger. Man stütze sich auf ihn und er sagte einem, was man sonst noch mit seinem Gewicht belasten konnte. Alle Wahrheiten kamen mit den Lieferungen an seine Spezial-Vorbestellungs-Imbissbude für afroasiatische Gerichte zwischen den Stämmen der großen Feigenbäume und man konnte sie verzehren, ohne davon eine Magenverstimmung zu bekommen. Er ließ seine italienischen Anzüge wöchentlich in Mailand auf die neueste Mode umarbeiten und er war besessen von einer unnützen kosmetischen Zahnpflege und er war unverbesserlich der Scheißer. Gaby achtete stets darauf, ihn Mandy zu nennen. Der richtige und falsche Doktor.

»Eins muss man Mombi lassen, sie lügt niemals«, sagte er. »Wenn sie etwas sagt, dann ist das so. Ob gut oder schlecht.«

»Nach dem, was ich von dir gehört habe, glaube ich, dass die Schwarzen Simbas Nanotechnik in den Norden schmuggeln.« Gaby rollte die mit Kardamom bestäubte Banane in das *Chapatti*. Der Kellner öffnete ihre Bierflasche mit den Zähnen. Jemand, der die sofortige Heiligsprechung verdiente, hatte herausgefunden, wie man ein ordentliches Tusker reproduzieren konnte. Nach ihrer Erinnerung schmeckte Doktor Scullabus' Spezialrezept wie Maschinenöl. »Ich glaube es, aber ich begreife es nicht.«

»Hat Mombi gesagt, wo?«

»Weißt du, wo?«

»Ich habe Gerüchte gehört.«

»Dafür bezahle ich dich.«

»Ich habe gehört, die Nachschublinie endet in Indien. Bangalore.«

Cyber-Nabel des Planeten. Alle Netze verknoteten sich in Mutter Indien.

»Was bezwecken sie in Indien?«

Mandy spreizte die Hände in jener Geste, die Gaby so sehr hasste, dass sie ihm am liebsten eine runtergehauen hätte.

»Das weiß ich nicht. Wenn Mombi sagt, geh behutsam mit den Simbas um, dann kann man auch darauf vertrauen.«

»Ich bin grundsätzlich behutsam«, sagte Gaby. »Für mich steht hier zu viel auf dem Spiel, als dass ich mich anders verhalten könnte.«

Später, als das Mopedtaxi vor einem überladenen *Matatu* einen Satz machte, erhaschte sie einen Blick in einen der vielen Flügelspiegel an der allzu richtig ausgeklappten Seite des allzu geschickt geparkten Wagens am Ende der Straße. BVM.

»Hier nach links abbiegen.« Gaby tippte der Fahrerin auf die Schulter und deutete in eine überdachte Gasse, in der es von Fußgängern wimmelte.

»Das ist nicht die Strecke, die ich normalerweise zum *New Thorntree* fahren würde«, sagte das Mädchen.

»Aber ich«, entgegnete Gaby. Folge meinen Anweisungen, nachgemachtes Japan-Produkt. Das Mopedtaxi schlängelte sich durch einen geschäftigen Textilien-Markt mit verlockend aufgemachten Verkaufsständen, knollenförmigen, wohlduftenden Bottichen, die die Fasern zu Stoff verarbeiteten, und solarbetriebenen Webstühlen. Zuerst waren da die Jungen gewesen, die vor Faraways Haus ein wenig zu ernsthaft Fußball gespielt hatten. Zweitens das Echo bei ihrem Händeschütteln in Henrys Bar. Drittens der übergewissenhafte Tierkäufer auf dem Vogelmarkt von Embu. Und jetzt der klug eingesetzte Wagen.

Man könnte das Paranoia nennen. Sie gebrauchte dafür lieber den Ausdruck Muster-Erkennung.

Kein Zucken in der Wahrnehmung der Journalistin, als der weiß behandschuhte *Maître* sie mit trinkgelderwartender Haltung in den Barraum geleitete, wohin alle Nachrichtenleute gingen. Die Kontaktperson, die die Reiseplanung mit der UN auszirkeln würde, war noch nicht eingetroffen, also ließ sie Aaron einen Drink Vorsprung und ging erstmal aufs Klo. Hose runter, Slip runter, Betrachtung der alten Keramik. Herrje, eine Zigarette wäre gut. Hilft, das Gewicht niedrig zu halten. Sie brauchte was. Das klassische Nachentzugs-Gewichtszunahme-Muster. Gib mir drei Wochen. Ich werde mit Mombi im Schlamm, im großartigen Schlamm herumwatscheln. Warum tun sie nicht etwas Nützliches, indem sie Buckies erfinden, die Fett verzehren und Alkohol auspissen?

Das wäre zu leicht. So wie es zu einfach wäre anzunehmen, dass eine verdammte Sache zu einer weiteren verdammten Sache führt die wiederum zu einer anderen… und das Ganze würde zusammengebunden sein wie Enten in einer Reihe. Oder Märtyrer, die über den Jordan gehen. Sie würde alles verpacken und es nach Norden schleusen und der gesamte Planet würde sie lieben. Und alle Lisa Kropotkins würden sich davonschleichen und aus Ehrfurcht sterben. Du machst es dir zu leicht, Gaby McAslan. Du steckst im Dreck. Jetzt ist die Nacht der Karma-Rückzahlung.

Nacht? Jahr. Lebenszeit.

Ihr fiel auf, dass sie einen ganzen Morgen lang nicht an Serena gedacht hatte.

BVM. Die Tür zum Toilettenvorraum hatte sich geöffnet, aber das Restaurant dahinter war ungewöhnlich ruhig. Die Schritte waren zu den Kabinen gegangen, aber keine andere Tür hatte sich geöffnet. Die Schritte waren langsam und gemessen gewesen. Schauend. Gaby beugte sich vor, spähte unter der Kabinentür nach draußen. Schatten von Beinen auf den Fliesen.

Sie holte die Harambee-Version einer Handfeuerwaffe aus der Tasche, geladen und gezielt auf eine leise, seidenweiche Bewegung.

Immer noch alles still da draußen.

Sie erhob sich, wobei sie sich wie vereist bewegte, und schob die Verriegelung zurück. Sie stand aufrecht da, nackt von der Taille bis zu den Stiefeln. Langsam, langsam, noch langsamer. Und *los*! Sie stieß mit einem Ruck die Kabinentür auf. Und fand sich von Kanonenlauf zu Klingenspitze einer wahnsinnig dünnen jungen schwarzen Frau in Killerleder, Radlerhandschuhen und ohne die Spur von Haar gegenüber, die einen Speer so groß wie sie selbst auf Gabys Stirn richtete.

»Scheiße!«, brüllte Gaby McAslan, die Hose um die Fußknöchel. Sie und die Speer-Frau starrten einander so lange an, dass Gabys Waffenarm anfing zu zittern. Dann riss die Frau ihren Speer weg und stützte ihn mit der Spitze auf die Bodenfliesen. Mitten in der Damentoilette der *New-Thorntree*-Bar verneigte sie sich vor Gaby McAslan.

»Wer bist du, verdammt?«, fragte Gaby McAslan und packte die Frau bei der Kleidung, wobei sie die Waffe immer noch auf sie gerichtet hielt. Der Kopf schwebte vor Gabys Gesicht. Sie erkannte sie: die Klinge, die Diamantklinge, die aus dem zermanschten Gesicht eines toten Jungen in Sotori herausgezogen worden war. Sie war mit hochgradiger Alchemie bearbeitet worden: der Speer war ein einziger riesiger, makelloser weißer und schwarzer Diamant.

»Mombi sagt, mit diesem Speer hast du jetzt so was wie einen Pfeil im Köcher. Ich soll ihn für dich tragen.«

Vierundsechzig Sender mit beschissenem Programm auf dem Terminal im Schlafzimmer; sie fand nichts Ebenbürtiges zu Lisa Kropotkin auf SkyNet – bis jetzt – und selbst ein unsterbliches Leben war zu kurz, um durch den endlosen trivialen Mist von World Web zu zappen. Vier Finger hoch von dem guten gefälschten Whiskey, den Faraway aus New Harare mitgebracht hatte, war die einzige Zerstreuung, die Gaby brauchte. In letzter Zeit hatte sie mehr von der Flasche gesehen als von ihm und die wurde um eine Handbreite nach der anderen immer leerer. Vorsichtig, Gab. Aber das Haus war groß und fremd und gehörte ihr nicht. Man kann sich nicht behaglich einnisten, wenn man überall noch das Parfüm der Frau riecht, die vor einem da gewesen war, und ihre Schamhaare in der Dusche findet. Oder wenn eine verrückte Lederfetischistin mit einem Diamantspeer draußen im Garten ist, die die Bedeutung der Worte *Ich brauche keine Leibwächterin* nicht begreift.

Sie fragte sich, wie es wohl sein musste, keinen Schlaf zu bekommen.

Sie dachte an ihre Vorgängerin nicht mehr als sexuelle Feindin. Naomi. Ihr Name ist Naomi. Sie ist eine Rechtsanwältin aus Gikuju, und noch dazu eine gute. Und man kann über sie in der Gegenwart reden. In diesem Augenblick ist sie einem viel näher als der Mann, den ihr beide euch teilt. Gaby empfand beinahe so etwas wie Mitleid für die Dame. Es ist traurig, wenn man verlassen wird. Unwillkürlich blubberte ein Abbild von Diamanten-Jim, lächelnd, jungenhaft, nett, mit sonnengebleichtem Haar, aus ihrem Whiskey-Glas. Sie stellte fest, dass sie es ansehen und dann den Blick abwenden konnte. Also, Naomi, nicht gesehene Schwester. Es gibt Männer, die ihre Partnerin verlassen, und Frauen, die ihren Partner verlassen. Sie haben uns ständig verlassen, aber wir haben auch sie verlassen. Sie kippte das Glas bis zur Neige in sich hinein. Weil sie das tat, wusste sie mit beklemmender Gewissheit, die gleichzeitig eine resigniert-freudige Erregung war, dass die Sache mit Faraway anfing.

Wäre das schlimm? dachte sie. Ein Verhältnis mit Faraway. Er ist liebenswürdig, er ist geduldig, er sieht gut aus, er hat einen schönen Körper, er ist lustig, er ist zu jeder Sünde bereit, er betet dich an, er würde unvorstellbare Dinge für dich tun. Er hat bereits unvorstellbare Dinge für dich getan. Warum nicht Faraway? Gaby rief sich eben jenes Selbstgespräch ins Gedächtnis, beinahe Bild für Bild, hinter dem Steuer eines offenen SkyNet-Flitzers, als sie feixend vor sexueller Befriedigung die von Palmen gesäumte Strandstraße von Mombasa hinuntergefahren war. Du hast damals mit ihm geschlafen und inzwischen ist er das Zehnfache dieses Mannes.

Aber ich bin nur noch ein Zehntel der Frau von damals.

Er liebt dieses Zehntel.

Warum nicht Faraway? Wohin immer er sich auf den Weg macht, er wird zurückkommen. Er hat nicht die Absicht, ein Großes Dummes Objekt zu erforschen, und er wird als Vorwand keine wissenschaftliche Kameradschaft vorbringen, um seine Expeditionen in andere Vaginas abzudecken und schließlich in eine Art von metaphysischer Singularität zu verschwinden, die nur Wale verstehen können, und niemals zurückzukommen.

Also: Warum nicht Faraway?

Es ist etwas anderes, wenn man unter seinem Dach lebt, während er dich immer noch über seine Schwelle trägt, während du nicht selbst entscheiden kannst, wohin du gehen willst und wie du dorthin kommst.

Vielleicht irgendwann einmal. Zur Zeit ist er in Pretoria und du musst einer Spur von Fullerenen folgen, bis nach Bangalore, ohne dass du zum Schluss deine Eingeweide um den Nacken trägst, also dämpfe das Licht auf ganz klein und nimm deinen Whiskey mit ins Bett, denn das ist die einzige warme Glut, die du heute Nacht bekommen wirst.

»Lichter dämpfen«, befahl sie dem Raum. Ihre

Stimme hätte beinahe das Schlurfen von Füßen im Wohnzimmer übertönt. Beinahe.

»Cletho, verschwinde aus meinem Haus«, rief Gaby müde.

Als sie das erste Mal aufgewacht war und die Gestalt am Fußende ihres Bettes hatte stehen sehen, hätte sie sie beinahe durch die Raumteilung aus bemaltem Stoff gepustet. Die Frau war in klassischer Kriegerpose dagestanden, ein Bein leicht angeknickt, den rechten Fuß gegen das linke Knie gedrückt und sich dabei auf den Speer aufstützend. Das Besondere an der typischen Masai-Haltung, so erinnerte sich Gaby, ist die Tatsache, dass sie sie stundenlang beibehalten können, ohne zu ermüden. Was bei ihr eindeutig der Fall war.

Gaby gefiel alles an ihr mit Ausnahme ihrer Allgegenwart. Wie alle Mädchen Mombis war sie ein Talent. Dass sie keinen Schlaf benötigte, war lediglich eine nützliche Beigabe; ihre vorrangige Begabung war die sensorische Verstärkung. Ihr Sehvermögen reichte bis in den ultravioletten Bereich hinauf und bis in den infraroten hinunter. Sie hatte etwas, das einem Kranialradar vergleichbar war. Sie hatte den Geruchssinn eines Spürhundes, das Gehör einer Fledermaus und wie ein Hai konnte ihre Haut die elektrischen Felder von Lebewesen ausmachen. Sie war ein optimales Frühwarnsystem. Sie war so schwarz und so schön und so hart wie Ebenholz.

Gaby hatte noch etwas über Mombis Mädchen herausgefunden. Ihre Mütter waren ausnahmslos ehemalige Huren von Nairobi. Sie waren in der Gebärmutter verdorben gewesen durch Chaga-Fullerene, die sich durch die molekulare Unterwelt des HIV-4-Virus eingeschleust hatten. Töchter der Infizierten. Danach stellte sie fest, dass ihre Einstellung gegenüber ihrer hübschen, wilden Beschützerin etwas milder geworden war, jedoch nicht ausreichend, um sie ins Haus zu lassen.

»Komm jetzt, Cletho!«

Die Kleine stibitzte Joints aus dem Diplomatenversteck, wenn sie Gaby nicht in der Nähe wähnte. Herkömmliche Sinne bedeutet nicht keine Sinne, Kriegerin.

Keine Antwort. Sie zog ein T-Shirt und weiche cremefarbene Leggings an und ging hinunter ins Wohnzimmer, mit dem Glas in der Hand. Nichts niemand nirgendwo. Aber sie hatte andere als ihre eigenen Schritte gehört. Sie betrat lauernd den Raum. Wo ist deine Waffe, Gaby? Die Waffe, ohne die sie nie und nirgendwo sein sollte, wie Faraway gesagt hatte? Neben dir auf dem Tisch. Hast du etwa vor, einen Mörder mit einem Glas Groß-Simbabwe-Whisky unschädlich zu machen?

»Cletho?«

»Nein, ich bin es.«

Das dicke Glas fiel zu Boden und hüpfte auf, wobei eine Lage braunen Whiskys züngelnd durch die Luft spritzte.

»Licht an!« Gaby wäre an den Worten beinahe erstickt. Die Biolichter erfüllten den Raum langsam mit ihrem gelben Schein. Gaby schlug sich die Hände vor den Mund, während sich der nächtliche Besucher vom Fenster zu dem geschnitzten Scherenstuhl bewegte. Die Gestalt in dem enganliegenden Tarnanzug war so mager und so lauernd wie eine nachtjagende Katze. Ein Schlag auf den Handgelenkknopf ordnete das Stoffmuster neu zu einem schrillen gelben, purpur- und orangefarbenen Blattgesprenksel.

O mein Gott, du bist es, in diesem Anzug, unter diesen Muskeln, unter diesem Haar, hinter diesen Wangenknochen und Augen, die niemals zuvor diese Farbe hatten, und diesem verletzten, hungrigen Gesicht. Gaby sank in das Sofa aus gewebtem Gras.

»Serena.«

»Hör zu. Ich bleibe nicht. Ich bin nur gekommen, um dir Folgendes zu sagen: Du spielst mit gefährlichem Zeug herum.«

»Cletho, wie bist du an ihr vorbeigekommen, was hast du mit ihr gemacht?«

Serena kräuselte wütend die Lippen und schüttelte den Kopf. Gaby hatte mit diesem Gesichtsausdruck beinahe siebzehn Jahren lang gelebt. Das Mädchen nahm ein schwarzes, entfernt an Meeresfrüchte gemahnendes Gebilde von dem Heftfleck an ihrem linken Schenkel, ganz Schale und Antenne. Aus Harambee-Schulungen erkannte Gaby das garnelenartige Ding als Anti-Waffe. Phasengleiche E-m-Impulse erzeugten Resonanzen im Hilfsgehirn, die sich ins Hauptgehirn fortsetzten. Grand mal, Petit mal, Gedächtnisverlust, Blindheit, Bewusstlosigkeit, Lähmung, Halluzinationen, Fügsamkeit – all das lag im Wirkungsbereich der Waffe. Tod, bei der richtigen Einstellung. Cletho mit ihrem Speer hatte dagegen nicht die geringste Chance. Das Ding riss ihre verzauberten Sinne auf wie ein Leopard, der einen erlegten Hund ausweidet.

Wer hat dir dieses hübsche Spielzeug gegeben, Kind?

»Ihr fehlt nichts. Sie wird während der nächsten paar Tage Kopfweh haben, aber sie hat keinen bleibenden Schaden davongetragen.«

»Mit wem bist du zusammen, Serena?«

»Mit Leuten, die mich Ren nennen.«

Ren. Re-nata. Ich erkenne diese Person kaum. Ich kenne sie überhaupt nicht. Und du auch nicht, glaube ich, mein Junge-Mädchen-sanfter-harter-abgebrühter-verletzlicher Tochter-Feind. Aber wer immer sie ist, es passt zu dir.

»Ich versuche nicht, es dir auszureden.«

»Das könntest du auch gar nicht. Ich bin gekommen, um dir etwas auszureden, Gab. Sie werden dich umbringen. Sie haben den Vertrag bereits fertig. Sie brauchen ihn nur noch einzufordern. Es ist größer, als du dir vorstellen kannst.«

»Was ist größer?«

»Das kann ich dir nicht sagen.«

Ren schloss die Augen, verzog das Gesicht. Du weißt Bescheid, sagte Gaby.

»Mein Gott, in was bist du hineingeraten?«

»Ich bin bei den Schwarzen Simbas!«, rief Ren. »Das weißt du doch!«

»Wegen Oksana?«

Ren konnte sie nicht ansehen. Sie schüttelte das kurze, weiche rote Haar. Gaby zuckte zusammen, so stark war ihr plötzliches Verlangen, es zu zausen, mit den Fingern hindurchzufahren, den wohlgeformten Schädel darunter zu spüren, ihrer Tochter zu sagen, dass sie großartig, schön, wertvoll, geliebt war.

»Wir haben Krieg, oder nicht?« Ihre Augen blitzten in ihrer kalten Farbe auf. »Und entweder du lehnst dich zurück und tust nichts, oder du kämpfst, und ich habe gesehen, was es anrichtet, wenn man sich zurücklehnt und nichts tut, dadurch kommen Menschen ums Leben. Also sage ich, he, das bin ich und ich werde kämpfen. Auf meine Weise. Meinen Krieg. Ich tue etwas Bedeutendes. Ich bewirke etwas. Ich lehne mich nicht einfach an irgendeinem beschissenen Strand zurück und bringe mich um den Verstand, während das Ganze in die dickste Scheiße gerät. Meine Güte, ich weiß gar nicht, warum ich mir die Mühe mache. Du begreifst nichts.«

Doch, ich begreife, dachte Gaby.

»Ich bin eine Kriegerin, verstehst du das?«

Sie hörte den Schmerz und den Stolz und die Unsicherheit und sie sagte, immer noch ohne das feurige, bissige Kind anzusehen, das auf der anderen Seite des Raums stand: »Dann weißt du, weshalb ich das hier tun muss.«

»Ich brauche nichts zu wissen. Ich brauche nichts zu tun. Ich muss nicht hier sein. Ich brauche dich nicht zu warnen.«

»Aber du hast es getan.« Jetzt konnte sie Ren ansehen.

»Du treibst dein Spiel mit mir, du versuchst mich dahin zu bringen, dass ich sage… dass ich sage…«

»Dass du *was* sagst?«

Ren schleuderte die Worte mit einem plötzlichen unartikulierten Armschlenkern durch den Raum.

»Scheiß auf dich! Scheiß auf dich! Ich gehe.« Sie bäumte sich auf. Sie bewegte sich wie etwas Abgerichtetes, Flüssiges, Diszipliniertes. Die Farben ihres Anzugs zerflossen wie Öl auf Wasser. »Treib keine Spielchen mit den Schwarzen Simbas. Sie werden dich umbringen.«

Gaby ließ sie bis zum Fenster gehen, bevor sie leise sagte: »Ren, ich muss es tun.«

Ihre Hand ruhte auf der Türklinke.

»Ren, du meinst, du bist die Einzige, die etwas fühlt? Du meinst, du bist die Einzige, die verletzt ist? Die Einzige, der sie fehlt? Nein. Nein nein nein. Versteh doch, ich habe nicht nur Okya verloren. Ich habe auch meine Tochter verloren. Ich habe dich verloren. Und ich verdiene es. Ich verdiene es, dich verloren zu haben, denn du hast Recht, in einem Jahr war sie mehr eine Mutter für dich, als ich es jemals war. Und es macht mir nichts aus, wenn sich das weinerlich und um Verzeihung heischend anhört und so, als würde ich alles sagen, nur um dich davon abzuhalten wegzulaufen, weil ich das wirklich tue, aber zufällig ist es auch das, was ich fühle. Weil du unheimlich viel weißt für dein Alter, Ren, aber du weißt einen Scheißdreck über Schuld und du weißt einen Scheißdreck darüber, was sie einen zu tun und zu sagen veranlasst.«

Ren schüttelte den Kopf.

»Gab, es sind nicht die Simbas.«

»Was soll das heißen?«

»Diejenigen, die die Fullerene schmuggeln. Ich meine, es stimmt schon, das tun wir, aber wir sind nicht die, nach denen du suchst.«

»Wer ist es dann?«

Ren holte tief Luft.

»Es ist eine Hutu-Gruppe drüben am Westufer des Victoria-Sees. Das Tororo-Reich. Die Wiedervereinigungs-Armee von Hoch-Zaire hat einen Sölnderhandel mit ihnen abgeschlossen, Nanotechnik gegen Ausbildung und Bewaffnung für eine Expansion in CAC-Territorium.«

»Wie kann ich sie finden?«

»Gab, lass es!«

»Ren, wie ich dir gesagt habe, du verfolgst deine Sache, ich die meine. Im allgemeinen versteht es sich von selbst, dass man bereit ist, dafür zu sterben.«

»Die H-Zras haben Verbindungsschlingen mit der KLA im Samburu-Lager.«

»Danke. Also, was schmuggeln die Simbas?«

Ren schluckte.

»Die Unsterblichkeit. Wir verkaufen komplette Blutkreislauf-Bucky-Systeme an fette indische Kapitalisten, die jeden geforderten Preis zahlen, um aus dem Wiedergeburten-Karussell auszusteigen. Telom-Vernichter, Büschel von freien Radikalen, antivirale Anzüge, Krebskiller, Zellreparatur-Systeme, Hilfsgehirne. Die ganze Palette.«

»Warum?«, fragte Gaby.

»Nein«, antwortete Ren. »Das kann ich dir nicht sagen. Herrgott, ich habe dir bereits zu viel erzählt. Ich muss jetzt gehen. Sie weiß nicht, dass ich hier bin;

sie wird mich vermissen, wenn ich im Morgengrauen nicht da bin.«

»Ren…«

»Ich muss gehen.«

»Ren!«

Ein Lufthauch, der durch das offene Fenster wehte, bewegte die Insektennetze. Ren war davongehuscht, hatte die Kapuze ihres Tarnanzuges hochgezogen und war eins mit der Nacht geworden.

48

Nach-Dem-Regen nahm sie hart ran. Fünf Kilometer am Morgen, zehn am Abend. Die Bewohner der steilen Terrassen von Mururi und den Technohütten gewöhnten sich an den Anblick der mageren Gestalt in dem engen grünen Bodysuit, asketisch und sehnig-kraftvoll wie ein Bach-Präludium, die voller Anmut und Konzentration ihre Strecke zwischen den überhängenden Groß-Häusern ablief, und der hübschen schwarzen Frau auf dem Moped, die ihr als Schrittmacherin unerbittlich durch die lehmigen Pfade und über die steilen Treppen vornweg fuhr.

Beim ersten Mal hatte Ren geglaubt, sterben zu müssen. Jetzt war es ihr Leben. Täglich anderthalb Stunden lang wurden ihre Unsicherheiten und Widersprüche in der Reinheit des Laufens verzehrt. Nichts existierte außerhalb der Bedürfnisse ihres Körpers. Sie war absolut, körperlich, geistlos.

Nach dem Laufen gab sie sich den warmen Händen des Wasser im Körperpflege Trakt hin, während ihre eigenen Hände ihre flachen Brüste, ihre glatten Hüften, ihre straffen Bauchmuskeln erforschten. Danach lag sie unter den Händen der Masseuse, die ihre Schwäche und ihre Schmerzen ausloteten. Dann NDRs Hände, die die Duftöle in ihre gefleckte Haut arbeiteten. Als letztes die obszönen, geschwollenen

Lippen des Blutegels, der zwischen ihren Schulterblättern nuckelte, dieser kurze nadelscharfe Schmerz, wenn seine Zunge sie durchbohrte und an ihr saugte. Sie hatte einmal einen Blick auf ihn erhascht – sie hatte den Kopf einen Augenblick zu früh umgewandt: eine durchsichtige Made aus Cha-Plastik, geschwollen und dunkel von ihrem Blut. NDR verschloss sie im sterilen Tragekasten und der Fahrradbote brachte sie weg.

»Eine Kriegerin muss stark sein«, erklärte NDR ihr. Ren hatte über die Mengen von Essen, die ihr Offizier/Ausbilder zubereitete, gestutzt; dann stellte sie fest, dass sie alles aufessen konnte und immer noch Hunger hatte. Nachdem sie angefangen hatte, Verbindungen herzustellen, ging sie heißhungrig daraus hervor. Es war immer etwas zu essen für sie da. Sie wusste, sie wurde dressiert und gestriegelt und auf einen einzigen Zweck hin abgerichtet wie ein schöner Rennhund. Es war richtig. Sie war eine Psy-Kriegerin der Schwarzen Simbas.

Die Schaffung von Verbindungen war das, wofür sie geschaffen war. Zwei Stunden täglich Za-Zen im Meditationsraum in diesem sicheren Haus, schwach erleuchtet von dem wenigen Tageslicht, das durch die Wände aus verwobenem Gras fiel. NDR pflegte bei ihr zu sitzen, beobachtend, zuhörend, bereit, für den Fall; der Straßenlärm von Mururi, genau fünftausendzweihundertundzwanzig Kilometer entfernt, während sie hinter den Augen von Mrs. Meenakshi Khandewal saß, der Frau von Mr. Jogendra Khandewal von JTT Industries in Bangalore, dreiundvierzig Jahre alt, theoretisch unsterblich. Wenn sie in Geschäfte ging und sich Kleidung und Schuhe ansah, war Ren dabei. Wenn sie mit ihren Freundinnen Kaffee trank oder Rennveranstaltungen besuchte und mit ihnen über Ehebruch und kleinere Eskapaden scherzte, die sie alle niemals eingestehen würden, weil sie dafür zu verschreckt waren, war Ren dabei. Wenn sie ihre beiden Töchter von der Schule abholte und dem Hausmädchen die Anweisung gab, dass sie nicht vor dem Satellitenfernseher sitzen durften, wenn sie den Heimservice für das große Dinner für die anderen Direktoren an dem Tisch, den sie zweimal im Jahr benutzten, beauftragte, wenn sie der Gemüseköchin das Leben zur Hölle machte, weil sie vergessen hatte, die *Bhindi* zu salzen, war Ren dabei. Sie erlebte die Trivialitäten, mit der eine reiche, nutzlose Frau versuchte, ein ewiges Leben zu füllen. Sie sah die Risse und die Schatten. Sie sah die Kälte des Bettes jeden Abend, wenn sie sich von einander wegrollten und schliefen. Sie sah die Art und Weise, wie sie den Fahrradboten vom Kurierdienst ansah, der die Pakete für ihren Mann lieferte, und spürte die Lust. Sie sah, wie sie mit dem Stadt-Transport durch die vollgestopften Straßen von Bangalore zu einem Spezialarzt fuhr, und das Schuldgefühl, das wie Krebsgeschwür in ihrem Bauch biss, wenn die Nadel in sie glitt und sie voll von illegalen Fullerene aus Afrika schoss, gewürzt mit Ren McAslan. Meenakshi Khandewals Leben eignete sich gut zum Betrachten.

Während der Zeit, die Ren für sich selbst hatte – einige wenige hypnagogische Augenblicke, bevor sie in einen erschöpften Schlaf taumelte und der morgendliche Lauf sie erwartete – pflegte sie die körperlichen Verbindungsstränge zwischen sich und Mrs. Meeankschi Khandewal nachzuvollziehen: Blut zu Blut. Nadel zu Blutegel, Blutegel zu Fahrradbote, Fahrradbote zu dem geheimen Missionshauptquartier, wo man eine Essenz aus Ren McAslan destillierte und sie in versiegelte Phiolen von medizinischen Fullerenen spritzte. Vom Labor zur Küste mit einem privaten Taxi; dann in die flachen, schnellen, radartransparenten Boote, die sie zu den Piratenschiffen aus Sri Lanka brachten, die hinter dem Kontinentalsockel warteten. Vor der Malabar-Küste wurden sie auf Dhaus verladen und auf diesen zu den Häfen von Kerala und Mysore transportiert und auf diesem Weg weiter in Indiens Arteriensystem von Flugzeugen, Zügen, Lastwagen, bis ein Fahrradbote sie in eine Arztpraxis in einem eleganten Vorort von Bangalore brachte. Dort füllte dieser eine Injektionsspritze, stach die Nadel in den etwas schlaffen Arm von Mrs. Meenakshi Khandewal und injizierte ihr Ren in den Blutkreislauf.

Jede Nacht, mit Ausnahme der einen, in der sie ihr Bett verließ, in NDRs Tarnanzug schlüpfte und weiter und schneller rannte, als sie es ihrem Körper jemals abverlangt hatte, um ihre Mutter zu warnen.

Es war ein schlichter Plan. Schlicht, unaufhaltsam und blutig. Und nach sechs Wochen und sechhundertdreißig Kilometern durch die Seitengassen von Mururi, war er soweit, in die Tat umgesetzt zu werden. Die gesamte Vorwarnzeit, die Ren hatte, waren fünf Minuten, um ihre Sachen in ihre schwarze Tasche zu stopfen.

»Jetzt geht's los, ja?«, fragte sie NDR, während das Mopedtaxi sie von Mururi und seinen Groß-Häusern wegbrachte, im Zickzack langsam südwärts die Vorhügel des Kirinjaga hinunterfuhr. Es fuhr eine weite Strecke hinaus, weiter als die Gegenden, in denen sich Kirinja in ein Gedränge von Dörfern und Stammesnationen auflöste, sogar weiter als die verstreuten Ansiedlungen, die die Korallenstraße umarmten, als ob sie Angst hätten vor dem hohen, dunklen Chaga hinter ihnen. Der Fahrer ließ sie an einem nichtssagenden Straßenrand aussteigen, wendete und fuhr davon. Das Geräusch seines Motors ebbte lange ab. Keine anderen Fahrzeuge kamen vorbei. In jeder Richtung ragten glatte rotstämmige Bäume tausend Meter hoch auf, bevor sie ein gewölbtes Dach aus riesigen roten sechseckigen Blättern entfalteten. Wesen, die keine Vögel waren, zirpten im Sonnenlicht hoch oben. Wasser tropfte vom Rand der Blätter, glitzernd in den Lichtstrahlen, die durch das Laubdach fielen.

»Wie geht's jetzt weiter?«

»Wir laufen zu Fuß«, sagte NDR. »In die Richtung.«

Sie rannten, in die Richtung. Es hätte jede Richtung sein können. Richtung war bedeutungslos für Ren. Es gab keine Ren. Sie war reine Aktion. Sie rannte durch die tiefrote Düsternis unter dem Laubdach des Chaga, hüpfte über Wurzeln, plantschte durch Wasserläufe. Es war die Apotheose all dessen, was sie war, all dessen, zu was sie sich selbst gemacht hatte und zu was sie gemacht worden war. Sie könnte für immer durch diese fremdweltliche Wildnis rennen, unter diesem Dach aus Blättern.

Ärger piekste sie wie ein Stich, als NDR, in eine Schlinge geraten, ihr zurief, sie möge anhalten. Das Feuer in ihr erlosch. Sie war wieder sie selbst, eine Person, ein Gesicht. Sie zitterte, fror in der Hochlanddüsternis.

»Spar deine Kräfte«, keuchte NDR. »Wir haben einen Kampf durchzustehen, heute Abend.«

Das Lager war eine Stunde Fußmarsch entfernt. Es war kein Gelände, in dem man rennen konnte. NDR und Ren stolperten über Haufen von wild durcheinanderliegendem Mauergestein, verrutschten und schräg geneigten Platten aus zerfallendem Beton. Verstärkende Säulen wiesen Risse auf und vertropften Stalaktiten aus Kalk und Rost. Skelette von Kampffahrzeugen kauerten sich unter Leichentüchern aus schwefelgelben Blümchen und Kupfergrünspan. Ren blieb vor den goldenen Zwillingsbögen eines verlorenen McDonalds stehen, zerschmettert und in ein Geschlinge von Pseudofungi gefallen. Hier war eine Stadt gestorben. Seltsame Blumen blühten aus der Leiche von Nairobi.

Das Fundament wuchs wie ein reifender Körper aus den grünen Ruinen eines Drive-in-Kinos. Die Leinwand war ins Geröll gefallen. In der Mitte eines Drahtverhaus zwischen einstigen Betonpfosten stand ein Gebilde, das aussah wie ein Dutzend geschälte Eier, die Enden halb in die Erde gegraben, aneinandergeklammert. Ein Schwarzer in chagaroter Kampfausstattung saß auf einem Hocker neben der ovalen Tür. Eine reproduzierte AK lag quer über seinen Knien. Er war Bamileke, Befehlshaber der Einheit.

Das Innere des Gebäudes war kühl und gewölbt, ein Unterwasser-Grün, beleuchtet von Biolicht-Kugeln. Die anderen Isopathen wurden von ihren Ausbildern eingewiesen. Es waren vier an der Zahl: drei Männer, eine Frau: Ismail, Farad, Johnson und Beauty. Sie knieten auf dem Boden aus gestampftem Lehm. Beauty nickte Ren zu, als diese ihren Platz einnahm und NDR sich anschickte, ihre Halsmuskeln zu bearbeiten. Die Männer waren bereits draußen und suchten ihre Wirtspersonen heim. NDR streckte Rens Beine und lockerte die Wadenmuskeln.

Keine Angst, dachte sie. Keinerlei Empfindung. Jetzt ist die Zeit und du wirst die Aufgabe erledigen. Gefühle würden dich schwächen. Du bist eine Kriegerin und eine Kriegerin ist stark. Stark und tapfer. Eine Kriegerin lässt nichts zu, das ihre Kraft und ihren Mut bedrohen könnte.

Sie sah den Baum an der Straße nach Soroti, mit weggerissenen Blättern und Ästen. Sie sah den weißen Hurrikan, der sie nackt peitschte. Sie sah den winzigen roten Schrei im Auge des Hurrikans. Sie spürte, wie sie selbst zu nichts zerfetzt wurde. Sie spürte, wie sie starb. Sie sah das weiße Licht und die tiefe Dunkelheit und den Hubschrauber, der in der Luft zurücksetzte, wendete und nach Norden davonflog.

Eine Berührung an ihrer Schulter, nicht NDRs. Bamileke kniete neben ihr. Die silberne Feldflasche in seiner Hand roch nach Schnaps.

»Trink das. Das wird dich stärken. Entspannen.«

»Ich brauche so etwas nicht«, lehnte Ren ab.

Sie aßen, riesige Platten voller Essen. Die lange Verbindung würde jede Menge Joules an Energie verbrennen. Das letzte, was Bamileke tat, war jedem zu befehlen, die Toilette aufzusuchen. Als sie auf der gebogenen Keramikschüssel hockte, zog Ren ihren Tarnhautanzug aus ihrer schwarzen Tasche. Sie quälte sich hinein. Sie liebte das Aussehen und das Gefühl, das er ihr verlieh. Jetzt war sie bereit für die Schlacht.

Die Isopathen nahmen ihre Plätze am Lehmboden ein. Ihre Korporale knieten neben ihnen, mit Wasserkannen und Thermofolien. Die Krieger würden während des Angriffs zwei Grad Körpertemperatur verlieren. Sie führten ihre Vorbereitungen zu Ende. Der Lauf begann.

Hinaus hinter Lamu, wo das Grün der Küstengewässer sich in das Indigo der Tiefe verwandelte, wo der Kapitän des Piratenkutters aus Sri Lanka die Lieferung eines versiegelten Behältnisses entgegennahm. Die windigen kleinen Riffschmuggler, die als Kuriere dafür gedient hatten, flohen zur Küste. Die Dünung frischte auf. Der Piratenkapitän warf seine großen Motoren an und fuhr in tieferes Gewässer. Nach drei Minuten Fahrt riss eine Explosion sein Schiff entzwei. Holz, Metall, Fleisch, Kohlenstoff-Fasern flogen durch die Luft, während am Bug und am Heck sich Bruchstücke ins tiefe Wasser senkten. Kreischende Möwen stürzten sich auf das rauchende Treibgut.

Wenn eine Verbindung gekappt wurde, wurde eine neue geschaffen. Ren öffnete die Augen in Mrs. Meenakshi Khanderwals cremefarbenem, im westlichen Stil eingerichtetem Wohnzimmer. Mrs. Meenakshi

Khanderwal sah sich einem ernsten Dilemma gegenüber. Der schottische Whisky oder die Zigaretten? Beide gehörten Jogendra und waren auf keinen Fall einer feinen Dame angemessen; wahrscheinlich würde sie keines von beidem mögen, aber sie wollte etwas von ihm nehmen, damit er erführe, wie verärgert sie war, dass er ihr erlaubt hatte, allen Leuten zu erzählen, sie würden zum abendlichen Rennen gehen, obwohl er sich gleichzeitig fest fürs Institut der Führungskräfte angemeldet hatte.

Der Whisky. Sie wusste, dass das indische Kindermädchen die Zigaretten stibitzte.

Als sie sich in den Falten von Mrs. Meenakshi Khandewals Hilfsgehirn einnistete, erkannte Ren eine Möglichkeit. Such dir eine Spalte, hatte NDR sie angewiesen. Mach dir jede Zögerlichkeit, Unentschlossenheit zu Nutze, beute jede Stimmung, Gewohnheit, Sucht, Schuld aus. Jeder Riss in der Konzentration kann mit Gewalt weit genug aufgedrückt werden, damit du hindurchtreten kannst. Benutze die Hand, als ob es deine eigene Hand wäre. Benutze den Körper, als ob es dein eigener Körper wäre.

Nicht den schottischen Whisky. Ich will eine Zigarette.

Mrs. Meenakshi Khandewal öffnete die Elfenbeinschachtel, nahm eine Zigarette heraus und zündete sie an.

Ren hätte sich vor Schreck beinahe in ihren eigenen Körper zurückgekringelt.

Mrs. Meenakshi Khandewal sah, was sie im Begriff war sich zwischen die Lippen zu schieben, und wollte das Ding angewidert ausdrücken. Diese kurze Abweichung von der Konzentration genügte Ren. Mrs. Meenakshi Khandewal versuchte zu schreien, aber Ren hatte sich ihrer Stimmbänder bemächtigt. Ich bin die Fremde in deinem Innern, dachte Ren. Ich bin in deinem Blut. Sie versuchte, telefonisch Hilfe anzufordern: Ren zwang sie, sich hinzusetzen und ihre Zigarette zu Ende zu rauchen. Die indische Frau hatte nicht die geringste Ahnung, von wem oder was sie besessen war, nur dass ihr Körper einem fremden Willen gehorchte. Ein Kampf fand statt um eine besinnliche Zigarette auf einem cremefarben gepolsterten Sofa. Mrs. Meenakshi Khandewals hartnäckiger Kampf um Selbstbeherrschung erschöpfte Rens Kraft. Sie musste den Coup jetzt landen, oder sie würde gewaltsam hinausgeworfen werden. Ein Schlag ihres Gehirns aktivierte Blutstrom-Buckies. Neuralfullerene webten Moleküle, synthetisierten Kaskaden von Halluzinogenen. Mrs. Meenakshi Khandewal reiste aus ihrem Kopf heraus. Verloren im Neuroraum. Buckies bauten Neuralbrücken zwischen Hilfsgehirn und Hauptgehirn. Im Zeitraum einer halben Zigarette hatte Ren ihre Kontrolle auf die Motorik, die Wahrnehmung und die autonomen Systeme ausgedehnt. Sie *war* Mrs. Meenakshi Khandewal.

Das Telefon läutete. Es war Farad mit der Wegbeschreibung zum Waffenladen. Ren ging in die Küche, um das Messer zu holen. Das zigarettenklauende indische Kindermädchen starrte entsetzt, doch aus Angst vor der Wahnsinnigen schwieg sie.

Ren nahm den Mercedes. Sie klappte das Dach herunter und drehte das Radio laut. Mrs. Meenakshi Khandewal kannte die Straße nicht, doch nachdem sie erst einmal in der richtigen Gegend war, führte sie das Leitsystem direkt bis zur Tür. Sie zahlte mit ihrer Amex-Karte für das doppelläufige Terzerol und zwei Schachteln Munition. Die Miene des Ladenbesitzers drückte dumpfe Gleichgültigkeit aus, als ob er nicht überrascht wäre, wenn jede geachtete Industriellengattin in Bangalore hereinkommen und bei ihm schwere Geschütze kaufen würde.

Ren versteckte die Waffe unter dem Schal auf dem Rücksitz und fuhr den in ihrer Erinnerung gespeicherten Weg zu JTT zurück. Sie lachte, während sie mit dem großen starken Wagen an Bussen und Lastwagen und Teenagern auf Motorrädern vorbeifuhr. Schneller und immer schneller. Aber nicht so schnell, dass sie sich die Polizei auf den Hals gehetzt hätte. E-Botschaften erschienen auf dem Display der Windschutzscheibe: Ismail und Farad waren an Ort und Stelle. Johnson betrat das Gelände. Beauty war durch eine religiöse Demonstration aufgehalten worden. Sie würde in fünf Minuten dort sein.

Ren bog ins Tor ein. Der äußerst flinke Sicherheitsmann, ein Sikh, kam aus seinem Kasten, um sie persönlich zu begrüßen. Er salutierte, als er die Schranke schwungvoll hochhob. Ren parkte auf dem reservierten Platz beim Verwaltungsblock. Sie rauschte mit einem fröhlichen ›Guten Abend‹ an der Empfangstheke vorbei.

»Mrs. Meenakshi Khandewal.« Die verdrossene Stimme des Empfangsboys hielt sie nach zehn Schritten im Flur an. »Verzeihen Sie bitte, aber vielleicht haben Sie vergessen, dass Mr. Jogendra Khandewal heute Abend beim Institut der Führungskräfte ist.« Verdrossenheit konnte sich allzu leicht in Argwohn umwandeln. Ren drehte sich um und lächelte um Entschuldigung heischend. Sie zog das Terzerol unter dem Schal hervor und schoss aus beiden Läufen.

Im widerhallenden falschen Granit des Korridors knallten die Salven ohrenbetäubend.

Blut. Blut war auf dem gesprenkelten Stein hinter der Theke. Splitter. Etwas hatte zwei ernstzunehmende Brocken aus der Empfangstheke gebissen. Ren sah den zersplitterten Baum und das tanzende Blut im Blätterhagel. Sie hatte nach Gutdünken geschossen. Sie hatte getötet, ohne nachzudenken. Es war, als ob die Waffe von ihr Besitz ergriffen hätte, so wie sie von Mrs. Meenakshi Khandewal Besitz ergriffen hatte.

Beweg dich, sagte eine Stimme. Du bist Soldatin, du bist Psy-Krieger, es ist deine Bestimmung, zu kämpfen und deine Feinde zu töten. Sie werden dich ebenfalls nach ihrem Gutdünken töten, ohne nachzudenken.

Sie konnte in diesem Körper und in diesen Schuhen nicht rennen. Sie konnte aggressiv schreiten. Türen, die sich öffneten, Gesichter, die in Fluren auftauchten, Gestalten, die plötzlich hinter Fahrstuhltüren erschienen, bedrohte sie mit dem Gewehr und dem Küchenmesser.

»Aus dem Weg, ihr Scheißer!«, brüllte Mrs. Meenakshi Khandewal. »Verdammte Schweine!«

Sie mochte keine Feinde. Sie sahen aus wie Schichtarbeiter und Reinigungspersonal und Empfangsangestellte, die vor diesem bourgeoisen Ungeheuer davonstoben.

Schwäche. Sei stark. Ein Krieger muss stark sein.

Nur der Umstand, dass der Mann in den Designer-Sportklamotten ein Gewehr bei sich hatte, rettete ihn. Ren bog um die Ecke und da war er, mitten im Flur. Sie schwang ihre Waffe. Er hob die seine. Das war der Augenblick, in dem Mrs. Meenakshi Khandewals Gedächtnis ihn erkannte, Arun Agarwal, der missratene Bruder von Gajraj, dem Chefingenieur. Sie waren sich flüchtig auf Mishras Vorhochzeits-Empfang begegnet. Er war ein Freund des Bräutigams gewesen.

»Farad?«

»Ren?«

Ein Mann mit einer Sicherheitskappe hatte den Kopf aus der Tür hinter Farad gesteckt. Er wirbelte herum, von einem warnenden Gewehrlauf aufgeschreckt.

»Alles in Ordnung, Ren?«

»Ich musste den Kerl an der Rezeption töten.«

»Ja. Nun. Johnson wird gerade jetzt aus dem IT-Zentrum gebracht.«

»Hast du ihn gesehen?«

»Er hat es geschafft.«

»Die anderen?«

»Ich habe gesehen, dass Beauty hineingelangt ist. Wir sind beinahe wieder im Plan. Johnson hat uns ausreichend Zeit herausgeschunden. Glück.«

Er war schon beinah um die Ecke, als Ren ihn zurückrief.

»Der Sitzungssaal ist rechts.«

Farad zuckte die Achseln.

»Sie hätten mir einen Körper geben können, der weiß, wohin er geht.« Dann wandte er sich um, gab einen Schuss durch den Korridor ab, lud nach und ging weiter, wobei er regelmäßig schoss. Ren schleuderte die Schuhe von den Füßen. Barfuß war sie etwas schneller. Plötzlich flackerten die Lampen. Fahrstuhltüren öffneten und schlossen sich spastisch. Ein flacher, schneller Gegenstand flitzte aus einem Spalt in der Wand und huschte über den Boden auf Ren zu. Die zweite Explosion schleuderte ihn in einem Gewirr von Metall und Kabeln durch den Flur: eine Reinigungsdrohne. Johnson hatte das cybernetische Nervensystem der Anlage erreicht. Wie zur Bestätigung wirbelte eine plötzliche Kälte durch den Flur. Aber Johnson war über jede Bestätigung hinaus.

Rens Strecke zur Prozessor-Halle Drei führte sie am IT-Zentrum vorbei. Ein filigranes Muster aus schwarzen Fasern, zart und kompliziert wie Spinnweben, kroch unter dem Boden hervor, sich nährend und wachsend durch den Kohlenwasserstoff im Nylonteppich. Ren stieß die Tür auf. Die Übergabe war gut geplant. Weiche Finger aus Pseudokoralle streckten sich nach der Decke aus, die in Streifen von teerschwarzen Tentakeln herabtropfte. Aufgetürmte Falten von gelgefleckten Fungi hatten bereits die Fenster zerschmettert und sich auf der Außenseite hinunter ergossen. Dunkelgelbe Kristalle, einige davon mehrere Meter lang, füllten den größten Teil des Raums. Vor Rens Augen warf das Oberteil des Plastikschädels eines Monitors, eingebettet in ein Durcheinander von Kristalldornen, Blasen und zerbrach in Tausende von Diamantenspindeln. Ren erhaschte einen Blick auf den Körper, der auf dem Tisch zusammenbrach. Winzige rote Blüten zogen sich über seine gespreizten Hände, die Arme hinauf, über die Schultern.

Nicht Johnson, zwang sie sich zu denken. Johnson ist zwei Positionen weiter links von dir auf dem Lehmboden einer Basis der Schwarzen Simbas, irgendwo in den ehemaligen nördlichen Vororten von Nairobi. Das ist die Frau von Mr. Chatterji, die jeden Freitag Nachmittag mit Jogendra Golf spielt und deren Namen sie sich nie merken konnte.

Mrs. Meenakshi Khandewal hatte die Prozessor-Hallen genau einmal zuvor besucht und das war in einem Bertoli-Kleid gewesen; man hatte erlesene Weine getrunken und die besten Leute von Mysore waren dagewesen. Der Nanodiamantwagen war enthüllt worden und hatte von den besten Leuten die angemessene Lobhudelei empfangen, während die Presseleute von Bangalore hereinschwärmten, um Nahaufnahmen zu machen. Dann hatte sich jeder seine Gratis-Diamant-Krawattennadel oder -Brosche angesteckt, um sich auf die Besichtigungstour durch die Prozessor-Säle zu machen. Mrs. Meenakshi Khandewal hatte den Schmuck vulgär gefunden. Die Prahlerei bestand darin, dass diese neue Technik Diamanten so billig wie Erde gemacht hatte. Das stellte die Gesellschaft von Bangalore in kein besonders günstiges Licht. Sie hatte bemerkt, dass ein Teil der Klatschpresse offenbar zur gleichen Schlussfolgerung gelangt war wie sie, denn sie hatten sich beharrlich geweigert, ihre Krawatten oder Kragenaufschläge mit Diamanten zu schmücken, die weniger wert waren als Teig. In den höhlenartigen Prozessor-Sälen war sie von den monolithischen Nanofabriken eingeschüchtert worden. Sie hätte es als ironisch erachtet, dass die Verarbeitung der kleinsten aller Elemente den Einsatz eines massiven Blocks von Ingenieursarbeit erforderte, wenn Mrs. Meenakshi Khandewal einen funktionierenden Sinn für Ironie gehabt hätte. Einschüchternd. Beängstigend. Sie hatte es gehasst, dass ihr Mann seine Zeit mit diesen riesigen metallenen Geliebten verbrachte. Hässlich, grob, unweiblich. Sie hasste es, in einem von ihnen gebauten Haus zu wohnen, die von ihnen gewebte Nahrung zu sich zu nehmen, das von ihnen erzeugte Geld auszugeben. Sie hatte sich geschworen, niemals mehr den Fuß auf den Fabrikboden zu setzen.

Ren hielt Mrs. Meenakshi Khandewals Versprechen. Sie setzte keinen Fuß auf den Fabrikboden. Sie kam auf dem Dienstblock des zehnten Stocks heraus. Sie spähte über den Rand. Dreißig Meter die senkrechte Wand des Prozessors Nummer Eins bis zum Boden hinunter. Du hättest glatt in Ohnmacht fallen können, Mrs. Meenakshi Khandewal, dachte Ren. Du solltest mir danken, dass ich dir Dinge beibringe, dich an Orte bringe, die du niemals wagen würdest zu betreten. Aber du bist in deinem Innern immer noch von der Rolle. Du wirst es nie erfahren. Du wirst niemals irgendetwas erfahren.

Beauty war oben auf dem Prozessor Vier, Halle Eins. Sie trug den Körper von Mrs. Tapans gutaussehendem Sohn Kishor. Mrs. Meenakshi Khandewal hatte ein Auge auf ihn geworfen. Zum Teil erachtete sie ihn als Objekt des Vergnügens für sich selbst, aber vor allem als vielversprechenden Kandidaten für ihre Savita in fünf bis sechs Jahren. Bis dahin wäre er gut etabliert. Das Gesprächsthema des Kreises. Rechtsanwälte hielten zumindest ihre Hände sauber.

Beauty sagte: »Ich habe Ismail drunten bei der Klimaanlage gesehen und er hat seine Sache nicht richtig gemacht, überhaupt nicht richtig. Ich meine, er hat es gemacht, und inzwischen sind sie überall, aber es ging zu schnell. Er konnte nicht sehen, was geschah. Ich werde also keine Befehle befolgen. Ich mache es auf meine Weise.«

Das Messer steckte in der Innentasche des weichen schwarzen Seidenblousons. Es war ein Klappjagdmesser amerikanischer Art, mit gebogener Spitze und einer gesägten Klinge. Beauty klappte es auf und bewunderte die fein gearbeitete, saubere Klinge. Dann berührte sie mit der Spitze ihr linkes Handgelenk. Mit einem sicheren, geraden Schwung schlitzte sie den linken Arm beinahe bis zum Ellbogen auf. Ren hätte beim plötzlichen Aufspritzen von scharlachrotem Blut beinahe laut aufgeschrien. Kishors hübsches Gesicht verzerrte sich, er ließ das Messer fallen. Nur Beautys Wille hielt ihn davon ab, mit einer Hand die schlimme Wunde zu umklammern.

»Ich schätze, ich habe sieben, acht Minuten Zeit.«

Er schwenkte den roten, blutverspritzenden Arm über den oberen Teil der Nanofabrik wie zur Segnung. Wohin das Blut spitzte, warf das Keramoplast Blasen und erblühte zu Hunderten von stecknadelkopfgroßen orangefarbenen Blumen.

Mehr als Unsterblichkeit, mehr als das Trojanische Pferd extrahierten Buckies aus den Blutstrom-Fullerenen von Isopathen. Die Lieferungen, die von der Malaba-Küste zu den schwarzen medizinischen Märkten von Mysore und Tamil Nadu gelangten, waren von Fullerenen durchzogen, die ihre Transportfahrzeuge in laufende, sprechende, ehrgeizige biologische Chaga-Packen verwandelten.

Die Blumenflecken zerschmolzen, schickten Farnkringel aus zartem Kristall aus. Beauty stand jetzt bis zur Taille in gelben, glitzernden Wedeln. Kishors Körper schwankte. Sein Gesicht war weiß, sein Atem ging flach. Er stürzte, fing sich wieder, versuchte sich auf die schöne Zerstörung zu konzentrieren, die aus seinem Körper rann. Er konnte sich nicht konzentrieren. Er fiel zur Seite. Die Kristallwedel klirrten wie splitterndes Glas, während sie in tausend Scherben zerbrachen. Ren hörte schwach Sirenen. Die Apotheose von Mrs. Meenakshi Khandewal drückte drängend.

Barfuß rannte sie über die schmalen Stege, kletterte die Stahlleitern hinauf, überquerte Maschenbrücken, die über furchterregende Schluchten gespannt waren. Prozessor-Halle Fünf. Zentralturm. Sie stand in der Mitte des großen rechteckigen Daches. Sie versuchte sich die Nanomaschinen vorzustellen, die unter ihr walkten, um Erde in Diamanten zu verwandeln. Ren überlegte, was wäre, wenn das Dach einbrechen und sie in den molekularen Tumult da unten fallen würde? Wie in einem Becken mit Piranhas würde sie innerhalb von Sekunden bis auf die Knochen abgenagt sein. Schlimmer als bei Piranhas, würden sogar ihre Knochen zu Suppe reduziert werden. Sie erschauderte, dann schlug die Widersinnigkeit durch. Du solltest dir Sorgen machen, Ren McAslan, während du auf der Spitze der Mittelgratsäule dieses Turms von Sabotage-Fullerenen balancierst. Dieser Turm, der bald aufgerissen werden und sterben wird? Sie würde nicht verweilen, wie Beauty, voller Verzückung über den Tod ihres Wirts. Sie schuldete Mrs. Meenakshi Khandewal ein schnelles Dahinscheiden.

Sie drückte die Spitze des Küchenmessers in die Ecke ihres Kieferknochens. Sie genoss das sinnliche Gefühl von Klinge gegen Fleisch. Sie befand sich jetzt im Land der Selbstmorde, der Quälereien und der dunklen Freuden, die sich aus dem Begehen von Verbrechen gegen den eigenen Körper ergaben. Sie stieß zu, ein Kribbeln von Schmerz, ein langsamer Schwall von Blut. Der warme Fluss, der ihr seitlich über den Hals rann, erschreckte sie. Rens Griff am Messer lockerte sich.

Der Baum stand wieder vor ihr, seine Blätter, seine Äste, der nackt entkleidete Stamm. Sie sah die Explosion und sein rotes Auge. Sie sah die Explosion des Gewehrs in ihren Händen – einmal, zweimal – und die Holzsplitter und das Rot, das die Wand hinabrann. Sie sah, wie Kishors Unterarm verderbtes Blut verspritzte, und sie sah den Ausdruck von verratener Erkenntnis in seinen glasigen Augen. Jenseits des Lichts ist nur Dunkelheit.

Ren nahm das Messer von Mrs. Meenakshi Khandewals Hals. Du bist eine Kriegerin, schrie sie sich selbst an. Du musst deine Feinde vernichten.

Sie sah sich nach diesen Feinden um. Sie fand die eitle, oberflächliche, freundliche Mrs. Meenakshi Khandewal. Sie fand Savita und die Kleine Meena und Jogendra und ihre Freunde und Freundinnen und die Orte, wohin sie gingen, und die Dinge, die sie taten. Sie sah ihre Eltern hinter ihr, und hinter diesen ihre Großeltern, und die Hoffnungen, die sie in sie setzten, und die Pläne, die sie für sie machten, und das Leben, das sie für sie vorsahen. Sie fand die Hoffnungen und Pläne und die Lebenswege, die sie wiederum für ihre Töchter vorsah, und die Freude, die ihr deren Triumphe bereiteten, und den Schmerz, den sie über ihre Enttäuschungen empfand. Sie fand eine gutgekleidete, versnobte indische Frau der Mittelklasse, die nichts ihr eigen nennen konnte als ihre beiden Töchter. Sie sah ein menschliches Wesen.

Sie führte das Messer an ihre Kehle. Sie brachte es nicht fertig, den Schnitt auszuführen.

Mit einem Aufschrei warf Ren das Küchenmesser von sich. Es fiel glitzernd hinunter zwischen die Türme. Mrs. Meenakshi Khandewal konnte nicht rennen, aber Ren rannte für sie. Sie rannte für sie zurück über die große Brücke, den Arbeitsblock entlang, die Metalltreppe hinunter. Mrs. Meenakshi Khandewals Körper protestierte. Ren drängte ihn weiter. Über den Fabrikboden. Tut mir leid, Mrs. K. Ist die Rettung deines Lebens ein Versprechen wert? Ren schob den Balken am Notausgang hoch und rannte durch den dunklen Ladebereich zu den in der Ferne blinkenden blauen Lampen des Notdienstes.

»Hilfe!«, schrie sie. »Hilfe!«

Paramediziner in fluoreszierenden grünen Jacken eilten herbei. Sicherheit war gewährleistet. Ren kappte die isopathische Verbindung, sprang aus Mrs. Meenakshi Khandewal heraus über einen Subkontinent und einen Ozean in ihren eigenen Körper. Während ihrer letzten Augenblicke in Mrs. Meenakshi Khandewals Körper hatte sie versucht, sich das Bild der Isopathen-Kammer vor Augen zu rufen, die knienden Gestalten mit ihren Betreuern. Die Vorstellung mochte vielleicht die Desorientierung verringern, wenn sie die Augen wieder in ihrem eigenen Körper öffnete. Trotzdem war sie nach dem Sprung verwirrt wie nach einem lebhaften Traum, benebelt und müde und verunsichert, was sie glauben sollte. Sie kämpfte mit ihrem Körper. Du kannst dir das nicht leisten. Du brauchst jeden Augenblick. Aber ihr war kalt und sie war todmüde. Sie versuchte, sich auf die anderen Gestalten im Ring zu konzentrieren. Johnson lag zusammengekrümmt, in fötaler Stellung auf der Seite. Ismail schaukelte in seiner Foliendecke vor und zurück und keuchte laut. Keiner von ihnen konnte sie sehen. Beauty und Farad waren noch da draußen. Sie könnten es herausfinden. Vielleicht wussten sie es schon. NDR legte ihr die Thermofolie um die Schulter. Ren schüttelte sie ab.

»Tasche!«, krächzte sie.

NDR schob ihr die schwarze Segeltuchtasche zu. Rens Hände wühlten zwischen der getragen riechenden Kleidung und dem Waschzeug und dem billigen Körperschmuck, bis sie den Griff von Oksanas Gewehr umfassten.

Es war eine geschmeidige, schnelle Bewegung. Von der Tasche zum Gehirn. Die Seite des Gewehrkolbens warf NDR anderthalb Meter weit weg. »Verzeihung, Verzeihung, Verzeihung«, winselte Ren, aber sie hielt nicht inne, um zu sehen, ob sich ihre Freundin bewegte. Beautys und Farads Betreuer standen auf. Ren richtete die Waffe auf sie. »Runter!«, brüllte sie. »Runter, ihr alle! Keine Bewegung!«

Sie rannte aus der Kammer und direkt in Bamileke. Ren schlug mit dem Gewehr nach ihm und brüllte wortlos. Er taumelte nach hinten. Ren sprintete an ihm vorbei, hinaus ins Licht. Sie hörte Bewegung hinter sich, sah sich um: Bamileke hatte die AK47 genommen. Sie vermied es um Haaresbreite, gegen eine Drive-in-Säule zu prallen. Ren schwenkte das Gewehr in Richtung der Bedrohung und gab drei Schüsse ab. Der Rückstoß hätte sie beinahe umgeworfen. Sie taumelte, fing sich wieder. Die angenagte Betonsäule zu ihrer Linken explodierte. Ren kreischte, gepfeffert mit zerschmettertem Beton. Sie tauchte in Deckung, als die Kalaschnikow das halbautomatische Feuer eröffnete. Ren rollte sich herum und riss am Handgelenkhebel des Tarnanzugs herum. Sie sah, wie sie sich unsicher umdrehte. Sie schlug die Arme um ihren Körper, wagte nicht zu schreien, während Bamileke den verlorenen Drive-in mit Geschossen bombardierte. Sie zog ihre Kapuze hoch, drückte sich ihre Tasche an den

Bauch und kroch in die Deckung der verfaulenden Stadt und der hohen Bäume.

»Du bist tot, das weißt du!«, hallte Bamilekes Stimme von der Wölbung der alten Kinoleinwand wider. »Wir kriegen dich. Du kannst dich nicht verstecken, wir machen dich ausfindig und dann töten wir dich. Du bist tot, du verdammte weiße Hure! Hörst du mich? Tot!«

Die Lautsprechersäulen hüpften und zerbrachen unter dem Einschlag von Geschossen, bis keine Einzige mehr stand, doch Ren war verschwunden, draußen zwischen den Wurzelstreben, flüchtend.

49

Im Hohen Atlas taute der Schnee und der Frühling und die Überschwemmungen von Marrakesch gediehen. Wasserläufe aus rotem Fels füllten sich; Nanopumpen füllten Brunnen und Reservoirs mit dem Wasser aus tiefer Erde. Bewässerungskanäle schwollen an, in Aquädukten strömte und blubberte es. In den Souks und Medinas der Roten Königsstadt legten automatische Wassersprinkler den Winterstaub nieder; die Vergnügungsparks um den Palast, die königlichen Gartenanlagen, höfische Ziergärten, Dachparzellen, Mauerbecken und Fensterkästen strotzten vor knospendem Leben. Tausend Schwimmbecken sandten heliografische Bilder aus. Auf dem großen Platz klirrten die Wasserverkäufer mit ihren Messingbechern und Untertassen. In den Kaffeehäusern redeten die Männer über Politik bei kleinen Flaschen mit perlendem Inhalt, benannt nach Heiligen und *Sidis*. Die Jungen versammelten sich um abgestellte Mopeds herum und bespritzten sich die Gesichter mit Altas-Schmelzwasser aus Flaschen. Weggeworfene Plastik-Literflaschen rollten und hüpften durch die verwinkelten Gassen. Die Kinder tanzten immer noch unter den öffentlichen Hydranten; die Betrunkenen, die Taugenichtse vollführten immer noch ihre Kapriolen in den Brunnen. Die alten Gebäude tranken Frühlingswasser durch ihre Dächer, wie steigender Saft stieg er ihnen schwindelerregend in die Kronen, auf Dächern sprossen Pflanzen, Bougainvillea und Bitterorange wuchsen dunkel und glänzend. Eine kühle Feuchtigkeit entströmte den Mauern in die Straßen; ganze Viertel schienen sich zu füllen und zu strecken. Die Stadt wurde größer und stolzer, betrunken von Wasser.

Der kleine Palast war ein Nachkräuseln in der Architektur-Kaskade, die das Kommen der Alaouti-Dynastie kennzeichnete. Er war gebaut worden, um die weniger begünstigten Frauen und Eunuchen von Moulay Ismail zu beherbergen. Er hatte ihn mit Licht und Raum und Wasser gefüllt. Der Harem war drei Wochen lang, bevor er mit dem Rest des Hofes in die neue Hauptstadt von Meknes umziehen musste, erregt durch seine luftigen Kolonnaden gehuscht und hatte seine Intrigen gesponnen. Jetzt führte die UNESCO ihn als Gästehaus für auf Besuch weilende Würdenträger. Diese Definition schloss auch die gegenwärtige Geheimdelegation aus der abtrünnigen Hemisphäre ein. Das gesamte Gebäude war für die Leute aus dem Süden reserviert worden; seine Wanzen und Monitore fütterten eine sorgsam bedachte Synthese aus gefälschter Unterhaltung.

Gaby war entzückt von dem Haus. Jeden Morgen schwamm sie im Bad der Frauen. Dreihundertfünfzig Jahre zuvor hatten sich vierundzwanzig Konkubinen in diesem Becken vergnügt; jetzt glitt eine einzige Frau nackt über die geometrischen Mosaiken. Sie tauchte durch die kühle grüne Kräuselung, wobei ihr Haar sie wie ein Banner umflutete, um die Lapislazuli-Umrisse, die Muster der eingebetteten Perlen nachzuziehen.

Danach pflegte sie ihren Frühstückskaffee im Innenhof einzunehmen und ihre Zeitung zu lesen, begleitet vom Platschen des Brunnens und dem ergreifenden Zwitschern der Vögel in den Käfigen.

Marrakesch, die Stadt des Wassers.

Sie ging die Weisungen des Tages durch. Der Kontakt würde erneut verschoben werden. Noch ein Tag auf den Märkten und in den Straßencafés mit Faraway. Noch eine Nacht in den Restaurants und den Free-Jazz-Cafés, redend und redend und redend und wissend und wollend und zurückkehrend in ihre erlesenen, sinnlichen, getrennten Schlafzimmer. Weil du Angst hast, damit anzufangen.

Nein, dachte sie, nicht Angst, damit anzufangen. Es fing bereits damals an, in dem Augenblick, als das Flugzeug von Nyerere startete. Der erste Satz war der eilige, verstohlene Transfer in Tibesti, die falschen Identitäten, die Kreditkarten, das Hetzen durch den Staubsturm zu dem sibirischen Fracht-Shuttle.

Ein inneres Lächeln, eine leidenschaftliche Erinnerung. Nicht Faraway, sondern Cletho, im Abflugbereich von Nyerere. Der einzige Flughafen auf der Welt, wo man einen Speer in die Halle mitbringen konnte.

»Wohin immer du gehst, geht auch Cletho.«

»Dies ist eine geheime diplomatische Mission. Du siehst nicht gerade unverdächtig aus, wenn du einen zwei Meter langen rasiermesserscharfen Nanodiamanten mit dir herumschleppst.« Aber die Loyalität des Mädchens hatte sie gerührt. Sie war unter dem Rand des Daches gestanden, den Speer in der Hand, als das Diplomaten-Shuttle wegrollte.

Zweiter Satz: das Adagio des Wüstenfluges, so hoch, dass man die Krümmung des Planeten sah und die Sahara sich unter der Sonne zur Farbe und Beschaffenheit von Karamel aufzuweichen schien. Während der gesamten fünf Stunden hatte sie sich ans Fenster gelehnt, hypnotisiert von dieser rohen, ursprünglichen Welt, die fremdartiger wirkte als alles, das von den Sternen herabgefallen war. Dritter Satz: Rondo allegro. Die von Wundern erfüllte Erforschung dieses alten, schönen Hauses, der Hauch von Sinnlichkeit, der in seine Wände wie Fayencen eingeprägt war, und die rote, wassergesprenkelte Stadt darunter. Nein, es hat bereits angefangen. Du hast Angst, es zur Vollendung zu bringen. Es zu seiner natürlichen Kadenz zu bringen.

Faraway war ein Morgenmuffel.

»Mm.« Kaffee und Croissants. Drei Croissants und zwei Tassen Kaffee, bevor er ein mehrsilbiges Wort herausbrachte.

»Er ist wieder aufgehalten worden«, sagte sie. »Vor morgen wird er nicht eintreffen.«

Sie wollte nicht sagen, dass es sogar eine andere Stadt sein könnte. Marrakesch war eine Last-minute-Schaltung gewesen, als der Ogun-Geheimdienst einen Maulwurf im Netzwerk von Lagos ausgebuddelt hatte.

»Scheiße!«

Das bedeutete also wieder einen Tag in den Souks und auf den Plätzen und in den Kaffeehäusern, wieder einen Abend in den Restaurants und bei Spaziergängen zwischen den Gauklern und Schlangenbeschwörern und Wahrsagern und islamischen Predigern, die mit *Baraka* in der Jemaa el Fna herumschrien und in einem Free-Jazz-Club, wo sie redeten und redeten und eng miteinander tanzten zu einem Stück, von dem Gaby Faraway nicht erzählte, dass Diamanten-Jim es geschrieben hatte, und das auf irgendeine Weise ihr über das Terminum nach Norden vorausgeeilt war, und danach gingen sie wieder zurück in ihre erlesenen, sinnlichen, getrennten Betten. Am Morgen schwamm sie wieder nackt im Bad der Frauen und aß ihre frischen Croissants und las ihre Zeitungen und die tägliche Weisung kam über das Haus-PDU herein und besagte: *Er ist da.*

Der Fahrer des großen blauen Taxis machte seinem Fahrgast gegenüber kein Hehl, dass sein Fahrzeug der letzte Schrei in der modernen Technik war. Am liebsten hätte er angehalten und wäre mit ihm ausgestiegen, um ihm die Windungen aus Keramoplast und die organischen Stromkreise unter der Motorhaube zu zeigen. »Scheiße und Wasser«, sagte er. »*Vraiment*. Plastik, Papier, Küchenabfälle, tote Schädlinge und alte Scheiße wirft man in den Tank und der Wagen fährt. Diese Nigger drunten im Süden wissen gar nicht, worauf sie sitzen.«

»Wilde«, sagte Faraway.

Gaby stellte eine Besonderheit des Terminums fest. Während sie im Exil war, hatte sie es als eisernen Vorhang gesehen, ein bewaffnetes *Non plus ultra*. Aus der Gegenseite betrachtet, sah sie, dass es eine Membran war, eine Plazenta. Für große Dinge war es undurchdringlich, wie Menschen und Ideen und Ökonomien, ließ jedoch das osmotische Kriechen kleiner Dinge zu; Moleküle, Begriffe, Jazzstücke.

Das Treffen fand in einem lauten Kaffeehaus mit Blick auf einen Busbahnhof statt. Deckenventilatoren torkelten nervös, Kellner in *Tarbooshes* mit Troddeln servierten auf Silbertabletts. Gaby war die einzige Frau. Die Kaffeehaus-Plapperer starrten zweimal, einmal auf die rothaarige weiße Frau, dann auf den schwarzen Mann an ihrer Seite.

Er saß an einem Tisch am Fenster. Straßenlärm und Busverkehr machten die Unterhaltung diskret. Was vor sechzehn Jahren plump gewesen war, war jetzt fett. Sein Haar hatte sich zu einem letzten Schanzwerk an der Basis seines Schädels zurückgezogen. Er trug es immer noch lang. Er hatte immer noch eine Vorliebe für die Leinenanzüge des Weißen Mannes in Afrika, obwohl er jetzt schwitzend und hineingestopft darin wirkte. Sein Gesicht war runder, aber darunter dünn, erschöpft, überlastet von zu viel Gesehenem. Nicht so sehr mehr eine gekochte Eule, dachte Gaby. Jetzt eher eine geräucherte Eule. Eine eingelegte, konservierte Eule.

Gaby konnte geradewegs auf ihn zugehen, ohne dass er sie erkannt hätte. Sie wusste, dass er nach jemand Älterem Ausschau hielt. Jemand, der weniger wie die Erinnerung eines Traumes aussah.

»T. P.«

Er blickte auf, plötzlich erschreckt. Dann: Erkennen. T. P. Costello sprang verwirrt auf. Hände trafen sich; plötzlich aus der Fassung gebracht, musste er sich setzen.

»Mein Gott, es ist wahr. Ihr altert nicht…« Der Nord-Dubliner Akzent widerstand sogar der Zeit.

Gaby setzte sich an dem Mosaiktisch ihrem früheren Chef gegenüber.

»Doch, schon, nur langsamer. Viel langsamer. Meine Güte, wie schön, dich zu sehen. Du siehst…«

»Scheiße. Ich sehe beschissen aus – das liegt an dem Job. Jesus Maria, du hast keine Ahnung, wie es ist, wieder im Feld zu sein. Was hast du?«

»Keine Ahnung«, sagten Gaby und Faraway gleichzeitig in der alten Litanei.

Nachdem der ältliche Kellner den Kaffee und die glänzenden, entsetzlich kalorienreichen Süßigkeiten serviert hatte, stellte Gaby den Zellspeicher in die Mitte des Tisches.

»Das ganze Geschehen, Schritt für Schritt für Schritt.«

»Du kannst alles beweisen?«, fragte T. P. »Ist das vollkommen hieb- und stichfest?«

»T. P.«, sagte Gaby. »Das bin ich.«

Er lächelte. »Das habe ich schon mal gehört. Für gewöhnlich musste ich nur einen Gefallen einfordern, um deinen Arsch aus dem Feuer zu bekommen. Im Ernst, Gaby, sie werden sich auf jede Schwäche stürzen, jeden Mangel oder jede unbestätigte Tatsache. Und hier geht es nicht nur um die Presse-Beschwerde-Kommission oder eine Verleumdungsklage, wenn du Pech hast. Hier sind Regierungen im Spiel. Und die verdammte CIA.«

»Das Tororo-Reich setzt Söldner aus Hoch-Zaire ein, um örtliche nicht-linientreue Volksstämme auszuheben. Ich habe mit Gefangenen gesprochen. Da ist alles drin. H-Zra finanziert seine Kampagnen zu beiden Seiten des Terminums durch den Schwarzhandel mit Tororo-Cha-Technik. Ein direkter Tausch: Buckies gegen Waffen. Das dringt niemals bis außerhalb des MI-Komplexes, aber ich kenne die Namen der Vermittler. Sie stecken mit drin. Ein halbes Dutzend Industrieller des Nordens mit großen Namen setzt tororoische Diamentenweber ein – Poker-Firmen mit hohen Einsätzen, Spieler im ganz großen Stil – und bezahlen die NLA mit experimentellen Waffen. Dieses Mal war Buganda dran, mit den Spielzeugen der großen Jungs zu spielen. Der Soroti-Angriff war die Feldprobe. Zufällig hatte das Ganze einen geopolitischen Rückstoß, aber in erster Linie sollte damit die Effektivität eines neuen Raketen-Systems unter Beweis gestellt werden. Piloten der US-Armee flogen amerikanische Kampfhubschrauber vom Typ Kiowa; ich könnte dir die Seriennummern nennen. Die Dreckskerle waren sich ihrer Sache so sicher, dass sie nicht einmal die Herstellungsbezeichnungen löschten. Das ist alles da drin festgehalten. Die Raketen waren hergestellt von Nanoweb-Raytheon in Kansas, die Flechettes wurden von JTT in Mysore konstruiert. Siebzig Prozent der gestohlenen Nanoware landet letztendlich in Indien. Ich habe alle Schritte nachverfolgt, von einer verdammten Fünfzehn-Zentimeter-Diamantenklinge, die eine Mutter aus dem Gesicht ihres Sohnes gezogen hat, bis zu J. S. Chandrasekahrs Schreibtisch im fünfundfünfzigsten Stock von JTT. Es ist da drin, ich kann es beweisen. Die gesamten Niedrig-Kriegshandlungen in der V-Zone sind ein Testgebiet für neue Waffen und militärische Strategien. Ich zeige das auf. Aber das ist noch nicht alles. Die politische Strategie besteht darin, den Süden isoliert und geteilt zu halten, bis der Vereinigte Norden die Entwicklung der Bucky-Technik auf einen Stand bringt, der es ihnen erlaubt, den Kontakt mit uns zu überleben. Denn zum jetzigen Zeitpunkt wären wir tödlich für sie. Es ist das klassische Fremdwesen-Erstkontakt-Szenario in fast jeder Umsetzung: beim Kontakt mit einer fortgeschrittenen interstellaren fremdweltlichen Zivilisation zerfällt die menschliche Gesellschaft. Menschliche Gesellschaft? Scheiße! Die westliche vereinigte kapitalistische Gesellschaft zerfällt. Sie haben eine entsprechende Strategie, ich habe sie gesehen, ich habe es dem Pentagon aus der Nase gezogen: Quarantäne, Kontrolle, Zugang ausschließlich über Regierungs- und Militärkanäle. Das Chaga hat dem einen Strich durch die Rechnung gemacht; es gab keine Außerirdischen – keine Außerirdischen, die sie erkennen konnten. Keine Raumschiffe, nichts landete auf den Stufen des Weißen Hauses, keine grauen Kobolde mit Schlitzaugen und zuckenden Fingern, die den Leuten Klistiere verpassten. Das Chaga war ein fremdes Fremdwesen. Aber jetzt haben sie Fremdwesen, die sie erkennen. Uns.«

»Das ist ein verdammt großes Risiko«, sagte T. P. Costello.

»Komm jetzt, du bist seit sechzehn Jahren in derselben Firma in einem Geschäft, wo man dir die Kehle durchschneidet, nur weil man der Meinung ist, die Farbe deiner Krawatte beißt sich mit Rot. Du wärst nicht hier, wenn dies die Endstation der Karriere von Thomas Pronsias Costello sein würde.«

»Weißt du, jetzt ist mir wieder eingefallen, was es war, das mich an der Zusammenarbeit mit dir immer schon so gestört hat. Faraway, was hast du nur jemals in dieser Frau gesehen?«

Gaby nahm den Zellspeicher an sich.

»Ich kann das Ding gleich wieder mit in den Süden nehmen.«

»Gaby, gib es mir einfach.«

Aber sie zögerte.

»Hier geht es um mehr, als dass T.P. Costello eine Geschichte bekommt, nach der er sich zur Ruhe setzen und die er seinen Feinden in die Ärsche stecken kann.«

»Und vielleicht bin ich hier, weil ich einen Scheißdreck um das alles gebe. Vielleicht bin ich hier, weil mir die Nachricht auf den Schreibtisch geflattert ist und ich den Kontakt aufnehme und feststellen muss, dass ich diese Frau antreffe, die ich seit siebzehn Jahren nicht mehr gesehen habe, die meines Wissen hätte tot sein können, und die mich treffen will. Vielleicht reichte das aus, um herauszufinden, wo sie gewesen ist, was sie gemacht hat, um sie wiederzusehen.«

Gaby drückte T.P. den kleinen Plastikbehälter in die Hand.

»Du redest immer noch einen großen Haufen Scheiße, T.P.«

T.P. brach in bellendes Lachen aus. Sie begaben sich in ein schmerzhaft kitschiges *Tajine*-Restaurant und dann weiter in eine Bar, dann zum Platz der Seelen, um zu sehen, ob die *Sidi*s wieder dort predigten, um sie mit spirituellem Grauen zu erfüllen, dann in einen Club, wo Gaby keines der gespielten Stücke kannte.

»Ein Kind. Herrje. Ich kann mir dich mit einem

Kind nicht vorstellen«, sagte T.P., während Faraway versuchte, ein Club-Mädchen herbeizurufen, um eine Flasche Wein zu bestellen.

»Kind? Sie ist inzwischen siebzehn Jahre alt«, sagte Gaby. »Ganz Östrogen und Angst.« Und Tarnausrüstung und große Gewehre. Und du bist herumgerannt und hast Geschäfte gemacht, Geschichten aufgerissen, Intrigen gesponnen und Pläne geschmiedet und dich in eine fremde Stadt verliebt, und du weißt nicht, ob deine Serena tot ist oder noch lebt, hungrig, schwanger, arm, sich fünf beschissene Männer vom Leib haltend, verliebt, in einem Leichensack, im Bett, in der Hölle. Dies ist das erste Mal seit fünf Tagen, dass du einen Gedanken für sie erübrigst.

»Wie ist sie?«, fragte T.P.

Gaby zog eine Augenbraue hoch. T.P. saugte Luft durch gekräuselte Lippen ein.

»Bestimmt stehen die Männer von hier bis Kapstadt Schlange.«

Danach tanzte sie drei Mal mit ihm, einen schnellen, zwei langsame Tänze. Er fragte Gaby: »Hast du jemals dieses Aktenbündel von Shaw Wayt bekommen?«

Gaby musste auf ihr Hilfsgehirn zurückgreifen, um sich an den Namen zu erinnern. »Shepards Aufzeichnungen«, sagte sie. »Ja, habe ich. Dieses Gerücht, das ich von dir gehört habe.«

»Welches war das?«

»Das, wonach Shepard es in die fünfte Kammer geschafft haben soll. Weißt du, was geschehen ist? Ist er…?«

»Hat er es geschafft?«

»Ja«, sagte sie und dachte: das kannst du nur sagen, weil du ein bisschen betrunken bist und die Band Musik spielt, die ein Echo alter Schmerzen ist.

»Du musst verstehen, das GDO ist das Einzige, das noch mehr tabu ist als ihr Leute. Und sie haben keine viertausend Kilometer Grenze zu verteidigen, nur eine Menge Raum und ein Menge großer Kanonen. Der Ort ist der einundfünfzigste Staat der Union. Was ist es?«

»Die Festung Amerika. Dann hast du also nichts gehört?«

»Ich habe einiges gehört, aber nichts, das ich beweisen könnte.«

»Über Shepard?«

T. P. hatte das vielsagende gallische Achselzucken aus dem europäischen Hauptquartier von SkyNet in Paris übernommen.

»Alles, was du vom Militär bekommst, ist gefriergetrocknete Eiskrem. Du musst zu den Amateursendern gehen; die Astronomie-Gruppen haben in letzter Zeit da draußen viele Schubzündungen bemerkt. Es ist die Rede davon, dass sie sich in Richtung der Raumaffen bewegen.«

»T. P., da wo ich herkomme, nennt man sie nicht so.«

»Verzeihung, wahrscheinlich einige deiner besten Freunde… Aber die Armee ist in Bewegung. Die großen Universitäts-Teleskope können Einzelheiten an der Oberfläche bis auf hundert Meter hinab auflösen. Sie haben Geräte, die die Oberfläche in Planquadrate aufteilen. Außerdem sind den Satellitenbeobachtern Störungen im Orbit von Gaia aufgefallen.«

»Ich dachte, Gaia wäre langst ausgebrannt?«

»Nur die Kameras. Jetzt ist es eine nach dem Prinzip ›Such-die-Maus‹ geleitete Rakete.«

»O je! Warum?«

»SETInet überwacht den Radioverkehr – es gibt nicht viel anderes zu tun, das sie mit ihren PCs und Satellitenschüsseln tun könnten, nachdem wir nun tatsächlich den ersten Kontakt durchgeführt haben. Während der letzten sechs Monate haben die Affen – die Große Himmelsnation, Entschuldigung – hier unten jemanden gefunden, mit dem sie reden können.«

»Jemanden im Süden.«

»Gut geraten. Ja. Eine Einrichtung mit Basis in Madagaskar.«

»Herrje. Die Merina. Wissen die SETI-Leute, wovon sie reden?«

»Sie haben die Codes geknackt – sie sind die Art von Leuten, die so etwas als Hobby betreiben –, aber es hört sich an – so ist mir zu Ohren gekommen – wie der Gesang von Walen.«

Die kleine Band hatte ein anderes Stück begonnen. Gaby sah zu ihrem Tisch hinüber. Faraway nickte und stand auf, um Wein zu bestellen.

»Da ist noch etwas«, sagte T. P. »Es wurde erst kürzlich nach den neuen EU-Richtlinien für die Informationsfreiheit freigegeben. Das GDO ist nicht der Weisheit letzter Schluss in der Raumforschung. Seit die USA es annektiert haben, steht der Rest des Universums für uns kleine Spieler frei. Es gibt einen indischen Satelliten – AUGIE, Azimuthal irgendwie so –, der ein dänisches Experiment durchführt, indem er eine Gravitationswellenkarte des Himmels anfertigt. Ungefähr um die Zeit, als Shepard und die anderen in die fünfte Kammer eintraten, registrierte er eine Gravitations-Anomalie.«

»Nämlich?«

»Ich bin kein Wissenschaftler. Er hat irgendeine Störung aufgezeichnet, eine Gravitations-Kräuselung quer durchs Sonnensystem. Nur für einen Augenblick, für ein paar Tausendstel einer Sekunde. Die Frau, mit der ich gesprochen habe, beschrieb es als Heckwelle eines schnellen Schiffs, nur dass es überall gleichzeitig auftrat.«

»Damit kann ich nichts anfangen.«

»Ich schon.«

»Du wirst mir jetzt erklären, es stamme vom GDO.«

»Ich werde dir erklären, dass es direkt zu Éa führt.«

»Um Himmels willen, T.P!«

»Das ist noch nicht alles. Sie bekommen die Daten jetzt nur wegen der Entfernung und alledem herein, aber es machte eine Wendung bei Éa, als ob das Ding eine Linse wäre, und richtete sich hinaus aus dem Sonnensystem. Schnurgerade wie ein Pfeil.«

»Rho Ophiuchi?«

»Nein«, sagte T. P. »Das hatte man erwartet. Das ist ja das Seltsame. Es zielt in eine vollkommen andere Richtung, in diesen großen leeren Himmelssektor. Keine Sternhaufen, keine Nebulae, nur eine Menge roter Zwerge und etwa siebentausend Lichtjahre weit draußen etwas, das die Akkretionsscheibe eines schwarzen Loches mittlerer Größe sein könnte. Die Sache ist die, Gaby, die Indizien, die sie jetzt bekommen, scheinen darauf hinzudeuten, dass das Gekräusel immer noch simultan stattfindet. Wo immer es hingeht, es kam stets im selben Augenblick an, indem es dort wegging.«

Die Reihe von Stücken endete. Die Tänzer applaudierten. Bevor Faraway mit neuem Wein zurückkam, stellte Gaby die eine Frage, auf die sie eine Antwort brauchte. »T. P., ist Shepard jemals zurückgekommen?«

»Nein«, sagte T. P. Costello, als sie sich alle setzten und Faraway einschenkte.

In dieser Nacht waren die Geister des alten Hauses wach. Ein neuer Wind wehte durch die Bögen und Innenhöfe, der heiße Wind aus dem Süden, aus dem Herzen Afrikas. In dieser Nacht würde niemand schlafen. Faraway folgte Gaby durch die sinnlichen, eleganten Räume ins Bad der Frauen. Er sah zu, bebend vor Verlangen und Unsicherheit, während sie ihre Kleidung abwarf und die Marmorstufen in das dunkle, sanft wogende Wasser hinabstieg. Sie ließ das kühle Wasser ihre Vulva liebkosen, dann sprang sie ins Tiefe. Glimmersprenkel blinkten tief unter ihr, fingen die vom Himmelslicht gehaltenen Monde ein. Sie schwamm zwischen Sternen. Sie tauchte, aber heute Nacht konnte sie sie nicht berühren. Sie schienen aus ihrer Reichweite gewichen zu sein. Sie durchbrach die Oberfläche, warf das Haar zurück, trat Wasser. Faraway zögerte auf der obersten Stufe.

»Komm herein und schwimm mit mir.« Gaby drehte sich auf den Rücken.

»Ich kann nicht schwimmen«, entgegnete Faraway.

»Ich bringe es dir bei.«

Er stand immer noch da. Er sah gequält aus. Er schüttelte den Kopf. Gaby glitt zu ihm. Sie stand auf der untersten Stufe, streckte die Hand zu Faraway aus. Er ging hinunter, ins Wasser, bis ganz hinein. Er stand bis zur Brust darin, steif, ängstlich, während Gaby ihn umschwirrte wie ein Meeresdämon und ihn auszog.

»Gaby.«

»Faraway.«

»Ich habe Angst vor Wasser.«

Sie legte den Finger an die Lippen. Sie stand neben ihm im flachen Wasser. Eine Hand auf seiner Brust, eine unter seinen Schenkeln, sagte sie: *Leg dich zurück.*

»Gaby …«

»Es wird dich tragen. Hab Vertrauen.«

Sein Gesicht sagte, dass er kein Vertrauen hatte, keines haben konnte. Aber er vertraute ihren Händen. Er spannte sich, beinah panisch, während sie die Hand von seiner Brust unter seinen Rücken verlagerte. Ihr Gesicht sagte: *Ruhig. Entspann dich.*

»Arme ausstrecken«, sagte sie. Ihre Arme hielten mühelos das Gewicht des großen Mannes. »Schwebe einfach.« Im Mondlicht sah sie ihn nicht als nackten Mann, der in Kürze ihre Geliebter sein würde, sondern als pure großartige Haut. Sie sagte: »Ich nehme die Arme jetzt weg. Du wirst schwimmen. Hab keine Angst.« Aber er hatte Angst. Sie bemerkte die plötzliche Erkenntnis, das niemand ihn festhielt, in seinem Gesicht. Er spannte sich, geriet in Panik, sank. Gaby tauchte ihm nach, schlang die Arme um ihn, holte ihn an die Luft.

»Du hast losgelassen«, sagte er.

»Entschuldigung«, sagte sie. Der Wind in den Gärten, die Frauen in den Wänden sagten: *Küss ihn*. Sie küsste ihn. Er wurde sofort steif an ihrem Bauch. Im beinahe freien Fall des Wasser schlang sie ihm die Arme um den Hals, die Beine um die Taille. Er zog sie aus dem tiefen Wasser, die Stufen hinauf. Auf der dritten Stufe setzte er sich zurück, Gaby auf ihn drauf. Kleine Wellen schlugen um seine Brust. Gabys Hände drückten seine Hoden. Seine Zunge sprang gegen ihre. Er drang in sie ein. Sie zog sich aus seinem Mund zurück, bog den Rücken, lachte schrill und laut. Die Wände warfen das Echo zurück. Ihr Zeigefinger suchten seinen After. Er versteifte sich noch mehr, als sie ihn hineinsteckte, einen, zwei. Seine Stöße nahmen an Heftigkeit zu. Jetzt habe ich dich, Neger. Finger genau am Zündknopf. Ich kann dich wie ein altes Tonband betätigen. Schneller Vorlauf. Rücklauf. Pause. Abspielen.

Das Spiel der beiden Finger marterte ihn fünfundzwanzig Minuten lang, bis er kam. Gaby verbrachte die letzten zehn Minuten in einem Wirbel mehrfacher Orgasmen. Sie wand sich in dem jetzt erkalteten Becken an ihm hoch, Melodien aus *The Sound of Music* summend, während sie beobachtete, wie Samenfäden durchs dunkle Wasser sanken.

Diese brachten sie auf eine neue, bessere Idee. Die geflochtenen Samtvorhangbänder gaben weiche Fesseln ab, um Faraway über dem Couchtisch aus geschnitztem Holz im Salon anzubinden. Er blickte verkehrt herum auf die geschnitzte maurische Tür und lachte dreckig. Eine Schlaufe der Kordel legte sich um seinen Hodensack. Sein Lachen verwandelte sich in Entsetzen mit weit aufgerissenen Augen, als sie die langen Enden zurück durch die Schlaufe führte, fest zuzog und seine Hoden zu zwei prallen, samthäutigen schwarzen Pflaumen zuschnürte. Gaby setzte sich rittlings auf ihn. Keine Arme, keine Beine, kein Kopf. Der klassische männliche Torso. Sie setzte sich auf seine Brust. Ein Hocker, gepolstert mit feinem schwarzem Leder.

Sie warnte ihn: »Die meisten Männer können das nur zehn Minuten lang aushalten.« Sie wartete, bis sie spürte, wie er gegen seine Fesseln ankämpfte, bevor sie hinzufügte: »Du bekommst eine Stunde.«

Sie machte sich an seinem Schwanz zu Werke. Sie bearbeitete ihn kräftig, sie bearbeitete ihn sanft. Sie bearbeitete ihn schnell, sie bearbeitete ihn langsam. Sie umfasste seine volle Länge mit beiden Händen, sie widmete minutenlange Aufmerksamkeit der Auskleidung des Innengangs. Sie gab ihm den Mund, sie gab ihm die Brustwarzen, sie gab ihm Zunge und Zähne. Sie gab ihm Fingerspitzen, Fingernägel, Haare. Sie führte behutsam ausgewählte Gegenstände hinein. Sie hielt inne, um die Schlaufe um seine Hoden zu straffen, bis sie pochten. Sie trieb ihn an den Rand des Orgasmus, sie hielt ihn zurück, ein Dutzend Mal. Sie ließ ihn kurz vorher in der Schwebe, bereitete ihm eine kaum auszuhaltende Pein. Sein Lachen hatte sich in ein schrilles Wehklagen verwandelt, er plapperte wirres Zeug, gab Gotteslästerungen in fünf Sprachen von sich, drohte Konsequenzen an, falls sie nicht sofort aufhörte, er flehte, gelobte Dienstleistungen jeglicher Art bis in alle Ewigkeit, Amen. Er schrie. Dann herrschte Schweigen. Nach fünfundvierzig Minuten war Faraway in einen veränderten Bewusstseinszustand übergegangen. Nach einer Stunde rieb sie ihn mit der Hand, bis er mit einem Schrei wie ein verletztes Kind kam. Dann band sie seine Hoden und seinen Körper los.

Sie sah sein Gesicht, als er wiederkam, nachdem er sich den Schweiß im Becken abgewaschen hatte. Sie dachte mit einer tiefen, hemmungslosen Erregung *O mein Gott, wird er mir das heimzahlen*?

Er zahlte es ihr immer noch heim, als T.P. Costello hereinplatzte und die Neuigkeit verkündete, dass JTT Nanotechnology Bangalore in der Nacht von den Schwarzen Simbas zerstört worden sei.

»Zieht euch eure verwichsten Klamotten an und lasst uns von hier verschwinden«, befahl T.P.

»Ich habe meine verwichsten Klamotten an«, sagte Gaby, eingehüllt in weiches naturfarbenes Bettleinen.

»Hallo«, sagte Faraway und lächelte dabei den Mann in dem weißen Anzug am Fuße seiner Liegestatt an. »Wie geht's?« Sieben Stunden Sex hatten ihn von seiner Morgenmuffelei geheilt.

Zwei schreckliche Worte durchdrangen Gabys postkoitale Aura.

»Schwarze Simbas?«

Im Garten des Innenhofs machte sie sich ein Bild vom Ausmaß des Schadens. Die Satellitensender folgten den ersten Online-Nachrichten mit Live-Bildern. Für die drei alten Nachrichtenhasen war es wieder wie in den ersten Tagen des Chaga: der Kordon von Soldaten, die verwirrten, verängstigten Evakuierten, die unsicheren Andeutungen von außerirdischen Lebensformen, die in der Industrielandschaft des Indiens des einundzwanzigsten Jahrhunderts laut wurden. Das verseuchte Gebiet hatte sich bei einem Durchmesser von einem Kilometer stabilisiert. Forensische Mannschaften waren hineingegangen. Meridian, AOL News und Microsoft Direct lieferten Einzelheiten: das infizierte Blut, die besitzenden Wohlhabenden. StarEast Satellite hatte ›den Überlebenden‹, eine plumpe, hysterische Frau mit freundlichem Gesicht, blutbedeckt und in eine Foliendecke gewickelt. Paramediziner führten sie zu einem Sanitätswagen.

Gaby trank ihren Frühstückskaffee, sah sich die Berichte über das Blutbad an und ermahnte sich: Tu deine Arbeit. Sei deine Arbeit. Denk darüber nach, wie du noch irgendwas retten kannst. Denk nicht an deine Tochter. Denk nicht daran, was sie getan hat.

»Unsere Vorhaben sind im Arsch«, sagte Faraway. »Aber sie haben Soroti nicht erwähnt. Das ist noch ein Thema, das uns bleibt.«

»Wenn wir die Verbindung herstellen, könnte es so aussehen, als ob wir den Terrorismus entschuldigen wollen«, sagte Gaby. »Sicher erklären wir ihn.«

»Es könnte sich in beide Richtungen auswirken.« T.P. goss frischen Kaffee ein. »Oben im Norden begreift niemand, was sich im Süden abspielt. Sie können nicht unterscheiden zwischen dem Harambee oder El Sur und den Schwarzen Simbas oder den Chaganistas. Ihr seid alle Anarchisten, Terroristen und wahrscheinlich obendrein noch Kommunisten. Andererseits besteht zwischen Washington und Delhi nicht gerade die große Liebe. Nachdem das Gerücht über das große kapitalistische Chinesische Reich nicht dazu geeignet war, jedermann in Angst und Schrecken zu versetzen, ist Indien die neue Bedrohung des Gesichtslosen Asiens. Es wird also eine offizielle Verdammung von Seiten des Weißen Hauses geben, aber sonst nicht allzu viel. Strategisch könnte sich das zu unseren Gunsten auswirken: jetzt Konferenzen, oder als nächstes kommt NanoWeb-Raytheon dran, und alle wachen auf und stellen fest, dass sie nicht mehr in Kansas sind.«

Faraway schritt auf dem Kiesweg auf und ab. Gaby dachte daran, dass seine Kleider noch am Grund des Beckens im Bad der Frauen lagen und die seidenen Vorhangkordeln immer noch an die Tischbeine gebunden waren. Das ist nicht richtig, dachte sie. Nach Sex, an den man sich die nächsten tausend Jahre erinnern wird, solltest du keine derartige Entscheidung treffen müssen, die schwerste Entscheidung deiner Laufbahn, ganz auf dich selbst gestellt. Dr. Dans Mathematiker im Großen Boma haben alle denkbaren Umsetzungen in ihrem umfassenden Modell aufgezeigt, sie könnten dir die Folgen jeder deiner möglichen Handlungsweisen voraussagen, aber du bist blind und taub, du bist in Marrakesch, *incommunicado*.

»Die Umstände zwingen uns, unsere Karte jetzt auszuspielen«, sagte er. »Dies ist nicht die beste Zeit, aber es ist die einzige Zeit. Wenn wir warten, wird unser Feind stärker. Kannst du das machen, T. P.?«

»Ja.«

»Dann los!«

Faraway hätte gern den maurischen Couchtisch gekauft, aber Eigentum der Vereinten Nationen war unverkäuflich und das Holz hätte dem Kontakt mit dem Chaga nicht standgehalten. Im Wagen der UNESCO, auf dem Flughafen, in der R.A.M-Boeing, die über den Schnee des Hohen Atlas stieg, war Gaby ruhig, entrückt. Abgekühlt.

»Ist was mit dir?«, fragte Faraway, der dachte, er könnte etwas damit zu tun haben.

»Nein«, sagte sie, lehnte sich gegen das Fenster, blickte hinaus auf die sanfte goldfarbene Wüste und dachte an Serena.

50

Im Traum hatte der Hund Gottes sie niedergestreckt. Sie lag zwischen seinen mit Stahlkrallen bewehrten Pfoten und sah hinauf in seine sechs schwarzen Augen. Sie konnte nicht weglaufen. Im Traum kann man nie weglaufen. Der Hund öffnete die Mandibeln. Sie schrie auf, als seine lange Zunge herausglitt und sie niederdrückte. Sie hielt sie im Bann, wie eine betörende Chromschlange. Ein Stoß. Sie versuchte zu schreien, aber die Giftnadel hatte ihren Kehlkopf durchbohrt. Es dauerte eine lange, zerstörerische Zeit, bis sie um sich drosch und starb.

Sie erwachte mit einem Schrei. Etwas hatte sie berührt. Sie strampelte sich aus dem Nest von Papier und Lumpen, weg, weg. Der Türrahmen holte sie vollends in die harte Wirklichkeit. Aber jetzt hatte sie das Gewehr. Mit zwei Fäusten schob sie es in Richtung der Berührung.

»He, tut mir leid!« Der junge Mann in der safrangelben Buddhistenkutte hielt die Hände hoch. »Ist ja gut, ist ja gut. Ich wollte nur wissen, ob mit dir alles in Ordnung ist.«

Sie schob sich an dem Türrahmen auf die Füße, wich zurück, ohne die Waffe vom Gesicht des Mannes abzuwenden.

»Ich tu dir nichts, ich dachte nur, vielleicht brauchst du Hilfe.«

Sie drehte sich um. Sie rannte davon, wieder einmal. Sie hatte sich erlaubt zu schlafen. Einen Augenblick der Schwäche, und sie war zusammengebrochen. Das Zeitpflaster an ihrem Handgelenk sagte: fünfzehn Minuten. Ihr Körper sagte: Ren, du musst schlafen. Aber du darfst nicht schlafen. Der Hund Gottes schläft niemals. Schläft niemals, hört niemals auf. Kommt immer wieder und wieder und wieder. Wenn er erst einmal dein Pheromon-Muster hat, wird er nicht eher aufgeben, als bis du tot bist.

Noch drei Runden. Das Ding war gepanzert, es bedurfte vielleicht aller drei Ladungen, um es niederzumachen. Um sich des Tötungserfolges sicher zu sein, musste sie bis zum letzten Augenblick warten, bevor sie feuerte. Wenn das Ding von seinem Todessprung wieder herunterkam. Aber sie war so müde. Sie wusste nicht, ob sie geradeaus schießen konnte. Schlaf- und Nahrungsmangel, Erschöpfung: die Bedürfnisse ihres Körpers fielen ihr in den Rücken. Auf seinen sechs Beinen aus Keramoplast trottend, kannte der Hund Gottes keine derartigen Unvollkommenheiten.

Sie war instinktiv in Richtung Stadt gelaufen. Zweitausend Quadratkilometer, zwölf Millionen Seelen. Große Stadt, deine Stadt, hatte sie wie ein Mantra skandiert, während sie durch das tiefe Chaga zur Straße hin floh. Sie war auf den Highway nach Kirinja gestoßen, hatte den Tarnanzug auf neutral zurückgestellt und einen verzweifelten Daumen vor den vorbeibrummenden Bussen und *Pujos* geschwenkt. Niemand war bereit, ein weißes Mädchen in einem enganliegenden Anzug mitzunehmen, egal mit welchen Kennzeichen. Sie hatte all ihre Kräfte längst erschöpft, als sie zu einer kleinen Moschee am Straßenrand kam. Der konzessionierte Budenbetreiber, der den hungrigen moslemischen Fahrern warmes Essen verkaufte, hatte Ren angestarrt, die über ihre verdrehten Füße stolperte, vor Erschöpfung dem Wahnsinn nahe, sagte jedoch kein Wort, als sie sich die Leiter des kleinen Überlandbusses hochhievte, umgeben von erbaulichen *Suras* in elegantem Arabisch und eingeschmiegt in einen schwarzen Wust aus Thermofaser zwischen Bündeln und Ballen. Nur weil das Geräusch des Motoranlassens sie weckte, stellte sie fest, dass sie geschlafen hatte. Sie spähte zwischen den Bündeln hindurch. Ihre Sinne hatten sie nicht getrogen, die Straße führte bergauf. Der Bus brachte sie in die gewünschte

Richtung. Sie konnte eine zeitlang ausruhen. Zuerst musste sie jedoch noch eine isopathische Verbindung öffnen. Sie wickelte Hände und Füße in die Gepäckschnüre, schloss die Augen.

Als sie sie öffnete, fiel ihr Blick auf eine Faust und ein plötzlicher Ausbruch grellweißen Schmerzes packte sie. Die Verbindung wäre beinahe abgerissen. Während sich ihr geborgter Körper herumrollte, erhaschte sie einen Blick auf eine purpurgekleidete große Gestalt über ihr, sie sah den Schwung eines Stiefels, spürte einen krachenden Aufprall. Auf dem Dach von Gottes Bus schrie Ren laut auf. In dem muschelförmigen Raum kauerte NDR an der Wand, die Hände vor dem Gesicht, die Arme vor den Brüsten und dem Bauch.

»Nicht schlagen, bitte, nicht schlagen!«

Bamileke zog seine Faust zurück und versetzte ihr beiläufig einen Schlag mit dem Handrücken. Ren zuckte zusammen. NDRs Kreischen ging in ein gedämpftes Schluchzen über.

»Sie war dir anvertraut, verstehst du? Deiner Verantwortung!«

Wieder ein Schlag. NDR streckte eine Hand aus, um Einhalt flehend.

»Die weiße Hure hat auf mich geschossen.« Bamileke trat sie zweimal mit dem Fuß.

»Es tut mir leid. Es tut mir leid.«

»Sie hat versucht, mich zu bescheißen. Niemand bescheißt mich. Kapiert?« Er zerrte NDR auf die Beine. Sie hielt sich die Hände vors Gesicht. Sie wusste, dass er sie wieder schlagen würde und dass das nicht aufhören würde, bis sie ihm sagte, was er von ihr hören wollte.

»Jemand muss hier sterben. Kapiert?«

Er ließ sie fallen. NDR kroch über den Boden, spuckend und würgend.

»Kapiert?«, brüllte Bamileke.

»Ja!«, kreischte sie den Mann an. »Ja, ich habe kapiert. Gib mir den Hund und ich bringe dir ihren Kopf.«

Die Verbindung brach ab. Rens Kraft war weg. Eingewoben wie eine Fliege in einem Netz von Gepäckschnüren islamischer Damen, war sie in Bewusstlosigkeit gefallen. Sie erwachte voller Entsetzen, klebrig von Sabber, mit schmerzenden Armen und Beinen und tauben Händen und Füßen. Der Kopf tat ihr weh. Sie hatte das dringende Verlangen zu pinkeln, war jedoch noch nie so durstig gewesen. Dunkel: Nacht? Das Zeitpflaster sagte, dass sie drei Stunden lang geschlafen hatte. Ren löste sich aus dem Netz und schob sich durch das schwere Gepäck. Nacht: Lichter. Lichter der Stadt? Dann war sie unter einem großen gewölbten Dach aus Elfenbeinrippen, und wieder ins Licht, und Lärm, und ein großer freier Raum. Menschen, Motoren, schwankende Fahrzeugscheinwerfer. Der *Pujo*-Bahnhof von Kinjaga. Sie war zu Hause. Ihre Stadt würde sie beschützen. Während der Bus durch die Schlaglöcher der Station holperte, kletterte Ren die Leiter hinunter. Sie sprang zu Boden, verschmolz mit der Menge. Sie fand ein nicht von Wandalen verunstaltetes *Choo*, gönnte sich ein luxuriöses Pinkeln und schluckte zwei Mund voll Wasser aus dem Wasserhahn, der in drei Sprachen warnte, dass dies kein Trinkwasser sei. Sie rieb sich getrocknete gelbe Schlafkrümel aus den Augen und angebackene Spucke aus dem Gesicht. Sie leerte ihre Tasche und zog abgeschnittene Jeans und ein Oberteil aus falschem Pelz über ihre Tarnhaut. Sie prüfte die Waffe. Sie hatte ein halbes Magazin für das Schwein Bamileke vergeudet.

Der Spiegel war strahlenförmig in Scherben zerbrochen. Ren betrachtete ihr zerschmettertes Abbild. Sie bewegte den Kopf, bis das Epizentrum der Scherben auf dem rechten Auge lag. Sie forderte sich selbst heraus: Weißt du überhaupt noch, wer du bist? Wenn du mit der Faust in das Loch über deinem Auge schlägst und alle Stücke auf den von Pisse schwimmenden Boden herausfallen, wohin wirst du sie zurücktun?

Du warst dir so sicher, so vollkommen sicher, in jener Nacht des Sturms über dem Haus von Fat Tuesday.

Sie sah an dem Gesicht im Spiegel vorbei. Fullerene riefen zu Fullerenen. Sie öffnete Nach-Dem-Regens Augen. Wände, die sie kannte, ein Bett, das ihren Abdruck trug, eine Uhr, die ihre Zeit festhielt, ein Magazin, das sie vergeudete. Sie war wieder in ihrem Zimmer in Mururi.

So schnell: wie das? Zu schnell. Der islamische Bus, eine alte Muttersau, die zum Markt trödelte.

Da war noch etwas in ihrem Zimmer. Etwas Schnüffelndes, Klickendes. Eine Bewegung zwischen Bett und Wand. Als NDR das Schlafzimmer verließ, erhaschte sie einen Blick auf einen leuchtenden, hundgroßen Gegenstand, der an ihrem Körperabdruck auf dem Bett schnupperte. In die Küche. Ein klackendes Tappen hinter ihr. Ren ballte aus Wut und Enttäuschung die Hand zur Faust, weil sie nicht in der Lage war, NDRs Kopf zu drehen, um festzustellen, was das war. Stapelweise dreckiges Geschirr, festgeklebte Essensreste. Sie verscheuchte Fliegen von einem Löffel, der in einem Hügel von *Irio* steckte. Sie kniete sich nieder und bot den Löffel dem Ding dar, das hinter ihr klickte.

Der Hund trottete auf winzigen Nadelzehen heran. Das ganze Wesen war nur Nadeln und Klingen: sechs federnde Insektenbeine, ein leuchtendes, dornenbewehrtes Rückenschild in schillerndem Purpur, ein scharfgeschnittener Kopf, der eingebettete Reihen von

Mandibeln entfaltete, um den Geschmack von Ren aufzulecken. Federwedelantennen streiften die Löffelkuhle, um ihren Geruch aufzunehmen. NDR stellte den Teller mit verfaulendem Müll vor den Hund. Er kauerte sich auf die spindeldürren Hinterbeine, scharrte mit seinem emsigen, ach so emsigen Maul in dem verwesenden, von Fliegen umschwirrten Dreck. Mit Treibstoff versehen, zog er sich hoch, drehte sich um und machte sich auf die Jagd nach Ren.

Er jagte gemächlich, gleichmäßig, in einem leichten Trott. Er jagte mit insektengleicher Unausweichlichkeit, erschnupperte mit seinen Antennen die Nacht nach Ren-Moschus, zu ihr hingezogen vom blinden Magnetismus einer Mondmotte. Durch NDR beobachtete sie, wie er zielstrebig seinen Weg die Treppe des Großen Hauses hinunter nahm und in den dunklen Gassen von Mururi verschwand.

Und sie hatte sich dabei ertappt, wie sie ihr zerbrochenes Abbild in der Toilette eines Busbahnhofs betrachtete. Und sie rannte, den Hund Gottes, ohne Rast und ohne Hast, lautlos wie Licht, auf den Fersen. Wohin rannte sie? Sie konnte es leicht bis zu Okyas Haus schaffen. Sie konnte das Ding in einen Hinterhalt locken, es töten, ihm den geschnäbelten Schädel abreißen. Aber dort gab es keine Hilfe mehr. Sie würde sich dem Hund allein gegenübersehen, in dem dunklen, kalten, verschlossenen Haus.

Gaby. Sie hat Freunde, Quellen, sie hat die Macht des Harambee hinter sich. Sie würde wissen, was zu tun ist. Sie ist deine Mutter. Aber wenn sie es nicht tut? Der Hund würde alles zerfleischen, was zwischen ihn und seine Beute geriete. Mombis Speerfrau. Faraway. Deine Mutter. Es gab keinen Ort, an den du fliehen könnest, Psy-Kriegerin, aber dir bleibt nichts anderes übrig, als zu fliehen. Und deine Kräfte versagen allmählich und dein Wille wird schwächer und der schwarze Schlaf erscheint dir wie eine Wonne. Man sagt, die reinste Liebe ist die Liebe zwischen dem Gejagten und der Klinge.

Sie ertappte sich, wie sie im Stehen schlief. So kannst du nicht weitermachen. Vielleicht bietet sich eine Mitfahrgelegenheit, vielleicht kann ich von hier wegkommen, weit und schnell. Sie stolperte, sie schwankte, sie brüllte und fluchte, aber der Verkehr auf dem Uhuru-Highway heulte vorbei. Dann in die Höhe. Vielleicht können diese winzigen Nadelfüße nicht klettern und ich verbringe den Rest meines Lebens auf Dächern und in Baumwipfeln.

Wo bin ich? Ein offener Raum unter Sternen, durchkreuzt von Trampelpfaden, schlammig nach Regenfällen. Hinter ihr das Dröhnen des großen orbitalen Highway. Vor ihr eine tiefere Dunkelheit; eine Wand aus Vegetation, keine Lichter, keine Merkmale. Zu ihrer Linken strahlten Biolichthaufen die gerippten Decken von Heimprozessoren von unten an. Der eine oder andere kleine Volksstamm. Zu ihrer Rechten strahlten der Straßenlichter die hohen Zylinder und Silos eines Manufaktur-Stammes an. Ein Ort, der sich so gut wie jeder andere zur Austragung des Endspiels eignete. Vier schnelle, tiefe Atemzüge, kalte Gebirgsluft einsaugend; Ren trabte in Richtung der Fabriklichter. Und lag mit dem Gesicht nach unten am Boden, zu verdutzt, um auch nur fluchen zu können. Ein Eichhörnchenloch, weggeworfener Müll; zu dunkel, um etwas zu sehen. Doch in der Stille, dort wo ihr nächster Schritt hätte sein sollen, hörte sie ein winziges, feines Klicken. Nadelbeine; ein gleichmäßiges Klappern wie beim Stricken.

Sie war wieder auf den Beinen, trieb sich unter Fluchen weiter zu den Lichtern der großen Prozessortürme. Ein Blick nach hinten. Sie sah, was sie erwartete zu sehen. Dunkelheit. Man sah es nicht bis zuletzt, wenn es aus dem Todessprung landet und sich einem die Nadeln in die Kehle bohren.

Eine perspektivische Täuschung. Die Lichter waren näher, die Türme kleiner, als sie gedacht hatte. Was sie für eine voll ausgewachsene molekulartechnische Fabrikanlage gehalten hatte, war eine Bezirks-Nanofabrik. Die Prozessorsäulen ragten dreimal so hoch auf wie die Anlage selbst. Eine gute Deckung in dem verbindenden Netz von Adern und Strängen. Du musst jetzt Gebrauch davon machen. Wenn du noch einen Kilometer rennst, wirst du zu schwach sein, um geradeaus zu schießen.

Sie wählte eine starke Verteidigungsposition zwischen vier großen Versorgungsrohren. Sie hatte eine Fluchtmöglichkeit nach hinten. Sie zog Oksanas großes Gewehr heraus und prüfte den Mechanismus. Sie drückte es sich an die Wange und lauschte auf das Gluckern der Flüssigkeit durch die Vorschubrohre und den Verkehr auf dem orbitalen Highway und die Radios und Fernseher aus den Häusern der Nanoarbeiter und auf ihren eigenen Atem.

Klick.

Sie war für einen Augenblick weggedöst. Nichts zu sehen da draußen auf dem von Flutlicht erhellten Lehm. Also dann, wo war es?

Klick klick.

Ren blickte nach oben. Keramoplast-Mandibeln entfalteten sich vor ihrem Gesicht. Sie tauchte nach vorn, als die Giftzunge hervorschoss. Sie rollte sich herum und feuerte, bis die leere Kammer ebenso abgehackt und endgültig klickte wie die Gliedmaßen des Hundes.

Sie stand auf, keuchend, und richtete die Waffe auf die leckenden Rohre und durchlöcherten Adern.

Ein Glitzern von Bewegung in den Fabrikfluten. Der Hund Gottes fiel auf den glattgestampften Lehm, ein straffer Ball von Beinen und Chitin. Klick. Er sprang auf wie eine Falle, auf federnden Zehen wippend.

Ren rannte. Hoch hinauf. Dir bleibt nichts anderes übrig, als in die Höhe zu fliehen und zu hoffen, dass du dieses verdammte Ding zu Boden schlagen und etwas Schweres darauf fallen lassen kannst. Es ist langsam, du kannst es schlagen. Sie griff nach dem Gewirr von Leitungen, tastete nach Haltegriffen.

Etwas schlug ihr mit Wucht gegen die Nieren. Sie fiel in sich zusammen wie eine Spinne.

»Das ist für beschissene Meeresfrüchte-Kanone«, sagte eine Frauenstimme. Ren rollte sich auf den Rücken. Sie musste tot sein, denn über ihr stand eine kahlköpfige Frau, in glattes Leder gekleidet, die mit beiden Händen einen Diamantenspeer hielt. Engel des Assagai. Hinter ihr, mit seinem unerbittlichen springenden Trott sich über den nassen Lehm nähernd, der Hund Gottes. Nicht tot. Noch nicht.

»Cletho hatte drei Tage lang saumäßige Kopfschmerzen«, sagte die Frau, wobei sie den Speerschaft auf Rens Brustbein stützte.

Der Hund, hätte Ren sagen sollen, wie sie sehr wohl wusste. *Der Hund kommt, um dich zu töten*.

Die Speerfrau bemerkte die Richtung von Rens Blick.

»Ach, das.«

Die Bewegung war so schnell, dass Ren nur sehen konnte, es war eine Frau, als sie sich vor dem Hund Gottes niederkauerte, die Hände zum Kampf gespreizt. Sie war bekleidet mit einer Gummihose und einer Gummijacke, bedeckt mit weichen Gummidornen. Der Hund kauerte sich auf die Hinterbacken, streckte die Zunge heraus, pumpte Kraft in seine Sprungmaschinen. Er sprang. Die Frau war tot. Nur dass die Frau unter seinem Sprung hervortanzte und, während er noch in der Luft war, seine Hinterbeine verdrehte und ihn auf den Rücken warf. Bevor der Hund sich wieder aufrichten konnte, hatte die Gummifrau mit überwältigender Schnelligkeit einen Satz gemacht und seinen linken Hinterfuß zu einem spastisch zuckenden Stecken verdreht. Zitternd hüpfte der Hund, richtete sich auf, hüpfte erneut und zielte mit der Nadel auf die Stirn der Frau. Sie war nicht da. Sie rollte sich unter der Nadel hindurch und schlug den Jäger mit einem *Savate*-Fußtritt drei Meter weit weg. Er landete auf einem gespannten Plasmafleisch-Muskel und sprang sofort. Seine Schnelligkeit traf die Frau unvorbereitet. Sie rollte sich um knappste Gummibreite unter seinem Todessprung weg.

»L'Oriente, sie schnell«, sagte die Speerfrau.

L'Oriente, sie sehr schnell. Der Hund griff erneut an, sie sprang hoch und brachte ihren Stiefel auf die Mitte seines Rückenschilds herunter. Der Hund stieß einen kleinen schrillen Schrei aus und schlitterte weg, gelbe Jauche vertröpfelnd. Nanoreparatursysteme übernahmen die Heilung, während er schnell – sehr schnell – L'Oriente umkreiste. Ein klingenbewehrter Zeh zuckte vor und riss einen Schlitz in das Rückenteil ihrer Jacke. Die Frau glitt unter seinen Mandibeln hervor, während er die Spitze seines Giftzahns in ihren Schatten grub. In einem Wirbel von Bewegung brachte sie Abstand zwischen das Ding und sich. Sie schüttelte die Jacke ab und betrachtete angewidert den Riss von der Schulter bis zur Hüfte.

»Jetzt hast du mich wütend gemacht.«

Der Hund kreiste und schoss vor. Nicht langsam, nicht gleichmäßig, nicht mit unermüdlicher Kraft. Er kam wie eine Rakete, wie ein Jagdhubschrauber, zielfixiert. Er war jetzt vom Killerwahn besessen.

L'Oriente stand reglos da.

»Cletho.«

Mit einer geschmeidigen Bewegung schleuderte die

Lederfrau den Speer auf L'Oriente. Vom Kopf zum Herzen. Sie war sich ihres Ziels sicher Er würde die Frau durchbohren wie einen ausgenommenen Tilapia.

»Nein!«, brüllte Ren.

Es war zu schnell und zu schön, um möglich zu sein. Innerhalb eines Flackerns war L'Oriente dort, wo der Speer nicht war. Ihr Arm bewegte sich in einem Lichtwirbel. Sie fing den Speer im Flug auf, drehte sich blitzschnell um sich selbst und fiel auf den Lehm. Aber der Hund hatte zum Sprung angesetzt. Der Hund kam herunter, mit tropfender Giftzunge. Und die Spitze des Diamantenspeers reckte sich ihm entgegen.

L'Oriente kniete in der klassischen Masai-Haltung, in der Löwentöter-Stellung. Durchdrungen von seiner eigenen Mordgier, schlug und trat der Hund mit allen vieren auf Nanodiamant. Er starb nicht sauber. Er klammerte sich mit seinen Nadelzehen an den Speerschaft und versuchte, sich daran hochzuziehen, schmierig von seiner eigenen Jauche, um einen letzten Schlag gegen seine Mörderin zu führen.

L'Oriente drehte den Speer um, stieß den Kopf tiefer in den Lehm. Der Insektenkopf ruckte und pickte, als sie seine Jagdantenne packte und ihm die Stöpselaugen herauszog. Ihre Hände waren zu schnell. Sie drehte ihm die Beine ab. Das Ding klammerte sich verbissen an sein künstliches, tobendes Leben. L'Oriente drehte den ausgefransten Kopf ab. Jetzt brach Erschöpfung über Ren herein. Zwischen Wogen aus Schwärze sah sie, wie L'Oriente den Speer aus dem Rückenschild zog, dann erhaschte sie einen halluzinatorischen Blick auf eine hübsch polierte Limousine auf dem glänzenden nassen Lehm. Die Stretch-Limousine Gottes, dachte sie. Fetisch-Engel, die gekommen sind, um mich heimzuholen.

»Mombi?«, fragte sie, eingekuschelt in das Polster, so glatt und warm wie lebendige Haut, während

Stadtlichter verschwommen an den Fenstern vorbeiglitten.

»Ach, du bist wieder bei uns«, sagte die Speerfrau – Cletho, Gabys Leibwächterin, wie sich Ren erinnerte –, wobei sie sich gedankenverloren über den verfilzten falschen Pelz strich.

»Lexus«, sagte Ren, und dann: »Gabys?«

»Hör sich einer die Kleine an, was?«, sagte Cletho. »Diese weißen Missgeburten haben keinerlei Hochachtung, nennen ihre Mütter beim Vornamen. Ich und ichs Mutter hätten ichs Arsch versohlt für solche Vertrautheit, *M-zungu.*«

»Deine Mutter hat für arabische Pornos an Schweinepenissen gelutscht«, sagte L'Oriente, die am Steuer saß. Ren starrte zu den Klima-Paneelen an der Decke hinauf. Der Wagen war sehr groß und leise und sie hörte Geräusche von außen hereindringen, die sie kannte. Große Motoren von Fächerfliegern.

»Nyerere.«

»Sie besteht nur aus Namen, die da«, sagte Cletho. »Ja, Schwester, du unternimmst eine kleine außerplanmäßige Reise, für die du keine Papiere brauchst, die dich nichts kostet.«

Ren zwang sich, sich aufzurichten. Ein lautes Dröhnen und ein grellweißer Schein huschten über den Lexus. Sie duckte sich, voller Angst vor den Dingen am Himmel: eine schwere Transportmaschine mit den Hoheitszeichen von Groß-Simbabwe donnerte jenseits der Umgrenzungslinie herunter.

»Wo, was?«

»Also, Mombi hat wenig übrig für deine früheren Arbeitgeber«, erklärte Cletho, »aber wiederum nicht so wenig, dass sie ihre besten Kräfte aufs Spiel setzten würde, wenn nicht ein Gewinn für Mombi drinsteckt. Du und deinesgleichen, ihr habt neuerdings einen beträchtlichen Marktwert gewonnen.«

»Isopathen?«

»Kluges Mädchen. Cletho wusste, dass sie dich nicht hart genug rangenommen hat.«

L'Oriente kicherte.

»Negerin, du hältst den Mund«, sagte Cletho. »Wegen ichs Großzügigkeit bist von der Nadel von diesem Scheißhund.«

»Wer will sonst noch Isopathen?«

»Zufällig wirst du das bald herausfinden.«

Der Lexus bog auf einen freien Platz ein. Cletho zog ihren Speer aus dem Fußraum und nahm Wachhaltung ein, den Fuß in die Kniekehle gelegt. Ren zitterte, schob die Hände in die Achselhöhlen, hüpfte auf und ab. Es war kalt am Kirinjaga.

»Da kommt er«, sagte L'Oriente.

Ein Lichtbündel löste sich vom Schein der Stadtlichter von Kirinja. Ein Kippflügler schwenkte tief und schnell heran, drehte seine Rotorblätter in senkrechte Position. Der starke Abwind blies Rens falschen Pelz stromlinienförmig flach. Sie blinzelte durch heiße Luft und aufgewirbelten Sand. Cletho behielt ihre Haltung unveränderlich bei.

Das Motorheulen verebbte. Der Kippflügler ließ sich auf Auslegerbeinen nieder. Rumpfleuchten gingen an. Nase und Tragflächen trugen die Grüne Hand, das Zeichen der iMerina.

51

Sieben Happen marokkanischer *Kif* waren der Köder in der Falle. Sieben Mikrogramm eines psychotropen Mittels ließen sie zuschnappen. Gaby machte einen großen Schritt über die schnurrende Cletho, die auf dem Rücken auf dem Teppich vor dem Feuer lag und mit den Fingern zur Decke hin wackelte.

»Das wird dich lehren, in den diplomatische Hort einzufallen.«

Der Designer hatte einen fünfstündigen schuldfreien Urlaubstrip durch den inneren Raum versprochen. Jede Menge Zeit. Gaby steckte die Harambee-Waffe PPP in den Griffhaut-Holster an der Innenseite ihres Straßenmantels. Das Taxi hupte erneut. Das Haus sicherte sich.

Mandy der Scheißer war der Besorgnis so nahe, wie es seine Neurochemie erlaubte.

»Gaby, das ist eine Torheit höchsten Grades.«

»Ich muss es wissen.«

»Ihr befindet euch immer noch im Krieg.«

»Es geht um meine Tochter.«

»Ich kenne mich nicht aus mit diesem Elternkram«, sagte Mandy der Scheißer, während er den Zettel mit der draufgekritzelten Adresse über den Mittelholm schob.

Das Taxi brachte sie so weit in die Nähe des Ziels, das auf dem Zettel stand, wie es der Fahrer wagte. Von seinen Gefühlen hallte Mandé wider.

»Es ist etwas Persönliches«, sagte Gaby. Sie bat ihn zu warten. Er bat sie, im Voraus zu bezahlen.

Natürlich haben Guerilla-Armeen ihre Hauptquartiere im ersten Stock über einem Spielclub. Die Männer auf der Straße pfiffen und brüllten der unbegleiteten weißen Frau hinterher. *He, Süße, komm doch hier rüber, was machste denn so ganz allein in einer Nacht wie dieser?* Schon der angedeutete Griff zu dem festgezogenen Holster reichte als Warnung. *Okay, okay, war nicht so gemeint, Madam.*

Der Hinterhof war dunkel und stank nach Hundepisse. Ihre Augen passten sich an die Nacht an: Holzpferche, stumpfäugige Hündinnen, hochträchtig, an Abfall schnuppernd. Eine Treppe.

»Hallo, Mädchen.«

Die Laufmündung an der Seite ihres Halses gehörte zu einer schwerkalibrigen Handfeuerwaffe. Die Stimme gehörte zu einem kurzen, zahnigen Halbwüchsigen mit dem changierenden Moirémuster einer Nachtsichtbrille vor den Augen. Sein Lächeln wurde breiter, als er ihr die PPP aus dem Holster entwand. Er erkannte eine Harambee-Waffe.

»Wolltest du die etwa bei mir anwenden?«, fragte er, während er die Splitter-Munition herausschüttelte. »Du wolltest mich wie eine Bombe hochgehen lassen, was?« Er schraubte die Mündung in die weichen Nervenstränge unter Gabys Ohr. Sie sah es seinen Zähnen an und roch es in seinem Atem, dass er wirklich, wirklich ganz scharf darauf war zu sehen, wie die Geschosse ihr den Schädel zerfetzten und seine Nachtsichtbrille damit besprenkelten.

»Rose!«, brüllte Gaby.

»Du bist jetzt still!«

»Rose! Gaby McAslan! Block Zwölf. Du bist mir noch etwas schuldig!«

Sie spürte, wie der Hahn an der Waffe sich spannte.

»Lass sie los!« Eine Frauenstimme, eine Gestalt, dunkler vor dunkel, auf der obersten Treppenstufe. Die Waffe senkte sich. »Du hast Glück, Gaby McAslan. Ich zahle meine Schulden zurück.«

Hunde umgaben Madam General Rose. Sie räkelten sich unter ihrem Schreibtisch und um ihren Stuhl herum, sie legten ihr die schlanken Köpfe in den Schoß, sie drängten sich an sie und buhlten um die willkürliche Aufmerksamkeit ihrer Hände. Es waren nicht die Chaga-Hunde, die sie einst gezüchtet hatte und die Überfalltrupps an den Vereinten Nationen und der Kenianischen Armee vorbei führten, um die Früchte der verbotenen Zonen zu ernten. Rose und ein solcher Hund hatten Gaby und Jake Aarons auf der halluzinatorischen Reise ins Kilimandscharo-Chaga geführt, auf jene Reise, die in Block Zwölf geendet hatte. Die Soldaten hatten den Hund damals erschossen. Die Erinnerung an den südafrikanischen Offizier kam klar und scharf über die vergangenen zwanzig Jahre herüber; Gewehr, Schädel, Detonation. Diese Hunde würden das nicht mit sich machen lassen. Das hier waren Kampfhunde, quasi-organische Schlachtsysteme, von Technik durchsetzt wie von Krebsgeschwüren. Eine Wiedererkennungs-Ausrüstung machte sie zu gnadenlosen Jägern. Ein-Schuss-Laser waren in die Stirnwülste eingesetzt, unter kurzem kupferfarbenem Fell eingebettet. *Plastique*-Organe in ihren Bäuchen machten sie zu lauernden Zeitbomben.

»Sie ist unter Beschuss desertiert. Das ist ein Kapitalverbrechen.« Der Hund bewegte den Kopf. Rose tätschelte seine weichen Backen. Leuchtende Narben zeugten von der lange zurückliegenden Amputation des kleinen Fingers jeder Hand durch Mombis Vollstrecker. Mit den Amputationen war beabsichtigt gewesen, Rose Gehorsam beizubringen. Aber du bist ihnen entwischt, dachte Gaby. Du bist zu den Schwarzen Simbas desertiert.

»JTT wurde zerstört, es ist also gleichgültig, dass Ren die Sache nicht zu Ende geführt hat.«

»Die Aktion ist bereits durchgeführt.«

Ein Stich im Herzen, Eis im Rückgrat; die Augen der Hunde waren ganz Blei.

»Was soll das heißen, was ist los?«

»Der Hund ist los.« Rose bemerkte, dass Gaby die Kriegshunde ansah. »Nein. Nicht die. Gaby, ich bin dir etwas schuldig, aber ich kann dir nicht helfen. Sie war Soldatin, unterlag dem Gesetz. Sie hat ihre Leute betrogen.«

»Sie ist meine Tochter.«

Rose verließ den Raum. Die Hunde tapsten hinterher.

Auf dem Weg aus dem Raum zum Hof, zum Taxi war ihr elend, flau, dumpf zumute. Die Stadt und die Nacht gaben ihr nichts außer ihrem eigenen Spiegelbild im Fenster; eine eingehende Studie ihrer verborgensten Ängste: die Mutter, die versagt hatte, die es nicht geschafft hatte, ihr Kind zu beschützen. Vor einer halben Lebensspanne hast du sie zu einer Gebetsstätte gebracht und sie Afrika angeboten, als ob es dir zurückgeben würde, was es dir genommen hatte. Afrika, Kontinent von Zeit und Grausamkeit, hat dich erhört und jetzt ist sie gefallen, zerbrochen, aus den Gezeiten herausgespült. Du wolltest *es*, du wolltest niemals sie. Wurde dein Wunsch erfüllt?

Irgendwo auf einem anderen Planeten fluchte der Fahrer und schlug auf die Hupe, verfangen in einem Verkehrsgewirr. Plötzlich machte das Taxi einen Satz, als ob ein schwerer Gegenstand auf seine Motorhaube gefallen wäre. Und so war es auch: mit gespreizten Beinen stand auf dem speziallackierten Cha-Plastik, die Speerspitze durch die Windschutzscheibe auf den vor Schreck gelähmten Fahrer gerichtet – Cletho.

»Hör zu, du fährst nicht zu diesen Simbas. Die Scheißer erschießen dich sofort, wenn sie dich sehen«, schrie sie. »Wenn du wissen willst, was mit deiner Tochter ist, dann komm zu Cletho, okay?« Sie sprang herunter und stieg neben Gaby ein. Der Fahrer wollte keinen Diamantenspeer so nah an seiner Anatomie, also schob er dessen Spitze zum Fenster hinaus, sodass diese für die Leute auf der Straße eine beträchtliche Gefahr darstellte.

»Du unterschätzt mich immer wieder«, sagte Cletho. »Du glaubst, Mombi schickt ihre beste Leibwächterin ohne Eins-A-Blutschrubber aus? Frau, ich war weg vom Boden, sobald du die Haustür zugemacht hast.«

»Cletho, in diesem Moment bist du *so* wichtig für mich.«

»Siehst du? Da haben wir es wieder, du hast keine Hochachtung. Wenn jetzt Cletho sagen würde, mach dir keine Sorgen, bleib cool, sie weiß wo deine Tochter ist, dann hättest du Hochachtung.«

Da war diese Dumpfheit wieder, aber eine andere Dumpfheit: atemlos, weiß, sich drehend.

»Serena? Herrje, du weißt, wo sie ist? Geht es ihr gut?«

»Keine Fragen. Andauernd stellst du nur Fragen, warum ist das so, was soll das heißen, wie, wo? Hör Cletho zu. Ren ist in Sicherheit. Cletho sollte es wissen. Cletho und L'Oiente haben ihren Arsch vor dem Simba-Hund gerettet.«

»Bring mich zu ihr.«

»Das ist schwierig.«

»Warum? Wo ist sie?«

»Madagaskar.«

Im ersten Augenblick klang das so unwirklich wie Xanadu und Shangri-la.

»Die Merina? Warum?«

»Diese Fragen... Okay. Denk dran, Cletho steht in einem strengen Vertrag, wenn Mombi je dahinterkommt, geht deine Leibwächterin in frühzeitigen Ruhestand.« Cletho beugte sich zum Fahrer und leckte ihn am Ohr. Er erschauderte. »Okay. Er weiß, dass ich weiß, wo er wohnt. Diese Merina, die wollen Talente.«

»Isopathen.«

»Ja, aber nicht einfach Isopathen. Sie suchen auch Vorausseher und Raumfahrer.«

»Was sollten die Merina mit Raumfahrern anfangen?«

»Was fangen andere mit Raumfahrern an?«

»Sie in den Raum schicken?«

Clethos mögliche Antwort wurde von einem Wortschwall auf der Straße weggetrieben. Eine Frau in islamischer Kleidung war von Clethos Speer geritzt worden. Sie schlug die Arme um sich und rief den Zorn Gottes auf die Gottlosen herab.

Du kennst dich überhaupt nicht aus, dachte Gaby. Es bedarf eines Außenseiters, um dich aufzuklären. Der Gott Afrikas ist grausam und gewiss kapriziös, aber er kennt seine Leute in diesem großen Land zu gut, um zornig auf sie zu sein.

52

Die Welt dreht sich.

In der Online-Ausgabe des Jahres 2032 des Bartholomäus-Atlas hat der Globus eine nördliche Halbkugel, aber keine südliche Halbkugel.

Im europäischen Hauptquartier von SkyNet werden am Dienstschreibtisch fünftausend Anrufe infolge eines Berichtes über das Massaker von Soroti gezählt.

In Madison, Wisconsin, ärgert Mrs. Rosemary Blaney ihre sonntäglichen Mittagessensgäste, indem sie sie fragt, ob sie im Nachrichtensender diese Sache über Afrika gesehen hätten.

In London verteidigt T.P. Costello die Berichterstattungs-Politik seines Senders in einer Live-Fragestunde gegen einen feindlich gestimmten Interviewer und ein ebensolches Publikum.

In San Bernardino findet Kayley Holmes, ein Ingenieurstudent, den Suchschlüssel für ›Süd+Chaga‹ und bringt allein in Los Angeles und Umgebung fünfzig Nachrichtengruppen aufs Tapet.

In Kansas City bereitet NanoWeb-Raytheon eine Verleumdungsklage gegen SkyNet News vor.

In Paris demonstrieren Sorbonne-Studenten vor der amerikanischen Botschaft mit Spruchbändern, auf denen steht: *Guerre Bas: Finez!* Einsatzkräfte der Sonderpolizei lösen die Demonstration auf.

In einem muschelförmigen Haus an den Hängen des Kirinjaga entdeckt Gaby McAslan Lust und Lügen. Der Sex war gewaltig. Die Lügen waren größer. Sie würde jeden Laut erzeugen, jede Gotteslästerung von sich geben, jede Schweinerei machen, die Faraway vorschlüge, außer ihm zu erzählen, dass ihre Tochter mit den Schwarzen Simbas in Bangalore gekämpft hatte und sich jetzt bei den Merina für ein höhergradiges, anspruchsvolleres Schlachtfeld ausbilden lässt.

Eines Tages wird mich das einholen, dachte sie. Und wenn es kommt, dann wird es sich zu einem Moloch ausgewachsen haben, der mich überrollen wird und unter dem ich zu Grunde gehen werde. Ich treibe Handel in Sachen Zerstörung: meiner eigenen Zukunft oder meiner Arbeit jetzt. Es ist keine so schwere Entscheidung. Ich bin schon einmal zerstört worden. Ich weiß, wie es da unten ist.

Sie drehte sich unter Faraways Händen auf den Rücken. Der Planet drehte sich weiter.

Innerhalb einer Woche sind fünfhundert Spiegelanlagen mit dem vollständigen SkyNet-Bericht über das Massaker von Soroti geladen. Die Kriegstruhe von NanoWeb-Raytheon ist bodenlos, aber mit jeder gerichtlichen Verfügung, die sie erwirken, um eine Spiegelanlage zu schließen, sprießen drei neue aus dem Boden. Ihr Aktienwert ist um vierzig Punkte gefallen. Die nordamerikanischen Medien schlagen zurück, indem sie den Angriff auf Bangalore zum Hauptthema machen. *Village Voice* berichtet über eine Zunahme der Mitgliedsanträge bei Süd-Sympathisanten-Gruppen um zweihundert Prozent. In Kansas City, Chicago, Akron, St. Louis und Indianapolis finden Samstagsdemonstrationen vor NanoWeb-Raytheon-Büros und Zweigstellen statt. Studenten, Schüler, Bibliotheksangestellte, Rechtsanwälte,

Fabrikarbeiter, Kellnerinnen, Schauspieler, Schnellköche, Krankenschwestern, Schriftsteller und Professoren nehmen daran teil. Sie werden videoüberwacht, digitalisiert, identifiziert und in einer geheimdienstlichen Datenkartei gespeichert. Kongresszugehörige E-Mail-Briefkästen werden von flammenden Kampagnen zugepflastert. Professionelle Lobbyistengruppen werden engagiert, finanziert durch zig Tausende Aktionen von Autowaschen und Kuchenbacken sowie private Flohmärkte.

Der Riese marschiert.

Das Große Boma als bauliche Hülle war ebenso wie der Körper, den es enthielt, ein vornehmes Ideal, inthronisiert im Chaos. Seine behüteten Kuppeln kämpften gegen die Skyline von Kirinjas ältestem, schäbigstem Elendsviertel an. Einhundertundachttausend Menschen, zusammengepfercht auf vier Quadratkilometern, die Kagumu waren: Gassen mit offenen Kloaken und zusammenbrechenden Haufen von Wohnzylindern. Aber die Township trug ihr Elend wie eine stolze Schärpe. Es war ein Vermächtnis aus der Zeit, als es noch ein Lager gewesen war. Als sich Nairobi in kriegerischen Streitereien jugendlicher Gangs selbst zerstörte und die Schwarzen Simbas all diejenigen den nördlichen Korridor hinauf evakuiert hatten, die keine andere Möglichkeit der Flucht hatten, war Kagumu der Ort, der sie aufgenommen hatte. Er war von einem Mann ins Leben gerufen worden, der sich M'Zee nannte, der alte Weise. Er ersann und formte die großen, offenmundigen Schlauchhäuser, die einer ganzen Familie Unterschlupf und Wasser boten; er hatte die Dachgärten angelegt und die Entstehung der Demokratie in die Wege geleitet. Er war ums Leben gekommen, als er eine Messerstecherei zu schlichten versuchte. Er hatte die Vollendung seines Werks nicht erlebt. Die Zylinder türmten sich höher, die Straßen bekamen Namen, die Flüchtlinge wurden Bürger, das Lager wurde eine Stadt. Heute erinnerte sich niemand mehr seines Namens. Seinem Geist gefiel das. Kagumu betrachtete sich als die Saat von Kirinja. Es war einer der wenigen Teile der Stadt, die voller Stolz außerhalb des Harambee blieben. Es betrachtete das Große Boma in seinem Herzen mit der Mischung aus Stolz und Peinlichkeit von bäuerlichen Eltern, deren Sohn Tänzer werden möchte. Aber die offiziellen Fahrzeuge waren dort sicherer als in irgendeinem anderen Viertel der Stadt. Daumenpaare, die am Tor von Kagumu angenagelt waren, sorgten für gute Beziehungen in der Gemeinschaft.

Selbst in ihrer Eigenschaft als Medienagentin des Harambee kam sich Gaby jedes Mal, wenn sie die gerippten Holzkuppeln des Großen Boma betrat, wie eine Schwindlerin vor. Die sogenannten Eingestimmten oder ›Adaptierten‹, die Wahrheit und Falschheit spürten, witterten den wahren Geruch ihrer Seele. Lügnerin, Hure, Junkie, schlechte Mutter. Und weit stärker gefördert, als es ihrer Begabung entsprochen hätte. Sie saß in Versammlungen, nickte zu Vorschlägen und unterbreitete ihrerseits Vorschläge, denen stets zugestimmt wurde, und dachte: ihr wisst Bescheid, nicht wahr? Aber ihr werdet es mir nicht sagen. Ihr wartet, bis ich endlich gestehe oder auf den Arsch falle.

Die Medienaufsichtsgruppe schleimte sich besonders bei ihr an. Sie hatte sich mit Orthos nie wohl gefühlt. Nachdem sie erst einmal quasi per Nabelschnur mit der Kette von Kommunikations-Satelliten und darüber hinaus mit dem Computernetz des Nordens verbunden war, lüpften sie den Deckel über allen Sünden. Sie wussten alles, bis hin zu den Katzenlauten, die sie von sich zu geben pflegte, wenn Faraway sie morgens weckte – sie hatte sich selbst auch dabei ertappt. Der größte Teil ihrer Arbeit, so erschien es Gaby, bestand darin, um einen Tisch jenseits ihrer Symbionten zu sitzen und Kaffee zu trinken, Klatsch auszutauschen und zu warten, was ihre Simulationen machten.

»Die amerikanische Presse ist immer noch unerschütterlich gegen den Süden eingestellt«, sagte der Harambee-Mann Kibeki. Sein Orthokorpus kauerte eine lange Nabelschnurschleife entfernt auf dem nackten Holzboden, der unter der Kuppelflutung beinahe nass aussah. »Allerdings dürfte der Angriff, den sie gegen die Süd-Sympathisanten-Netzwerke und die Friedensbewegung unternommen haben, in etwa drei Tagen gegen sie zurückschlagen. Die meisten der Online-Netzwerke nehmen eine schwankende Haltung ein.«

»Dieses Hart-Wately-Gesetz wirft eine fraktale Zukunft auf«, sagte Moab. Sie war Mathematikerin und rauchte sehr viel Zigarren im Wissen der Unschädlichkeit, da ihr Orthokorpus den ganzen Teer und alle krebserregenden Stoffe wegscheuern würde. »Zur Zeit besteht eine Wahrscheinlichkeit von zweiundsiebzig Prozent, dass es nicht durchgebracht wird, aber ich bekomme haufenweise Beweise für das positive Interesse an Richard Kinghan und den republikanischen Senatoren des Mittleren Westens. Es wäre keine Schwierigkeit, diese Tendenz für eine Erhöhung des Verteidigungsetats auszunützen. Das macht sich gut im Hinblick auf eine Wahl, die in achtzehn Monaten stattfindet. Der gesamte Komplex der militärischen Industrie ist eine sichere Karte im Spiel.«

»Aber man darf den Druck der Öffentlichkeit in den Vereinigten Staaten niemals außer Acht lassen«, hielt Kibeki entgegen. »Die Moralische Mehrheit, der schwarz-demokratische Ruck in den Südstaaten. Das ist die größte Massenbewegung seit dem Vietnamkrieg. Zweifellos größer als die Irak-Offensive.«

»Ich dachte, wir hätten Amerika inzwischen für uns gewonnen«, sagte Faraway.

»Mit Europa wird es wie mit Dominosteinen gehen.«

»Ist es denn nicht von Bedeutung, ob wir Amerika bekommen. Gaby?«

Sie schüttelte den Kopf und öffnete die Hände auf eine Weise, die besagte: *es ist schon lange aus der Sache raus.*

»Es funktioniert noch«, sagte Bartimaeus. Er trug einen Spitzbart, gelbe Fußballshorts und einen Strohhut und war der beste stochastische Analytiker in Ostafrika. »Wenn wir von dem üblichen Vorbehalt ausgehen, dass es sich hier um ein Lebewesen handelt, das weder Halleluja singen noch dir den Schwanz abhacken kann. Kaffee? Es ist diese Hochlandmischung.«

Anderswo.

In Northampton, Massachusetts, wird ein Literatur-Lehrer an der Junior High School gefeuert, als Eltern herausfinden, dass er Mitglied der lokalen Süd-Sympathisanten-Gruppe ist.

In Chicago wird ein Linguistik-Professor von zwei Polizisten unter den Rädern eines Lieferwagens hervorgezogen, der unterwegs war zur Süd-Niederlassung von NanoWeb-Raytheon.

In Paris verkündet das Außenministerium, dass es in der Generalversammlung der Vereinten Nationen den Antrag der Nordischen und Baltischen Staaten für eine internationale Friedenskonferenz unterstützen wird.

In Washington drängen die gut bezahlten Lobbyisten den Kongress zum sofortigen Rückzug sämtlicher amerikanischer Militärberater und zur Beendigung jeglicher militärischer und wirtschaftlicher Hilfsleistungen an die Frontstaaten. *Holt die Jungs nach Hause* lautet der Slogan.

Die sudanesische Regierung beruft in aller Eile eine Konferenz aller Frontstaaten in Khartoum ein. Weniger als vierzig Prozent der Latein- und Mittelamerikaner erscheinen. Die Berichterstattung in europäischen und nordamerikanischen Medien findet auf allerkleinster Flamme statt. Die Föderation Islamischer Staaten gibt ein Papier zur Verdammung der Vereinigten Staaten heraus, und zwar aufgrund deren lauwarmer Unterstützung islamistischer Bestrebungen in Sub-Sahel Afrika und in Südostasien. Die *Washington Post* veröffentlicht einen Leitartikel, in dem die Außenpolitik der Vereinigten Staaten in Afrika in Frage gestellt wird. *Dient es den Interessen unserer Nation, wenn eine Verbotszone beibehalten wird, die längst nicht mehr die Unterstützung der Vereinten Nationen und der internationalen Gemeinschaft genießt?* Beeinflusst durch etwas, das sie als bedeutende Wandlung bei den Meinungsmachern der Nation betrachtet, plant die Föderation der Süd-Sympathisanten-Gruppen einen Marsch auf Washington. Busse bringen Alt und Jung, Schwarz und Weiß, Männer und Frauen aller religiösen und politischen Schattierungen zum Washington Monument. Zu Marschmusik und Samba-*Batterias* und *Mariachi*-Gruppen und einem Festwagen in Blue-Beat-Aufmachung marschieren sie am Weißen Haus vorbei und auf der anderen Seite hinauf zur Vorderseite des Capitol, wo winzige, weit entfernte Flecken von Rednern mit Nachdruck Dinge vorbringen, die niemand hört, weil das Lautsprechersystem hoffnungslos überlastet ist.

Fünfzigtausend Menschen marschieren an diesem Tag.

Bartholomäus' Halbkugel dreht sich im Raum.

Auf der dunklen Halbkugel reden die Menschen von Afrika. Sie reden auf den Märkten und in den Straßencafés. Sie reden an Bushaltestellen und an Straßenrändern, wo sie sich zu keinem anderen Zweck treffen, als mit ihren Freunden zu plaudern. Sie reden unter Bäumen und beim Friseur und während sie Nahrung von ihren *Shambas* holen oder darauf warten, dass ihre Autos neu geladen werden, während sie auf den Stufen zu Ladengeschäften *Mbao* spielen, die Kinder von der Schule abholen und sich fragen, wann es wohl aufhört zu regnen, auf sonnigen Veranden, wo sie Geschichten aus der Zeitung und aus dem Radio austauschen. Sie diskutieren über das Versagen des amerikanischen Kongresses, der es bisher nicht geschafft hat, das Hart-Wately-Gesetz zu ratifizieren, durch das jede außenstehende Nation, die mit Chaga-Staaten geschäftliche Beziehungen unterhält, mit Handelssanktionen belegt würde. Sie streiten über Seitenaspekte in der Titelgeschichte der Radionachrichten, wonach als Folge massiver Etatüberschreitungen bei dem GDO-Projekt ausländische Hilfe, sowohl wirtschaftlicher als auch finanzieller Art, stark eingeschränkt wurde, besonders hinsichtlich Mittelamerika und Sub-Sahara Afrika. Sie beschäftigen sich mit Zeilen in den Editorials, die über die Nachrichten-Verbindung ihres jeweiligen Dorfes hereinkommen: *›Vorbehalte gegen fortgesetztes Maß der Verwicklung in den Frontstaaten.‹ ›Finanzielle Lecks.‹ ›Langfristige Stabilisierungsmaßnahmen.‹* Werden sie dem Gipfelvorschlag der ›Gefrorenen Vier‹ bei der nächsten Generalversammlung zustimmen? fragen die Kriegerinnen. Die Mütter und alten Frauen sagen, so sind die Männer. Sie machen, was sie wollen. Frieden? fragen die jungen Männer. Die alten Männer zucken die Achseln und spucken aus und sagen, es sieht doch so gut aus wie eh und je. Im Harambee und im Ogun und im Zentralafrikanischen Staatenbund, in den Kantonen von Groß-Simbabwe und den Nationen von KwaZulu und den Staaten der Föderation von Südafrika hören die Leute zu und diskutieren mit Intelligenz und Leidenschaft, denn es ist ihre Welt, über die die Leute im Norden sprechen.

Es kam genau in dem Augenblick, als Gaby Patschuli-Öl in die Haut von Faraways elegant gewölbtem Hintern rieb, während er mit dem Gesicht nach unten auf dem großen Ebenholzbett lag. Das Piepen eines Kommunikators, die um Entschuldigung heischende Stimme von Faradje. Faraways Assistent. Die Beziehung zu einem guten Persönlichen Assistenten ist so eng wie eine Ehe und so heikel wie ein Ehebruch. Tut mir leid, Boss. Ja, ich weiß, wie spät es ist. Aber man hat die Abstimmung vorgezogen.

Faraway zog einen verräterischen Duftschweif von Patschuli hinter sich her, als er ins Große Boma einschwebte. Mitglieder des Ältestenrates, Bevollmächtigte und Missionare hatten sich unter der großen Kuppel versammelt. In der Düsternis funkelten Dutzende von Mikro-Fernsehern. Gaby, Faraway, Faradje und die drei Voraussehér drängten sich um Faradjes Handapparat.

Dr. Dan trat ein. Mitglieder des Ältestenrats und Missionare gaben gleichermaßen den Weg frei für den Orthokorpus mit dem schleppenden Gang. Er gesellte sich zu Gaby und den stochastischen Bergzauberern. Der Symbiont ließ sich auf seine festen Gesäßbacken nieder. Sein Bauch ruhte auf dem Holzboden. Fleischlippen schälten sich von Dr. Dans Gesicht weg.

Faraway hatte sie gewarnt, doch als sie zum ersten Mal gesehen hatte, was er mit sich angerichtet hatte, war sie entsetzt gewesen. Zehn Jahre lang war der Hilfskörper das Einzige gewesen, das seine zusammenbrechenden Knochen und Organe zusammenhielt.

Aber er war immer der große politische Überlebende gewesen. Nicht einmal seinem Körper war gestattet worden, seine Absichten zu vereiteln.

Die Abstimmung der Generalversammlung war eine offene Sitzung: Beobachter und Aktivisten rangelten mit den Weltmedien um Bodenraum in den öffentlichen Galerien. Botschafter aus den Ländern, die es nicht mehr gab, hatten sich ihre Sitze gesichert. Die Vertreter der Anrainer der Frontstaaten, die durch eine Öffnung des Terminums die gleichen Beträge zu gewinnen und zu verlieren hatten, waren ebenfalls zahlreich angetreten.

»Die Europäer und Nordpazifiker bilden einen geschlossenen Block«, bemerkte Kibeki.

»Zentralasien und der Nahe Osten sehen dagegen etwas zusammengeflickt aus«, sagte Moab. Sie schnupperte. »Wer trägt hier Patschuli?«

Die großen fünf waren alle an ihrem Platz. Hier war selbst der erstaunliche Bartimaeus beinahe überfordert. Die Reden endeten. Die Abstimmung begann. Gaby merkte, dass sie die Luft anhielt. Sie atmete behutsam aus. Geschichte, dachte sie während des leisen Atmens. Ich mache Geschichte. Nein. Ich habe nichts getan. Sie haben alles gemacht, die Menschen, die beschlossen haben, dass sie sich nicht mehr ignorieren lassen.

Der Rumpf und die Frontstaaten stimmten einheitlich mit Nein. Indien, der Nordpazifische Rand, Sibirien und Zentralasien stimmten mit Ja. Nordafrika stimmte mit Ja.

»Herrje«, sagte Bartimaeus. »Ich hatte Nordafrika nicht erwartet. Jetzt kommt die EU durch.« Finnland, Estland, Schweden und Island, die ›Gefrorenen Vier‹, die den Vorschlag eingebracht hatten, stimmten mit Ja. Staat um Staat rang sich Europa zu einer Einigung durch. Frankreich zögerte; Frankreich gab ein Ja ab.

Jubel wurde unter der Kuppel des Großen Boma laut.

»Ruhig, ihr Dreckskerle!«, schrie Bartimaeus. Er beugte sich zu dem winzigen organischen TV-Gerät. »Großbritannien hat sich der Stimme enthalten.«

»Ist das gut?«, wollte Gaby wissen.

»Für den bellenden Hund USA ist es gut.«

Die Abstimmung nahm ihren weiteren Verlauf. Mittelamerika sagte Ja, bis zum letzten Mann. Mexiko sagte Ja. Kanada sagte Ja.

»Alles hängt jetzt von den Vereinigten Staaten ab«, sagte Dr. Dan.

Die Kamera schwenkte auf eine Beisitzerin, die sich einen Weg zwischen den Schreibtischen freifuchtelte, um aufgeregt mit der US-Diplomatin zu flüstern. Die Diplomatin schüttelte wiederholt den Kopf. Die Beisitzerin entfernte sich eilig. Sie sah steif und ärgerlich aus.

Niemand sprach im Großen Boma.

Die US-Diplomatin griff nach vorn. Das weiße Lämpchen der Stimmenthaltung leuchtete auf.

Im Großen Boma brach ein Tumult aus. In New York explodierte die öffentliche Galerie. Durch Sprünge und Jubel und allgemeines Schulterklopfen und gegeneinandergeschlagene Handflächen hindurch versuchte Gaby die wild wogende Szene zu beobachten. In der Versammlungskammer knallte der finnische Abgesandte nach vorn auf seinen Tisch. Sein isländisches Gegenstück war herübergekommen, um ihm auf die Schulter zu klopfen.

Im Großen Boma des Harambee unter dem Schnee des Kirinjaga verteilte Moab Zigarren. Gaby rauchte eine. Sie hatte vergessen, wie gut sie waren.

Bei der Friedensparty, die an diesem Abend in der Bar von Kagumu stattfand, machte Mr. Missionar Faraway Gaby McAslan einen Antrag.

»Ich werde dir jetzt einen unanständigen Antrag machen«, sagte er.

»Wann hättest du je einen anderen gemacht?«, entgegnete Gaby, von Zigarren und Bier beschwipst.

»Dieser ist anders als alle anderen«, rief er ihr zu, um eine Tanzcombo, die zu spielen angefangen hatte, zu übertönen. Die Orthokorpus-Leute vollführten einen erstaunlich polternden Tanz: die Umstehenden wichen zurück, voll Angst, in der Nacht des nationalen Sieges niedergetrampelt zu werden. »Gaby, ich brauche eine Presseagentin. Ich kenne keine Bessere als dich. Komm mit mir nach Helsinki.«

Jemand sang den Bob-Marley-Song *War – No More Trouble*, begleitet von rhythmischem Händeklatschen. Schwarze Lügen schwärmten um Gaby herum wie schmutzige Insekten. Für sie war kein Platz an dieser Bar, in dieser Nacht. Sie verscheuchte sie.

»Ja«, sagte sie. »Ja, ich komme mit. Ja!« Sie sprang hoch und schlang die Beine um Faraways Taille und er hielt sie fest und tanzte mit ihr zu dem sanften Raggea-Beat.

53 Serenas Tagebuch: 17. Mai 2034

Ich bin bestimmt der einzige Mensch, der jemals für ein Raumfahrtprogramm zwangsrekrutiert wurde. Eigentlich besteht *so viel* Aussicht, dass ich hinauffliege: ich gehöre zur ersten Reserve als Ersatzfrau für den Fall, dass dem Hauptpiloten etwas zustößt. Ich mache die gleiche schwere Arbeit und heimse kein bisschen Ruhm ein.

Heijeijei! Jetzt hör aber auf, Ren! Du tust genau das, wovor man dich eindringlich gewarnt hat: du steigerst dich rein, bauschst das Ganze immer mehr auf. Im Raum bedeutet das deinen Tod. Du musst dich ans System halten. Eins nach dem anderen. Ordnung ist das Leben.

Mein Name ist Ren McAslan. Ich bin siebzehn Jahre alt. Ich werde auf Veranlassung der Obersten Raumfahrtbehörde der iMerina in der Fluglehranstalt auf Nosy Bé zur Reserve-Astronautin ausgebildet. Was sich wie ein Elend oder ein Fluch anhört, in Wirklichkeit jedoch eine winzige Koralleninsel vor der Nordostspitze von Madagaskar ist und für ein Mädchen aus Turangalila so etwas wie Heimat, süße Heimat darstellt. Mit Felsen.

Dr. Scullabus hat mir immer von etwas erzählt, das bei seinem Volk Brauch ist: Nach einer langen Reise pflegten sie sich erst einmal hinzusetzen und zu warten, bis ihre Seelen sie eingeholt hätten. Genau das tue ich hier, ich warte, bis mich meine Seele einholt, mit Hilfe dieser Buchstaben, die ich langsam auf eine weiße Seite niederschreibe. Zu viel, zu schnell. Wenn ich es zu Papier bringe, eines nach dem anderen nach dem anderen, so wie man es mir empfohlen hat, kann ich vielleicht anfangen es zu glauben.

Anitraséo wollte es mir im Flugzeug erklären, aber ich wollte einfach nur schlafen und als wir über Ambositra einflogen, war ich sehr überrascht; eine Stadt, die aus einem einzigen großen Gebäude besteht, zwanzig Kilometer breit. Ich meine, Kirinja hatte die dreifache Einwohnerzahl, aber es ist nur etwas, das eines Nachts gewachsen war und den Arsch hochgereckt hat, um Hauptstadt zu werden. Ambositra mit seiner Lage auf den grünen Hügeln war von vornherein entsprechend angelegt, um Hauptstadt einer großen Nation zu werden, und es weiß es. Okay, ich habe nicht mehr gesehen als die Diplomaten-Transitlounge im Flughafen Antsirabe, aber selbst das war erstaunlich. Nyerere ist einfach nur ein Landstrich, zu dem niemandem etwas anderes eingefallen ist, als daraus einen Flugplatz zu machen. Antsirabe hingegen ist eigens zu dem Zweck gebaut worden, ein wesentlicher Bestandteil eines gewaltigen Organismus.

Aber hier ist Nosy Bé: Sand, Palmen, Riff. Wenn ich die Jalousien in meinem Zimmer öffne, höre ich die Wellen in der Nacht und ich weiß, wo ich bin.

Das Verhältnis zwischen einem Ausbilder, dem sogenannten Exempel, und einem Auszubildendem ähnelt auf unheimliche Weise dem Verhältnis zwischen mir und NDR. Anitraséo ist für mich Geliebter Mutter Schwester Peiniger Beichtvater Freund und Feind. Sie weiß alles über mich, während ich von ihr lediglich weiß, dass sie Merina von iMerina ist, des uralten madegassischen Königshauses. Sie ist von einer Wolke von Tabus umgeben: Es war ihr beispielsweise nicht gestattet, mir ihren Namen zu verraten, der Pilot musste uns in Nyerere einander vorstellen. Ich habe den Verdacht, dass Anitraséo nicht ihr wahrer Name ist.

Wer immer sie sein mag, sie hat sechs Monate Zeit, um mich von einer Psy-Mörderin der Schwarzen Simbas in eine Raumkriegerin der Merina zu verwandeln.

Sie haben die Absicht, die Blockade ins GDO zu treiben. Die Merina sind Erste-Liga-Spieler in der Koalition der Randnationen des Indischen Ozeans – der interplanetarische Krieg ist zu groß, als dass eine einzige Nation ihn allein führen könnte. Sie haben Verbündete in Sumatra, Java, Ostaustralien, sogar an der Küste von Mosambik und FSA. Ozzie-Raketeningenieure und Merina-Nanoware-Designer haben eine Flotte von schlichten Zweistufen-Startraketen nach gestohlenen russischen Booster-Konstruktionen entwickelt. Überall um das Becken des Indischen Ozeans herum gibt es Startanlagen. Man könnte meinen, die Hardware war der schwierige Teil; die Raketenwissenschaft ist ein Leichtes, so scheint es. Der Bau von acht

Startraketen ist nichts Besonderes, wenn man eine vollständige Hauptstadt aus den Ankaratra-Bergen heraus wachsen lassen kann. Die Substanz ist es, die man nicht nanomäßig konstruieren kann.

Was mich zu meiner Fluggruppe bringt. Ofé, Irya, Infana und Ren. Präkog, Raumfahrerin, Missionskommandantin und Isopathin. Allesamt Frauen. Echt! Infana ist für die technische Durchführung zuständig, Ofé sieht voraus, Ren fliegt. Iryas Zeit wird kommen. Falls wir überleben. Wir kommen bestimmt nicht kampflos da rauf.

Ich sagte, Ren fliegt. Das Schiff fliegt selbst – es ist an mein autonomes Nervensystem angeschlossen, wobei meine höheren kognitiven Ebenen frei bleiben, um uns aus Schwierigkeiten herauszuhalten.

Vielleicht bin ich insgeheim froh, dass ich mit größter Wahrscheinlichkeit nicht da rauf fliege. Ich habe allmählich den Verdacht, dass das meiste von dem, was da rauf fliegt, nicht wieder runter kommt. Morgen fangen wir mit der eigentlichen Ausbildung an. Anitraséo hat vor etwa einer Stunde eine Probe von mir genommen. Mehr Blut und mehr Bewegung. Jeden Morgen und Abend ist Laufen angesagt. Pass gut auf mich auf, Merina-Schnepfe.

5. Juni

Nun, du Schlauberger, die Yankees werden dich sauber vom Himmel runter schießen. Ich glaube nicht, dass ich jemals in der Lage sein werde, diese Verbindung durchzufuhren. Jeden Morgen verfrachten sie mich in einen Tank und fluten ihn mit Beschleunigungs-Gel und ich gerate einfach nur in Panik. Okay, das Zeug ist eine Aerobik-Membran, aber ich weiß, dass ich ertrinke. Ich vermassele die Verbindung. Anitraséo hat mir Yoga-Techniken beigebracht, die mir helfen sollen, mich zu entspannen; draußen auf dem

Deck sind sie eine super Sache, aber sobald ich spüre, wie das Zeug über meinen Bauch aufsteigt…

Dann ist da noch das philosophische Problem. Bei Vögeln oder Tieren gibt zu jedem Teil meines Körpers etwas Entsprechendes: Pfoten für Füße, Federn für Finger. Aber ein Tank aus Cha-Plastik von der Größe eines Hauses, der aussieht wie eine überreife Frucht, gekreuzt mit einem kranken Herzen: keine Finger, keine Zehen, keine Hände, kein Kopf. Kein einziges Analogon. Ich komme mir vor wie eine Frau in einem Märchen, von wütenden Geistern in einem Baum gefangen. Anitraséo ist sehr geduldig mit mir. Öffne die Auge und erblicke Sterne. Ich öffne die Augen und erblicke gar nichts.

Wenn ich nicht lerne, ein Raumfahrzeug als Körper zu haben, übe ich Taktik mit Ofé. Die Theorie besteht darin, dass sie etwas drei Minuten vor dem Eintreffen sieht und ich den Schaden von uns abwende. Ich bin mit ihrem erweiterten Zeitsinn verbunden. Einfach. Falsch: Ofés Wahrnehmungen machen mich beinahe genau so fertig wie der Tank. Ich bin jedes Mal der Verlierer, dabei breiten wir uns schließlich über den ganzen geostationären Orbit aus.

Das Laufen bedeutet für mich auf besondere Weise Raum und Zeit; das Meer auf der einen Seite, auf der anderen höchstes Chaga mit den weißen Muschelformen des Raumfahrtzentrums, die sich aus den Palmen und Handbäumen erheben, die Strand-*Bandas* und -Bungalows. Der Ort ist so gestaltet, dass die amerikanischen Spionage-Satelliten beim Herunterschauen denken: *ach, ein Feriendorf am Strand* – und weiterfliegen. So wie sie beim Anblick der Startanlagen sagen: *he, eine Koralleninsel* – und weiterfliegen, ohne auf die Idee zu kommen, dass es sich um unterirdische Raketenabschussrampen handelt, die mit den Wurzeln der Insel verwachsen sind. An einem klaren Tag soll man angeblich die Anlage auf Nosy Mitsio sehen können. Mir ist das nie gelungen. Und es wird mir auch nie gelingen, weil dieser Strand die nächste Entfernung ist, auf die ich daran herankommen werde. Darüber denke ich während des Laufens die meiste Zeit nach: Ich kann es nicht. Und niemand glaubt mir, wenn ich das laut ausspreche. Sie meinen, ich versuche es nicht richtig oder muss einfach noch etliches lernen; sie begreifen nicht, dass dies das Äußerste ist, was sie von mir bekommen können. Manchmal denke ich, ich hätte besser daran getan, es damals bei dem Hund darauf ankommen zu lassen. Ich schaffe das hier nicht.

22. Juni

Ich schaffe es. Ich schaffe es. Ich schaffe es. Und es ist einfach. Es ist so einfach!

Sie haben Ofé voll aufgepowert und dann bin ich in den Tank gestiegen. Der Deckel wurde verschlossen und ich war im Dunkeln und es war, als ob ich gestorben und begraben worden wäre. Das Gel stieg auf und diesmal kämpfte ich nicht dagegen an, ich wollte, dass es über mich aufsteigt. Ich wollte, dass es Wasser sein sollte und ich ertrinken würde, damit ich nicht noch einen solchen Tag erleben müsste. Aber es war kein Wasser und ich ertrank nicht und du kannst brüllen und kreischen und das Gel trägt deine Worte davon.

Ich wollte tot sein.

Ich öffnete die Augen. Und ich erblickte Sterne. Ich erblickte *Sterne*. Da waren keine Hülle, kein Modul, keine Systeme und Motoren und Tanks. Ich war nackt dem Himmel ausgesetzt. Ich war Ren-Schiff, ich konnte zwischen den Sternen wandeln, ich brauchte keine Handlung zu visualisieren, brauchte meine Hand nicht durch Willenskraft zu zwingen, ein Bündel von Düsen zu sein, oder meinen Beinen zuzudenken: lauft!, um das Haupttriebwerk zu zünden.

Ich habe es einfach gemacht. Und es war so einfach, so leicht, dass ich überhaupt nicht mehr verstehen konnte, wieso es mir so schwierig vorgekommen war, was mir daran so unbegreiflich erschienen war.

Anitraséo fragte mich: »Alles in Ordnung mit dir?«

Das war der Durchbruch.

Vielleicht muss man so tief wie nur möglich sinken, bevor man wieder aufsteigen kann.

Sie arbeitet mit der Simulation. Ich bringe uns mit einer großen schönen Zündung nach der Trennung von der Startrakete in den Transfer-Orbit hinauf. Ich gelange zum I-Punkt, geselle mich zur Fünften Gruppe, gelange hinter Ofés Augen, sehe durch die Schichten von Zukünften zu jenen beiden Minuten und dreißig Sekunden nach jetzt, wenn die US-Todessterne ihre Zielautomaten aktivieren und ihre Laser laden und ausrichten. Wieder in der Gegenwart, denke ich mich in die KI der Begleitfahrzeuge hinein, bringe sie in Zielposition für diese Zukunft und beobachte, wie sie in Dutzende von Submunitionen zerspringen. Fresst rauchende Buckies, Todessterne! Wieder hinauf in die Zukunft: die zweite Welle orbitaler Artillerie ist aufgeladen und rollt auf Kampforbits heran, um mich mit Millionen-Grad-Skalpellen zu zerschneiden. Halte durch, Ren. Halte durch! Der Schmerz – sie schneiden mir die Brüste mit Rasierklingen ab. Sie sägen mich vom Schritt bis zur Schädeldecke entzwei … Und in die Gegenwart. Ich bewege die Hände, wir rollen aus ihren programmierten Zielbahnen heraus. Zwei Minuten und dreißig Sekunden später schlitzen Laserstrahlen leeren Raum auseinander. Ich bin nicht dort. Ich bin entflohen. Ich breite den aufblasbaren Spiegel aus: ein vorbeizischender Schuss prallt zurück in den Raum. Bevor die erste Welle wieder aufladen kann, reduzieren meine Raketen sie zu Tropfen von blubbernder Schlacke. Gruppe Fünf trifft den I-Punkt. Die große Zündung bringt uns in den Cis-GDO-Orbit. Die Todessterne der zweiten Welle haben nachgeladen und peilen wieder ihre Ziele an. Jetzt hat es keinen Sinn, in die Zukunft zu blicken, wir haben nicht genügend Treibstoff, um ihnen zu entkommen. Wir können nur auf unsere Begleitfahrzeuge der zweiten Stufe vertrauen. Sieben Gigawatt-E-m-Impuls-Kondensatoren entladen sich gleichzeitig. Die Erd-Verteidigungs-Kampfgruppe zerbröselt und brennt, ebenso wie der größte Teil der nordöstlichen Viertelkugel.

Und *aus.*

Als ich herauskam, saß ich zehn Minuten lang auf dem Stützbock und bebte vor Energie. Es war, als ob alle Angst und alle Fehlschläge und alle Bedrückung schwerer dunkler Treibstoff in meinen Tanks wäre, und ein unbekannter Funke hätte ihn getroffen und ich würde heiß und kräftig und heilig brennen, wodurch ich an Orte getrieben wurde, wo ich nie zuvor gewesen war. Anitraséo brachte eine Thermofolie; sie wusste, auch ohne dass sie mich berührte: »Du verbrennst, Mädchen.« Ich konnte nicht einmal nicken. Sie ließ mir eine Tasse mit kalten *Chai* bringen; es ist ihr nicht gestattet, selbst mit Nahrung umzugehen, und ich konnte nichts anderes denken, als *ich kann es, ich kann es. Ich kann es.* Ofé rieb sich mit einem Handtuch ab und sagte: »Was ist geschehen?« Ich brach einfach nur in Tränen aus.

Ich habe nie gewusst, dass ich zu so gewaltigen, stürmischen Hochgefühlen fähig bin. Ich habe das Gefühl, ich möchte alle Leute, denen ich begegne, umarmen und ihnen erzählen, was sich abgespielt hatte. Ich liebe alle. Anitraséo warnt mich, halb im Spaß: Liebe ist auf einer Raumreise ein durchaus überflüssiges Beiwerk.

22. Juli

TOAEDU. Ausgesprochen: T O Ä D U. Aha. Das bedeutet: Transzendentales Objekt Am Ende des Universums. Und was soll das sein? Anitraséo weiß es nicht genau. Ich weiß es nicht genau. Niemand weiß es genau; es handelt sich um eine Singularität, also weiß man nichts darüber. Wie ein Schwarzes Loch? frage ich. Ja, aber eher historisch und psychologisch, nicht so sehr physikalisch. Was so viel heißt wie: Es ist das Ende und der Anfang der Welt. Der Alpha- und Omega-Punkt. Die Beherrschung von Toaedu bedeutet die Beherrschung der Realität. Was immer man sich darunter vorstellen mag. Anitraséo hält es für so etwas wie eine evolutionäre Lademaschine und meint, dass wir irgendwie, in einer fernen Zukunft oder unglaublich fernen Vergangenheit, die Chaga-Schöpfer sind und das BDO geschickt haben, um unsere eigene Erhebung zu konstruieren.

Magie, sage ich. Magie, stimmt Anitraséo zu, vorausgesetzt dass alles, was außerhalb der physikalischen Gesetze funktioniert, per definitionem Magie ist.

Das ist ein ziemlich abgehobenes Zeug. Und es wird immer abgehobener. Toaedus Existenz wurde von aldabranischen Isopathen deduziert, die mit Walen auf der Wandung durchs Diamantenriff verbunden waren. Das Riff war ein riesiger Molekularcomputer, der das Lied der Wale als eine Art Rechnersprache benutzte, um diese Karte der Geschichte zu zeichnen, die ihren gesamten Brennpunkt auf Toaedu richtet, den Anfang und das Ende der Welt. Hejei, jetzt weiß ich, warum die Merina und das Harambee so wild darauf waren, von Aldabra Besitz zu ergreifen. Und warum die Amerikaner so wild darauf sind, das GDO für sich allein zu behalten.

Und jetzt werden wir es ihnen stehlen.

Meine diplomatische Vergangenheit ist eine Quelle der Verwunderung für meine Teamschwestern. »Deine Mutter ist eine was?«, fragte Irya.

»Eine Informationsoffizierin des Harambee.«

»Meine Mutter lehrte Französisch an einer christlichen Schule«, sagte Irya. »Du hättest sehen sollen, was mit ihrem Glauben an Jesus geschah, als ich aus ihrem Bauch kam.«

Ich glaube, von allen Teammitgliedern stehe ich Irya jetzt am nächsten. Ich gebe zu, sie war mir am Anfang nicht ganz geheuer, ich zögerte, ihren freundschaftlichen Gesten zu vertrauen. Diese vielen Hände, diese vielen Arme. Sie kam mir wie eine Missgeburt vor, ganz einfach. Ist es schrecklich, so etwas zu sagen? Bestimmt habe ich sie sehr verletzt, sie hat nur versucht, freundlich zu mir zu sein, sie hatte Angst, wenn sie allein war, und wollte jemanden wie mich. Wahrscheinlich noch mehr. Ich bin nur im Innern anders.

Komisch. Es liegt oft nur an einer winzigen Verschiebung des Lichts, wie man jemanden sieht. Ich kam vom Schwimmen zurück in den Unterkunftsblock und hörte eine Stimme ein altmodisches christliches Lied singen, das Gab mir früher öfter vorgesungen hat; sie hatte es von ihrer Schwester gelernt, die mal eine christliche Phase durchgemacht hatte. ›Ich kenne Seinen Namen, ich kennen Seinen Namen, Sein Name ist Wundervoll, Er ist alles für mich.‹ Es war Irya, die sang, sie lag in ihrer Hängematte auf der Veranda. Und zum ersten Mal sah ich sie als Person, mit einer Vergangenheit, mit Dingen, die sie mochte, und Liedern, die sie kannte. Und jetzt macht sie die beste aller Halsmuskelmassagen – man ist noch nie massiert worden, bevor man nicht von den unteren Händen eines Raumwesens bearbeitet wurde – und sie hat viel übrig für Körperbemalung. Sie beneidet mich um meine weiße Haut: frische Leinwand. Ich beneide sie um die ihre: holzkohlenschwarz, matt, *magnifique*. Sie möchte eine Apokalypse auf meinem Rücken anbringen: Gott und seine Engel gegen die Todessterne der Yankees. Meine Sommersprossen sollen Sternenkonstellationen sein. Ich bin bereit. Aber sie will immer noch nicht mit mir zum Schwimmen gehen, obwohl ich erklärt habe, dass Wasser etwas ist, das dem freien Fall am nächsten kommt, bis wir tatsächlich in den Raum gelangen. Sie sagt, sie ist nicht dafür gebaut, es sei ihr Feind, es würde sie ersäufen.

Tatsächlich in den Raum gelangen. Die Simulationen und die Probeläufe von Kampfhandlungen und der Ausbildungsplan sind allesamt so exakt ausgeklügelt, um uns von der Tatsache abzulenken, dass wir nicht diejenigen sein werden, die sich an den Todessternen vorbeikämpfen werden, um die Geheimnisse von Toaedu zu enthüllen und die nackte Singularität am Anfang und am Ende der Welt zu betrachten. Wir werden auf der Veranda sitzen und Fisch grillen und zusehen, wie der Rauch von Nosy Mitsio aufsteigt, während Schall-Lawinen über die gesamte Lagune hinwegrollen. Wenn man zu sehr darüber nachdenkt, haut es einem geradewegs den Geist raus. All die Energie, diese Offenbarungen, die ich im Tank hatte, flackern wie eine Kerzenflamme in der Nacht. Welchen Sinn hat das alles? Es entsteht nur dann ein Sinn, wenn man verletzt wird oder stirbt. Oder es zu einer wie auch immer gearteten Katastrophe kommt.

Es ist schlecht, wenn man hofft, dass den Leuten schlimme Unfälle zustoßen.

Unsere Exempel meinen, wir brauchen einen moralischen Auftrieb. Heute Morgen besichtigen wir also eine Rakete. Nicht etwa eine alte Rakete. Unsere Rakete. Diejenige, in der wir fliegen werden, falls…

Die unterirdische Reserve-Abschussrampe 1 ist auf

der *Île Glorieuse,* was ein viel zu bombastischer Name ist für eine Scheibe aus Cha-Koralle auf halbem Weg von Madagaskar nach Scheiß-auf-alles-andere. Auf der Oberfläche gibt es nichts zu sehen: ein nackter Fleck auf einer bewaldeten Kuppe war der Landeplatz. Die Bodenmannschaft warf ein Lichtstreunetz über den Kippflügler, bevor die Rotoren aufhörten sich zu drehen. Ein Spionage-Satellit sollte in fünf Minuten am Horizont auftauchen. Untergrund: schnell. Erster Gedanke: Vielleicht ist die Flugausbildung doch gar nicht so schlecht. Diese Leute leben wie Korallen, eingezwängt in schmale Tunnels und Zellen, die so klein sind, dass sie wie Orangenschnitze in die Schale passen. Sie kriechen überall hin, man muss sich tief bücken, um durch die Türen zu kommen. Sie schlafen hängend, mit dem Kopf nach unten. Ich glaube, das Wort ›aufrecht‹ gibt es in ihrer Sprache nicht. Im Untergrund herumwuselnd, kaum jemals das Tageslicht sehend oder den Wind oder das Wasser fühlend. Ich glaube, ich würde an Klaustrophobie eingehen, aber Irya fühlt sich ganz zu Hause.

Aber sie haben die Raumschiffe. Unser Führer – ein Armee-Major in Shorts, mit Bart, Glücksreifen am Handgelenk und Körpergeruch – quetscht uns durch eine Öffnung, die so eng ist, dass es sich beinahe wie eine Geburt abspielt; dann sind wir da. Am Rand. Eingekeilt auf diesem wackeligen Bock neben einer unterirdischen Raketenabschussrampe. Fünfzig Meter hinauf, fünfzig Meter hinunter.

Vergessen wir die Abschussrampe. Das ist nichts als leerer Raum. Vor mir steht die Maschine, die mich zu den Sternen bringen wird.

»Berühr es, wenn du möchtest«, sagte der Major mit dem gelassenen Gehabe. Ich streckte die Hand aus nach dem weißen Plastik – und machte einen Satz zurück.

»Es ist warm«, sagte ich. »Ich spüre einen Puls. Es lebt.«

»So ist es«, bestätigte der Major.

Ich kannte alle Fakten. Flüssiger Treibstoff, Hochantriebs-Aerospike-Motoren, zwei Stufen: Booster und Orbiter. Wir nehmen die Schnellspur. Beim Start preschen wir acht Ge los. Deshalb das Beschleunigungs-Gel. Fakten, Daten, Spezifizierungen: die Unterweisungs-Buckies wurden mir ins Blut eingegeben. Als ich von Haut zu Haut der großen Abschussrampe gegenüberstand, war ich überwältigt von der puren Physikalität des Dings. Es war, als ob es eigens für mich da wäre. Auf ein Stück von mir wartend, um hineingepflanzt zu werden, damit es aufwachen, brennen konnte. Ich wusste, dass beim nächsten Mal, wenn ich in den Simulator ginge, ein großer, hungriger Teil von mir in diesem Aerokorpus-Orbiter da oben sein würde, weiß wie eine Seemöwe.

»Ich komme jeden Tag hierher und betrachte es«, sagte der Merina-Major. Ich würde das ebenfalls tun, nur um mich zu vergewissern, dass es noch da war, dass es nicht ohne mich losgeflogen war. Nun, Major mit dem Körpergeruch, jetzt hast du eine Rivalin bekommen. Es hat funktioniert, Anitraséo. Mehr als alles andere wünsche ich mir, diesen großen Scheißer zu fliegen.

8. August

Die Exempel sind wieder mal in Aufruhr.

Ein schlechtes Zeichen nach dem anderen. Die Flugmannschaften werden versetzt. Zwei- oder dreimal am Tag fliegt ein Kippflügler über die Lagune. Eine halbe Stunde später fliegt er wieder davon und beim Abendessen im Speisesaal sind einige Plätze leer. Der Unterkunftsblock ist ein Mausoleum. Man bekommt keine Volleyball-Mannschaft mehr zusammen. Es ist sogar schwierig, jemanden zum Billardspielen zu finden. Nosy Bé macht einen verlassenen Eindruck, und es wirkt seltsam heruntergekommen, als ob das Ganze auseinanderfallen werde, sobald niemand mehr da ist, um sich darum zu kümmern. Abgesehen von den Erstaunlichen Zurückgelassenen Schwestern, die den Müll einsammeln, den Tang vom Strand auflesen, die Räume abstauben und die Betten machen.

Das Wesentliche daran, eine Präkog im Team zu haben, ist der Umstand, dass man nicht vor Schreck stirbt, wenn plötzlich einberufene Versammlungen schlechte Nachrichten zu Tage bringen. Bevor wir also hineingehen, wissen wir bereits, dass die Vereinten Nationen einen Erlass für eine Dringlichkeits-Vollversammlung zwischen dem Norden und dem Süden am Ende des Monats ratifiziert haben. Aber unsere Exempel müssen uns das trotzdem mitteilen, sonst hätte Ofé es nicht voraussehen können.

Wir alle haben Fragen.

Infana: Werden die Merina eine Delegation entsenden?

Es ist nicht zu verheimlichen, dass eine wichtige Nation wie iMerina nicht in Helsinki vertreten ist. Ambositra stellt ein hochrangiges Verhandlungsteam zusammen.

Ofé (obwohl sie die Antwort bereits kennt): Was wird aus der Mission?

Die Mission wird wie geplant fortgesetzt. Wir werden am 15. September den Startbereit-Status erreicht haben. Startzeit wird immer noch bestätigt mit Punkt zwölf Uhr MGZ am 3. Oktober.

Irya. Die Nordländer werden sagen, wir haben ihnen gegeben, wonach sie verlangt haben, und dann haben sie uns das Messer in den Rücken gestoßen.

Glaubst du, Helsinki gibt dem Süden irgendetwas? hält Exempel Soanierana ihr entgegen.

Ich: Was wird aus uns?

Was soll aus euch werden? sagt Anitraséo. Ihr lehnt euch auf der Veranda sitzend zurück und seht zu, wie sich die Monsunwolken am Horizont auftürmen und die Kippflügler darunter herumflitzen, das ist alles.

Keine erbauliche Auskunft. Irya und ich sitzen herum und sehen CNN. Jetzt, da das Nachrichtenverbot aufgehoben ist, hat man den Eindruck, als wollten die Nachrichtensender siebzehn Jahre wettmachen, in denen sie so getan haben, als ob es nur die obere Hälfte des Planeten gäbe, indem sie plötzlich ein heftiges Interesse an jeder kleinsten Kleinigkeit des Lebens im Süden an den Tag legen. He! Seht her! Wir haben diese ganze neue Welt direkt vor unserer Tür und ihr sollt unbedingt die coolen Dinge sehen, die sie machen! Was Übelkeit erregt, ist die Art und Weise, wie eifrig wir danach trachten, mit ihnen auszukommen. Lächeln und ihre blöden Fragen beantworten. Eine Frau aus Groß-Simbabwe hat sich erst kürzlich zum Narren gemacht, indem sie von großen Bestrebungen und Hoffnungen für eine neue Weltordnung redete und davon, die ganze Menschenfamilie zu einen. Jetzt ist sie eine Sprecherin des Harambee.

Irya neigt den Kopf zur einen, dann zur anderen Seite. Sie runzelt die Stirn und sagt: »Ren, diese Frau hat Sommersprossen, genau wie du.«

Ich sage: »Diese Frau hat rote Haare, genau wie ich.«

Irya sagt: »Diese Frau…«

»Ist meine Mutter.«

54 Schauen Sie nach links hinaus, sagt der Flugkapitän, es ist direkt unter uns. Der große Airbus neigte sich zur Seite. Gaby sah hinunter auf eine Gruppe sommerbrauner Inseln, eingebettet in ultramarinblaues Meer. Wie skizziert wirkende Festungen, diagrammartige Kasernen und Exerzierplätze, geometrische Bastionen und Schutzwände. Brücken verbanden die Inseln, nach Gabys Meinung unpassend orientalisch so hoch im Norden. Ein großes Schiff, hoch wie ein Wolkenkrater, durchfuhr einen geraden Kanal zwischen baumbestandenen Ufern. Die Inselfestung verschwand unter der Tragfläche.

Der Pilot verkündete: noch drei Minuten bis zur Landung. Die Flugbegleiter gingen durch die Reihen, um die Sitze, Sicherheitsgurte und hochgeklappten Rücklehnentische zu prüfen. Das Flugzeug glitt über Mikrowellenmasten und Ölraffinerien und Apartmentblocks tiefer. Gaby stupste Faraway an, um ihn zu wecken.

»Du hast es verpasst.«

»Ich werde noch genug davon zu sehen bekommen.«

»Du hast gesabbert.«

Während er die Sitz-undsoweiter-Prüferin bat, ihm ein mikrowellenbehandeltes Handtuch zu bringen, rief Gaby Dr. Dan übers Ohrfon an.

»Wie fandest du es?«

»Unbeschreiblich langweilig, meine Liebe.«

»Wir gehen jetzt rein.«

»Ich spure es.«

»Angeblich soll uns am Flughafen niemand von der Presse erwarten. Man wird uns gleich zum Konferenzort bringen.«

»Alles, was mich früher aus dieser Kiste herausbringt, soll mir recht sein.« Die Kabinenmannschaft nahm ihre Sitzplätze für die Landung ein. »Heute ist es ein bisschen anders als beim letzten Mal, als wir miteinander geflogen sind, Gaby.«

Sie lachte.

»Was erzählt dir der alte Ziegenbock?«, fragte Faraway.

»Als wir das letzte Mal miteinander geflogen sind, sagte Dr. Dan, dass er nie mehr im Leben eine Flugzeugtoilette aufsuchen würde, ohne an mich zu denken.«

Sie beobachtete Faraway, während dieser versuchte, sich ein Dutzend farawaysche Bemerkungen einfallen zu lassen. Es fiel ihm keine ein. Herrje, wir haben einen weiten Weg zurückgelegt, dachte Gaby. Aber ein Teil des Ganzen waren die schmutzigen Anzüglichkeiten, die vielen stillschweigenden Übereinstimmungen. Die Räder wurden ausgefahren und festgeklinkt. Die Diplomatenmaschine berührte die Landebahn. Unterwegs zu einem sicheren Standplatz mit diskretem Abstand zum zahlenden Verkehr fuhr sie an einem Flugzeug mit kyrillischer Schrift am Bauch und Schwanz vorbei. Gaby schloss die Augen bei dem schwarzen Pochen in ihrem Innern. Luftreisen ist Reisen außerhalb der Zeit; alles verbindet sich miteinander, eins nach dem anderen, wie Weihnachten und Sex. Nach Flugzeug-Zeit sind nur Augenblicke vergangen, seit du im Cockpit der *Dostoinsuwo* auf dem Weg nach Wilson saßest, während deine neue Freundin Oksana Michalowna Teljanina dir ihre geliebte Antonow zeigte und du das Feuer ihres Stolzes wie alten Whisky schmecktest.

»All die vielen Bäume«, sagte Faraway auf der oberen Stufe der Treppe. »Und sie sehen alle gleich aus.«

Gaby zitterte. Kühler August im Norden. Eine Reihe von schwarzen Autos schlängelte sich unter dem Terminalgebäude hervor und bildete einen Halbkreis mit Blickrichtung zum Flugzeug. Dahinter, im Zaum gehalten von Männern in langen Mänteln, hechtete die Planet Press hervor, um ihre Fotos zu schießen und Videoaufnahmen zu machen. Kameras auf dem Dach, Kameras auf Fahrzeugen: ein Meer von Berühmtheit. Gaby polarisierte ihre Augen gegen die Blitzlichter der Kameras und blickte über die Wand von Linsen; ja, da waren Leute, die die Glasfront des Terminalgebäudes säumten. Viele hielten Papp-Plakate hoch. Finnische Süd-Solidarität. Paris Africaine. London Liberty. Ein Hubstapler bewegte sich zur offenen Frachtluke und klemmte sich an den Flugzeugrumpf an. Willkommen In Helsinki, Dr. Dan.

Ein großer, dunkler junger Mann trat vor, um Gaby und Faraway am Fuß der Treppe zu begrüßen.

»Willkommen in Helsinki, Mrs. McAslan, Mr. Muge.« Er verneigte sich regelrecht ein wenig. »Ich heiße Kalevi. Ich bin Ihre Bezugsperson während der Dauer der Konferenz. Was immer Sie benötigen, zögern Sie nicht, es mich wissen zu lassen. Zunächst, wenn Sie bitte so freundlich sein wollen, es gibt ein paar unvermeidliche Formalitäten, für deren Einhaltung ich sorgen muss.«

Er spricht besser Englisch als ich, dachte Gaby, während er die Kontrolle von Diplomatengepäck nach UN-Regeln überwachte. Seine Begrüßung rief Erinnerungen an einen Abschied wach; mit Cletho, im grünenden, dunstbewässerten Garten von Faraways Muschelhaus.

»Du kannst leider nicht mit mir kommen. Es würde dir dort nicht gefallen. Du musst mir in dieser Hinsicht vertrauen.«

Sie hatte immer noch das Bild vor sich, wie die Kleine ihr hinterher geblickt hatte, als der Harambee-Wagen davonfuhr.

»Alles in Ordnung. Wenn Sie nun bitte mit mir kommen würden?«

Der Halbkreis von schwarzen Wagen bildete wieder eine Schlange, jeder besetzt mit einer afrikanischen Delegation: Harambee, Ogun, CAC. In zwei Stunden würden sie und andere Kalevis und die Schilderhalter im Terminal wieder hier sein, um Groß-Simbabwe und FSA und iMerina zu empfangen. Eingesunken in Lederpolster, nahm Faraway Gabys Hand. Sie erwiderte seinen Griff fest.

Motorräder eskortierten die Afrikaner durch die Außenbezirke Helsinkis. Die Wagen fuhren leise und schnell. Die Straßen waren leer. An jeder Kreuzung stand ein Streifenwagen oder ein Polizeimotorrad oder einfach nur ein Straßenpolizist, McDonald-Kaffee aus einem Schaumstyroporbecher trinkend. Hin und wieder standen Leute am Straßenrand und starrten die Vorbeifahrenden mit verdutzten Mienen an. Ich bin eine davon, dachte Gaby. Sie kämpfte gegen den Drang an, ihr Fenster herunterzukurbeln und dem ihr am nächsten fahrenden Begleitmann zuzurufen, dass seine Schenkel in der engen Motorradhose hervorragend zur Geltung kämen. Eisschnellläufer-Leggings.

Aho.

Der Wagen brachte sie zu einem Boot. Das Boot transportierte sie über den schmalen Wasserlauf zur Insel. Auf der Insel brachte ein Geländewagen sie und Faraway und den Rest der Harambee-Delegation auf staubigen Kiesstraßen über Brücken zu ihren Suiten.

»Ich hoffe, Sie werden sich wohlfühlen«, sagte Kalevi. »Obwohl wir für unsere Verhältnisse bis jetzt einen ungewöhnlich warmen Sommer hatten, habe ich die Heizung höher drehen lassen.«

Die Harambee-Suite lag in einer alten Kaserne, die nach frischer Farbe und Auslegware roch. Suomenlinna war eine einsatzfähige Militärgarnison; die Truppen würden wieder bei den weißen Wänden, dem nackten Holz und den blassen Heimtextilien einziehen. Und an der Diplomatenbar. Gaby brachte eine Flasche mit irgendeinem schwarzen Gebräu zum Vorschein, das sie an Guinness erinnerte.

»Ich weiß nicht, wie es dir geht, aber ich brauche einen Drink.« Sie goss zwei Gläser voll. »Prost, oder was immer man hier sagt.« Sie tranken. Ihre Augen traten vor. Lakritze, Salz und Wodka. Konsistenz von Maschinenöl. »Was ist das, verdammt?«

Faraway schnalzte mit den Lippen.

»Ehrlich gesagt, ich werde allmählich warm damit.«

Nach drei Gläsern war er so warm damit geworden, dass er sie wie ein Hund auf dem eleganten Holzboden fickte. Gaby betrachtete die Kalevala-Wandbehänge. Wahnsinn und Inzest im Schlafzimmer.

»Nun, diese Salbung hätten wir hinter uns«, sagte sie, während sie hinterher ihr Haar mit dem Handtuch trocknete. Ihr PDU blinkte. Dr. Daniel Oliotip war angekommen.

Kalevi wartete an der Mole, während der Mobilkran den Container entlud. Matrosen lösten die Haken. Die Klappe entriegelte sich mit einem Zischen. Die Rampe fuhr heraus. Dr. Daniel Oloitip trat in den Sonnenschein und den Spätsommerstaub von Suomenlinna heraus. Für einen kurzen Augenblick huschte eine undiplomatische, politisch inkorrekte, animistische Angst über Kalevis Gesicht. Ja, mir würde es genauso ergehen, dachte Gaby, mir ist es genauso ergangen, damals beim ersten Mal. Aber nur für einen Augenblick. Er stellte sich dem kolosshaften Orthokorpus vor. Dabei verneigte er sich leicht.

»Willkommen in Suomenlinna, Dr. Oloitip. Mein Name ist Kalevi, ich bin Ihr Begleiter.«

Die fleischigen Lippen um Dr. Dans Gesicht öffneten sich. Der alte Masai-Politiker trat aus dem offenen Schlund heraus. Kalevi schüttelte die dargereichte

Hand, ohne zu zögern. Du beherrschst deine Sache sehr gut, dachte Gaby.

Die Matrosen betrachteten angewidert die aufgerollte Nabelschnur. Kalevis erhobener Finger brachte den Tieflader heran.

»Vielen Dank, aber nach zweiundzwanzig Stunden in dieser Kiste hätte ich gern ein wenig Bewegung«, sagte Dr. Dan. »In welche Richtung?«

Kalevi ging mit ihm zu Fuß. Gaby folgte den beiden und genoss den Anblick des unpassenden Paars: der großgewachsene, zurückhaltende Gastgeber, die Hände auf dem Rücken verschränkt, Seite an Seite mit dem Ungeheuer aus Afrika, das langsam auf seinen riesigen krallenbewehrten Straußenfüßen ausschritt.

Am Abend fand ein Empfang für die afrikanische Delegation statt. Der Raum war eine frühere Offiziersmesse, allen Schnickschnacks bis zu nordischer Dürftigkeit entledigt, die Wände behängt mit Teppichen, auf denen Szenen aus der Geschichte der Inselfestung dargestellt waren. Eine Gesangsgruppe begrüßte die Gäste mit Volksmusikweisen. Bei Gabys Eintreten, großartig in knöchellanger waldgrüner Seide, wandten sich alle Köpfe wie Kompassnadeln dem magnetischen Norden zu.

Der finnische Außenminister, prahlerischer Gastgeber der Konferenz, hieß seine Gäste willkommen. Der Rest der Harambee-Delegation war bereits eingeführt. Dr. Dan war eingespannt in ein Dreiergespräch mit Tundé Allotey vom Ogun und einer großen magergesichtigen weißen Frau, an die Gaby sich von ihrer Vorab-Unterweisung her erinnerte: es war die Estländische Sekretärin des Diplomatischen Corps der EU. Dr. Dan nickte Gaby zu. Ein langer goldgewirkter Burnus mit erlesener Brokatstickerei bedeckte die Schamlosigkeit eines Orthokorpus.

Ein Zupfen an Gabys Ellbogen.

»Der zweite Vorhang ist gefallen. Der Kellner mit den Drinks ist gerade eben hier vorbeigekommen.«

A.O. Ranantsoa, zwei Meter und zehn pure Merina-Größe in weißer Naturseide. Als ob sie die Temperatur eines Blickes spürte, wandte sie den Blick von ihrer Unterhaltung ab und Gaby und Faraway zu. Faraway verneigte sich leicht.

»Zeit für Runde zwei.« Faraway glitt zwischen den sich bewegenden diplomatischen Körpern hindurch zu ihr. Gaby ergatterte einen Drink. Jetzt vorsichtig sein. Du hast morgen früh eine Pressekonferenz. Und Gott allein mochte den diplomatischen Schaden ermessen, den du anrichten würdest, wenn du dich bei einem offiziellen Empfang betrinkst. Obwohl es eine sehr große Wohltat wäre, zufällig ein Glas von diesem schwarzen Lakritz-Salz-Zeug über A.O.s beschissen reines und vollkommenes weißes Seidenkleid zu kippen.

Trotz ihrer eigenen Ermahnungen stellte Gaby fest, dass sie noch mindestens drei Gläser Champagner brauchte, um sich dem politischen Smalltalk zu stellen. Mein Gott, ich habe ganz vergessen, wie gut das echte Zeug schmeckt, dachte sie, während ein rotgesichtiger Isländer ohne Punkt und Komma über die Vorzüge von Torfdächern auf Häusern redete.

»Entschuldigen Sie mich bitte einen Augenblick.«

Sie und Faraway wechselten in der Mitte des Raums den Orbit.

»Wenn Madam A.O. mich bisher noch nicht gehasst hat, dann hasst sie mich ganz bestimmt jetzt«, sagte Faraway. »Wenn sie sich ärgert, werden ihre Brustwarzen hart.«

»Hilfe, ich habe soeben den langweiligsten Mann der Welt kennengelernt«, flüsterte Gaby. Sie walzten voneinander weg, mischten sich wieder in die Party. Der Isländer sah sich nach einem neuen Opfer um.

»Mrs. McAslan.« Kalevi, formvollendet in seinem offiziellen Frack und Silber am Kragen. »Es tut mir leid, Sie darauf ansprechen zu müssen, aber es gibt ein paar Punkte, die ich vor der morgigen Pressekonferenz klären muss.« Sie waren in wenigen Augenblicken geklärt, doch Gaby unterhielt sich weiter mit ihm unter dem Wandbehang mit der Niederlage von Suomenlinna.

»Sehen Sie den Platz in der dritten Nische«, fragte er. »Ein Wandbehang zur Erinnerung an diese Friedenskonferenz wurde bereits in Auftrag gegeben. Hier wird Geschichte gemacht. Ich fühle mich sehr geehrt, dass ich Teil davon sein darf.«

Zumindest bist du dafür ausgebildet, dachte Gaby. Ich bin einfach so in die Geschichte hineingefallen. Plötzlicher Applaus. Anschließend herrschte Stille im Raum. Der Präsident war im Begriff, seine Begrüßungsansprache zu halten.

Ein Pendelverkehr war aufgeboten worden, um die Delegierten nach dem Empfang zurück zu ihren Suiten zu bringen, aber es war eine klare Nacht und ein fremdes Land und Gaby musste sich den Champagner ablaufen, weil das Echte immer gefährlicher ist als das Nachgemachte. Kalevi bestand darauf, sie und Faraway zu begleiten. Er ging fünfzig Meter vor ihnen her und sah sich kein einziges Mal um, aber Gaby zweifelte nicht daran, dass ihm keine einzige ihrer Bewegungen entging.

»Fühlst du dich dieser Pressekonferenz gewachsen?«, fragte Faraway.

Die Nacht roch nach Staub und tiefem Wasser. Gaby sah zu der nördlichen Sternenkonstellation hinauf, die sie einst so gut gekannt hatte wie ihre eigenen Gesichtszüge. Vom blau-weißen Wega in der Leier zu Deneb im Schwanz des Schwans und hinunter zu Altair im Adlen: das Sommerdreieck. Dahinter, am Rand der Sicht in der Dunkelheit jenseits des Lichtscheins der Stadt, der sanfte Dunst der Milchstraße. Der Mond war eine scharfe Sichel, seltsam aufrecht. Ganz anders als der träge Mond von Afrika, der wie ein Kleinkind auf dem Rücken lag. Das GDO stand tief über den Lichtern der Stadt.

»Ich komme damit klar.«

Am Morgen erwartete Kalevi sie mit einem Boot.

»Ich überlege mir, wie Ihnen das erscheinen muss«, sagte er, als sie ablegten und einen Kurs durch die Kanäle und zwischen den felsigen Inselchen und wuchtigen Frachtern hindurch steuerten. »Sie alle auf der Insel. Es ist keineswegs so, dass Sie sich in Quarantäne befinden.«

»Natürlich nicht«, sagte Gaby. Offiziell aussehende Wagen fuhren auf den Pflastersteinen des Hafens heran. Das Boot legte an, Sicherheitsleute gingen an Land, um die Schaulustigen zu verscheuchen. Während der Fahrt zum Hotel ging sie noch einmal die Fragen durch, die sie beantworten würde. Kein Problem. Kalevi machte sich hinter den Kulissen zu schaffen, während Gaby ihr Gesicht auf der Damentoilette überprüfte. Ein Techniker machte Mikrofon-Sprechproben mit ihr. Sie konnte die Schriftzeichen von einem Dutzend Nachrichtensendern auf den Mikrofonen erkennen, die an ihr Lesepult angeklammert waren. SkyNet war da. Die Vorderseite des Podiums war gespickt mit Aufnahmegeräten. Das Summen war hörbar, der Zigarettenrauch greifbar.

Kalevi tat seine Arbeit, hieß die Medienvertreter willkommen und stellte sich auf Finnisch und Englisch vor. Dann: »Meine Damen und Herren, Mrs. Gabriel McAslan, Informationsoffizierin der Harambee-Delegation.«

Und so weiter. Der Konferenzsaal war voll: Gesichter Kameralinsen Lichter Mikrofone waren in den nach Rang geordneten Sitzplätzen aufgereiht. Sie legte die Vorlage für ihre Rede und die Fragekarten auf das Lesepult und holte ein paarmal tief Luft. Das ist kein Problem. Du hast so etwas schon Dutzende Male gemacht. Ja, aber das ist lange her und damals warst du auf der anderen Seite des Tisches. Ihr Blick schweifte über die Sitzreihen auf der Suche nach bekannten Gesichtern. Ah. Mrs. Lisa Kropotkin. Du wirst deine Sache sehr gut machen.

»Guten Morgen, meine Damen und Herren, vielen Dank, dass Sie gekommen sind. Ich habe eine Verlautbarung des Harambee vorbereitet. Anschließend werde ich Fragen beantworten.«

Danach stürmte sie so schnell von der Bühne, dass selbst Kalevi abgeschlagen zurückblieb.

»Ich habe ausdrücklich darauf hingewiesen, dass nur zuvor unterbreitete Fragen gestellt werden können«, sagte sie zum zwölften Mal, als das Boot vom Ankerplatz ablegte.

»Für Lisa Kropotkin nicht ausdrücklich genug.«

»Tut mir leid. Ich entschuldige mich. Es war mein Fehler.«

»Nein, das stimmt nicht. Sie tut nur das, was man von ihr verlangt.« Was ich an ihrer Stelle auch getan hätte – doch das sagte sie nicht.

An diesem Abend fand ein weiterer Empfang statt, und zwar für die asiatische Delegation, die während des Tages angekommen war.

»Würde es dir etwas ausmachen, wenn ich diesem Ereignis fernbleiben würde?«, fragte Gaby, als Faraway seine offizielle Dschellaba anzog. »Man kann nur eine bestimmte Menge von volkstümlichem Gesang ertragen. Und du solltest etwas unter diesem Ding anziehen. Kein Wunder, dass du andauernd erkältet bist. Und was ist, wenn du einen Steifen bekommst? Das wäre ein schwerwiegender diplomatischer Vorfall.«

Er zog eine Weste an, küsste sie und ging zur Arbeit.

Der blaue Abend rief Gaby ins Freie. Mauersegler schossen niedrig über Erde und Wasser und jagten die Insekten der Abenddämmerung. Sie wanderte auf den Pfaden dahin, vorbei an den schläfrigen Kanonenbooten und den stillen, leeren Kasernen. Das Blau vertiefte sich, ein Hauch von Kühle erfüllte die Luft. Gaby zog ihr Schultertuch fester um sich, während sie auf dem staubigen Pfad Steine vor sich her kickte. Vorbei an verlassenen Häusern mit Kräutergärten und Kinderdreirädern, dort zurückgelassen, wo das Spiel zu Ende gewesen war. Hinauf von der von Pflanzen überwucherten Festung, zu einer steineren Bastion, wo eine große Eisenkanone aufs Meer hinausragte. Sie sprang hoch, umklammerte den leeren Lauf, zog sich hinauf, um hineinzuspähen. Zigarettenschachteln, Coladosen, Kondome. Draußen im Kanal fischte ein Kormoran. Die Vertrautheit hakte sich wie eine Kralle in ihr Herz.

Ich möchte diese Abenddämmerung. Ich möchte diese magische Stunde, ich möchte eine verweilende Stille zwischen Tag und Nacht. Ich möchte diese Kälte, die mit jedem Tag ein wenig zunehmen wird, bis dieses Meer zu Eis erstarrt und ich – wenn ich hier wäre – mit Schlittschuhen von der Insel zur Küste gleiten könnte. Wenn ich Schlittschuh fahren könnte. Aber ich könnte lernen, Schlittschuh zu fahren. Ich möchte Jahreszeiten, ich möchte Bäume, die alle gleich aussehen, ich möchte echten Champagner, ich möchte feine, nicht wahrnehmbare Herbste, ich möchte im Meer fischende Vögel und Jugendliche, die sich in Festungen lieben und hinterher rauchen.

Ich liebe Afrika, aber es ist nicht meine Heimat.

Ein kurzes helles Licht leuchtete am östlichen Horizont auf. Die unaufhörliche nächtliche Bestrafung der Venus. Gaby schritt die Linie der Mauern unter einer Decke aus intensivem Blau ab. Sie stellte fest, dass sie zum Empfangssaal gelangt war. Küchenpersonal kickte einen Ball in einem Rechteck hinter dem Bedienstetenbereich, laufend und hackend und vorstoßend und brüllend. Gestapelter *Chef chic* bildete die Tore. Ein Ball sprang weit. Gaby rannte, um ihn aufzuhalten. Sie warf den Ball dem Torwart zu, der ihn ins Mittelfeld warf. Die Spieler drängten sich schreiend um ihn. Der Himmel färbte sich indigoblau. Es war zu dunkel, um in dem Rechteck etwas zu sehen, aber die Fußballer spielten weiter. Gaby überließ sie ihrem Spiel. Sie ging durch einen Bogen unter einem Uhrturm und weiter zur Mole. Die Lichter kleiner Boote schaukelten auf dem Wasser.

Das Surren des PDU war so plötzlich und unpassend wie eine Kanonensalve. Kalevis Nummer. Sie rief sein Gesicht auf den Bildschirm. Im Hintergrund breitwandige Teppiche und Politiker und Politiker-Geräusche.

»Mrs. McAslan.« Er runzelte die Stirn. »Stimmt mit Ihrem PDU etwas nicht? Ich bekomme kein klares Bild.«

»Ich bin im Freien.« Sie hob die winzige Linse näher an ihr Gesicht und drehte die Verstärkung so weit auf wie möglich, aber die Unterbelichtungs-Warnleuchte flackerte trotzdem.

»Ah. Ich habe einen privaten Anruf für Sie.«

»Wer ist dran?«

»Ihre Schwester. Sie möchte mit Ihnen sprechen und sie dabei sehen.«

Kalevi beschwerte sich – in aller Höflichkeit –

über seinen Arbeitsaufwand, aber Gaby erinnerte ihn daran, was er am Flughafen gelobt hatte: ›Was immer Sie benötigen‹. Er verneigte sich und arrangierte es.

Seine Sicherheitsmaßnahmen waren sehr gut durchdacht. Man konnte seine Wachleute nicht von gewöhnlichen Gästen unterscheiden. Gaby nahm auf einem Hocker an der Bar Platz, von wo aus sie die Tür im Blick hatte. Das Bild zeigte echten irischen Whisky. Plötzlich hatte sie Lust auf einen. Plötzlich hatte sie vor dieser Begegnung mehr Angst als vor jedem Pressetermin oder jedem Interview oder jeder Live-Reportage vor laufender Kamera. Sie sah sich nach den Sicherheitsleuten um. Sie lasen ihre Zeitungen, plauderten beim Kaffee, hielten Ausschau nach Gefahren. Sie sah ein Barmädchen. Sie beugte sich vor, hob einen Finger. Im selben Augenblick sah sie die Frau in der Türöffnung.

Ich stehe aufrecht da, bemerkte Gaby. Das sollte ich nicht tun. Ich sollte am Boden sein. Ich sollte mich unter dem Tisch verstecken.

Die große, dünne Frau näherte sich ihr. Ihr Gesichtsausdruck änderte sich bei jedem Schritt: Von Verwirrung zu Unsicherheit zu Erkennen zu Überraschung zu Verblüffung.

»Gaby?«

»Reb?«

Sie umarmten sich. Sie trennten sich. Sie setzten sich am Tisch gegenüber und erforschten jeweils das Gesicht der anderen. Das Barmädchen hielt sich einen Tisch weit entfernt auf.

»O mein Gott. Es ist wahr.«

Gaby hätte sich am liebsten das verräterische Gesicht mit den Händen bedeckt. Ich müsste eigentlich dein Gesicht haben. Ich bin die ältere Schwester. Dein Gesicht sagt aus, was ich durchlebt habe. Deine Falten, die tiefen Höhlen deiner Augen, das Grau in deinem Haar, die Erfahrung deiner Knochen. Mein Gesicht sagt nichts über meine Erfahrung aus.

»Ich habe gehört, dass ihr nicht so altert wie wir; dann habe ich dich im Fernsehen gesehen, bei dieser Pressekonferenz, und ich dachte: na ja, Fernsehen, da sollen die Leute ja immer gut aussehen. Aber hier …«

»Es hat seine Vorteile«, sagte Gaby. »Du siehst… äh…«

»Älter aus.«

»Ich wollte sagen: jünger.«

Reb lächelte. Mein Standpunkt ist erwiesen, dachte Gaby.

»Möchtest du etwas trinken?«, fragte Gaby. »Ich unterschreibe einfach nur Bons und die UN zahlen alles.«

Das Barmädchen kam heran.

»Wie ist das Hotel?«

»Oh, ich wohne nicht hier. Du bekommst in ganz Helsinki kein Zimmer. Ich wohne in einem Motel draußen in Espoo.«

»Bist du schon länger hier?«

»Ich habe gestern einen Flug bekommen.«

Der Morgenkaffee wurde serviert.

»Sie backen in diesem Land wirklich gute Brötchen.« Gaby bot den Teller an.

»Eigentlich bin ich darüber hinaus. Ich bin Vegetarierin.«

»Seit wann?«

»Seit Jimmy, und der kam vor ungefähr acht Jahren. Seit etwa derselben Zeit nenne ich mich Bec.«

»Bec. Und Jimmy?«

»Über Jimmy bin ich inzwischen hinaus.«

»Gibt es derzeit jemanden?«

»Nein, im Augenblick bin ich allein. Ich lebe allerdings wieder im Leuchtturmhaus.«

»Und Hannah? Ihre Familie ist doch inzwischen bestimmt schon ganz schön groß, oder?«

»Ciara erwartete ihr erstes Kind im Januar, Sirya macht ihren Magister in Theaterdesign in Galway.«

»Du liebe Güte, ich bin eine potentielle Großmutter. Und Hannahs Mann, wie hieß er noch gleich? Ich bin mal mit ihm gegangen, mein Gott!«

»Mark.«

»Marky.«

»Sie haben sich vor acht Jahren scheiden lassen.«

»Scheiße.«

»Sie hat eine Zeit lang mit mir zusammengelebt, aber 2028 hat sie wieder geheiratet und das läuft ganz gut. Er ist ebenfalls geschieden, sie kennen also beide die Grundregeln.«

»Und Dad? Ist er immer noch Leuchtturmwärter am Point?«

»Nein, er hat den Job vor ein paar Jahren aufgegeben. Ich bin jetzt Leuchtturmwärterin.«

»Ich schätze, er muss inzwischen – wie alt? – einundsiebzig, zweiundsiebzig sein. Wie geht es ihm?«

»Er hat Leberkrebs. Er wird bald sterben.«

Hilfe, rief Gaby den Sicherheitsleuten zu. Schützt mich. Ich bin verletzt, ich bin verwundet. Sie lasen ihre Zeitungen, tranken ihren Kaffee, unfähig, für ihre Sicherheit zu sorgen.

»Wie… wie lange noch?«

»Vielleicht ein paar Monate. Die Krankheit war schon ziemlich weit fortgeschritten, als man sie diagnostizierte. Sie haben all diese neuen Behandlungsmethoden gegen Krebs, aber man muss ihn frühzeitig erkennen. Man wollte ihn in ein Hospiz bringen, aber das hat er abgelehnt. Er ist zum Leuchtturmhaus zurückgekommen. Ich sorge für ihn. Er ist gut aufgehoben.«

»Warum hast du mir nicht…«

»Wie hätte ich das tun können, Gaby?«

Sie sah auf. Ihre Schwester war jetzt älter, als sie selbst jemals sein würde.

»Gab, ich bin nicht hergekommen, damit du alles stehen und liegen lässt, um zu seinem Bett zu eilen. Ich bin nur gekommen, um es dir zu sagen, weil ich wollte, dass du es weißt, bevor er stirbt, damit du dir keine Vorwürfe machst und weil…, nun, weil ich dich sehen wollte.«

»Verdammt!«, sagte Gaby. Ihr PDU surrte. Sie stellte es auf den Tisch zwischen die Kaffeetassen, stellte die Linse ein. »Es tut mir leid.« Kalevi. Sie hatte zwei Minuten Zeit, um das ABC-Interview zu bekommen. Ihr Wagen stand draußen.

»Schon gut, okay, Kalevi. Bin schon unterwegs.«

Sie steckte das Gerät in die Tasche.

»Mist, tut mir leid, Reb.«

»Das war wohl keine besonders günstige Zeit…«

»Ist es das jemals?« Gaby stand auf. Die Sicherheitsleute entschieden, dass es Zeit sei, den Müßiggang zu beenden, und standen ebenfalls auf. »Ich habe ein Interview. Ähm… könnten wir uns zum Abendessen treffen? Hier.« Sie kritzelte eine Nummer auf die Rückseite eines Rechnungsbelegs. »Mein direkter Zugang. Ich habe deine Mobilnummer bekommen, als du angerufen hast… Entschuldigung, aber wir müssen alle Anrufer speichern. Sicherheitsvorschrift. Ich weiß, es ist Blödsinn. Es war schön, dich zu sehen, Reb. Bec.«

Sie winkte von der Tür aus. Im Wagen, dreißig Sekunden vom derzeitigen ABC-Studio entfernt, stellte sie fest, dass sie ihr ganzes Make-up weggeweint hatte und es ihr in dicken Tränenstreifen übers Gesicht lief. In dem Interview reagierte sie geschickt auf die frechen Fragen von Saul Pesci, der sie persönlich verantwortlich machen wollte für den Bangalore-Angriff und die Gefahr, die der amerikanischen Industrie durch die Nanotechnik aus dem Süden drohte. Er wählte als Analogie den Begriff des ökonomischen Krebsgeschwürs. Sie stellte sich vor, wie er sich ausgeweidet auf der Klinge von Clethos Speer wand, während sie ihm sehr ruhig, sehr profihaft die Verbindungskette von Soroti zu den Raketenfabriken in Kansas aufzeigte. Nach dem Interview gab es einen kurzen Lückenbüßer bei BBC und ein Arbeitsessen unter vier Augen mit einer Frau von *Time*, dann weiter zu einer Live-Fragestunde zur chinesischen Hauptabendnachrichtensendung, zusammen mit V.P. Ambohidratrimo, iMerinas Pressesprecher, und Winifred Oboté aus Groß-Simbabwe. Und weiter zum nächsten Termin, wobei Sicherheitsleute eine Schneise durch die Medienvertreter bahnten, während Gaby Kalevi bat, ihre Abendverabredung mit Dominque Celibidache von News Inter abzusagen und auf einen neuen Termin zu legen und stattdessen für sie einen Tisch zu reservieren in einem Restaurant, das in Espoo als gut galt, und ihr einen Wagen zu schicken.

Dominque Celibidache war es nicht gewöhnt, dass man Verabredungen mit ihm absagte, und auch nicht, dass man ihn vor dem Ende eines Interviews einfach sitzen ließ. Ein Anruf von Faraway war eingegangen. Die Südamerikanischen Delegationen, die während dieses ganzen Tages ankamen, waren am Flughafen aufgehalten worden. Die Vereinigten Staaten hatten Einwände gegen die Anwesenheit von sogenannten Adaptierten bei dem Gipfeltreffen vorgebracht. Derartig Begabte würden den Südländern einen ungerechten Vorteil bei den Verhandlungen verschaffen. Die Vereinigten Staaten waren nicht bereit, Gespräche zu führen, bevor alle supernormal Befähigten entfernt worden wären.

»Mach dir nichts draus, dass die CIA uns wahrscheinlich Wanzen in den Arsch geschoben hat«, sagte Faraway, als er Gaby beim Aussteigen aus dem Speedboot traf. »Sie sind scharf auf alle: Isopathen, Präkogs, Sensoren, Wahrheitsseher, Glücksbringer bis hin zu Baum- und Wasserbeschwörern. Sie erwähnen auch ausdrücklich Orthos.«

»Dr. Dan. Scheiße.«

»Wir kommen in dieser Hinsicht nicht gegen sie an und sie wissen das«, sagte Dr. Dan in dem mit Mitteln der Akustik zur Stille gebrachten Versammlungssaal. Er stapfte schwerfällig über den Holzboden. »Ohne Amerika findet kein Gipfeltreffen statt. Wir müssen damit rechnen, dass sie sich vermutlich nicht allzu leicht damit abfinden werden.«

»Wir brauchen dich«, sagte Faraway.

»Nein. Ihr braucht mich nicht. Es gibt hier mehr als genügend begabte Personen, um die Verhandlungen für das Harambee zu führen. Es ist nur ärgerlich, dass alles, was ich davon zu sehen bekommen werde, auf einem Bildschirm im Großen Boma sein wird.«

Gaby berief die Dringlichkeits-Pressekonferenz für Mitternacht ein. Gegen elf Uhr fünfundvierzig war der Raum rappelvoll und Kameraleute rangelten um Plätze auf den Stufen. Sie trank viel Wasser, ging zweimal zur Toilette und begab sich zum Schauplatz, ohne darauf zu warten, dass Kalevi sie vorstellen würde.

»Meine Damen und Herren, danke, dass Sie so kurzfristig erschienen sind. Ich habe nur eine kurze Erklärung abzugeben; später werde ich Fragen beantworten. Die Forderung der Vereinigten Staaten von Amerika ist eklatant rassistisch und aggressiv und enthält den Anspruch auf Vorherrschaft. Außerdem kündigt sich eine neue menschliche Sozialkrankheit an: der Spezies-ismus. Diese Leute, mit denen die Vereinigten Staaten nicht verhandeln können, sind nicht behindert oder mutiert, es sind keine fremdweltlichen

Rassenmischungen, es sind keine Hybriden oder Bastarde oder Ungeheuer. Es sind menschliche Wesen. Jenseits von Hautfarbe oder Haarfarbe oder Knochenbau oder sogar Blut teilen sie mit uns den kleinsten allgemeinen Nenner: in ihren Genen sind sie menschlich. Wir sind eine gemeinsame Spezies.«

Sie forderte die Gesichter heraus, die sie ausgewählt hatte. Ihr verbrämter Hinweis auf unterschwelligen Ärger hatte bei ihnen gefruchtet. Gut so. »Im Interesse eines schnellen Vorantreibens dieses Friedensprozesses hat das Harambee jedoch beschlossen…«

»Eine gute Rede«, sagte Faraway, als sie hereinkam, verschwitzt und dreckig und todmüde. Er hatte ein Bad, Gläser und kalten Champagner bereit.

»Improvisiert«, sagte Gaby. Sie sank ins warme tiefe Wasser und schmolz dahin, als der Whirlpool anging. Faraway ließ sich nach ihr hineingleiten. Wasser platschte auf den Boden. Seine Hände ertasteten sie. Sie wich zurück.

»Faraway, ich bin heute schon reichlich bedient.«

»Tut mir leid.«

»Schon gut. Faraway, meine Schwester hat sich gemeldet.«

»Ich habe davon gehört.«

»Herrje, ist denn hier gar nichts privat?«

»War das Restaurant gut?«

»Es gab Arktik-Saibling. Und dieser Blick aufs Meer, ganz Inseln und Bäume. Ja, es war gut. Faraway, mein Vater hat Krebs.« Sie stellte das Champagnerglas in einer Pfütze am Boden ab. »Macht es dir was aus, wenn ich das nicht trinke. Mir ist heute Abend einfach nicht danach zumute.«

Sie lehnte sich an die Festigkeit seiner Brust und seines Bauches zurück.

»Faraway.«

»Ja?«

»Könntest du mich bitte einfach nur festhalten?«

Sie lag in seinen Armen, bis das Wasser kalt wurde.

Die Isopathen, die Präkogs, diejenigen mit Cletho-Sinnen und diejenigen, die das Wahre vom Falschen unterscheiden konnten, und diejenigen, die schlichtweg unglaublich viel Glück hatten, die Baum- und die Amphibienleute und ein einziger Raumfahrer aus Sumatra und die Orthokorpusse flogen am nächsten Morgen weg. Zwei Stunden später flogen die Amerikaner herein. Die Aufmerksamkeit der Medien strebte ihnen zu wie Ratten der Kloake. Mit einer zweiundzwanzigstündigen Frist bis zur Eröffnung des Gipfeltreffens pendelte Faraway zwischen den Südamerikanern hin und her, Geschäfte abwickelnd und versuchend, Stimmblöcke zusammenzusticheln. Gabys Kopf-an-Kopf-Sendung auf CNN mit dem Washingtoner Analytiker Madchen Connors war erst auf sechzehn Uhr Ortszeit angesetzt; sie verbrachte den Morgen damit, Reaktionen aus den Weltnachrichten zu verfolgen. Mit Ausnahme der Briten hatte den Europäern ihr Angriff gegen die amerikanische Vertreibungspolitik gefallen. Die Chinesen und die Ostpazifischen Staaten legten in der Praxis Widerspruch ein, stimmten im Prinzip jedoch zu. Die interessanteste Reaktion kam aus einer Telefonbefragung in den Frühstücksnachrichten von East Coast: im Großen und Ganzen stand es zwei zu eins dafür, dass die Südländer keinen Grund zum Protest hatten, doch unter den Afro-Amerikanern, Hispanos und Asiaten, der Minderheit der Anrufer, belief sich die Unterstützung ihres Standpunktes auf einhundert Prozent. Gebt mir eure Armen, dachte Gaby. Danke, bedrängte Massen. Die Computermodelle zeigten bei den meisten Nachrichtenmagazinen, Flugschriften und Spezialsendungen eine Verschiebung zu Gunsten des Südens, während die Massenmarkt-Revolverblättchen und Fernsehprogramme, die hartnäckig gegen eine Ausbuchtung der vorausgesagten Sympathie anstemmten, ihren Standpunkt von Stunde zu Stunde erhärteten. Im Worldweb herrschte der übliche chaotische Eintopf von Meinungen, vom verbissenen Marxisten-Klassenkrieg bis zum Bombt-die-Bastarde-in-die-Steinzeit-zurück-Neoimperialismus. Microsoft Online war unerschütterlich pro Norden, wie üblich. Ihre Kampagne für den Speziesismus hatte anscheinend gefruchtet. Zweifellos bekamen sie von überall her die Bestätigung, dass die öffentliche Meinung zu ihren Gunsten umschlug.

Faraway kam eine halbe Stunde vor der CNN-Runde vorbei.

»Wie ist es gelaufen?«

»Wir haben etwa sechzig Prozent Zustimmung. Der tiefe Süden nimmt immer noch diese Macho-Einstellung von ›Niemand-sagt-uns-wie-wir-wählen-sollen‹ ein.« Er sah schrecklich erschöpft aus. Seine Haut war matt, sein Körper schien schwer auf ihm zu lasten. In seinen Augen war kein Licht.

Gaby betrachtete ihre Stichwortkarten. Zum Teufel damit, dachte sie. Sie legte Faraway auf den Boden und bearbeitete ihn auf die Weise, wie sie es in jener Nacht am Strand von Aldabra gemacht hatte. Als er schnurrte, ging sie an das beharrlich surrende PDU. Sie hatte Kalevi versetzt, obwohl er zu höflich war, um es sich anmerken zu lassen.

»Ich bin Irin«, sagte sie, als sie ins Boot sprang. »Uns fehlen die Zeitgefühl-Gene.«

Eine Minute vor der Sendezeit ersetzte Washington Madchen Connors durch Latoyah Wellesley.

»Ich weiß nichts über sie«, sagte Kalevi. Er war der Unbeherrschtheit so nahe, wie Gaby ihn noch nie erlebt hatte.

»Eines weiß ich mit Sicherheit«, sagte Gaby. »Sie wird eine Schwarze sein.«

Und so war es. Ihre ganze Strategie bestand darin, Gaby auf raffinierte Weise durch Anspielungen und Andeutungen als Rassistin hinzustellen. Gaby hielt mit Nachdruck an der multikulturellen, multiethnischen Eigenschaft des Harambee fest, musste bei Latoyah Wellesleys Angriff in der Frage islamisch-fundamentalistischer Gemeinschaften jedoch Boden preisgeben. Sie konnte keinen Nachstoß landen beim Thema amerikanischer Verletzungen der UN-Charters durch die Unterstützung der Frontstaaten. Ein offenkundig partisanischer Nachrichtenmoderator half auch nicht.

»Herrje, wenn das ihre Verhandlungsrichtlinien sind, dann sind wir im Arsch, bevor wir überhaupt anfangen.« Gaby wischte sich das Gesicht mit Mineralwasser ab.

»Ich dachte, es sei eine Entscheidung ad hoc gewesen«, sagte Kalevi.

Sie wünschte sich sehr, dass Faraway da sein würde, als sie zurück zur Suite kam, aber er hatte eine Nachricht auf dem Haus-Utensil hinterlassen, mit der er ihr mitteilte, dass er ein paar Australier in dem Speisesaal treffen würde, der früher eine Brauerei gewesen war. Er würde erst spät zurückkommen. Gaby schlief auf dem Sofa ein, während das Unterhaltungszentrum sie mit *Toska* beträufelte.

Sie wurde vom Lärm einer Invasion geweckt. Die Tür flog krachend auf. Lampen blendeten sie. Eine Gestalt zeichnete sich als Silhouette in dem weißen Raum ab.

»Faraway? Wieviel Uhr ist es?«

»Halb vier. Steh auf! Die Merina. Die verdammten Merina.«

Faraway fluchte. Sie rollte sich auf den Bauch, versuchte wach zu werden, immer noch benommen und erschreckt. Lichter vor dem Fenster; die Insel stand in Flammen, da war das Dröhnen vieler Motoren: Schiffe, Flugzeuge.

»Was ist mit den Merina?«

»Sie haben Raketen abgefeuert.«

55

Sie träumte, dass eine Hand sie schüttelte, eine Stimme ihren Namen rief. Im Traum befahl sie Hand und Stimme, sich zu verpissen, sahen sie denn nicht, dass die dringend Schlaf brauchte?

»Ren.« Der Traum faserte aus. »Du musst aufstehen.« Sie blinzelte, immer noch im Schatten zwischen den Welten. »Wir müssen jetzt los, Ren.« Der Körper hinter der Hand und der Stimme hielt einen schwarzen Rucksack hoch. »Ich habe bereits das Nötigste für dich gepackt.«

Sie setzte sich auf.

»Meine Sachen?«

»Ren, ein Wagen wartet.«

Anitraséo.

»Wieviel Uhr ist es?«

»Zehn nach elf. Zieh dich an, Ren.« Die Hände reichten ihr Shorts, T-Shirt, Sandalen. Ihre Arme und Beine fanden die passenden Löcher nicht. »Das wirst du brauchen.« Eine Wetterhülle aus Plastik. Auf der Veranda des Bungalows trieb sie der plötzliche scharfe Wind, vermischt mit peitschendem Regen, in die Wach-Welt.

»Wohin gehen wir?«

Der Wagen brachte sie zum Flugplatz. Ein Kippflügler stand bereit. Ren blieb auf dem Weg zwischen Wagen und Flugzeug stehen. Der böige Wind zerrte an ihrer Wetterhülle, der Regen durchtränkte ihre dünne Kleidung innerhalb eines Augenblicks.

»Wo sind die anderen?«

»Nur du, Ren«, sagte Anitraséo.

Der Kippflügler wurde verriegelt und hob ab, bevor sie sich an ihren Sitz angeschnallt hatte. Er jagte unter dem Rand des sich herabsenkenden Monsuns davon. Der Flieger machte einen Satz, als er in den Horizontalflug umschwenkte, wobei die großen Motoren gegen die Schläge ankämpften.

»Es geht los, nicht wahr?« Rens Finger waren weiß auf den Armlehnen, während der hüpfende Kippflügler sich aus dem Unwetter freikämpfte.

»Ja«, sagte Anitraséo. »Heute Nacht geht es los.«

Zwanzig Uhr zweiundzwanzig Ortszeit: Merina-Startrampe 3 auf der Insel Mayotte erlebt einen Gasausbruch-Unfall. Zwölf Tonnen toxisches Antriebs-Kühlmittel werden auf die Oberfläche ausgestoßen. Die Planetarressourcen-Satelliten-Weltbeobachtungsstation 12 auf einem Fünf-Grad-Zweihundert-Kilometer-Orbit verzeichnet abnorme Aktivitäten auf Mayotte. Planetarressourcen ist eine beschönigende Umschreibung für ›Militärischer Geheimdienst‹. Die Weltbeobachtungsstation übermittelt die Daten an die Weltbeobachtungs-Kontrollstation in Greensboro, Nord Carolina. Einundzwanzig Uhr elf, Merina-Zeit: die erste Analyse der Satellitendaten ist vollständig. Die Neuralnetze weisen mit dreiundachtzigprozentiger Wahrscheinlichkeit auf ein Entweichen von Raketenkühlmittel hin. Das Typische an Neuralnetzen ist, dass ihr vollkommener Mangel an Fantasie ihnen erlaubt, das Unvorstellbare in Erwägung zu ziehen.

Die Nigger haben Raketen.

Um einundzwanzig Uhr achtzehn wird die Information samt Prognose ans Pentagon weitergeleitet. Eine erste Gefahreneinschätzung liegt um zweiundzwanzig Uhr vierundzwanzig vor. Die Belegschaft des ›Kriegsraums‹ verlangt eine Neuralnetz-Analyse der Merina-Territorien nach möglichen weiteren Startanlagen. Empfehlungen werden um zweiundzwanzig Uhr dreißig an die Verbindungs-Leitstellen und das Weiße Haus gegeben. Der Präsident wird bei einem Essen für Arbeiter, veranstaltet von einem der vielen Wohltätigkeitsverbände, deren Schirmherr er ist, gestört.

Der Präsidenten-Ratgeber spricht langsam, leise und ruhig. Die Essensgäste beobachten, wie die Präsidenten-Fahrzeugstaffel wegfährt, während sich die First Lady entschuldigt. Als er das Oval Office erreicht, haben die Verbindungs-Bosse bereits acht mögliche Startanlagen im südöstlichen Indischen Ozean identifiziert. Die Optionen, die sich dem Präsidenten auftun, rangieren von abwarten und zusehen bis zum begrenzten Atomschlag. Um einundzwanzig Uhr fünfzig trifft er eine Entscheidung. Operation Schreiender Adler tritt in Aktion.

Die *Valley Forge* ist eine schwere Einstufen-Orbit-Fähre. Sie fährt einen fünftägigen Patrouillenbogen in einem Achtzig-Kilometer-Orbit. Ihre Mannschaft ist straff organisiert, gut ausgebildet, professionell, gelangweilt, mystisch angehaucht. Sie ist mit zwei Orbit-Boden-Marschflugkörpern mit FAE-Sprengköpfen ausgerüstet. Um neunzehn Uhr MGZ, zweiundzwanzig Uhr Ortszeit, dringt die *Valley Forge* in das Angriffsfenster für Ziele im westlichen Indischen Ozean ein. Drei Minuten später wirft sie beide Raketen durch die offene Frachtluke ab. Wiedereintrittsabfolge beginnt um zweiundzwanzig Uhr fünfzehn. Doppelte Ionisationsschweife brennen am Nachthimmel von Ostafrika wie lange, helle Meteore. Bei fünfzehn Kilometern entfalten sich Tragflächen, die Stautriebwerke zünden. Die Marschflugkörper sinken auf Reisehöhe ab, schöpfen die Schaumkronen von den Wellen ab, auf die Palmen und Korallen von Mayotte zielend.

Um zweiundzwanzig Uhr dreißig trifft die erste Rakete Mayotte und zerstört Rampe Vier und seine

Begleitrakete vollkommen. Dreißig Sekunden später nimmt die Sicherungsrakete Rampe Eins auseinander. Ein Satellitenbündel überträgt das Bild der Feuerbälle. Der Größe und dem Spektrum der Explosion nach zu urteilen müssen sie zu dem Schluss kommen, dass Rampen, Raketen und Treibstoffsysteme zerstört wurden. Was sie nicht wissen können, ist, dass fünfzehn Leute im ersten Feuersturm, der durch die engen Korallentunnels tobte, eingeäschert worden waren. Darunter befindet sich die isopathische Pilotin, die im Mannschaftsmodul gewesen war, um Systemverbindungen zu überwachen.

Die Operation Schreiender Adler ist ein voller Erfolg. Von Waffen entleert, rollt sich die *Valley Forge* auf den Bauch und beginnt das Ausschwenken aus dem Orbit.

»Mayotte ist tot?«, fragte Ren.

»Wir schalten auf Back-up um. Verstehst du, Ren, wir müssen jetzt los. Die Orbitalverteidigung ist auf der Hut. Sie könnte unsere Schiffe in der Sinkphase erwischen. Vielleicht setzen sie sogar Nuklearwaffen gegen die Raketenanlagen ein. Wenn wir sofort starten, gelingt es uns vielleicht, die Todessterne in einem Überraschungsangriff zu schlagen.«

Turbulenzen ergriffen das Flugzeug und schüttelten es wie ein Hund eine Ratte schüttelt, während es durch Reihen von Böen in Richtung der *Île Glorieuse* sank. Ren umfasste die Rückenlehne vor sich, als das Hinterteil aus dem Himmel sackte. Du bist im Begriff, mit einer Rakete in den Weltraum geschossen zu werden, und du fürchtest dich vor holpriger Luft. Ob du einen Kilometer tief fällst oder eintausend Kilometer, das macht keinen Unterschied.

»Der Rest der Koalition stimmt mit uns darin überein«, sagte Anitraséo. »Nach einer Berechnung mittels der New-Perth-Modelle gibt es ein Drei-Stunden-Fenster, während Washington die Gefahr auswertet und eine strategische Erwiderung ausarbeitet.«

Der Pilot des Kippflüglers weist seine beiden Passagiere an, sich für die Landung bereit zu machen.

»Die übrigen Mitglieder der Mayotte-Mannschaft werden etwa vierzig Minuten nach uns kommen«, sagte Anitraséo.

»Aber ich kenne sie nicht.«

»Du brauchst sie nicht zu kennen.«

Die Kabine ratterte, als der Kippflügler in Vertikallage umschwenkte. Ren suchte nach etwas, um sich daran festzuhalten. Sie sah ihr Spiegelbild im Fenster: blasses Gesicht, kahler Kopf, scharfe Knochen, glühende Koboldaugen. Ein ängstliches Tier. Ja. Denn wenn du in diesem Kokon in dieser Rakete bist, gibt es keinen Platz für Angst. Aber die Angst muss irgendwo hin, deshalb ist sie hierher zurückgekommen, um dir beim Anflug entgegenzukommen, denn die Angst, wie andere Universalkonstanten auch, ist konserviert.

Sie erspähte einen Lichtkreis dort unten im Regen.

»Ich bin nicht bereit«, sagte sie.

»Das ist niemand.«

Der Kippflügler berührte den Boden. Der Major mit dem gelassenen Gehabe wartete mit einem Papierschirm. Heute Abend wirkte er nicht ganz so gelassen. Auf der Treppe wandte sich Ren zu ihrem Exempel um.

»Was ist mit den Friedensgesprächen?«

»Glaubst du, bei den jetzigen Voraussetzungen können Friedensgespräche stattfinden?«

Regentropfen schlugen Feuerräder von den Spitzen der sich langsam drehenden Rotorblätter. Eine Windbö klaute Rens Regenhaut und stülpte den Regenschirm des Majors um. Es war nicht so schlimm, wieder einmal durchnässt zu werden. Sie war vom letzten Mal noch nicht wieder vollständig getrocknet.

Der Major war heute Abend deshalb nicht so gelassen, weil eine der Begleitdrohnen Anzeichen von Anomalitäten bei den Vorflug-Checks aufwies.

»Kannst du das in Ordnung bringen?«, brüllte Anitraséo laut, um den Wind zu übertönen.

»Ich habe alle Mannschaften, die ich erübrigen kann, dafür abgestellt«, brüllte er zurück. Da ihm Notstarts aufgezwungen waren, würden das nicht viele sein, dachte Ren. Ein erneuter Windstoß ließ sie taumeln. »Aber ich bin äußerst besorgt wegen des Wetters.«

Außerhalb der Reichweite des Sturms bekam Ren warme Handtücher, um sich zu trocknen, und heißes Wasser zum Trinken.

»Unter den gegebenen Bedingungen kann ich nichts Stärkeres riskieren«, sagte die Ärztin, während sie Ren auf den Tisch legte. »Okay, du kennst die Prozedur inzwischen.« Die Nadeln suchten ihre Seele. »Wir müssen sie diesmal im Crashverfahren züchten, um eine brauchbare Kolonie zu bekommen. Sie werden in fünfzehn Minuten hier sein.« Ren hörte, wie sich die Ärztin entfernte. Sie lag auf der weichen Couch und dachte: Mach das Beste aus diesen fünf Minuten, die du ganz für dich allein hast, es sind für lange Zeit die letzten, die dir vergönnt sind. Sie starrte zur rohen Korallenwand und versuchte, ihren Blick hindurchzustoßen. Hinter dieser Wand ist ein Tunnel, in dem Leute herumeilen. Hinter diesem Tunnel ist eine Kammer mit Ausrüstung. Hinter dieser Kammer ist eine riesiger Tank voll Flüssigwasserstoff. Hinter diesem Tank ist eine große hohe Startrampe. In der Mitte dieser Startrampe steht eine Rakete. Meine Rakete.

An der Wand waren drei Zeitzähler. Einer zeigte Ortszeit. Der zweite zeigte MGZ. Der dritte zählte die

Stunden, Minuten und Sekunden bis zum Start. Zwei Stunden acht Minuten dreiundzwanzig Sekunden. Die Treibstoffeinfüllung war bestimmt schon beendet, der Antrieb erzeugte Gasblasen und Quantenwirbel, die leeren Nahrungstanks füllten sich mit Stickstoff. Die Flugcomputer würden vorläufige Diagnosen herunterrasseln, eintausend Checks pro Minute. In einem Zuchttank brodelten Buckies aus einem Tropfen Blut und vervielfältigten sich gierig. Auf der Oberfläche schmolzen fußballplatzgroße Chaga-Flecken, flossen als regenbogenfarbene Tränen im peitschenden Regen davon, tiefe geometrische Vertiefungen in den nackten Knochen der *Île Glorieuse* freilegend. In Rampe Vier, geschützt von einer zwei Meter hohen Korallenkappe, stöberten Ingenieure mit molekülgroßen Werkzeugen in den dichtgepackten Eingeweiden der Begleitrakete 1. Draußen im Westen, in den Sturm hineinfliegend, würde ein Kippflügler der Merina in diesem Augenblick zum Landeanflug ansetzen.

Ren McAslan sah zu, wie die Gestalten sich hinunterklickten. Bald wird alles geschehen, aber in diesem Augenblick bin ich warm, bin ich trocken und ich bin mit mir allein.

Um t minus zweiundfünfzig traf das Team von Mayotte ein. Die Begrüßung zwischen ihnen und Ren war oberflächlich: William Bi, ein Präkog erster Generation in den Dreißigern. Dem Namen nach kalenjinischer Abstammung, wie Ren erkannte. Spacecowboy, die Raumperson schlechthin, jung, sexuell nicht festgelegt, freundlich wie ein Hund. Tsirinana: Flugingenieurin. Ein Merina-Name aus einer der oberen Kasten. Sichtbar schwanger. Als sie gegangen waren, William und Tsirinana zu den Ärzten, um sich Verbindungsspritzen verpassen zu lassen, Spacecowboy, um sich zu schrubben, sagte Ren zu Anitraséo: »Diese Frau, sie ist seit etlichen Monaten überfällig.«

»Ja«, bestätigte Anitraséo. »Man wird es dir erklären. Jetzt ist keine Zeit dafür.«

Hast du Geheimnisse vor mir, Exempel? dachte Ren, während sie sich durch die schmalen Tunnels quetschten, um sich einer letzten Reinigung und Versiegelung zu unterziehen. Während der Rasierer sie sauber kratzte, während die Strahlen aus den Wasserdüsen sie anpufften, prüfte Ren die Verbindung. Sie versetzte sich mit Willenskraft in einen anderen Körper, einen größeren, kräftigeren, weißeren, der gebadet im grellen weißen Licht wartete. Egos überlagerten sich; sie war eine rasierte Rakete, sie war ein junges Mädchen, nackt im Scheinwerferlicht. Heiße Luft trocknete sie; in ihrem anderen Körper spürte sie die vielen komplexen Systeme, prüfte ihren Zustand und ihre Verfassung. Sie war wohlauf. Sie war gesund und fit. Sie war bereit zu fliegen. Anitraséo wickelte sie in eine Thermofolie und brachte sie in den weißen Raum. Es waren noch eine Stunde fünfzehn Minuten bis zum Start. Die anderen befanden sich bereits in dem stillen weißen Raum, angetan mit ihren weißen Decken. Sie nickten, niemand sprach. Spacecowboy hatte eine umgekehrte Yoga-Asana-Stellung eingenommen, was durch den Umstand, dass er zwei Satz Arme hatte, noch komplizierter wurde. Männlich, bemerkte Ren. Tsirinana saß mit hochgezogenen Beinen und um sich geschlungenen Armen da, als ob sie, wenn sie sich entfalten würde, auch das Kind in ihrem Leib entfalten würde. William saß mit dem Hinterkopf an die Wand gelehnt da. Ren brauchte nicht in seinen Kopf zu schauen, um zu wissen, dass er drei Minuten im Bevorstehenden lebte. Ren nippte destilliertes Wasser und setzte sich mit gekreuzten Beinen auf den Boden. Sie betrachtete die Gesichter der Leute, mit denen sie in den Raum fahren würde. Sie stellte fest, dass es unterschiedliche Arten von Angst gab. Da war die Angst vor einem schlimmen Tod und davon war etwas in jedem Gesicht. Da war die Angst, etwas falsch zu machen, gegenüber den anderen zu versagen. Da war die Angst, dabei ertappt zu werden, Angst zu haben. Da war die Angst vor dem Unbekannten und die Angst, die genauso und dennoch anders ist, nämlich die Angst, dass – wie immer deine Erwartungen, wie immer deine Vorbereitungen, was immer deine Quellen oder deine Begabung zu Improvisieren sein mögen – da draußen etwas ist, das all dieses übersteigt und es zerschmettern wird. Sie fragte sich, welche Angst die anderen wohl an ihr sehen mochten, wenn sie sie betrachteten. Vielleicht sahen sie eine ihr ganz eigene Angst, die Angst, dass deine Leistungen und Fähigkeiten auf reinem Glück beruhten und dass du in der Stunde der Krise als Scharlatan und Lügnerin entpuppt werden wirst. Dass du es nicht schaffst. Dass du es noch nie gekonnt hast.

Spacecowboy hatte sich zu einer stehenden Dreiecks-Asana entfaltet. Ren warf ihre Decke ab und ahmte seine Stellung nach, wobei sie das sinnliche Ziehen von Sehnen und Gelenken genoss. Er lächelte sie an. Jeder tat das, was er tat, voller Angst. Das war der Zweck des weißen Raums.

Im weißen Raum gab es keine Uhr. Es gab zwei gegenüberliegende Türen. Die weiter entfernte Tür öffnete sich. Die Exempel kamen herein.

»Es ist Zeit«, sagte einer.

Noch eine Stunde bis zum Start. Sie führten die Mannschaft durch einen steilen schmalen Gang auf einen Bock. Dieser war höher als derjenige, von dem aus Ren das Raumschiff in Augenschein genommen hatte, und grenzte an den gewölbten Rücken des Orbiters. Vier offene Öffnungen warteten. Die am weitesten rechts war für William bestimmt. Er schüttelte seinem Exempel die Hand und kletterte hinein. Spacecowboy umarmte sein Exempel mit all seinen Armen und zwängte sich mit einiger Mühe in den Schlitz ganz links. Tsirinana verneigte sich vor ihrem Exempel und schlüpfte neben dem Cowboy hinein. Anitraséo und Ren küssten sich. Ren wand sich zwischen den Lippen aus Cha-Plastik hindurch in die letzte Pforte. Sie rutschte hin und her, um eine behagliche Stellung in dem ihr zustehenden Fleisch zu finden. Mach's dir gemütlich, du wirst einige Zeit hier verbringen. Sie schloss die Augen, da sie nicht sehen wollte, wie die Lippen das Licht ausschlossen. Da draußen würde der Orbiter seine äußere Hülle aus Keramoplast neu bilden. Darunter verteilten sich die Kokons um den Mittelkern herum neu. Jeder war ein autarker Wiedereintrittskörper, theoretisch; sollte der Orbiter einen katastrophalen Schaden erleiden, würden sie sich durch eine Explosion befreien und zur Erde zurückkehren. Theoretisch.

Sie ließ die Hilfsgehirn-Anzeigen von den Außenkameras aufblinken. Der Tunnel war leer. Der Block verschmolz mit der Wand. Haupttriebwerke okay, erste Stufe okay, Trennflansch okay, Orbiter okay. Er sah schön aus. Sie hatte so viel Angst, dass ein Gefühl daraus wurde, mehr als Angst, etwas Kristallines und Festes in ihrem Bauch, wie ein Krebsgeschwür aus Obsidian. Oberflächenkameras: ein Wetterballon raste davon wie ein flüchtender Geist.

Verbindungsschlaufe zu William. Geschichtete Zukünfte zerschmetternd wie ein Überschallgeschoss, Schallwellen zerschmetternd. In drei Minuten würde Anitraséo ihr mitteilen, dass Begleitrakete 1 tot war.

Verbindungsschlaufe zu Tsirinana. Systemchecks einer seltsam intimen Mantra; deinen Körper mit einer anderen Frau teilen. Nominal, nominal, mit annehmbaren Parametern.

»Ren.« Anitraséo: Eine andere innere Vision zeigte

ihr das Innere des vollgestopften Kontrollraums. »Du siehst gut aus. Wir machen dich jetzt druckfest.«

Wie immer, wenn das Beschleunigungsgel von allen Seiten hereinsickerte, diese Umklammerung von Panik, keine Möglichkeit, sich abzuwenden, keine Fluchtmöglichkeit. Aufsteigend, durch jeden Schlitz und jedes Loch in dich eindringend. Sie würgte, es drang ihr in die Lunge, ergoss sich immer weiter in sie hinein. Sie hörte auf zu atmen. Der innere und der äußere Druck stiegen und glichen sich aneinander an. Die Gelmatrix versteifte sich. Ren war in Bernstein eingegossen. Jetzt gab es keine Grenze mehr zwischen ihr und dem Schiff, weder physikalisch noch mental. Sie trug sich selbst in ihrer eigenen Gebärmutter aus Cha-Plastik.

Sie kringelte sich wie ein Fötus zusammen, da dies die stärkste und sicherste Stellung bei hohen Ge-Werten war.

Zählstand: t minus 20. Tsirinana schaltete das Schiff auf interne Energieversorgung. Anitraséo kam, um Ren zu berichten, Begleitrakete 1 sei nicht mehr zu reparieren. Vorflug-Checks wurden zufriedenstellend beendet. Der Kurscomputer war auf dem neuesten Stand. Trägheitsstabilisatoren wurden programmiert. Metereologische Berichte sagten eine leichte Verringerung der Windgeschwindigkeit an der Oberfläche voraus. Die Mission befand sich außerhalb von Fehlschlagparametern. Mehr oder weniger.

T minus 10. An drei weit voneinander entfernten Stellen auf dem windgepeitschten Rückgrat der *Île Glorieuse* lösten sich drei Meter große Scheiben aus Muttergestein in Sporen auf und diese wurden vom Sturm davongetragen. Regen wirbelte um die aerodynamischen Außenformen der Orbiter, die auf ihren Rampen kauerten. Untergeordnete Funktionen wurden abgetrennt. Der Start lief auf Fehlschlag-Ebene Zwei: Wenn es jetzt zu einem Unfall käme, würden die

Triebwerke der zweiten Stufe zünden, um den Orbiter hochzuheben und in den Ozean platschen zu lassen. Die Kompressoren des Haupttriebwerks wurden auf Touren gebracht.

All dies spürte Ren als Kräfte in ihrem Körper, Erweckung, Ermächtigung, Durchdringung, Schöpfung. Augenblick um Augenblick wurde sie neu erfunden. Es war die Entwicklung von der Geburt bis zum Erwachsensein innerhalb von Minuten. Tsirinana schaltete sie an, System um System. Sie war elektrisch lebendig.

T minus 5. Die Finger in ihrem visuellen Cortex zählten nach unten. T minus 4. *Wartet!* hätte sie am liebsten gerufen. Hypersauerstoffhaltiges Beschleunigungsgel schluckte ihre Worte. T minus 3.

»Wir sind ausgeliefert«, sagte Anitraséo. »Start in hundertsiebzig Sekunden.«

Sekunden. Jetzt waren es nur noch Sekunden. Das Ganze war ein Spaß. Sie konnten das nicht machen. Solche Sachen geschahen einfach nicht. Es gab keine solchen Dinge wie Raketen, es gab keinen solchen Ort wie den Raum, der Himmel war eine hohle Schale aus Gips und Farbe.

Sechzig Sekunden. Neunundfünfzig.

»Primärzündung auslösen.«

O Gott. Sie würden es wirklich machen. Es war schließlich doch Wirklichkeit.

»Neunundzwanzig, achtundzwanzig, siebenundzwanzig«, zählte Anitraséo.

Hör zu! versuchte Ren zu schreien. Ich bin noch nicht bereit, ich habe einiges vergessen.

Zählstand null null fünf. Die Haupttriebwerke leuchteten auf. Zählstand null null null.

Nein, bitte…

Der Schrei erfror in Rens Kehle, als acht Ge Schub sie in ein lebendes Fossil verwandelten.

56

Von den Küsten und Inseln des Indischen Ozeans startet die Koalitionsflotte. Darunter drei vollständige Vierer-Schwadrone von den Anlagen an New Perths Achtmeilen-Strand; zwei Kampftrupps von den Traumzeit-Nationen in Arnhem Land. Acht Schiffe von den Basen in Barat Daya, die von der Sunda-Föderation unterhalten wurden. Ein Abbruch der Kategorie Eins hält einen der beiden Orbiter von Hoch-Sumatra auf seiner Startrampe in den Barisanischen Bergen fest, doch die Begleitschiffe zündeln am Morgenhimmel. Zwölf Feuersäulen lodern von den Bergen hinter Port Elizabeth auf; aus den Tälern der Transkei wirft KwaZulu seine beiden Kampfgruppen sternenwärts. In XaiXai scheucht der einzige Orbiter mit seinen Begleitschiffen von der Royal Mozambique Navy die Vögel auf, die flügelschlagend und kreischend über den Salzmarschen kreisen. Auf ihren vielen Inseln starten die Merina. Vier Schiffe von Réunion aus, insgesamt acht von Mahé und Coetivy. Von Comoros vier Schiffe. Auf der sturmgepeitschten Veranda des Strandbungalows in Nosy Bé sehen ein Präkog, eine Raumfahrerin und eine schwangere Ingenieurin zu, wie sich vier Feuerfinger von Nosy Mitsio zu den tiefhängenden Wolken hinaufrecken. Und von der *Île Glorieuse* aus klettern drei Schiffe in Richtung Orbit.

Mehrfachschwere zermalmt Ren McAslan. Ihre Knochen knirschen, ihre inneren Organe sind Kugeln aus Granit, ihr Blut ist flüssiges Blei in ihren Adern. Ihr Gehirn ist ein dumpfes Pochen von Gewicht und Blindheit. Tief in rotem Blut vergraben, nörgelt eine Stimme: *du hast es doch geschafft während der Ausbildung in der Zentrifuge, mit dem Simulator. Diese Leute sind jetzt darauf angewiesen, dass du es schaffst. Mach es jetzt, sonst sterben alle.* Die Gelmatrix umhüllt sie, hält sie fest. Serien von Blutstrom-Buckies verbinden sich zu einer

Architektur aus Nanokohlenstoff um ihre Röhren und Beutel herum.

Ren versucht, die Muskeln gegen die Umhüllung aus Gel und gegen die Schwerkraft zu bewegen. Zerreißende Agonie. Aber sie spürt, wie die Matrix nachgibt, nur einen Millimeter. Das reicht. Ihr Körper wird ihr gehorchen. Sie hat die Herrschaft darüber.

T plus 40. Die Kontrollstation auf der *Île Glorieuse* spürt Vibrationen im Flug von Begleitrakete 2 auf. Sie ist unstabil. Um t plus 60 wird der Befehl zur Zerstörung gegeben. Begleitrakete 2 vernichtet sich selbst in einer Explosion, die über viele hundert Quadratkilometer des östlichen Indischen Ozeans sichtbar ist. Orbiter und Begleitrakete 3 setzen den Aufstieg fort.

Siebenundsiebzig Raumfahrzeuge klettern über die dunkle Hälfte des Planeten.

Die Niedrig-Orbit-Raketenshuttles *Bull Run* und *Shenandoah*, Weltbeobachtungs-Satelliten 6 bis 9, MI-Satelliten *MacArthur* und *Schwarzkopf* und die planetarische Beobachtungsplattform von Raumstation *Unity* berichten gleichzeitig über Mehrfachverletzungen ihrer Operationshüllen. Startwolken über zwanzig Anlagen im Indischen Ozean. Die Hochgeschwindigkeitsverbindung in Greensboro glüht vor orbitalen Daten. Majore und Generäle analysieren die Anfangsbedrohung.

Dem Pentagon wird zu einer Nuklearwachsamkeit der Stufe Eins geraten. Frühwarn-Radaranlagen verfolgen das Aufsteigen. Jeder dieser Teufel könnte innerhalb von dreißig Minuten Mehrfachsprengköpfe über den westlichen Teil der Vereinigten Staaten ausstreuen. Die Beschleunigung ist erschreckend. Der Kriegsraum übermittelt die Befugniscodes erster Ordnung für die Operation ›Defender‹. Die Abwehr-Satelliten schärfen ihre Waffen und peilen Ziele an.

Der Präsident stellt das Not-PDU ab, als der Attaché mit der Nuklear-Brieftasche in seinem Büro erscheint. Draußen landet ein Militärhubschrauber auf dem gut bewässerten Rasen.

Bilder aus dem Schmerz. Bilder in Rot, fragmentarische Anblicke von Sternen durch eine Hülle glühender Luft, zu ihren Füßen drei Feuersäulen, unter ihr eine Landkarte von Madagaskar und Südost-Afrika. Das ist dein Körper, brüllte Ren sich durch die Schwere zu. Lebe in ihm. Sei er. Sie brennt. Ihr Körper steht in Flammen.

Die Sicht stabilisiert sich. Die Kuppel ihrer Schädeldecke wird abgehoben, dreidimensionaler Raum huscht herein. Sie sieht mit erweiterten Sinnen, die das Sehvermögen übersteigen. Diese aktinischen Flecken, die weit hinaus über die Kurve des Planeten aufsteigen, sind ihre Schwesternschiffe. Der Schmerz ist vergessen: sie ist eine brennende Frau im freien Flug. Sie öffnet die Verbindung zu Tsirinana. Ihr Hilfsgehirn taumelt vor technischen Anzeigen und Befehlsknöpfen. Die Abtrennung der ersten Stufe steht unmittelbar bevor.

Irgendwo ist Anitraséo und schreit ihr etwas zu.

Ich höre dich, sagte sie stimmlos. *Ich höre dich. Aufstieg ist… normal.*

T plus 240. Die automatische Abtrennung sprengt die ausgebrannte Antriebsstufe ab. Sie trudelt zum dunklen Ozean, glühend vom Wiedereintrittsfeuer. Die drei Aerospike-Triebwerke des Orbiters treten in Aktion. Die Beschleunigung lässt nach, drei Ge, zwei Ge, ein Ge. Die Beschleunigungsmatrix entspannt sich, hält ihre fötale Mannschaft aber immer noch fest im Griff. Ein zu schneller Druckabfall würde sie umbringen.

Vor ihnen das Rendezvous am I-Punkt.

Der Präsident mit seinen Generälen und Majoren klettert auf dreißigtausend Fuß über das Städtekonglomerat Washington/Baltimore. Im Kriegsraum der Air Force One sitzen sie in ledernen Drehsesseln vor einem Wandbildschirm. Die Nuklear-Brieftasche, die eigentlich mehr einem Chrom-Ei gleicht, liegt im Schoß des Präsidenten. Sie ist an sein Handgelenk angekettet. Auf dem Bildschirm sind drei Ansichten. Die erste zeigt eine Darstellung der Erde mit der ekliptischen Sinuskurve darüber. Punkte, Pfeile und Linien kennzeichnen die Anordnung der Kräfte. Die zweite ist eine Aufsicht auf den Planeten, umgeben von konzentrischen Scheiben, die die Verteidigungseinrichtungen der beinahe höchsten Kategorie darstellen. Farbige Lichter sind darum herum geschlungen wie die Dekoration an einem Weihnachtsbaum. Die Farben ändern sich, wenn die einzelnen Sektoren in Kampfbereitschaft gebracht werden. Die dritte Ansicht ist ein vertikaler Querschnitt durch einen Erdstreifen. Ein schmales V strahlt vom Äquator aus: die verfügbaren Kräfte vor der feindlichen Flotte, deren Status und ihre Reaktionszeiten. Die Verteidigungsstrategie und ihre Waffensysteme sind ausnahmslos nach ›Star Wars‹ benannt. Es handelt sich nicht um schnelle, schlanke kleine Kampfmaschinen, die scheinbar keinen Treibstoff brauchen, um ihre Hochgeschwindigkeits-Astrobatik zu vollführen und ihre unglaublich zerstörerischen Strahlenwaffen abzufeuern. Hier findet ein echter Raum-Krieg statt, der ausgefochten wird mit begrenzten Ressourcen und Gelegenheiten auf einem Schlachtfeld von bruchstückhaften Orbits, Feuerbögen, Aufladezeiten und Gravitationsschächten. Dies ist das Schlachtfeld der Computer.

Ein Major sagt: »NORAD bestätigt, dass die feindlichen Kräfte nicht auf ballistischen Flugbahnen sind.«

Ein General übersetzt für den Präsidenten: »Es handelt sich nicht um einen Nuklearangriff.«

Der Präsident schließt eine offene Abdeckung über dem Chrom-Ei. Die Generäle und Majore tun so, als hätten sie es nicht bemerkt.

Ein anderer Major sagt: »Wir haben Schutz von Greensboro.«

Ein neues Schema stellt sich dem Präsidenten dar: das Erd-GDO-System. Feindliche rote Linien schweifen weg vom Äquator über den Raum, um das GDO in einem Netz von parkenden Orbits zu verheddern.

Ein Major sagt: »Die Scheiß-Nigger gehen auf die Sternenpforte los.«

Es ist nicht nötig, dass ein General das für den Präsidenten übersetzt. Der Präsident betrachtet den Bildschirm. Er sieht zum Fenster hinaus auf die sommertrockenen Wälder und die geometrisch angelegten Farmen von Maryland.

»Gebietet ihnen Einhalt,« sagte er.

Das Gemetzel beginnt.

Ren kennt den zeitlichen Ablauf beim Abstellen des Haupttriebwerks auf die Millisekunde genau, dennoch wird sie davon überrascht. Der freie Fall ist die einzige Erfahrung, die Anitraséo nicht simulieren konnte. Das Einzige, das nach Rens Meinung damit ungefähr vergleichbar wäre, ist der Flug zur *Île Glorieuse* durch den Monsun. Aber damals hatte das Durchsacken irgendwann ein Ende. Hier wird es niemals enden. Fallen und fallen und fallen. Ihr Bauch verknotet sich, sie möchte sich übergeben, aber da ist nur destilliertes Wasser und ein harter Klumpen von g-Gel. Sie kommt sich verloren vor, schwindelig, ihre dreidimensionale Sicht narrt sie; ist die Erde oben oder unten? Sind diese Sterne um ihren Kopf herum oder unter ihren Füßen?

Sie macht sich bewusst, dass das gleichgültig ist. Das ist zweidimensionales Bodenaffen-Denken. Du befindest dich im Zentrum einer Sinnenkugel, die sich durch die Zeit bewegt, nicht durch den Raum. Sie denkt: so müssen Präkogs ihre Welt wahrnehmen.

Beim Gedanken ›Präkog‹ nimmt sie Radarbilder am Rand ihrer sensorischen Sphäre wahr. Todessterne, die sich mittels Angriffsvektoren bewegen. Der Kampf ist bereits aufgenommen; die ostindischen und australischen Schiffe haben ihre Verteidigungsspiegel in Gefechtsstellung gebracht. Drei Minuten später als jetzt spürt Ren, wie die zweite Welle von Todessternen ihre Waffen auf ein Ziel ausrichtet. Ihr Hilfsgehirn füttert die Naviationscomputer mit diesen Daten. Triebwerke zünden, um den Todessternen in die Flanke zu fallen.

Doch weiter vorn, in der neuen Zukunft, explodiert ein Orbiter aus der Traumzeit in einer weißen Blüte aus weißer Energie.

Irgendwas stimmt mit dem Plan nicht.

Air Force One kommt wieder auf die Erde herunter, nun, da Washington den Tag nicht als Krater aus radioaktivem Obsidian beendet. Das große Flugzeug neigt sich zur Seite. Auf dem Bildschirm zerstreuen sich rote Punkte und schwirren weg von den stechenden weißen Strahlen der Todessterne.

»Es ist, als ob die Scheißer wüssten, was wir tun werden«, sagt ein General.

»Sie wissen es tatsächlich«, mutmaßt ein Major. »Ich möchte wetten, sie haben Präkogs auf diesen Schiffen.«

»Präkogs?«, fragt der Präsident.

»Sie verfügen über ein begrenztes Vorauswissen der unmittelbaren Zukunft.«

»Satansspermа!«, flüstert ein anderer General.

Greensboro kommt zu dem gleichen Schluss, als die

erste Welle von Orbitallasern auf leeren Raum feuert. Sie sehen zu, gefangen von ihren eigenen Rücklaufzeiten, während die Hälfte der Primärziele jede Menge Zweitmunition freisetzt. Hundert Meter vom Ziel entfernt explodieren die Projektile in einem Sprühregen von Fullerenen. Solarpaneele eruptieren in schwefelgelben Blumen; Speere von Pseudofungi bohren sich durch die Plastikhaut. Nukleargeneratoren laufen bedenklich heiß. Die erste Welle von Todessternen stirbt in einem radioaktiven und molekularen Schmelzprozess.

Weiße Sterne leuchten auf und verblassen wieder in Greensboro und Washington. Befehle kommen von Stellen unter dem Pentagon. Sie können drei Minuten in die Zukunft sehen. Verwende das gegen sie. Zieh sie nah heran, dann schneide sie entzwei, wenn sie sich nicht aus den Feuerbogen herausmanövrieren können.

Die zweite Welle von Todessternen peilen ihre Ziele an. Dahinter gehen die Raumverteidigungs-Sektoren Drei und Vier online und positionieren sich so, dass sie die Orbitalfenster des GDO überwachen können.

Die Koalitionsflotte fliegt weiter. Orbitale Mechanismen sind unerbittlich. Es gibt zwei Punkte, von denen aus es möglich ist, das GDO zu erreichen, und nur diese beiden. Kampfgruppe Eins, vier Schiffe aus Arnhem Land und vier aus der Sunda-Föderation, fliegen in das Sichtfeld von fünfundzwanzig voll geladenen Orbitallasern. Die Präkogs blicken voraus. Sie sehen fünfundzwanzig voll geladene Orbitallaser, die nichts tun. Sie blicken noch mal. Die Todessterne hängen lautlos da. Sie blicken ein drittes Mal. Sie sehen sich selbst im Feuer sterben. Die isopathischen Piloten verbrennen erhöhte Treibstoffmengen. Die Präkogs schauen noch mal und noch mal und noch mal. Wohin sie blicken, nichts als Sterben. Es gibt kein Entrinnen.

Die australischen und javanesischen Mannschaften verbringen ihre letzten zweieinhalb Minuten damit, ihren Tod zu erleben. Die Todessterne feuern. Bevawatt-Laser fegen den aufblasbaren Mylar-Spiegel weg, zerschneiden Refraktionsschuppen wie ein Skalpell totes Fleisch. Explodierender Flüssigwasserstoff reißt Schiffe und Mannschaften auseinander. Kampfgruppe Drei wirft ihre Begleitflugkörper in die Schusslinie; ausgebrannte Todessterne verwenden ihre letzten Tropfen Treibstoff, um sie abzufangen, während die Hauptgruppe die Kampfgruppe Zwei auseinandernimmt.

Ren sieht, wie Orbiter lautlos explodieren, schön, Wasserstoff-Feuer über die orbitalen Marschen verspritzend. Fluchtkapseln trudeln erdwärts, Todessterne eilen zur Verstärkung auf schnellen Umkehrorbits heran: zwei Schuss und hinaus. Tote Verteidigungs-Satelliten treffen auf Koalitionsflugkörper und lassen ihre nuklearen Sprengköpfe detonieren. Atomexplosionen im hohen Orbit. Ein blendendes Licht, ein Schrei, wahrgenommen von ihren Schiffs-Sinnen: Eine EMP-Drohne ist detoniert und hat eine ganze Schwadron von Satelliten geblendet. Während Todesstern-Computer Selbstreparatur-Systeme aktivieren und KIs mit Ziel-Software nachladen, schert ein Orbiter aus Hoch-Sumatra aus der Rolle aus.

Denn es ist eine Rotte. Die Schiffe des Südens sind meisterlich konstruiert, ihre Mannschaften gut ausgebildet und mutig, aber sie sind nicht erprobt. Und sie werden der Aufgabe nicht gerecht. Die Vereinigten Staaten hatten fünfzehn Jahre Zeit, um sich auf diesen Fall vorzubereiten.

Nun dringen die Schiffe der Föderation von Südafrika, der KwaZulu und der Royal Navy von Mosambik in die Todeszone ein. Die Amerikaner haben darin jetzt Erfahrung. Die Todessterne, die ihre Energie in die zweite Welle entladen haben, wenden sich nun den Begleitschiffen zu, um sich ihnen aus nächster Nähe zu widmen, während die Verstärkungen weiter durch Mord-Orbits tauchen und afrikanische Schiffe ausweiden wie Fische auf dem Markt. Es ist schlichtweg ein Gemetzel. Eine Kampfgruppe von zwanzig Schiffen geht hinein. Nichts kommt heraus. Rens extraweit reichende Sinne registrieren Schubzündungen rund um *Unity* herum: Schlepper, die ausgeschickt wurden, um Überlebende herauszukämmen. *Es gibt keine Überlebenden*! möchte sie ihnen zurufen. *Wenn man die Tötungsmaschinen einmal in Gang setzt, hören sie nie wieder auf.* In den Windungen ihres Innenohrs flüstert Anitraséo: *Mach dich frei! Hau ab! Wir werden mit Washington Verbindung aufnehmen.*

Bis dahin werden wir umlaufender Staub sein, denkt Ren. Du musst mit Ambositra sprechen, Ambositra muss mit dem Weißen Haus sprechen, das Weiße Haus muss mit dem Pentagon sprechen, das Pentagon muss mit den Kriegsmaschinen sprechen und während der ganzen Zeit befolgen die Maschinen ihre Befehle, indem sie jagen und töten. Und ich habe nur einen Plastikspiegel und eine EMP-Drohne, um gegen sie zu kämpfen. Ihre Vorausvision ist eine Konstellation von fallenden Todessternen. Sie schaut drei Minuten weit in die Zukunft. Sie sieht Millionen-Grad-Klingen durch den Raum in Richtung ihres weißen Körpers schwingen. Zurück in der Gegenwart, setzt die *Mahé*, hundertfünfzig Kilometer weiter oben, zu erratischen Manövern an, eingeklammert von einem Bügel aus Todessternen, während sie vorbeifallen: Laser blitzen. Die *Mahé* stirbt lautlos, in zwei Teile geschnitten; ihre Mannschaft ergießt sich in ein zehntausend Kilometer großes Vakuum. Als sie die Flotte der Merina durchschneiden, zerquetschen sie einen Fächerflieger aus nächster Nähe, während Niedrigenergieschüsse auf die Abfangjäger sich um sie herum verdichten.

Und jetzt sind die nächsten beiden Verteidigungs-Satelliten im Anflug, ihre Linsen schwenkend, um die Schwadron aus Nosy Mitsio aufs Korn zu nehmen.

Tsirinana befiehlt, dass der Spiegel gefechtsbereit gemacht wird. Silberfolie wirbelt von der Nase des Orbiters auf. *Nein!* sagt Ren stimmlos. Sie lässt das Aufblasgas ausströmen. Der Spiegel zerbricht zu einem Gewirr von zerknüllten wehenden Streifen und Schlingen, das sich über die *Île Glorieuse* legt wie eine Thermofolie um einen Flüchtling.

Nein! beharrt Ren erneut. *Sie alle haben das gemacht und sie sind tot.*

Eine Dreiheit von Todessternen schlägt brennende Löcher durch den Spiegel der *Nosy Mitsio*. Der ableitende Schutzschild an der Vorderseite des Orbiters ist weißglühend, verdampft, schält sich ab. Die vordere Hälfte der *Nosy Mitsio* verschwindet in einer Plasmakugel. Das Hinterteil des Orbiters trudelt erdwärts.

Tsirinana: *Irgendwelche Empfehlungen?*

Ren: *Ich weiß nicht, Ich weiß nur, wenn wir das tun, was sie getan haben, dann werden wir sterben, so wie sie gestorben sind.*

Sie spürt, wie Zielradarstrahlen von vier Todessternen über sie hinwegschweifen. Sie schmecken wie der Atem der Hunde Gottes. Sie fühlen sich an wie der heiße Fallwind von Soroti-Hubschraubern. Sie sehen aus wie krankes Blut, das unter einer Bürotür in Bangalore hervorsickert. Sie haben ihr Ziel anvisiert. In dreiundsechzig Sekunden werden sie in den Bogen einschwenken. Sie sieht sie in jeder einzelnen von Williams Zukünften. Sie stirbt, gefangen in brennendem Bernstein, schreiend.

Spacecowboy: *Wie ist die Lage unserer Reaktionsmasse?*

Ren: *Ich weiß, was du denkst. Vorzeitiger Eintritt in den Orbit.*

Tsirinana: *Wir haben nicht genug Treibstoff für die Rückkehr.*

William: *Bei diesem Unternehmen gibt es keine Rückkehr.*

Tsirinana: *Wir befinden uns nicht im optimalen Fenster.*

William: *Bis dahin sind wir tot.*

Die Computer geben Ren Kurs-Optionen. Die Todessterne kommen rasch näher.

Tsirinana: *Los jetzt!*

William schaut in die Zukunft, wählt die beste Option. Ren speist sie in die *Île Glorieuse* ein. Die Aerospikes klicken bei fünf Ge ein. Die Todessterne sind schnell: sie drehen sich sofort an ihrem Spieß, aber Ren hat eine letzte Überraschung für sie. Ihre letzte Glückskarte. Begleitrakete 4 detoniert in ihrer Mitte durch einen elektromagnetischen Impuls von sieben Gigawatt. Ren weint lautlos, als Feedback-Bögen von der *Île Glorieuse* einen elektrischen Stromkreis durch ihr Hilfsgehirn jagen. Die Todessterne rotieren wie wild. Klug und schnell folgt die *Coetivy* der *Île Glorieuse* mit einer Hoch-Ge-Beschleunigung. Die Gestalten sind erbarmungslos. Zündzeit, Treibstoffreserven, Nano-Reparatursysteme, die Wiederherstellungs-Daten von US-Laser-Verteidigungssatelliten, alles trifft sich an einem Punkt, und nur an einem Punkt, der besagt *du lebst*. *Comoros* und *Réunion* verfehlen den Punkt um eine Sekunde. Sie sterben den Tod, der für Ren gedacht war.

Die vierte und fünfte Welle von Todessternen kommen am Eintrittfenster an und finden es leer. Wütend versuchen sie, ihre Waffen auf die fliehenden Schiffe zu richten, aber sie verfehlen den entsprechenden Kurs.

Ren schaltet die Triebwerke aus. *Hoch-Sumatra, Coe-*

tivy und *Île Glorieuse* sinken im freien Fall aus den orbitalen Marschen.

In einem ovalen Büro in einem weißen Haus sieht der Präsident der Vereinigten Staaten von Amerika die letzten roten Punkte zündeln und auf seinem Wandbildschirm verblassen.

»Wie viele?«, fragt er.

Ein Major sagt: »Dreißig Verteidigungs-Satelliten vollkommen vernichtet, jenseits von Selbstreparatur oder vorübergehender Außerbetriebsetzung.«

Der Präsident beobachtete die weißen Linien, die dicht um die Welt herum peitschen, und die drei roten Schlaufen in einiger Entfernung davon.

»Wie viele?«, fragt er noch einmal.

Derselbe Major sagt: »Ein Schiff aus Sumatra, zwei von Stellungen bei Madagaskar. Wir haben die GDO-Basis in Alarmbereitschaft gesetzt, Operation ›Schließen der Sternenpforte‹ ist eingeleitet.«

»Wie viele?«, fragt der Präsident zum dritten Mal.

Ein General antwortet. »Anhand der Schutt-Analyse sind wir zu dem Schluss gekommen, dass jeder Orbiter eine Mannschaft von vier Leuten hatte. Nach unserer Zählung sind es sechzehn vollkommen zerstörte Schiffe, zweien gelang es, Fluchtkapseln abzuwerfen; drei haben einen Fehlschlag beim Wiedereintritt erlitten und sind ausgebrannt.«

»Fünfundsechzig Personen«, sagt der Präsident. Er schließt kurz die Augen. Der General, der die Südländer Satanssperma genannt hat, bildet sich ein, dass er betet. Das tut er auch, aber nicht auf eine Weise, die ein fundamentalistischer General erkannt hätte. »Also gut. Ich glaube, wir können Operation ›Verteidiger‹ abblasen. Danke, meine Herren. Gute Nacht.«

57 Suomenlinna war eine Insel des Lichts. Die Fenster der diplomatischen Suiten in den großen Kasernenblocks waren von Lampen erhellt. Gelbe Natriumlampen beleuchteten die Brücken und Straßen. Fächer aus weißem Bogenlicht erhellten die Bastionen und Magazine. Auf Masten angebrachte Flutlichter entlang der Molen warfen einen silbernen Schein auf das klatschende Wasser. In der Meerenge, die als ›Gustavs Schwert‹ bekannt war, blinkten Kanalmarkierungen rot und grün. Autoscheinwerfer flitzten durch die staubigen, gelbbeleuchteten Straßen. Lichtblitze von Leuchtfeuern für den Flug- und Schiffsverkehrs huschten über das dunkle Wasser, zwischen den größeren Lichtern der Stadt hin und her pendelnd. Licht drang durch die Fenster der Brauerei heraus, in der sich die Bar der Delegierten befand. Im Innern brannten LEDs auf PDUs und Mikrodruckern und Kaffeemaschinen. Fernsehbildschirme schimmerten in einem Weltuntergangsblau. Streichhölzer flammten auf, Zigaretten glommen.

Faraway schritt aufgeregt auf und ab. Gaby hatte Faraway noch nie wütend gesehen. Tiefer unter allen anderen, drängenderen Ängsten nahm sie das als etwas wahr, vor dem sie sich hüten musste – eines Tages.

»Scheiß auf sie und ihre Mütter und die eitrigen Mösen ihrer Mütter! A.O. Rananatsoa, sie ist die Mutter von syphilitischen Maden, sie fickt sich selbst mit der Faust, ihr Maul ist voller Schweinesamen.«

Überall in der vollbesetzten Bar zirpten und trällerten PDUs, ein frühmorgendlicher Chor. Faraway riss die letzte Verlautbarung der Koalition aus dem Drucker. Um null Uhr sechsundzwanzig MGZ waren alle Schiffe nach ihrem erfolgreichen Auftritt von der Bühne verschwunden, Orbiter und Verteidungseskorten befanden sich auf dem Kurs zu Transferorbits. Um null Uhr achtundzwanzig berichteten die Bodenstationen der Koaliton in Chesterfield und Sindangbarang, dass sämtliche US-Orbitalwaffen sich in neue kampfbereite Positionen umgruppiert hatten.

Vielleicht ist meine Tochter dabei, dachte Gaby. Vielleicht suchen Laserstrahlen sie. Beinahe hätte sie ihre Angst Faraway gegenüber hinausgeschrien. Kalevis Ankunft hielt sie davon ab.

»Entschuldigen Sie, aber die anderen sind alle fertig. Wir warten nur noch auf Sie.«

Faraway sah Gaby an.

»Ich bin fertig«, sagte sie.

Die Leute vom Ogun, von CAC und Groß-Simbabwe befanden sich bereits an Bord. Es war ein großes Hydrofoil-Boot der Navy; sobald Kalevi seine Schützlinge an Bord getrieben hatte, wurden die Leinen gelöst und die blubbernden Motoren spien weiß schäumendes Wasser über die Mole.

Gaby ging hinauf aufs Deck. Die wichtigste Pressekonferenz ihrer Laufbahn lag zwischen den Lichtern der Stadt vor ihr. Sie brauchte Urgewalten um sich herum: schnelle Bewegung über schwarzes Wasser, den Wind, der ihr Haar wie ein Kriegsbanner flattern ließ, den Rand der Morgenröte im Osten, der die gewaltige Himmelswölbung über ihr anstrahlte. Zweifel im Vormorgengrauen: Was ist, wenn ich meine Erklärung abgebe und ihre Fragen beantworte und sie mir trotzdem nicht glauben, dass wir nichts damit zu tun haben? Das ist nicht irgendeine Story. Hier geht es nicht um die Aufwärtsspirale von Gaby McAslans Karriere, die mühelos auf einer Thermik von Weltereignissen zu einer anderen hinübergleiten konnte und es auch tat. Hier geht es um Geschichte, bei der du aktiv mitmischst. Hier geht es um die Zukunft.

Serena, dachte sie, wo bist du?

»Mrs. McAslan.« Der Fahrtwind des schnellen Boots zerrte an Kalevis Rockschößen. »Es tut mir leid, Sie stören zu müssen.«

»Schon gut, ich brauche nur ein wenig Zeit für mich allein.«

»Ja, es ist sehr schwer, Zeit für sich allein zu finden. Unsere Gesellschaft legt anscheinend keinen großen Wert auf Einsamkeit.«

»Das ist in Kirinja nicht anderes. Die Afrikaner sind gern in Gesellschaft. Sie verstehen nicht, dass man ab und zu vielleicht auch mal ganz gern mit sich allein ist.«

Kalevi gesellte sich zu ihr an die Reling, wobei er einen achtungsvollen Abstand einhielt. Das Hydrofoil-Boot schwenkte in den Hafen ein.

»Es ist ein sehr schöner Morgen«, sagte Kalevi.

»Es liegt etwas an, nicht wahr?«

»Wir haben eine weitere Mitteilung von Mrs. Rananatsoa im Namen der Koalition erhalten. Die Amerikaner haben das Feuer auf die Flotte eröffnet.«

Gaby schloss die Augen, während das Schnellboot auf seinen Gleitkufen ins Wasser sank.

»Alles in Ordnung mit Ihnen, Mrs. McAslan?«

»Sind Verluste zu beklagen?«

Das kleine Schiff glitt ins Hafenbecken. Motoren wurden in den Rückwärtsgang geschaltet; Matrosen warfen der Mannschaft am Ufer Taue zu.

»Ja. Schwere Verluste.«

Schwarze Wagen fuhren in den Hafen, zwischen den Markthändlern hindurch, die ihre Stände aufbauten und ihre Lieferwagen entluden. Männer in Anzügen warteten am Kai.

Wie könnt ihr von mir erwarten, dass ich Erklärungen abgebe, Fragen beantworte und mich mit irgendeiner Sache, die ihr in euren Anzügen und Autos repräsentiert, identifiziere, solange ich nicht weiß, wo meine Tochter ist?

»Mrs. McAslan?«

»Ich komme.«

Sie fuhren durch die leeren, höhlenartigen, neoklassizistischen Straßen. Faraway fluchte unaufhörlich.

»Halt endlich den Mund!«, fauchte Gaby ihn an. »Halt wenigstens ein einziges Mal den Mund!«

Er starrte sie an. Sie blickte hinaus zu den frühen Straßenbahnen, mit den tapferen kleinen Fähnchen über ihren Kabinen, die in der vom Morgen herangetragenen Brise flatterten. Er sprach erst wieder mit ihr, als sie im Hotel waren und die Delegierten auf ihre Plätzen hinter dem Konferenztisch saßen.

»Viel Glück«, flüsterte er.

»Danke«, sagte sie. Er fuhr ihr mit einem Finger über den Schenkel, als sie aufstand und die Wand von Gesichtern begrüßte.

»Guten Morgen, ich bin befugt, eine gemeinsame Erklärung für die hier anwesenden Organisation abzugeben: Harambee, Zentralafrikanische Konföderation, Ogun und Groß-Simbabwe. Diese Erklärung ist eine Erwiderung auf die neuesten Nachrichten über den Start zahlreicher Raumfahrzeuge im Anschluss an den Angriff durch US-Marschflugkörper auf die Einrichtungen der Merina auf Mayotte.«

Ihr Blick prüfte die ausgewählten Gesichter. Ungläubig. Erwartungsvoll. Wartend. Jagend. Zu viel Hunger in Lisa Kropotkins Miene. Vor der musste sie auf der Hut sein.

»Wir geben bekannt, dass wir keinerlei Vorauswissen von dieser Aktion durch iMerina und ihre Verbündeten in Westaustralien, Sunda und Hoch-Sumatra und Südafrika hatten. Wir haben weder Anteil an den Provokationen im Vorfeld noch an der Durchführung;

wir waren darüber ebenso überrascht wie Sie, meine Damen und Herren.

Dies soll nicht als stillschweigende Verdammung der Koalition aufgefasst werden. Wir unterstützten die Rechte jeder politischen Institution des Südens, in eine Vereinigung mit jeder anderen einzutreten oder jede Art von Bündnis oder Koalition einzugehen, die sie für geeignet hält. Außerdem unterstützen wir deren Rechte auf eine friedliche Nutzung des Weltraums und wir verurteilen aufs allerschärfste den Angriff der Vereinigten Staaten auf unbewaffnete zivile Raumfahrzeuge. Ebenso verurteilen wir den Anschlag der Vereinigten Staaten auf Mayote mit zwei vom Raum aus gestarteten Marschflugkörpern. Wir schließen uns der internationalen Gemeinschaft an in dem Protest gegen die amerikanische *De-facto*-Annexion des unter dem Namen Großes Dummes Objekt bekannten Artefakts. Wir bestehen auf dem Standpunkt, dass das Große Dumme Objekt eine einzigartige, unersetzliche und mächtige Quelle ist, die stets ein Gemeingut der gesamten Menschheit sein sollte, und nicht nur jener Gruppen, die über die Technik verfügen, sie zu erreichen und auszubeuten.

Wir behalten uns die tiefste Besorgnis über die Folgen für den Friedensprozess vor. Wir befürchten, dass diese Aktion von bestimmten Kreisen als Vorwand dafür benutzt werden könnte, aus diesem Prozess auszusteigen. Wir würden das sehr bedauern. Die hier vertretenen Gruppierungen fühlen sich weiterhin fest dem Vertrag von Helsinki verpflichtet und ich bestätige noch einmal, dass wir an der heutigen Eröffnungssitzung teilnehmen werden.

Ich rufe die Vereinigten Staaten zur sofortigen Einstellung der Angriffe auf die Schiffe der Koalition und das Territorium von Koalitionsmitgliedern auf. Ich rufe die Koalition dazu auf, sämtliche Raumfahrzeuge so bald wie durchführbar zur Erde zurückkehren zu lassen, und ich fordere beide Seiten auf, den sogenannten Helsinki-Prozess fortzusetzen. Diese Erklärung ergeht übereinstimmend mit dem Harambee, der Zentralafrikanischen Konföderation, dem Ogun und Groß-Simbabwe, wie um null Uhr fünfunddreißig Ortszeit heute festgelegt wurde. Danke. Jetzt können Sie Ihre Fragen stellen. Bitte, der Herr vom CNN.«

Lisi Kropotkin war als erste auf den Beinen gewesen. Viel zu emsig. Du wartest.

»Ich weiß nicht, ob es Ihnen bekannt ist, aber wir haben soeben gehört, dass die zweiten und dritten Gruppen von Koalitionsschiffen zerstört wurden. Wie lautet Ihre Reaktion darauf?«

Meine Reaktion. Nein. Meine Reaktion wirst du nicht erfahren. Meine Reaktion wäre, über diesen Tisch zu springen und diese Treppe hinunterzurennen und dich an der Kehle zu packen und dir ins Gesicht zu schreien: *Was habt ihr gehört, was wisst ihr? Sag mir, was ihr wisst.*

»Davon ist mir nichts zu Ohren gekommen. Ich meine, was sonst könnte ich tun, als diese sinnlose Vergeudung von Leben zu beklagen und unsere Forderung nach einer unverzüglichen Feuereinstellung zu erneuern?«

Lisa Kropotkin rutschte wieder auf ihrem Stuhl nach vorn. »Warte, bis du an der Reihe bist, elende Draufgängerin.«

»Okay. MSN.«

»Was die Gemeinsamkeit Ihrer Erklärung betrifft: Wie einig sind Sie sich wirklich? Ich möchte, dass jemand anderes diese Frage beantwortet, bitte.«

Afo Bayu vom Ogun beugte sich zum Mikrofon.

»Ich bin nicht darauf vorbereitet, die Politik meiner Regierung in einem öffentlichen Forum zu diskutieren, aber ich kann mir keine Umstände vorstellen, unter denen unsere Solidarität in Frage gestellt sein könnte.«

Die anderen am Tisch nickten und murmelten beipflichtend. Gaby beobachtete die Gesichter in den stufenförmig angeordneten Sitzreihen. Ihr Nachrichtensinn juckte, hier war etwas im Busch. Etwas brodelte unter der Oberfläche.

»Mrs. McAslan.«

Also gut, Lisa, ich bin bereit für dich.

»SkyNet, Mrs. Kropotkin, stimmt's?«

»Ja, stimmt. Mrs. McAslan, erkennen Sie diese Fotografie?« Lisa Kropotkin hielt ein A3-Foto von vier Frauen mit rasierten Köpfen in weißen T-Shirts und kurzen Hosen hoch. Eine hatte vier Arme. Eine war weiß, sehr jung. Grüne Augen.

»Woher haben Sie das?«

»Das tut nichts zur Sache. Mrs. McAslan, können Sie bestätigen, dass das Ihre Tochter Serena ist?«

»Ja. Das ist sie, Serena.«

Kein Laut war im Konferenzraum zu hören. Keine Hand hob sich, um eine Zwischenfrage zu stellen. Sie wissen Bescheid, dachte Gaby. Sie wollen zusehen, wie sie mich vor einem Planeten voll von Kameras in Stücke zerfetzt. Ich weiß, was als nächstes kommt.

»Mrs. McAslan, können Sie bestätigen, dass Ihre Tochter ein Mitglied einer Gruppe von Schwarzen Simbas war, die JTT Nanotechnik in Bangalore überfallen und fünf Menschen ungebracht hat?«

Augen trafen sich, grün und blau.

»Mrs. McAslan?«

Du Miststück.

»Lassen wir das. Mrs. McAslan, können Sie bestätigen, dass Ihre Tochter Serena dem Astronauten-Ausbildungsprogramm der Merina angehört?«

Faraway, hilf mir! Keine Berührung, kein Blick. Sie war allein. Sie war nackt.

»Bestätigen Sie es, oder leugnen Sie es? Mrs. McAslan? Kein Kommentar? Okay, noch eine letzte Frage. Ich habe Beweise, dass Ihre Tochter zur Mannschaft eines Raumfahrzeugs der Merina gehört, das von der *Île Glorieuse* aus gestartet ist. Haben Sie dazu etwas zu sagen, Mrs. McAslan? Nein? Ich meine, wir sollten wissen, ob die Tochter der Harambee-Sprecherin aktiv an terroristischen Handlungen gegen den Norden beteiligt war und ist.«

Allein, nackt, in dunklem Wasser, zum Riff hingezogen. Du erzählst mir alles, was ich befürchtet habe, aber nicht, ob Serena lebt oder tot ist, hätte Gaby ihrer Zerstörerin am liebsten zugerufen. Du nimmst mir alles und willst mir nicht einmal diesen einen Brocken geben? Aber Lisa Kropotkin war fertig. Sie nahm wieder Platz, die Medienleute standen wie ein Mann auf. Eine Woge von Stimmen brach über Gaby herein. Sie ging darin unter.

58

Ertrunken in sanftem Nektar, schwebte Ren zwischen Welten. Die drei Überlebenden der Koalitionsflotte taumelten über fünftausend Kilometer dahin. Kurskorrekturen wurden vervollständigt. Noch acht Stunden bis zum Rendezvous mit den Leuten von Big Sky. Leben außerhalb des GDO. Sie konnte es sich nicht vorstellen. Die Weite der Kontinente lag zwischen den kleinen Pfeilen aus Cha-Plastik, doch für Ren, die zusammengerollt in ihrer schützenden Gebärmutter lag, schienen sie so nah und vertraut wie Drillinge. Die *Île Glorieuse* war eingebettet in Schwarz, so wie sie eingebettet war in Fullerene-Kohlenstoff-Honig.

»Ren.«

Eine sanfte, männlich-weibliche Stimme erklang in ihrem inneren Ohr. Spacecowboy schritt den Rumpf ab, sein blau-schwarzes strahlenenges Fell war in durchsichtiger Druckplastik versiegelt.

»Ich bin bei mir. Komme gleich.«

Ren spürte Cowboys Handfüße auf der Haut des Schiffes, als ob sie ihre eigene wäre. Es war gleichzeitig intim und beunruhigend. Sich einen Weg über ihren Körper ertapsend.

O Götter!

Sie schlug die Haut-Augen auf, als sie Cowboys stille Ehrfurcht vernahm. Sie erblickte ein Wunder. Cowboy stand hoch aufgerichtet auf dem Buckel des Rumpfes. Seine unteren Hände hielten sich an der Schiffshaut fest. Seine oberen waren erhoben in einer Geste von unwillkürlicher Anbetung. Er hob sich als Silhouette gegen die aufsteigende Erde ab, ein Ozean-Auge, Afrika-Aszendent, der Monsun ein Fluss aus Wolken, durch das tiefe Blau Richtung Indien strömend. Es übertraf jede Ähnlichkeit und Vergleichbarkeit, es war die Erde, die Mutter aller Metaphern. Alles, womit sie verglichen werden konnte, war geringer, außerhalb seines Ichs und seiner Substanz, und degradierte die Quelle.

Man könnte sich darin verlieren, dachte Ren. Man könnte hineinfallen und niemals aufhören zu fallen. Für sie war das keine Kugel. Ihr kam es vor wie eine umgekehrte hohle Schale voller Wasser. Die Zerbrechlichkeit erschreckte sie. Der leichteste Stoß könnte dieses Wasser in den Raum verschütten. Die Verschwommenheit der Atmosphäre am Rand der Welt war der Atemhauch auf einem Spiegel. Die weiche Linie der Nacht am fernen Ende des Kontinents sah wie eine Krankheit aus. Dieser Terminator durchteilte eine weitere Trennungslinie. Als sie durch die Kameraaugen der *Swjatij* geblickt hatte, war Serena erstaunt gewesen über die absolute Grenze, die das Terminum quer durch die Landschaft zog. Durch die Augen der *Île Glo-*

rieuse aus einer wesentlich größeren Höhe betrachtet, war das Terminum eine Wunde, der gekonnte Schnitt mit dem Messer eines Obstverkäufers, das eine Guave durchteilte, sodass einem genau zwei Hälften in die Hand fielen. Zwei Halbkugeln, zwei Welten, getrennt durch einen haarfeinen Luftfilm, die zufällig die gleiche Schwerkraft und Atmosphäre und Sonne und Tageslänge hatten. Sie waren siamesische Zwillinge, bei der Geburt getrennt, jetzt eifrig darauf bedacht, den Abstand zwischen sich zu betonen. Der landschwere Norden kleidete sich bescheiden in stumpfe Erdfarben und staubiges Mausgrau, stellte seinen Wolkenschmuck sparsam zur Schau. Der schöne Süden betörte Ren mit Farben und Mustern, wirbelte Wolken um sich wie Stolas und Umhänge. Wie bei vielen Menschen des Südens war sein Gesicht gezeichnet: die Tätowierungen, Verwachsungen, Pockennarben des Chaga-Niederschlags. Die Ringstruktur früher Wachstumsmuster lag unter der Gegenwarts-Landschaft: Ren machte miteinander verbundene Schlingen und Spiralen quer über das Land aus. Sie versuchte, Städte und Dörfer zu finden, Orte, die sie kannte: die weiße Linie des Riffs von Turangalila, die Häfen und Inseln von Mombasa, die hohen weißen Gipfel des Kirinjaga und des Kilimandscharo. Sie sah einen geschwungenen, mit Wolkenjuwelen geschmückten Küstenstreifen, sie sah ein hohes, vielfarbiges Tafelland, durchbrochen vom Rift-Tal. Sie sah keine Städte oder Nationen oder irgendetwas von Menschen Geschaffenes. Sie sah die Erde. Sie bildete sich ein, ihren Duft zu riechen.

»Cowboy.«

Tsirinana durchbrach die Magie.

»Tut mir leid, Boss.« Cowboy bewegte sich zur Nase des Schiffs, wo der Spiegel in einem Wirrwarr von Streben und Planen lag, aus denen die Luft entwichen war. »Ich fange jetzt mit dem Schneiden an.«

Ren sah zu, wie sein Körper die beste Orientierungsposition einnahm, wie er ihn gegen reagierende Kräfte ausbalancierte, wie eine untere Hand niemals einen Griff losließ, bevor die andere nicht sicher verankert war. Instinkt, eine Million Jahre abweichender Evolution, gezüchtet in einer Generation. Cowboy arbeitete langsam und besonnen, wobei die Klingen durch das sich krümmende Plastik schnitten. Es war ein schöner Anblick für Ren insofern, als sich Lebewesen mit unbewusster Schönheit bewegten, wenn sie glauben, dass niemand sie beobachtet.

Anitraséos Anwesenheit hallte in Rens Hilfsgehirn wider, einen Augenblick bevor sie ihre Stimme auf dem Kommunikator hörte.

»Orbiter Drei, bitte melden.«

Tsirinana antwortete.

»Wir haben aus Helsinki gehört, dass die Amerikaner sich aus der Konferenz ausgeklinkt haben.«

Ren spürte einen Schimmer von Zufriedenheit von Tsirinana; weniger allerdings von William.

»Es hat den Anschein, als ob sich die Frontstaaten ebenfalls zurückziehen würden. Es sieht so aus, als wäre die Konferenz zu Ende, bevor sie überhaupt begonnen hat.«

Ren sah, dass Cowboy einen kleinen Siegestanz auf dem Rumpf aufführte. Da bin ich mir nicht so sicher, dachte sie. Vielleicht erreichen wir Toaedu, vielleicht erblicken wir eine nackte Singularität mit eigenen Augen, vielleicht gehen wir durch sie hindurch und werden zu etwas, das wir uns nicht im Entferntesten vorstellen können, aber was bedeutet das für die Leute da unten? Der Krieg im Tiefenbereich wird weitergehen. Es wird mehr Nationale Befreiungsarmeen geben, mehr Kinder werden mit Gewehren in die Schule gehen. Es wird weitere Sorotis geben. Es wird noch mehr Todessterne geben und Schiffe, die kämpfen. Vielleicht bekommen wir den Gleichgewichtspunkt der Geschichte in den Griff, aber können wir verhindern, dass noch mehr Leute sterben?

Sie sah wieder zu Cowboy, der sorgfältig den Spiegel freischnitt. Aber dafür bist du nicht hier, dachte sie. Sie schaltete die Sinne um. Helle Kontakte bewegten sich im Verteidigungsschutz um das GDO herum, am äußersten Rand ihres nach vorn gerichteten Radarsichtfeldes. Intraorbitale Schlepper, unbewaffnet, aber dafür ausgerüstet, bewaffnete und gepanzerte Marineeinheiten zu transportieren. Die Schlacht um das GDO würde in einem handgreiflichen Maßstab ausgetragen werden. Deshalb bist du hier, Spacecowboy. Du bist einer, sie sind viele, aber du kämpfst auf vertrautem Boden. Auf *Nosy Bé* hatte Irya nicht über die Simulatorsitzungen gesprochen, nach denen sie erschöpft, zitternd, in sich gekehrt gewesen war. Ren hatte von Infana gelernt. Geschärfte Waffen. Von Mann zu Mann, von Hand zu Hand zu Hand. In der Theorie bescherte die angeborene dreidimensionale Orientierung den Raumleuten einen entscheidenden Vorteil gegenüber schwerfälligen Erdaffen.

Ich kenne Seinen Namen, ich kenne Seinen Namen, Sein Name ist wundervoll, er ist alles für mich. Ich würde ebenfalls dieses Lied singen, Irya, wenn ich jeden Tag Leute ausweiden würde.

Cowboy hatte den Spiegel freigelegt. Er klebte das Schneidgerät an den Heftfleck an seinem unteren Arm, hielt sich mit zwei Händen fest, schwang den glitzerenden Mylar-Knoten. Er wog nichts, doch seine Masse war nicht unbedeutend. Ren sah gewölbte Muskeln unter durchscheinender Druckhaut; hinter der Gesichtsmaske verzog Cowboy das Gesicht. Und löste die Hände. Beinahe hätte er das Gleichgewicht verloren. Alle vier Hände griffen nach dem Rumpf, während der zerknitterte Spiegel von der *Île Glorieuse* wegtrudelte und seine Form veränderte, da der Strahlungsdruck ihn einkerbte und entfaltete. Er fing den Wind von der Sonne auf. Eine ausgefranste silberne Scheibe setzte Segel auf dem Weg zu den Sternen.

59

Sie bemerkte nichts davon im Hotel und auch nicht im Wagen. Sie bemerkte nichts davon auf dem Boot auf dem Rückweg zur Insel. Sie bemerkte das, wovor sie sich selbst gewarnt hatte, in den großen Räumen mit dem nackten Fußboden ihrer Suite: Faraways wahren Zorn.

»Du wusstest es.«

»Das mit den Schwarzen Simbas – ja.«

»Also wusstest du es schon damals, in Marrakesch, als du mit mir geschlafen hast, damals im Wasser, auf dem Hocker, im Bett, während all der Zeit wusstest du es.«

Das Typische am wahren Zorn war, dass er sich in Abwesenheit zeigte. Faraway schritt nicht aufgeregt auf und ab, brüllte nicht herum oder fluchte heftig oder fantasiereich. Er stand in einem Gitterwerk aus Licht, das durch das Fenster hereinfiel, und bewegte sich nicht, als ob der Zorn ein Speer wäre, der ihn durchbohrt hatte und ihn an den nackten Holzboden festnagelte.

»Ja. Ich wusste es.«

»Ich habe dich geliebt.«

Tu das nicht, dachte Gaby. Treib das Spiel nicht auf der Herzens-Ebene. Dem habe ich nichts entgegenzusetzen.

»Ich weiß«, sagte sie.

»Wie lange wusstest du es schon?«

Deine Haut, dachte sie, sie ändert sich, wenn du zornig bist. Sie wird stumpf und wachsartig, wie die

Haut einer verdorbenen Guave. Sie verliert ihr Licht und ihr Leben.

»Seit der Zeit, als du nach Kama-Kivu gegangen bist, als ich nicht mit dir gekommen bin. Sie kam zu mir. Ins Haus. Sie warnte mich, die Simbas nicht zu provozieren. Sie erzählte mir von der Tororo-Connection. Sie gab mir diesen Anhaltspunkt.«

»Du hast in meinem Haus gewohnt, unter meinem Dach, du hast mein Essen gegessen, du hast in meinem Bett geschlafen, mein Wasser getrunken und du hast einen Feind hineingebracht.« Er zitterte. Er schloss die Augen, neigte den Kopf zur Seite, als ob er einem erwarteten Schlag ausweichen müsste. »Und sie geht zu den Merina und sie sagen, komm zu uns, wir machen eine Astronautin aus dir, schießen dich in den Raum, und wie lange weißt du das schon und hältst es geheim? Wie lange lachst du mich schon aus, den dummen Neger?«

»Faraway…«

»Faraway, ich kann mich gut an ihn erinnern, er hat nichts anderes im Kopf als Frauen und seinen Schwanz. Man kann ihn anlügen. Man kann ihm alles Mögliche erzählen, denn er wird einem glauben, weil sein Gehirn in seinem Schwanz sitzt. Frauen und Schwanz. Blöder Neger.«

»Sie hätten sie umgebracht, verdammt noch mal! Sie hatten sie aufgrund eines Vertrages in der Hand. Die Merina haben ihr das Leben gerettet.«

Steh nicht so da und fang meine Pfeile auf, schrie Gaby Faraway im Stillen an. Spiele nicht den Märtyrer, ich möchte nicht die Finger in deine Wunde legen, ich möchte nicht dein Blut schmecken. Ich möchte nicht, dass du mich tötest, indem du dich verstümmelst.

»Sie haben ihr das Leben gerettet. Sie hatten einen Vertrag. Ich weiß nicht, wovon du redest. Ich weiß überhaupt nichts. Dumm. Unwissend. Ein Narr. Also, die Merina machen dir weis, sie hätten deiner Tochter das Leben gerettet, und du bewahrst dieses Geheimnis vor mir.«

»Ich weiß das nicht von den Merina. Cletho hat es mir erzählt.«

»Aha, Cletho. Dann hat also auch Mombi damit zu tun und immer noch behandeln mich die Leute wie einen blöden Hund. Happ happ happ happ, ja? Er beherrscht ein paar Kunststückchen. Er kann sich auf die Hinterbeine stellen und so tun, als sei er ein Diplomat. Er ist ziemlich gut für einen dummen, fickenden Hund.«

»Faraway!«

»Hältst du es nicht vielleicht für einen wichtigen Umstand, dass die Tochter meiner Pressesprecherin in den Raum geschossen werden soll?«

»Davon weiß ich nichts.«

»Ich glaube dir nicht.«

»Ich schwöre bei Gott. Ich wusste es nicht.«

Es geschieht wieder, dachte Gaby. Alles um mich herum geht zu Bruch, bis in die kleinsten Atome, sodass nichts übrig bleibt. Ich hätte sprechen können. Ich hätte sprechen sollen. Aber ich hatte Angst, dass dieses einzige Vertrauen, das in mich gesetzt worden war, mir weggenommen würde, während es mein Schweigen war, das es mir genommen hat, unfehlbarer als alle Worte, die ich hätte aussprechen können. Wieder einmal verliere ich einen Mann. Ich habe ihn durch Geheimnisse und Ängste von mir gestoßen.

»Du hast verloren, weißt du das? Sie können uns jetzt nicht mehr vertrauen. Ich kann uns nicht einmal mehr vertrauen. Die Friedenskonferenz...«

»Scheiß auf deine Friedenskonferenz!« Gaby spuckte Faraway ins Gesicht. Er war ein Kopf größer als sie, aber er schrumpfte unter der plötzlichen Hitze ihrer Wut zusammen. »Scheiß auf deine Friedenskonferenz.

Meine Tochter ist in Schwierigkeiten und ich kann nichts tun, um ihr zu helfen, und ich habe Angst. Ich habe große Angst, dass sie tot ist, begreifst du das? Meine Tochter ist vielleicht tot und du glaubst, deine beschissene Friedenskonferenz hat irgendeine Bedeutung?«

Sie sah zwei Dinge, die sie nie zuvor gesehen hatte. Sie sah etwas in Farawas Gesicht, das wie Hass aussah. Sie sah, dass seine Hand so aussah, als wolle er sie mit aller Kraft schlagen. Auch er sah diese Dinge. Sie erschreckten ihn. Er ließ die Faust sinken, schlug sich die Hände vors Gesicht.

»Gaby…«

Er machte einen Schritt auf sie zu, die Arme ausgebreitet; vergib mir, lass alles wieder so sein, wie es war. Gaby tänzelte durch den großen kahlen Raum zurück.

»Verschwinde!«

»Es tut mir leid.«

Er ging weiter auf sie zu. Gaby wich zur Tür zurück.

»Verschwinde. Komm nicht in meine Nähe, du Dreckskerl…«

»Gaby, es tut mir leid.«

Die Türöffnung war leer.

Sie sah ihn von weitem herankommen, über die grasbewachsene Brustwehr. Er war im Stil des Nordens gekleidet, Jeans, dicker Pullover, obwohl die Sonne hoch stand und der Tag heiß war fürs Nordland. Eine umgekehrte Perspektive schien auf ihn zuzutreffen; mit jedem Schritt, den er auf sie zu machte, schien er kleiner zu werden. Als er an der Stelle ankam, wo sie mit überkreuzten Beinen im Gras saß, war er so klein, dass Gaby ihn innerlich zwischen Damen und Zeigefinger hochheben konnte. Er sagte: »Es tut mir leid.«

»Es tut mir leid.«

»Darf ich?«

Er deutete auf den Boden neben ihr.

»Natürlich.«

Er setzte sich. Das Sitzen mit untergeschlagenen Beinen war nicht bequem für ihn. Seine Knochen waren zu groß. Gaby konnte ihn nicht ansehen. Ihr Blick ging an ihm vorbei, zum Wasser, den Inseln, dem Festland.

»Es tut mir leid«, sagte er wieder. »Kein Mann sollte jemals …«

»Kein Mann wird jemals.«

»Ja.«

»Faraway, ich gehe weg.«

»Ich verspreche dir, ich werde nie wieder …«

»Es ist nicht deinetwegen.« Das stimmt nur teilweise, sagte Gaby zu sich selbst. Ich könnte dir nie wieder trauen, nicht so, wie ich es getan hätte, wenn ich dich liebte. Aber ich habe dich nie geliebt. Ich hatte Lust auf dich, du hast die Leidenschaft in mir angesprochen, aber ich habe dich nie geliebt und du weißt das. »Du weißt, warum ich gehen muss.« Sie sah ihn an, blickte ihm in die Augen, auf diese Weise, die afrikanische Männer bedrohlich finden. Jetzt werden wir sehen, wie erwachsen du bist. »Verstehst du?«

»Ich hatte gehofft, du könntest bleiben.«

»Nein, kann ich nicht. Ich bin für eine Mission verantwortlich.«

»Die Mission ist gestorben.«

»Dennoch, ich habe sie verraten. Du weißt, warum ich das tun musste, aber ich habe sie verraten. Und dich.«

»Ich würde sagen, kehr mit mir zurück, aber …«

»Das würde dich deine Karriere kosten. Du würdest mich immer in Schutz nehmen, die weiße Hure, die Verräterin. Ich bin fertig in Afrika.«

»Wohin willst du gehen?«

»Nach Hause. Kannst du mir eine UN-Reisegenehmigung besorgen?«

»Ich besorge dir eine Dauergenehmigung. Was wirst du machen?«

»Ich habe eine paar Anlagepapiere, deren Wert langsam gestiegen ist, seit ich außer Landes war. Ich kann sie in Bares einlösen, sie werden mich über Wasser halten, bis ich etwas gefunden habe. Vielleicht gibt T. P. mir meinen alten Job.«

»Wann wirst du zurückkommen?«

»Lange Zeit nicht. Vielleicht…«

Er legte sich zwei Finger an die Lippen.

»Sprich es nicht aus.«

»Weinst du?«

»Ja, ich weine. Wann reist du ab?«

»Heute.« Sie sah den Schmerz in seinem Gesicht. »Ich muss, so ist es am besten.«

»Ist es«, sagte Faraway. »Ja, am besten.«

»Faraway, würde es dir etwas ausmachen, mich nicht zum Flughafen zu begleiten? Würde es dir etwas ausmachen, einfach hier zu bleiben und mir nicht nachzukommen? Lass mich einfach gehen. Wenn du mir nachkommen würdest, könnte ich wahrscheinlich nicht gehen, und ich muss gehen, begreifst du das?«

»Ich begreife es«, sagte er.

Sie umarmte ihn fest; Muskeln fest, Knochen fest.

»Danke«, sagte sie. »Ich kann dir nicht das geben, was du verdienst.«

Er küsste sie und sie spürte, dass er sie immer noch liebte und sie immer geliebt hatte, und sie fühlte sich beschissen. Sie biss ihm ins Ohrläppchen. Er schrie auf. Gaby nutzte den Augenblick der Ablenkung, um sich freizumachen. Sie ging auf dem langen grünen Wall davon. Sie sah sich kein einziges Mal um.

60

Der Flughafen war voll von spähenden Augen und flüsternden Lippen. Das Mädchen am Auskunftsschalter gab sich übermäßig gleichmütig, als sie ihr das UN-Diplomatenvisum aushändigte. Ja, ich bin diejenige, die zur besten Sendezeit gestorben ist, die Kollaborateurin, erschossen von einem Geschützschwadron von Kameras. Dann der Junge am Check-in-Schalter, der ihre Tasche mit einer Klebebanderole nach Irland versah. Gesicht auf dem Visum, Gesicht vor dir, dasselbe Gesicht, das du heute Morgen bei deinen Frühstücksbrötchen in der Zeitung gesehen hast. Die Leute in den Läden und den Zeitungsbuden, deren Blicke von den Aufmacherseiten zu ihrem Gesicht wanderten: das ist sie doch, oder nicht, hier, sieh mal?

Ein einziges Gesicht sagte nicht: Verräterin. Es wartete auf sie am Eingang zur Passkontrolle.

»Mrs. McAslan.«

»Kalevi.«

Er vollführte eine flache Verbeugung.

»Woher, zum Teufel, wissen Sie, dass ich hier bin?«, fragte Gaby.

»Das ist mein Job«, antwortete er. Gaby konnte ein Lächeln nicht unterdrücken. »Ich wollte Sie noch einmal sehen, bevor Sie abreisen. Es hat mir sehr viel Spaß gemacht, mit Ihnen zu arbeiten.«

»Obwohl ich jedermanns letztes bisschen Hoffnung auf Frieden zunichte gemacht habe?«

»Ich glaube, die Amerikaner und die Frontstaaten haben nach einem Vorwand gesucht. Ich bedaure, dass es so gelaufen ist.«

Du weißt nicht, was bedauern heißt, dachte Gaby. Sie nahm seine dargebotene Hand.

»Ich würde sagen, ich freue mich auf ein Wiedersehen mit Ihnen, aber ich glaube, das ist höchst unwahrscheinlich«, sagte er.

»Das denke ich auch, aber ich danke Ihnen trotzdem. Danke für alles. Sie waren der vollkommene Diplomat, auch wenn ich es nicht war.«

Er errötete und entfernte sich schnell, um seine Gefühle zu verbergen. Eine Frau ging an ihm vorbei, in Richtung Gaby. Sie war groß, schwarz, in makellose Seide gekleidet. Es war Madame A.O. Rananatsoa.

»Gaby, ich bin so froh, dass ich Sie noch erwischt habe, ich bin mit dem Wagen im Verkehrsstau stecken geblieben.«

»Was, zum Teufel, glauben Sie mir sagen zu müssen?«, sagte Gaby.

»Etwas, das Sie wissen sollten, bevor sie das Land verlassen. Erlauben Sie?«

Die Sicherheitskräfte der Merina hielten sich bis fast zur Unsichtbarkeit bedeckt; die glaubensübergreifende Kapelle war diskret von allen Gläubigen und Ängstlichen geleert worden. Die beiden Frauen saßen in der vielfarbigen Lichtrose, die durch ein kleines Bleiglasfenster hereinfiel.

»Sie haben mich auflaufen lassen«, sagte Gaby.

»Ja. Ich bedaure, dass ich an Ihrer öffentlichen Demütigung beteiligt war.«

»Jede andere als Lisa Kropotkin.«

»Sie hegt einen persönlichen Groll gegen Sie seit Ihrem Bericht über das Sotori-Massaker. Sie ist eine Frau, die zu heftigen persönlichen Boshaftigkeiten fähig ist.«

»Im Gegensatz zu Ihnen.«

»Bitte, glauben Sie mir, ich hatte keine persönlichen Gründe. Bei mir war es eine genau berechnete politische Taktik.«

»Um die Glaubwürdigkeit des Harambee zu zerstören.«

»Um das Harambee von allen gegenwärtigen politischen Richtungen abzusondern.«

»Und in eine Schublade mit iMerina zu stecken.«

»Letztendlich, ja.«

»Warum?«

»Das kann ich Ihnen nicht sagen. Es wird offenkundig werden.«

»Sie haben das von langer Hand geplant. Sie hatten immer vor, es zu tun, ob Sie nun damit einen Treffer landen würden oder nicht. Das war nur der *Coup de grâce.*«

»In gewisser Weise ist es ein Glück für Sie, dass wir es getan haben. Wir waren darauf vorbereitet, Sie vollkommen zu vernichten, um die Konferenz fehlschlagen zu lassen.«

»So wie Sie meine Tochter vernichtet haben.«

Die Kapelle erbebte unter dem Unterschallrumpeln eines startenden Flugzeugs. Die madagassische Frau sagte: »Ich habe Ihnen immer noch nicht gesagt, was Sie wissen sollten.«

»Dann sagen Sie es mir und gehen Sie.«

»Unsere Erdstation auf Nosy Chesterfield berichtet, dass um fünfzehn Uhr dreiundzwanzig MGZ der Orbiter *Île Glorieuse* eine erfolgreiche Landung auf dem GDO durchgeführt und mit unseren Mittelsleuten dort Verbindung aufgenommen hat.«

»Serena…«

»Eine Landung ohne die Pilotin wäre wohl kaum möglich gewesen.«

Plötzlich entdeckte Gaby Tränen auf ihrem Handrücken. Plötzlich merkte sie, dass ihr Körper zitterte. Plötzlich schien ihr Herz zwischen zwei Schlägen eingefroren zu sein, die Zeit schien stillzustehen. Das Licht des Rosenfensters ergoss sich in sie und erfüllte sie. Wie aus weiter Ferne hörte sie A.O. Rananatsoa sagen: »Wie es den Anschein hat, verdankt sie ihr Überleben ihrer Unerfahrenheit und ihrer Disziplinlosigkeit, während jene Mannschaften, die dem Einsatzplan folgten, verloren waren.«

»Serena...«

»Sie ist eine bemerkenswerte junge Frau. Und vom Glück begünstigt. Ich beneide Sie um Ihre Freude, Gaby. Mein ältester Sohn ist heute Morgen gestorben. Er war auszubildender Techniker auf Mayotte, er flehte mich an, dass er an der Mission teilnehmen dürfe. Ich konnte ihm die Bitte nicht abschlagen. Er verbrannte in den Tunnels bei Rampe Eins, als die treibstoffgeschwängerte Luft explodierte. Deshalb freue ich mich, dass wenigstens ein junger Mensch, der für tot gehalten wurde, am Leben ist. Erfreuen Sie sich Ihrer Tochter; ich wünschte, ich könnte an Ihrer Freude teilhaben. Es ist immer die Mutter, die leidet.« Sie stand auf und strich geistesabwesend die Falten ihres Kleides glatt. »Ich konnte Sie ohne diese Gewissheit nicht gehen lassen, Gaby.«

»Danke. Sie wissen, dass ich Ihnen nicht verzeihen kann.«

»Weder brauche ich das, noch wünsche ich es. Übrigens, Ihnen bleiben noch sieben Minuten bis zum Abflug.«

In der Abflughalle wurde ständig Gabys Name aufgerufen. Sie war die letzte, die die Boeing bestieg. Sie stieß bereits zurück, als sie noch ihren Sicherheitsgurt befestigte. Als sie auf die Startbahn einschwenkte, fiel Gaby ein, dass sie eigentlich eine Flasche von diesem schwarzen Salz-Likör-Zeug mit nach Hause hatte nehmen wollen. Dann war sie in der Luft und die Bäume, die alle gleich aussahen, und die langgestreckten, von vielen Inseln unterbrochenen Seen fielen unter ihr weg, als das Flugzeug sie in ein Exil brachte, das eine Art Heimkehr war.

61

Cowboy rief ihren Namen. Ren erwachte im Dunkeln. Sie schrie laut auf. Sie trat mit den Füßen, schlug mit Fäusten um sich. Die sie umgebende weiche Substanz gab nach, doch die Dunkelheit hob sich nicht. Sie war in dem Kokon gefangen, eingebettet in Fullerene-Gel wie eine Fliege in Sirup. Das Schiff um sie herum war gestorben, der Kokon würde folgen, als letztes würde sie selbst sterben, jenseits der Reichweite aller Hilfe, mit zerplatzenden Lungenflügeln, blutend, schreiend, um Sauerstoff aus dem stehenden, erstickenden Gel, die sie füllten, zu ziehen.

»Ren.«

Die Stimme war in ihren Ohren, nicht in ihrem Kopf. Luft war in ihrer Lunge, kein Beschleunigungsgel. Ren schlängelte die Arme über den Kopf. Ihre Hände fanden einen Halt. Tageslicht blendete sie. Sie blinzelte Nachbilder weg, während sie den Schlitz aus Weiß in einen Kreis zwang. Verfinsterung: Cowboys grinsendes Gesicht füllte den Lichtrahmen.

»Ren! Wie geht's? Hast du gut geschlafen?«

»Ich dachte, ich sei auf dem Schiff.« Sie holte langsam und tief Luft. Die Luft war reich vom Gestank menschlicher und fremdweltlicher Wesen: durch viele Körper geatmet, dicht von Chaga-Pheromonen, vertrauten und exotischen. Sie füllte die Lungenflügel, hustete, spuckte Tröpfchen von goldenem Polymer aus. Sie hievte sich nach vorn. Die Tür schob sich zu ihrer maximalen Öffnung auf: Licht flutete auf Ren herein.

Sie betrachtete ihre Hände, ihre Handgelenke. Der Kokon war an ihr angetrocknet wie eine enganliegende Haut aus durchsichtigem Bernstein. Drei schmale fluoreszierende Streifen verliefen an jedem Arm von den Gelenkknöcheln zum Ellbogen. Sie sah an ihrem Körper hinunter. Drei Steifen auf jeder Seite jeder Wade, vom Fußknöchel bis zum Knie. Drei

Streifen vom Nabel bis zur Scham. Sie drehte sich blitzschnell um. Sie erspähte weiße fluoreszierende Streifen in ihrer Gesäßspalte. Sie wurde sich einer Einschnürung um ihr Gesicht herum bewusst; ihre Finger ertasteten den Rand einer Kapuze. Sie schob sie sich vom Kopf. Drei weiße Streifen.

Mit ihrem Schlaf bekleidet zu sein, empfand sie als größere Entehrung, als wenn sie unbekleidet gewesen wäre.

»Kann ich dir helfen?«, fragte Cowboy. Die Hand, die er ihr darbot, trug das Zeichen von drei Spiralen. Sie nahm sie und zog sich ins Licht.

Sie lag, das Kinn auf verschränkten Ellbogen ruhend, an der Öffnung einer Höhle auf einer Klippe aus Chaga-Korallen. Einer ähnlichen Klippe sah sie sich im Abstand von etwa einem Kilometer gegenüber, auf der anderen Seite einer steilen, schmalen Schlucht. Hunderte von Höhleneinschnitten bedeckten die Talwände. Kaskaden von Vegetation ergossen sich über die Klippen; Gestalten bewegten sich darüber hinweg und zwischen ihnen hindurch, mit der Ernte beschäftigt. Verbindungsschnüre wurden zwischen den Wänden der Schlucht gespannt, ein Netz, in dem Biolichtbündel und schwammige Wasserfallen hingen. Vor ihren Augen bewegte sich eine vierarmige Gestalt mit verwirrender Geschwindigkeit an dem Netz aufwärts, indem sie mit atemberaubender Selbstsicherheit von einem Knoten zum nächsten sprang.

Ren blickte nach oben. Die Wände der Schlucht trafen sich über ihr. Der Himmelsbogen war dicht bewaldet; Tentakel, Wurzeln, Blasenkordeln, schwankende Fächer aus porösem Moos hingen viele Meter weit in die Schlucht, verschlungen mit dem Fadennetz. Der Kletterer verschwand im Dachdschungel aus verknoteten Rohren und orangefarbenen Blüten.

Ren blickte nach unten. Hundert Meter tiefer wurden die Klippen durch eine Lichtfläche abgeschnitten. Der Grund der Schlucht war eine konkave Halbkugel aus einem durchsichtigen Material, an den Bergwänden befestigt mit Tausenden von Klebefäden. Während sie den Blick die Schlucht auf und ab schweifen ließ, sah Ren, wo die Ränder des Weltbodens sich dem Dach des Tales entgegenhoben, am nahen Horizont der Welt. Ein Dach auf der Welt, ein Teppich aus Licht, das war die einzige sichere Art, diesen Ort zu sehen. Ihn so zu sehen, wie er wirklich war, würde ein Schwindelgefühl verursachen; eine Blase, die mit Spinnenseide befestigt an der Außenseite des Großen Dummen Objektes hing, eine Kuppel aus Luft, von Zentripetalkraft unter Druck gesetzt.

Mandelatown nannten die dreiundsiebzig Bewohner diesen zarten Ballon aus Gasen. Nach dem hartschaligen Horror der *Île Glorieuse* bedeutete dies Zuhause und Sicherheit für Ren.

Cowboy hing mit dem Kopf nach unten an der Wand über Rens Nest.

»Wie lange war ich weg?«, fragte sie ihn.

»Ein paar Stunden.«

»Tut mit leid, ich habe es einfach nicht geschafft, wach zu bleiben.«

»Das braucht dir nicht leid zu tun. Du hast den Schlaf nötig gehabt. Tsirinana hat eine Versammlung einberufen.« Cowboy wuselte um die Spiralenöffnung herum, bis er unter Ren war. »*Coetivy* ist hereingekommen.«

»Und, alles in Ordnung?«

»Bestens.«

Ren zitterte in ihrem Nest. Der Flug war immer noch in den Schmerzen ihrer Muskeln und Knochen festgeschrieben. Die lange Schleife um die dunkle Seite des GDO herum, amerikanisches Radar wie Finger von unwillkommenen Männern auf ihrer Haut,

Abfangjäger, die sich von der Nabe lösten, während sich die Treibstoffreserven mit jeder Sekunde verringerten. Immer auf Trab. Immer die Gejagte. *Hoch-Sumatra* war als erste hereingekommen. Ein knappes Knistern von Kommunikation, das Stottern von Düsen zur Regulierung der Fluglage, dann das atemberaubende Tauchen bis fünfzig Meter unter die Oberfläche, ständig verfolgt von den amerikanischen Schleppern. Irgendwo in der Ödnis der Schluchten zwischen den ausgespreizten kilometerhohen Tafelebenen des Dirac-Massivs war es zu einem Kampf gekommen: blutig, von Hand zu Hand bei drei Kilometern pro Sekunde. Gegen eine Marine-Schwadron hätten chaga-unterstützte Anpassungsformen vielleicht den Sieg davon getragen. Aber nicht gegen zwei. *Hoch-Sumatra* wurde geentert, mit Schneidlasern ausgeweidet, weggeschnippt wie ein Singvogel mit zerbrochenen Flügeln. Dann war Ren an der Reihe gewesen. Sie nahm die *Île Glorieuse* hinaus über den Pol, drehte sie auf den Schwanz und ging hinein. Eisige Klauen griffen nach ihr; sie tanzte aus ihnen frei, warf ihr Schiff zwischen zehn Kilometer weit aufragende Eiszapfen und -berge von der Größe von Städten. Sie drehte die *Île Glorieuse* durch große CO_2-Ginnungagaps; William sah Sekunden voraus, der kürzeste Schubstrahl zwischen ihr und der Zerstörung. Sie sprang durch plötzliche Gasauspuffungen, rollte zu Eisteroiden, denen sie um Haaresbreite auswich, nachdem sie von der Hitze der Sonne losgeschmolzen und durch die Drehung des GDO nach außen geschleudert worden waren. Dann war sie über dem Rand, mit dem Bauch an den obersten Wedeln des Vakuum-Chaga-Laubdachs kratzend. Die Strategie hatte darin bestanden, die Verteidigung durch weit von einander abweichende Annäherungskurse an den Landeplatz zu verwirren. Diesmal hatte die Strategie funktioniert.

Schlepper kreisten weit vom Nordkap entfernt auf streifenden Orbits an der Oberfläche. Zu weit, zu langsam. Ren war zwischen den Ritzen und den hochaufragenden Hitzeaustauschventilatoren von Süd-Fermi radardunkel geworden. Mit dem letzten Treibstoff in ihrem Tank und der letzten Kraft ihrer Muskeln hatte sie die *Île Glorieuse* in das breite Tal gebracht, wo vierarmige Gestalten in Abseil-Geschirren sie fest am zentripetalen Rückgrat vertäuten und in eine Thermalprofilvernetzung einspannten.

Gravitation, hatte Ren gedacht und damit die neue Kraft benannt, die ihre Wirbelsäule in die weiche Plazenta der Lebenshülse drückte. Nein. Die Schwerkraft zieht einen hinein. Diese Kraft hier wirft einen zurück, stößt einen ab. Verrätergravitation. Antigravitation. Schlaf, redete ihr Körper ihr zu. Du machst dir Gedanken über die Schwerkraft? Du hast eine Schlacht geschlagen und überlebt, Kriegerin. Du hast dein Schiff und deine Leute sicher ans Ziel gebracht. Du hast dein Leben behalten, wo andere den Tod gefunden haben. Schlaf! Iss! Sammle wieder Kräfte! Sie zitterte in der blutwarmen Ammoniakflüssigkeit. Dunkelheit flutete herein. An einem Punkt spürte sie Bewegung in dieser Antigravitation. Die Leute von Big Sky werfen meinen Kokon aus, dachte sie. Wieder das Gefühl einer sanften Beschleunigung. Sie bringen mich zu ihrem Volk, dachte sie.

Der Schlaf ist ein großer Trennpunkt, dachte Ren, als sie sich hochzog, um aufrecht in der Öffnung ihres Bergnestes zu sitzen. Er macht aus allem einen neuen Tag. Spinnenseide war mit einem Stück Klebefaden an der Klippe gleich über ihrem Kopf befestigt. Cowboy beobachtete sie, wie sie die Hand danach ausstreckte und sie verfehlte.

»Du bist nicht im Zustand, um zu klettern«, sagte er. »Steig mir auf den Rücken, ich trage dich.«

Sie warf einen Blick hinunter auf die starke Krümmung aus Druckhaut. Sie war eierschalendünn: ein Körper, ein schweres Werkzeug, so ziemlich jeder Gegenstand, der aus einer Höhe von einem halben Kilometer darauf fallen würde, würde sie bis ins Vakuum darunter durchstoßen. Mandelatown würde wie eine Blase zerplatzen. Ren schlang die Arme und Beine fest um Cowboy. Sie schloss die Augen und drückte das Gesicht gegen seinen Rücken, als er sich mit ihr über den weißen Abhang hinausschwang.

»Traust du mir nicht, Dreistreifen?«

»Was?«

Er streichelte ihr Handgelenk.

»So werden die Leute hier genannt. Ich glaube, ich nehme diesen Namen für dich.«

Während Ren darüber nachdachte und zu dem Schluss kam, dass er ihr ganz gut gefiel, senkte sich die Nacht herab. Es gab keine Dämmerung auf dem Großen Dummen Objekt, die Dunkelheit war plötzlich und absolut. Ren kämpfte mit dem ihr eingetrichterten Wissen gegen die primitive Angst an. *Es gibt zwei Nächte an der Außenseite des Großen Dummen Objektes, die Kleine Nacht, die eintritt, wenn es sich von der Sonne wegdreht, und die sechs Minuten dauert, und die Phasennacht, die dann eintritt, wenn das GDO hinter der Erde in die Verfinsterung schwenkt, und die über einen Zeitraum von sieben Tagen allmählich fortschreitet.* Als sich ihre Augen an die kurze Dunkelheit gewöhnt hatten, sah sie, wie Mandelatown eine Konstellation von Lichtern wurde: Biolaternen, die in den Luftströmungen schaukelten, die sich im Netz bewegten, biolumineszierende Fungi an den Wänden der Schlucht, grünes Glimmen aus den Höhlenmündern, die Streifen auf ihren Hand- und Fußgelenken, Cowboys Spiralen. Ein plötzlicher Windstoß erschütterte das Netz. Ren spürte, wie sich Cowboys untere Schultern strafften, als er seinen Griff an dem hüpfenden Seil festigte.

»Alles in Ordnung?«

»Bei mir ist alles in Ordnung«, flüsterte sie ihm ins Ohr. Ein Laut; ein anschwellender stotternder Schrei hoch oben. Maschinenlärm, Motoren. Ren sah hinauf. Rote und grüne Navigationslichter stiegen in der Niedrigdruckzone nahe der Oberfläche des GDO auf. Warnleuchtstrahlen pulsierten weiß, gelb, winzige Juwelenpunkte flammten für einen Augenblick blau auf. Schubzündungen zur Regulierung der Fluglage: einer von den beiden Piratenschleppern der Big-Sky-Leute kehrte zurück. Die Bodenmannschaft hatte den oberen Rand des Luftdachs angehoben, Atmosphäre in den Raum vergossen und dem Schiff erlaubt, zum Anlegen durchzuschlüpfen. Ren sah Farbmuster, die um den Schlepper herumtanzten und ihn mit schwach leuchtender Seide umsponnen, wie Spinnen, die sich zu einem Rudel zusammengeschlossen hatten, um eine Schwalbe zur Strecke zu bringen.

Cowboy hielt sich an der Schnur fest, bis sich der Druck stabilisiert hatte. Während dieser Zeit endete die Nacht und ein kleiner neuer Tag begann. Der Boden der Welt war eine Wölbung in Weiß.

Dieser Welt fehlt eine zweite Dimension, dachte Ren. Alles ist entweder ein- oder dreidimensioanl, Linie oder Volumen. Es gibt keine Ebene, keine Flächen in Mandelatown.

Der Versammlungsort klebte an einer Spalte in der Nordwand. Ren fühlte sich an Wurmhäufchen im Lagunenschlamm in Turangalila erinnert, Schnörkel von spuckeverklebtem Sand mit einem federgerippten Ungeheuer, das im Innern lauerte. Die Trompetenmündungen dieser Röhren hatten die Höhe von zwei Menschen. Ein warmer Hauch von menschlichem Gestank strich über Rens Schädelstoppeln, als Cowboy sich an dem Kletternetzwerk hinunterschwang.

Die Versammlung fand an einem Ort statt, der wie ein menschliches Ohr geformt war. Ren und Cowboy stiegen eine gebogene Rampe zwischen hohen Kämmen karmesinroter Koralle zu einer zentralen Windung hinab, wo William und Tsirinana mit der Anführerschaft der Big-Sky-Leute warteten. Tsirinanas Druckhaut, gezeichnet mit einem weißen Dreieck, unterstrich ihre Schwangerschaft. »Ihr werdet eine Erklärung bekommen«, hatte Anitraséo gesagt, als sie die Mannschaft aus Mayotte außerhalb des Kippflüglers trafen. Das schien Ewigkeiten zurückzuliegen. Dabei war es nur ein paar Stunden her. Sie hatte das Gefühl, Tsirinana schon ein ganzes Leben lang zu kennen, dabei war sie kaum weniger eine Fremde als diese drei Leute von Big Sky. Sie hockten auf Schemeln, die ihrer komplizierten Anatomie angepasst waren. Einer, ein Afrikaner mit einer so blau-schwarzen Haut, dass sie wie eingeölt aussah, der zwei ineinander verschlungene Kreise auf seiner Druckhaut trug, starrte sie an. Er sprang von seinem Schemel, hüpfte auf seinen unteren Armen zu Ren, packte sie an der Schulter und untersuchte ihre Schädeldecke. Ren wich vor ihm zurück.

»Das habe ich mir gedacht«, sagte er.

»Was hast du dir gedacht?«

»Es ist rot. Ich habe deine Mutter gekannt.«

»Meine Mutter?«

»Ich war in Block Zwölf. Damals hatte ich einen anderen Namen; ich hieß Juma.«

»Gab hat dich herausgeholt?«

»Du bist nicht der Einzige«, warf William plötzlich ein. Derjenige, der einst Juma geheißen hatte, drehte sich blitzschnell auf seinen unteren Händen um. Er starrte William ins Gesicht. Er runzelte die Stirn. Allmählich dämmerte in ihm ein Erkennen.

»Der Präkog. Ja!«

»Was läuft hier?«, fragte Ren. »Ich begreife nicht.«

»Ich wurde ebenfalls in Block Zwölf festgehalten«, erklärte William. »Deine Mutter hat mich herausgeholt. Sie hat mich aber auch zunächst erst einmal hineingebracht.«

Der Mann von Big Sky sagte zu William: »Rot Drei.«

»Ah. Tut mir leid.«

»Es braucht dir nicht leid zu tun. Ich habe inzwischen eine Frau und viele Kinder. Und wir sind frei. Und du bist die Tochter der roten Frau.«

»Die Welt ist klein«, sagte Ren lahm. Juma Zweikreis lachte.

»Ja, und ich habe sie von einem Ende zum anderen durchreist. Der Raum ist gewölbt und man kommt immer wieder zurück.«

»Zweikreis«, sagte der Ältestenvertreter, der südamerikanische Gesichtszüge hatte und als Zeichen zwei Kommas trug. »Die Kleine ist müde. Sie hat einen weiten Weg und einen schweren Kampf hinter sich.«

»Und wir haben keine Zeit zu verschwenden«, sagte die dritte Ältestenvertreterin, eine Frau mit dem feinen, herzförmigen Gesicht der nilo-hamitischen Rasse. Sie trug zwei blaue Ringe um die Hand- und Fußgelenke, den Hals und die Taille.

»Wir unterhalten uns später«, sagte Juma Zweikreise zu Ren. »Ich bin deiner Mutter etwa schuldig.«

»Die taktische Lage entwickelt sich von Minute zu Minute«, sagte Zwei Blau. Sie war die militärische Anführerin der Big-Sky-Nation. Sie stammte vom Volk der Galla ab, einer Kriegerrasse. Sie hatte an der Schlepperentführung teilgenommen, die der Rebellion der Raumaffen den letzten Funken gegeben hatte; sie war über zehn Meter Rumpf gekrochen, nackt bis zum

Vakuum, um die Deckenriegel zu sprengen und das weiße Fleisch dem Raum auszusetzen. »Es hat eine Planänderung gegeben.«

Schemel sprossen aus dem Boden des Raums. Cowboy zeigte Ren, wie sie beinahe gemütlich auf einem sitzen konnte.

»Als Befehlshaberin der Mission hätte man mich konsultieren sollen, bevor irgendwelche Änderungen in Kraft gesetzt wurden«, sagte Tsirinana.

»Keine Zeit«, sagte Blau Zwei. »Unsere vorgeschobenen Beobachtungsposten berichten von verstärktem Verkehr durch die Hauptschleuse. General McKittrick ist im Begriff, auf uns zuzumarschieren.«

»In der Vergangenheit hat sie sich von der Angst vor schweren Verlusten abhalten lassen«, sagte Kommas in einem stark akzentuierten Suaheli. Er verlagerte sein Gewicht auf dem Schemel. »Bei ihrem letzten größeren Einsatz haben wir ihr erneut einen von ihren Schleppern abgenommen; sie hat drei Soldaten verloren. Die Angst vor einem Rumpfbruch hat sie davon abgehalten, die *Gaia*-Sonde auf Mandelatown zu werfen.«

»Eure Ankunft hat das Gleichgewicht zugunsten des Aktivwerdens verschoben«, sagte Blau Zwei.

»Wie bald?«, fragte Tsirinana.

»In aller Kürze. Sie wird nicht zuschlagen wollen, bevor ihr die vierte Kammer betretet.«

»Für uns ist es unerlässlich, das wir Mandelatown neu lokalisieren«, sagte Zweikreise.

»Ihr wollt all das hier an einen anderen Ort verfrachten?«, hörte Ren sich selbst fragen. Zweikreise lächelte sie treuherzig an.

»Das machen wir nicht zum ersten Mal. Wir haben bereits einen geeigneten Platz auf der Oppenheimer Landstufe ausgewählt. Die Druckschicht ist das Entscheidende.«

»Aber die Farmen, die Pflanzen«, sagte Ren.

»Wir nehmen den Samen überall mit hin.« Ren bemerkte ein verstohlenes Lächeln auf Tsirinanas Gesicht; sie fuhr sich mit den langen, eleganten Fingern über die Schwellung ihres Anzugs. Zweikreise fuhr fort: »Eine Zeit lang wird es schwer sein, aber wir sind Big-Sky-Leute, wir können überall leben. Wir passen uns an. Aber wir brauchen all unsere Leute für den Umzug. All unsere Leute und all unsere Hilfsquellen.«

»Wir können euch zum zweiten Eingangspunkt bringen«, sagte Blau Zwei. »Aber wenn ihr erst einmal im Innern seid, seid ihr auf euch allein gestellt. Wir können euch nicht führen.«

Tsirinana war halb von ihrem Sitz aufgesprungen.

»Das entspricht nicht den Vereinbarungen mit der Koalition!«

Williams Hände hielten sie zurück. Ren glaubte etwas Beschützendes, Besitzmäßiges in der Berührung wahrzunehmen. Ist das dein Kind, das da drin schwimmt? Aber wer, der einigermaßen bei Verstand ist, würde eine Schwangere in ein Kriegsgebiet schicken, durch eine Raumschlacht, auf einer Rakete? Fragen: keine Antworten.

»Die Sicherheit meiner Leute steht nicht zur Debatte«, sagte Zweikreise. »Da sich Alice McKittrick an die Richtlinien US-militärischer Praxis hält, wir sie nur dann einen Einsatz befehlen, wenn sie sich eines uneingeschränkten Sieges sicher ist. Sie wird den Stamm bis auf das letzte Kind vernichten.«

»Diese Amerikaner sind keine Barbaren.« Tsirinanas Augen blickten ihn herausfordernd an.

Zweikreise hielt ihrem Blick stand. »Sie hat uns eine Botschaft geschickt.« Ein Bodenkreis in der Mitte des Rings von Schemeln verwandelte sich fließend in einen Bildschirm. »Unsere Randwache hat uns diese Bilder vor zwanzig Minuten durchgeschaltet.«

Der Beobachtungsposten war versteckt in einer Häufung von flachen eiförmigen Hügeln, ein paar Kilometer von der Nabe entfernt. Er befehligte ein Panorama des Südkaps und den gesamten Verkehr, der sich zwischen der Hauptschleuse bewegte, eine zwei Kilometer breite Blase, die sich über dem dichten Bewuchs auf der Oberfläche bewegte, und *High Steel*, die einstige Eingangstufe zum GDO. Im Laufe der Jahre hatte er sich zu dem Transferpunkt und dem Nachtankdepot für Unity-Schlepper erweitert. Er hing fünfzehn Kilometer über der Außenschleuse, ein Gewirr von Modulen, Solarpaneelen und Auslegern, an denen Trauben von Tankstutzen hingen wie eine reiche Ernte. Ren konnte einen Intra-Orbit-Schlepper beobachten, der soeben die Nase in einen Tankrüssel steckte. Alice McKittricks Raumflotte drängte sich wie Ferkel um die Zitzen einer Muttersau. Das schlanke weiße Delta eines Merina-Orbiters war so unpassend zwischen ihnen wie eine Braut auf einem Schindanger.

Die Kamera fuhr nah an das gefangene Schiff heran: die Rumpfluken waren offen, die Spiegelgondel leer; dann stellte sie sich wieder scharf ein auf einen plötzlichen Wirbel von Schiffen und Sternen auf der Nabe. Die Schleuse öffnete sich, Blütenblätter glitten übereinander. Das Innere war von Flutlichtern erhellt; es strahlte vor Helligkeit. Aus dem Licht kamen unvermittelt vier helle Flecken in die Dunkelheit. Die Kamera spürte sie auf und zoomte. Bei der höchsten Auflösung sah Ren, dass sie wie winzige fünfzackige Sterne aussahen.

Sie schloss die Augen. Sie hörte, wie William die Luft einsog, wie Cowboy leise in seiner Sprache fluchte; von Kommandantin Tsirinana hörte sie nichts. Als sie wieder hinsah, war der Bildschirm zum Boden zurückgekehrt und Zweikreise starrte sie an, als ob ihre Reaktion das Einzige wäre, worauf es wirklich ankäme.

»Im Raum hört dich niemand, wenn du sagst ›Genfer Konvention‹«, sagte Blau Zwei.

»Wir werden euch und die Mannschaft von der *Coetivy* unverzüglich zum Eintrittspunkt bringen«, sagte Zweikreise. Tsirinana nickte. »Wir können es uns nicht leisten, eines unserer Schiffe länger als unbedingt nötig außer Dienst zu haben. Blau Zwei wird euch genauere Anweisungen auf dem Schlepper geben, aber ich kann euch versichern, dass ihr euch nicht ohne… ah… Verbündete in der vierten Kammer befinden werdet. Ihr werdet euch aber auch Feinden gegenübersehen: das Militär unterhält dort seit der Big-Sky-Rebellion eine Basis. Blau Zwei wird euch jetzt zum Schiff bringen, dieses Treffen hat bereits zu viel von unserer zu geringen Zeit aufgezehrt. Viel Glück, ihr werdet es brauchen.«

Er rief Ren von der gebogenen Rampe zurück. »He, Tochter der roten Frau!« Er drückte ihr einen dünnen, flachen Gegenstand in die Hand. »Das wirst du brauchen können, glaube ich.«

Es sah aus wie ein paar Zentimeter eines harmlosen Plastikstreifens, aber Ren wusste aus Erfahrung, dass eine Drehung seine Moleküle zu einer bösartigen kleinen Klinge umschnappen lassen würde. Sie nickte zum Dank, drückte das Ding an ihr Klebepflaster am Schenkel und ging zu Cowboy, der auf sie wartete, um sie auf dem Rücken zu dem Schiff auf dem Gipfel der Welt zu bringen. Die Dachmannschaft war bereits dabei, die Haltetaue zu lösen, während sich die Mannschaft der *Île Glorieuse* anschnallte.

»Alles in Ordnung mit dir, Dreistreifen?«, fragte Cowboy, dem nicht entgangen war, dass Ren im Sitz neben ihm die Augen geschlossen hatte.

»Ich versuche nur, mich von meiner Seele einholen

zu lassen«, sagte sie. Sie spürte die Wärme seiner Hand auf ihrer Hüfte. Das fühlte sich fast wie eine Seele an. Ein plötzliches Rucken riss ihr die Augen auf, als der Schlepper unter Zentrifugalgravitation aus seiner Wiege fiel. Sie griff nach Cowboy; dann übernahmen die Maschinen die Kontrolle. Der Big-Sky-Pilot steuerte sein Schiff unter dem Laubdach eines umgekehrten Dschungels dahin. Ren erspähte durch die winzigen Luken schaukelnde Tentakel und Blumen. Der Himmelswald wurde von einem plötzlichen Hurrikan gepeitscht. Ranken schlugen wild um sich, Pilzkappen wackelten, Blumen verstreuten handgroße Blütenblätter. Die Big-Sky-Leute hatten den Saum des Druckvorhangs gelüftet. Der Schlepper wurde von einem Windstoß, der Eiskristalle und blitzgefrorene Blütenblätter mit sich trug, freigeblasen.

Ein blumiger Weg, dachte Ren. Vielleicht ist es ganz gut so, dass ich mich zu weit und zu schnell bewegt habe, als dass meine Seele mich hätte einholen können. Vielleicht ist der wahre Name dieser Seele Angst. Sie forschte nach Anzeichen von Seele in den Gesichtern in der Kapsel. Cowboy; ja, seine Berührungen erflehten ebenso viel Innigkeit, wie sie gaben. Sein Gegenstück von der *Coetivy,* ein madagassischer Junge mit feinen Gesichtszügen, saß ebenfalls bei deren Isopathen, einem aristokratisch wirkenden Merina-Mann. Ren schätzte ihn auf Ende Zwanzig. Beide hatten Angst-Seele im Gesicht. Sie konnten sich nicht berühren, um sie von sich zu nehmen. William saß bei seinem Präkog, einer Mulattin aus Mosambik mit wunderschöner blasser Haut und feuchten braunen Augen. Sie merkte, dass Ren sie ansah. Auch dort Angst. Liegt das an der Zukunft, die du siehst, oder an der Zukunft, die du nicht siehst? Im vorderen Teil der Maschine war Blau Zwei in ein intensives Gespräch mit Tsirinana und der Ingenieur-Kommandantin der

Coetivy vertieft. Ebenfalls eine Frau, wie Ren auffiel. Und ebenfalls, so schloss Ren aus den unbewussten Selbstberührungen und der schweren, flüssigkeitsgefüllten Art, wie sie nicht bequem sitzen konnte, höchst schwanger.

Die kurze Nacht brach plötzlich wieder an.

62

Die Aufräummannschaften arbeiteten in dem Empfangssaal. Sie waren leise und fleißig. Sie lösten die angeknipsten Drapierungen und falteten die Stoffbahnen zusammen, sie klappten die dünnbeinigen Tische zusammen. Sie bauten das Podium ab, wo die Sänger aufgetreten waren, und hakten das weiße Hintergrundtuch mit dem blauen Logo darauf ab. Faraway sah zu, wie Männer auf Leitern die Wandbehänge mit Suomenlinnas stolzem Vermächtnis abnahmen, den Staub herausschüttelten und sie sorgfältig zusammenrollten. Sie konnten den Auftrag für neue Wandverkleidungen stornieren, nun, da Geschichte nicht auf dieser Insel gemacht werden sollte. Männer mit großen schwarzen Müllbeuteln gingen um Faraway herum, leerten Aschenbecher, ließen angebissene und nicht aufgegessene Häppchen hineinfallen, hoben mit Abfallspießen allen möglichen Unrat vom Boden auf. Sie arbeiteten mit der sturen Verbissenheit von Insektendrohnen, ohne von Faraway Notiz zu nehmen, als wäre er ein Möbelstück. Weniger noch; Möbelstücke mussten auf Schubwagen gepackt und hinausgerollt werden zu den wartenden Lieferwagen. Er hatte keine Funktion, war überflüssig.

Er sah sich um, während der Saal schnell seines diplomatischen Zierrats entkleidet wurde. Beim Klang von Kalevis Stimme, die sich plötzlich draußen erhob, drehte er sich um.

»Ich würde Ihnen entschieden davon abraten, den Versuch eines Gesprächs mit Mr. Muge zu unternehmen.«

Die Silhouette einer hochgewachsenen Frau erschien in der hellen Türöffnung.

»Sie sollten Kalevis Rat beherzigen, Madame Rananatsoa«, sagte Faraway.

»Ich habe Ihnen unbedingt einiges zu sagen.« Sie kam durch den Saal auf ihn zu. Kalevi verharrte in der Türöffnung, empört über die Verletzung des Protokolls, selbst am Ende der Veranstaltung, wenn es eigentlich nichts mehr ausmachen sollte.

»Was könnte das nur sein, was Sie mir zu sagen haben?«, fragte Faraway. »Ihre Worte haben diese Mission bereits zum Scheitern gebracht, mich als Diplomat erledigt und mir die Frau genommen, die ich geliebt habe, und das ist noch nicht alles?«

Jetzt wurde den Arbeitern bewusst, dass es im Saal noch etwas anderes gab als Arbeit. Eine Befangenheit machte sich in ihrem Handeln bemerkbar, als ob sie diejenigen seien, deren Gespräch belauscht und deren intimste Augenblicke beobachtet würden.

»Die wesentliche Eigenschaft eines Diplomaten ist, dass er niemals etwas persönlich nimmt«, sagte A.O. Rananatsoa.

Faraway sah sich erneut um. Nur Kalevi kannte ihn gut genug, um den Gefühlskonflikt in seinem Gesicht zu lesen.

»Also gut, ich werde mir anhören, was Sie zu sagen haben.«

»Nicht hier.«

»Einverstanden. Kalevi, wir treffen uns am Boot. Es wird nicht sehr lange dauern.«

Sie überquerten den Paradeplatz und folgten dem Weg, der sich um den Hügel wand, auf dem der Campanile stand, bis zu einer buckeligen Holzbrücke.

A.O. Rananatsoa blieb stehen und blickte über das Geländer ins Wasser.

»Trotz meiner Worte ist mir bewusst, dass ich Ihnen sehr viel persönlichen Schmerz zugefügt habe. Dafür möchte ich mich entschuldigen.«

»Sie haben mir etwas zu sagen.«

»Meine neuesten Information über das Vorrücken der Koalitionsflotte lauten dahingehend, dass die Mannschaften beider Orbiter erfolgreich einen äußeren Zirkulationsschlitz passiert und die vierte Kammer betreten haben. Falls Sie irgendeine Möglichkeit haben, mit Gaby in Verbindung zu treten, würde sie das sicher gern erfahren, davon bin ich überzeugt. Sie sollte wissen, wo ihre Tochter ist.«

»Ich werde dafür sorgen, dass sie es erfährt. Ist das alles? Auf mich wartet ein Boot.«

»Hinter der vierten Kammer liegt die fünfte Kammer. Wir haben Hinweise darauf, dass diese Kammer eine Singularität beherbergt.«

»Ich weiß. Das war Aldabras Eintrittskarte zum Merina-Reich. Toaedu. Das Transzendentale Objekt am Ende des Universums.«

Meeresenten schwammen unter der Brücke, ein Männchen mit leuchtendem Gefieder und ein stumpfgraubraunes Weibchen, auf dem Weg in den Kanal.

»Diese Singularität; die Amerikaner sehen darin eine Art interstellares Transportgerät, so etwas wie eine Sternenpforte zu einem anderen Sektor der Galaxis.«

»Sie glauben das nicht.«

»Nach unserer Theorie handelt es sich um einen kognitiven und sozialen Nexus, einen evolutionären Krisenpunkt: das ist Ende der sozial strukturieren Welt und der Anfang einer neuen. Ich vermute, weder wir noch die Amerikaner liegen völlig richtig; es liegt in der Natur einer Singularität, dass sie jedes System, das sie beherbergt, sei es Raum, Zeit oder Sprache, übertrifft.«

»Ich gehe wohl recht in der Annahme, dass dies ein Preis ist, der es wert ist, errungen zu werden.«

»Mehr als jeder andere, wenn das, was wir hinsichtlich seiner Fähigkeiten vermuten, zutrifft. Aber welchen Nutzen bringt die Herrschaft über eine Singularität ohne Zugang dazu?«

»Acht Astronauten werden das Große Dumme Objekt den Amerikanern vor der Nase wegentführen und es zurück nach Madagaskar fliegen?«

»Nicht nach Madagaskar, Mr. Muge. Nach Afrika. Kirinja.«

»Das ist Wahnsinn. Was Sie sagen, ist Wahnsinn, Frau.«

»Natürlich, wenn man von der gegenwärtigen Form ausgeht. Wir müssen einige strukturelle Veränderungen vornehmen. Wir haben den Beweis von den Big-Sky-Leuten, dass die Singularität in der fünften Kammer tatsächlich das Kontrollsystem des gesamten Objektes ist: Wenn wir das umprogrammieren können, können wir das gesamte Artefakt neu konstruieren. Dieser Vorgang läuft gegenwärtig ab; der vorrangige Zweck des Durchbrechens der Blockade bestand darin, eine Anzahl von spezifisch gestalteten Fullerene-Packen in das Große Dumme Objekt zu bringen. Man kann sie Samen nennen, oder Eier. Dennoch ist mein Beitrag nicht weniger wichtig, obwohl er noch nie weniger durchführbar als zum jetzigen Zeitpunkt erschien. Ohne die Mitwirkung des Harambee ist der Plan gescheitert.«

»Warum sollte ich mir ihr Anliegen anhören? Sie haben mich schamlos manipuliert.«

»Nur weil es unumgänglich war, das Harambee politisch zu isolieren, damit dieses Angebot annehmbarer erscheinen würde.«

»Es ist eine seltsame Freundschaftsgeste, den Consensus vor der Welt zu demütigen und ihn dann um einen Gefallen zu bitten.«

»Selbst wenn dieser Gefallen dem Harambee einen weitaus höheren Status einräumen würde als jede Vereinbarung, die Sie dem Norden abgerungen haben könnten?«

Ein schneller Katamaran auf dem Weg nach Tallinn flitzte durch den schmalen Kanal zum Golf. Kielwasser schaukelte die zielstrebigen Enten auf und ab. Wellen schwappten gegen die Bohlen der Holzbrücke.

»Was halten Sie davon, Faraway?«, sagte A.O. Ranatsoa.

»Nennen Sie mich niemals, *niemals* bei diesem Namen«, fauchte Faraway. »Nur sie darf mich so nennen. Und Sie haben sie zerstört. Sie haben sie ins Exil geschickt; ihr Kind, Serena, haben Sie in den Krieg geschickt. Was hat Gaby getan, dass Sie sie so sehr hassen?«

»Es war nichts Persönliches.«

»Natürlich nicht. Das ist es nie. Aber sie leidet. Wir machen unsere Pläne und stecken uns unsere Ziele und treffen unsere politischen Entscheidungen. Und jemand leidet. Jemand stirbt.«

»Ich weiß.«

Die Stimme der Merina-Frau hatte eine Klangfärbung, die Worte wurden in einem Tonfall ausgesprochen, die Faraway verrieten, dass sie Bescheid wusste, auf eine persönliche, intime Weise. Eine schmerzliche Weise.

»Ich bin nicht befugt, politische Entscheidungen für das Harambee zu treffen«, sagte er.

»Natürlich nicht. Aber sie können dem Consensus zu einem Einlenken raten.«

»Nicht ohne eine Vorstellung von dem Vorschlag seitens der Merina zu haben.«

»Gewiss«, sagte A.O. Rananatsoa und dann klärte sie ihn auf. Über alles.

Faraway kam zu spät zu seinem Boot. Er war so spät dran, dass sämtliche anderen Diplomatenfähren abgefahren waren und das erste der wieder eingesetzten Zubringerboote aus der Stadt anlegte.

»Wird Madame Rananatsoa von dieser Transportmöglichkeit Gebrauch machen?«, fragte Kalevi steif. Faraway stellte mit Befriedigung fest, dass es ihm letztendlich gelungen war, Kalevi vor den Kopf zu stoßen.

»Madame Rananatsoa wird mit mir reisen«, sagte er.

Die Tagesausflügler schwärmten ans Ufer, neugierig und begierig darauf, über Bohlen zu trampeln, auf Gehsteigen zu spazieren, Brücken zu überqueren, Tore zu durchschreiten und unter Dächern herzuwandern, auf Stühlen an Tischen zu sitzen, die allesamt die Spuren gefährlicher Aliens trugen.

63

Tiefes Blau, ins Indigo hinüberspielend. Stumme Brandung am Inselrand. Wolken über allem, Purpur, mit Rot gesäumt. Eine gedämpfte Sonne, ein karmesinfarbener Himmel; das Meer war ein Weltbogen, die Ozeanschlange schluckte ihren eigenen Schwanz. Das Wasser war bis in die Tiefe klar. Man konnte bis auf den Grund sehen. Unter der Kräuselung eine schemenhafte Gestalt, ein Schimmern; beinahe so flüssig und vergänglich wie das Medium, durch das es aufsteigt. Die Gestalt floss, wurde für einen kurzen Augenblick des Erkennens Gewissheit: eine Blase, steil aufsteigend, Unsicherheit verbreitend, Gestalt und Substanz annehmend. Im Innern zusammengekringelt, ein Eidotter, ein goldener Fötus.

Die Blase durchbrach die Oberfläche, hüpfte auf dem weindunklen Ringmeer. Wellen taumelten gegen die Bruchlinie. Das goldene Geschöpf darin kämpfte, trat um sich, schlug gegen die Schale. Die Geburtsblase schaukelte, der Wind packte sie, luvend. Die goldene Frau überschlug sich. Etwas Scharfes glitzerte in ihrer Hand. Eine Spitze durchbohrte die Schale, zog einen Schlitz. Die Blase platzte. Die Frau strampelte sich aus der Umklammerung frei, ertränkte Hautfetzen.

Venus, dem Ozean entsteigend.

Ren rollte sich auf den Rücken, atmete zehn, zwanzig Lungenfüllungen von sauberer Luft, sammelte sich. Hinter den zerklüfteten karmesinroten Wolken wölbte sich der von Inseln gespickte Weltozean über ihr. Die Inseln waren alle vollkommen rund, alle von genau der gleichen Größe. Eine davon ist ein Verräter. Eine davon ist ein Melanom unter Sommersprossen; ein Beobachtungsposten der Armee. Die Sonne war eine blutrote Scheibe in der Mitte einer dunklen Wand, die direkt aus dem Meer aufzuragen schien, wie die Burg eines Zauberers in keltischen Kindermärchen. Als sie den Kopf über die Wellenkuhle hob, konnte Ren soeben den Ring weißen Wassers um das Ende der Welt herum ausmachen. Reich der Aufgehenden Sonne. Aber die Sonne ging hier niemals auf oder unter. Das Reich, in dem die Sonne niemals unterging. Süden.

Die Sonne steht im Süden, hatte man ihr gesagt. Der Norden ist dort, wohin du gehst, Schiffbrüchige. Ren spürte das Brechen der Brandung als Beben durch ihren Körper. Sie war in Schwimmreichweite von einer Insel entfernt. *Es gibt keine Garantie dafür, wo ihr ankommen werdet,* hatte Blau Zwei gesagt. *Aber wo immer es ist, ihr werdet zusammen ankommen.* Es könnte sein, dass sie allesamt direkt der US-Marine an der Küste in die Arme schwimmen würden.

Ren trat Wasser, betrachtete den tiefen Halbmond

von dunkelpurpurner Vegetation. Sie schätzte, dass es bis zum Strand zehn Minuten zu paddeln wäre; mehr würde sie nicht schaffen nach dem Transit durch das Gasaustauschsystem. Sie stieß sich an Land. Eine vom Strand geprägte Kindheit hatte ihren Meeressinn geschärft. Eine Vibration im Wasser, Druckverlagerungen: etwas war unter ihr, schnell hochsteigend.

Die Anweisungen hatten nichts über große räuberische Wesen ausgesagt.

Ihre Sinne sagten: *Trau deinen Instinkten.* Sie hechtete weg, als die Blase die Oberfläche durchbrach. Der Wind packte die Blase. Ren tauchte, als sie über sie hinweg rollte. Sie erhaschte einen Blick auf zappelnde Arme im Innern. Zu viele Arme. Cowboy. Sie tauchte gegen den Wind auf; die Brise trug die Blase von der Insel weg ins offene Wasser hinaus. Cowboy schlug auf die durchsichtige Schale, während Ren versuchte, auf dem schlüpfrigen Ding einen Halt zu finden. Wellen brachen über ihr zusammen, sie spuckte seltsam gewürztes Wasser aus.

»Zurück!«, versuchte sie zu schreien, als sie mit dem Drehmesser zustach. Die Klinge fuhr hinein und blieb stecken. Cowboy verlagerte sein Gesicht, um dem Schnitt nach oben auszuweichen. Rens Gewicht zog einen langen Schlitz durch die feste Membrane. Die Blase platzte lautlos. Cowboy taumelte heraus und ging mit wild um sich dreschenden Armen unter. Ren tauchte hinter ihm her. Er wehrte sich gegen sie. Er war ein Oktopode. Ren hatte Oktopoden gejagt. Sie wusste, wie man den klugen alten Mann des Meeres anpacken musste. Sie versetzte Cowboy einen kräftigen Schlag zwischen die Augen. Er war gleich hinüber. Ren packte ihn an der Kapuze der Druckhaut und zog ihn himmelwärts. Sie drehte sich auf den Rücken, legte ihm die gewölbten Hände unters Kinn und strampelte mit den Füßen zum Land. Sie stolperten aus der Brandungslinie auf den Strand aus weichen roten Wimpern. Cowboy sank wie eine ertrunkene Spinne zu Boden, das Wasser saugte an seinen unteren Fingern. Ren pumpte ihn trocken. Er hustete viel schleimiges Wasser aus.

»Kann nicht«, flüsterte er.

»Was kannst du nicht?«

»Schwimmen.«

Das Kommunikatorpflaster an Rens Handgelenk gab nichts außer einem statischen Knistern an ihr Hilfsgehirn ab. Sie sprang auf und ab, rannte am Strand ein wenig hin und her, um etwas Hitze in ihre Batterien zu joggen, aber sie waren vom Meer unterkühlt, moribund.

»Ich bekomme keine Verbindung mit den anderen.« Sie ließ den Blick über die gewellte Meereslandschaft schweifen, auf der Suche nach möglichen Breschen. Tsirinana war schwanger. Vielleicht brauchte sie Hilfe im Wasser. Vielleicht war sie gleichermaßen auf der anderen Seite der Insel an Land gespült worden. »Ich sehe mich mal um.«

Cowboy richtete sich auf.

»Dreistreifen.« Im ersten Augenblick erkannte sie den Namen, den er für sie benutzte, nicht. »Etwas beobachtet uns.«

Etwas. Nicht jemand. Ren wickelte den Plastikstreifen um ihr Handgelenk ab. Eine Drehung verwandelte ihn in eine Waffe.

Das Etwas-nicht-Jemand war einige zig Meter entfernt im tiefen Schatten, wo das Insel-Laubdach über den Strand hinausragte. Erst als es sich bewegte, war sich Ren sicher, dass es nicht Teil der Vegetation war. Es war etwas, das man nur durch die Ähnlichkeit mit Dingen begreifen konnte, die sie kannte; zum Teil Echse, zum Teil Raupe, zum Teil Elch. Sein glänzender Körper rannte auf zehn kurzen Raupenbeinen. Wie

Cowboy hatte es vier Arme am aufrechten Rumpf, zwei kräftige untere, zwei zarte obere, die mit einem Geklapper von langgliedrigen Fingern bestückt waren. Ein Kopf war nicht vorhanden. Der Rumpf flammte in eine Reihe von gebogenen Geweihen und knochigen Wedeln aus, wie viele gewölbte Hände. Sie sah nichts, was Gesichtszügen gleichgekommen wäre. Es war zu sonderbar, um furchterregend oder bedrohlich zu wirken, dennoch ließ Ren die Hand nicht von ihrem Messer. Das Ding neigte seinen linken Geweihzweig in ihre Richtung. Schlitze öffneten sich in der glatten beigefarbenen Haut darunter.

»Bitte, nimm die Waffe herunter«, sagte es in perfektem Suaheli. »Ich bin sanftmütig und harmlos. Ich heiße dich willkommen.«

Es bewegte sich schnell für seine Größe, ein Durcheinander von vielfüßigen Beinen. Es blieb ein paar Meter vor den Schiffbrüchigen stehen und neigte den nicht vorhandenen Kopf zuerst zu Cowboy hin, dann zu Ren.

»Ihr seid den Umständen nach bei guter Gesundheit«, sagte es. Die Schädelschlitze flatterten. Ren schnappte einen Duftschwall von Zimt, Öl und Chanel von dem Ding auf. Ihre Nase kribbelte. Sie kämpfte gegen ein Niesen an und verlor.

»Gesundheit«, sagte es mit amerikanisch-englischem Akzent.

»Bist du… bist du… bist du ein Chaga-Schöpfer?«, fragte Ren auf Englisch.

Die Schlitze kräuselten sich.

»Gott im Himmel, nein«, sagte das Wesen und ahmte dabei das ihr eigene afrikanische Englisch nach. »Ich bin bestenfalls eine Manifestation dieses Ortes. Eine Emanation. Da die individuelle Identität keine Wesensart unserer Spezies ist, könnt ihr mich Locutor nennen. Ich bin Teil dieser Wesenheit, mit der ihr überaus bereitwillig interagieren könnt, mögt. Nun, wenn ihr euch von eurer schweren Prüfung erholt habt, bringe ich euch zu euren Kollegen.«

Mein Name ist Ren und dies ist mein Tagebuch. Ich habe Tagebücher auf Papier und auf Video geführt, dieses hier ist anders. Es ist nicht auf Papier niedergeschrieben oder in Zellspeichern festgehalten. Es ist in mein Gedächtnis eingeprägt, in die Zellen meines Hilfsgehirns. Dieses Tagebuch ist *mental*. Ich ›schreibe‹ es, wann immer ich einen Augenblick für mich allein habe, ob ich spazierengehe oder arbeite oder aus dem Schlaf erwache. Es ist ein bewusster Willensakt: *So, ich werde das jetzt meinem mentalen Tagebuch anvertrauen.* Auf diese Weise vergesse ich es nicht. Es gibt hier viel im Gedächtnis zu behalten.

Locutor ist gut im Reden, aber nicht sprachlich. William musste mir erklären, was er mir am Strand zu erzählen versucht hatte, all dieses Zeug von Emanationen und Manifestationen. Locutor ist kein lustiges Echse-Insekt-Elch-Ding, Locutor ist die ganze Insel. Das gesamte Ökosystem ist ein einzelnes Alien. Er gehört der Rasse jener Inselgruppe an, die überall im Kreismeer verstreut sind. Was soll diese Redensart, dass niemand eine Insel ist? Bei diesen Leuten hier ist jeder eine Insel, buchstäblich und metaphorisch. Und die Inseln sind lebendig. Jede ist ein einzelnes Lebewesen.

Ein Ding, und eines von allem. Anfangs hatte ich dieselben Schwierigkeiten wie einige der frühen Chaga-Erforscher, alles war so neu und fremd, dass ich nichts erkannte. Ich konnte nicht durchschauen, wo das eine endete und das andere anfing. Jetzt kenne ich allmählich die Formen und die Muster – sie unterscheiden sich in hohem Maße von allem zu Hause – und ein Teil meines Problems bestand darin, dass nicht zwei davon gleich sind. Es gibt eins – und nur eins – von jedem. Tausende, vielleicht Millionen verschiedene Formen, aber nur ein einziges Exemplar dieser Art. Nur ein einziges Ding dieser Sorte, das aussieht wie eine halbvergrabene Tasse und unter dem ich hier sitze und dieses Tagebuch mache. Nur ein einziges solches fliegendes Ding, das wie Diamanten-Jims Flöte singt. Nur eine einzige solche ballförmige gelbe Blume zu meinen Füßen. Nur ein einziger Raupe-Elch-Locutor. Es ist wie ein Orchester, in dem jedes Instrument nur ein einziges Mal vertreten ist, dafür aber jedes nur vorstellbare Instrument. Ich war im Begriff zu sagen, dass dies eine Welt ist ohne ein Ich, nur mit einem Wir. Aber gleichzeitig gibt es kein Wir, nur ein Ich, einzigartig, allein.

Locutors Spezies ist vom Chaga verwandelt worden. Es kam vor zweihunderttausend Jahren in ihre Welt. Er gehörte zu der letzten empfindungsbegabten Rasse, die mit dem Chaga eine Symbiose einging. Die letzten sind immer die Musterexemplare für die nächsten. Was seine Leute vorher gewesen waren, sagt er nicht. Auf die Frage, was wir werden könnten, gibt er keine Antwort.

Anfangs war ich enttäuscht, weil Locutor kein Chaga-Schöpfer ist. Jetzt bin ich, glaube ich, darüber froh. Wahrscheinlich hätte ich gedacht: Ist das alles, eine Raupe mit Geweihen, eine lebende Insel? Ich bin froh, dass es ein Geheimnis hinter diesem Geheimnis gibt: vielleicht ist sogar die fünfte Kammer nur ein Tor zu einer weiteren Ebene des Mysteriums. Locutors Spezies – Namen bereiten ihnen Unbehagen, sie haben große Probleme mit den wesentlichen menschlichen Erfahrungen von *Ich* und *Nicht Ich* – betrachtet sich als Torwächter, die den Weg weisen. Eine Spezies von Johannessen den Täufern. Vielleicht erhalten wir unser einziges Wissen über die Schöpfer durch die Geschöpfe, die sie geformt haben.

Ihr Meeressinn weckte sie. Es war nicht Nacht – es gab keine Nacht auf Locutors Heimatwelt, einem braunen Zwerg von einem Satelliten, der einen kühl-distanzierten roten Riesen umkreiste, und auch keine in diesem rot beleuchteten Phantom –, vielmehr hatte ein subaureales Rumoren Rens Schlaf unterbrochen. Die anderen dösten weiter, selbst der im allgemeinen so empfindliche Cowboy, der die Arme um sich geschlungen hatte. Eine Prellung schwärzte die blauschwarze Haut seiner Stirn, wo Ren sich mit ausgestrecktem Arm gegen ihn gewehrt hatte. Sie krümmte sich zusammen und lauschte. Nichts. Aber ein eindeutiges *Gefühl*. Ein Tautropfen kullerte über die Falte einer baumelnden roten Blattzunge und zitterte ein paar Augenblicke lang an der Spitze, bevor die Vibration ihn losschüttelte.

»Ihr seid nicht bewusstlos?«

Locutor konnte sich so lautlos anschleichen wie Ungeziefer in dem schattigen Monoforst, der sein Körper war. Wo es keine Nacht gab, gab es auch keinen Schlaf. Er fand ihn so unbegreiflich wie den Tod.

»Wir bewegen uns«, sagte Ren.

Die Geweih-Antennen tasteten sie mit feinen Sinnen ab.

»Ja. Du besitzt eine ausgeprägte Wahrnehmungsfähigkeit. Wir sind unterwegs zur Nordküste. Ihr braucht eine Transportmöglichkeit und ich biete sie euch.«

Nachdem er den Tonfall jedes einzelnen Menschen analysiert und auf sich übertragen hatte, sprach Locutor jetzt jeweils mit dessen oder deren Stimme. Ren fand es überaus unangenehm, sich selbst sprechen zu hören.

»Ihr könnt euch bewegen, wie ein Schiff?«

»Nein. Ich gehe zu Fuß.« Das Hörner-Krönchen las Verwirrung ins Rens Gesicht. »Ich drücke mich nicht sehr deutlich aus, wie? Ich stehe auf eigenen Beinen, sowohl im wörtlichen als auch im übertragenen Sinn, und zwar auf vielen Tausenden von Wurzelbeinen – sie filtern Mineralien und Plankton aus dem Meerwasser. Wir können sie nutzen, um herumzukommen. Wir alle müssen uns bewegen, wie sonst würden wir jemals etwas zustande bringen?«

Ren kämpfte gegen die Vision von einander buckelnden Inseln an. Bilder von Sex und Reproduktion befruchtete Locutors Bemerkung über die Art und Weise, wie er seine Gäste transportierte.

»Hast du schon jemals Menschen getragen?«

»Einen Marineangehörigen, dessen Microlyte-Motor hier versagte.«

»Nicht Soldaten. Wissenschaftler, von draußen.«

»Ich selbst nicht, aber ich erinnere mich an sie. Es war vor langer Zeit, damals war ich erst ein Polyp. Sie kamen am Fuß der Südwand durch.«

»Die Soldaten haben diesen Weg verschlossen. Wir haben die Gasaustauschleitungen benutzt.«

»Das muss eine harte Prüfung gewesen sein.«

Gepresst wie bei einer schweren Geburt durch die Gaskapillarien, die engen Blasen, klaustrophobisch; immer mit der Angst, niemals wieder herauszukommen. Dann durch höhlenartige Windkanäle geworfen wie eine Spielkugel in Dr. Scullabus' Pachinko-Maschine. Trudelnd, hüpfend, abprallend, rollend, schwindelig jenseits von Übelkeit.

»Das kann man so sagen. Diese Wissenschaftler, erinnerst du dich, wohin sie gegangen sind?«

»Ich vergesse nichts. Das ist unser Daseinszweck, Zeugen zu sein und zu berichten. Und bei Bedarf zu helfen. Sie wurden zur Nordküste gebracht, so wie ich euch dorthin bringe. Wir haben zugesehen, wie sie zur Pforte hinaufgeklettert sind und erfolgreich die erste Kammer betreten haben. Wir haben Aufzeichnungen von einer Reihe von Ereignissen, die darauf hinweisen, dass sie der Singularität begegnet sind. Kurz danach kamen die Marinesoldaten. Dann wurden die Dinge sehr kompliziert. Ich hatte eine ungewöhnlich ereignisreiche Kindheit. Deine Artgenossen führen interessante Leben.«

»Von denen, die hineingegangen sind, sind da wieder welche herausgekommen?«

»O ja, die Mehrzahl. Alle bis auf drei.«

»Und sind sie wieder übers Meer zurückgekehrt? Hast du welche von ihnen transportiert?«

»Nein, sie sind an der Nordküste geblieben. Sie haben dort eine Gemeinschaft gegründet.«

»Locutor, du verstehst die Bedeutung von Reproduktion, Kinder zeugen?«

»Süße, Sex ist in jeder Spezies Sex. Du hast gerade tief Luft geholt. Erwartest du Schwierigkeiten mit der Atmung?«

Nein, ich versuche etwas zu sagen, das ich so lange in mir unterdrückt habe, das jedoch wie eine leuchtende Blase hochgestiegen und geplatzt ist. Eine Blase mit Leben darin.

»Locutor, einer dieser Wissenschaftler war mein Vater.«

Tag zwei. Das, was Schlaf eins folgt. Locutors Meerbettkrabbeln geschieht so langsam, dass es kaum wahrnehmbar ist, aber heute Morgen, als Cowboy und ich an den Strand gingen, war die Nordküste deutlich näher als gestern.

Die Segel sind gesetzt auf dem Weg zu meinem Vater.

Eigentlich gibt es keine Segel, wir gehen zu Fuß, aber das hört sich in einem mentalen Tagebuch nicht so gut an. Locutor sagt, es dauert noch einen Tag, bis wir die Küste erreichen, aber ganz ehrlich, ich wünschte, es würde noch ewig dauern. Weil dann all die Dinge, die ich mir im Zusammenhang mit ihm vorgestellt habe, Wirklichkeit werden. Ich werde ihn so sehen, wie er wirklich ist. Ich werde einen fünfundsechzig Jahre alten Mann aus Nebraska sehen, der einst meine Mutter geliebt und den weitesten Spaziergang von allen Menschen unternommen hat. Ich weiß nicht, ob ich den Mann sehen möchte, den ich unter all den Kleidern und Juwelen finden werde, mit denen ich ihn versehen habe. Ich habe Angst, dass er nicht stark genug sein wird, um das alles zu tragen. Und was soll ich als erste Worte sagen? He, Dad, ich bin dein kleines rothaariges Mädchen? Am seltsamsten daran ist, dass der Einzige, mit dem ich über all das sprechen kann, eine fremdartige Insel-Insekt-Elch-Wesenheit ist, und nicht etwa Cowboy, der das nächste zu einer nahestehenden Person ist, was ich auf diesem Planeten habe. Vielleicht ist das der Grund. Zu nah. Ich fühle mich gut, wenn er bei mir ist. Ich denke viel an ihn. Er ist lieb und er ist gutaussehend, für jemanden mit vier Armen. Und er redet nicht dauernd über sich selbst, anders als die meisten Männer, die ich gekannt habe. Wenn er mich ›Dreistreifen‹ nennt, wird mir ganz warm da unten, unter den mittleren drei Streifen. Herrje, ich bin mitten in einem beschissenen interplanetarischen Guerillakrieg, und ich mache mir Gedanken über Eltern und Geschichten mit Jungs.

Was habe ich da gerade gesagt? Na ja, ich habe ihm das Leben gerettet, aber es ist ein weiter Weg von dort bis zu etwas anderem. Ich weiß, was Sache ist. Locutor bewegt sich durch ein Gebiet, wo es viele Inseln gibt; manchmal liegen sie so dicht beieinander, dass der Kanal dazwischen kaum breit genug erscheint, um ihm das Durchkommen zu erlauben. Im Wasser bewegen sich Dinge, die aussehen wie lange silberne Torpedos. Sie bewegen sich so schnell, dass ich keine Einzelheiten erkennen kann, nur eine Wahrnehmung von Schnelligkeit und Silber. Sie flitzen unter dem äußeren Rand des Strandes dahin, dann schwenken sie wieder hinaus, wenden, flitzen zurück, umschwirren uns wie Chrom-Barrakudas. Ich bin sicher, es sind gar nicht so viele, wie es aussieht, es ist nur, dass sie sich so schnell bewegen.

Das ist Sperma, erklärt uns Locutor. Es ist Paarungszeit. Jeder dieser Torpedos enthält die genetischen Informationen für eine ganze Insel-Ökologie. Aber Locutor hat nichts vom Balzverhalten der anderen Inseln. »Ich befinde mich auf einer Mission«, sagt er. »Die Kerle haben nur dreckiges Zeug im Sinn.« Ich dachte, da läge mehr in der Luft als die übliche Mischung aus Buckies und Düften. Paarungspheromone. Bei Menschen wäre das wie sechs Bier hintereinander, nur dass man noch gehen und reden kann, und mit turbogeladenem Stahl-Sperma unten im Wasser ist das kein Wunder. Dreistreifen wird ein bisschen verschwitzt unter dem Hautanzug.

Locutor sagt, er wird froh sein, wenn er von dieser unerwünschten Aufmerksamkeit los kommt. Er ist nicht der Einzige. Abgesehen von der Zeit, als ich angeschwemmt worden war und nicht wusste, wo die anderen waren, haben wir Funkstille bewahrt. Sicherheit. Irgendwo da draußen auf diesem großen Meer ist ein allessehendes Auge. Wir wissen nicht einmal genau, ob die Mannschaft von der *Coetivy* es geschafft hat. William sagt, er glaubt, eine Verschiebung in der Position einer der Inselgruppen bemerkt zu haben, zwölf Uhr oberhalb von uns. Wir liegen auf dem Rücken und blinzeln durch die zerfaserten Wolken hinauf zu den Punkten auf dem großen Blau. Ein eindeutiger Nordwärtstrend, sagt er. Für mich sehen sie nie zweimal gleich aus, wann immer ich sie anschaue, ob sie sich bewegen oder nicht. Das Beängstigende ist, wenn William eine Insel an einer Stelle sieht, wo sie nicht sein sollte, dann sieht es auch das Auge im Meer. Und uns.

Tsirinana wagt es, alle Frequenzen abzuhören. Jede Menge seltsamer Geräusche auf Langwelle – Locutor entschuldigt sich, seine Spezies plappert viel in den unteren elektromagnetischen Bereichen über abstruse topologische Theorien und verbesserte Liederzyklen – dann eine große Stille, bis wir in der Kurzwelle auf gesprochene Worte stoßen. Viele gesprochene Worte, auf verschiedenen Frequenzen. Natürlich verschlüsselt. Sie übermitteln wichtiges Zeug zurück zur Nabe. Wir reden uns ein, dass uns das keine Sorgen zu machen braucht. Wir vertrauen einfach darauf, dass es unheimlich lange dauert, bis sie genügend GI-Joes durch das Loch im Rumpf schaffen, um uns aufzuhalten.

Unterdessen segle weiter, du geruhsames, stattliches Schiff.

»Dreistreifen.«

»Hm?«

»Wofür hältst du das?«

Sie lagen auf dem Teppich aus feinen roten Haaren, der die Insel säumte, und blickten nach Norden, zu der weißen Linie der Brandung und der erstaunlichen Landparabel, die sich kurvig daraus hervorschwingt in Richtung der dunklen Ovale, die die Nabe umgeben und die die Portale zur fünften Kammer sind. Rens Kopf ruhte auf Cowboys Bauch. Seine unteren Finger fuhren unbewusst über ihre orangefarbenen Stoppeln. Am liebsten hätte sie geschnurrt.

»Was halte ich für was?«

»Toaedu.«

»Eine Singularität.«

»Aber was ist eine Singularität? Ich meine, was bedeutet das?«

»Die Amerikaner haben die Vorstellung, dass es eine Art Tor zu den Sternen ist.«

»Glaubst du das auch?«

»Ich weiß nicht.«

»Wenn es so ist, dann könnten Locutor, seine Insel-Leute, durch sie hindurchgekommen sein, von dort, wo immer ihre Heimatwelt auch sein mag.«

»Es sind viele und sie sind ziemlich groß. Schwer von einem Ort zum anderen zu befördern.«

»Ja. Dann scheint es also vielleicht nur so, als ob es Dinge durchs Universum transportiert.«

»Wie meinst du das?« Du kannst das so lange machen, wie du Lust hast, Spacecowboy, dachte sie und bewegte den Schädel unter seinen dicken, kräftigen Fingern.

»Dass es vielleicht lediglich Informationen liefert. Sie schicken einfach nur die Blaupausen für Locutors Spezies durch die Singularität und bauen sie dann aus dem, was am anderen Ende herauskommt. Das Original bleibt, wo es ist. Oder vielleicht wird das Original zerstört. Man kann nicht wirklich zwei Locutors haben, selbst wenn es sehr unwahrscheinlich wäre, dass sie sich jemals begegnen würden.«

»Wo liegt das Problem?«

»Nun, was ist das Echte und was ist das Duplikat?«

»Ist das von Bedeutung? Ich hatte eine Freundin, die solche berufsmäßigen Fälscher kannte; sie hatten nachgemachtes Parfüm, nachgemachten Whisky, nachgemachte Uhren, Klamotten. Ihre Philosophie war, wenn alles genau stimmt, bis zu den Atomen, was ist daran unecht?«

»Du hattest eine Freundin?«

»Sie ist gestorben.«

»Das tut mir leid…«

»Mir auch.« Und jetzt ist da nur noch eine Narbe, die ein bisschen weh tut, wenn ich drauf drücke, und ein paar Flocken Holzasche im Wind. Sie spürte, wie Cowboy sich unter ihr bewegte.

»Lange Zeit habe ich nicht begriffen, was mein Exempel meinte, als sie sagte, Toaedu sei eine soziale und historische Singularität.

Aber wenn es so ist, wie ich denke, wenn es ein Ort reiner Informationen ist, dann könnte ein Mensch in es hineinmarschieren und würde auf Information reduziert. Und diese Informationen müssten nirgendwo hingehen. Sie könnte einfach verändert werden, bearbeitet. Verbessert. Dann könnten sie sozusagen in ihrer neuen Form ausgedruckt werden. Man könnte alles werden, was immer man sein möchte. Tausende von Arten des Menschseins. Oder mehr noch als menschlich. Oder anders als menschlich.«

»Meine Freundin, diejenige die gestorben ist, sie glaubte an die Macht der Sprache über die Realität.« Ren spürte, wie Emotionen Cowboys Muskeln spannten. Sie drehte sich um und sah ihm ins Gesicht. Sie sah alte Wut und wartende Verletzung. »He, alles in Ordnung mit dir?«

»Sehe ich so aus?«

»Was ist los mit dir?«, fragte Ren.

»Was mit mir los ist? Sieh mich doch an. Ist das etwa in Ordnung?«

»Ich finde, dass du gut aussiehst. Nein, mehr als gut.« Sag die Wahrheit, Ren. Das ist das Mindeste, was du ihm schuldig bist. »Für mich bist du schön.«

Er hatte schon eine Weile zuvor aufgehört, ihr den Schädel zu massieren. Er hielt die großen, breiten, abgearbeiteten Hände hoch.

»Und die hier?«

»Die ganz besonders.«

»Erzähl das meiner Mutter, die mich weggegeben

hat, als ich zwei Tage alt war. Sie konnte mich nicht ansehen. Ich war die Strafe der Geister. Man erzählte mir in dem Heim, dass sie mich unter einem Fels hatte zermalmen wollen.«

»O Gott, Cowboy, das tut mir leid.«

»Wenn ich dort hinkomme, dann mache ich mich zu etwas, das nicht so wie das hier ist. Das keine Bestrafung ist. Das meine Mutter an ihre Brust drücken würde.«

»Was könntest du sonst noch sein, das du nicht bereits bist?«

»Ich könnte sein wie du«, sagte er.

»Du möchtest bestimmt nicht so sein wie ich«, sagte Ren. Sie küsste die schwielige Hand von Cowboys unterer Hand.

Endlich. Etwas, das ich tun kann. Etwas, worin ich gut bin. Etwas Nützliches. Etwas, das außer mir niemand tun kann. Niemand kann mit einem Kanu umgehen wie Ren.

Es ist komisch, wie man alle großen Dinge abdeckt und dann sind es die unerwarteten Kleinigkeiten, die einen fertig machen. Tsirinana hatte alles geplant, bis hinauf zur Nabe, und wir wurden unterwegs von zwei Kilometern von Riff, Brandung und einer flachen Lagune aufgehalten. Locutor konnte uns nicht weiter hineinbringen.

»Ich kann da nicht hinüberschwimmen«, sagte Cowboy. Niemand konnte das, das Riff würde einen innerhalb von Sekunden in Stücke reißen. Wir standen am Ufer und sahen zum anderen Ufer hinüber, die Schichten von Chaga wogten hoch und wichen zurück ins Zentrum der Welt, und dann ist es Ren, die eine Idee hat.

»Gibt es irgendetwas, das wir als Boot benutzen könnten?«

Wir machten uns auf die Suche. William fand so etwas wie eine längliche Riesenschote mit einer Aushöhlung auf der einen Seite. Keine Ahnung, welche Rolle das Ding in der Inselökologie gespielt haben könnte, aber für mich war es eindeutig ein Kanubaum. Locutor war nicht allzu glücklich darüber, ein einzigartiges Stück seiner Biomasse abgeben zu müssen: er murrte etwas von Energieverschwendung in nachhaltigen Ökosystemen. Seine Sprachanlagen setzen sich neuerdings mit dem Meckern auseinander. Zeit abzuhauen, bevor er den Sarkasmus lernt. Aber er ließ die Kapsel fallen und William und Cowboy zogen sie an Land, während Tsirinana und ich notdürftige Paddel aus Treibholz schnitzten. Dann setzten wir Cowboy in die Nase und ließen das Ding zu Wasser. Es war so stabil wie Gab nach einer Nacht im *Mermaid* und man musste wie bescheuert paddeln, um das Ding wenigstens schnell genug zu bewegen, damit es nicht umkippte, aber es war ein Boot. Mein Boot. Ich saß mit dem Steuerpaddel hinten und es war wieder Turangalila. Das hört sich verrückt an, werden Sie denken, du bist auf halbem Weg zwischen der Erde und dem Mond in einem künstlichen Raum-Habitat und das Meer rauscht über deinen Kopf hinweg und es ist voller lebender Inseln, die herumgehen. Aber wenn man all das wegnimmt, dann hat man mich, ein Boot, meine Hände, die es steuern, das Meer um mich herum, das Klatschen der Brandung ans Riff. Dieses Geräusch bekommt man nie ganz aus sich heraus. Ein Teil von einem hört es immer.

Ich steuerte uns an der Rifflinie entlang, hinaus hinter die Brandung, und hielt Ausschau nach der Veränderung der Farbe, wo sich der Kanal öffnet. Ich hatte allen gesagt, wonach sie Ausschau halten sollten, aber William sah unverwandt zum Himmel hinauf, nach Süden, in die Sonne, und runzelte die Stirn.

»Probleme?«, fragte ich ihn.

»In zweieinhalb Minuten wird es welche geben«, sagte er. Im selben Augenblick schrie Tsirinana: »Da!« Wir alle sahen den Kanal von tiefindigofarbenem Wasser. Ich stieß das Steuerruder nach unten; es gelang uns mit Mühe, das Boot vor dem Umkippen zu bewahren.

»Paddelt wie die Verrückten!«, rief ich.

Das taten sie. Eine langgestreckte Woge hob uns hoch und warf uns durch den Durchgang im Riff, wo sich zu beiden Seiten die Wellen brachen, und dann waren wir im klaren, grünen flachen Wasser der Lagune. William hielt sich an den Seiten fest und drehte sich im Kanu um. Wir alle folgten seinem Blick, indem wir unsere Augen gegen die grelle Sonne abschirmten. Da war ein dunkler Punkt in der Mitte, wie die Iris in einem Auge. Wir beobachteten, wie sich der Punkt zu einem Kreis ausdehnte. Ich sah etwas, das aussah wie ein leuchtender Goldfleck, der aus dem Auge der Sonne herausflog. Ein Schiff. Die Amerikaner waren angekommen.

Ren verschloss den Anzug und schnüffelte an der Stelle herum, wo sie das Mistzeug vergraben hatte. Sauber. Niemand ging mehr ein Risiko ein, seit der gepanzerte Schlepper durch die Pforte von Kammer Drei gekommen war. Das Laubdach in diesem Küstenwald war undurchdringlich, doch Ren bildete sich ein, sein Gewicht zu spüren, das ihr ins gesenkte Genick drückte.

Etwas.

Sie fuhr senkrecht in die Höhe, lauschte, suchte nach Mustern oder Bewegung im dichten Unterholz auf raschelndem rotem Rohr. Rechts von ihr. Sie drehte sich langsam um. Lass sie nicht wissen, dass du hier bist. Sie entrollte das Messer unter ihrem Handgelenk. In diesem Schilfdickicht. Sie drehte sich um hundertachtzig Grad daran vorbei. Da drin war jemand. Jemand, der es nicht gut mir ihr meinte. Sonst hätte er sich zu erkennen gegeben. Ganz herum, und zurück. Verborgen durch ihren Körper, drehte sie das Messer. Und jetzt.

Das Ducken in Kampfhocke, der Sprung, der Schlachtschrei waren eine einzige nahtlose Handlung. Sie ging durch das Schilfbett wie eine Kugel durch ein Herz. Etwas breitete sich unter ihr am Boden aus. Sie landete oben drauf, das Messer erhoben, um es dem anderen in die Kehle zu stoßen. Hände und Augen flehten um Leben. Weiße Hände. Blaue Augen.

Sie senkte das Messer.

»O Gott«, sagte Ren.

Hilflos vor ihr, eingezwängt zwischen ihren Schenkeln, war ein Surf-Nazi: helle Haut, blonde Haare, blaue Augen. Nackt bis auf den gemusterten Sarong, das Körperpiercing und die Körperbemalung. Er war keinen Tag älter als dreizehn.

64

Sein Name ist Marco. Ich habe ihm unrecht getan; er ist vierzehn. Das ist für ihn sehr wichtig. Ich glaube, er steht irgendwie auf mich. Na ja, ich bin das erste weibliche Wesen seiner Altersgruppe, das er zu Gesicht bekommt, das nicht entfernt mit ihm verwandt ist. Jedenfalls meinst du das, Marco.

Wir befinden uns in Omega-Spitz. ›Spitz‹, weil die Stelle auf einem vorspringenden Wall liegt, der sie hoch genug über das Walddach hinaufhebt, dass man bis zum Meer sehen kann. ›Omega‹, weil – nun wegen der Dinge, die einen da oben erwarten, hoch oben hinter den Pforten. Es ist ziemlich kalt hier für einen Ort, den Wissenschaftler gebaut und benannt haben. Er ist zu vergleichen mit dem Nistplatz eines Schwarms

Webervögel, der sich über allen Wurzelstrebepfeilern und unteren Stämmen der Laubdachbäume ausbreitet. Man stelle sich Hunderte von Binsenkörben vor, ineinander und aufeinander und durcheinander verflochten. Räume ergießen sich überall hin, die dunklen Türen und Fenster geben ihnen das Aussehen von Gespenstergesichtern. Leere Augen und Münder.

Dreißig Leute wohnen dort, diejenigen, die von Toaedu gekommen sind, sowie deren Nachfahren. Sie haben der Singularität ins Gesicht geblickt, jetzt flechten sie ihre Korbwohnungen und suchen sich Nahrung in den hängenden Bäumen und ziehen Kinder auf. Es gibt sonst nicht viel anderes zu tun. Man ist in Omega-Spitz entweder über vierzig oder unter zwanzig. Diese Gesichter, diese Leute haben meinen Vater gekannt. Sie sind real. Und weil sie real sind, macht ihn das auch irgendwie real. Sie stehen für all die Dinge, die ich mir im Zusammenhang mit ihm vorgestellt habe, die Dinge, die ich von Gab über ihn gehört habe, die Geschichten, die sie erzählt hat, die Abbilder, die ich in dieser Holzkiste von ihr gesehen habe, von denen sie meint, ich hätte sie mir nie angesehen, und sie machen ihn zu etwas Handfestem, Trisha Aldred und David Pao und Hector Moraes. Nein, das stimmt so nicht. Es ist eher so, dass sie eine Mulde aus ihm machen, einen Hohlraum, der meinem Vater entspricht.

Denn er ist ein Hohlraum, eine Nichtanwesenheit. Er ist niemals aus der fünften Kammer zurückgekehrt. Ich glaube, ich bin darüber einigermaßen froh, ehrlich. Ich möchte keine unangenehmen Fragen stellen oder beantworten. Ich möchte keinen Platz für ihn in meinen Gefühlen schaffen – mitten im Raumkrieg muss ich damit klar kommen, meinen lange verlorenen Vater wiederzufinden. Aber ich kann nicht umhin, mir ständig über ihn Gedanken zu machen. Ich glaube, ich brauche ein bisschen Gold, um die Mulde zu füllen. Ich glaube, ich möchte, dass die Leute erfahren, wer ich bin.

»Du meine Güte, Shepards Tochter.« Die Frau warf ein Bündel Holzscheite aufs Feuer. Funken sprühten in den Kaminabzug hinauf; die zusammenfallenden Kohlen flammten kurz auf. »Ich müsste eigentlich überrascht sein, aber wenn man so nah an der Singularität lebt, gewöhnt man sich einigermaßen an Synchronopsen. Komm näher ans Feuer, damit ich dich anschauen kann.«

Ren rückte näher zur Wärme, ließ sich in eine halb kniende Stellung nieder und beugte sich in den Lichtschein des Feuers. Die Frau musterte ihr Gesicht eingehend.

»Ich weiß nicht. Schwer zu sagen. Vielleicht die Wangenknochen. Du hast sein Kinn. Es ist lange her, seit ich ihn das letzte Mal gesehen habe. Seit wir alle ihn das letzte Mal gesehen haben. Gesichter verblassen.« Die Frau stocherte mit einem Stöckchen die kleinen züngelnden Flammen auf. Feuerschein leuchtete von den Wänden das Korbhauses.

»Trisha.«

»Was denn?«

»Wie war es?«

»Die fünfte Kammer?«

»Ja.«

»Ich habe sie nie gesehen. Ich bin nicht drin gewesen. Man kommt nicht hinein, es sei denn, sie will einen. Sie blieb sechzehn Jahre lang verschlossen. Sie öffnete sich einmal, und nur ein einziges Mal. Es war seine Idee. Nachdem die Kuratoren – die Leute deines Freundes Locutor – ihm gesagt hatten, was es war, das sie als Kuratoren verwalteten, musste er unbedingt in die fünfte Kammer gelangen. Es reichte ihm nicht, dass wir eine ganze empfindungsbegabte fremdweltliche Spezies auf unserem Schoß hatten – Erstkontakt, ohne das Chaga zu zählen, und bis jetzt weiß noch niemand ganz genau, was für eine Fremdwelt das ist –, als er hörte, dass es eine Singularität gäbe, war alles andere gleichgültig. Nichts sonst war real.«

»Die Insel-Leute – die Kuratoren –, auch sie waren nur Artefakte, vom Chaga gemachte Dinge. Bei der Singularität war das anders. Sie war das eigentliche Ding.«

»Meine Güte, du bist genau wie er. Stets auf der Suche nach der großen Wahrheit.« Trisha Aldred rutschte auf ihrem Hocker hin und her. »Wir sind da hinauf gegangen; das ist keine Vergnügungsreise, Kind. Wenn man über die Vegetationslinie kommt und keine Nahrung hat und der Nebel kommt und dann der Schnee… Wenigstens werden wir Hanuman mit dir schicken. Wir hatten nichts. Verdammt, ich würde jetzt nicht einmal mehr daran denken wollen, selbst wenn sich diese beschissene Pforte öffnen würde und Jesus und Maria und der ganze beschissene christliche Himmelszirkus herausgeflogen kämen. Aber wir sind dort angekommen. Und wir haben uns hingesetzt und darauf gewartet, dass sich das Ding öffnen würde, so wie all die anderen. Und wir saßen da und saßen da und kratzten uns an den Ärschen und wir spielten Pinokel und wir warteten. Ich weiß nicht mehr, wie lange, es war lang und kalt und trostlos. Doch die Vorstellung, dass auf der anderen Seite der Ort sein sollte, wo alles beginnt und endet, wo alle Regeln zusammenbrechen… Wir sprachen viel über unsere Vorstellungen, wie es dort sein mochte; es gab alle möglichen wilden, verwegenen Theorien. Wir fantasierten uns das Blaue vom Himmel herunter. All die physikalischen Gesetze, die man beweisen konnte, das ganze metaphysische Zeug; wie Raum-Zeit-Wurmlöcher und Hyperspace und woher die Chaga-Schöpfer kommen. Dann sagte Hector: He, bilde ich mir das nur ein, oder wird es tatsächlich wärmer? Ich weiß nicht, warum ich das tat, aber ich fühlte an der Oberfläche der Pforte, und sie war warm. Tatsächlich glühte sie, in einem ganz düsteren Rot, noch düsterer als der Scheißhaufen von etwas da drüben, das sich Sonne nennt. Und sie wurde heller. Aber nicht heißer, das ist einer der merkwürdigen Umstände. Innerhalb weniger Sekunden war sie weißglühend, wie eine Fläche aus weißem Feuer, aber sie strahlte nur diese ganz geringe Wärme ab. Und dann ging Shepard hinein. Er stand auf und marschierte einfach hindurch, hinein ins weiße Feuer. Adeline folgte ihm, und danach Elia. Dann unternahm David einen Versuch und er prallte ab. Es war, als ob er gegen ein Spiegelglasfenster gelaufen wäre. Kein sichtbarer Unterschied an der Pforte, aber er kam einfach nicht durch. Wir alle versuchten es. Keinem gelang es. Es wollte uns nicht einlassen.«

Ren starrte ins Feuer. Die Frau legte frisches Brennmaterial nach, obwohl der Binsenraum immer noch voller Rauch war vom letzten Bündel Holz.

»Er ist weg, Kind. Er ist einfach davonmarschiert und ich kann dir nicht sagen, wohin.«

Ren zitterte; ein Wind erhob sich in diesen Vorhügeln des Südkaps, wehte böig durch die hohen Stämme des großen Waldes, durch die unverputzten Ritzen des Schilfhauses, durch ihre Seele.

»Trisha, es gibt mich und ich weiß, dass er noch zwei weitere Kinder hatte, zwei Jungen. Einer von ihnen ist vor langer Zeit gestorben, bevor ich geboren wurde, aber weißt du, ob…«

»Es noch welche gibt?«

Die Frau lächelte. Ich weiß, was du eigentlich sagen willst, dachte Ren.

Du glaubst, dass es an Versuchen nicht gemangelt hat. Aber du meinst, ich bin noch ein Kind, dem das peinlich wäre, deshalb lächelst du nur.

Trisha Aldred zog ihr Schultertuch fester um sich und stocherte im Feuer. »Findest du es hier drin kalt? Ich bekomme einfach keine Hitze in mich rein.«

Sie hatte Cowboy nie herabwürdigend für einen Mundatmer gehalten. Zusammengerollt auf der Seite liegend, die Augen geschlossen, den Mund weit geöffnet. Schneckenspuren aus silbernem Speichel auf seinem Gesicht. Er hatte die Decke weggestrampelt und sie wie ein Kind oder ein Spielzeug an sich geschmiegt, umschlungen von all seinen Armen. Es schien grausamer als Krieg und Greueltaten zu sein, ihn aufzuwecken.

»Cowboy.«

Sie berührte ihn kaum, doch er war sofort wach. Verschlafen wischte er sich den Sabber von der Wange. He, ist in Ordnung, hätte Ren am liebsten gesagt. Ich könnte das machen. Ich würde es gern machen. Was sie jedoch sagte, war: »Du musst aufstehen. Wir gehen weg von hier.«

»Was?«

»William sagt, sie kommen.«

Seine Habseligkeiten waren schnell zusammengepackt. Er zog seinen gemusterten Umhang an, der eines der vielen Geschenke von den Leuten von Omega-Spitz an die Krieger war.

Der Führer Hanuman, ein dunkelhaariger junger Weißer mit unsauberer Haut und schüchternen Augen, wartete mit Tsirinana auf dem freien Platz am Kopf der Siedlung. William blickte hinaus aufs Meer.

»Jeden Augenblick jetzt«, sagte er. »Ja. Seht nur!«

Bei seinem Wort sah Ren, wie sich Blumen überall am Himmel entfalteten. Fünf, zehn, zwanzig winzige weiße Blüten, hoch oben an der Wölbung der Welt, in ihre Richtung treibend, bewegt von der Coriolis-Kraft. Mit jeder Sekunde öffneten sich weitere; weiße, gerüschte Blütenblätter. Dreißig, fünfunddreißig. Die langsam, leise herabsinkende Schönheit war eine Lüge. Hübsche Armee-Fallgleiter. Alice McKittrick ließ ihre Krieger aus der Luft auf den Nordhang von Kammer Vier herabfallen.

»Sie öffnen ihre Schirme in etwa einem Kilometer Höhe«, sagte William ehrfürchtig. Das verstehe ich, dachte Ren. Die anderen vierundsiebzig Kilometer mussten sie im freien Fall zurückgelegt haben. Sie hielt sich die Hände schützend über die Augen und suchte blinzelnd den Schlepper. Es war ein winziger goldener Käfer beinah direkt über ihr. Mit welcher Verbissenheit sie es auf uns abgesehen haben müssen, dass sie sich den unvorstellbar unfreundlichen Bedingungen der dritten Kammer aussetzen und dann fünfundsiebzig Kilometer durch dünne Luft über einem fremdweltlichen Ozean abspringen.

Als die erste Welle die Landezone entlang des Küstenstreifens erreichte, waren die Gejagten zwei Kilometer über Omega-Spitz und kletterten schnell zwischen den Stämmen der schwebenden roten Bäume höher. Sie kletterten viele Stunde lang unter dem dichten Laubdach. Der Hang wurde allmählich steiler. Ren merkte, dass Cowboy der Aufstieg schwer fiel. Wenn er dachte, dass niemand ihn beobachtete, nahm er das Gewicht von einer Hand, spannte und entspannte die Finger. Hanuman brachte ihnen verschiedene Tricks zur Nahrungssuche im Küstenwald bei. Er war ein wortkarger, in sich gekehrter Junge, aber ein guter Jäger. Diese Knolle enthielt süßes Fleisch, jene Frucht Samenkerne, die man kauen konnte, wenn die Kräfte nachließen. Dieser Kürbis gab einen Schluck Wasser her, jene Blüte einen Tropfen Nektar.

Wenn sie eine Pause machten, um zu essen und sich auszuruhen, setzte sich Ren nahe zu Cowboy. Sie öffnete seine unteren Hände, die er zu schmerzhaften Fäusten geballt hatte. Sie fuhr ihm mit den Daumen über die großen Knöchel und straffen Sehnen, um die Verkrampfung herauszumassieren.

»Meine Mutter hat mir beigebracht, wie man so etwas macht«, sagte sie. Er war froh darüber, obwohl er das nicht sagte. Ren merkte, dass Hanuman sie von den Wurzelpfeilern aus beobachtete, wo er abseits von den anderen saß und das Fruchtfleisch aus seinen gesammelten Früchten saugte.

Eine Stunde später endete der dichte Wald so jäh wie eine Linie auf einer Landkarte. Vor den Reisenden erstreckte sich eine offene Landschaft von schulterhohen halbrunden Hügeln, bedeckt mit grün und rot geflecktem Moos. Es war ein leichter Aufstieg – breite Korridore schlängelten sich zwischen den Erhebungen hindurch, doch Ren sah ständig zum Himmel hinauf.

»Ich sage dir Bescheid«, sagte William.

Bescheid wissen ist das eine, dachte Ren, etwas dagegen tun das andere.

Er gab ihnen fünfzehn Minuten später Bescheid, während einer Rast in einer kleinen morastigen Senke, wo sich vier Grasbüschel trafen.

»Seht die Sonne an«, sagte William. Sie beobachteten, wie ein schwarzer Punkt in ihrem Zentrum erschien. Innerhalb weniger Sekunden hatte er sich zu einem Kreis erweitert. Durch das grelle Sonnenlicht erspähte Ren den Schlepper, der darin verschwand. Die Pforte schloss sich.

»Wohin sind sie gegangen?«, fragte Cowboy.

»Um noch mehr zu holen.«

Auf dem Weg wartete Hanuman auf sie, damit sie ihm folgten. Es gab wenig Nahrung in dem Mooshügelland, obwohl Wasser reichlich vorhanden war, fließend und tropfend durch die gewundenen Kanäle. Eine Stunde Marsch weiter und vier Kilometer höher veränderte sich die Landschaft allmählich. Einige der Mooskuppeln wurden zu zerrissenen Federkronen.

Ein paar Minuten höher, und die Kronen stießen ausgefranste Stecken mit Sprösslingen gefalteter Florette an den Spitzen hervor. Noch höher, und die Staubgefäße wuchsen empor, drei, vier Meter hoch, bevor sie zu glockenförmigen weißen Blüten aufgingen. Hanuman hackte mit seinem Messer einer Blume den Kopf ab. Ein symbiotisches Geschöpf wie ein geflügeltes Samenkorn war im Innern der Blüten zu finden. In Omega-Spitz wurde es als Delikatesse erachtet.

Es gab noch weitere Veränderungen, nicht botanischer Art. Als die Gruppe diesmal eine Rast einlegte, wurde sich Ren einer zunehmender Leichtigkeit ihrer Schritte sowie eines kühlen Hauchs in der Luft bewusst. Sie legte sich die Hände auf die schmerzenden Schenkel. Die Schwerkraft war geringer, aber die Steigung war grausamer. Und der Weg wurde immer steiler. Ren ließ den Blick die Strecke hinaufwandern, die sie noch zu gehen hatten, durch die wolkenverhangenen Himmelsriffs und das Schneeland und noch weiter hinauf, über das Schneeland hinweg, über die hohen kahlen Stellen zur Nabe. Am Schluss würde es ein äußerst mühevolles Klettern sein, bis zum Sims an der Basis der Pforte.

Und selbst dort würde es keine Garantie geben, dass sie eingelassen würden. Tsirinana hielt an der Überzeugung fest, dass sich die Pforten weit öffnen und sie hereinbitten würden.

»Wir haben noch einen langen Weg vor uns«, sagte Cowboy, dem auffiel, wohin sie blickte. »Keine Bange, jeder Schritt bringt mich dem Land, das ich liebe, näher. Ich werde dir helfen, Dreistreifen.«

Hanuman drängte sie weiter. Er wollte nicht im Moosland das Nachtlager aufschlagen. Es war ein schlechter Ort, um von den hereinbrechenden Wolken überrascht zu werden. Sie richteten sich unter einem Fächer von filigranen Muschelschalen einige hundert Meter weiter im Korallenland ein. Ren saß bei Cowboy und bearbeitete seine Hände, die ihn mehr schmerzten, als er zu sagen bereit war. Sie merkte, dass während der ganzen Zeit die eine oder andere seiner oberen Hände in sanftem Kontakt zu ihr blieben. Das gefiel ihr. Er streifte seinen Umhang ab, kuschelte sich in seine Decken und innerhalb von Sekunden setzte seine geräuschvolle Mundatmung ein.

Fünfundzwanzig Kilometer weiter oben brachte Ren ihr mentales Tagebuch auf den neuesten Stand. Auf dem Gipfel der Welt. Wenn meine Beine und Schultern nicht so weh täten, wenn ich nicht so frieren würde, wenn ich nicht einen so starken Wunsch nach etwas Heißem und Sättigendem zu essen verspüren würde, hätte ich, glaube ich, so ziemlich den größten Spaß, den ich je gehabt habe. Wenn nicht Krieg wäre, wenn dort unten nicht Soldaten wären, die uns jagen, wenn Raumschiffe nicht gekämpft hätten und wenn keine Menschen gestorben wären.

Sie hätte eigentlich noch mehr zu sagen gehabt, aber ihre Gedanken wollten sich einfach nicht konzentrieren lassen. Müde. Leidend. Schlaf. Sie rollte sich in ihrer Decke zusammen und rollte sich an die Wärme von Cowboys Bauch. Sie erinnerte sich, dass sie spürte, wie sich Arme um sie legten.

Während sie schliefen, senkte sich der Nebel herab. Ren erwachte zitternd, schniefend, durchnässt unter schweren nassen Decken. Sie legten den ersten Teil der Strecke durch triefend nasse Korallengärten zurück, unter grauen Wolken, die so dicht waren, dass Ren, die den Schluss bildete, Hanuman an der Spitze nicht sehen konnte. Ihre Haarstoppeln juckten. Ihre Beine schmerzten schlimmer als am Tag zuvor. Ihr durchtränkter Rucksack wog eine Tonne und scheuerte ihre nasse Haut auf. Und der Aufstieg wurde steiler und die Luft dünner. Sie ertappte sich dabei, wie sie bei den schwierigeren Passagen mühsam um Luft rang.

»Betrachte es von der positiven Seite«, sagte William. »Wenigstens kann man uns nicht sehen.«

Nach einer Stunde nachmittäglichen Marsches riss die feste Nebelmasse allmählich an einigen Stellen auf und nach wenigen Metern war sie wie weggeblasen. Der Himmel war klar, die Sonne schien hell, und sie befanden sich auf einem hohen Felsknöchel, wo die Stützgrate des Nordkaps, gespreizt wie Finger, sich vereinigten. Ren breitete den mit silbernem Tau behafteten Umhang auf dem nackten Fels zum Trocknen aus. Sie setzte sich und versuchte, sich ein wenig von der Sonne wärmen zu lassen, während Hanuman die Früchte seiner Nahrungssuche aufteilte.

»Es ist wieder da«, sagte William, während er eine fleischige Knolle schälte. Drei Minuten später kam der Schlepper aus der Pforte. Aus der Höhe betrachtet, konnte Ren keine Einzelheiten des Schiffs ausmachen. Es sah aus wie ein dickleibiges Fass, für hohen Druck gebaut, weiß und blind wie ein Höhlenfisch. Es war selbst in der Schwerelosigkeit wuchtig. Während es manövrierte, erspähte Ren Buchstaben und das farbenprächtige Rechteck mit den Sternen und Streifen auf seinem Bauch.

Ich sehe dich. Siehst du mich auch, diesen kleinen Fleck sonnenerwärmten Goldes an der Seite des höchsten Berges im Sonnensystem?

Innerhalb der nächsten Stunde rieselten die Fallgleiter wie Frühlingsblüten herab.

»Sie haben die *Coetivy* im Visier«, sagte Tsirinana.

Du möchtest sie rufen, dachte Ren. Mir würde es an deiner Stelle genau so gehen. Ich würde es wissen wollen. Aber was könnte dabei herauskommen, außer dass wir dieser großen Schnecke da oben mitteilen würden: Hier sind wir! Komm und schnapp uns. Bei der nächsten Rast, wo die Korallengärten von Woge um Woge von Pilzbäumen abgelöst wurden, die waagrecht aus dem Boden wuchsen, bevor sie sich aufrichteten und getupfte rote Kappen entfalteten, hörte Tsirinana alle Wellenlängen ab. Da unten redeten die Soldaten viel. Sie redeten schnell, in einem seltsamen Kauderwelsch, das sämtliche Sprachimplantate Tsirinanas durcheinander brachte.

»Klingon«, sagte Hanuman. »Aus einer alten Science Fiction-Alienserie. Das waren irgendwelche; jemand hat eigens eine Sprache für sie erfunden.«

»Ich habe diese Serie nie gesehen«, sagte Tsirinana.

»Ich auch nicht«, sagte Hanuman. Aber er kannte einige Sätze daraus. »Lass hören!« Tsirinana stöpselte den Ohrpfropfen in den Handgelenkkommunikator. Hanuman drückte sich die Buchse ans Ohr. »Abrams geht in Stellung. Georgiades lässt den Hohlraum decken. Er bittet Mobil um Thermobilder. Er übermittelt sie den Schwadronen. Abrams wünscht Unterstützung durch schwere Waffen. Er nimmt Stellung im Mooswald ein. Er hat sie auf den Thermobildern. Er sagt, er glaubt, sie wissen, dass er da ist. Sie haben einen dieser verdammten Missgeburten-Präkogs. Auf Klingon gibt es kein Wort für Präkogs. Oder für verdammt. Er sagt das auf Englisch.«

»Weiter«, sagt Tsirinana.

»Andersen hat Kontakt. Abrams geht hinein. Sie haben sie. Es ist vorbei.«

Während des Aufstiegs des restlichen Tages waren alle ziemlich schweigsam. Sie konnten nicht umhin, den emsigen Verkehr von Libellen-Microlytes zwischen dem Boden und dem schweren Schlepper zu bemerken. Ihr Lager lag fünfunddreißig Kilometer hoch im Pilzwald unter dem Atem des Schnees. Ren trug in ihr mentales Tagebuch ein: Jetzt sind wir ganz für uns. Und ich möchte nicht, dass der geringste Verdacht besteht, es handele sich bei dieser Bemerkung um einen Fall von kühner und trotziger Gungho-Einstellung, denn sie veranlasst mich zu einem langen, kühlen Blick auf das, was wir sind. Und das ist ein siebzehn Jahre altes weißes Mädchen mit einem Messer, ein schüchterner Mann, der in die Zukunft blicken kann, ein Kerl mit vier Armen und einer schlimmen Hand und eine schwangere Frau aus Madagaskar. Und hinter uns, da unten, ständig ein wenig näher kommend, wie das Alter und der Tod, ist der wirkungsvollste Tötungsmechanismus, den die Welt jemals gesehen hat.

Sie sah Tsirinana, die ein wenig abseits saß, zusammengesunken unter ihrem Umhang. William ging zu ihr. Er setzte sich neben sie. Ren sah, dass sie sich vertraulich miteinander unterhielten. William berührte ihren Bauch. Tsirinana legte ihre Hand auf die seine. Sie sah, dass Tsirinana zitterte. Sie weint, erkannte Ren. Sie hat Angst. Sie weiß nicht, was sie tun soll. Sie braucht jemanden, der sie berührt und ihr sagt, dass sie das Richtige tut. Zum ersten Mal kam Ren der Gedanke, dass Tsirinana ein Alter hatte. Sie war einfach nur Tsirinana gewesen; die leichtfertige Merina-Zicke, Ingenieurin, Kommandantin. Schwanger mit einem Stück Nanotechnik von so kühner Natur, dass es an Fantasy grenzt. Jetzt sah Ren eine Frau Mitte Zwanzig. Ein paar Jahre trennen uns, dachte sie. Kleine Jahre, riesige Verantwortung.

Sie rollte sich in ihrer Decke auf die andere Seite und streichelte Cowboy, um ihm Wärme und Trost und vielleicht, dachte sie, noch ein bisschen mehr zu spenden, nur ein bisschen. Aber er schlief tief, sabberte seine Träume von einer Kindheit des Zurückgewiesenwerdens heraus, das so vernichtend ist wie Kindesmord.

Schnee verwirrte Ren. Sie wusste, was es ist und wie es funktionierte, sie hatte ihn sogar schon gesehen, aus der Ferne: das weiße Zeug auf dem Gipfel des Kirinjaga, das in der Sonne glitzerte. Sie wusste nicht, dass er knirschte, wenn man darauf ging, und dass er einen Geschmack hatte und dass man andere Leute damit bewerfen konnte, dass er sich unter der sich verringernden Schwerkraft hoch und steil auftürmte und den Pilzwald in ein Wunder verwandelte. Und dass er nach einer halben Stunde kälter war als alles, was sie je an Kaltem in ihrem Leben gekannt hatte, und dass ihr die Augen weh taten und es in ihrem Kopf pochte vor lauter Blinzeln durch das blendende universelle Weiß. Dann schneite es.

Ren erlebte ein scheinbares Ineinanderfließen von Himmel und Erde.

»Hierher. Zu mir.« Irgendwo da draußen war Hanuman. »Hört auf meine Stimme. Ich gehe dicht vor euch her. Hier.«

Pilze waren Ungeheuer, Schneeteufel, die sie erschreckend hoch überragten und auf ihr Vergrabenwerden unter Schicht um Schicht um Schicht von miteinander verschmelzenden Eisflocken lauerten. Hände griffen nach ihr, zogen sie unsanft in Dunkelheit und Schutz und Wärme.

»Hier oben gibt es immer irgendwo in der Nähe ein Nistloch«, sagte Hanuman. »Ihr müsst nur die Zeichen erkennen.« Die Tasche in der Lebendhaut des Berghangs umschloss den Expeditionstrupp von iMerina wie Mehrfachgeburten im Mutterleib. Draußen stob Weiß an der Höhlenöffnung vorbei. »Das Typische am Wetter hier oben ist, dass alles, was immer geschicht, niemals lange dauert.«

Nach einer Stunde verkündete William, dass er die Formen von Fungi ausmachen könne. Innerhalb von fünf Minuten hatte sich die Luft vollkommen geklärt. Der Sturm verzog sich den Berg hinunter; in seinem Kielwasser glitzerte die Welt wie neu geschaffen.

»Ich glaube, wir können jetzt gehen«, sagte William. »Da draußen ist es wunderschön.«

»Du würdest es nicht so wunderschön finden, wenn du auf Händen laufen müsstest«, sagte Cowboy. »Meine Finger sind schon ganz blau.«

»Deine Finger sind so und so blau«, sagte Ren, hauchte sie jedoch mit ihrem warmen Atem an. Dann folgte sie einer fröhlichen, erregenden Eingebung und drückte sie gegen die drei Streifen in ihrem Schritt. »Jetzt wärmer?«

»Ich würde durch zehntausend Kilometer Schnee laufen, nur damit sie kalt genug würden, dass du das noch einmal tust«, sagte Cowboy.

Tsirinana sagte: »Bevor wir aufbrechen, sollte ich euch noch etwas sagen. Ich schätze, wir sind noch ungefähr einen Tag, anderthalb Tage höchstens, von der Pforte entfernt. Ich aktiviere die biochemischen Auslöser. Ich werde in vierzig Stunden entbinden.«

Sie kletterten zwei Stunden lang durch den Eiswald. Die Steigung war jetzt so stark, dass es schwer war, für jede Hand und jeden Fuß einen Halt zu ertasten. Ren blieb jäh am Fuße eines Huckels stehen.

»Ich kann nichts mehr sehen«, sagte sie voller Schreck. »Meine Augen tun so weh, dass alles vor mir in einem grellen Dunst verschwimmt.«

Cowboy riss einen Streifen Stoff von seinem Umhang und wickelte ihn ihr um die Augen.

»Nimm meine Hand«, sagte er. Er führte sie die Steigungen hinauf, sagte ihr, wohin sie die Füße setzen, wo sie sich festhalten sollte, wo sie ihm vertrauen und sich an ihn lehnen sollte. Die Zeit blieb stehen. Der Raum endete, jede Bewegung hörte auf. Alles, was existierte, war Steigung und Schwerkraft und Kälte an dem Punkt, an dem sie sich überschnitten, Rens heulende Muskeln und taube Hände. Ihr wurde bewusst, dass Cowboy unvermittelt stehen geblieben war.

»Was ist los?«, flüsterte sie.

William antwortete: »Deckung!« Sie drängten sich unter einem Unterstand aus Pilzköpfen zusammen, schaufelten Schnee um sich herum, kuschelten sich zusammen und zitterten und fürchteten sich. Ein paar Sekunden später hörte Ren eine Insektendrohne. Das Knattern wurde lauter; sie glaubte, ein Muster darin ausmachen zu können: laut, dann abebbend, dann wieder anschwellend. Sie riss sich die Augenbinde ab und blinzelte schmerzvoll ins Licht.

»Was ist los?«, fragte sie erneut.

»Ein Microlyte«, sagte Cowboy. »Du kannst nur beten, dass es unsere Fährte nicht aufgenommen hat.«

Das Knattern flaute nach rechts ab und verklang im Raunen des Windes über den Schneefeldern. Der Aufstieg ging weiter. Im Schutz der Vertiefung, in der sie an diesem Tag ihr Lager aufschlugen, nahm Cowboy die Binde von Rens Augen. Sie blinzelte in der Düsternis. Schwarze Schneeflocken wirbelten in der Luft, verfestigten sich.

»Ich kann wieder sehen!«, rief sie. »O Gott, ich hatte solche Angst!«

Am Höhleneingang lauschte Tsirinana auf das Herannahen ihres Feindes.

»Sie sind in den Korallengärten«, übersetzte Hanuman. »Sie reden mit einer Schwadron etwa acht Kilometer im Uhrzeigersinn entfernt. Sie sind bereits über der Schneelinie. Alle werden hereingezogen.« Er hielt inne, drückte sich den Stöpsel tiefer ins Ohr. »Sie reden über Microlyte-Thermografen. Sie wissen, wo wir sind.«

Vom Schnee benommen, schlurfte Ren auf dem ersten Streckenabschnitt hinter Cowboy her. Sie wollte nichts mehr von Schnee wissen oder sehen oder hören oder fühlen oder irgendetwas damit zu tun haben. Abscheuliches weißes Pulver. Aber ihr fiel auf, dass das

Vorankommen anscheinend nicht schwerer wurde, obwohl sie wusste, dass die Wand in dieser Höhe sehr steil sein musste. Die Zentrifugalschwerkraft nahm allmählich ab.

Die Lügen, die einem die Augen erzählen.

Und ihr war wärmer. Unmöglich. Der Boden unter ihren Füßen fühlte sich warm an. Als ihre Hand das nächste Mal Halt fand, behielt sie den Griff für einige zusätzliche Augenblicke bei. Bluthitze unter ihren Anzughandschuhen.

»Ren.« Cowboy löste ihre Augenbinde. Sie blinzelte, zuckte zusammen, schloss die Augen, öffnete sie wieder, verdrängte die Kleckse dunklen Lichts.

»O mein Gott!«

Sie war über dem Schnee und über den Wolken, über allem. Die Welt lag ihr zu Füßen wie eine leere Opferschale, wölbte sich über ihr wie die Kuppel eines Tempels. Als sie nach oben blickte, sah sie die Wand des Weltendes in das Himmelsgewölbe hinausflammen. Nur die schwarzen Kreise der Pforten waren höher als sie, um die Nabe herum angeordnet wie sitzende Heilige. Von dieser Hochebene mit dem dürftigen, sich an den Boden klammernden, vom Wind zu seltsam geschmerzten Strauchformen geschorenen Gestrüpp schien die nächste Pforte nicht mehr als einen Morgenspaziergang entfernt zu sein. Wenn man die Schwerkraft austricksen und sie um neunzig Grad drehen könnte, sodass man nicht mehr an einer beinah senkrechten Wand hinaufkletterte, sondern einen sanften grasbewachsenen Hang hinabwanderte, könnte man es in einem einzigen ausgedehnten, angenehmen Marsch schaffen.

Nur Götter beherrschten solche Tricks. Es konnte noch einen Tag oder länger dauern und Tsirinana drückte sich bereits stirnrunzelnd die Hände auf den Bauch. Ren hatte bereits ihr flaches Würgen zwischen den aromatisch duftenden Büschen gehört. Der Anstieg ging weiter. Ren mit Sehvermögen war etwas besser dran als eine blinde Ren. Das Einzige, was sie sah, war der Boden, Hände, die nach einem Halt tasteten, Cowboys untere Hand, die nach unten griff, um ihr herauf zu helfen. Im sinkenden Nachmittagslicht kehrte das Microlyte zurück. Der nackte Nordhang bot keine Möglichkeit, sich vor ihm zu verstecken. Ren drehte sich um und sah ihm entgegen. Es flog so dicht an ihr vorbei, dass sie den Pelzkragen an den Parkas der Piloten sehen konnte.

Als sich der Tag neigte, war die Pforte noch einen qualvollen Kilometer über ihnen. Dieser Kilometer ging über eine Steigung von beinahe sechzig Grad. Ihr letztes Lager war in einer Höhle mit mehreren Gängen, in das lebende Fleisch des Berges gegraben. Cowboy und Ren teilten sich einen Höhlenraum. Sie kauerten sich zum Schutz vor dem bitterkalten Wind im hintersten Winkel zusammen, nachdem dieser sie schon während der letzten hundert Meter des Aufstiegs geplagt hatte. Nach wenigen Minuten war die Temperatur ausreichend angestiegen, um Umhänge und Decken unbequem zu machen. Ein paar Minuten mehr, und Ren wäre der Schweiß ausgebrochen.

»Es muss irgendeine Art von Hitzeaustauschsystem direkt unter der Oberfläche geben«, sagte Cowboy, während er die lederne Haut der Kammer untersuchte.

»Meine Schulter tut weh«, beschwerte sich Ren.

»Leg dich auf den Boden«, sagte Cowboy. Sie legte sich mit dem Gesicht nach unten auf den Boden. »Zieh das aus«, sagte er. Sie öffnete das Oberteil des Hautanzugs und schlängelte sich heraus. »Du riechst«, sagte Cowboy.

»Du bist auch nicht gerade ein Rosengarten.«

Sie spürte, wie Cowboys Finger die Verkrampfung

aus ihrer Schulter und den Oberarmen herausmassierte.

»Cowboy«, sagte sie. »Vorn tut's mir auch weh.« Sie drehte sich um. Sie berührte ihre kleinen Brüste mit den großen Brustwarzen. »Hier und da.«

Er küsste sie. Im nächsten Augenblick war sie aus dem Anzug geschlüpft und auf ihm.

»Es gibt keinen Grund, warum wir es nicht tun sollten«, sagte sie.

»Überhaupt keinen«, pflichtete er bei.

Sie tastete nach seinen Verschlüssen.

»Ich mein, ich glaube, ich kenne dich gut genug.«

»Sicher, gut genug.«

Finger. Er war ganz Finger, überall gleichzeitig.

»Das ist lediglich etwas, das wir beide schon seit langem tun wollen.«

»Seit sehr langem.«

Sie setzte sich rittlings auf ihn. Ihr Rücken stieß gegen die willige Decke des Nestes. Haut oben und Haut unten. Er konnte alles gleichzeitig machen. Linke Brust, rechte Brust, Klitoris.

»O mein Gott!«

Ein Finger in ihrem After. Machten es die Leute so? Was mache ich? Sie fand, wonach sie suchte, drückte seine Eier mit einer Hand, umfasste seinen Schwanz mit der anderen. Er war wie eine Rakete. Ich weiß alles über den Umgang mit Raketen, dachte sie. Sie manövrierte geschickt. Er spritzte ihr in die Hand. Heiße klebrige Feuchtigkeit haftete an ihrem Schenkel. Da war ein Geruch von Weizen und Moschus.

»Tut mir leid«, sagte Cowboy. »Tut mir leid. Tut mir leid.«

»Ist gut«, sagte Ren, aber er erschlaffte bereits zwischen ihren Fingern und die Hitze des Augenblicks war verflogen. Er schlief innerhalb einer Minute ein, auf dem Rücken ausgestreckt, schnarchend. Ren schlief über ihn hingegossen, Wange an Wange, von seinem Atmen geschaukelt. Ihr Schlaf war angefüllt von Schwindel-Träumen.

Der Aufstieg des nächsten Tages war beschwerlich und von zahlreichen Rastpausen unterbrochen. Während einer davon blickte William himmelwärts zu dem Schlepper hinauf, der in der Achse über dem Ozean seine Position beibehielt. Seine Besorgnis wurde beim nächsten Halt offenkundig. Langsam, sehr langsam bewegte sich der Schlepper

»Er kommt uns ins Genick«, sagte Cowboy.

»Er versucht, an der Nabe anzudocken«, sagte William. Tsirinana stand mit offenem Mund starrend da, ihr Gesichtsausdruck halb Verwunderung, halb Angst. Sie legte sich die Hand auf den Bauch.

»Ich habe gerade so etwas wie eine Wehe gespürt.«

Die letzten achthundert Meter zum unteren Vorsprung der Pforte waren schlimmer, als Ren sich jemals etwas unter schlimm vorgestellt hatte. Damit sie nicht über die Schmerzen und die Angst und den Hunger nachdenken musste, teilte sie ihre Aufmerksamkeit auf zwischen dem sich ständig nähernden Schiff und Tsirinanas häufigen Pausen, während derer sie das Gesicht verzog und sich in Krämpfen wand. Wir schaffen es nicht, dachte sie. Sie wird es hier draußen am Berghang bekommen. Als sie sich über den Vorsprung auf die breite, sanfte Böschung vor der Pforte hievten, kamen Tsirinanas Wehen in Abständen von fünf Minuten. Trotzdem beharrte sie darauf, bis zur Pforte hinaufzugehen. Sie stülpte ihren Handschuh zurück und drückte die Hand auf das unnachgiebige Schwarz.

»Es ist warm«, sagte sie. Eine erneute Wehe packte sie. Sie beugte sich nach vorn. William half ihr zu Boden und versuchte, es ihr mit Decken und zusammengelegten Umhängen einigermaßen bequem zu machen. Die Pforte blieb geschlossen. »Helft mir.« Tsirinana hantierte an dem Zwickelverschluss ihres Anzugs herum. »Zieht mir das Ding aus, bitte, sofort. Jetzt. Jetzt!« William schaffte es gerade noch, bevor das Fruchtwasser hervorbrach. Ren konnte nicht umhin, bei dem sich ausbreitenden Schwall vor Abscheu das Gesicht zu verziehen. Körperflüssigkeiten, Gebärmuttersaft. Sie wich zurück, angewidert, unnütz. Sie kam sich unweiblich wie ein Junge vor in nächster Nähe dieses entscheidenden Augenblicks des Frauseins.

»Oh, Leute«, sagte Cowboy vom Rand des Simses her, wo er Wache hielt. »Die Marinesoldaten sind da.«

Fünfzehn Kilometer über Rens Kopf rüsselte der Schlepper an der gekräuselten Rosette aus Cha-Fleisch im Zentrum der Drehachse. Er drehte sich schneller, um sich der Rotation des GDO anzupassen, dockte an und hakte sich fest. Das Bild war unmittelbar, unausweichlich und auf intime Weise erotisch.

»Fünfzehn Kilometer«, sagte Cowboy. »Sie könnten in wenigen Stunden hier sein.«

Tsirinana stieß einen Schrei aus. William kniete neben ihr nieder.

»Steht mir bei!«

»Ich weiß nicht, was ich tun soll!«, rief Ren.

»Hilf mir beim Ausziehen ihrer Kleidung.«

Tsirinana wimmerte jetzt eintönig vor sich hin, die Beine auf dem Lager aus Decken angezogen, langgezogene, tierische Klagelaute, unterbrochen von Keuchen. Ihr Griff hinterließ blaue Flecken auf Rens Arm.

»O mein Gott, was ist falsch, warum tut das so weh?«

»Du bist nicht gedehnt genug«, sagte William. »Versuche, es zurückzuhalten.«

»Ich will nicht, ich will es raus bringen, will es aus mir heraus haben«, jammerte Tsirinana.

»Ich werde etwas versuchen«, sagte William. Ren sah, wie er sich mit den Fingern in der Gegend von Tsirinanas Vagina zu schaffen machte. Tsirinana bäumte sich auf und jammerte schrill. »Da ist etwas über dem Kopf der Vagina«, sagte William. »Ich habe versucht, es zurückzuschieben.«

»Fummele nicht an mir herum, du Scheißkerl!«, fluchte Tsirinana, dann sank sie in ein schmerzerfülltes Plappern auf Madagassisch, als eine erneute Wehe an ihr riss. »Hol es raus aus mir!«

Ren wischte ihr mit dem Saum ihres Umhangs den Schweiß weg. Es war das Nützlichste, das ihr einfiel zu tun. Cowboy kam auf allen vieren herangehoppelt.

»Das ist jetzt wahrscheinlich nicht der richtige Augenblick für diese Mitteilung, aber die Landung der Soldaten hat begonnen.«

Tsirinana brüllte erneut. Sie drückte, keuchte, drückte. Es war nichts mehr von ihr übrig außer Schmerz und Anstrengung.

»O Gott!«, schrie sie. »Helft mir!«

Sie kämpfte eine Stunde lang mit dem Ding in ihrem Bauch. William und Ren und Cowboy riefen ihr ermutigende Worte zu, wischten ihr den Schweiß ab, hielten ihre zitternden Gliedmaßen. Hanuman spähte von seinem Standplatz herüber. Jeder Blick war besorgter als der vorige. Tsirinana drückte und kämpfte und das Ding weigerte sich, auf die Welt zu kommen. William nahm Ren beiseite. Cowboy sang der zitternden Tsirinana etwas vor und streichelte sie.

»Ihre Energie ist aufgebraucht«, sagte William. »Sie wird immer schwächer. Sie hat nicht die Kraft, das durchzustehen.«

»Was sollen wir machen?«, fragte Ren.

»Ich vertraue darauf, dass die Amerikaner sich um sie kümmern werden«, sagte William. »Gib mir dein Messer.«

Hanuman wurde herbeigerufen, um ihre Handgelenke festzuhalten, während Cowboy und Ren jeweils ein Bein nahmen. Tsirinana biss auf die verzwirbelte Ecke einer Decke, ballte die Hände zu Fäusten und schloss fest die Augen. Ren wandte den Blick ab, aber sie wusste es, als das Messer hineinschnitt. Sie hätte die menschliche Stimme niemals eines solchen Lautes für fähig gehalten. Sie wünschte sich, es wäre vorbei, aber es dauerte eine sehr lange Zeit. Dann reichte William ihr das blutige Messer und ein hutzeliges schwarzes Oval aus Schleim und Blut in der Größe von zwei Fäusten. Ren wich erschreckt von dem Ding zurück, das William aus Tsirinanas Bauch geholt hatte.

»Aber die Pforte ist geschlossen.«

»Nimm es!«, befahl William. »Buddele ein Loch. Begrab es. Im Kontakt mit dem organischen Kreislauf wird es aktiv werden.« Er sah, wie fasziniert Ren von dem erschreckenden Schwall Blut aus dem offenen Leib war. »Mach's!«

Ren huschte davon. Sie hackte mit beiden Händen in die schwammige, poröse Substanz der Pfortenböschung. Jeder Stich und Stoß war eine Wohltat und Erleichterung. Sie hebelte Brocken von Chaga-Material heraus. Sie grub so tief, bis sie das faserige Nervensystem des Molekularkreislaufs bloßlegte. Ren schob das Gebärmutterding in die Grube, bedeckte es mit lockerem Schutt, klopfte die Oberfläche flach und rannte zurück zu Tsirinana. Sie war bewusstlos. Ihre Lippen waren blau. Williams Gesicht war grau. Blau, grau, rot. So viel Rot. William hielt Fäuste voll Bauch, indem er versuchte, die Wunde mit seinem eigenen Fleisch zu verschließen, aber das Blut quoll zwischen seinen Fingern heraus.

»Ich kann die Blutung nicht stoppen«, sagte er.

Zwei Stunden später vollendete der erste Marinezug seine Umrundung der Pforte und kam am unteren Sims an. Es waren vier Männer und eine Frau. Sie trugen Kapuzenparkas aus echtem Pelz und waren mit leichten Automatikwaffen ausgestattet. Sie trafen einen weißen Jungen und einen schwarzen Mann an, die auf dem Rand des Simses saßen und die Beine baumeln ließen. Weiter hinten fanden sie ein rothaariges weißes Mädchen und einen vierarmigen Humanoiden. Der Humanoide hatte die Arme um das weiße Mädchen gelegt. Das Mädchen hatte sich in ein erschöpftes, schweratmendes Schluchzen geweint. Bei der Obsidianscheibe der Pforte fanden sie eine halbnackte Frau, die auf dem Rücken in einem glänzenden Teich von trocknendem Blut lag. Der Marine-Meditech untersuchte sie. Sie war seit mindestens einer Stunde tot. Der Meditech bekreuzigte sich und schloss ihr die Augen.

65

Man nannte die Fähre, die durch Kammer Drei fuhr, den Pizza-Express. Wenn nur der geringste Fehler passierte, war man dünn und knusprig mit einer spärlichen Portion Sauce.

Ren machte mit dem Marine-Humor Bekanntschaft. Er war grob und oft blutrünstig und brachte komplizierte geflügelte Wortspiele und vielschichtige Hintergründigkeiten hervor. Das Fesseln ihrer Hände und Füße mit Kabelklammern gehörte nicht zu den üblichen Späßen dieser Gruppe. Das war eine Sicherheitsmaßnahme. »Wir haben bereits zwei Schiffe an euch Raumaffen verloren«, sagte die Soldatin, die mit ihrer Bewachung betraut war. Den gefährlichen Überlebenden der *Île Glorieuse* war jeweils eine enge, fensterlose Zelle im Frachtraum zugewiesen worden, mit einer Person niedrigen Ranges als Bewachung. Als Wache war die Ren zugeteilte Soldatin unerbittlich, als Marineangehörige voller Soldatenscheiße, als Frau konnte sie zum Reden gebracht werden.

»Was, zum Teufel, hatte das alles da hinten überhaupt zu bedeuten?«, fragte sie.

Das wirst du früh genug erfahren, dachte Ren. Denn sie hatte sehr deutlich die ringförmige Welle gesehen, die von Süden nach Norden über den Welt-Ozean von Kammer Vier startete, obwohl sie im Schlepper festgebunden war. Dann wurden die Luken geschlossen und die kleine Metallzelle zitterte, als die Triebwerke aufdrehten. Ren merkte, wie sie unter sanfter Beschleunigung zur Rückwand hin abdrehte. Die Soldatin packte sie.

»Du könntest mich losbinden«, sagte Ren. »Du brauchst das nicht so zu machen.« Das hatte die Bemerkung über die Raumaffen ausgelöst. Ja, und es wird noch mal geschehen, direkt vor euren Augen. Wenn du schon klaust, dann klau im großen Stil. Beschleunigung innerhalb der Beschleunigung. Wann werdet ihr es merken? Wann werdet ihr euch einen Reim darauf machen können?

Sie sah immer noch Tsirinana vor sich, wie sie sie auf dem hohen, kahlen Plateau hatten liegen lassen. Eine ganze Welt für ein Leben. Ich gehe nicht auf diesen Handel ein. Wenn sie gekonnt hätte, hätte Ren die tropfende schwarze Saat aus dem Boden gescharrt und sie zurück in Tsirinanas Bauch gezwungen.

Die Kabine knirschte. Gelenke ächzten. Nieten krümmten sich. Ren las Furcht im Gesicht der Soldatin. Offenbar geriet sie unter Druck. Pizza-Zeit. Der Schlepper war eine Kakophonie aus Spannung und Qual, während sich der Druck zu Gasriesen-Niveau aufbaute. Die Soldatin ließ die Finger an einem Rosenkranz entlanggleiten und schloss die Augen. Die

Beschleunigung packte Ren wieder auf spielerische Weise. Sie trudelte kopfüber.

»Bitte, bind mich los.«

Sie hielt Ren fest, zog ein Messer und durchschnitt die Fesseln. Sie schwebten einander gegenüber, jede hatte die Arme um die Beine geschlungen, während der Schlepper die dritte Kammer durchquerte, auf die Geschichten lauschend, welche immer der Tod in der Atmosphäre eines Gasriesen flüstern mochte.

»Es gibt Dinge da draußen«, sagte die Soldatin. »Lebende Dinge. Ich habe sie noch nie gesehen, niemand hat sie je gesehen, es ist dunkel wie in der Hölle, aber sie sind da draußen, fliegen dort herum. Man sieht sie auf dem Radar. Riesige Burschen.«

Sie betrachteten den knirschenden gewölbten Rumpf und teilten unausgesprochene Fantasien von dunklen Flügeln, die das bemalte Metall streiften.

Es dauerte nicht so lange, wie Ren befürchtet hatte. Sicherlich nicht so lange, wie es dauerte, bis man zu einer Pforte kletterte oder bis eine Frau nach einem improvisierten Kaiserschnitt zu Tode verblutete. Das Ächzen und Klappern wurde leiser und hörte schließlich ganz auf. Der Schlepper bewegte sich weiter. Die Marinesoldatin steckte sich den Ohrstöpsel ihres Radios ein und sprach nicht mehr, bis ein Soldat die Tür an der Nabe entriegelte und Gefangene und Wächterin herausließ. Dann sagte sie: »He, das war ganz schön eindrucksvoll, was ihr gemacht habt.«

Grelles Licht blendete Rens schneeverbrannte Augen, als Soldaten sie durch die gespenstischen Kapseln und Röhren der Nabe brachten. Ein fensterloser Raum führte in den nächsten. Doch durch den schmerzenden Lichtdunst hindurch nahm sie wahr, dass viele Leute im Zustand höchster Erregung herumliefen. Sie hatten es gemerkt. Sie konnten sich einen Reim darauf machen. Sie hielt ihr Lächeln zurück. Wenn sie es auf dem Gesicht getragen hätte, hätte es ihr die Haut von den Wangenknochen geschält.

Allein in einem kleinen Raum. Nicht allein. Tsirinana war bei ihr. Mrs. Meenakshi Khandewal war bei ihr. Oksana Michailowna Teljanina war bei ihr. Dadurch wurde der Raum sehr eng. Es waren nicht die Leute, die sie in einem so kleinen Raum bei sich haben wollte. Sie versuchte sich abzulenken, indem sie sich in der Mitte der Zelle so klein und reglos machte, dass sie den geringen Druck des GDO unter Beschleunigung spürte. Sie versuchte sich das Schmelzen der riesigen Eisfelder jenseits der fünften Kammer vorzustellen, zerfließend, während der Masse-Kraft-Moment sie zu Mikrogravitation verzehrte. Sie versuchte sich vorzustellen, was in jeder der Welten geschah, durch die sie gekommen war. Die Kurator-Leute umklammern das Muttergestein mit festem Griff mit ihren Zehntausenden von Zehen, während die Tsunami auf sie zu jagten. Die großen Ringwellen brechen und fegen die Einmaligen davon. Die geheimnisvollen Wesen in der dritten Kammer; wie würden sie reagieren, wenn die Druckwellen von einem zum anderen Ende durch ihre dunkle Welt und wieder zurück jagten? Die fliegenden Wesen in der zweiten Kammer, die ursprünglichen Afrikas tief unter ihr, würden sie beobachten, wie die starren Sterne vor ihren Fenstern vorbeiglitten?

Es standen noch größere Veränderungen bevor. Nichts ist verloren, hatte Locutor gesagt. Alles ist im Toaedu enthalten. Sie war froh. Sie hatte genug vom Tod, ohne dass er bis jetzt der Zerstörer von ganzen Welten geworden wäre.

Sie versuchte sich selbst draußen vorzustellen, die Erdspalte entlangwandernd, die sich plötzlich zwischen der dritten und der vierten Kammer aufgetan hatte. Sie konnte darüber springen, doch sie weitete sich bereits zu einer falschen Linie, einer Furche, einem Golf. Letzten Endes würde sie das Große Dumme Objekt in zwei kleinere, klügere Objekte teilen. Sie hoffte, dass die Big-Sky-Leute es auf die sichere Seite geschafft hatten. Als sie all ihre Fantasien abgeklappert hatte und sich wieder in dem kleinen Raum mit den blutbefleckten Frauen befand, wurde sie vor General Alice McKittrick geführt.

»Ren.«

Die Frau war eine Leiche. Jahre von Mikrogravitation hatten ihre Knochen zu dürren Zweigen, ihre Muskeln zu verknoteten Schnüren abgenagt. Sie hing in ihrer zu großen Uniform wie eine tanzende Marionette an Drähten. Mehr als sechzehn Jahre Null-Ge hatten General Alice McKittrick den Trick beigebracht, im freien Fall einschüchternd zu wirken, ohne die Stützen von Schreibtischen, Flächen, Teilungen, Ebenen. Sie achtete stets darauf, dass das Licht, das durch das Fenster ihres kleinen Büros einfiel, hinter ihr war. Silhouetten und Halos. Ein heller Lichtkegel von Autorität. Sie schwebte im bequemen Lotussitz. Ren bemühte sich, aufrecht zu bleiben. Die Schwerkraft wird dich umbringen, Knochenfrau, dachte sie. Du kannst nie wieder in deine Heimat zurückkehren und diese hier nehme ich dir. Sie sagte: »Ich möchte wissen, wo die anderen sind, was mit ihnen geschehen ist.«

»Natürlich. Sie befinden sich in Einzelunterkünften, aber es geht ihnen gut.«

»Aha.«

»Du verstehst sicher, dass ihr, zumindest zu diesem Zeitpunkt, nicht an erster Stelle unserer Wichtigkeitsskala steht. Der atmosphärische Druck in Kammer Eins ist innerhalb der vergangenen Stunde um zehn Prozent gesunken. Uns liegen Berichte über Massenerstickungen vor. Ganze Spezies liegen da draußen darnieder und sterben. Die Hominiden sind dem Tode geweiht.«

»Nichts ist verloren im Toaedu.«

»Nun, das redet ihr euch ständig ein.« General Alice McKittrick griff nach einer schwebenden Wasserflasche. Sie nahm einen Schluck. »Ich weiß nur, dass intelligente Geschöpfe sterben. Ich sollte dir gratulieren, Mädchen. Du hast jede Schlacht verloren und dennoch gelingt es dir, den Krieg zu gewinnen. Unsere gesamte Strategie beruhte darauf, dass ihr euch zur Sternenpforte auf den Weg macht – oder zum Toaedu, wie ihr es beharrlich nennt. Wir hatten uns nie so etwas vorgestellt wie diesen Plan mit dem Raum-Aufzug.«

»Er bewegt einfach nur Atome. Darin sind wir gut.«

»Ja. Deshalb ist es auch genau das, was dir jetzt widerfahren wird.«

»Durch die Hauptschleuse hinaus, wie die Leute auf der *Hoch-Sumatra*?«

»Woher bekommst du nur deine Ideen, Mädchen?«

»Wir haben gesehen, was ihr gemacht habt. Lüg mich nicht an.«

General Alices Gesicht sagte: Ich kann dich anlügen, ich kann tun, was ich will, Kind. Das alles gehört immer noch mir.

»Ihr habt gesehen, wie Leichen ausgeschleust wurden. Ich gebe zu, das war eine Angst-Taktik. Ich sage dir, diese Leute waren schon tot, bevor wir das Schiff überhaupt geöffnet haben. Ein kleiner Trick mit diesem Sekundärgehirn, das du trägst. Nun, du kannst mir glauben oder du kannst mir ins Gesicht sagen, ich sei eine Lügnerin, das ist wirklich gleichgültig. Es wird sie nicht zurückbringen.«

»Heißt das, sie haben sich alle selbst umgebracht?«

»Das heißt, sie haben dieses Ei-Ding, das sie an sich trugen, entflammt und sich dann in Herzanfälle geflüchtet, damit wir nicht mit ihnen reden und herausfinden konnten, hinter was sie wirklich her waren. Denn wenn wir gewonnen hätten, hätte ich die gesamte vierte Kammer unter Nervengas gesetzt, um euch aufzuhalten. Als wir von der Mannschaft der *Coevity* unterrichtet wurden, wart ihr bereits an der Pforte.«

»Die Leute von der *Coevity*...«

»Sie sind am Leben.«

Ren spürte, wie die Luft um sie herum zitterte. Kräusel liefen über die Oberfläche der Wasserkugel in der durchsichtigen blauen Flasche, die neben Alice McKittricks Kopf schwebte. Die Höhe richtet sich ein, während das GDO sich dem geostationären Orbit nähert. Im Laufe der nächsten paar Tage würden sich die vierte und die fünfte Kammer abspalten und sich in einen langsamen Achtzigtausend-Kilometer-Orbit zurückziehen, während sich der Rest des Objektes zu einer Brücke zwischen Erde und Himmel formen würde. Nur das Bewegen von Atomen.

»Was nun mit euch geschieht...«, sagte General Alice McKittrick. »Ihr werdet zur *High Steel* gebracht und weiter zur *Unity* verfrachtet. Von dort reist ihr hinunter nach Kennedy. Wir haben bereits eine Medien-Operation in die Wege geleitet. Schließlich erkennen wir bis jetzt weder die Merina noch irgendeinen anderen der Koalitions-Staaten an – genauer gesagt, überhaupt keinen der Staaten des Südens. Ihr alle seid also nach dem Gesetz internationale Terroristen. Und ihr habt tatsächlich den größten Raubüberfall in der Geschichte versucht. Natürlich wissen wir alle, dass ihr Geiseln seid. Nur dass die Vereinigten Staaten keine Geiseln nehmen. Deshalb werdet ihr wie gewöhnliche Kriminelle behandelt. Mit größter Wahrscheinlich wird es eines Tages einen Austausch geben. Ich kann nicht sagen, wann. Es könnte bis dahin noch einige Zeit vergehen, wenn man das gegenwärtige

Klima im Kongress in Bezug auf den Süden bedenkt. Also. Glückwunsch. Ihr habt den Krieg gewonnen, aber ihr habt mich nicht geschlagen, verdammt noch mal. Nun gut. Nehmt sie mit. Ich habe anderes zu tun.«

Zwei Wächter schwammen durch die Luke. Ren widersetzte sich nicht, als jeder von ihnen einen ihrer Arme packte. General Alice McKittrick wandte sich ihren Evakuierungsplänen zu. Die Wasserflasche trudelte langsam im staubigen Licht, das durch das Fenster hereinfiel, ein Miniatur-GDO.

Die Triebwerke verstummten. Der Schlepper fiel aus dem GDO. Hinter ihm schloss sich die Iris der Hauptschleuse. Hanuman drückte sich an die winzige dreieckige Öffnung.

»Was starrt der Junge da draußen an?«, sagte die Wächterin. Es war dieselbe Frau, die Ren im Pizza-Express bewacht hatte.

»Sterne«, antwortete William. »Er hat noch nie welche gesehen.« Die Soldatin dachte darüber nach.

Der Sinkflug zur *Unity* würde achtzehn Stunden dauern. Die Wächterin hatte mit Velcro-Rückseiten versehene Karten, um die Zeit zu vertreiben. »Gibt's hier vielleicht Pokerspieler?«, fragte sie und schaffte es durch große Geschicklichkeit, die Karten zu mischen. »Wie steht's mit dir?«, fragte sie William. Er sah sie an. »Okay, daran hatte ich nicht gedacht. Sonst jemand?« Ren schüttelte den Kopf. Cowboy hielt die freie obere Hand hoch. Die andere war mit einer Handschelle an den Stuhl gefesselt. Er war der Einzige von allen Gefangenen, der gesichert war. Die Marineleute misstrauten Raumleuten. Soldaten sind eine misstrauische Gattung. Die Wächterin stockte, als er die Karten mit einer unteren Hand anhob und sie mit der anderen fächerte.

»Zwei«, entschied er.

Hanuman warf einen Blick über die Schulter zurück. Er dauerte lang genug, dass Ren darin mehr als Sterne erkennen konnte. Sie gesellte sich zu ihm ans Fenster.

»Sieh dir das an«, flüsterte er. Sie schoben die Köpfe zusammen und spähten hinunter auf die Sterne. »Da, siehst du? Diese roten und grünen Sterne, sie bewegen sich gemeinsam.«

Sie beobachteten, wie sie sich über das Sternenfeld bewegten. Der Abstand zwischen ihnen schien sich zu vergrößern, obwohl sie in der gleichen Relation zueinander blieben. Und sie schlossen andere Sterne aus. Ren glaubte kurze, helle Ausbrüche von blauem Licht um die Ränder der Konstellation herum zu bemerken.

»Das sind keine Sterne«, sagte Ren. Im selben Augenblick wurde die Schlepperkapsel von Alarmsignalen elektrisiert, die von einer Annäherung kündeten.

Kreuz-Buben und Herz-Damen schlugen Purzelbäume im Raum. Plötzliche Beschleunigung ließ sie auf Ren und Hanuman herabregnen.

»In die Sitze! Sofort in die verdammten Sitze!«, brüllte die Soldatin.

»Das ist ein Schiff«, flüsterte Ren Hanuman zu. Die Frau hatte einen Stachel gezückt. Die heimtückische kleine Handwaffe feuerte neurotoxische Pfeile ab. Tödlich für Menschen, freundlich zum Flugzeugrumpf. Sie schwenkte die Waffe zu Ren.

»Setz dich auf deinen verdammten Platz!«

Sie legte langsam den Gurt an, hielt die Hände hoch. Die Sirenen verstummten. Die blinkenden Lichter erloschen. Die Wächterin schwamm zum Intercom hinüber. Die Schwerkraft änderte sich erneut, als die Triebwerke liefen, und schleuderte die Soldatin gegen das Schott.

»Was ist los?«

Die ganze Kabine hörte die Antwort aus dem Mannschaftsmodul.

»Die verdammten Raumaffen versuchen uns zu entern.«

Die Soldatin schaltete den Lautsprecher aus. Die Kabine hüpfte immer wieder, während die Scheppermannschaft versuchte, die Big-Sky-Angreifer auszumanövrieren. Ren sah zum Fenster hinaus. Eine dunklere Dunkelheit glitt vor den Sternen vorbei. Warnlichter blinkten ihr ins Gesicht: die Lichter kleiner Triebwerke erhellten die Kabine.

»Zu mir!«, schrie die Wächterin. »Niemand sieht irgendwo anders hin als zu mir, verstanden?«

Nichts geschah. Die Wächterin hielt sich den Stachel vor die Brust. Sie atmete schwer. Es gab ein Knirschen, heftig genug, um das Schiff zu erschüttern. Dann ein Klirren, ein rutschendes Geräusch den Rumpf entlang. Sie sah nach unten. Eine Reihe von lauten Knallen, ein schrilles Zischen. Die Soldatin knebelte den Intercom-Schalter. Statik. Sie wirbelte herum, wich von der Luke zurück.

Die äußere Schleuse entriegelte sich. Die inneren Klammern drehten sich. Die Kabinenluke öffnete sich.

»Keinen Schritt weiter!«

Der Big-Sky-Krieger warf alle vier Hände hoch, als die Mündung des Stachels sich in ihn bohrte. Doch die Frau sah all die anderen hinter ihm und dahinter ein Schiff, das sie nicht fliegen konnte, eingeklemmt wie ein gejagter Spatz in den grapschenden Armen des stärkeren, schnelleren Big-Sky-Schleppers. Ihr Griff schwankte.

»Tu's nicht«, flüsterte Ren. Die amerikanische Soldatin sah sie an. Ihr Gesicht sagte: du kannst meine Gedanken lesen? Ja, dachte Ren. Du denkst, es funktioniert in zwei Richtungen. Entweder du hältst mir die Waffe an den Kopf und machst mich zur Geisel, oder du drückst sie dir an den Gaumen und betätigst den Abzug. Ich finde keines von beidem sehr angenehm. Ich möchte, dass du den dritten Weg wählst.

Die Soldatin schloss die Augen. Sie ließ die Hände sinken. Sie kehrte den Griff an dem Stachel um, reichte ihn mit dem Kolben voran dem Big-Sky-Kommandanten.

»Ich ergebe mich«, sagte sie. Er nahm ihre Waffe nicht.

66

Alles bereit auf der Île Glorieuse, sagte Ren.

Alles bereit auf der Dunklen Seite des Mondes, sagte der Kapitän von Big Sky. Haken lösten sich. Manöverdüsen pulsierten. Die *Île Glorieuse* fiel aus der Skelettumarmung des Schleppers. Ren flog sich frei. Bei zehn Kilometern zündete sie die Triebwerke ein letztes Mal. Sie hatte jetzt die Verantwortung. Sie flog nach Hause.

Île Glorieuse beim Austritt aus dem Orbit, sagte sie zu dem Big-Sky-Schlepper. *Danke. Was macht ihr jetzt?*

Nach Hause fahren, was glaubst du denn? sagte der Kapitän. *Das ist unsere Heimat, wir leben hier. Wie auch immer, ein Raumaufzug braucht Liftboys.*

In ihrem vergrößerten Blickwinkel verblasste der Schlepper in ihrer Nachsicht zu einem schwachen Radarkontakt. Seine Triebwerke feuerten noch zweimal kurz. Nach Hause. Die Erde füllte jetzt die Hälfte ihrer Sicht. Sie beherrschte all ihre Sinne, zog alle Dinge in ihr hypnotisches Blau. Sie fiel auf sie zu, spiralförmig durch den Gravitationsschacht wie ein wahnsinniger Todeswand-Fahrer.

He-ho! brüllte Cowboy stimmlos.

In einer Nische ihres Geistes spürte Ren, dass William lachte.

Île Glorieuse, bitte antworten. Nosy Bé meldete sich.

Ren durchfuhr eine beinahe schmerzhafte Woge des Wiederkennens, als sie Anitraséos Stimme hörte. *Île Glorieuse, könnt ihr mich hören. Bitte antworten.*

Hier antwortete Île Glorieuse. *Ich höre dich, Anitraséo.*

Wir haben euch auf Weitstrecken-Scanner. Hörte sie so etwas wie Ergriffenheit in der Stimme? *Ihr seid klar fürs Landefenster zur Réunion. Führt bitte die folgenden Kurskorrekturen durch.* Vektoren, Augenblicke, bruchstückhafte Orbits, Korrekturzündungen flossen über die isopathische Schnittstelle zwischen ihrem Hilfsgehirn und den Computern, die das Schiff flogen. Die Systeme reagierten. *Automatische Landesysteme eingeschaltet. Leg dich zurück und genieß die Reise. Du hast es dir verdient.*

Eingeringelt in den Bauch aus bernsteinfarbener Beschleunigungsflüssigkeit, dachte Ren: ja, ich habe es mir verdient. Und ich werde es genießen. Ich werde beobachten und mich daran ergötzen und mir jeden Augenblick ins Gedächtnis einprägen. Dies ist eine Reise, wie sie noch nicht viele Menschen unternommen haben. Ich werde nie wieder in diese Gegend kommen. Nur wenige werden jemals hierher kommen müssen, wenn der Baum der Freiheit gewachsen ist.

Sie befand sich im Schiff von Mandelatown, kurz vor der Landung an der Öffnung in die vierte Kammer. *Wir gehen rein,* hatte der Pilot gesagt und die Angst und die Anspannung waren wie von einem Sommersturm weggeweht gewesen und sie hatte eine weitreichende und wohltuende Gelassenheit empfunden. *Ich nenne ihn den Baum der Freiheit,* hatte Tsirinana gesagt und dabei die Schwellung ihres Bauches betastet, die sie betrogen hatte. *Das ist nicht der richtige Name, aber es ist mein Name. In Sierra Leone, in der Stadt Freetown, stand ein Baum oben auf der Treppe von King Jimmy. Als die Sklavenschiffe gekapert wurden, wurden die Sklaven zu dem Baum gebracht und ihre Ketten wurden unter seinen Zweigen weggeschlagen. Sie waren es, die ihm den Namen Baum der Freiheit gaben.*

Ja, so wird ihn die Geschichte nennen, dachte Ren. Baum der Freiheit. Verwurzelt in der Erde Afrikas, bewässert vom Schnee des Kirinjaga, aus dem Berg erwachsend durch Sturm und Wolken und Ozon, durch Stratosphäre und Ionosphäre, aus den Atmosphären emporsteigend. Höher als diese stabile kleine Fähre, in den Raum kletternd, weiter als *Unity* und die Orbits der Toten Sterne und der Spionagesatelliten und der Comsats, bis in den geosynchronen Orbit. Und noch weiter.

Die Kräfte müssen sich stets im Gleichgewicht befinden, hatte Tsirinana gesagt. Ihr Gesicht hatte seine Merina-Gelassenheit verloren, wenn sie über das schwankende Konzept der Koalition sprach. *Es muss in beide Richtungen gleichzeitig wachsen, nach innen und nach außen.* Cowboy erklärte Tsirinanas strahlenden Enthusiasmus. Sie war Mitglied des Konstruktionsteams gewesen. Sie war mit ihren eigenen Träumen schwanger. *Und ans andere Ende müssen wir ein Gegengewicht hängen.*

Weiter, zur Singularität. Toaedu. Sternenpforte. Namen für das Mysterium. Ans andere Ende ihres Raumaufzugs hängte Tsirinana das Universum.

Ren erinnerte sich an einen anderen Baum, der in den Himmel wuchs: der Weltenbaum aus Oksanas schamanischen Legenden; seine Wurzeln waren zwischen den ungeborenen Seelen, die Völker strömten an seinem Stamm hinauf, entlang seiner Zweige, die sich in andere Welten erstreckten.

Für das Erdterminal brauchen wir etwas, das einen sicheren Anker darstellt, etwas mit den Wurzeln in seiner Umhüllung, etwas mit ausreichend Höhe, um die Bodenstation über die schlimmsten Auswirkungen des Wetters der unteren Ebenen hinwegzuheben.

Etwas wie ein fünftausend Meter hoher Berg, weniger als ein Prozent eines Grads südlich des Äquators. Und wenn dieser Berg zufällig anderen gehört, bring sie dazu, dass sie ihn mit dir teilen. Mit allen Mitteln.

Dann müssen sie mit uns sprechen, hatte Tsirinana gesagt. *Sie werden zu uns kommen und dann werden wir ihnen sagen, was wir wollen. Und sie werden es uns geben. Wir werden ihre Hochachtung genießen.* Und ihr Volk und ihren Handel und ihren Wohlstand und ihre Ideen in einer gedeihlichen Kreuzbefruchtung von Kulturen und Rassen. Kirinjas Zukunft war größer als die einer bloßen Hauptstadt einer dynamischen neuen Nation. Die Vorsehung hatte es zur Hauptstadt der menschlichen Spezies auserwählt. Es war der Nabel der Welt. Und die große Nabelschnur, die uns mit diesen anderen Arten des Seins verbindet, da draußen. Geburt und Tod. Tod auf einem Hochplateau am Ende der Welt, unter einer blattlosen Akazie auf einer sonnenverbrannten Ebene. Der Baum der Freiheit, der Baum Wo-Der-Mensch-Geboren-Wurde, der Baum der Seelen, halb lebend, halb blutend. Wie wir alle.

Vielleicht komme ich niemals mehr hierher, aber dies ist ein Anblick, den ich hoffe, viele Male in meinen zukünftigen Jahren zu sehen: Afrika unter meinen Füßen wie ein Teppich aus Gewürzen, eine ganze Welt in einem Kontinent, die Mutter der Menschheit, wenn der Baum der Freiheit mich zu Abenteuern und Erfahrungen erhebt, die ich mir nicht einmal im Entferntesten vorstellen kann. Und wenn sie vollendet sind und ich mich unterdessen verändert habe, werde ich Afrika so sehen, wie ich es jetzt sehe, aufsteigend aus der Kuppel des Ozeans und dem Bogen der Nacht, vergleichbar mit der Geburt eines legendären Kindes, das alt und weise ist und gleichzeitig ewig jung und neugierig; wenn ich nach Hause komme.

Sie spürte, wie das kleine Schiff bockte und stampfte,

wie ein Stein über die unteren Ränder der Atmosphäre hüpfend. Bald würde die Reibungshitze die Augen ihres Hautanzugs schließen; sie würde blind sein und durch die Winterkonstellationen brennen. Durch Zungen von Plasmafeuer, die über den Rumpfen lecken, erspähte sie einen Blick auf die weißen Berge von Ostafrika. Kirinjaga war das Auge eines gewaltigen Spiralwettersystems. Sie stellte sich vor, eine Lichtlinie würde aus diesem Auge emporschießen wie ein Strahl, höher, als sie sehen konnte, bis ins Auge des Himmels. Sie sah, wie das Terminum über das gewellte Land schritt und jetzt empfand sie es nicht als Trennungslinie, sondern als Ort der Vereinigung. Sie sah nicht zwei Hemisphären, getrennt und feindselig. Sie sah eine Welt, und obwohl sie all ihre Sinne überflutete, kam sie ihr so klein und zerbrechlich wie ein Neugeborenes vor. Sie sah eine blaue Erde an einem schwarzen Himmel. Sie sah ein weißes Mädchen in einem dunklen Wald. Sie sah rotes Blut auf einer blassen Ebene. Sie sah ihre Wange auf Cowboys Brust. Sie sah den Traum der Freiheit, der aus dem Herzen der Trennungslinie wuchs. Dann gingen die Sensoren aus und sie sah nichts mehr, während das kleine Schiff bebte und erschauderte und knirschte und gegen die Luft ankämpfte und einen Feuerstreifen durch die Morgenröte zog, die über Afrika hereinbrach; Heimkehr.

Der Baum der Freiheit

67 Das Sterben war erledigt im Haus am Meer. Es war alles geheilt, versiegelt, dem Feuer und der Erde anheim gegeben, aber es verweilte in den Dingen, die geblieben waren, den Bücherregalen, den Kleiderschränken, der Speisekammer, den Zeitschriften auf den Tischen, der astronomischen Ausrüstung im Wetterraum, der hinausblickte auf die Schiffskanäle zum wechselnden Blau von Galloway jenseits des Wassers. Der Spätsommerabend verstärkte es. Das war seine Jahreszeit gewesen, die heißen, müden Tage, wenn die Anstrengung des kommenden Herbstes zu viel für die Welt zu sein schien. Die trägen Tage. Gaby konnte nicht mit ihnen im Haus bleiben. Sie pfiff der schüchternen schwarzen Mischlingshündin. Sie gingen zum Point hinaus.

Die Wege waren nach zehn regenlosen Tagen hart gebacken. Hinter dem Stacheldrahtzaun neigte die Gerste samenschwer die Ähren. Der Himmel über dem Feld war von einem tiefen, unendlichen Blau. Kein Regen, kein Veränderung in Sicht.

Seltsam unwürdig, an einem Tag wie diesem dem Feuer übergeben zu werden. Das Wetter sollte ein Zeichen setzen, unerwarteter Regen, ein heftiger Wind, in dem die Jacken und Kleider am Krematorium flatterten, hohe, schnell ziehende Kumuluswolken. Nicht leuchtendes, unveränderliches Blau. Es war wie ein Akkord der Ewigkeit.

Die Zeit hatte den geheimen, im Gedächtnis verhafteten Seeweg durch den trockenen Ginster nicht überwuchert. Die Zeit war nicht Teil dieses Ortes. Hier drehte sich der Kreis der Jahreszeiten und Dinge wurden geboren und wuchsen auf und starben, aber es veränderte sich nichts. Alle Dinge bewegten sich, gingen jedoch nirgendwo hin, wie die fröhlich angemalten Pferdchen eines Karussells. Jude, die verrückte Nudel, sauste vor und wieder zurück, wühlte sich in Tunnels zwischen den knorrig-verdrehten Baumstämmen, sprang einige Dutzend Meter davor oder dahinter wieder heraus, um zu sehen, ob Gaby noch da war. Ich bin noch da, Hund. Die Hündin hatte die blassesten gelben Augen, die Gaby je bei einem Hund gesehen hatte.

Schwarze Hunde; das Haus auf der Landspitze; der Point, sein Meer und seine Jahreszeiten; Galloway am gegenüberliegenden Ufer, die Hügel von Antrim auf der anderen Seite des Meeresarms; ein McAslan, dem die Sorge um all das oblag. Die Konstanten des Lebens an diesem Ort. Und ich, ebenso unverändert wie alles andere.

Eine Kunde verbreitet sich schnell, schneller als im Flug. Der Transfer von Heathrow war glatt und anonym vonstatten gegangen, dennoch hatte die Presse auf sie gewartet, als sie in Belfast mit dem Fahrstuhl in die Ankunftshalle kam.

»Mrs. McAslan, möchten Sie sich äußern zu… Mrs. McAslan, sind Sie verantwortlich für… Mrs. McAslan, wie lange wissen Sie schon, dass Ihre Tochter… Mrs. McAslan, welche Zukunft geben Sie dem Verlauf der Gespräche…«

»Mein Vater ist schwer krank. Ich bin nach Hause gekommen, um bei ihm zu sein.«

Sie drängten sich um den großen schwarzen Landrover, schoben Kameras und Recorder durch das offene Fenster, als Bec den Parkplatzwächter bezahlte. Jude bellte aufgeregt die Hände an, die gegen das Glas schlugen. Ihre Autos waren auf einer Strecke von einer halben Meile entlang der schwarzen Straße von Bangor geparkt; der Landrover bog in die holprige Lehmpiste ein, die zum Leuchtturmhaus führte, um festzustellen, dass sie sich auf der niedrigen Betonbrücke über den Fluss aufgereiht hatten wie Wegelagerer. Bec verlangsamte das Tempo, hielt jedoch nicht an. Später ging sie hinaus zu denen, die zum Haus gekommen waren und an der Tür läuteten.

»Mein Vater liegt im Sterben. Bitte respektieren Sie seine Privatsphäre und gestatten Sie ihm ein gewisses Maß an Würde.«

Letzten Endes wurde die Polizei gerufen. Sie schickten sie weg.

Ihr Vater verbrachte den größten Teil seiner Tage im Wetterraum. Sein Sessel war ans Fenster gerückt worden, wo er das Meer auf dem Glas spüren und beobachten konnte, wie sich das Wetter über den Himmel bewegte. Auf einem kleinen Beistelltisch lag der Computerpad und der kleine Taschenflakon mit dem Morphium. Er hörte sich der Reihe nach seine Lieblingsschallplatten an, von denen viele sechzig Jahre alte Pressungen aus der Punkzeit seiner Jugend waren. Die Bodendielen wackelten zu den Klängen von ›White Man in der Hammersmith Palais‹.

Als sie die Tür zum Wetterraum aufstieß, war Gaby wieder acht Jahre alt, empfänglich für die Erwachsenen-Geheimnisse im Heiligtum ihres Vaters. Er saß am Fenster. Er sah dünn und alt aus und des Müdeseins müde. Er sah wie das aus, was er war: ein Sterbender.

Er legte sein Exemplar von Henry James aus der Hand.

»Dieser Mann ist das reinste Anal-Reservoir«, erklärte er. »Warum vergeude ich meine wertvolle Zeit damit, etwas von diesem überblühten Angeber zu lesen?«

»Einer der Schriftsteller, von denen du immer gesagt hast, dass du eines Tages dazu kommen würdest, sie zu lesen, was aber nie eingetreten ist?«

Sie umarmten sich. Gaby ertappte sich dabei, dass ihre Augen voller Tränen waren.

»Schön, dich wieder hier zu haben«, sagte ihr Vater und sie hörte, wie brüchig seine Stimme klang. Er schob sie von sich weg, damit er sie ausgiebig betrachten konnte. Seine Augen lasen in ihrem Gesicht. Sie hatte sich davor gefürchtet, dem bevorstehenden Sterben ihres Vaters mit ihrer Unsterblichkeit gegenüberzutreten. Jetzt saßen sie sich gegenüber, mit Blick aufs Meer, und sie empfand es als Gemeinsamkeit, nicht als Quelle der Trennung zwischen ihnen. Sie beide waren weit jenseits des Gewöhnlichen, er in seiner Verkörperung des Todes, sie in ihrer Leugnung desselben. Sie trafen sich im Extremen. Sie sprachen über triviale Dinge: den Flug, die Reporter, das Haus und wie sehr sie es wohl verändert fände. Gaby hätte ihrem Vater gerne Tausende von Dingen gesagt, über ihr Leben, ihre Ängste, ihre Hoffnungen und Verrate, und woher sie gekommen war und wohin sie vielleicht gehen würde. Stattdessen redete sie von Flughäfen und darüber, dass sie in keine Zeitung geschaut hatte, um nachzusehen, was man über sie schrieb, und wie wenig und wie sehr sich das Haus verändert hatte, aber diese Dinge blieben ungesagt. Jetzt war nicht die passende Zeit dafür.

»Aha, eine Tochter«, sagte ihr Vater. Gaby wandte den Blick ab.

»Es ist kompliziert.«

»Das kann man wohl sagen. Etwas an dem hier ist wirklich gut. Es macht die Dinge einfach. Es stößt einen in die Gegenwart. Dinge wie das Lösen des Kreuzworträtsels in der Zeitung wird zum wichtigsten ästhetischen Erlebnis. Es ist da, es ist unmittelbar. Vollkommen gegenwärtig. Wichtiger als der verdammte Henry James. Entschuldigung.«

Er verstummte, um einen Schluck aus dem Flakon zu nehmen.

»Hast du Schmerzen?«, fragte Gaby.

»Natürlich habe ich verdammte Schmerzen. Weißt du, das Sterben ist eine wundervoll selbstsüchtige Angelegenheit. Man lässt einem alles durchgehen. Die Racheakte, die ich geplant habe, die Morde, die ich im Geiste begangen habe, wohl wissend, dass ich deswegen niemals zur Rechenschaft gezogen würde. Ich habe sogar dich zurückbekommen.«

»Das warst nicht du. Es war meine eigene Entscheidung.«

»Bist du dir dessen vollkommen sicher? Weißt du, als ich hörte, dass du kommen würdest, wollte ich dich gar nicht sehen. Du hast mir Angst gemacht. Du würdest da stehen, mit all diesen Dingen in deinem Blutstrom, die das, was in mir lebt, in keiner Weise erfassen würden. Du würdest nicht einmal darüber nachdenken müssen; unverletzlich zu sein wäre für dich so normal wie das Atmen. Eine Selbstverständlichkeit. Ich habe dich dafür ganz schön gehasst. Also, ich glaube, Dylan Thomas hat das am besten ausgedrückt. Am Ende wissen weise Menschen, die Dunkelheit ist das Richtige.«

»›Und du, mein Vater, allein
auf dieser traurigen Höhe,
Segne, verfluche mich jetzt mit
deinen feurigen Tränen,
darum bete ich.‹«

»Man kann nicht sagen, dass ich geradezu gegen das sterbende Licht antobe, oder? Es hat viel für sich, auf die sanfte Art zu gehen. Oder zumindest so zu gehen, wie man zu gehen wünscht. Ohne den verdammten Henry James.«

Er schleuderte das Taschenbuch mit dem zerbrochenen Rückgrat über den Boden.

Die Hündin jagte über den Lehmboden, woraufhin Stelzvögel sich hinaufschraubten, um einen Augenblick mit flatternden Flügeln in der Schwebe zu verharren und sich dann wieder niederzulassen, die langen Zehen weit gespreizt. Vor und zurück hechtete sie und die Vögel flohen vor ihr. Gaby fragte sich, wer wen verhöhnte. Der Mond stand hoch, der Halbmond der westlichen Inseln, aufrecht, in die Zukunft blickend. Sein leuchtender Kamerad war gleich unter dem Horizont. Manche sagten, sie könnten bereits eine Veränderung in seiner Form erkennen: nun eher eine Spindel verglichen mit der alten Sichel. Aber das waren die Typen von Leuten, die bei irgendetwas Neuem immer die ersten waren, um sich an dessen Bein zu klammern wie ein masturbierendes Hündchen.

Nach drei Tagen trieb ein aufkeimender Knaben-Sex-Skandal, in den ein frommer Lokalpolitiker verwickelt war, die Journalisten von der Tür des Wachtturmhauses. Die anderen blieben, diejenigen, bei denen man erwartete, dass sie einen beobachten, ohne dass man es bemerkt, die jedem, der weniger bewandert in der Kunst politischer Beschattung als Gaby war, entgangen wären. Sie sollten die gefährliche Subversive im Auge behalten, für den Fall, dass sie versuchte, Schuljungen zu vergewaltigen und aufzufressen, oder ihr infiziertes Blut über brave Hypothekenzahler verspritzen würde. Gaby spazierte über die Lehmstraße, vorbei am Lieferwagen eines Dachzimmerers und einem Paar, das seinen Hund ins Dorf spazieren führte. Sie kaufte im Laden Schokolade und eine satirische Zeitschrift und einen Whisky in der Bar mit einem Barkeeper, der kaum alt genug wirkte, um Schamhaare zu haben. Er bediente sie und ging ans andere Ende der Bar und tat so, als ob er ziemlich lange, zu lange mit einem Freund über Lotteriekarten redete. Im Laden hatte der Besitzer wenigstens gewartet, bis sie gegangen war, bevor er über Mikrowellen-Würstchen in Blätterteig und Brokkoli-und-Mozzarella-Gitter tratschte. Dreckige fremde Hexe. Abartiger und bei weitem grotesker als jeder Knabenficker von den Freien Presbyterianern. Keine Angst, Bar-Junge; wie kommst du auf die Idee, diese Vierzigundetwasjährige in einem zwanzigundetwasjährigen Körper hätte ein Interesse an dir? Danach beschränkte sie ihre Besuche im Dorf auf ein Minimum und sie trank zu Hause, mit Leuten, die sie kannte.

Ein Päckchen für sie kam an. Es überraschte sie sehr. Es war ein großer gepolsterter Umschlag, der über Helsinki geschickt und mit vielen UN-Vorrangigkeits-Vermerken abgestempelt worden war. Er war so viele Male geöffnet, durchwühlt, mit einem spitzen Werkzeug durchstöbert und beschnüffelt worden und Stichproben waren entnommen worden, dass das Ganze mehr Klebestreifen und offizielle Siegel als Umschlag war. Sie öffnete es und nahm den Horoskop-Wandbehang heraus, den Bec vor so vielen Jahren für sie genäht hatte. Daran geheftet war eine Notiz. Sie stammte von Faraway. Darauf stand: *Du wirst das brauchen, um den Weg zurück zu mir zu finden.* Eine weitere Nachricht stand auf einem Zettel unten in dem Umschlag. Sie zeigte Anzeichen, schon vielmals vor Gaby gelesen worden zu sein. Sie lautete: *Noch ist nicht alles verloren. Wie es scheint, sind unsere Feinde unsere Verbündeten. Etwas sehr Sonderbares und Wundervolles wird geschehen und jeder wird es sehen. Komm zurück zu mir.* Sie saß lange allein in der Küche, verdrehte das Tuch mit den Sternen zwischen den Fingern einer Hand und klopfte mit den anderen sanft auf den Tisch aus rohem Pinienholz. Sie hängte es an die Wand des großen, kahlen Raums mit Blick hinaus über den

Point, in dem sie als Kind geschlafen hatte. Ja, Faraway, dachte sie, ich werde diese Sterne brauchen, um meinen Weg zu finden, aber nicht zurück zu dir. Ich kann nicht zu dir zurückkehren. Ich liebe dich nicht. Es gibt einen anderen. Es hat ihn immer gegeben.

Sie verbrachte den größten Teil der Tage mit ihrem Vater, um Zeit gutzumachen, aber sie wussten beide, dass sie niemals gutzumachen sein würde. Sie lösten gemeinsam Kreuzworträtsel. Sie redeten über politische und andere Themen, die jetzt keine Bedeutung haben konnten; nur der Augenblick war wichtig, das Vergnügen, den Funken einer Ahnung voneinander zu spüren, die Gegenwart, in der ihr Vater lebte. Sie sprachen über neue Welten, anders als die, die jetzt waren und die sein könnten. Jedes Mal, wenn sie sich unterhielten, hörte sie mehr Tod in seiner Stimme, sah mehr von dessen dunklen Schatten über ihm. Sie empfand das nicht als schrecklich oder morbid. Es war eine Wachheit und Würde in seinen dunklen Farben und düsteren Tönen. Es war ebenso wesentlich für sein Dasein wie seine Geburt. Es wurde er selbst.

In der Nacht, als er sie bat, das Boot herauszuholen, standen die Monde voll und die Flut hoch und der Abend war angefüllt von stiller, schimmernder Hitze, die das Ende des Sommers mit sich trägt. Er war krank und schwach und sehr müde, aber Gaby konnte ihm den Wunsch nicht abschlagen. Er saß im Bug der kleinen Holzschale, als Gaby sie von der Mole wegsteuerte, zurückblickend zu den Lichtern des Leuchtturmhauses und der Glut des Sonnenuntergangs, die noch über dem Piont hing. Sie steuerte an Seagull Island vorbei, aus dem Hafen hinaus und um die kleine Landspitze herum. Sie navigierte nach den beleuchteten Fenstern des Leuchtturmhauses in die Flutwasser-Kanäle zwischen den Sanddrift-Inselchen. Sie bemerkte, wie ihr Vater im Bug des Bootes saß und in der Dämmerung den Blick über den Point schweifen ließ, und sie wusste, dass er sich von diesem Ort verabschiedete. Venus brannte tief über dem westlichen Meer. Als Gaby das Boot durch einen schmalen Felseinschnitt wieder in Richtung offenes Wasser lenkte, wurde es von einem Kometenaufschlag erhellt.

»Noch dreihundert und acht«, sagte ihr Vater. »Es gibt immer noch viele Spekulationen unter den astronomischen Neulingen, darüber, was sie mit den Überbleibseln der Venus tun werden. Sie haben die Rotationsdauer schon auf zweiundzwanzig Tage erhöht.«

»Gewaltsames Terraformen«, sagte Gaby.

»Zweifellos, aber wessen Terra?« Er lachte düster. »Eine Sache der Verdammnis. Das war schon immer ein Geheimnis für mich. Mir gefällt das ganz gut. Ich glaube nicht, dass wir innerhalb einer Lebensspanne alle Antworten bekommen sollten.«

Um die hohe Landzunge herum waren Robben auf die von der Ebbe freigelegten Riffs gekrochen. Sie rollten sich auf die Seite, um mit ihren schwarzen Augen die Besucher zu mustern. Gaby umrundete die kleine Insel, bis die Robben mit der Dunkelheit verschmolzen und das Wasser vom gelben Lichtschein von der großen Stadt auf der anderen Seite der Bucht gestreift war.

»Zeit zu gehen?«, fragte sie.

»Zeit zu gehen.«

Zwei Tage später starb er.

Du wusstest es, dachte Gaby. Es war Zeit zu gehen. Draußen über den Untiefen stieg die Flut. Schaumgekrönte Wellen glitten über den von Würmern durchlöcherten Schlamm, gegeneinander klatschend, sich vermischend, Vertiefungen füllend, Erhebungen bedeckend, anschwellend. Sie schlug nach Nachtschwärmermücken, die um ihr Haar herum summten. Das von ihren Schweißdrüsen abgesonderte Insektenabwehrmittel funktionierte bei ihnen nicht. Noch nicht.

»Jude!« Kein Anzeichen von der dummen Hündin. Bec hatte sie gewarnt, dass sie ein nervendes Geschöpf sei, und bei jedem unerwarteten Vorkommnis huschte sie unter den Küchentisch, den Schwanz zwischen die Beine geklemmt. »Jude!« Ein Knacken im fernen Unterholz.

Sie war entzückt gewesen über das, was eine gute Beerdigung gewesen war. Ein Fest von Leben und Liebe. Gut und heidnisch. Keine Geistlichen, keine Geliebten – Sonia war einige Jahre zuvor bei einem Autounfall ums Leben gekommen –, aber viele Freunde mit Poesie und Punk-Musik, die anschließend mit ins Haus kamen und viel tranken und sich mit der schicklichen Schwelgerei von Leuten verhielten, die die Kunst von Beerdigungen beherrschten. Freunde und Kameras. Die diskreten Beobachter waren niemals weit weg gewesen, vor der Leichenhalle, besuchten die Toten auf dem Friedhof, montierten im Dorf diskret Satellitenschüsseln. Hannah hatte in der Küche bei der Zubereitung eines vegetarischen *Vol au vents* einen ziemlich heftigen Wutausbruch gehabt, als ob die Anwesenheit von Sicherheitskräften Gabys abscheulich irrige Vorstellung eines Tributs gewesen wäre. Die Familienstreitigkeiten sind ein anderer Teil der Kunst von Beerdigungen. Doch ihre Nichten, nachdem sie sich verhalten gebärdet und gemurmelt und gelegentlich schüchterne Blicke über ihr Wegwerfgeschirr und die zusammenklappbaren Champagnergläser zu Gaby geworfen hatten, brachten schließlich den Mut auf, mit ihrer seltsam jungen neuen Tante zu sprechen, fünf Minuten vor dem Aufbruch.

»Also, wir haben eine Cousine, deine Tochter.«

»Serena.«

»Ist sie wirklich in den Raum geflogen?«

»Wirklich. Und zurückgekommen.«

Fast hätte sie die E-Mail übersehen. Seit dem Tod hatte sie den Wetterraum nicht mehr betreten. Doch an diesem Morgen verspürte sie den Drang, in den Raum zu gehen, der voller Licht war, und da war sie, unter all den Kondolenzbezeugungen. Viele Computer und Netzwerke hatten sie wie einen Spielball weitergeworfen, einige davon Geheimdienste, daran hatte sie keinen Zweifel. Der Absendeort war mit ›Vereinigte Staaten, New York‹ angegeben, aber ursprünglich war die Nachricht aus einem viel entfernteren und exotischeren Ort gekommen.

Von: A.O. Rananatsoa. An: Gaby McAslan. Zur Information: Der Merina-Orbiter Île Glorieuse *ist heute Morgen um sechs Uhr zweiundzwanzig Ortszeit sicher auf unserem Réunion-Gelände gelandet. Alle an Bord sind bei guter Gesundheit, wenn auch erschöpft. Deine Tochter befindet sich im medizinischen Zentrum, wo sie sich ausruht und erholt. Ich halte dich über das weitere Geschehen auf dem Laufenden.*

Sie ist in den Raum geflogen. Sie ist zurückgekommen.

Die Flut stieg schnell. Die Sonne war hinter den Hügeln auf der anderen Seite der Meerenge untergegangen. Flutwasser und Zwielicht erfüllten das Land. Schwärme von Austernfängern mit orangefarbenen Schnäbeln kamen flüsternd mit der stillen Luft heran und pfiffen einander zu. Ein Brachvogel rief, ein schmerzvoller, klagender, flehender Schrei. Das GDO wurde am dunkelnden Himmel sichtbar. Im geostationären Orbit hatte es die halbe Größe des Mondes, deutlich als Zylinder erkennbar. Es strahlte ein sanftes grünes Licht aus.

Du warst dort, dachte sie. Du bist jenseits all dessen gelangt, was ich weiß, in unbekannte Regionen. Hast du ihn gefunden, Serena? Hast du ihm gesagt, wer du bist? Hat er nach mir gefragt? Oder hat er dich einfach stehen lassen, so wie er mich einfach hat stehen lassen? Aufgrund eines erhabeneren, vornehmeren Rufes? Ein einzigartiger Mensch. Und wenn er weiter gekommen ist, wo immer er sein mag, was immer aus ihm geworden sein mag, denkt er noch an mich, so wie ich an ihn denke, oft, und mit einer Verkrampfung des Herzens, die nie aufhört? Aber das ist eine zu schwierige Frage, um sie dir zu stellen, Serena.

Du bist gegangen und du bist zurückgekommen und deswegen ist die Welt ein anderer Ort. Während man Nadeln in dich sticht und dein Blut untersucht und an deinem Stuhl schnuppert und dir Zucker zum Lutschen gibt, dreht sich der Planet. Der Norden verlangt bereits ein neues Gipfeltreffen. Die Vereinigten Staaten bewerten ihre Politik neu. Die EU hetzt durch die Wahl zur Anerkennung der Südlichen Staaten. Vorbereitungen zur Einrichtung von Konsulaten für Kirinja und Ambositra werden in aller Eile getroffen.

Komisch, wie man Hochachtung erlangt, wenn man etwas hat, was die anderen brauchen.

Der Baum der Freiheit. Der Name gefiel ihr. Er bezeichnete etwas Gewachsenes, Organisches. Ein afrikanischer Name für das, was es war, die Nabelschnur des Planeten. Die ältesten Namen der Welt, in Afrika.

Das Licht war jetzt beinah verschwunden, verebbt, während die Flut anstieg. Die Sterne der nördlichen Hemisphäre strahlten heller; auf der anderen Seite der Meerenge gingen die Lichter der Städte am Meer an, Distrikt um Distrikt. Weiter unten an der Küste, auf den Copeland Islands, jenseits der Öffnung der Meerenge, in Galloway über dem Meer, sprachen die Leuchttürme in verschlüsselten Blitzen miteinander.

»Jude!«

Ein Rascheln von trockenem Adlerfarn und braunem Stechginster; ein dahinschießender Schatten. Schwarzer Hund in dunkler Nacht. Jenseits der ansteigenden Flut gingen Lichter in den Fenstern des Leuchtturmhauses an.

Ein kleines letztes Mysterium. In Kästen im Dachgeschoss hatten die McAslan-Schwestern endlich das Geheimnis gelüftet, wie ihr Vater sein Geld verdient hatte. Sie saßen auf den staubigen Bodenbrettern, jede mit einem Stapel Manuskripten, und lasen in dem Licht, das durch die Ritzen im Dach hereinfiel. Schnaufen und Lachen.

»Das ist ganz schön gepfeffert!«

»Soll es auch sein.«

»Lies das mal, diese Seite hier…«

»Oho!«

Lautes Gewieher.

»›Er ergoss sich über die geschürzten Lippen von MyLady. Sie schluckte es hinunter, als ob es edelster Kaviar wäre. ‚Mehr', flüsterte sie.‹«

»›‚Du wirst in die Bilder meiner Fantasien verwandelt werden, vollkommen willfährig in jeder Hinsicht, das ewige Sex-Spielzeug.' – ‚Ja, Herr, das wird wundervoll.'‹«

Beide lachten gleichzeitig.

»Eigentlich ist es schön, weißt du, gut.«

»Für Pornografie.«

»Für Pornografie ist es James Joyce.«

»Ich frage mich, was er mit den Exemplaren der Bücher gemacht hat?«

»Ich denke, wir werden Hannah nichts davon erzählen, was meinst du?«

»Nein, ich denke, das werden wir nicht tun.«

Gaby stand am Rand des Wassers. Die Dunkelheit war beinahe vollständig. Sie spürte die Sterne über sich, als ob sie mit feinen Drähten aus Umständen und Ehrgeiz an ihr befestigt wären und sie durch Raum und Zeit zögen.

Nein, ich habe mich zu lange zu weit von dir leiten lassen. Du hast mich an den Ort zurückgebracht, wo alles begann, und wenn es von Neuem beginnt, dann deshalb, weil ich mich dafür entscheide, nicht aufgrund der Kräfte am Himmel. Ich löse mich davon. Hier beginne ich wieder ein neues Ich. Ich werde nicht für immer bleiben, obwohl es ein langes Exil sein könnte. Ich werde nach Afrika zurückkehren, denn dort wurde die neue Welt geboren und Serena ist dort und da ist eine alte Liebe und – wie er einmal zu mir gesagt hat – niemand, der einmal dort war, kann sich jemals wieder ganz davon frei machen.

Venus flammte am Rand der Welt auf. Noch dreihundert und sieben. Es gibt noch Mysterien, die zu entdecken sind. Es gibt noch eine Geschichte, die erzählt werden muss.

Sie rief ihre schwarze Hündin zu sich und wandte sich den beleuchteten Fenstern des Hauses jenseits des Wassers zu.